U0535008

国家社科基金
后期资助项目

唐诗与唐代园林景观的审美建构研究

Research on the Tang Poetry and the Aesthetic Construction of Garden Landscapes in Tang Dynasty

王书艳　著

中国社会科学出版社

图书在版编目（CIP）数据

唐诗与唐代园林景观的审美建构研究 / 王书艳著. -- 北京：中国社会科学出版社，2024.12. -- ISBN 978-7-5227-4568-8

Ⅰ. I207.227.42；TU986.62

中国国家版本馆 CIP 数据核字第 2024Y1474S 号

出 版 人	赵剑英
责任编辑	杨　康
责任校对	王　潇
责任印制	李寡寡

出　　版	中国社会科学出版社
社　　址	北京鼓楼西大街甲 158 号
邮　　编	100720
网　　址	http://www.csspw.cn
发 行 部	010-84083685
门 市 部	010-84029450
经　　销	新华书店及其他书店
印　　刷	北京君升印刷有限公司
装　　订	廊坊市广阳区广增装订厂
版　　次	2024 年 12 月第 1 版
印　　次	2024 年 12 月第 1 次印刷
开　　本	710×1000　1/16
印　　张	21
字　　数	378 千字
定　　价	118.00 元

凡购买中国社会科学出版社图书，如有质量问题请与本社营销中心联系调换
电话：010-84083683
版权所有　侵权必究

国家社科基金后期资助项目

出 版 说 明

后期资助项目是国家社科基金设立的一类重要项目,旨在鼓励广大社科研究者潜心治学,支持基础研究多出优秀成果。它是经过严格评审,从接近完成的科研成果中遴选立项的。为扩大后期资助项目的影响,更好地推动学术发展,促进成果转化,全国哲学社会科学工作办公室按照"统一设计、统一标识、统一版式、形成系列"的总体要求,组织出版国家社科基金后期资助项目成果。

全国哲学社会科学工作办公室

序 一

李 浩

书艳的新著即将付梓,问序于我。我向她表示祝贺,也有幸先睹为快,再次拜读书稿的电子版清样。

书艳是 2006 年考入西北大学中国古代文学专业攻读硕士研究生的,距离他们这一届入校,一眨眼都快 20 年了。岁月催人老。针对我这样的中老年而言,确实唏嘘不已,但对于书艳他们这批当年的新秀,20 年的光景则意味着不断的成长和成熟。她的硕士学位论文选题《唐代园林诗中的"窗"》,就显示出她在学术上的敏锐和巧慧,相关成果陆续在国内学术期刊上正式发表。随后,她又考取了上海师范大学中国古典文献学专业博士研究生,跟随朱易安教授继续唐代园林文学研究,以《唐人构园与诗歌的互动研究》作为博士学位论文选题,顺利完成学业,后到杭州工作至今。毕业这十多年的时间内,书艳没有荒废学术,而是兼顾科研、教学与家庭,默默地读书写文章,不仅发表了多篇与唐代园林文学研究相关的论文,而且出版了专著,也拿到了多项研究课题,涉及的时代和领域虽然很多,但多围绕着园林这个关键词。2018 年,我邀请她参加我所主持的国家社会科学基金重大项目"中国古代园林文学文献整理与研究"的课题组。

中国古典园林,是中国传统审美文化的一种时空结晶。与明清园林留有残存遗迹不同,唐代园林因园林实物的湮灭而消失于历史的长河,逐渐被人所遗忘,直到 20 世纪八九十年代,随着相关学科的发展,大遗址与考古新发现的增加,唐代园林重新受到学界关注,相关新成果不断推出。书艳的唐园研究也是在这样的背景中展开的。新著《唐诗与唐代园林景观的审美建构研究》是继她于 2018 年出版《唐代园林与文学之关系研究》之后的又一部唐代园林文学研究的专著。

奉献给读者的这部书稿,既是她国家社会科学基金后期资助项目的结项成果,也是她多年孜孜耕耘于唐代园林文学研究的见证。此书不是一部面面俱到谈论唐代园林与诗歌的论著,而是一部以诗歌的视角来观照唐代园林景观的审美生成的专论。

具体而言,本书围绕三重关系展开:唐代园林与山水的关系、唐代园林与景观的关系、唐代园林与诗歌的关系。第一重关系的揭示意在呈现中国传统山水审美向园林审美的过渡,这是园林审美之所以发生的原始。正是山水审美的园林转向,促使园林在东晋以后尤其在唐代大量崛起,决定了后世文人的山水审美无论是自然山水还是画中山水都总是带有浓厚的园林色彩和园林情趣。第二重关系的揭示更为集中地呈现出唐代文人园林审美的总体特征,即景观化审美。"景"与"境"是唐代诗歌理论的重要诗学概念,如果从园林审美的角度来看,会发现其诗学概念的形成与唐代文人的园林游赏、审美、品鉴有着密切关系,这是当前学界所未曾深入关注的领域。第三重关系是本书的重心,也是作者着墨最多、思考最深的部分。作者认为,正是唐代文人亲自参与构园,并且构园与赋诗并行,诗歌的题写、吟咏造成了文人主观情感对园林物质建构的情志赋予,以及诗意化审美对园林景观营造的诗情赋予,从而促使唐代文人园林走向成熟,并逐步成为中国古典园林的典型代表,其范式意义由此揭橥。

本书重点围绕唐诗与园林景观的审美建构展开。第一,从构园要素或者说唐代园林的景观要素诸如山石、池水、花木、立亭、听泉等出发,分析园林物质要素如何在诗歌浸染之下步步成为诗歌意象,又如何在诗歌意象的加持下进一步转化为园林的审美景观。从审美生成的角度看,唐代园林景观的审美建构其实就是园林景观与诗歌相融后的再次创构。第二,谈论了唐代园林景观的诗意化。在唐代,采园景入诗是一项有意识的主动行为,也是当时社会中普遍流行的社会风气,这促使越来越多的园林景致成为诗歌题咏的对象,并进而开始以诗意化的语言进行景观的题名和命名,更为直接地拉近了园林景观与诗歌之间的内在联系,由此形成了中国古典园林以诗文题名的文化传统。第三,探讨了园林景观审美概念的形成。唐代文人的园林审美由体验到欣赏再到品鉴,最后形成了带有普遍性的一般规律性的园林景观审美概念,如"景""赏""境"等,既是对园林审美体验的理论总结和概括,也是唐代文人园林景观审美的理论化表现。从这个意义上说,唐代虽然没有出现诸如明代计成《园冶》这样的园林理论专著,但从丰富的园林史料中却可以看到唐代园林景观审美其实已经发展到一定的理论水平。第四,又着重讨论了园林的意境审美。意境，无论是作为一种诗学理论，还是作为一种艺术理论，其实在唐代尤其中唐时期已经形成，园境的描述与表现在唐诗中俯拾即是，并且具有清晰的类型化倾向，如具有代表性的"闲境""幽境""雅境"，唐代文人在园林的审美体验中不仅形成了理论化的表达，并且进一步将其落实到造园实践与园林品赏中。全书五章前后勾连，既有唐代园林景观的全景再现，又有唐代园林景观建构的细节呈现，既有翔实的诗歌文献作为支撑，又力求从丰富的史料中归纳提炼出唐代园林景观的审美理论，既展现了唐诗在保存园林史料上的文献价值，又充分揭示了唐诗在园林景观审美建构上的美学价值，对唐诗研究、唐代园林文学研究以至唐代文学研究都具有推动意义。

全书除了竭力追求历史与逻辑的统一外，也时时体现出作者的学术新见。例如作者提出"景观化"的概念，又如作者指出诗歌的题写、吟咏在园林景观及其景观要素的审美建构中具有重要意义。作者还指出唐代文人的园林景观审美与诗学概念形成之间具有密切关系，"景"与"诗景"、"园境"与"诗境"、"赏"与"心赏"等，以及"闲境""幽境""雅境"等，不仅真切再现了唐代文人园林审美的高度，而且打开了从诗歌视角观照园林景观审美、从园林视角观照诗歌理论的双重研究视野。

园林与诗歌、园林与文学、园林与绘画、园林与石刻等，是具有无限魅力而又亟待深入发掘的研究领域，正如作者所言："园林不是目的，而是在文人的生命历程中所开创的一方栖居之地，它对外敞开，人在其中，与天、与地、与万物得以关联和承续，并因而得以寻得当下的安居与自适。同时，园林也不是终点，它进入诗歌，进入绘画，进入一切艺术的领域，并通过艺术再现的方式获得景观美感的神与形，形成特定的话语表达。"傅斯年先生早在1928年就曾充满激情地说道："此虽旧域，其命维新。材料与时增加，工具与时扩充，观点与时推进，近代在欧洲之历史语言学，其受自然科学之刺激与补助，昭然若揭。以我国此项材料之富，欧洲人为之羡慕无似者，果能改从新路，将来发展，正未有艾。故当确定旨趣，以为祈向，以为工作之径，以吸引同好之人。此项旨趣，约而言之，即扩充材料，扩充工具，以工具之施用，成材料之整理，乃得问题之解决，并因问题之解决，引出新问题，更要求材料与工具之扩充，如是伸张，乃向科学成就之路。"傅先生是就科学的古代文化研究说的，我认为也适用于园林文学与文化的研究。

但正如美国物理学家、科普作家卡尔·萨根《宇宙》中引英国生物学家T. H. 赫胥黎所言："已知有涯，而未知无涯；我们如同立于荒岛之上，被苍茫大海所困。每一代人的任务，都是填出一小块新的陆地。"希望书艳在园林文学研究领域继续砥砺前行，不断开拓属于他们这一代人的更大更新的陆地。

2024年12月23日于唐都西北大学居安路寓所

序 二

朱易安

说起园林文学或园林审美，如今俨然已成热学。随着旅游和 City Walk 的兴起，园林的人文欣赏需求越来越强烈，人文研究服务于大众，服务于社会，也成为研究者十分重视的社会效益。书艳的《唐诗与唐代园林景观的审美建构研究》，从文学的描述中寻找古代文人广泛的园林生活踪迹，进而还原从园林建构实践到文学创作，再到园林审美的实施过程，为读者展开了一幅如此妩媚的唐代园林美学画卷。

翻阅此书的章节，就可以沿着作者的思维路线图去领略这幅画卷："从山阴道上行，山川自相映发，使人应接不暇。"（《世说新语》）

作者谙熟唐宋时期有关园林文学的各类文献，所以，开卷便先从唐诗说起，首先叙述了唐代园林及其景观建构的诗歌呈现，也就是说，先来看看唐人的诗歌是如何描绘唐代的园林及其景观建构的。在这一章中作者将诗歌中呈现的唐代园林景观体系进行了细分。从第二章开始，则深入具体的景观，并以景观为线索，着重研究了唐代诗歌中的咏石诗和园林的构山、唐人的咏水池之作与园林池井、唐人的花木种植诗与园林花木设计以及园林中的立亭和泉水的设置在诗歌中的呈现。在这一章中，已经开始涉及许多美学理念。当你越是深入具体诗歌的描写，你就越能体会，这种审美的过程是和诗人的审美感受相互交融的。随着园林景观形式和构造的变迁，人文意蕴会越来越多地投射到园林景观上，从而使园林景观进一步诗意化，游园和赏园也成为文人宴集、唱和、抒情的心灵空间，成为物质与精神共有的空间。于是，第三章便展开论述唐代诗歌和唐代园林景观的诗意化，其中包括了以下的变化：首先是诗歌书写艺术手段的变化：园林书写的写意和象征成份增加；其次是诗歌审美对园林审美的影响，使得园林景观得到诗意的提升；再次是题园诗的增多，园林书写出现了新的特色和类型等，这一章内容十分丰富，可以看到诗歌与园林之间润物无声的密切关系和互相促进的审美活动。第四章和第五章，偏重探讨诗论与文论中的美学概念与园林文学审美活动的关系，阐释唐代诗歌和唐代园林景观中比较相近的审美概念，以及唐代的诗歌和唐代园林的意境审美。阅读时徜徉在唐诗和园林山水之间，不仅带来耳目一新的感觉，还可以生出许多联想，重新发现诗歌与园林山水之间多重美的组合，令人惬意！令人回味无穷！

景观美学理论，源于英国人阿普拉顿《景观的体验》，偏重于自然山水和地理学。但唐代的园林景观，人工建构的比重已经非常高，因而更具有自己民族的特点。作者说，对于唐诗和唐代园林景观建构及其审美过程的探讨，主要是围绕着三重关系展开的：第一重是唐代园林与山水的关系；第二重是唐代园林与景观的关系，第三重则是唐代园林与诗歌的关系。我觉得前两者的形成似乎是自然形成的，或者说，唐人将自然山水引入园林，无论是宽广的面积还是精心的布局，只能是假山假水对自然山水的替代。而园林与景观的建构，除了人文因素的介入而使得园林诗意审美提升，其他部分更多属于建筑学探讨的范畴。唯独唐代园林与诗歌的关系研究，是作者最见功力之处，而后者的深入研究和令人信服的成果，对于前两层关系的阐释，则有进一步的拓展。

正如作者在书中所言，唐代园林是文人诗歌创作的重要题材来源和表现对象。这就决定了园林诗歌不仅具有极高的文学价值，而且具有宝贵的文献价值。相对于明清园林的实物遗存，唐代园林研究的最大困境，即在于实物遗存的欠缺。而最大的幸运又在于唐代诗歌保存了大量的造园史料。将这些史料进行小心拼接还原，可以清晰地了解到唐代园林的景观建构情形甚至细节。就造园的行为而言，唐诗包含了丰富的造园史料。从场所的选择，到每一处景观的建构，再到景观要素的组合与配置，还有园林规划的整体布局和分区、景观建构所遵循的原则、技艺和手法，在唐诗中都有十分详细的记录。除此之外，还有文人的构园和赏园行为，如游览、宴集、闲居、感怀、高卧、读书等，在唐诗中也有丰富的记录。可以说，唐诗以及唐代的园林写作，保存了丰富多彩的社会文化史料。

但值得注意的是，唐诗不仅具有文献价值，更具有审美的引导价值。唐诗的文献价值已经为学界重视，而对于唐诗和唐代文人通过诗歌赋予中国园林的人文精神和美学价值关注却不够。在文学研究领域，关注文学对园林景色的描述比较普遍，而通过诗歌观照诗歌对园林审美引导的环节乃至对后世构园普遍原则的影响，则远远不够。正如作者指出的那样："当园林进入文学视野，园林就不再是纯物质的冰冷建筑，而是融入了情感，寄托了心灵的精神空间，这也是园林能够引发文人关注并且促使文人源源不断为之题写和描绘的重要原因。园林是充满诗意的所在，包含了文人对理想生存空间的向往和想象。对于现实的超越也是对自我的表达，这也是唐代园林走向艺术化、审美化和诗意化的重要原因。""可以说唐代园林正是在诗歌的不断书写和吟咏中，逐渐由物质建构上升为精神建构，这个过程包含了唐诗的美学功能。"这样的看法，概括出此书的学术价值和研究成果转化为当代中国园林建造的社会价值，这种将传统学术研究与服务社会结合起来的做法也值得推崇。

研究唐代园林诗歌的美学意义，本质上是理论研究，而作者的做法是根植于大量的唐人诗作和唐人的园林生活记载，通过大量的作品，总结归纳出审美的经验和特点。这样，原本比较抽象的研究变成了具体而生动的文学活动现场。虽然少了点清晰的逻辑推理，但也涉及到中国诗学理论和概念的探讨，其中值得关注的是，作者通过具体的园林诗学概念勾连唐人的审美过程，从而发现唐代诗歌中已经存在的园林美学建构，在探讨唐诗与园林之"境"时，提出了唐代诗论中有关意境理论产生有园林建构参与的看法。

作者认为，"境"的意义在魏晋时期发生了变化，主要有两条线索，一条线索即佛学中所说的"境"。因为佛学之境界说大致以心为境，所以已经超出了境的实体概念，逐步虚化。另一条线索，则是与佛学中"境"之概念同时出现的山水自然之境。然后诗歌才出现"胜境"这样描述山水园林的概念。随着唐代私家园林日益兴盛，境的使用频率越来越高，并且有了细致的审美描述，如幽境、清境、静境、尘境等。这个话题的发端，是为了寻见唐人赏园构园时将两者融为一体，并将自己的感受和审美动态地融进了自然山水和园林之中，将"境"解释为"一方可以安放自我心灵的自由自足的精神天地"。可以说，唐人诗文中的"境"，不仅仅只是物理的空间概念，而是一个特定的通过审美转化成自己创造的虚化的精神天地。

在探讨有关"诗境"问题的时候，第四章"唐代诗歌意境理论中的园林质素"一节，写得非常有新意。王昌龄的"诗有三境"，第一境便是"物境"。说的似乎已是"物境"到"心境"的过程："欲为山水诗，则张泉石云峰之境，极丽绝秀者，神之于心。处身于境，视境于心、莹然掌中，然后用思，了然境象，故得形似。"这里的"物境"并不是单纯的物理空间，而是"视境于心"，经过思考以后虚化或诗化后的"物境"，是"物境"到"心境"再到"物境"的全过程。所以，在皎然的《诗式》

中，便有了"取境"的概念。

　　皎然的"取境"，更偏重于对园林景物的摄取而不是自然山水，作者联系他的诗歌创作，发现许多诗歌中的"物境"取自具有庭园小景特色的园林。如他的诗《五言秋日遥和卢使君游何山寺》便是如此。并指出，同样的灵动雅致小景在皎然的诗作中出现过多次。这说明随着中唐时期私家园林的兴起，文人园林活动的增多，"取境"的发生更多地出现在人工的园林之中。而这在司空图的理论中也是如此。作者以《典雅》《纤秾》为例，指出《诗品》中许多诗句的意境与园林艺术相通。甚至可以认为，《二十四诗品》的"思与境偕"的审美追求，是对园林审美的聚焦："如果从园林学的意义上看，则是作者以园林景观、园林意境来描述、再现、抽象的诗境，或者说以诗境来提炼归纳园境。"我理解，作者是想说，《二十四诗品》描绘的"诗境"，实际上就是唐人对园林审美的不同类型的最佳感受，并将这些美妙的感受拿来衡量诗歌的优劣，成为诗歌的审美标准。如此看来，园林与文学的关系是何等的密切！

　　不过，这种相关并不是单向的，从王昌龄开始，唐人就已经意识到，诗歌创作时的"物境"，并不是单纯的山水，而是已经赋予了作者心灵感受的诗意化的山水，而从观赏自然山水进入人工构园以后，园林的景观在诗歌审美的作用下，大到选址，小到花卉种植，无一不是精挑细选、悉心布局的"物境"，这些"物境"反馈在诗歌里，才能见到《二十四诗品》所说的"诗境"。正是通过山水自然与诗人题咏之间不断地沟通、融合，才逐渐形成了共通的审美意识，这也许才是唐代诗歌与园林之互动关系的本质呈现。

　　研究唐代诗歌与园林的关系，还有一个十分重要的环节，就是文人参与私家园林的建造。因此，上述的那个过程，即"诗境"潜在层面的审美过程，在园林建构的审美形成中起到非常重要的作用。同时，诗歌创作强化了审美标准，则慢慢延伸至园林建构的各个环节。如《二十四诗品》各种类型的"诗境"设定，不仅引导诗歌意境的塑造，同时也影响构园审美的升华，成为文人构园或赏园时对园林景物设计布局的评价。实际上，唐诗与园林景物在审美实践中存在共生共荣和审美同构的过程。

　　如果仔细研读唐诗，再来体味园林的意境营造，就会发现有许多相一致的地方。作者指出，诗歌的意象并列分布，在园林景象则表现为按一定的空间顺序进行组合。园林建构中的"留白"，与诗歌追求留出想象的空间，也有异曲同工之妙。还有以小见大的"尺幅万里"，在诗歌、园林以及绘画艺术中都可以见到。我的体会是，不仅园林景观的审美与诗歌的审美相通，整个中国古典美学中的标尺也几乎是相通的。因此，诗歌以及其他的视觉艺术对园林的景观设立无疑影响深远，而文人的构园赏园又反过来促进诗歌中各种意象的产生。如此反复，缔造了具有中国特色的审美体系。

书艳的这项研究获得了国家社会科学基金的后期资助，这些年她不仅在文献上下了功夫，还常常实地考察各种园林，每回与我分享她的新发现，我都有新的收获，由衷地为她高兴。当她把这部书稿打印出来，嘱我写序，让我成了这部书的第一个读者。我并不研究园林，但工作之余，也很喜欢旅行、参观各地留存的名园，尤其在接近古稀年龄时，去园林漫步，成了生活乐趣的一部分。如今在她的书中漫步，每一处精彩的景致，都令我赏心悦目，流连忘返。我希望她的这项研究可以继续拓展，从更宽阔的视野来看待中国的园林文学和园林建构，更细致地展示中国文人的园林生活及其变迁，并能建构中国特色的话语体系，来阐释这个辉煌的从自然到艺术的过程。

2024 年 5 月于上海

目 录

导 论 …………………………………………………………… 1

第一章 唐代园林及其景观建构的诗歌呈现 ……………………… 17
 第一节 唐代园林的景观化审美 ………………………………… 18
 第二节 唐代园林的景观体系建构 ……………………………… 33
 第三节 唐代园林的景观建构艺术 ……………………………… 48

第二章 唐诗与唐代园林的景观建构 ……………………………… 67
 第一节 唐代咏石诗与园林构山的山水意 ……………………… 68
 第二节 唐诗中的江湖之思与园林池景观 ……………………… 79
 第三节 唐代花木种植诗与园林花木景观 ……………………… 92
 第四节 唐代亭的诗化与园林立亭 ……………………………… 109
 第五节 泉的听觉审美与园林中的声景观 ……………………… 130

第三章 唐诗与唐代园林景观的诗意化 …………………………… 142
 第一节 诗文"写意"与唐代写意园林 ………………………… 142
 第二节 园景入诗与园林景观的诗意提升 ……………………… 162
 第三节 唐代题园诗与园林的象征意蕴 ………………………… 171

第四章 唐诗与唐代园林景观的审美概念 ………………………… 183
 第一节 唐诗与园林之"景" …………………………………… 183

第二节　唐诗与园林之"赏" ………………………………… 200
第三节　唐诗与园林之"境" ………………………………… 211

第五章　唐诗与唐代园林的意境审美 ………………………… 238
　第一节　唐代闲居诗与园林之"闲境" …………………… 239
　第二节　唐代文人的"幽独"书写与园林之"幽境" …… 250
　第三节　"园林无俗情"与园林之"雅境" ……………… 264

结　　语 ………………………………………………………… 287
参考文献 ………………………………………………………… 300
后　　记 ………………………………………………………… 318

导　　论

英国哲学家培根说："庭院雅趣，也是人类最高尚的娱乐之一，是陶冶性情的最好方式。如果没有园林，即便有高墙深院、雕梁画栋，也只见人的雕琢，而不见天然的情趣。文明的起点，开始于城堡的兴建。但高级的文明，必然伴随着优美的园林。"① 概括而言，此话有三层意思。第一，园林是高级的文明形式表征；第二，园林与人类情感密切相关，可以陶冶性情，具有高度的精神审美功能；第三，园林既讲求人工的雕琢，也讲求天然的情趣，是庭院建筑的灵魂。此三层意思无一例外地说明园林绝不仅仅是单纯的物质建构，而是与人类的文明、情感、情趣等密切相关的艺术。黑格尔认为，园林"替精神创造一种环境，一种第二自然"②。相较于西方园林，曹林娣认为，"中华民族与自然自古以来就是一种亲和、统一、感应和交融的关系，所以在世界上，她是最早发现自然美，并利用、提炼、加工自然美的民族，中国的古典园林就是这种美的结晶"③。作为一门艺术，园林在中西方有着共同的文化认同。那么，中国古典园林何以能成为一门艺术，其艺术发展脉络到底如何，在这条艺术发展道路上又经历了怎样的发展历程，重要的发展阶段又如何等，一系列问题都值得深入探究。

无疑，唐代园林有其独特魅力。日本人冈大路在《中国宫苑园林史考》中认为，"园林这个词见于诗中，……这是自从进入唐朝时代以后才开始应用于一般的诗文中的。特别是第宅园林一词，从那个时代以后已成为普通常用的词"④，又认为，唐代园林不同于"以前的时代设计园池总

---

① ［英］弗兰西斯·培根：《人生论》，何新译，陕西师范大学出版社2009年版，第136页。
② ［德］黑格尔：《美学》第三卷上册，朱光潜译，商务印书馆1979年版，第103页。
③ 曹林娣：《中国园林艺术论》，山西教育出版社2001年版，第5—6页。
④ ［日］冈大路：《中国宫苑园林史考》，常瀛生译，农业出版社1988年版，第104页。

是以追求淫乐和贪图享受为目的"①，而是"具备高尚的趣味"②，并且"进入本时代以后，园池构筑日趋洗练，这样的格调流传于后世而成为造园的规范"③，充分肯定了唐代园林在中国园林艺术发展史上的重要地位。唐代园林所具备的"高尚的趣味"，在周维权的《中国古典园林史（第三版）》中有了更具体、详细的内涵。周维权认为，唐代园林开始有了诗情画意的审美特征，"山水画也影响园林，诗人、画家直接参与造园活动，园林艺术开始有意识地融糅诗情、画意，这在私家园林尤为明显"④，"唐人已开始诗、画互渗的自觉追求。诗人王维的诗作生动地描写山野、田园的自然风光，使读者悠然神往，他的画亦具有同样气质而饶有诗意。中唐以后，文献记载的某些园林已有把诗、画情趣赋予园林山水景物的情况。以诗入园、因画成景的做法，唐代已见端倪"⑤，并明确指出画家、文人亲自参与构园的这一社会普遍行为，以及这一行为对唐代园林审美的重要影响。也正因如此，园林的诗情画意之审美追求在唐代逐步形成并且成为后世造园的原则和典范。王毅也认为唐代园林相较于魏晋南北朝园林而言，在意趣追求和审美探索上更有进阶，"在艺术上，魏晋南北朝以来的成就不仅被全面继承和广泛运用，而且得以从理论的高度认识和总结。……它把魏晋南北朝园林在意趣上的要求变得更为清晰，把那时美学方法上的探索变成了明确的艺术原则和可资仿效的艺术模式"⑥。唐代园林不仅在造园实践上达到很高水平，而且开始进行艺术的理论概括和总结，在整个中国古典园林艺术发展史上有重要地位和意义。

  无论是山石池台的建构艺术，还是诗情画意的审美追求，抑或是园林美学方法的探索和总结，唐代园林都是中国古典园林艺术发展史上的重要一环。尤其值得注意的是，唐代出现了"文人园林"，或称之为"士人园林"。周维权明确提出文人园林的概念，指出"文人园林的渊源可上溯到两晋南北朝时期，唐代已呈兴起状态"⑦，关于文人园林与文人、诗歌艺术方面的联系，他则进一步指出"不仅在造园技巧、手法上表现了园林与诗、画的沟通，而且在造园思想上融入了文人士大夫的独立人格、价值观

---

① ［日］冈大路：《中国宫苑园林史考》，常瀛生译，农业出版社1988年版，第106页。
② ［日］冈大路：《中国宫苑园林史考》，常瀛生译，农业出版社1988年版，第106页。
③ ［日］冈大路：《中国宫苑园林史考》，常瀛生译，农业出版社1988年版，第107页。
④ 周维权：《中国古典园林史（第三版）》，清华大学出版社2008年版，第173页。
⑤ 周维权：《中国古典园林史（第三版）》，清华大学出版社2008年版，第256页。
⑥ 王毅：《中国园林文化史》，上海人民出版社2004年版，第105页。
⑦ 周维权：《中国古典园林史（第三版）》，清华大学出版社2008年版，第235页。

念和审美观念,作为园林艺术的灵魂"①。周维权认为,唐代园林之诗情画意审美特征的呈现,其根本即在于画家、文人直接参与式的构园行为,以及由文人思想和文人审美主导的造园思想,在唐代都达到了很高的艺术水平。与周维权提出的"文人园林"相似,王毅则提出"士人园林"的称谓。王毅认为,"隋、初盛唐士人园林在某种意义上可以看作魏晋南北朝士人园林与中唐至两宋士人园林间的过渡。经过长期的发展,士人园林已趋于成熟:在功用上,不论出处穷达,也不论天南地北,园林都已是士大夫生活不可缺少的组成部分。……在艺术上,魏晋南北朝以来的成就不仅被全面继承和广泛运用,而且得以从理论的高度认识和总结"②。同样,吴功正在《唐代美学史(修订本)》中的"园林美学"部分也认为,"在唐代的总体园林环境和社会文化、审美氛围中诞生了对后期中国园林史产生重大影响的私家园林形态——文人园林。这是一批文化艺术素养深湛、品位极高的文人亲手经营、构建的园林,集中体现和物化了他们的文化趋尚和审美趣味"③,这些都说明了唐代园林与文人、文学的密切联系,也正是园林越来越普遍地与文人、文学发生关系,园林才得以进一步走向审美,获得审美的提升与诗意的赋予,真正成为一门艺术。

然而,历史的车轮总是无情的,耗费智力、精力与财力兴建的园林终于在时间的流逝中不断被侵蚀、破坏,最后彻底摧毁。宋李格非在《洛阳名园记》中感叹唐代园林之兴废时说:"方唐贞观、开元之间,公卿贵戚开馆列第于东都者,号千有余邸,及其乱离,继以五季之酷,其池塘竹树,兵车蹂践,废而为丘墟;高亭大榭,烟火焚燎,化而为灰烬,与唐共灭俱亡、无余处矣。"④ 再有宋人张礼在《游城南记》中凭吊唐代古迹:"倚塔,下瞰曲江宫殿,乐游燕喜之地,皆为野草,不觉有黍离麦秀之感。"⑤ 康梼跋曰:"夫宋去唐未远,而风景池亭犹有存者。今门坊之名,亦漫不可考矣。呜呼!沧桑易变,陵谷难常,后之游者,其将有取于斯文。"⑥ 李德裕在《平泉山居诫子孙记》中说"虽有泉石,杳无归期,留

---

① 周维权:《中国古典园林史(第三版)》,清华大学出版社2008年版,第235页。
② 王毅:《中国园林文化史》,上海人民出版社2004年版,第105页。
③ 吴功正:《唐代美学史(修订本)》,陕西师范大学出版社2020年版,第601页。
④ 陈植、张公弛选注,陈从周校阅:《中国历代名园记选注》,安徽科学技术出版社1983年版,第54页。
⑤ (宋)张礼撰,史念海、曹尔琴校注:《游城南记校注》,三秦出版社2003年版,第42页。
⑥ (宋)张礼撰,史念海、曹尔琴校注:《游城南记校注》,三秦出版社2003年版,第176页。

此林居，贻厥后代。鬻平泉者，非吾子孙也。以平泉一树一石与人者，非佳也。吾百年后，为权势所夺，则以先人所命，泣而告之。此吾志也。"①虽然狠下毒誓、立志许愿，但终究免不了惨败荒废的命运，李德裕应当深明于此。

唐代园林除了残留的一些遗址外，几乎已化为废墟尘土。但幸运的是，唐代文学尤其是诗歌保存了丰富的园林史料，如唐代园林的景观化特征、景观体系建构以及景观建构艺术，使我们可以真切地了解并还原唐代园林的景观建构，这是唐诗文献价值的体现。同时，唐诗也包含了丰富的园林审美，如园林景观的审美建构、园林景观的诗意化、园林景观的审美概念以及园林意境的审美类型等。另外，由于唐代园林与文人、文学的紧密联系，园林进一步成为诗歌创作的对象和寄情写意的对象，在文人主观情感的赋予和大量诗歌的题咏下，由物质建构升华为精神建构和审美建构，完成了其艺术化过程，这也正是唐诗美学价值的体现。

与之相应，目前学界关于唐代园林以及唐代园林与文学之关系的研究主要体现在以下两个方面。一是有关唐代园林的研究，二是唐代园林与文学的关联性研究。

唐代园林的研究，并非一个全新的研究领域。早在宋代李格非就对洛阳地区的名园进行了辑录考证，形成《洛阳名园记》。同为园林编集的还有明代王世贞的《古今名园墅编》，这是园林文献整理的滥觞，可惜自王世贞之后，明清两代再无承继者。从20世纪30年代开始，中国古典园林研究步入新的阶段，唐代园林研究也取得了新的成就。《中国历代名园记选注》《园综》与《中国历代园林图文精选》对历代园林文献搜集、整理，收录唐代园林诗文68篇，以园记为主，然对诗歌多有遗漏。同一时期，日本人冈大路所著《中国宫苑园林史考》，对唐代长安的宫殿、苑园、胜地、园池以及洛阳的苑园进行了考证。一直到20世纪90年代，李浩在1996年所著《唐代园林别业考论（修订版）》，下篇按照唐代州、道进行编排，考证了唐代私家园林的地理方位、园主及工匠姓名，并对一些历史存留问题进行了考辨。随后，又在2005年出版了《唐代园林别业考录》，对《唐代园林别业考论（修订版）》的园林别业辑考做了补充，以翔实的文献资料对唐代园林别业进行了广泛辑录，是一部辑录、考证唐代园林的专门论著。唐代园林的考证除了以

---

① （唐）李德裕撰，傅璇琮、周建国校笺：《李德裕文集校笺》别集卷9，中华书局2018年版，第682页。

上专著，还有单篇论文。吴宏岐于2001年在《中国历史地理论丛》上发表了《唐代园林别业考补》，对唐代园林别业的地理考证做了补充。此外，学界还对个别诗人的别业做了考订，如陈铁民的《辋川别业遗址与王维辋川诗》（《中国典籍与文化》1997年第4期）、樊维岳的《王维经营辋川别业时间初探》（《唐都学刊》1994年第1期）结合文献史料对辋川别业的建构地址与时间进行考证。日本学者埋田重夫的《白居易〈池上篇〉考》[《河池师专学报》（社会科学版）2002年第3期]对白居易的履道里宅第的构建布局进行了翔实考证。这种辑考式的研究以实证的方法反映了唐代园林别业的分布情况与发展态势，为唐代园林文化与文学的研究奠定了文献基础。

从20世纪90年代起，唐代园林的考证与研究逐步引起关注，诞生了一系列成果。同时，唐代园林在园林史、园林文化、园林美学方面的研究都取得了丰硕的成果。1990年初版、1999年再版、2008年第三版的周维权的《中国古典园林史》，对唐代皇家园林、私家园林、寺观园林、其他园林分别进行了论述，其中将私家园林中的文人园林的兴起定格于唐代，从中国古典园林发展史的角度论述唐代文人园林的地位和意义。汪菊渊的《中国古代园林史》更是从唐代园林发展的外部环境入手，论述了唐代的离宫别苑、自然式园林、公署园池以及与此相关的文化艺术和山水画的繁荣，资料丰富、论述详尽。还有一些园林史著作，如张家骥的《中国造园艺术史》、安怀起的《中国园林史》、陈植的《中国造园史》，都是部分涉及唐代园林的论著。综观这些园林史类著作，概括介绍了唐代园林的发展状况，肯定了唐代园林的史学地位，但由于缺少实物遗迹的参考，在资料与论述上与唐代园林相关的史料文献的丰富性形成差距，唐代园林的艺术建构有待进一步发掘与历史还原。

园林文化研究方面的代表性成果是王毅于1990年出版的《园林与中国文化》，2004年更名为《中国园林文化史》。该书从文化角度对园林的发展进行了深入论述，并以丰富的文献史料对古典园林与文学、绘画的关系做了详细分析，对园林发展背后的传统文化以及文化影响下的士人园林都做了深刻剖析，并从唐宋文化转型的角度对中唐园林的发展进行论述，肯定了中唐园林对整个中国古典园林典型特征的形成的奠基作用，其过渡地位不可忽视，可谓中国园林文化研究的重要力作。2003年出版的王铎的《中国古代苑园与文化》从哲学文化、祭祀文化、农业文化、皇权文化、士文化、儒文化、佛教文化、道教文化、诗书画艺术文化方面对中国古代苑园的发展做了详细论述，不同的文化成就不同的园林特色，从中可以看出中国传统文化对园林发展的重要影响。如果说《中国园林文化史》与《中国古代苑园与文化》是对各种园林类型进行关注，那么陈薇的《中国私家园林流变》一文，则是对文人园林的专门考察，它从文人的人生追求出发，通过自然观念及造园手法的变化，细致考察了私家园林在不同时期的发展流变，展现了文人士大夫在园林发展中的重要作用，视角独特、分析深刻，可以说隐含了深刻的士文化。

园林美学研究方面的代表性成果是吴功正于1999年出版的《唐代美学史》。该书在第七编第三十九章中专门论述了唐代园林美学，分别对皇家园林、私家园林、寺观园林及园林的美学特征和美学史地位进行了论述，此书在2020年再版，唐代园林美学部分有微调和补充，但大体上仍延续了旧版体例。金学智在2005年出版的《中国园林美学（第二版）》从美学的角度探讨园林的发展、物质建构、精神建构、意境生成、品赏心理，论述了中国的园林文化与园林艺术，其中有些部分涉及了唐代园林的艺术审美，资料丰富，值得借鉴。此外，陈望衡、范明华等的《大唐气象：唐代审美意识研究》中列专节"唐代园林营造的审美意识"，首先叙述唐代园林的历史定位，指出，"对于中国园林来说，唐代是一个重要的历史转折点"[1]，认为"唐代却是园林开始进入城市、进入平民人家的时候，尽管当时在艺术手法上还不是那么丰富和完善，但从那时起，私家园林可以说是进入了快车道，开始了它的高速发展"[2]，然后在对唐代园林进行个案研究的基础上进一步归纳提炼唐代园林的审美特征，包括"诗意居所""空灵之美""小中见大"三个方面，可以说准确把握了唐代园林的审美特征，但限于全书的体例安排，唐代园林审美方面的探究还有待更全面更深入的探究。

唐代园林与文学的紧密联系，主要基于唐代园林的艺术发展、文人审美与文学书写，这是一个不争的事实，因此，无论是关于中国园林史的研究还是关于园林文化的研究，抑或是园林审美的研究，其实都不同程度地涉及唐代园林与文学之关系的研究。如汪菊渊在《中国古代园林史》中论述唐代园林时，不仅详尽叙述了唐代长安城宫苑、郊坰胜地、离宫别苑和自然园林式别业、唐公署园池等数量庞大的唐代园林，而且以专节内容

---

[1] 陈望衡、范明华等：《大唐气象：唐代审美意识研究》，江苏人民出版社2022年版，第540页。
[2] 陈望衡、范明华等：《大唐气象：唐代审美意识研究》，江苏人民出版社2022年版，第540页。

论述了"隋唐五代文化艺术和山水画",其目的即在于为唐代园林的发展提供更广阔的社会文化背景,而且这一节中,汪菊渊提到了唐代诗歌的发展,其优长在于已经明确意识到唐代诗歌与唐代园林发展之间的关系,但对唐诗与唐代园林景观之间到底存在何种互动以及如何互动则缺乏细致论述,但这也是由作者专注于以园林为研究对象所决定的,由此也留下了众多研究空间值得进一步开拓。再如,周维权的《中国古典园林史》在论述唐代园林发展时延续了汪菊渊从社会政治、经济、文化背景出发的论述方式,但较汪著更细致的是,明确提出唐代园林与诗歌之间的联系,他认为唐代园林的诗情画意的审美特征即与唐代诗人参与构园和大量的诗歌创作有关。同样,王毅在《中国园林文化史》中十分详尽地论述了唐代园林的营造,包括叠山、理水、景观组合,以及中唐园林的"壶中天地"之空间原则及其园林艺术技巧在"壶中"的全面展开,在其论述中同样征引了大量唐诗作品作为论证根据,由此亦可管窥唐诗之于唐代园林的重要作用和意义。其他园林史、园林美学著作同样如此,如吴功正以王维的辋川别业为例,指出唐代别墅园林具有诗情画意的特征,"园主在建园中所追寻的、在游园中所享受的是情调、野趣,自然、闲适"①,唐代园林确实蕴含了深厚的文人审美意识和极高的文人欣赏水平,同时也成为与文人心性相契相通相融的自然山水的象征,这些都是唐代园林与文学之紧密关系的表现。

除了以上在唐代园林研究的基础上涉及园林与文学之关系外,唐代园林与文学的专题研究在20世纪90年代日趋兴盛。侯迺慧、李浩和林继中分别于1991年和1996年先后出版《诗情与幽境:唐代文人的园林生活》《唐代园林别业考论(修订版)》《唐诗与庄园文化》。同时,美国学者宇文所安于1997年、1998年发表《唐代别业诗的形成》上下两篇,共同开创了唐代园林与文学的跨学科研究。

第一,对唐代园林文化、文学的整体研究。李浩的《唐代园林别业考论(修订版)》上篇对唐代园林别业的历史面貌、景象构成、意境创造,及其与文学创作、文人隐逸、士林风尚的关系进行了详细论述,整体观照了唐代园林别业与文人、文学的发展概况。中国台湾学者侯迺慧在《诗情与幽境:唐代文人的园林生活》中,以详尽的材料和细腻的笔法论述了唐代文人丰富多样的园林生活,并因此涉及到一些文人园林的建构情况,资料详尽,论述缜密。林继中的《唐诗与庄园文化》从文人心态、诗歌创

---

① 吴功正:《唐代美学史(修订本)》,陕西师范大学出版社2020年版,第599页。

作和美学意蕴三个层面展开对唐诗与庄园文化各种关联的探讨，展示了庄园文化在不同时期对唐代文人的影响。这里林继中运用了田园诗的称谓，就其论述内容来看，已经是传统田园诗概念所不能概括的，这就涉及了唐代诗歌类型划分的问题。因此，李浩于2007年在《文学评论》上发表了《微型自然、私人天地与唐代文学诠释的空间——对宇文所安园林论题的推展》一文，提出当前的唐代文学研究应当引进"园林诗""园林散文"的概念，随后于2010年在《陕西师范大学学报》（哲学社会科学版）上由笔者执笔发表了《被遮蔽的幽境：唐代园林诗初探》一文，对学界习以为常的诗歌类型山水诗、田园诗、山水田园诗的划分提出异议，并明确提出了"园林诗"的概念。这些成果拓展了唐代文学的研究领域，并且质疑了一些传统文学观念，推进了唐代文学研究。笔者于2018年出版的《唐代园林与文学之关系研究》，是专门研究唐代园林与文学之关系的著作，从唐代园林的历史发展入手，考察唐代文人自然观的嬗变及其园林意识在文学创作中的反映，进而从园林游宴、园林营造与园林题咏等与文人相关的园林活动中展开园林与文学之关系的具体研究，呈现出唐代园林文学创作的景观，最后将其置于整个唐代文学的宏观视野中，考察园林书写对文学观念及创作理论的影响，深层发掘园林与文学之间的互动关系。李小奇于2022年出版的《文心见园：唐宋园林散文研究》对唐代园林散文进行了较为深入的研究。此外，值得注意的是，笔者早在2013年即完成了博士学位论文《唐人构园与诗歌的互动研究》，专门对唐代园林与诗歌之关系进行探讨，着眼于唐诗中的园林以及唐代诗歌与园林营造、园林活动与园林审美之间的多重互动关系。

第二，对重要园林诗人的个案研究，主要集中在王维的辋川别业与辋川诗，白居易的构园思想、原则、园林文学创作，以及柳宗元的构园思想、园林散文上。关于王维的辋川别业与辋川诗的研究已十分成熟，主要有翁有志的《王维辋川别业的人文意境及其美学特征》（《建筑与文化》2009年第12期）、李志红的《王维辋川别业的园林意境》[《郑州大学学报》（哲学社会科学版）2006年第1期]、岳毅平的《王维的辋川别业论》（《文艺理论与批评》2004年第6期），从园林文化角度对辋川进行分析论述。关于白居易别业的研究主要有岳毅平的《白居易的园林意识初探》[《安徽师大学报》（哲学社会科学版）1998年第2期]和《白居易的园林艺术法则初论》[《西北大学学报》（哲学社会科学版）2002年第4期]，还有徐维波、韦峰的《从〈池上篇〉与〈庐山草堂记〉看白居易的造园思想》（《南方建筑》2003年第2期），李志红的《〈草堂记〉与白居易的园林意象》[《郑州大学学报》(哲学社会科学版) 2004 年第 6 期],从园林建构的角度分析白居易的构园思想、原则与审美,拓展了学界对白居易的研究。关于柳宗元的园林文学研究集中在园记上,例如祁志祥的《柳宗元园记创作的文学价值和审美意义》[《云南大学学报》(社会科学版) 2006 年第 2 期] 与《柳宗元园记创作刍议》(《文学遗产》2007 年第 5 期),不仅分析了柳宗元的构园思想与审美原则,而且从文学艺术角度分析了园记作品的艺术特征与审美价值。除了王维、白居易、柳宗元这些园林诗人的研究外,学界对其他文人的园林文学也有所研究,如发表于 2005 年的《试论李德裕的平泉诗》,以李德裕的平泉庄诗歌为研究对象,通过诗歌的意象、语言探讨李德裕的政治道路及其心态。这些个案研究拓宽了作家作品的研究范围,也使作家作品的研究更加成熟。唐代的文人士大夫或多或少都有构园经历,不可避免产生与此相关的诗文创作,刘长卿、元结、齐己等都有许多园林诗文,因此,唐代文人中还有许多这样的个案有待研究。

第三,从地域、经济、空间、景观等方面考察唐代园林文学。这方面的研究以硕士学位论文为主,主要有陈冠良的《唐代洛阳园林与文学》(西北大学,2009 年),马玉的《唐代长安园林与唐诗》(西北大学,2010 年),魏丹的《唐代江南地区园林与文学》(西北大学,2010 年),分别从地理区域角度进行研究;李青的《唐代楼阁题咏诗研究》(西北大学,2010 年),张现的《〈全唐诗〉中的山石意象研究》(西北大学,2011 年),张玲的《唐亭的文化透视——以唐代诗文为重点的考察》(西北大学,2009 年),王书艳的《唐代园林诗中的"窗"》(西北大学,2009 年),则从园林景观构成角度进行研究;房本文的《唐代园林经济与文人生活》(西北大学,2010 年) 从园林经济角度进行研究;丁垚的《隋唐园林研究——园林场所和园林活动》(天津大学,2003 年) 将园林作为一个空间场所去研究唐代文人的园林活动。这些研究主要从园林的某一方面进行细致探究。

第四,域外汉学家对唐代园林文学的研究。美国学者宇文所安从"他者"眼光观照中国文学,提出"私人领域"概念,并以此观照唐代文人的园林别业,为唐代园林文学的研究开创了一片独特的天地。《中国"中世纪"的终结:中唐文学文化论集》中《诠释》和《机智与私人生活》两篇文章可谓其思想论点的精华,他认为园林是文人用诗歌建构的私人领域,这一领域又与公众世界存在割不断的联系,既有妥协又有争斗,诗人们在这个空间中不惜辛苦地建构了一个又一个"隐逸刺激物"。另外,宇文所安于 1997 年在《古典文学知识》上发表《唐代别业诗的形成（上）》和《唐代别业诗的形成（下）》，以流畅的语言论述了别业诗形成的过程，并且对唐初的贵族官僚及公主庄园进行了论述，观点发人深省。宇文所安的高徒杨晓山在其教导和传授下，将唐代园林文学的研究推向深入，《私人领域的变形：唐宋诗歌中的园林与玩好》一书继承了宇文所安提出的"私人领域"的概念，通过精彩纷呈的园林诗歌细读，匠心独运地考察了中唐至北宋期间的士人文化和文学传统中私人领域的发展和变化过程，将私人领域置于一个与公众世界相联系又相冲突的界点，为我们展现了这个独特的文人空间如何在"修身齐家治国平天下"的文化结构中受到挤压并开始变形，观点新颖、思路独特、视角别致。

　　唐诗与唐代园林景观的审美建构，即上述学术背景下产生的研究课题，是基于唐代园林与文学跨学科研究而展开的深入探究。以上唐代园林与文学研究取得的丰硕成果为本书的写作提供了诸多借鉴，然而，也有许多有待深入的地方。首先，唐代园林景观建构的梳理有待精细。园林学界关于园林建构情况的研究多集中于明清时期，而对唐代园林的建构研究则因实物遗存的缺乏而稍欠细致。唐代园林的实物虽缺少保存，但唐代诗歌却保存了丰富的构园史料，包括景观要素的完备、组合，以及构园的艺术原则、艺术模式等，对其细致梳理、拼接可以还原唐代园林的构建情况。其次，理论探究亟须深入。唐代园林景观的审美建构与唐诗的美学功用密不可分，鉴于唐代园林诗歌葆有的丰富魅力与目前专题研究成果有待深入形成的反差，当今学界应怀有更高远的学术目标。学界应该从"破"和"立"两方面入手。一面破除"酒神魔咒"，转变已有的诗歌类型划分的固定模式；一面建构唐代园林诗歌的话语体系，关注唐诗的美学价值，推进理论探究。最后，研究路径亟待转换。目前的唐代园林与文学研究呈现两种态势，要么发掘单个文本和作家，进行细读和钩沉；要么研究者就自己所在领域，进行某一方面的关联研究。因此，唐代文人置身园林的生活情境以及与园林相关的构建、吟咏活动难以整体呈现，这些活动对诗歌创作的影响也难以细化与深入，并进而导致园林书写对唐代士人文学观念的影响尤其是对整个唐代文学发展产生的影响被忽视。实际上，政治环境与生活环境都有可能影响到文人的观念及其创作，当这种影响以群体性展现出来的时候就构成了整个时代文学风貌的转变。应尝试从生活环境的变化出发，厘清唐代园林的景观建构，呈现诗歌在园林景观建构中的审美功用，进而将其置于整个唐代社会的文化背景下，对文学观念及创作理论进行动态观照。

实际上，唐代园林在六朝园林的基础上进一步发展，形成了有机统一的园林景观体系，不仅将美学方法的探索变为明确的艺术原则和艺术模式，而且将文人的独立人格、价值观念与美学观念作为园林艺术的灵魂，在形而下的相通中取得形而上的一致，完成了园林景观的审美建构。同时，唐诗保留了大量的构园史料，唐代文人的景观审美及其诗歌吟咏在唐代园林景观的审美建构中有着重要的美学意义，成为沟通园林与诗歌两大艺术门类的灵魂纽带。这是本书选择"唐诗"与"唐代园林景观"进行考察的主要缘由。

本书的写作主要围绕三个关键词展开，即唐诗、园林景观和审美建构。在写作思路上，首先，基于唐诗等文献史料，对唐代园林的景观化、景观体系与景观建构艺术展开分析。其次，对园林景观的描述并非本书的主要目的，本书的目的在于通过现象的描述，展示园林景观的审美建构过程。最后，通过园林景观及其审美建构的具体分析，力图呈现唐诗的美学意义。在这三个关键词中，"园林景观"是现象层面的考察，"审美建构"是唐诗与园林景观的深层剖析，而"唐诗"既是论述范围的界定，更是园林景观完成其审美建构的关键所在。笔者以为，唐代是园林完成审美建构的关键时期，唐诗是景观审美生成的重要媒介，立足于唐代园林景观的审美建构，从横向的具体层面和纵向的理论层面对唐诗与园林景观的审美建构进行学理研究，呈现基于具象的审美建构过程，避免无法落地的文化研究和宏大理论，舍弃现象描述的研究模式，将园林与诗歌的关系考察置于更宽广的学理分析中。

基于以上思路，本书主要从四个维度展开。

第一个维度，即唐代园林及其景观的诗歌呈现。以唐诗为主要考察范围，结合唐代文赋、正史、笔记、绘画、出土文献等史料，采用诗史互证的手法，力求真实还原唐代园林的景观建构，呈现唐代园林在中国古典园林发展史上的重要地位。

第二个维度，从横向维度对构园要素的审美建构进行具体研究。以山石、水景、花木、建筑和声音景观为例，从横向的具体层面分析唐代文人的山石堆叠、水景建构、花木种植、立亭、引泉等行为，发掘隐含于构园行为背后的情感与精神，由此展现唐诗在唐代园林景观审美建构中的美学意义。

第三个维度，从纵向维度对审美建构的生成过程进行理论研究。园林景观的审美生成存在一个发展过程，即从唐代文人对构园生活的诗歌吟咏，到园林物象的诗化，在此审美生成的过程中唐诗有着重要的美学意义,此部分着眼于纵向的理论考察,着眼于唐代园林景观的诗意化过程。

第四个维度,在对唐代园林的景观建构以及唐代园林景观的诗意化过程进行详尽展现后,进一步从理论出发,围绕唐代园林景观的审美概念以及园林意境审美,对唐诗与唐代园林景观的审美建构进行深入探究,并以此进一步呈现唐诗在园林景观审美生成中的美学意义。

根据以上研究维度,本书共分为五章。

第一章"唐代园林及其景观建构的诗歌呈现",主要以唐代诗歌为考察范围,并结合唐代文赋、正史、笔记等对唐代园林的景观化特征、景观体系建构和景观建构艺术进行全面整体的呈现。景观化是唐代园林在其艺术化发展过程中呈现出来的重要审美特征,主要体现为唐代园林数量众多、分布广泛以及唐代园林由庄园式的自然山水园向人工山水园林过渡,呈现出精致化、精巧化的审美发展趋向,这是其景观化的重要表现,也逐渐发展为宋代园林乃至明清园林的重要审美特征。同时,唐代兴盛的游赏活动和大量的诗歌吟咏又进一步促使唐代园林走向景观化审美。在对唐代园林的景观化进行整体呈现后,着眼于唐代园林的景观体系建构,从构园要素的组合与配置、景观的分区与布局、景观的微型化与壶中天地三个方面对唐代园林景观的体系建构进行细致呈现,体系性正是唐代园林之艺术水平的重要表征。伴随唐代园林的景观体系建构,景观建构的艺术水平也日益提升,并形成了园林营造的美学原则和艺术手法,如因借的手法和技巧、对比手法的灵活运用、园林景观的线性序列和园林景观的"自然"审美追求,这些艺术方法和审美探索都成为后世造园的根本指导思想,对后世园林的营造和审美产生了重要影响。

第二章"唐诗与唐代园林的景观建构",以景观建构为核心,从山石、水池、花木、亭建筑及声音景观五个方面围绕唐代园林诗歌创作和唐代园林的典型景观之间的审美建构关系进行重点呈现,整体上呈现出从山水的架构到花木、亭台等具体物象再到听觉通感审美的景观建构。唐代有着丰富的咏石诗,而唐代园林的发展尤其山石元素的审美拓展包括假山的出现、灵活的置石形式以及对构园中山水林泉之象征义的审美追求,都促使咏石诗在唐代发生重要转变,而数量众多、文化意蕴深厚的咏石诗又进一步对园林中的山石景观产生重要影响,使其成为自然真山的代表,使园林充满浓厚的山水意味。与山石的审美与歌咏类似,园林的水池景观也具有相似的审美建构,但不同的是,唐代以水池为创作对象的诗歌作品中蕴含了典型的"江湖之思",唐代文人从小池的碧波荡漾中看到了自己向往的江湖和自由,在对这一心性和崇尚进行吟咏的同时,园中的小池也随之具有了江湖的象征意蕴，直接影响唐代及后世造园中水池的开凿及其多样景观的建构。唐代园林中的花木景观则与唐代丰富的种植诗有关，与咏石、咏池诗不同，在花木景观的建构中，唐代文人多注重花木的种植行为，并且强调这一亲历行为，由此蕴含了文人对时间和空间的感悟与思索，花木景观也因此具有了更深厚的文化意蕴，同时在形色与声影等外在形式审美上也呈现出浓厚的文人意趣，促进了花木景观的审美建构。园林立亭亦如此。园林建筑尤其是亭这一建筑形式在唐代发生了重要变化，由居处建筑进一步向园林建筑转变，并且与文人发生了紧密联系，成为其宴集、唱和、抒情、寄意的物质和精神对象，园林中的立亭行为也因此上升为一项富含文人意趣的诗意行为，亭也不仅以园林建筑的面貌出现，而且是蕴含了文人心性和审美倾向的精神建构和审美建构。除了以上山石、水池、花木和立亭等实体类的园林景观，声响景观作为园林之虚景景观的代表更不可忽视。选取"听泉"意象，对唐代诗歌中的听觉审美以及园林中声景观的审美建构展开分析，指出唐代文人对泉之审美存在由视觉向听觉转变的过程，并且在诗歌吟咏中实现了诗意化行为的转变，从而成为经典的"听泉"意象。这不仅对诗歌意境的构建起到了重要的审美功用，而且对园林中声景观的营造起到了重要推动作用，更可以看成是诗歌的想象性书写促使园林审美诗意化的例子。

第三章"唐诗与唐代园林景观的诗意化"，以诗意化为核心，探讨唐代诗歌对唐代园林景观诗意化的影响。围绕"写意"，从诗文的写意特征和内涵出发探讨唐代园林的写意性，指出唐代写意园在初盛唐时期已经出现，园林中山石与小池的建构已经出现微型化与写意化的特征；发展到中唐，园林写意则更为成熟，无论是手法技巧还是景观的建构都较前代更丰富，园林写意走向成熟，并影响到后世园林的营造艺术和审美追求。唐代园林之所以走向写意，与诗歌吟咏密不可分，唐代诗歌的美学意义也由此体现。不仅如此，唐代园林与诗文的关系较六朝更为紧密的重要表现之一，是越来越多的园林或园林景观进入诗歌，成为诗歌的吟咏对象和创作对象，随之而来的是，唐诗中出现丰富的园林书写内容。而且，唐代文人采园景入诗的创作行为是有意识的行为，这可以从唐代园林书写中出现的大量"诗景""诗情""诗兴"等词语见出，说明唐代文人在面对园林景致时，已经将其看成"诗的风景"，即可以入诗的风景或景观，进而进行吟咏和题写。于是，唐代园林书写中亦出现了"题园诗"和"园林题名"现象。"园林题名"既是最具有诗意化的表征，也是园林与诗歌产生最亲密关系的体现。诗意化的园林题名在六朝园林中已经出现，但数量极少；

发展到唐代尤其中唐，则数量增多，并且出现了抽象化、审美化且融糅有主人主观情感和寄托情志理想的题名，直接影响到宋代及宋以后的园林题名。同时，"题园诗"在唐代大量出现，对于园林进一步走向象征而言则具有重要的美学意义。唐代题园诗有自题和他题两种形式，但无论哪种形式，都融入了诗人的主观情感和理想，如对方外之名的追求、对自适生活的表达、对不平与无奈的寄托等，可以说，以诗歌的语言对唐代园林进行了主观赋予和情感投射，使其具有丰富的象征意蕴，直接影响到后代园林的诗情、诗意审美。

  第四章"唐诗与唐代园林景观的审美概念"，以"审美概念"为核心，对唐代园林景观审美概念的出现与形成进行探讨。唐代文人已经具有较前代更成熟、更主动、更鲜明的园林审美意识，重要的表现是唐代园林书写中出现了带有理论概括性的园林审美概念，如"景""赏""境"等。它们代表了唐代园林欣赏与品鉴的审美水平，同时说明唐诗与唐代园林景观之间的审美关联，并不局限于采园景入诗抑或是以园林为题写和歌咏对象，而是在审美理论上具有更高境界的相通性，即由诗移至景，在园林建构与园林审美中一系列美学概念得以形成。"景"在六朝的园林书写中已经出现，但其具有今天意义上的"景观"审美含义则要到唐代才确定下来，这与唐代园林的艺术发展和审美进步有很大关系，"景"在唐诗中越来越普遍地用来指称园林景观。与之相应，"风景""景物"也逐渐具有了景观审美义。不仅如此，唐诗中出现了"胜景""美景""佳景""芳景"，甚至"仙家景"等众多关于"景"的品评词语，还有"清景""幽景"等带有诗人主观心性与审美情趣的词语，也有"景致"和"景趣"等触及园林景观内在质趣的词语，它们都是在唐代文人观照、欣赏与品评园林景观时逐渐形成的，是唐代文人园林审美意识发展的重要体现。如果说"景"之审美概念重在将园林景观视为客体对象，那么"赏"则进一步拉近了审美主体与审美客体的距离，是着重于审美体验的园林审美概念。"赏"在六朝时期已经出现，并且具有多重指称，既指山水审美，也指人物品鉴和文艺品鉴，但伴随山水自然的审美发现和山水审美向园林审美的过渡，"赏"逐渐用于品赏园林及其景观，成为一个重要的园林审美概念。唐代文人在园林的品赏与书写中发展了六朝文人诗歌中的"赏心"，进一步将园林自然与人之审美主体相联系，运用了一系列与"赏"有关的词语，如"同赏""共赏""赏会"和"独赏""孤赏""幽赏"等，以及"赏玩""玩赏"等。大量与"赏"有关的词语的出现，一方面说明唐代文人的园林书写较六朝时期更丰富更生动；另一方面也说明唐代文人的园林审美较六朝时期更细致更具理论性，这也是唐代文人园林品赏与审美能力快速发展的直接体现。"境"同样是伴随园林审美发展并逐渐与园林相结合的一个园林审美概念。"园境"在唐代已经形成，并且与"诗境"有着十分密切的关系，两者在"境"的运用与营造手法上有着众多相通之处，这也说明唐诗与唐代园林意境的形成之间有着不可忽视的联系。本章选取"景""赏"与"境"这些具有代表性的园林审美概念，从其发展形成的过程出发，考察唐代诗歌与园林景观审美之间的互动关系，其重要意义在于，唐诗促进了唐代园林审美进一步提升并上升到审美理论总结和概括的高度，这也是唐代文人园林审美品鉴能力与水平的集中体现。

第五章"唐诗与唐代园林的意境审美"，围绕"意境"展开，选取"闲境""幽境"和"雅境"，从不同的园林意境审美类型出发，探讨唐代诗歌与唐代园林意境审美之间的紧密联系。此章是上章中"境"之审美概念的具体展开，着眼于园林意境的不同审美类型。就"闲境"而言，唐代文人的园林书写中有丰富的描写，如园林宅第因其闲物、闲景而被看成与喧嚣尘世不同的幽闲地，被称为"闲园""闲庭""闲院""闲斋"等，其背后原因在于文人对"闲"的崇尚与追求，他们在诗歌中毫不隐讳地尽情展现自己的"身闲""心闲"和"爱闲"，并且将自己和友人称为"闲主""闲客"和"园林闲人"，由此创作了大量以"闲居"为题的园林闲居类诗歌，使其成为唐诗中新崛起的一种诗歌类型，而在创作方式上又以"闲咏""闲吟""闲寄"称之，这些诗歌创作行为和闲情的审美追求都促使园林成为挥洒闲情的最佳场所，"闲境"之审美意境也得以形成和建构起来。与"闲境"类似，"幽境"也是唐代园林意境审美类型中的重要一种。今日园林之意境多追求"静境"，而在唐代文人的笔下，"幽境"才是最经常出现也是最经常被使用的园林意境类型。"幽独"是文人经常在诗歌中表现的一种情思，在其使用之初多以"幽愤"为主，但随着隐逸环境的变化，由山林转向园林，"幽独"情思中的"幽愤"情绪减弱，代之以"闲逸""幽静"和"幽闲"，在自我适意和自我娱乐中完成了精神内转，从而又带来"幽"之审美向"静"与"闲"之内涵的开拓。带着"幽"美的视野和幽独的情思去观照品鉴园林之景和园林之境，则使园林景观浸染上诗人之主观情感和审美倾向，由此完成"幽境"的审美建构。"雅境"被计成作为园林意境的审美类型写进《园冶》，是园林意境的最高审美追求，然而在唐代诗歌中却并未以一个固定类型出现，但与"雅境"相关的词语却大量出现。唐代文人指称园林"雅"格与"雅"境时主要以否定式的词语进行反向表达,如"无俗""非俗""尘外""出尘"等,以反向的方式表现了对"雅境"的追求。此外,唐代文人以"雅"赞人、以"雅"品文、以"雅"称乐,其实已经具有十分主动的"崇雅"行为,同样在园林建构、品赏与寄情中也注意到园林之"雅"格的审美追求,因此"绝俗""崇雅"与"雅境"之间存在紧密联系,这直接影响到后世园林雅境的审美建构,由此也可以看出,园林"雅境"审美与唐代文人的审美意识和诗歌吟咏有着密切关系。本章以"闲境""幽境""雅境"为例探讨唐代诗歌与园林意境审美之间的互动关系,并以此呈现唐代诗人审美与诗歌创作在园林意境审美形成中的重要作用和意义,这是当前唐代园林以及园林文学研究中甚显薄弱的重要方面。

唐代文人的园林建构,既属于住的物质生活范畴,又属于与琴棋书画并列的艺术文化范畴,包括相地、布局、立基、叠山置石、凿池引泉、栽花种木、立亭开窗等多样程序,是唐代文人日常生活的重要组成部分。唐代文人的生活少不了诗歌,而作为与诗人密切相关的园林景观更是少不了诗歌的渗透与诗意的浸染。唐代园林的景观建构,在唐人诗歌的吟咏下逐步进行精神的提升与诗化,从技术层面向文化层面升迁,最终成为一种与绘画、音乐等艺术门类并肩的艺术文化,从而奠定了后世园林的艺术风格及士人文化传统建构的基本格局。同时,唐诗也对后世园林景观的审美建构产生了重要影响,包括园林的主题设置、布局规划、诗意题名、景观建构、意境营造等,这也是园林之所以富于诗情的根本原因。关注诗歌与园林景观的审美建构,可以发现唐诗在唐代及后代文人的物质、精神生活中有着多元价值,唐诗的社会功用也并不限于当前学界所认识的范围,还有很多领域有待发掘。

第一章 唐代园林及其景观建构的诗歌呈现

　　唐代是文化艺术全面繁荣的时期，除了诗歌、散文、书法、绘画、音乐、舞蹈等艺术外，园林艺术方面也取得了极高的成就。中国古典园林，经过先秦时期的萌生，秦汉魏晋南北朝时期的发展，到唐代走向兴盛。[①]周维权在《中国古典园林史》中认为，中国古典园林的发展在隋唐时期达到了全盛的局面，"从这个时代，我们能够看到中国传统文化曾经有过的何等闳放的风度和旺盛的生命力。园林的发展也相应地进入盛年期。作为一个园林体系，它所具有的风格特征已经基本上形成了"[②]。汪菊渊在《中国古代园林史》中认为，"到了唐宋，发展为表现山水景物达到某种意境成为诗意化生活境域的写意山水园并日趋成熟"[③]。他们都肯定了唐代园林所取得的艺术成就及其在中国古典园林发展史上的重要地位。

　　然而，唐代园林淹没于历史的长河中，并没有给我们留下足够的可供勘查的文物遗存。但幸运的是，唐代文学尤其是诗歌保存了丰富的园林史料，从园林的称谓、数量、分布到园林的景观化审美，从园林的景观要素组合与配置到园林的分区与布局再到园林之壶中境界的形成，同时还有园林景观建构的艺术原则与手法等，在唐诗中都有详细的反映。不仅如此，唐诗和园林同是有关情感的艺术，"缘情"是其共同的特征，这就形成了唐代园林的艺术化、抽象化与写意化等特征，园林成为一种精神的建构，更成为体验、欣赏与审美的所在，与诗人、诗歌紧密相

---

① 笔者认为唐代是中国古典园林史上急速发展的重要时期，其发展形态主要是园林的归属相对复杂；亭台楼阁等园林构成元素逐渐园林化；园林数量众多、分布广泛；园林称谓繁多且不固定；园林的建构艺术从初盛唐的重自然逐渐向重人工技艺过渡，壶中境界的空间原则也逐渐形成。参见王书艳《唐代园林与文学之关系研究》，中国社会科学出版社2018年版，第15—23页。
② 周维权：《中国古典园林史（第三版）》，清华大学出版社2008年第3版，第24页。
③ 汪菊渊：《中国古代园林史》，中国建筑工业出版社2006年版，"前言"第8页。

关。从这个意义上讲，唐代园林在当时已经作为一种美的存在而存在，或者说作为一种景观而存在。本章即从山水审美向园林审美转向入手，考察唐代园林的景观化特征，并在此基础上呈现唐代园林景观的体系化建构及其建构艺术。

第一节　唐代园林的景观化审美

园林的建构与发展，与中国山水审美观的形成有密切关系。吴必虎、刘筱娟在《中国景观史》中说："中国人对自然山水的欣赏，发展成为一种文化观念。以这种观念为指导，中国人在自己生活的空间范围内营建了人工山水——园林景观。"① 这一说法其实道出了园林与山水审美之间的关系，也就是说，园林的勃兴与中国山水审美的兴起之间存在必然联系。

山水审美向园林审美的转向主要发生在六朝时期。六朝尤其是晋末宋初，被认为是"山水自觉"的时代，也是园林勃兴的时代。无论是隐士们的隐遁生活，还是贵族公子的优游生活，都促使山水审美逐渐向山居、庭园山水审美过渡。在左思的《招隐》和张协的《杂诗》中已经看不到山中生活之苦，反而成为令人喜悦的对象，并开始由关注山中生活转向赞美自己生活周边的山水。换言之，他们把巢穴蓬户式的隐居生活搬到了自家丘园中，开始了日常生活环境的美化。葛晓音即指出："东晋诗中的隐士，大多不在幽深绝俗的山林，只是在自家的丘园中俯仰自得。"② 隐居环境从荒山野林转向山居与丘园，除了受隐逸观念发生变化之影响外，更与此时山林庭园的建构有密切关系。

同时，贵族公子的优游生活也促进了园林的勃兴和山水审美向园林审美转变，这从南朝出现大量的园林类作品可以见出。受南朝的游乐生活影响，"公宴"诗大为流行，其中就有描述园林之游的，如简文帝的《九日侍皇太子乐游苑》、沈约的《九日侍宴乐游苑》、邱迟的《九日侍宴乐游苑》、庾肩吾的《三日侍兰亭曲水宴》《九日侍宴乐游苑应令》等，都能见到有关庭园内山水的描写；还有描写庭园内山水美的作品，如简文帝的《侍游新亭应令》《夜游北园》、元帝的《晚景游后园》《游后园》、庾肩

---

① 吴必虎、刘筱娟：《中国景观史》，上海人民出版社2004年版，第291页。
② 葛晓音：《山水·审美·理趣》，复旦大学出版社2020年版，第20页。

吾的《从皇太子出玄圃》等；还有描写山居自然的诗歌，如简文帝的《山斋》、沈约的《宿东园》、刘峻的《始居山营室》、徐陵的《山斋》、江总的《山庭春日》《春夜山庭》《夏日还山庭》等，这些诗歌虽然说从内容上看吟咏庭园内山水与实际自然山水并无太大区别，但从题目中我们可以发现，其实与自然景致已有不同，至少出现了自然山水的范围限定，这就为唐代园林的发展和园林山水的吟咏奠定了基础。正如葛晓音说："东晋士族都有大规模的庄园，集山林田园于一区，所谓'幽结于林中'，不过是在庄园里'荫映岩流之迹，偃息琴书之侧'的闲游而已。""山水与丘园都是雅人体悟自然的审美对象，不同的只是居家为丘园，外出则为山水。"① 既道出了山水诗与园林诗在产生之初的内在联系，也说明此时山水审美包孕着园林审美。

可以说，六朝时期是中国山水审美的大发展时期，而伴随山水审美的发展，园林的构筑也兴盛并流行开来。上述所举大量的园林作品已经说明此时园林的勃兴局面，其他如皇家园林、私人园林等也大量涌现，如芳林园、华林园、西园、金谷园、潘岳庄园、谢氏庄园、离垢园、庾信小园等。周维权说，"（魏晋南北朝）经营园林成了社会上的一项时髦活动，出现民间造园成风、名士爱园成癖的情况"②，在造园风气的推动下，山水审美随之发生变化，逐渐由自然山水缩小到自己周围的日常环境，庭园、宅院和山居等日益受到文人关注。小尾郊一即已指出："自宋以后，山水诗盛行。随着山水诗的盛行，人们的眼光开始转向广阔的自然，而不是仅局限于山水。这是咏物诗盛行的第一个原因。第二个原因是，过去人们一直眺望自然的山水，而现在，随着庭园的筑造，人们开始眺望庭园内的山水。也就是说，自然美鉴赏的对象开始缩小到自己周围的日常环境上来。庭园的筑造，似乎是从东晋时代开始盛行的。当时的王公贵族受爱好山水的思想影响，开始专门模仿山水建造庭园。"③ "人们从眺望自然的山水，开始转向眺望人工庭园内的山水。……在'欣玩水石'、'爱泉石'、'爱林泉'、'爱山泉'的风气中，开始变成了以庭园为对象的表现。"④ 可见，六朝时期的山水审美其实伴随着园林的审美发现，虽然此时的园林

---

① 葛晓音：《山水·审美·理趣》，复旦大学出版社2020年版，第20页。
② 周维权：《中国古典园林史（第三版）》，清华大学出版社2008年版，第140页。
③ ［日］小尾郊一：《中国文学中所表现的自然与自然观——以魏晋南北朝文学为中心》，邵毅平译，上海古籍出版社2014年版，第255—256页。
④ ［日］小尾郊一：《中国文学中所表现的自然与自然观——以魏晋南北朝文学为中心》，邵毅平译，上海古籍出版社2014年版，第297页。

建构多带有庄园性质和自然的特征，不同于明清园林的成熟和精巧，但确实已经出现与自然山水的区别，无论是题写的范围逐渐向庭园、山居转向，还是描写的对象逐渐景观化和园林化，山水审美的园林转向都是六朝时期不可忽视的文化现象。

山水审美的园林转向促使庭园、山居大量构筑和流行，这一风气自六朝始，到唐代进一步发展，尤其在中唐受园林技艺的影响而达到顶峰。宋张舜民的《画墁录》记载："唐京省入伏假，三日一开印，公卿近郭皆有园池，以至樊、杜数十里间，泉石占胜，布满川陆。"① 宋李格非的《洛阳名园记》记载："唐贞观、开元之间，公卿贵戚开馆列第于东都者，号千有余邸。"② 这两条资料分别说明了唐代长安与洛阳两地园林别业的兴盛。更为可观的是，李浩以唐代诗歌、笔记、小说等文献史料为据对唐代的园林别业做了考证与辑录，唐代"留下名称的园林别业不下千余处"③。唐代社会普遍流行的构园风气，为上述直观的数据提供了事实根据。唐朝宰相李义琰居官清廉，不事产业，其弟义璡说："凡人仕为丞、尉，即营第宅。兄官高禄重，岂宜卑陋以逼下也？"④ 李义璡劝说兄长构建园林的话透露了唐代以拥有园林为荣的社会风气，但凡入仕为官者都要构建园林别墅以撑颜面。还有，仇兆鳌的《杜诗详注》卷3引卢元昌语："天宝间，五家竞开第舍，一堂之费，动逾千万。至且撤韦氏宅为虢国居，又于亲仁坊起禄山第，莫不穷极壮丽。"⑤ 在园林建构上进行竞争，必然造成唐代园林的兴盛，同时也促使园林池观在当时成为社会中引人关注的风景。

伴随山水审美的园林转向，唐代文人兴起了造园之风，他们争相构园，一人可达数园。白居易拥有的私宅有四处，分别为长安新昌坊宅园、洛阳履道坊宅园、庐山遗爱草堂、渭村闲居；裴度除了在洛阳集贤里有宅园外，"又于午桥创别墅"⑥；牛僧孺在洛阳东城和南郭都有别墅；元载更

---

① （宋）张舜民撰，丁如明校点：《画墁录》，载《宋元笔记小说大观》，上海古籍出版社2001年版，第1551页。
② （宋）李格非：《洛阳名园记》，载陈植、张公弛选注，陈从周校阅《中国历代名园记选注》，安徽科学技术出版社1983年版，第54页。
③ 李浩：《唐代园林别业考论（修订版）》，西北大学出版社1996年版，第13页。
④ （后晋）刘昫等撰：《旧唐书》卷81，中华书局1975年版，第2757页。
⑤ （唐）杜甫著，（清）仇兆鳌注：《杜诗详注》卷3《重过何氏五首》，中华书局2015年版，第209页。
⑥ （后晋）刘昫等撰：《旧唐书》卷170，中华书局1975年版，第4432页。

是坐拥十余处。① 这种争相构园的社会风气促进了唐代园林的迅速兴起，同时也造成了众多"空园"现象。白居易的《题洛中第宅》有言："试问池台主，多为将相官。终身不曾到，唯展宅图看。"② 《题王侍御池亭》言："朱门深锁春池满，岸落蔷薇水浸莎。毕竟林塘谁是主？主人来少客来多。"③ 还有元稹的《和乐天题王家亭子》："风吹筝簶飘红砌，雨打桐花尽绿莎。都大资人无暇日，泛池全少买池多。"④ 朱庆馀的《登玄都阁》："野色晴宜上阁看，树阴遥映御沟寒。豪家旧宅无人住，空见朱门锁牡丹。"⑤ 再有李德裕虽然在洛阳建构平泉庄，但一生很少居住，其诗歌也多写园林空置和对园林的所思所忆。大量的"空园"现象说明园林在唐代文人生活中和精神上有着重要地位，也说明唐人争相建园在当时是一种普遍流行的文化现象，园林遍布山林、川路、城坊与郊野，从某种意义上说，也构成了一种别样的社会景观。

骆宾王的《上吏部侍郎帝京篇》开篇即言，"山河千里国，城阙九重门。不睹皇居壮，安知天子尊"⑥，写出了初唐皇家园林的宏大气派，同时也可以看出皇家园林在当时其实是作为一种都城景观抑或是政治景观被赞颂被模写的。换句话说，雄伟奢华的园林建筑本身就构成了城市的风景。与文人造园的兴盛相对应，初盛唐时期的皇家造园也特别频繁，有对隋代宫苑的扩建和改建，也有当朝大量的新建，最终形成了大内御苑、行宫御苑、离宫御苑等规模宏大、体系分明的皇家宫廷园林。从分布上看，皇家园林主要分布于长安城与洛阳城。唐朝承用隋大兴城为都城，改名长安城，或称西京，并在其基础上修建和扩充，共有里坊110坊，长安城的宫苑园林日渐兴盛，主要有太极宫、大明宫、兴庆宫和禁苑，在长安城东南角外有曲江池和芙蓉园，曲江池之西有杏园，唐长安的离宫别苑主要有

---

① 《旧唐书》载："（元载）城中开南北二甲第，室宇宏丽，冠绝当时，又于近郊起亭榭，所至之处，帷帐什器，皆于宿设，储不改供。城南膏腴别墅，连疆接畛，凡数十所，婢仆曳罗绮一百余人。"参见（后晋）刘昫等撰《旧唐书》卷118，中华书局1975年版，第3411页。
② （唐）白居易著，朱金城笺校：《白居易集笺校》卷25，上海古籍出版社1988年版，第1745页。
③ （唐）白居易著，朱金城笺校：《白居易集笺校》卷15，上海古籍出版社1988年版，第911页。
④ （唐）元稹撰，冀勤点校：《元稹集》卷20，中华书局1982年版，第232页。
⑤ （清）彭定求等编：《全唐诗》卷515，中华书局1960年版，第5893页。
⑥ （唐）骆宾王著，（清）陈熙晋笺注：《骆临海集笺注》卷1，上海古籍出版社1985年版，第6页。

位于翠华山的翠微宫，位于骊山之麓的温泉宫即华清宫，以及位于麟游县的九成宫。洛阳的宫苑园林主要有东都苑，即隋西苑，武后时称"神都苑"，相较于隋西苑，面积有所缩小，但水系未变，建筑也有所增建，主要有合璧宫、凝碧池，并在苑的中央位置龙鳞渠畔建龙鳞宫，苑之西北隅建高山宫，东北隅建宿羽宫，东南隅建望春宫，合璧宫之正南隔水有芳榭亭，又有冷泉宫、积翠宫、青城宫、金谷亭、凌波宫，还有回流亭、露华亭、飞香亭、芳洲亭、留春亭等。东都苑之东有上阳宫，上阳宫之西南有西上阳宫，两宫夹水架虹桥，以通往来，另外还有池荷花木的栽植，构成了胜仙家之福庭的皇家园林景观。

除了位于长安城与洛阳城中心的皇家宫廷园林，长安城坊和洛阳城坊也分布有众多的贵族园林和文人园林。如长安城坊宅园，兴道坊有太平公主宅，开化坊有寿春公故宅，长兴坊有杜相公长兴宅、杜牧长兴里宅、许浑的长兴里宅，永乐坊有裴晋公永乐宅、殷尧藩永乐宅、李商隐永乐县居、刘评事永乐闲居、赵嘏永乐里宅、李倍永乐旧居，亲仁坊有令狐相公亲仁宅，永宁坊有钱的永宁墅小园、羊士谔永宁里园亭，昭国坊有韦应物昭国里故第，晋昌坊有令狐绹宅，升平坊有元八侍御升平新居，新昌坊有苏颋新昌小园、白居易新昌新居、姚合新昌居，丰乐坊有李昌符丰乐幽居，太平坊有御史大夫王鉷宅，兴化坊有裴相公兴化池亭，崇德坊有窦员外崇德里新居，宣义坊有安禄山池亭，丰安坊有丰安里王相林亭，光德坊有刘崇望宅茅亭，大安坊有郭驸马大安山池、洛阳城坊宅园，集贤坊有裴侍中晋公集贤林亭，崇让坊有苏颋的崇让园、王茂元的崇让宅东亭，履道里有白居易的履道新居，履信坊有元微之履信新居，里仁坊有权德舆的里仁郊居、卢仝的里仁宅，仁风坊有仁风李著作园，立德坊有孟郊的立德新居，归仁里有牛僧孺宅园，修行里有张家宅南亭、太常杜少卿东都修行里宅等。城坊宅园数量众多，它们同皇家园林共同构成了城市中的亮丽景观。

两京的贵戚官僚除了在城坊内构筑宅园外，还同时在郊外新建别墅。长安东郊、南郊和洛阳近郊也成为园林建构的集中地。"长安东郊，邻近大明宫、兴庆宫，处于浐、灞两河流域，供水方便。贵族权要的别业山庄，多集中在这一带。"① 这里集中了当时许多权贵的别墅，例如太平公主、长乐公主、安乐公主、薛王、宁王、驸马崔惠童、权相李林甫等人的山庄别墅。一般文人官僚的别墅集中在长安南郊，这一带靠近终南山，多

---

① 李浩：《唐代园林别业考论（修订版）》，西北大学出版社1996年版，第20页。

溪涧，地形略具丘陵起伏，并且物产丰富，成为文人建园的最好选择。《旧唐书》记载，"（杜佑）杜城有别墅，亭馆林池，为城南之最"①，"樊川。长安名胜之地，……唐人语曰：'城南韦、杜，去天尺五。'可见昔时之盛"②。长安南郊的文人宅园主要有宦官仇士良的仇家庄、鱼朝恩庄、皇甫玄庄、韩符庄、何将军山林、郑谷庄、安乐公主西庄、岑参的杜陵别业和高冠草堂、郎士元的吴村别业、段觉的杜村闲居、元稹的终南别业、萧氏的兰陵里、梁升卿的安定庄、杜佑的瓜州别业和杜城别墅、郑驸马池台、裴相国郊居、薛据的南山别业、刘得仁的樊川别业、李中丞的樊川别业、于頔的城南郊居、李甘原居、东溪公幽居。洛阳近郊也有许多文人的宅园，例如裴度的午桥庄有绿野堂，牛僧孺在洛阳郊外也有南部庄园。

除了城坊和近郊，文人园林也多分布于名山之间。如终南山有岑参的双峰草堂、阎防的石门草堂、储光羲的终南幽居、钱起的终南别业、田明府的终南别业、卢纶的终南别业、元丞秒的终南旧居；骊山有韦嗣立的骊山别业、韦恒的东山别业、韦应物的骊山别业；嵩山有卢鸿一的嵩山草堂、卢处士的嵩山别业、岑参的少室草堂、蒋洌的少室南溪别业、李垣的嵩少旧居、张詹事的嵩山旧隐、元丹丘的嵩山山居；庐山有白居易的遗爱草堂、李徵古的匡庐小堂、郑十二的庐山别业、李相公的西林草堂、赵员外的庐山草堂、刘处士的庐岳草堂、元集虚的元十八溪亭；玉山有崔兴宗的玉山别业（又称崔氏庄，东山草堂）、崔惠童的玉山别业；伊阙山有李德裕的龙门山居（又称平泉山居）、韦嗣立的龙门北溪别业（又称北溪庄）、王龟的龙门西谷松斋；陆浑山有宋之问的陆浑山庄、岑参的陆浑别业、祖咏的陆浑水亭、陈子的陆浑别业、杜佐的陆浑别业；王屋山有李峤的王屋山第、胡象的王屋山别业、岑参的王屋青萝斋、刘使君的王屋山隐居、魏万的王屋山山居、刘禹锡家兄的王屋山隐居；阳羡山有刘长卿的阳羡别业、李幼卿的阳羡别业、李侍郎的阳羡泉石、陶详的阳羡隐居、陆谏议的阳羡山居等。其他如缑氏山、王屋山、中条山、天台山、罗浮山、九华山等，都有园林别业的建构。

除了名山，主要河流与溪水湖泊也是园林别业的重要分布地。如灞水有刘长卿的霸陵别业、王昌龄的灞上闲居、张司马的灞东郊园、马戴的灞

---

① （后晋）刘昫等撰：《旧唐书》卷147，中华书局1975年版，第3984页。
② （元）李好文撰，辛德勇、郎洁点校：《长安志图》卷中《图志杂说》，三秦出版社2013年版，第55—56页。

上秋居；沣水有韦应物的沣上幽居、雍陶友人的沣西别墅、苏氏的沣水别业；浐水有郭常侍的浐川山池、李尚书的浐川别业、王龟的浐水山居、项斯的浐水旧居；渭水有王斌的渭口别墅、马嵬卿的渭滨别业、王藻的渭上别业、白居易的渭上旧居；蓝溪有元居士的蓝溪草堂、钱起的蓝溪居、刘司马的蓝溪居、张乔的蓝溪草堂；济水有崔常侍的济上别墅（济源庄）；汝水有祖咏的汝坟别业、薛某的薛家竹亭；氾水有郑堪的氾水别业、卢从事的氾水居；淇水有高适的淇上别业、王维的淇上田园；汉水有孟浩然的涧南园、朱放的汉水居、岑参的汉水故园；江水有王迥的鹦鹉洲别业、马向的殊亭、王相公的瓜州别业、卢郎中的浔阳竹亭；太湖有褚家林亭、陆龟蒙的震泽别业；镜湖有方干的镜中别业（镜湖西岛闲居）、顾蟾处士的镜湖居；苕溪有皎然的苕溪草堂、周涧别业；洞庭湖有韦七的洞庭别业、员稷的巴陵山居、徐员外的云梦新亭；漓水有裴中丞的訾家洲亭；檀溪有吴、张二子的檀溪别业，曹王宅、李频的友人檀溪别业；颍水有元丹丘颍阳山居、王绩的颍川滨居、杨少府颍水居、李蒙颍阳旧居；洛水有郑协律山亭、裴令公绿野堂、崔少尹上林坊新居；浣花溪有杜甫草堂；若耶溪有丘为的若耶溪居、秦系的耶溪旧居、方干的若耶溪居等。

除了以上所举皇家宫廷园林与私家园林，寺观园林和衙署园林也是唐代园林的重要组成部分，同样构成了社会中的一道风景。寺观在择地上本身就具有天然优势，所谓"天下名山僧占多"①，这也就形成了以寺观为主体的风景名胜区。《新唐书·王缙传》记载："凡京畿上田美产，多归浮屠。"② 据《长安志》和《酉阳杂俎·寺塔记》记载，唐长安城内的寺、观有152所，分别建置于77个坊里之内，且多数有园林或者庭院园林化的建置。例如长乐坊的光明寺，"山庭院，古木崇阜，幽若山谷，当时辇土营之"③。崇义坊的招福寺，"寺内旧有池"④，靖善坊的大兴善寺，"寺后先有曲池"⑤。郊外的寺观园林则因优越的外在自然环境而呈现出园林化特征，如灵隐寺因外围环境有五座小亭的点缀而呈现出园林化倾

---

① （明）罗懋登：《西洋记》，岳麓书社1994年版，第70页。
② （宋）欧阳修、（宋）宋祁撰：《新唐书》卷145，中华书局1975年版，第4716页。
③ （唐）段成式撰，曹中孚校点：《酉阳杂俎》续集卷5《寺塔记上》，载《唐五代笔记小说大观》，上海古籍出版社2000年版，第753页。
④ （唐）段成式撰，曹中孚校点：《酉阳杂俎》续集卷6《寺塔记下》，载《唐五代笔记小说大观》，上海古籍出版社2000年版，第762页。
⑤ （唐）段成式撰，曹中孚校点：《酉阳杂俎》续集卷5《寺塔记上》，载《唐五代笔记小说大观》，上海古籍出版社2000年版，第751页。

向，白居易的《冷泉亭记》记载："东南山水，余杭郡为最；就郡言，灵隐寺为尤；由寺观，冷泉亭为甲。亭在山下水中央、寺西南隅。……先是领郡者有相里君造作虚白亭，有韩仆射皋作候仙亭，有裴庶子棠棣作观风亭，有卢给事元辅作见山亭，及右司郎中河南元藇最后作此亭。于是五亭相望，如指之列，可谓佳境殚矣，能事毕矣。"①

地方衙署亦有园林的建构，呈现出景观化特征。唐代衙署园林主要有三种存在形态，即衙署内的园林建构或者衙署的园林化建构；衙署外郡县可资游赏的名胜地，所谓"胜境作亭"；驿站内的园林建构。衙署园林的建构多为任职地方的地方官吏，在审美趣味上体现的是文人雅士情调。同时，唐代社会中地方官员的政绩考评也与郊外形胜之地的开创相联系，推动了唐代文人对形胜之地的开垦发掘与园林建构，这便是柳宗元在诗文中反复歌咏的"游观为政"思想。地方亭台的建构有些会经过多位地方官员的初建、修补或重修而成。如刘禹锡在《海阳十咏（并引）》中称："元次山始作海阳湖，后之人或立亭榭，率无指名，及予而大备。每疏凿构置，必揣称以标之。人咸曰有旨。异日迁客，裴侍御为十咏以示予，颇明丽而不虚美，因捃拾裴诗所未道者，从而和之。"② 海阳湖胜景由元结始创，后人在其基础上增建亭榭，最后由刘禹锡重修，每修一处则为其题名，建构完工后又由裴侍御以诗歌咏，刘禹锡又补作其未道者。可见，地方园林的建构往往经过多人之手，这也是其景观化的表现特征之一。

之所以不厌其烦地列举以上众多皇家园林、私人园林、寺观园林和衙署园林，不仅是因为它们在唐代形成了园林的主要类型，而且从上述列举中可以发现，唐代园林在数量和分布上都远远超过六朝时期，这众多的园林别业其实已经作为社会中的一种风景或景观而存在。大致来看，以宫城为核心，以里坊为辐射，又以郊野为襟带，同时又如散落的珍珠般点缀在各地的名山大川与地方衙署间，形成了众多著名的园林风景区，它们作为一种景观，点缀了城市，美化了生活。

唐代园林的景观化不仅体现在都城与地方众多园林别业的建构上，更体现为园林在建构上日益精致巧妙，园林的艺术化、风景化程度较前代有很大提升。华清宫是唐代离宫别馆的代表，其故址在今陕西西安市临潼区

---

① （唐）白居易著，朱金城笺校：《白居易集笺校》卷43，上海古籍出版社1988年版，第2764—2765页。
② （唐）刘禹锡著，瞿蜕园笺证：《刘禹锡集笺证》外集卷8，上海古籍出版社1989年版，第1453页。

骊山下，华清宫中最负盛名的是御汤，内容构建十分精巧。《明皇杂录》记载："玄宗幸华清宫，新广汤池，制作宏丽。安禄山于范阳以白玉石为鱼龙凫雁，仍为石梁及石莲花以献，雕镂巧妙，殆非人工。上大悦，命陈于汤中，又以石梁横亘汤上，而莲花才出于水际。上因幸华清宫，至其所，解衣将入，而鱼龙凫雁皆若奋鳞举翼，状欲飞动。上甚恐，遽命撤去，其莲花至今犹存。又尝于宫中置长汤屋数十间，环回甃以文石，为银镂漆船及白香木船置于其中，至于楫橹，皆饰以珠玉，又于汤中垒瑟瑟及沉香为山，以状瀛州方丈。"① 华清宫不仅在汤池上建构精巧，而且有众多建筑和外部自然环境的配置，形成了环境极佳的风景，张洎的《贾氏谭录》记载，"（华清宫内）天宝所植松柏，遍满岩谷，望之郁然"②，"林木花卉之盛，类锦绣然"③。其他如玉华宫、九成宫、大明宫等，或宏大壮丽，或幽丽别致，都呈现出人工建构的精致和美丽。再如初盛唐时期公主的园林宅第，同样规模宏大豪华，制作精巧，可与皇家园林匹敌。如《新唐书》记载："主营第及安乐佛庐，皆宪写宫省，而工致过之。尝请昆明池为私沼，帝曰：'先帝未有以与人者。'主不悦，自凿定昆池，延袤数里。定，言可抗订之也。司农卿赵履温为缮治，累石肖华山，隐约横邪，回渊九折，以石潆水。又为宝炉，镂怪兽神禽，间以璨贝珊瑚，不可涯计。"④ 其他的有太平公主山庄、义阳公主山池，还有睿宗诸子的山池宅第，以及驸马郑潜曜、杨师道等人的山池，这些与皇家园林一起构成当时园林建构追求豪华、宏丽、精巧的写照，这样的园林除去巧取豪夺、奢侈强权等政治因素，从风景上说无疑是当时最壮丽的城市景观。

如果说皇家宫廷园林和贵族园林代表了宏伟壮丽的豪华型景观，那么众多的文人园林则构成了社会中崇尚自然以闲适为主调的园林景观。王维的辋川别业，即宋之问的蓝田别业，也是具有代表性的风景优美的园林景区，正如《辋川集序》中所言，"余别业在辋川山谷，其游止有孟城坳、华子冈、文杏馆、斤竹岭、鹿柴、木兰柴、茱萸沜、宫槐陌、临湖亭、南垞、欹湖、柳浪、栾家濑、金屑泉、白石滩、北垞、竹里馆、辛夷坞、漆

---

① （唐）郑处诲撰，田廷柱点校：《明皇杂录》卷下《唐玄宗华清宫汤池之豪奢》，中华书局1994年版，第28—29页。
② （宋）张洎撰，孔一校点：《贾氏谭录》，载《宋元笔记小说大观》，上海古籍出版社2001年版，第239页。
③ （明）都穆：《游名山记》卷1《骊山》，丛书集成新编本，第90册，第300页。
④ （宋）欧阳修、（宋）宋祁撰：《新唐书》卷83，中华书局1975年版，第3654页。

园、椒园等"①，可见是一处有着众多景点的集群，同时许多景点也并非纯粹自然，而是经过王维的精心构造和装饰而成。王维闲居于此期间曾创作了一系列诗歌作品，并且要求好友裴迪进行游览赋诗，最后进行结集，是为《辋川集》，王维亲自作序，记录这一行为，"与裴迪闲暇各赋绝句云尔"②。不仅如此，王维还自绘《辋川图》，虽然图绘已不存，今日看到的都是后人的摹本，但是从王维为辋川别业作画、赋诗这一行为来看，辋川别业其实已经是一处融自然风光、文人景致和诗人情感为一体的园林景观。卢鸿一的草堂与王维的辋川别业一样，也是一处兼有题诗和图绘的绝胜景观。同王维、卢鸿一这样的别业在初盛唐时期其实还有很多，如孟浩然的涧南园、崔兴宗的林亭、李丞的山池、岑参的终南草堂等，皆是在自然条件的基础上进行人工增饰而成为风景建筑俱佳的园林景观的。

除以自然式建构为主的园林外，唐代园林还呈现出日益精致化的发展倾向，尤其在中唐时期发展到顶峰。康骈的《剧谈录》记载了李德裕的平泉庄建构之精致："平泉庄去洛城三十里，卉木台榭，若造仙府。有虚槛，前引泉水，萦回穿凿，像巴峡、洞庭、十二峰、九派迄于海门江山景物之状。竹间行径有平石，以手摩之，皆隐隐见云霞、龙凤、草树之形。"③还有白居易的庐山草堂，虽然是依凭庐山之自然条件而建，但其人工技巧性已然十分鲜明，"环池多山竹野卉，池中生白莲、白鱼……下铺白石，为出入道。堂北五步，据层崖积石，嵌空垤块，杂木异草，盖覆其上"④，由此营造出"春有锦绣谷花，夏有石门涧云，秋有虎溪月，冬有炉峰雪"的不同季节的景致。白居易在洛阳的履道里池台，人工技艺和精致程度更甚，"地方十七亩，屋室三之一，水五之一，竹九之一，而岛树桥道间之"⑤，围绕水池，建构有各种建筑物，并且将自己在苏杭为官时得到的天竺石、华亭鹤、太湖石、白莲、折腰菱、青板舫带回，并为之作西平桥、开环池路、作中高桥、通三岛径，建构起一处景致优美、构建

---

① （唐）王维撰，陈铁民校注：《王维集校注》卷5，中华书局1997年版，第413页。
② （唐）王维撰，陈铁民校注：《王维集校注》卷5，中华书局1997年版，第413页。
③ （唐）康骈撰，萧逸校点：《剧谈录》卷下《李相国宅》，载《唐五代笔记小说大观》，上海古籍出版社2000年版，第1480页。
④ （唐）白居易著，朱金城笺校：《白居易集笺校》卷43《草堂记》，上海古籍出版社1988年版，第2736—2737页。
⑤ （唐）白居易著，朱金城笺校：《白居易集笺校》卷69《池上篇》，上海古籍出版社1988年版，第3705页。

精巧又适意的私人天地。

初盛唐园林的整体特色以自然为主，王维的辋川别业与卢鸿一的嵩山草堂都是借大片的自然山水，在原有的自然地形上构筑一些亭台建筑，稍加整理与修饰，形成带有原生态的自然式山水园。而中唐以后的园林却呈现出浓厚的人工建构色彩。自然山峰为人工堆叠的假山所代替，使叠石在中唐园林中盛行，"假山"一语出现于中唐便是对唐人构园堆山的真实反映。自然的湖瀑溪流也逐渐靠人工的引导、架构而成，王珙宅中曾有自雨亭，而这一架构技术被中唐人白居易与元结运用于园林中，将水位抬高、剖竹引流，构建出奇特的人工瀑布。花木的栽植方式也不再是王维辋川别业中以"片"为单位，而是有了散置、丛植、独植等多种方式，讲求与山石、水池、墙壁、楼亭的配置与协调。中唐文人沉溺于人工技巧的运用，将园林建构得精巧别致，真正担负起"造园""构园"的称谓，不再是初盛唐时期对自然山水的简单区域划分，园林景观的精巧化、精致化在当时已经成为较普遍的发展方向。正因如此，吴功正在《唐代美学史》中评价唐代园林时认为，"唐代园林的园艺化、风景化程度颇高"[①]，王毅在《中国园林文化史》中也强调，"中唐文献中对园林及其艺术方法的记述要比初盛唐时丰富、具体得多"[②]。

唐代园林的景观化还体现为园林成为游赏的最佳去处和宴集的最佳场所。作为人类文明发展之结果的园林，自然也成为城市发展过程的产物，同时也是城市景观的重要组成部分，李浩在《微型自然、私人天地与唐代文学诠释的空间：对宇文所安园林论题的推展》中即认为，"唐代园林兴盛带动了都市审美文化需求的高涨"[③]。因此，无论是春暖花开还是节假吉庆，园林都成为唐代各个阶层游览和宴赏的最佳场所。陈子昂在《晦日宴高氏林亭》序中描述了唐人游宴的盛大场面："夫天下良辰美景，园林池观，古来游宴欢娱众矣。然而地或幽偏，未睹皇居之盛；时终交丧，多阻升平之道。岂如光华启旦，朝野资欢。"[④] 明言园林池观乃游宴欢娱之地，且在当时作为社会中流行的风潮而存在，因此我们可以说，园林池观其实已经被唐人视为一种风景，而且唐人盛大的游宴场面又促进了园林景观的生成，由此形成一种互动反哺的关

---

① 吴功正：《唐代美学史》，陕西师范大学出版社1999年版，第715页。
② 王毅：《中国园林文化史》，上海人民出版社2004年版，第133页。
③ 李浩：《微型自然、私人天地与唐代文学诠释的空间》，《文学评论》2007年第6期。
④ （唐）陈子昂撰，徐鹏校点：《陈子昂集（修订本）》，上海古籍出版社2013年版，第276页。

系。不得不说，园林游览和宴集在唐代已十分兴盛。唐太宗李世民的《帝京篇》（其六）即描摹了皇室游园的盛况："飞盖去芳园，兰桡游翠渚。萍间日彩乱，荷处香风举。桂楫满中川，弦歌振长屿。岂必汾河曲，方为欢宴所！"① 初盛唐，各种节日之时，皇室园林中都会举行规模宏大而豪奢的宴游活动，如杜甫的《丽人行》同样描写了春日游览曲江的胜景，此外还有贵族之家的宴游，如韦嗣立在骊山建构别业、安乐公主等建构山池别院，皇帝都会亲率群臣前去庆贺和游览，这在当时都成为城市中的靓丽风景，引得许多文人为之赋诗题咏，同时也引起文人不同程度的效仿，如高正臣、杨师道等就于自家宅园中多次进行宴集，邀请当时的名流和文人共同前往，在当时也算是美事和盛事。

　　豪奢的宴集活动发展到中晚唐时期逐渐走向衰弱，代之而起的是形式灵活多样的文人园林游赏与雅集。李浩在《微型自然、私人天地与唐代文学诠释的空间：对宇文所安园林论题的推展》中说，"通过贾晋华等人的研究我们注意到唐人宴饮雅集的地点主要并非是歌楼酒肆，而是园林"②。事实正如此，尤其中晚唐时期，园林的兴盛与构园的流行，都促使园林成为人们游赏和宴集的对象，唐人的诗歌对此有着丰富的记录。如白居易的《又题一绝》，"貌随年老欲何如？兴遇春牵尚有余。遥见人家花便入，不论贵贱与亲疏"③，其实道出了当时文人游赏园林的社会普遍性，同时说明唐代的园林其实很多是开放式的，以风景优美著称，是文人赏景怡情的最佳去处。在园林中举行宴集则更为普遍，有为新园建成而宴集，有为宅园中的一处景观建成而宴集，也有为得到一块美石或一株花草而宴集，内容丰富、形式灵活，突破了初盛唐时期的宏大规模，而更集中于文人的日常小聚，这在唐诗中均有反映④。如白居易的《和新楼北园偶集从孙公度周巡官韩秀才卢秀才范处士小饮郑侍御判官周刘二从事皆先归》，开篇即言"闻君新楼宴，下对北园花"⑤，然后进入宴集场面的描

---

① 吴云、冀宇校注：《唐太宗全集校注》，天津古籍出版社2004年版，第10页。
② 李浩：《微型自然、私人天地与唐代文学诠释的空间》，《文学评论》2007年第6期。
③ （唐）白居易著，朱金城笺校：《白居易集笺校》卷33，上海古籍出版社1988年版，第2246页。
④ 参见王书艳《唐代园林与文学之关系研究》第三章内容，中国社会出版社2018年版，第103—156页。
⑤ （唐）白居易著，朱金城笺校：《白居易集笺校》卷22，上海古籍出版社1988年版，第1476页。

写,"主人既贤豪,宾客皆才华。初筵日未高,中饮景已斜。……明日宴东武,后日游若耶"①,详细叙写了元稹新楼北园的宴会,如同这样描写新楼建成或者某一处园林景观建成而举行宴会的作品不胜枚举,如《题牛相公归仁里宅新成小滩》《奉和裴令公新成午桥庄绿野堂即事》《奉和令公绿野堂种花》和《题崔少尹上林坊新居》等。笔者在《唐代园林与文学之关系研究》第三章中对唐代园林宴集进行了数据统计,并且对初盛唐时期与中晚唐时期的园林宴集之变进行了详细论述,从中可以看到园林雅集在唐代已经成为重要的宴集形式,为园林进一步成为内涵丰富的人文景观奠定了基础。

从精巧的布局建构到游览宴集的场所,园林已成为唐代社会中重要的景观建构,这可以看成唐代园林景观化存在的又一表现。同时,这种社会表现又进一步进入诗歌转化为唐代文人笔下的文学景观。园林别业早在魏晋时期就已经成为诗文创作的对象,只是六朝时期的园林文学创作还不甚发达,虽然山水审美在东晋时期已经开始转向山居、庭园等日常生活环境的描写,但以园林别业为题咏对象的文学创作并不兴盛。到了唐代,随着唐代园林的兴盛与文人亲自参与构园风气的流行,以园林为创作对象的文学作品尤其是诗歌创作,如雨后春笋般大量涌现,无论是内容描写的丰富性和细致化,还是创作形式的多样化和灵活性,都远远超越六朝时期,开创了一代园林文学之风貌。其中,最引人注目的就是园林别业的题写和歌咏,这里的题写与歌咏指在标题中即十分明确地以"题××""咏××"为标志,可以称为"题园诗",这样的作品在六朝时期并不多见,但在唐诗中却数量惊人,笔者在拙作《从唐代题园诗看文人园林观的嬗变及建构》中曾指出:"将园林作为诗歌的吟咏对象,与六朝时期的园林发展有着密切关系,然而,这一时期的园林题写不仅数量少,而且将园林作为独立审美对象的意识还有待增强,真正将园林作为题写对象的题园诗要到唐代才逐渐涌现并形成规模。"②

初盛唐之交,出现了以园林为题写对象并明确以"题"为标志的题园诗,如贺知章的《题袁氏别业》、苏颋的《题寿安王主簿池馆》,虽然此时也有诸如《和石侍御山庄》《安德山池宴集》《唐都尉山池》等诗,

---

① (唐)白居易著,朱金城笺校:《白居易集笺校》卷22,上海古籍出版社1988年版,第1476页。
② 王书艳:《从唐代题园诗看文人园林观的嬗变及建构》,《新疆大学学报》(哲学·人文社会科学版)2018年第6期。

但与之作为宴集场所或者入诗对象不同，《题袁氏别业》与《题寿安王主簿池馆》专为园林而题，题写意识更为鲜明。盛唐以后，尤其是中唐，题园诗的创作更为兴盛。以白居易题写的园林诗为例：有题他人园林者，如《题杨颖士西亭》《题王侍御池亭》《题韦家泉池》《题崔常侍济上别墅》《题平泉薛家雪堆庄》等；也有题自家小园者，如《自题小园》《题别遗爱草堂兼呈李十使君》《重题别遗爱草堂》。有单独为某一座园林题写，也有集体性的题写；如《题洛中第宅》《寻春题诸家园林》；更有在新的园景建成后邀请友人一同题写，如白居易在新葺水斋之后将《府西池北新葺水斋，即事招宾，偶题十六韵》一诗寄给友人，刘禹锡作《白侍郎大尹自河南寄示池北新葺水斋即事招宾十四韵兼命同作》，雍陶作《和河南白尹西池北新葺水斋招赏十二韵》进行酬和。对园林别业的题写，在中晚唐时期已经渐趋丰富和成熟，不仅数量远超前代，且题写方式多种多样，有"留题""别题""闲题""戏题""寄题"等，题园诗的创作呈现出前所未有的兴盛局面。值得注意的是，题园诗大量涌现的背后是唐代文人对园林的赞美、钦羡和情有独钟，并且还有唐代文人对园林的审美意识的发展，换言之，在唐代文人心中，园林已经不是纯粹的物质建构，而是承载主观情绪和寄托心性又兼具自然山水之美的综合体，即作为一种景观而存在。

唐代园林的景观化还体现为唐代文人的审美意识较六朝文士有大幅提高，这也是伴随唐代园林建构技艺的进步以及唐代园林的游赏之风而兴起的审美观念。正是由于唐代文人将园林视为一种美的存在，他们的园林审美意识才得以发展，最直接的表现便是在诗文中大量使用诸如"风景""胜景""胜概""景趣""景致"这些对园林进行描写的词汇，还有"赏心""胜赏"等带有主观欣赏品鉴的用语，更有"胜境""园境""清境"等形容园林审美意境的词语，这在六朝园林中并不常见，但在唐代园林别业文学作品尤其是诗歌中却大量充斥。如"风景"，"曾逢异人说，风景似桃源"①（于鹄《南溪书斋》），"池亭才有二三亩，风景胜于千万家"②（方干《孙氏林亭》），"宦路尘埃成久别，仙家风景有谁寻"③（徐铉《重游木兰亭》），都是对园林景致的描写。可以说，"风景"在用来描述园林

---

① （清）彭定求等编：《全唐诗》卷310，中华书局1960年版，第3499页。
② （清）彭定求等编：《全唐诗》卷650，中华书局1960年版，第7463页。
③ （宋）徐铉撰，李振中校注：《徐铉集校注（附徐锴集）》卷1，中华书局2018年版，第29页。

景致的时候，已经从"日光"的含义逐渐转变为"景观"之义，并且较普遍地应用于园林景致的描绘中。其他词语"景""景物""景致"亦是如此，在唐代园林别业兴盛发展的背景下，其词语的运用及语义都发生了转向，成为描述园林景观的审美词语。关于"景"这一审美概念，陈伯海说："较之于'物'、'象'、'物色'诸概念，'景'充当风景、景观、图像、画面的总称，似更能给人以整体性观照的感觉，它的出现意味着唐人诗歌创作中已特别关注到物象构成的整体美学效果，而这正是唐诗意象艺术发展、成熟到形成诗歌意境阶段的一个显要标记。"[①] "景"是一个值得注意的诗学概念，但同时也是一个园林审美概念。"赏"与"境"亦是如此，在其诗学概念形成的过程中，园林审美无疑起到了非常重要的作用，关于园林审美之"境"和唐"诗境"说形成之间的关系，笔者在《园与境：山水审美的园林转向与唐"诗境"说的形成》中有具体解释，这里不再展开叙述。除了"景""赏""境"，还有"幽""清""闲"等，在唐代诗歌中也作为园林景致的描写概念，这其实正是唐代文人在面对、欣赏进而描摹园林景致时形成的园林审美意识，这也正是唐代园林逐步景观化的重要表征，同时也是促使唐代园林进一步景观化的因素。正如华兹华斯对英格兰湖区的感受的影响，"像画家一样，诗人将价值灌输进了景观之中，这些价值转化了实际所见的景象"[②]，也好似莫奈绘画对睡莲的感受的影响。

哲学家伯林特提出"参与的"美学模式，宣称作为审美对象的景观既不是纯主观的也不是纯客观的，而是经验的，也就是说包含了主体与客体的交互作用。同样，史蒂文·布拉萨也在《景观美学》中论述了这一点，"景观的审美对象则被从总体上定义为包括整个景致，内含许多建筑物、人造物和自然物，也包括人。人的作用必须被强调，因为他们的在场和缺席经常是至关重要的"[③]。园林，正是这样一种集合了自然物、建筑物、人造物与人的审美的综合体，从这个意义上讲，园林是作为一种景观而存在的。

不仅如此，唐代园林的数量、分布和建构，以及作为游览和宴集的胜地，其本身也构成了一种社会景观，尤其促进了都市审美文化的发展，成

---

① 陈伯海：《唐人"诗境"说考释》，《文学遗产》2013年第6期。
② 转引自［美］史蒂文·C. 布拉萨《景观美学》，彭锋译，北京大学出版社2008年版，第20页。
③ ［美］史蒂文·C. 布拉萨：《景观美学》，彭锋译，北京大学出版社2008年版，第23页。

为城市景观的组成部分。而唐代园林不同于六朝园林的重要特征之一，还在于唐代文人亲自参与构园，这一行为从某种意义上说，正是园林作为人文景观生成的重要原因，同时唐代文人的题写园林、歌咏园林及其在其题写与歌咏中诗意的赋予和升华，以及园林审美意识的发生，园林审美概念的形成，其实都是促使唐代园林景观生成的重要因素，同时也是唐代园林逐步景观化的重要表征。

第二节　唐代园林的景观体系建构

景观体系的建构是中国古典园林的审美特征之一。随着构园技艺的发展与进步，在园林中建立起包含山、水、建筑、花木等的景观体系，是唐代园林较之六朝园林的进步。同时，中唐以后更具代表性的发展趋势是在更为狭小的宅园空间之内，以写意手法，以小见大，以有限沟通无限，从而建立起完备的景观体系。金学智说："中国古典园林是一切艺术品中最大型的综合艺术品。体量庞大的建筑艺术品和它相比，也只是它的一个组成部分，或者说，只是其间一种建构序列中的一个要素，而园林艺术品却是由众多的相互联系的部分所组成的整体，是繁复的建构元素结成的、具有整体价值的艺术系统。"① 唐代园林的景观体系建构其实已经呈现出较为成熟的样态，这可以从构园要素的完备、景观要素的互相配置、景观的分区和布局、园林景观的线性序列以及壶中天地等几个方面见出。

一　园林景观要素的组合与配置

园林的构成要素说法不一，有学者认为是花木、水泉、山石、点缀、建筑和路径②；有学者认为是建筑、山石、水池、花木"巧妙地相结合"③；《中国美术辞典·建筑·园林》给园林的定义是"人工营造或加工的山池林木和建筑以供人们游憩观赏之场地"④，强调了山、池、林木、建筑；李浩在《唐代园林别业考论（修订版）》中将唐代园林的景观构成

---

① 金学智：《中国园林美学（第二版）》，中国建筑工业出版社2005年版，第109页。
② 李允鉌：《华夏意匠：中国古典建筑设计原理分析》，天津大学出版社2005年版，第322页。
③ 彭一刚：《中国古典园林分析》，中国建筑工业出版社1986年版，第10页。
④ 《中国美术辞典·建筑·园林》，上海辞书出版社1987年版，第249页。

划分为山、水、建筑、花木、动植物，还包括琴棋书画等文人雅事在内①；侯迺慧在论述唐代园林构成时按照山、水、花木、建筑和布局五个组成部分来论述②。这一方面说明唐代园林的发展水平，另一方面也说明唐代文人在构园实践中已经注意到景观要素的营造，并对其进行组合，由此形成了山石、泉水、花木、建筑四大基本构园要素，奠定了后世园林的基本架构。

山石、水体、花木、建筑这四大构园要素其实在六朝园林中即已崭露头角，而在唐代构园之风的推动下发展得更加完善，在形制上趋于精巧与雅致，在形态上更加丰富多样，园林景观特征更加突出。

王维的辋川别业，已经有山景、水景、花木与建筑等众多景观。如山景有"华子冈""斤竹岭"，水景有"欹湖""栾家濑""金屑泉""白石滩"，花木有"茱萸沜""辛夷坞""柳浪"，建筑有"文杏馆""临湖亭""竹里馆"，虽然构园风格以自然为主，但景观要素的完备亦可体现。随着构园技巧的不断进步，景观要素的完备在中晚唐园林中表现得更为突出。韩愈的《奉和虢州刘给事使君三堂新题二十一咏》以组诗的形式吟咏了刘使君三堂的景致，有"新亭""流水""竹洞""月台""渚亭""竹溪""北湖""花岛""柳溪""西山""竹径""荷池""稻畦""柳巷""花源""北楼""镜潭""孤屿""方桥""梯桥""月池"，建筑样式有亭、台、楼、桥，水景有流水、溪、湖、池、潭，山景有西山、竹洞、岛、屿，花木有竹、柳、荷、稻、花，可见景致之繁复与精巧，这也是中晚唐园林与初盛唐园林的显著区别。

中晚唐时期，园林景观也更为丰富和精致。从姚合的《题大理崔少卿驸马林亭》中可见一斑。"每来归意懒，都尉似山人。台榭栖双鹭，松篁隔四邻。迸泉清胜雨，深洞暖如春。更看题诗处，前轩粉壁新"③，短短的八句即已将其林亭景致的微妙之处详细道出。一般士人的园林更是如此，例如下面几首诗：

<blockquote>
寓居湘岸四无邻，世网难婴每自珍。莳药闲庭延国老，开樽虚室值贤人。泉回浅石依高柳，径转垂藤闲绿筠。闻道偏为五禽戏，出门
</blockquote>

---

① 李浩：《唐代园林别业考论（修订版）》，西北大学出版社1996年版，第36—48页。
② 侯迺慧：《诗情与幽境：唐代文人的园林生活》，（台北）东大图书股份有限公司1991年版，第175—304页。
③ （唐）姚合著，吴河清校注：《姚合诗集校注》卷7，上海古籍出版社2012年版，第381页。

鸥鸟更相亲。(柳宗元《从崔中丞过卢少府郊居》)①

亭亭新阁成，风景益鲜明。石尽太湖色，水多湘渚声。翠筠和粉长，零露逐荷倾。时倚高窗望，幽寻小径行。林疏看鸟语，池近识鱼情。政暇招闲客，唯将酒送迎。(姚合《题长安薛员外水阁》)②

信是虚闲地，亭高亦有苔。绕池逢石坐，穿竹引山回。果落纤萍散，龟行细草开。主人偏好事，终不厌频来。(周贺《题何氏池亭》)③

当门三四峰，高兴几人同。寻鹤新泉外，留僧古木中。蝉鸣槐叶雨，鱼散芰荷风。多喜陪幽赏，清吟绕石丛。(郑巢《陈氏园林》)④

以上所举园林在唐代丰富园林诗歌中仅仅只是个案，但足见园林构园要素之完备、景观建构之精致的程度，这也是中国园林在景观体系建构上的重要特征，并且也是中国古典园林最重要的审美特征。黑格尔评价园林时说："花园并不是一种正式的建筑，不是运用自由的自然事物而建造成的作品，而是一种绘画，让自然事物保持自然形状，力图摹仿自由的大自然。它把凡是自然风景中能令人心旷神怡的东西集中在一起，形成一个整体，例如岩石和它的生糙自然的体积，山谷，树木，草坪，蜿蜒的小溪，堤岸上气氛活跃的大河流，平静的湖边长着花木，一泻直下的瀑布之类。中国的园林艺术早就这样把整片自然风景包括湖，岛，河，假山，远景等等都纳到园子里。"⑤景观要素的有机组合在唐代文人的园林中尤其中晚唐园林中已经鲜明地体现出来，可见唐代园林的发展态势及其对后世构园经验的奠基作用。

正因如此，中国古典园林的营造被称为"构园"。构园很好地说明了园林的建构性，不仅要有完备的景观要素，而且景观要素之间要有配置、组合，组织艺术在园林艺术中占有重要位置，正如王毅所说："在中国古典园林中，众多景观间的组合艺术比某一局部景观的塑造占有更重要的地位，所以造园艺术通常又被称为'构园'。"⑥

---

① (唐)柳宗元：《柳宗元集》卷43，中华书局1979年版，第1219页。
② (唐)姚合著，吴河清校注：《姚合诗集校注》卷7，上海古籍出版社2012年版，第388—389页。
③ (清)彭定求等编：《全唐诗》卷503，中华书局1960年版，第5717页。
④ (清)彭定求等编：《全唐诗》卷504，中华书局1960年版，第5739页。
⑤ [德]黑格尔：《美学》第三卷上册，朱光潜译，商务印书馆1979年版，第103—104页。
⑥ 王毅：《中国园林文化史》，上海人民出版社2004年版，第109页。

而园林景观要素的组合和配置其实在唐人构园实践中已经有所体现，如山石与水体、花木与建筑、水景与花木、水景与建筑等，山石、水体、花木、建筑之间互相排列组合形成了不同的景致。

山石与水体的结合在园林建构中具有悠久的文化传统。"一池三山"模式奠定了园林的主体构架，山石与水体成为构园的两大不可缺少的元素。王世贞说："凡山居者，恒恨于水；水居者，恒恨于山。"① 唐代文人在私家园林的建构中同样注重对山体与水体的有机配置。羊士谔有一首《池上构小山咏怀》："玉立出岩石，风清曲□□。偶成聊近意，静对想凝神。牛渚中流月，兰亭上道春。古来心可见，寂寞为斯人。"② 可谓池上构山的最好例证。皇家园林中的"一池三山"模式发展到后来在私家园林中转变为水池与小山的完美组合，成为现代园林水中建岛的文化基因。

除了具有悠久文化传统的山体与水体组合外，唐代文人的构园实践还为我们展示了四大构园要素之间的有机配置。钱起有一首《池上亭》："临池构杏梁，待客归烟塘。水上褰帘好，莲开杜若香。"③ 池上建亭，并且池中植莲，莲的香气弥漫在小池与小亭的整个空间，池、亭、莲融为一体。"斋居栽竹北窗边，素壁新开映碧鲜。青蔼近当行药处，绿阴深到卧帷前"④（令狐楚《郡斋左偏栽竹百余竿炎凉已周青翠不改而为墙垣……之趣》），斋居旁栽竹，竹之翠绿映在墙壁上更觉新鲜，青蔼的绿荫俨然形成了帷幕，整个环境充满新鲜的绿色，使斋、墙壁、竹青蔼融为一体。"广槛小山欹，斜廊怪石夹"⑤（皮日休《二游诗·任诗》），"一片瑟瑟石，数竿青青竹"⑥（白居易《北窗竹石》），这是石与建筑、植物的配置。景观要素之间的配置关系正如王维论绘画："平地楼台，偏宜高柳映人家；名山寺观，雅称奇杉衬楼阁。"⑦

---

① （明）王世贞《安氏西林记》，载陈植、张公弛选注，陈从周校阅《中国历代名园记选注》，安徽科学技术出版社1983年版，第125页。
② （清）彭定求等编：《全唐诗》卷332，中华书局1960年版，第3707页。
③ （唐）钱起著，王定璋校注：《钱起集校注》卷9，浙江古籍出版社2015年版，第284页。
④ （清）彭定求等编：《全唐诗》卷334，中华书局1960年版，第3747页。
⑤ （唐）皮日休著，萧涤非、郑庆笃整理：《皮子文薮》附录一《皮日休集外诗文》，上海古籍出版社2017年版，第157页。
⑥ （唐）白居易著，朱金城笺校：《白居易集笺校》卷36，上海古籍出版社1988年版，第2485页。
⑦ （唐）王维撰，（清）赵殿成笺注：《王右丞集笺注》卷28《画学秘诀》，上海古籍出版社1984年版，第489页。

景观要素的配置艺术在后代园林中运用得更为成熟，计成在《园冶》中用优美的骈句描写了四大构园要素的有机配置。如"泉流石注，互相借资"①（《兴造论》），"院广堪梧，堤湾宜柳……窗虚蕉影玲珑，岩曲松根盘礴"②（《相地》），"风生寒峭，溪湾柳间栽桃；月隐清微，屋绕梅余种竹"③（《相地》），"花间隐榭，水际安亭，斯园林而得致者"④（《立基》），"或有嘉树，稍点玲珑石块"⑤（《掇山》），计成对前代及当代的构园实践进行了理论上的总结，又对后世构园产生了重要影响，景物的配置即其中一个重要方面。圆明园有多稼轩十景之一的互妙楼，乾隆的《互妙楼·序》写道："山之妙在拥楼，而楼之妙在纳山，映带气求，此互妙之所以得名也。"⑥"互妙"再现的正是园林景观的配置关系。景物之美正在于各种关系的有机构成，"不同种类和特点的景物恰到好处地配置在一起，通过均衡、比例、映衬、对比、呼应、宾主、纵横、斜正、动静、曲直、刚柔等种种美的关系，就能臻于互妙相生的境界"⑦，自然界或园林中的山石、树木、水流、建筑不可能是孤立的，总要互相产生联系，并在联系和交换中生成整体效果。

中晚唐园林更加注重景观的组合和协调，这种景观组织艺术成为后世构园的原则。发展到后来的清代皇家园林，虽然规模巨大，但每一处景致都经过精心组合与配置，而这种景观的组织艺术一方面受限于园林规模的变化，另一方面则得益于唐代文人对构园技巧的总结和运用。

二 园林景观的分区与布局

园林景观的分区和布局在皇家园林中有着鲜明体现。隋西苑中已经有"山海区""渠院区""山岭区"的整体分布，且以水体进行分合暌通，王

---

① （明）计成原著，陈植注释，杨伯超校订，陈从周校阅：《园冶注释》卷1，中国建筑工业出版社1988年版，第47页。
② （明）计成原著，陈植注释，杨伯超校订，陈从周校阅：《园冶注释》卷1，中国建筑工业出版社1988年版，第60页。
③ （明）计成原著，陈植注释，杨伯超校订，陈从周校阅：《园冶注释》卷1，中国建筑工业出版社1988年版，第64页。
④ （明）计成原著，陈植注释，杨伯超校订，陈从周校阅：《园冶注释》卷1，中国建筑工业出版社1988年版，第76页。
⑤ （明）计成原著，陈植注释，杨伯超校订，陈从周校阅：《园冶注释》卷3，中国建筑工业出版社1988年版，第210页。
⑥ （清）乾隆：《御制多稼轩十景诗》之八《互妙楼·序》，载（清）于敏中等编纂《日下旧闻考》卷81，北京古籍出版社1981年版，第1358页。
⑦ 金学智：《中国园林美学（第二版）》，中国建筑工业出版社2005年版，第310页。

毅认为其"标志着皇家园林在景观群整体处理艺术上的成熟"①。

　　唐代皇家园林中的景观分区和布局更为成熟。如南内兴庆宫，整个宫殿分南北两部分，北部是宫殿区，南部是宫苑区，且宫在苑后，构成与太极宫的从属关系。兴庆宫前距东南城角的曲江池不远，后则近于东北的大明宫，通过"夹城复道"相连，可以通前达后，往来东内和曲江之间，可见规划之精致和巧妙。再有南内苑，全苑以龙池为主体和中心，龙池，又名兴庆池，水面呈半月形，且占据全苑一半面积，围绕龙池则分布有各种建筑，东北隅有沉香亭，背池有主体建筑龙堂，苑的西南角建二楼，曲尺相连，即南向的勤政务本楼和西向的花萼相辉楼。除了围池而建的各种建筑外，兴庆宫沉香亭也有珍异花木的配置。乐史《李翰林别集序》记载："开元中，禁中初重木芍药，即今牡丹也。得四本，红紫浅红通白者。上因移植于兴庆池东沉香亭前。"② 木芍药，即牡丹，唐代初年移植庭园，并由单层花瓣培养成多重花瓣，被誉为"国色天香"。以兴庆池为创作对象的诗歌作品，以应制诗为主，如《兴庆池侍宴应制》《帝幸兴庆池戏竞渡应制》《奉和圣制与太子诸王三月三日龙池春禊应制》《侍从宜春苑奉诏赋龙池柳色初青听新莺百啭歌》，还有《龙池春草》和《龙池》等；以兴庆宫为对象的诗歌作品，主要有《春中兴庆宫酺宴》《游兴庆宫作》《奉和圣制春中兴庆宫酺宴应制》《奉和圣制暇日与兄弟同游兴庆宫作应制》《秋望兴庆宫》等。从诗歌的描绘中，可以看到具体的兴庆池景，不仅池水澄碧、浮空泛影，而且池边有楼台水榭围绕，池中有芙蓉荷香、泛舟歌舞等，构成了景观丰富、景致优美的园林空间。

　　王毅说："如果说隋西苑山海区、渠院区、山岭区的分合暌通标志着皇家园林在景观群整体处理艺术上的成熟，那么从盛唐时期王维的'辋川别业'则可看出这种组织艺术在士人园林中的成熟。"③ 辋川别业由众多的景区和景点组合而成，代表了盛唐士人园林的整体设计和组织水平。辋川别业依据自然山林稍加人工修饰而成，亭、台等建筑根据自然地势进行随意安置，以自然取胜。然而，不可忽视的是，辋川别业在王维的精心构建下已经出现了众多的景区划分，以山为主体的山景区有"华子冈""斤竹岭"，以水为主体的水景区有"欹湖""栾家濑""金屑泉""白石滩"，

---

① 王毅：《中国园林文化史》，上海人民出版社2004年版，第109页。
② 瞿蜕园、朱金城校注：《李白集校注》附录三《序跋》，上海古籍出版社1980年版，第1792页。
③ 王毅：《中国园林文化史》，上海人民出版社2004年版，第109页。

此外，还有自然要素的组合，例如临湖亭在水中，是一座三重檐的水中亭台，并且水中种植有芙蓉等植物，这其实已经是一种有意识的景观配置艺术了。樊维岳认为，"王维经过多年的精心葺修，把辋川的自然景观的峰、峦、岗、垞、滩、湖、瀑、溪以及其附着的花卉林木、珍禽异兽，按园林艺术的要求，巧妙地与人工因素加工后的竹洲花坞、亭台苑榭，馆阁柴流有机的结合在一起，把辋川这个大型风景区，建筑成'极我国唐代园林之盛'的综合园林"①。王维不仅是诗人，更在绘画方面有高超技艺与独特见解，诗、画、园，在他那里其实已经融为一体，以诗意的眼光与绘画的理论来构园使辋川别业呈现出较为成熟的组织艺术，成为一个综合性园林。

发展到中唐，构园有了更为明确的整体布局意识，这可以从白居易的《草堂记》中看出。白居易的庐山遗爱草堂以庐山的自然景观为构园前提，但在布局上却表现出较王维更为成熟的规划意识："是居也，前有平地，轮广十丈；中有平台，半平地；台南有方池，倍平台。环池多山竹野卉，池中生白莲、白鱼。又南抵石涧，夹涧有古松、老杉……"② 在介绍完堂之南的景观后，开始介绍堂北，"堂北五步，据层崖积石，嵌空垤块"③；然后是堂东，"堂东有瀑布"④；再者是堂西，"堂西倚北崖右趾，以剖竹架空，引崖上泉"⑤。介绍完中心景观之后，又把视线向外进一步扩散，介绍了四旁的远景，"其四傍耳目杖屦可及者，春有锦绣谷花，夏有石门涧云，秋有虎溪月，冬有炉峰雪"⑥。可见，整个园林的布局以草堂为中心，围绕草堂依据自然条件布置不同景观，"前有平地""中有平台""台南有方池"，"环池""堂北""堂东"等众多的方位词为我们展现了其整体布局。同时，诗人还注意到了利用季节安排景致，达到

---

① 樊维岳：《王维辋川别墅今昔》，载《王维研究》编委会编《王维研究》第1辑，中国工人出版社1992年版，第318—319页。
② （唐）白居易著，朱金城笺校：《白居易集笺校》卷43《草堂记》，上海古籍出版社1988年版，第2736页。
③ （唐）白居易著，朱金城笺校：《白居易集笺校》卷43《草堂记》，上海古籍出版社1988年版，第2736页。
④ （唐）白居易著，朱金城笺校：《白居易集笺校》卷43《草堂记》，上海古籍出版社1988年版，第2737页。
⑤ （唐）白居易著，朱金城笺校：《白居易集笺校》卷43《草堂记》，上海古籍出版社1988年版，第2737页。
⑥ （唐）白居易著，朱金城笺校：《白居易集笺校》卷43《草堂记》，上海古籍出版社1988年版，第2737页。

一年四季皆有景可赏，作者的规划意识在此得以充分体现。

中唐时期还出现了园林的规划图。李德裕有一首诗《近于伊川卜山居将命者画图而至欣然有感聊赋此诗兼寄上浙东元相公大夫使求青田胎化鹤》，诗题有小注曰"乙巳岁作"①，可知此诗作于宝历元年（825），正是平泉庄的创建初期，因此，诗中所说的"画图"，应当为造园工程的设计图。② 事实上，平泉庄也正是这样一所在整体规划下建构起的集多种建筑、多样水态和多种石品于一体的园林。宋人王谠的《唐语林》记载："平泉庄在洛城三十里，卉木台榭甚佳。有虚槛，引泉水，萦回穿凿，像巴峡洞庭十二峰九派，迄于海门。有巨鱼胁骨一条，长二丈五尺，其上刻云：'会昌二年海州送到。'……平泉庄周围十余里，台榭百余所，四方奇花异草与松石，靡不置其后。……怪石名品甚众，各为洛阳城族有力者取去。有礼星石、狮子石，好事者传玩之。"③ "台榭百余所"④ 说明有各种类型的建筑，泉水"萦回穿凿，像巴峡洞庭十二峰九派，迄于海门"⑤ 则形象描绘了平泉庄的水体景观，水体形态多样，且与"巨鱼胁骨"之石相配置。此外，平泉庄又以花木、奇石著称，李德裕曾作有《平泉花木记》，列举了雁翅桧、珠子柏、莲芳玉蕊等奇花异木，同时讲求和松石的配置与组合。

唐代园林景观的分区和布局还反映在景点的排列组合上，这从唐代丰富的组诗可以看出。初盛唐时期王维的辋川别业和卢鸿一的嵩山草堂都具有丰富的景致，或者说是不同区域有不同景点，依托这些景点创作有《辋川集二十首》和《嵩山十志十首》。发展到中晚唐时期，以景点为歌咏对象的作品逐渐增多，如韩愈的《奉和虢州刘给事使君三堂新题二十一咏》，分题新亭、流水、竹洞、月台、渚亭、竹溪、北湖、花岛、柳溪、西山、竹径、荷池、稻畦、柳巷、花源、北楼、镜潭、孤屿、方桥、梯桥、月池。柳宗元的《巽公院五咏》，分题净土堂、曲讲堂、禅堂、芙蓉亭、苦竹桥。白居易的《和元八侍御升平新居四绝句》，分题看花屋、累土山、高亭、松树。李德裕的《春暮思平泉杂咏二十首》和《思平泉树

---

① （唐）李德裕撰，傅璇琮、周建国校笺：《李德裕文集校笺》别集卷9，中华书局2018年版，第695页。
② 陈植、张公弛选注，陈从周校阅：《中国历代名园记选注》，安徽科学技术出版社1983年版，第10页。
③ （宋）王谠撰，周勋初校证：《唐语林校证》卷7，中华书局1987年版，第616—617页。
④ （宋）王谠撰，周勋初校证：《唐语林校证》卷7，中华书局1987年版，第616—617页。
⑤ （宋）王谠撰，周勋初校证：《唐语林校证》卷7，中华书局1987年版，第616—617页。

石杂咏一十首》,前者分题望伊川、潭上紫藤、书楼晴望、西岭望鸣皋山、瀑泉亭、红桂树、金松、月桂、山桂、柏、芳荪、流杯亭、东溪、鸂鶒、西园、海石楠、双碧潭、竹径、花药栏、自叙,后者分题钓台、似鹿石、海上石笋、叠石、重台芙蓉、白鹭鸶、海鱼骨、泛池舟、舴艋舟、二猿。李绅的《新楼诗二十首》,分题新楼、海榴亭、望海亭、杜鹃楼、满桂楼、东武亭、龙宫寺、禹庙、晏安寺、龟山、重台莲、橘园、寒林寺、北楼樱桃花、城上蔷薇、南庭竹、琪树、海棠、水寺、灵汜桥。姚合的《陕下厉玄侍御宅五题》和《题金州西园九首》,前者分题濯缨溪、垂钓亭、吟诗岛、竹里径、泛觞泉,后者分题江榭、药堂、草阁、松坛、蔆径、垣竹、石庭、莓苔、芭蕉屏。皮日休的《公斋四咏》和《木兰后池三咏》,前者分题小松、小桂、新竹、鹤屏,后者分题重台莲花、浮萍、白莲。皎然的《南池杂咏五首》,分题水月、溪云、虚舟、寒山、寒竹。以上所写既有私家园林也有官署园林,从分题内容来看,不仅景点丰富而且呈现出景点选择的细微化,这说明中晚唐园林在景观分区和布局上进一步成熟。

正因如此,王毅评论韩愈的《奉和虢州刘给事使君三堂新题二十一咏》,"这种置诸多景物于一宅园之间已与王维布景于整个辋川山谷有了很大区别,所以韩诗所咏已多是亭、台、池、桥、洞等十分具体而体量极有限的景物,而不是如王维、裴迪多咏坳、冈、岭、湖以至园中之园了"①,即组诗的组合艺术在空间布局上与园林的景观构置、景点排列有着微妙的对应关系。园林在布局上讲求景观的排列组合,空间形态表现更为明显,可以说园林的魅力在于空间布局艺术。王毅在《中国园林文化史》中说:"在中国古典园林中,众多景观间的组合艺术比某一局部景观的塑造占有更重要的地位,所以造园艺术通常又被称为'构园'。"② 空间布局艺术在园林建构中有重要地位,这一点与唐代按照景观排列组合的组诗具有密切关系,李正春将"空间的罗列"③ 看成组诗组合艺术的一个重要方面。同样,诗人按照园林景观的空间排列组合来建构组诗的篇章,不但构成了诗篇的有机整体性,而且将丰富的园林景观以一种有序的方式或全景或分景进行展现,井然有序且逻辑清晰。反之,诗歌反映出来的景点

---

① 王毅:《中国园林文化史》,上海人民出版社2004年版,第134页。
② 王毅:《中国园林文化史》,上海人民出版社2004年版,第109页。
③ 李正春认为:"'空间的罗列'也是组诗组合艺术的一个重要方面。组诗可以将存在于同一时间背景或不同时间背景中的空间画面按照一定的逻辑关系组织在一起,集中体现诗人的情愫"。参见李正春《唐代组诗研究》,凤凰出版社2011年版,第185页。

分布也正是唐代园林景观之布局的体现。

三 景观的微型化与壶中天地

"壶中天地"是中国古典园林的基本空间原则，尤其在中唐以后，成为士人园林最普遍、最基本的艺术追求。"壶中天地"的空间原则除了体现为景观要素的完备化、景观形态的体系化、景观建构的技巧化外，更体现在园林景观的微型化特征上。

从南北朝开始，园林营造中已经出现小园的建构。如庾信的《小园赋》，"若夫一枝之上，巢父得安巢之所；一壶之中，壶公有容身之地"①，这其实已经是对狭小空间的审美叙述了。再如北魏张伦家园林山池也是如此，《洛阳伽蓝记》记载："崎岖石路，似雍而通；峥嵘涧道，盘纡复直。……泉水纡徐如浪峭，山石高下复危多。五寻百拔，十步千过。"② 此时的画论也有类似观念，如宗炳在《画山水序》中说："昆、阆之形，可围于方寸之内。竖划三寸，当千仞之高；横墨数尺，体百里之迥。"③ 可见，士大夫艺术在六朝时期即开始耽心于狭小空间及其在有限天地内创造出深广的艺术空间和容纳丰富的艺术变化，这在一定程度上奠定了唐代园林以小见大的空间原则，但从总体上说体系建构还有待完备。

到了唐代，以小见大的观念发展得更为成熟。如李华的《贺遂员外药园小山池记》记载了贺遂药园的建构情况，"庭除有砥砺之材、础礩之璞，立而象之衡巫；堂下有畚锸之坳、圩塓之凹，陂而象之江湖。……一夫蹑轮，而三江逼户，十指攒石，而群山倚蹊。……其间有书堂琴轩，置酒娱宾，卑痹而敞，若云天寻丈，而豁如江汉。以小观大，则天下之理尽矣"④，堆山"象之衡巫"⑤，置石"群山倚蹊"⑥，这是山石景观；理水则有"象之江湖"⑦ 的凹陂，还有飞瀑、溪泉；其他景观则有

---

① （北周）庾信撰，（清）倪璠注，许逸民校点：《庾子山集注》卷1，中华书局1979年版，第19页。
② （北魏）杨衒之著，杨勇校笺：《洛阳伽蓝记校笺》卷2，中华书局2006年版，第93—94页。
③ （南北朝）宗炳：《画山水序》，人民美术出版社2016年版，第5页。
④ （清）董诰等编：《全唐文》卷316，中华书局1983年版，第3211页。
⑤ （清）董诰等编：《全唐文》卷316，中华书局1983年版，第3211页。
⑥ （清）董诰等编：《全唐文》卷316，中华书局1983年版，第3211页。
⑦ （清）董诰等编：《全唐文》卷316，中华书局1983年版，第3211页。

竹有药，有书堂琴轩；最后发出"以小观大，则天下之理尽矣"① 之感慨。同样，王泠然所记汝州薛家竹亭亦是一处小宅园。记曰"闲亭一所，修竹一丛，萧然物外，乐自其中"②，园林景观以竹为主，又"杂以乔木，环为曲沼"③，亭为主要建筑，周围景观为"溪左岩右"④，亭的形制以简朴为特色，"材非难得，功则易成。一门四柱，石础松棁，泥含淑气，瓦覆苔青"⑤，亭虽小但设施齐备，"才容小榻，更设短屏，后陈酒器，前开药经"⑥，这样一处小园林，带给人的精神享受是"游子见而忘归，居人对而遗老"⑦。

如同这样的园林小景在初盛唐园林中并非个案，而是具有普遍性。李峤的《王屋山第之侧杂构小亭暇日与群公同游》记叙了于王屋山宅园外构小亭的造园行为，杜甫在《假山》中描述了太夫人堂下的一处园林小景："天宝初，南曹小司寇舅于我太夫人堂下垒土为山，一匮盈尺，以代彼朽木，……旁植慈竹，盖兹数峰，欹岑婵娟，宛有尘外致。"⑧ 园林景观精致而又自成系统，构成了一方小天地，这些都是园林以小见大、以有限沟通无限的例子。再如这一时期的画论，也透露出相似的美学原则。如朱景玄称盛唐画家张藻的作品"山水之状，则高低秀丽，咫尺重深，石尖欲落，泉喷如吼。其近也若逼人而寒，其远也若极天之尽"⑨，都说明初盛唐时期以小观大的艺术追求其实并非偶然，而是具有普遍性，同时也构成了初盛唐时期的一种审美意识，正是这种有意识的审美追求才使得当时园林营造和绘画理论上同时出现以小见大、以少见多的审美原则。

小园或园林小景的审美追求是园林在其发展过程中的必然趋向，从庾信的小园、徐勉于东田间营构的小园，到贺遂的药园、薛家的竹亭、李峤的小亭、杜甫太夫人堂下的园林小景等，这其实构成了比较清晰的发展线索，从中可以看出园林趋于小型化的演变趋向。同时，正是小园的出现及其逐渐流行，促进了园林景观构成的微型化，并进一步走向象征性和写意

---

① （清）董诰等编：《全唐文》卷316，中华书局1983年版，第3211页。
② （清）董诰等编：《全唐文》卷294《汝州薛家竹亭赋》，中华书局1983年版，第2977页。
③ （清）董诰等编：《全唐文》卷294《汝州薛家竹亭赋》，中华书局1983年版，第2977页。
④ （清）董诰等编：《全唐文》卷294《汝州薛家竹亭赋》，中华书局1983年版，第2977页。
⑤ （清）董诰等编：《全唐文》卷294《汝州薛家竹亭赋》，中华书局1983年版，第2977页。
⑥ （清）董诰等编：《全唐文》卷294《汝州薛家竹亭赋》，中华书局1983年版，第2977页。
⑦ （清）董诰等编：《全唐文》卷294《汝州薛家竹亭赋》，中华书局1983年版，第2977页。
⑧ （唐）杜甫著，（清）仇兆鳌注：《杜诗详注》卷1，中华书局2015年版，第35—36页。
⑨ （唐）朱景玄著，吴企明校注：《唐朝名画录校注》，黄山书社2016年版，第52页。

性，从而促使写意园林逐步走向成熟。尤其在中唐之后，"'壶中天地'的境界在极短的时间内就成了士人园林最普遍、最基本的艺术追求"①，并且王毅指出"中晚唐园林的意义在于：它在提出了中国古典园林后期基本空间原则的同时，以丰富的艺术手段全力将其运用于具体创作之中，这种结合为宋人在'壶中'构建起无比精美的园林景观体系奠定了基础"②。

与追求小宅园类似，园林中的景观在初盛唐时期也出现过以小为美的倾向。如唐太宗的《咏小山》和《小山赋》，这两篇作品是唐太宗贞观二十一年（647）于翠微宫所作，所咏小山位于翠微宫的掖庭中。小山堆叠的目的是"想蓬瀛兮靡觌，望昆阆兮难期"③，堆叠情况是"启一围而建址，崇数尺以成坯"④，小山的景观是"寸中孤嶂连还断，尺里重峦欹复正。岫带柳兮合双眉，石澄流兮分两镜"⑤，并且移芳植秀、招蝶引莺，小山的审美效果是"聊夕玩而朝临，足摅怀而荡志"⑥。"土坯"二字说明筑山的方式为版筑，但不同于汉代袁广汉北邙山之采土筑山的宏大规模，而是尺寸缩小，具有了以小见大的审美特征。与《咏小山》相同，唐太宗作品中还有一篇《小池赋》，是为许敬宗家的小池而作，并以赋赐之，而许敬宗相应地作有《小池赋应诏》。从赋作描述可以看到小池的大致情形，即小池规模较小，"萦咫尺之方塘"⑦；小池植物、动物相配置，"竹分丛而合响，草异色而同芳"⑧，"映垂兰而转翠，翻轻苔而动绿"⑨，"涌菱花于岸腹，擎莲影于波心"⑩，"景落池滨，雾黯疏筠，舒卷澄霞彩，高低碎月轮"⑪，"露宿鸟之全翩，隐游鱼之半鳞"⑫；小池的审美效果是"惭于溟渤，亦足莹乎心神"⑬。许赋同样描写了小池的景观与精神功用，但不同的是更为详细地阐明了小池的象征意，"对

---

① 王毅：《中国园林文化史》，上海人民出版社2004年版，第127页。
② 王毅：《中国园林文化史》，上海人民出版社2004年版，第143页。
③ 吴云、冀宇校注：《唐太宗全集校注》，天津古籍出版社2004年版，第115页。
④ 吴云、冀宇校注：《唐太宗全集校注》，天津古籍出版社2004年版，第115页。
⑤ 吴云、冀宇校注：《唐太宗全集校注》，天津古籍出版社2004年版，第116页。
⑥ 吴云、冀宇校注：《唐太宗全集校注》，天津古籍出版社2004年版，第116页。
⑦ 吴云、冀宇校注：《唐太宗全集校注》，天津古籍出版社2004年版，第117—118页。
⑧ 吴云、冀宇校注：《唐太宗全集校注》，天津古籍出版社2004年版，第118页。
⑨ 吴云、冀宇校注：《唐太宗全集校注》，天津古籍出版社2004年版，第118页。
⑩ 吴云、冀宇校注：《唐太宗全集校注》，天津古籍出版社2004年版，第118页。
⑪ 吴云、冀宇校注：《唐太宗全集校注》，天津古籍出版社2004年版，第118页。
⑫ 吴云、冀宇校注：《唐太宗全集校注》，天津古籍出版社2004年版，第118页。
⑬ 吴云、冀宇校注：《唐太宗全集校注》，天津古籍出版社2004年版，第118页。

昆明而取况，喻春兰与秋菊"①，进而以瑶池相比。正是这种象征隐喻与写意的追求，使开池成为唐人造园中必不可少的行为，"一勺则江湖万里"②成为小池写意江湖的最精练概括。

盛、中唐之际，钱起所作《尺波赋》，是一篇值得注意的赋作，透露出当时士人崇尚景观微型化的审美倾向。赋曰：

> 激滟骇水，有瀹沧始波。引分寸之余，方从一勺；激寻常之内，无爽盈科。势将垒涌，迹异盘涡，蹙跬步以无数，荡分阴而自多。观其日色遥临，风生未已。圆规可验，疑沉璧之旧痕；前后相俟，若浮书而竞起。迹叠相近，萍蒙有余，促涟漪之散漫，拥跳沫以虚徐。流脉中移，类蠖影求伸之际；浮光上透，若雪花呈瑞之初。涌以回回，驰乎澹澹。始群分而下濑，将积少以习坎。生而有准，动必若浮。如投石以花散，等覆杯而迹幽。影不过于布指，光遽溢乎寸眸。汹汹安翔，似欲将乎斗注；油油增绕，如潜运以环周。无惊川后，未发阳侯。当澹以成之，宁同瀑怒；谓小为贵也，爰进涓流。浅漾风光，轻蟠水力，寸长所及；知文在其中，方折是回，见动不过则。③

赋作整体上表现出对尺波勺水的玩赏，而以"尺波"为题，足以见出钱起对微型景观的欣赏，从其丰富细腻的描摹中可见作者对于这一波尺水的兴趣，包括尺波的光色、映照、涟漪、波动、散漫、虚徐等各种形态与景致。值得注意的是，作者直言"小为贵"，这与李华赞美贺遂员外之药园"以小见大"异曲同工，都是当时文士在景观审美中崇尚微型化审美的表现。

发展到中唐，景观的微型化则更为普遍和流行，诗文中随处可见，暂且举数例。

> 因凿石引泉，酾其流以为溪，溪左右建上下坊，作禅堂琴台以环之，探异好古故也。……流为回溪，削成崇台。不过十仞，意拟衡

---

① （清）董诰等编：《全唐文》卷151《小池赋应诏》，中华书局1983年版，第1536页。
② （明）文震亨原著，陈植校注，杨超伯校订：《长物志校注》卷3，江苏科学技术出版社1984年版，第102页。
③ （唐）钱起著，王定璋校注：《钱起集校注》卷11，浙江古籍出版社2015年版，第351—352页。

霍；溪夐数丈，趣侔江海。知足造适，境不在大。（独孤及《琅琊溪述》并序）①

竹药闭深院，琴樽开小轩。谁知市南地，转作壶中天？（白居易《酬吴七见寄》）②

中底铺白沙，四隅甃青石。勿言不深广，但取幽人适。泛滟微雨朝，泓澄明月夕。岂无大江水，波浪连天白？未如床席前，方丈深盈尺。清浅可狎弄，昏烦聊漱涤。最爱晓暝时，一片秋天碧。（白居易《官舍内新凿小池》）③

撮要而言，则三山五岳，百洞千壑，觑缕簇缩，尽在其中。百仞一拳，千里一瞬，坐而得之，此所以为公适意之用也。（白居易《太湖石记》）④

以上例子，很好地说明了中唐士人对以小见大、"壶中天地"境界的审美追求。这也是假山堆叠、置石以像山峰，以及小池、小瀑布等景观在中晚唐盛行的原因。郑谷的《七祖院小山》记述了这一审美潮流发展到高峰的表现，"小巧功成雨藓斑，轩车日日扣松关。峨嵋咫尺无人去，却向僧窗看假山"⑤。以假山代替真山，以小山代替高峰，在假山中体会势若千万寻的意趣，由此成为士人追捧的新宠儿。皎然的《五言咏小瀑布》同样如此，"瀑布小更奇，潺湲二三尺。细脉穿乱沙，丛声咽危石。初因智者赏，果会幽人迹。不向定中闻，那知我心寂"⑥，从园林建构的角度讲，如此小巧的瀑布应当是与小假山配置而成的微型景观，或者说是精心制作的盆景。盆景有着较为悠久的历史，如汉晋时流行的"博山炉"就是为模拟仙山景观而作的，而且初唐时期章怀太子墓壁画中已经出现了盆景绘画。再如中晚唐时期出现大量的盆池建构，其实都是微型景观流行

---

① （唐）独孤及撰，刘鹏、李桃校注，蒋寅审定：《毗陵集校注》卷17，辽海出版社2006年版，第376页。
② （唐）白居易著，朱金城笺校：《白居易集笺校》卷6，上海古籍出版社1988年版，第350页。
③ （唐）白居易著，朱金城笺校：《白居易集笺校》卷7，上海古籍出版社1988年版，第367页。
④ （唐）白居易著，朱金城笺校：《白居易集笺校》外集卷下《官舍内新凿小池》，上海古籍出版社1988年版，第3937页。
⑤ （唐）郑谷著，严寿澂、黄明、赵昌平笺注：《郑谷诗集笺注》卷2，上海古籍出版社2009年版，第225页。
⑥ （唐）释皎然撰：《杼山集》卷6，上海古籍出版社1992年版，第50页。

的表现。

上述微型景观在中晚唐园林中甚是普遍，这种兴起绝不是骤然发生，而是以初盛唐园林的小型化、景观的微型化以及以小见大审美意识的发展为基础，从前面所举初盛唐时期的园林及其景观可以清晰呈现其演变发展的脉络。

同时，唐代文人在营构园林时已经注意到规模技巧和情趣意味的双重需求，园林景观小型化的趋向使中唐园林呈现出意味深长的"壶中境界"。山是拳石"百仞一拳，千里一瞬，坐而得之"①。水是勺水，"有意不在大，湛湛方丈余"②。"瀑布小更奇，潺湲二三尺。"③ 花木是稀疏散植，"拂窗斜竹不成行"④。在园林景观建构上不追求形似，而是追求"神似"，注重对士夫文人情志的充分表现，这就促使园林景观在体积上趋于小型化，形成了影响深远的"壶中境界"。韩愈的《河南令舍池台》为我们描述了唐代园林的这一特色，"灌池才盈五六丈，筑台不过七八尺。欲将层级压篱落，未许波澜量斗石。规摹虽巧何足夸，景趣不远真可惜"⑤。再如"疏为回溪，削成崇台。山不过十仞，意拟衡霍；溪不袤数丈，趣侔江海。知足造适，境不在大"⑥，"块岭笑群岫，片池轻众流"⑦，这样的园林景观在中晚唐诗人笔下甚是常见，说明唐代尤其中晚唐园林在微型景观营造上取得了很高水平，同时也说明壶中境界在唐代的成熟。

诗人在小小宅园中看到的是沧溟与蓬瀛，这就为园林的建构在地形要求和营构工程上提供了便捷，这也是为什么从中唐开始出现了众多的第宅园林、城市园林甚至是官衙附带的小园林。当然，园林景观体积的小型化、园林的壶中之境，以及城市山林的发展之间并不是单线条的因果联系，而是处于一个互相影响互相联系的网状结构中。

正是以小见大的审美观念，壶中境界的审美追求，还有初盛唐即已开

---

① （唐）白居易著，朱金城笺校：《白居易集笺校》外集卷下《太湖石记》，上海古籍出版社1988年版，第3937页。
② （唐）白居易著，朱金城笺校：《白居易集笺校》卷7，上海古籍出版社1988年版，第391页。
③ （唐）释皎然撰：《杼山集》卷6，上海古籍出版社1992年版，第50页。
④ （唐）白居易著，朱金城笺校：《白居易集笺校》卷16，上海古籍出版社1988年版，第1028页。
⑤ （唐）韩愈著，钱仲联集释：《韩昌黎诗系年集释》卷7，上海古籍出版社1984年版，第792页。
⑥ （清）董诰等编：《全唐文》卷389，中华书局1983年版，第3961页。
⑦ 华忱之、喻学才校注：《孟郊诗集校注》卷4，人民文学出版社1995年版，第184页。

始逐渐兴盛的微型化景观，促使唐代园林进一步走向体系化，从而建构起完备、精美的庭园宅园景观体系，这也就促使中唐以后的园林景观在壶中天地中进一步多样化、精致化。如柳宗元在《愚溪诗序》中叙述了自己建构愚溪的经过和各种景致，尤其是对水景的处理，"愚溪之上，买小丘为愚丘。自愚丘东北行六十步，得泉焉，又买居之为愚泉。愚泉凡六穴，皆出山下平地，盖上出也。合流屈曲而南，为愚沟。遂负土累石，塞其隘为愚池。愚池之东为愚堂。其南为愚亭。池之中为愚岛。嘉木异石错置，皆山水之奇者"①，可以说在百步之内，溪、丘、泉、沟、池、堂、亭、岛、花木、山石等各种景观形态都已经具备，同时也说明唐代园林的景观体系建构之成熟。如同柳宗元这样多样化处理各种景观在中唐园林中十分普遍，如白居易的履道里池台、牛僧孺的午桥庄、李德裕的平泉庄，还有裴度的绿野堂等，可以说他们代表了这一时期唐代园林景观体系艺术发展的最高水平，同时也奠定了后代尤其是宋以后文人园林的基本空间原则，有着重要的审美意义。

第三节　唐代园林的景观建构艺术

王毅在《中国园林文化史》中这样评价唐代园林："它把魏晋南北朝园林在意趣上的要求变得更为清晰，把那时美学方法上的探索变成了明确的艺术原则和可资仿效的艺术模式。"② 唐代园林不仅具有了完备的景观要素，而且讲求景观要素的合理配置与有机组合，这就形成了唐代文人在建构园林景观活动中的一些不成文但又约定俗成的技艺方法与艺术原则，这在唐人诗歌中有着鲜明体现。

一　园林景观建构的"因""借"艺术③

明计成云："'因'者：随基势之高下，体形之端正，碍木删桠，泉流石注，互相借资；宜亭斯亭，宜榭斯榭，不妨偏径，顿置婉转，斯谓'精而合宜'者也。'借'者：园虽别内外，得景则无拘远近，晴峦耸秀，

---

① （唐）柳宗元：《柳宗元集》卷24，中华书局1979年版，第642页。
② 王毅：《中国园林文化史》，上海人民出版社2004年版，第105页。
③ 部分内容在拙著《唐代园林与文学之关系》第二章第一节"唐代园林景观的营造与技艺"中有所论述，见第57—69页，本次做了改动和补充。

绀宇凌空；极目所至，俗则屏之，嘉则收之。"① "因借"艺术已经作为一种可资效仿的技艺方法被计成写进了《园冶》，然而，唐人众多的构园诗句其实已经运用了因借手法，从这个意义上说，唐代诗歌直接影响了后世构园技艺的进步，这也是唐诗的文献价值和美学价值的体现。

（一）"因"的技巧

唐代园林往往选择风景秀美、有山有水的地方，这其实就是对自然山水的依凭。"卜筑因自然，檀溪更不穿。园庐二友接，水竹数家连。直与南山对，非关选地偏。卜邻依孟母，共井让王宣。曾是歌三乐，仍闻咏五篇。草堂时偃曝，兰楫日周旋。外事情都远，中流性所便。闲垂太公钓，兴发子猷船。余亦幽栖者，经过窃慕焉。梅花残腊月，柳色半春天。鸟泊随阳雁，鱼藏缩项鳊。停杯问山简，何似习池边"②（孟浩然《冬至后过吴张二子檀溪别业》），直接点明卜筑别业的前提是"因自然"，而依凭自然的好处就是可以直接引檀溪水入园，构筑池沼、溪流等景观。

因自然之地建园不仅可以借助自然山水的便利条件，而且可以节省劳力与资财。柳宗元在《永州韦使君新堂记》中说："将为穿谷嶬岩渊池于郊邑之中，则必辇山石，沟涧壑，凌绝险阻，疲极人力，乃可以有为也。然而求天作地生之状，咸无得焉。逸其人，因其地，全其天，昔之所难，今于是乎在。"③ 节俭省力乃君子所为，因此唐代文人在建构园林时一般遵从依从自然的构园法则。唐太宗在《述圣赋序》中也同样强调了因隙地而构园的行为，"故因兹余隙，乃修苑囿，其胜地则有积翠凝碧，其川阜则有灌龙平乐。若乃南面双阙，北对芒山，引洛浦之通波，连郏鄏之余址"④，对这样优美的环境稍加人工的点缀与修饰就可以营造出无比优美的境界，"丛薄本丽，加之以芳节；池沼素美，莹之以初阳。舞蝶游丝，带清飙而散影；分花交柳，映碧浪而成文。巨树千寻，结轻烟而耸翠；危峰万仞，照落景而开红"⑤。

除了对自然山水条件的因借之外，园林在构建每一处景观时也要遵从

---

① （明）计成原著，陈植注释，杨伯超校订，陈从周校阅：《园冶注释》卷1《兴造论》，中国建筑工业出版社1988年版，第47—48页。
② （唐）孟浩然著，佟培基笺注：《孟浩然诗集笺注》卷上，上海古籍出版社2000年版，第15页。
③ （唐）柳宗元：《柳宗元集》卷27，中华书局1979年版，第732页。
④ 吴云、冀宇校注：《唐太宗全集校注》，天津古籍出版社2004年版，第138页。
⑤ 吴云、冀宇校注：《唐太宗全集校注》，天津古籍出版社2004年版，第138页。

"因"。"因下疏为沼,随高筑作台"①(白居易《重修府西水亭院》),根据客观地形,顺应自然条件,因下开池,凭高筑台。在这种构园思想的支配下,白居易具有一个造园家的审美眼光,因此在对裴度集贤林亭之景观的观摩中最先注意到的就是构园首要遵循的原则,"疏凿出人意,结构得地宜。灵襟一搜索,胜概无遁遗。因下张沼沚,依高筑阶基"②(白居易《裴侍中晋公以集贤林亭即事诗二十六韵见猥蒙征和才拙词繁辄广为五百言伸酬献》),诗歌在点明林亭的位置之后开始赞美其构园的合理性,结构得地宜是对集贤园的高度赞美,然后具体到池沼、建筑的建构也遵循了因下疏池、依高筑台的构园原则。

此外,在构建建筑物以及梳理水景上同样体现了因的原则。"亭台随高下"③(杜甫《寄题江外草堂》),"疏凿顺高下,结构横烟霞"④(孟郊《峥嵘岭》),"萦回疏凿随胜地,石磴岩扉光景异"⑤(权德舆《奉和礼部李尚书酬杨著作竹亭歌》),"引水多随势,栽松不趁行"⑥(白居易《奉和裴令公新成午桥庄绿野堂即事》),根据地势的高低安排各种建筑类型,营造屈曲逶迤的节律美,同时给人以流动之感,使园林气韵生动,计成将此总结为"高方欲就亭台,低凹可开池沼"⑦,"高阜可培,低方宜挖"⑧。

(二)"借"的艺术

明人计成云,"园林巧于'因'、'借'"⑨,"构园无格,借景有因"⑩,

---

① (唐)白居易著,朱金城笺校:《白居易集笺校》卷28,上海古籍出版社1988年版,第1982页。
② (唐)白居易著,朱金城笺校:《白居易集笺校》卷29,上海古籍出版社1988年版,第2034页。
③ (唐)杜甫著,(清)仇兆鳌注:《杜诗详注》卷12,中华书局2015年版,第1236页。
④ 华忱之、喻学才校注:《孟郊诗集校注》卷9,人民文学出版社1995年版,第432页。
⑤ (唐)权德舆撰,郭广伟校点:《权德舆诗文集》卷8,上海古籍出版社2008年版,第137页。
⑥ (唐)白居易著,朱金城笺校:《白居易集笺校》卷33,上海古籍出版社1988年版,第2238页。
⑦ (明)计成原著,陈植注释,杨伯超校订,陈从周校阅:《园冶注释》卷1《相地》,中国建筑工业出版社1988年版,第56页。
⑧ (明)计成原著,陈植注释,杨伯超校订,陈从周校阅:《园冶注释》卷1《立基》,中国建筑工业出版社1988年版,第71页。
⑨ (明)计成原著,陈植注释,杨伯超校订,陈从周校阅:《园冶注释》卷1《兴造论》,中国建筑工业出版社1988年版,第47页。
⑩ (明)计成原著,陈植注释,杨伯超校订,陈从周校阅:《园冶注释》卷3《借景》,中国建筑工业出版社1988年版,第243页。

"因"与"借"是重要的构园原则之一,二者相辅相成,因山因水可以借山形借水声,借景成为园林建构的重要艺术技巧。计成在《园冶》中专列"借景"一节,从形、声、色、香等虚景以及远、邻、仰、俯等视角对园林建构中的借景种类做了详细阐述,"夫借景,林园之最要者也。如远借,邻借,仰借,俯借,应时而借。然物情所逗,目寄心期,似意在笔先,庶几描写之尽哉"①。其实,仔细研读唐人描述园林的诗文,就会发现唐人在构园实践中已经有意识地运用了借景的技法。

远借山川之色当属最为普遍而重要的。"户外窥数峰"②(杨浚《题武陵草堂》),"南山当户牖,沣水映园林"③(祖咏《苏氏别业》),"分明窗户中,远近山川色"④(储光羲《京口题崇上人山亭》),"东窗对华山,三峰碧参差。南檐当渭水,卧见云帆飞"⑤(白居易《新构亭台示诸弟侄》),别业建构在自然山水之中,可以借助山川之色形成优美景致,并将自然山川引进自家宅园作为园林一景。

园林中的近借一般是通过建筑物的框景功用使其与植物、池沼、山石等形成对景,从而使景致构成有机的整体。"清辉淡水木,演漾在窗户"⑥(王昌龄《同从弟销南斋玩月忆山阴崔少府》),是借池水之光辉;"声透小窗间"⑦(项斯《和李用夫栽小松》),是借松声;"竹叶一尊酒,荷香四座风"⑧(刘威《早秋游湖上亭》),是借荷香;"绣户窗前花影重"⑨[朱湾《宴杨驸马山亭(一作陈羽诗)》],是借花影。

除了远借与近借,仰借、俯借在园林中也有体现,主要在于通过建筑单体诸如亭、楼、阁等形成一个具有流动性的观物点,从而形成视觉的流转。元结的《登白云亭》先介绍亭所在的位置,"穷高欲极

---

① (明)计成原著,陈植注释,杨伯超校订,陈从周校阅:《园冶注释》卷3《借景》,中国建筑工业出版社1988年版,第247页。
② (清)彭定求等编:《全唐诗》卷120,中华书局1960年版,第1206页。
③ (清)彭定求等编:《全唐诗》卷131,中华书局1960年版,第1334页。
④ (唐)储光羲:《京口题崇上人山亭》,载(唐)储光羲、(唐)元结《储光羲诗集·次山集》卷4,上海古籍出版社1992年版,第27页。
⑤ (唐)白居易著,朱金城笺校:《白居易集笺校》卷6,上海古籍出版社1988年版,第331页。
⑥ (唐)王昌龄著,胡问涛、罗琴校注:《王昌龄集编年校注》卷2,巴蜀书社2000年版,第79页。
⑦ (唐)项斯著,徐光大校注:《项斯诗注》,浙江古籍出版社2006年版,第29页。
⑧ (清)彭定求等编:《全唐诗》卷562,中华书局1960年版,第6522页。
⑨ (清)彭定求等编:《全唐诗》卷306,中华书局1960年版,第3477页。

远,始到白云亭"①,这样一个制高点为诗人的观望提供了便利,"长山绕井邑,登望宜新晴。洲渚曲湘水,萦回随郡城"②,因视点高,千山越发晴朗,湘水越发萦回,这是借远景;"九疑千万峰,嶂嶂天外青。烟云无远近,皆傍林岭生"③,由远及近,因亭的虚空将前峰与烟霞拉至眼前,诗人的视角由远拉近;"俯视松竹间,石水何幽清。涵映满轩户,娟娟如镜明"④,作者的目光又进一步拉近,俯视近处的松竹与泉石,这是视角的第三次变幻。视角的不断变化,形成了婉转的流动感。

无论是远借还是近借抑或是仰借、俯借,其实都不是单一的,而是与人的观照视角有很大关系,所以构景时要根据审美视角的变动来安排各个景致。计成说"因借无由,触情俱是"⑤,只要能触动观者的欣赏激情,或者触动观者的审美心灵,都可以作为优越的景观进行因借,也只有这样才能做到情景交融,幻化出引人入胜的境界。

二 园林景观建构的对比手法

西方著名建筑师詹克斯说:"中国园林把成对的矛盾联结在一起,是一种介于两者之间(in-between)的,在永恒的乐园与尘世之间的空间。"⑥ 对比手法的运用使园林景观得到有效合理的组合、穿插以及衬托,同时对园林境界的营造也具有十分重要的美学意义。

(一)大小结合

"大"与"小"是构园中重要的对比手法,合理处理两者之间的关系可以营造出"大中见小、小中见大"的园境。如"谁知市南地,转作壶中天"⑦(白居易《酬吴七见寄》),"止水可为江湖,一鸟可齐天地"⑧(王璠《唐符阳郡王张孝忠再葺池亭记》)。李华更是在《贺遂员外药园小山池记》中指出了"以小观大",即"庭除有砥砺之材、础磶之璞,立而

---

① (唐)元结著,孙望校:《元次山集》卷3,中华书局1960年版,第44页。
② (唐)元结著,孙望校:《元次山集》卷3,中华书局1960年版,第44页。
③ (唐)元结著,孙望校:《元次山集》卷3,中华书局1960年版,第44页。
④ (唐)元结著,孙望校:《元次山集》卷3,中华书局1960年版,第44页。
⑤ (明)计成原著,陈植注释,杨伯超校订,陈从周校阅:《园冶注释》卷3《借景》,中国建筑工业出版社1988年版,第244页。
⑥ [英]查尔斯·詹克斯:《后现代建筑语言》,李大夏摘译,中国建筑工业出版社1986年版,第81页。
⑦ (唐)白居易著,朱金城笺校:《白居易集笺校》卷6,上海古籍出版社1988年版,第350页。
⑧ (清)董诰等编:《全唐文》附《唐文续拾》卷4,中华书局1983年版,第11216页。

象之衡巫。堂下有畚锸之坳、圩塓之凹，陂而象之江湖"①，"以小观大，则天下之理尽矣，心目所自不忘乎"②，明确指出其审美视角即以小观大，从小园林中体悟大宇宙之理。园林向来被看成宇宙的缩微，这本身就体现了小与大的关系，也即小园林与大宇宙的辩证关系。

与此相联系，园林中的一山一石、一池一泉都成为自然万物的抽象象征。元结的《窊樽诗》曰："巉巉小山石，数峰对窊亭。窊石堪为樽，状类不可名。巡回数尺间，如见小蓬瀛。樽中酒初涨，始有岛屿生。岂无日观峰，直下临沧溟。"③ 诗人在小小片石中看到了蓬瀛天地，樽中酒将周围山峰岛屿掩映其中，这里又成为诗人向往的沧溟之境。钱起的《尺波赋》更是在方寸之地体味着江湖之思："引分寸之余，方从一勺；激寻常之内，无爽盈科。……谓小为贵也，爰进涓流。浅漾风光，轻蟠水力，寸长所及；知文在其中，方折是回，见动不过则。"④ 诗人的审美使一方小池俨然变成了广阔的江湖。因此，诗人不断地在家园中立小池写沧溟，以一种更为便捷的方式接触自然，寻得精神的畅游。

唐代文人对园林中"方寸之余""壶中天地"趣味的沉溺与赏鉴，在中唐之后成为士人园林的普遍追求。陈从周的《说园》曰："园林中的大小是相对的，不是绝对的，无大便无小，无小也无大。"⑤ 以小观大成为构园中重要的艺术手法之一。

（二）虚实相生

中国的艺术如书法、绘画、舞蹈，甚至戏曲都讲求"实中见虚、虚中见实"，中国园林艺术作为中国艺术的重要组成部分，更遵循虚实结合、虚实相生的艺术规律。

就构园要素而言，山石为实，水体为虚，楼堂建筑为实，天井院落为虚，这些因素在唐人构园中都有所体现。山石与水体的结合，如"野水通池石垒台"⑥（许浑《题陆侍御林亭》），"石累千层险，泉分一带微"⑦

---

① （清）董诰等编：《全唐文》卷316，中华书局1983年版，第3211页。
② （清）董诰等编：《全唐文》卷316，中华书局1983年版，第3211页。
③ （唐）元结著，孙望校：《元次山集》卷3，中华书局1960年版，第41页。
④ （唐）钱起著，王定璋校注：《钱起集校注》卷11，浙江古籍出版社2015年版，第351—352页。
⑤ 陈从周：《园林清议》，江苏文艺出版社2005年版，第7页。
⑥ （唐）许浑撰，罗时进笺证：《丁卯集笺证》卷9，中华书局2012年版，第608页。
⑦ （清）彭定求等编：《全唐诗》卷685，中华书局1960年版，第7867页。

(吴融《和睦州卢中丞题茅堂十韵》），"床头枕是溪中石，井底泉通竹下池"①（贾岛《宿村家亭子》），"斗石类岩巇，飞流泻潺湲"②（高铢《和太原张相公山亭怀古》），景致的虚与实在诗歌的对仗中得到完美统一。亭台楼阁等建筑单体其本身也是虚实的结合体，老子曾说"凿户牖以为室，当其无，有室之用"③，建筑的实体为实，构成的空间为虚，营构出的园林空间也为虚。"始见庭宇旷，顿令烦抱舒"④，庭之虚由庭中之实物见出，虚实相生。

就因借手法而言，近景为实，远景为虚，声、香、影为虚，色、形为实。如"户外窥数峰，阶前对双井"⑤（杨浚《题武陵草堂》），"卷箔岚烟润，遮窗竹影闲"⑥（李嘉祐《题裴十六少卿东亭》），"远岫当庭户，诸花覆水源"⑦（独孤及《萧文学山池宴》），前句写远景，后句以近景相对，近景为实，远景为虚，远近配置，虚实相生，人的视线在远与近之间交互往复，形成流动感。除了远景与近景形成虚实相生的关系外，声、香、影与色、形之间也形成了虚实相生的关系，如"夜凉耽月色，秋渴漱泉声"⑧（刘得仁《中秋宿邓逸人居》），"荷香度高枕，山色满南邻"⑨（钱起《县中池竹言怀》），"云卷千峰色，泉和万籁吟"⑩（崔湜《奉和幸韦嗣立山庄侍宴应制》），色与声、香形成了对照，一句写实，一句写虚，虚实结合。

（三）疏密相宜

疏与密是构园中的又一相对概念。构园中讲求疏密相宜，正如《芥舟学画编》所言："密不嫌迫塞，疏不嫌空松。增之不得，减之不能，如天成，如铸就，方合古人布局之法。"⑪ 构园亦是如此，讲求疏密的合

---

① 齐文榜校注：《贾岛集校注》卷10，人民文学出版社2001年版，第516页。
② （清）彭定求等编：《全唐诗》卷488，中华书局1960年版，第5545页。
③ （魏）王弼注，楼宇烈校释：《老子道德经注校释》上篇《十一章》，中华书局2008年版，第26页。
④ （唐）韦应物著，陶敏、王友胜校注：《韦应物集校注》卷8《新理西斋》，上海古籍出版社1998年版，第503页。
⑤ （清）彭定求等编：《全唐诗》卷120，中华书局1960年版，第1206页。
⑥ （清）彭定求等编：《全唐诗》卷206，中华书局1960年版，第2152页。
⑦ （唐）独孤及撰，刘鹏、李桃校注，蒋寅审定：《毗陵集校注》卷2，辽海出版社2006年版，第45页。
⑧ （清）彭定求等编：《全唐诗》卷545，中华书局1960年版，第6305页。
⑨ （唐）钱起著，王定璋校注：《钱起集校注》卷6，浙江古籍出版社2015年版，第185页。
⑩ （清）彭定求等编：《全唐诗》卷54，中华书局1960年版，第665页。
⑪ （清）沈宗骞：《芥舟学画编》，载潘运告主编，云告译注《清代画论》，湖南美术出版社2003年版，第26页。

理布局。具体说来，"疏"指的是空旷的水面以及空间场地，与虚相关；"密"指的是山石、花木、建筑之景，与实相关。构园讲求虚实结合，同样也讲求疏密相宜，过于疏旷则少幽深雅致，过于密集则少空灵气韵，因此，要形成疏落与致密、开旷与幽奥相结合的园景空间。

柳宗元在《永州龙兴寺东丘记》中提出了"奥"与"旷"的相对概念。"游之适，大率有二：旷如也，奥如也，如斯而已"①，接着论述了园林建构中对疏密关系的处理，"其地之凌阻峭，出幽郁，寥廓悠长，则于旷宜；抵丘垤，伏灌莽，迫遽回合，则于奥宜。因其旷，虽增以崇台延阁，回环日星，临瞰风雨，不可病其敞也；因其奥，虽增以茂树丛石，穹若洞谷，翁若林麓，不可病其邃也"②，不可过于旷，亦不可过于密，要疏密相间。同样，姚合在《题李频新居》中如是说，"庭际山宜小，休令著石添"③，庭院的堆山应该考虑到空间的大小，不宜过大，置石不能太拥塞，要留出一定的空间，形成气脉的流动。因此，构园中的疏密相宜就是要对景观要素进行合理布局，使空间具有流动感，建筑布置要以画面构图为主，空间穿插，渗透流动。《园冶·屋宇》中说，"当檐最碍两厢，庭除恐窄"④，即不采用斋居中一堂两厢的布置方式，而要根据地形和景致的需要灵活布置，形成错落有致的空间流动性。

（四）动静结合

园林之境以幽、静为主，但静并非死寂，而是静中有动，动静结合，动与静是景观建构艺术原则中的又一相对概念。在构园中，如果说山石、建筑属静，那么水则属动，水在园中被称为"活物"，有了水，园林便更富灵动感。唐代文人对园林中的水的动感进行了多样描写，如曲水、溪流、瀑布、滩濑等，都属于动感十足的形态，而池相对来说则更具有静的特性，如"澄明山满池"⑤（卢纶《和太常李主簿秋中山下别墅即事》），"清池如写月"⑥（羊士谔《南馆林塘》）。池面虽多以静态呈现，然而池

---

① （唐）柳宗元：《柳宗元集》卷28，中华书局1979年版，第748页。
② （唐）柳宗元：《柳宗元集》卷28，中华书局1979年版，第748页。
③ （唐）姚合著，吴河清校注：《姚合诗集校注》卷7，上海古籍出版社2012年版，第373页。
④ （明）计成原著，陈植注释，杨伯超校订，陈从周校阅：《园冶注释》卷1，中国建筑工业出版社1988年版，第79页。
⑤ （唐）卢纶著，刘初棠校注：《卢纶诗集校注》卷2，上海古籍出版社1989年版，第149页。
⑥ （清）彭定求等编：《全唐诗》卷332，中华书局1960年版，第3706页。

面或池岸却依然具有动感,如"泫露苍茫湿,沉波澹滟光"①(姚系《野居池上看月》),水有波纹涟漪,有交错光影,"九曲池西望月来"②(许浑《宴钱李员外》),池岸以曲折蜿蜒为之,增加了水面的流动感。

园林中,声响亦是一种动景。鸟声、虫声、风声、雨声、泉声,以及丝竹管弦之声等,形成了声音的风景。如"鸟声真似深山里,平地人间自不同"③(王建《题裴处士碧虚溪居》),"荒园每觉虫鸣早,华馆常闻客散迟"④(卢纶《酬崔侍御早秋卧病书情见寄时君亦抱疾在假中》),"苔藓疏尘色,梧桐出雨声"⑤(姚合《杭州官舍即事》),"亭开山色当高枕,楼静箫声落远风"⑥(朱庆馀《题崔驸马林亭》),园林中的声响更多的是幽静、舒缓、闲逸与雅致,这与园林的整体风格相通相融。声响在园林中主要起衬托作用,以动衬静,达到烘托园林之静的效果,并且使幽静的园林富有生机与变化。陈从周在《说园》中言:"在园林景观中,静寓动中,动由静出,其变化之多,造景之妙,层出不穷,所谓通其变,遂成天地之文。"⑦

(五) 藏露合宜

藏与露是景观建构艺术原则中的又一对比手法,正如唐志契在《绘事微言·丘壑藏露》中所说:"画叠嶂层崖。其路径村落寺宇。苟能分得隐见明白。则不但远近之理了然。且趣味无尽。更能藏处多于露处。趣味愈无尽。"⑧绘画中讲求景观有隐有显,隐显互衬,而在构园中同样需要注意藏与露的衬托关系。如"树色参差隐翠微"⑨(苏颋《奉和圣制幸韦嗣立庄应制》),"乱水藏幽径"⑩(许棠《题张乔升平里居》),"片霞隔苍翠"⑪(钱起《中书王舍人辋川旧居》),树色与翠微、

---

① (清)彭定求等编:《全唐诗》卷253,中华书局1960年版,第2856页。
② (唐)许浑撰,罗时进笺证:《丁卯集笺证》卷8,中华书局2012年版,第514页。
③ (唐)王建、尹占华校注:《王建诗集校注》卷7,巴蜀书社2006年版,第302页。
④ (唐)卢纶著,刘初棠校注:《卢纶诗集校注》卷2,上海古籍出版社1989年版,第176页。
⑤ (唐)姚合著,吴河清校注:《姚合诗集校注》卷8,上海古籍出版社2012年版,第435页。
⑥ (清)彭定求等编:《全唐诗》卷514,中华书局1960年版,第5876页。
⑦ 陈从周:《园林清议》,江苏文艺出版社2005年版,第33页。
⑧ (明)唐志契著,王伯敏点校:《绘事微言》卷1,人民美术出版社2016年版,第15页。
⑨ 陈钧:《苏颋诗文集编年考校》,山西古籍出版社2001年版,第26页。
⑩ (清)彭定求等编:《全唐诗》卷603,中华书局1960年版,第6967页。
⑪ (唐)钱起著,王定璋校注:《钱起集校注》卷7,浙江古籍出版社2015年版,第236页。

水与幽径、云与苍翠构成藏与露的关系，以显衬隐，景致呈现出近而不浮、远而不尽的无穷魅力，并且在各色景致中呈现出远近、高低的层次感。

声响属于动景、虚景，在显与隐中则属于隐景，唐代文人一般不会直接写声，而是以一种隐含的手法写声，形成不见其人但闻其声的美学效果。因此，在构园中唐代文人往往将声音的发声体隐藏起来，但泄其声，如"溪花不隐乱泉声"①（法振《张舍人南溪别业》），"叶藏幽鸟碎声闲"②（刘沧《夏日登西林白上人楼》），"数声鸡犬翠微中"③（刘威《游东湖黄处士园林》），"风约溪声静又回"④（李咸用《题陈将军别墅》），声响掩映在视觉景观中，更显其清脆幽远。

园林在意境上要求隔离尘嚣，而在园景的构建上又要求隔与透的有机统一。陈从周在《说园》中赞美豫园之萃秀堂时云："乃尽端建筑，厅后为市街，然面临大假山，深隐北麓，人留其间，不知身处市嚣中，仅一墙之隔，判若仙凡，隔之妙可见。……以隔造景，效果始出。"⑤围墙之隔造成了与外界的隔离，而园内又是一个讲求通透的存在，最具典型意义的当属"窗"这个建筑构件。窗兼具隔与透的双重审美，"虫声新透绿窗纱"⑥（刘方平《夜月》），"新竹翛翛韵晓风，隔窗依砌尚蒙笼"⑦（刘禹锡《和宣武令狐相公郡斋对新竹》），窗与纱的存在营造了一个隔的空间，然而窗与纱的通透又形成了一个透的效果，虫声经窗的间隔更觉清晰，新竹经窗的隔透更显朦胧。窗，在构园中形成了多方借景，如"窗中见树阴"⑧（李端《题从叔沉林园》），"窗临杳霭寒千嶂"⑨（齐己《闻尚颜上人创居有寄》），"望远不上楼，窗中见天外"⑩（曹邺《贵宅》），近借远借皆可，这都是窗之隔与通形成的审美构图。窗在后代园林中得到了广泛的应用，演变为今天我们所看到的漏窗，"窗户虚邻，纳千顷之汪洋，

---

① （清）彭定求等编：《全唐诗》卷811，中华书局1960年版，第9142页。
② （清）彭定求等编：《全唐诗》卷586，中华书局1960年版，第6801页。
③ （清）彭定求等编：《全唐诗》卷562，中华书局1960年版，第6525页。
④ （清）彭定求等编：《全唐诗》卷646，中华书局1960年版，第7403页。
⑤ 陈从周：《园林清议》，江苏文艺出版社2005年版，第36页。
⑥ （清）彭定求等编：《全唐诗》卷251，中华书局1960年版，第2840页。
⑦ （唐）刘禹锡著，瞿蜕园笺证：《刘禹锡集笺证》外集卷1，上海古籍出版社1989年版，第1066页。
⑧ （清）彭定求等编：《全唐诗》卷285，中华书局1960年版，第3244页。
⑨ 王秀林：《齐己诗集校注》卷9，中国社会科学出版社2011年版，第492页。
⑩ 梁超然、毛水清注：《曹邺诗注》，上海古籍出版社1982年版，第23页。

收四时之烂漫"①，窗外景色通过漏，或隐隐可见，或明朗入目，使园林景色更为丰富多彩。

沈复的《浮生六记》中"闲情记趣"谈园林布局的韵味："若夫园亭楼阁，套室回廊，叠石成山，栽花取势，又在大中见小，小中见大，虚中有实，实中有虚，或藏或露，或浅或深。不仅在周回曲折四字，又不在地广石多徒烦工费。"② 对比手法不是相互独立的，而是相通相连的，综合运用这些对比手法可以使园林的景观丰富多彩，园林之境尽显无穷韵味。而唐诗的美学意义也正如张家骥所言："唐代文学中，这种小中见大，从有限的景象感知无限的审美经验，在造园学上的意义，就在于作家把自然景境中的'虚与实'、'少与多'、'有限与无限'，按照人的视觉心理活动特点，形象地加以揭示并表现出来，这对后世造园，小空间里写意山水的创作，从思想方法上奠定了基础。"③

三 园林景观建构的线性序列

"序列"是金学智在《中国园林美学（第二版）》中提出的概念，"作为一个具有综合性的艺术系统，中国古典园林虽然品类繁盛，元素众多，但归纳起来，它的生态建构均可归属于两大序列，即基本上属于物质生态的序列和基本上属于精神生态的序列，而这两大建构序列中，又各有一系列的建构元素或要素"④，由此提出"物质生态的序列"和"精神生态的序列"。这其实强调了园林景观建构的序列性特点，这在唐代园林中已经有较为成熟的反映。这里不打算对两种序列进行解释，而是借助序列之概念，论述唐代园林景观建构的又一艺术特征——线性序列。陈从周在《说园》中说："造园如缀文，千变万化，不究全文气势立意，而仅务辞汇叠砌者，能有佳构乎？文贵乎气，气有阳刚阴柔之分，行文如是，造园又何独不然。"⑤ 园林的建构如同诗文创作讲究气韵贯通，讲求建构的有机性和整体性。因此，园林景观间的组合关系到能否达到气韵生动的审美效果，而气韵生动也正是园林景观线性序列的体现。

---

① （明）计成原著，陈植注释，杨伯超校订，陈从周校阅：《园冶注释》卷1，中国建筑工业出版社1988年版，第51页。
② （清）沈复著，俞平伯校点：《浮生六记》，人民文学出版社1980年版，第19页。
③ 张家骥：《中国造园艺术史》，山西人民出版社2004年版，第141页。
④ 金学智：《中国园林美学（第二版）》，中国建筑工业出版社2005年版，第109页。
⑤ 陈从周：《园林清议》，江苏文艺出版社2005年版，第19页。

陈从周重视造园的气脉连贯，"叠山理水要造成'虽由人作，宛自天开'的境界。山和水的关系究竟如何呢？简言之，……山贵有脉，水贵有源，脉源贯通，全园生动"①。山有脉，水有源，正如气脉的流动性一般，贯穿于园林，将各个景观要素进行有机整合，形成一个整体。

唐人造园时为了表现山之脉，多以峰、岩、岛、屿、洞等丰富的山体形态形成连绵不断、跌宕起伏的山峰特征。如"石累千层险"②（吴融《和睦州卢中丞题茅堂十韵》），"更买太湖千片石，叠成云顶绿崚峨"③（无可《题崔驸马林亭》），用片石堆叠成山，形成人造山脉。唐人描写园石的状态多以"攲""倚"形容，如"攲倾怪石山无色"④（徐铉《宣威苗将军贬官后重经故宅》），"庭幽怪石攲"⑤（徐铉《奉和右省仆射西亭高卧作》），"岸石攲相倚"⑥[无可《寄和蔡州田郎中（一作寄和蔡州中丞题蒋亭)》]，写出了园林中山体蜿蜒起伏的形态美。

唐人的构园实践在后世园林中得到了很好的借鉴，计成对其进行了理论上的总结。如"假如一块中竖而为主石，两条傍插而呼劈峰，独立端严，次相辅弼，势如排列，状若趋承。主石虽忌于居中，宜中者也可；劈峰总较于不用，岂用乎断然"⑦，掇山讲求主次，主峰与次峰要形成辅弼之势，以次峰凸显主峰，切不可简单排列，也就是说要在掇山中呈现山峰起伏之势，达到神似之效。接着，计成在《掇山》中叙述了多种山体形态，有峰、峦、岩、洞、涧等，山体形态的变化使园林的构建达到"虽由人作，宛自天开"⑧的美学效果，并且使园林突破了死沉呆板，给人以气韵生动的灵动感。

园林中山石的堆叠要求呈现出高低起伏、连绵不断的形态。水作为园林中的活体，更容易形成流动的迂曲潆洄之状，给人以动感。

---

① 陈从周：《园林清议》，江苏文艺出版社2005年版，第3页。
② （清）彭定求等编：《全唐诗》卷685，中华书局1960年版，第7867页。
③ （清）彭定求等编：《全唐诗》卷814，中华书局1960年版，第9165页。
④ （宋）徐铉撰，李振中校注：《徐铉集校注（附徐锴集）》卷2，中华书局2018年版，第98页。
⑤ （宋）徐铉撰，李振中校注：《徐铉集校注（附徐锴集）》卷5，中华书局2018年版，第315页。
⑥ （清）彭定求等编：《全唐诗》卷813，中华书局1960年版，第9156页。
⑦ （明）计成原著，陈植注释，杨伯超校订，陈从周校阅：《园冶注释》卷3，中国建筑工业出版社1988年版，第206页。
⑧ （明）计成原著，陈植注释，杨伯超校订，陈从周校阅：《园冶注释》卷1《园说》，中国建筑工业出版社1988年版，第51页。

白居易在《府西池北新葺水斋即事招宾偶题十六韵》中描写水流的动感："缭绕府西面，潺湲池北头。凿开明月峡，决破白蘋洲。清浅漪澜急，贪缘浦屿幽。直冲行径断，平入卧斋流。石叠青棱玉，波翻白片鸥。喷时千点雨，澄处一泓油。"① 这里不仅水体景观完备，而且水体呈现出涌动漂流的动态美，水流从郡府的西面流出，流经明月峡、白蘋洲，一路的状态是缓急相间，然后冲断行径，周遭于小斋，遇石激响，最后注入小池澄澈如镜，短短几句描写了多种水体形态，动感十足。

在众多的水体形态中，曲水以其蜿蜒曲折的形态在园林中不断穿梭回流，如丝带一样将不同的景观勾连牵引为一体。如"清江一曲抱村流"②（杜甫《江村》），"广亭遥对旧娃宫，竹岛萝溪委曲通"③（皮日休《褚家林亭》），"三间茅舍向山开，一带山泉绕舍回"④（白居易《别草堂三绝句》），江流、溪水、山泉，逶迤盘旋、勾连景致。曲水的形态最受诗人喜爱，刘禹锡的《海阳十咏》之"裴溪"对溪水的蜿蜒、萦纡之态赞美有加，"楚客忆关中，疏溪想汾水。萦纡非一曲，意态如千里"⑤，萦纡的水流幻化出超人臆想的形态。李德裕更是将曲水比喻为"古篆"与"萦带"，"激水自山椒，析波分浅濑。回环疑古篆，诘曲如萦带"⑥（李德裕《春暮思平泉杂咏二十首·流杯亭》）。

本着对曲水之美的认识，唐代文人在构园凿池的时候特意将池岸做成不规则的曲线形，使其呈现弯曲状。如"西州曲堤柳，东府旧池莲"⑦（温庭筠《题丰安里王相林亭二首》），"高轩夜静竹声远，曲岸春深杨柳低"⑧（刘沧《题郑中丞东溪》），将池岸或者溪流的堤做成曲线形，与杨

---

① （唐）白居易著，朱金城笺校：《白居易集笺校》卷28，上海古籍出版社1988年版，第1974页。
② （唐）杜甫著，（清）仇兆鳌注：《杜诗详注》卷9，中华书局2015年版，第902页。
③ （唐）皮日休著，萧涤非、郑庆笃整理：《皮子文薮》附录一《皮日休集外诗文》，上海古籍出版社2017年版，第238页。
④ （唐）白居易著，朱金城笺校：《白居易集笺校》卷17，上海古籍出版社1988年版，第1133页。
⑤ （唐）刘禹锡著，瞿蜕园笺证：《刘禹锡集笺证》外集卷8，上海古籍出版社1989年版，第1455页。
⑥ （唐）李德裕撰，傅璇琮、周建国校笺：《李德裕文集校笺》别集卷10，中华书局2018年版，第721页。
⑦ （唐）温庭筠著，（清）曾益等笺注：《温飞卿诗集笺注》卷7，上海古籍出版社1980年版，第151页。
⑧ （清）彭定求等编：《全唐诗》卷586，中华书局1960年版，第6800页。

柳之柔软下垂貌在情调上取得一致，正如计成所言"堤湾宜柳"①。唐人园林中的池被称为"曲池"，如"幽岛曲池相隐映，小桥虚阁半高低"②（雍陶《题大安池亭》），"月榭风亭绕曲池，粉垣回互瓦参差"③［温庭筠《偶题林亭》（一作题《题友人池亭》）］，采用人工手段使水流、池岸呈现出屈曲萦回之状，给人以优柔灵动的美感。

除了山贵有脉、水贵有源外，建筑的飞动之态也构成了园林景观的线性序列。宗白华在《美学散步》中谈中国园林建筑时说，"不但建筑内部的装饰，就是整个建筑形象，也着重表现一种动态"④，"这种飞动之美，也成为中国古代建筑艺术的一个重要特点"⑤。建筑的飞动之美首先体现为屋顶的起翘，如《诗·小雅·斯干》描写屋顶的句子"如鸟斯革，如翚斯飞"⑥，这种文学性的描绘在唐代建筑中得到了实现⑦，虽然不如宋代之起翘卷曲，然而也如鸟翼般具有飞动之势。这可以从唐诗中看到，如"螭蟠得形势，翚飞如轩户"⑧（杜牧《题池州弄水亭》），"双阙连甍垂凤翼"⑨（卢照邻《长安古意》），"绮栋鱼鳞出，雕甍凤羽栖"⑩（李峤《王屋山第之侧杂构小亭暇日与群公同游》），建筑屋顶的飞动之态对园林整体的境界构成具有十分重要的衬托之功。

---

① （明）计成原著，陈植注释，杨伯超校订，陈从周校阅：《园冶注释》卷1，中国建筑工业出版社1988年版，第60页。
② 周啸天、张效民注：《雍陶诗注》，上海古籍出版社1988年版，第69页。
③ （唐）温庭筠著，（清）曾益等笺注：《温飞卿诗集笺注》卷4，上海古籍出版社1980年版，第83页。
④ 宗白华：《美学散步》，上海人民出版社1981年版，第63页。
⑤ 宗白华：《美学散步》，上海人民出版社1981年版，第62页。
⑥ 程俊英、蒋见元：《诗经注析》，中华书局1991年版，第544页。
⑦ 《诗·小雅·斯干》描写屋顶的句子"如鸟斯革，如翚斯飞"，汉郑玄笺："如鸟夏暑希革张其翼也……"唐孔颖达的《正义》："斯革、斯飞，言阿之势似鸟戾也。翼，言其体；飞，象其势。"宋朱熹的《诗集传》："其栋宇峻起，如鸟之警而革也；其檐阿华采而轩翔，如翚之飞而矫其翼也。盖其堂之美如此。"金学智结合诗经时代建筑的科学技术水平，认为"这种屋顶型式，在技术条件落后的诗经时代，它只是一种线形透视和视错觉相结合的美感抒写或对于建筑的美学理想"。参见金学智《中国书法美学》上卷，江苏文艺出版社1994年版，第520页。因此，作者认为这种如鸟翼般的屋顶是孔颖达和朱熹联系唐宋时代的建筑形式所作的阐释。唐代的屋顶确实已经有了起翘，虽然不如宋代之起翘卷曲，然而也如鸟翼般具有飞动之势。
⑧ （唐）杜牧著，（清）冯集梧注：《樊川诗集注》卷1，上海古籍出版社1978年版，第97页。
⑨ （唐）卢照邻著，李云逸校注：《卢照邻集校注》卷2，中华书局1998年版，第78页。
⑩ （唐）李峤撰，徐定祥注：《李峤诗注》，载（唐）李峤、苏味道撰，徐定祥注《李峤诗注苏味道诗注》，上海古籍出版社1995年版，第114页。

除了屋顶的起翘外,唐代园林中的建筑也多呈现迂回曲折之貌。廊为回环的回廊,"回廊架险高且曲"①(刘禹锡《唐侍御寄游道林岳麓二寺诗并沈中丞姚员外所和见征继作》),路更是曲径通幽,"花惨闲庭晚,兰深曲径幽"②(李咸用《和殷衙推春霖即事》)。建筑在园林中属于纯粹的人工构建,相对更容易根据诗人的喜好变幻出多种形态,"曲"便是其中重要的一种。建筑的迂曲给人以流动之感,建筑也不再是静态的,而变为蜿蜒有趋向的动态线条,在园林各个景观中贯穿、穿插、跳跃,形成气韵生动的审美效果。

山脉的高低起伏、连绵不断,水流的迂曲潆洄,建筑的飞动与曲折,构成了园林典型的线性序列。查尔斯·詹克斯说,"中国园林是被作为一个线性序列而被体验的,使人仿佛'进入幻境的画卷',趣味无穷"③,这一线性体验使园林的构筑以曲线、幽回为主,讲求游动的审美体验。颐和园中有一著名景点"画中游",其亭台楼阁别具一格,各建筑物之间以爬山廊连接,利用山形地势的高低,筑有不同高度的平台,而且建筑的不同形体相互搭配,构图丰富,登阁眺望湖光山色,犹如置身画中。再如清代学者俞樾在苏州的宅旁隙地筑园,名之为"曲园",并作《曲园记》:"山不甚高,且乏透瘦漏之妙。然山径亦小有曲折。自其东南入山,由山洞西行,小折而南,即有梯级可登。……自东北下山,遵山径北行,有回峰阁。度阁而下,复遵山径北行,又得山洞。……艮宦之西,修廊属焉。循之行,曲折而西,有屋南向,窗牖丽廡,是曰'达斋'。……由达斋循廊西行,折而南得一亭,小池环之,周十有一丈,名其池曰'曲池',名其亭曰'曲水亭'。"④ 曲园以曲为特色,注重曲的序列体验,这其实是中国古典园林给予人的共同感受。上海豫园之进门处就是一段曲折的游廊,通向园内,名为"渐入佳境",这其实也是一种线性的审美体验。

这种审美体验其实与中国传统的哲学思维有关。日本人斯波六郎说,"中国人的物性思维方式,不是直线式的思考,而是一面变换前后左右、一面回顾古今上下而进行思考的方式。虽在变换,但将事物摆在一起看,

---

① (唐)刘禹锡著,瞿蜕园笺证:《刘禹锡集笺证》外集卷6,上海古籍出版社1989年版,第1334页。

② (清)彭定求等编:《全唐诗》卷645,中华书局1960年版,第7402页。

③ [英]查尔斯·詹克斯:《中国园林之意义》,赵冰、夏阳译,《建筑师》1987年总第27期。

④ (清)俞樾著,应守岩点校:《春在堂杂文(一)》续编卷1《曲园记》,《俞樾全集》,浙江古籍出版社2017年版,第59页。

对比就是思考。对比即思考，他们所采用的就是这样一种思维方式。对比着思考，结果就不是将单独的东西孤立地作为单独的东西来看待，专注于它，换句话说，是作为整体的一部分来把握"①，这种思维方式反映到园林中就是考虑园林要素之间的配置、组合，通过一定的技巧手段使其有机地组织在一起，形成完整的景观体系，而不是单独地安放几处孤立的景观。查尔斯·詹克斯在《中国园林之意义》中说："正如许多宗教和礼仪的体验一样，使内部的边界做成不确定或模糊，使时间凝固，而空间变成无限。显而易见，它远非只是复杂性和矛盾性的美学花招，而是取代仕宦生活，有其特殊意义的令人喜爱的别有天地——它是一个神秘自在、隐匿绝俗的场所。"②

四 园林景观建构的"自然"追求

"模山范水"是中国早期山水审美的一个重要观念，同样体现在中国园林造园活动初期。《后汉书·梁统列传》记载梁冀在洛阳城郊的园囿，"广开园囿，采土筑山，十里九坂，以像二崤，深林绝涧，有若自然"③，"有若自然"，即说明园林是模仿自然山林而造，是园林建构的重要方式。魏晋时期，文人士大夫以清谈和赏玩山水自然为风尚，并且山水审美逐步向园林审美进行转变，士人造园日益兴盛。士人园林崇尚自然美，不再是简单地模仿自然，而是对自然山水加以概括提炼，延续了"有若自然"的风格，同时又进一步走向"妙造自然"，唐代是重要的转变时期。

初盛唐园林的整体特色以自然为主，王维之辋川别业是在因借自然山水的基础上营构而成，依山就涧是其园林的主要特色，如其《辋川集二十首》中所描述的山峰、山岭、岗、濑、滩等都属于自然地理，王维所做的只是在自然的基础上稍加整理与修饰，包括"鹿柴""竹里馆""湖心亭"等也是在原生态的自然环境下稍加修缮建构而成的。

中唐以后的园林呈现出浓厚的人工建构色彩。首先是自然山峰为人工堆叠的假山所代替，如"叠石状崖巘"④（崔公信《和太原张相公山亭怀古》），这种社会风气使假山在中唐园林中盛行，"假山"一语出现于中唐

---

① [日]斯波六郎：《中国文学里的融合性》，载蒋寅编译《日本学者中国诗学论集》，凤凰出版社2008年版，第11页。
② [英]查尔斯·詹克斯：《中国园林之意义》，赵冰、夏阳译，《建筑师》1987年总第27期。
③ （宋）范晔撰，（唐）李贤等注：《后汉书》卷34，中华书局1965年版，第1182页。
④ （清）彭定求等编：《全唐诗》卷484，中华书局1960年版，第5498页。

反映了当时构园叠山的历史事实。与假山相关的叠山词语也十分丰富，这说明园林在建构上更倾向于人工技艺的运用。同时，在水景的处理上，中唐也较初盛唐更显技巧性。王谠的《唐语林》记载，李德裕平泉庄"引泉水，萦回穿凿，像巴峡洞庭十二峰九派"①，在水景的处理上讲求多种技法的运用。在花木的栽种上不再如王维之辋川别业一样以"片"为单位，而更讲求配置成景。由此可见，唐代文人对园林景观的主观裁夺，一切都按照自己的主观意愿来进行安排和配置，甚至不惜代价将四面围合的亭子去除四壁以求获取最佳的观景点。造园风格由初盛唐时期的浑厚豪放转向细腻精致，由山重水复的自然空间转变成曲折高低的人工空间，人工技巧性凸显出来。然而，这一切人工手段的运用，目的在于达到"虽由人作，宛自天开"②的美学效果，自然才是营造园境的最高审美追求。

园林的自然之美也在于对自然之物内在生命律动的表现。韩愈有一首评价池台建构的诗歌，"灌池才盈五六丈，筑台不过七八尺。欲将层级压篱落，未许波澜量斗石。规摹虽巧何足夸，景趣不远真可惜。长令人吏远趋走，已有蛙黾助狼藉"③（《河南令舍池台》）。小池、小台以及斗石在规模上追逐小巧与精致，反映了当时园林建构讲求人工技巧的普遍风气。同时，这首诗还反映出唐代文人在讲究人工技巧的同时更注重园林内在的精神与灵魂，如"景趣不远真可惜"④，说的就是园林建构要有远韵，有真趣，要表达出景致的内在生命，而不是纯粹的堆砌雕刻。构园中讲求对自然生命律动的表现其实与绘画中的"气韵生动"相一致，五代荆浩在解释"气韵"二字时说，"气者，心随笔运，取象不惑；韵者，隐迹立形，备仪不俗"⑤，虽是论画，但与韩愈论园林是何等相像，只有把握对象的内在精神，提取对象的要点，在表达时隐去痕迹，不露雕饰，这样才能使作品气韵生动，才可以有真趣。

园林对自然之物内在真趣的再现，其实也在于对诗人内在气质的表现。葛承雍曾说："山水花月、阴晴雨雪的自然环境，固然能给人以美感，

---

① （宋）王谠撰，周勋初校证：《唐语林校证》卷7，中华书局1987年版，第616页。
② （明）计成原著，陈植注释，杨伯超校订，陈从周校阅：《园冶注释》卷1《园说》，中国建筑工业出版社1988年版，第51页。
③ （唐）韩愈著，钱仲联集释：《韩昌黎诗系年集释》卷7，上海古籍出版社1984年版，第792页。
④ （唐）韩愈著，钱仲联集释：《韩昌黎诗系年集释》卷7，上海古籍出版社1984年版，第792页。
⑤ 荆浩撰，王伯敏注译，邓以蛰校阅：《笔法记》，人民美术出版社1963年版，第4页。

逗引出意境情趣，如果加入了人文因素，那么情趣的格调就会更高，意境的深度就会更深。"① 唐代文人参与园林建构正是将自我情感通过构园的行为熔铸于园林景观上，所以，对自然之真趣的发掘亦是对自我情感的再次抒写。宗白华在《美学散步》中说："晋人向外发现了自然，向内发现了自己的深情。"② 同样，唐人一边构园，一边寄情，将自我情感与情操寄托于园林的一山一水、一花一木之间，心与物相融、相契、相化。也只有文人之情致与物象之真趣融为一体，园林才能呈现出生气流动的自然之美。

唐代文人对园林的自然审美包含了两个方面的内容。一是通过人工技能手段将广大的自然缩微为微型自然，引进自己的日常生活，但人工技巧的使用又要以不伤害自然的本质特征为前提；二是园林在建构过程中要以表现自然的内在生命为旨归，要求心与物的融合统一。这一思想直接影响了后代园林的建构，并且成为后世园林建构的重要指导思想。发展到明代，计成从理论上将其概括为"虽由人作，宛自天开"③，由此成为中国古典园林的造园准则。王毅在《中国园林文化史》中更是精确地概括了园林追求"自然"的审美宗旨："中国古典园林之所以以'自然'为宗旨，但又根本不同于现代的'自然公园'，其原因在于中国古代哲学所谓的'自然'绝不仅指纯粹的客体，它还包括更重要的内容，即天地万物的运迈以及宗法社会与之的应合。因此士人园林着力表现'自然'也就不仅是要重现天然环境的风貌，而且更要通过表现士人与园林中自然景观的和谐，进一步去表现士人与整个宇宙的和谐。"④

值得注意的是，唐代园林对自然审美的追求，与诗坛对自然的崇尚有紧密联系。如李白明确表示反对"雕虫丧天真"⑤（《古风五十九首》其三十五），提倡"清水出芙蓉，天然去雕饰"⑥（《经乱离后天恩流夜郎忆旧游书怀赠江夏韦太守良宰》），岑参称赞友人的诗"看君谋智若有神，爱君词句皆清新"⑦（岑参《送张献心充副使归河西杂句》）。在诗歌创作

---

① 葛承雍：《华夏文化的丰碑——唐都建筑风貌》，陕西人民出版社1987年版，第205页。
② 宗白华：《美学散步》，上海人民出版社1981年版，第215页。
③ （明）计成原著，陈植注释，杨伯超订校，陈从周校阅：《园冶注释》卷1《园说》，中国建筑工业出版社1988年版，第51页。
④ 王毅：《中国园林文化史》，上海人民出版社2004年版，第86页。
⑤ 瞿蜕园、朱金城校注：《李白集校注》卷2，上海古籍出版社1980年版，第156页。
⑥ 瞿蜕园、朱金城校注：《李白集校注》卷11，上海古籍出版社1980年版，第732页。
⑦ （唐）岑参著，陈铁民、侯忠义校注：《岑参集校注》卷3，上海古籍出版社1981年版，第207页。

上追求自然之美，同时在诗歌理论上也呈现出重视自然的倾向。殷璠的《河岳英灵集》中说："开元十五年后，声律风骨始备矣。实由主上恶华好朴，去伪从真。"① 可见，盛唐诗坛有着重要的审美倾向，即对自然的追求，这与初盛唐时期园林以自然式为主的审美倾向也是一致的。

发展到中唐，园林营造在崇尚自然的前提下更呈现出对人工技能的重视和依赖，造园技法越来越进步，园林景观也日益精巧化和雅致化，可以说逐渐达到了自然性和人工性的高度融合。计成"虽由人作，宛自天开"② 的构园原则在唐代文人的构园中已经有了十分鲜明的体现。同时，造园的这一倾向与诗坛崇尚自然与人工的审美合一相统一。如皎然在评谢灵运诗歌时说，"曩者尝与诸公论康乐，为文真于情性，尚于作用，不顾词彩而风流自然"③（《诗式·文章宗旨》），在"诗有六至"条中说，诗要"至丽而自然"④。考察中唐时期的诗歌理论，可以发现，自然作为诗人诗歌创作中追求的审美理想而存在，只是盛唐时期在形式上更偏向于质朴、自然无华的整体面目，是由自然向达到自然发展的过程，而中唐诗歌也依然以自然为最高的审美追求，其实现自然的手段是人工的锤炼，通过人工作用而达到自然。皎然说："或云，诗不假修饰，任其丑朴，但风韵正、天真全，即名上等。予曰：不然。无盐阙容而有德，曷若文王太姒有容而有德乎？又云，不要苦思，苦思则丧自然之质。此亦不然。夫不入虎穴，焉得虎子？"⑤ 因此，我们可以说自然是有唐一代诗歌创作和诗歌理论追求的审美理想，只是实现自然的手段不同，盛唐多以质朴无华的形式取胜，而中唐以后的诗歌则主张在人工修饰的基础上达到自然之美。

园林在唐代的发展有着从自然走向人工的趋向，而这个趋向恰恰与诗歌由自然向人工的发展趋向相一致。一方面说明对"自然"的审美追求在当时社会中具有普遍性，换言之，"自然"在唐代已经成为艺术包括诗歌和园林的审美追求；另一方面也说明唐代园林审美所达到的一种欣赏、品鉴的水平，同时也作为园林营造的指导思想或原则在唐代定型，成为中国古典园林的重要审美原则，对后世产生了深远影响。

---

① （唐）殷璠：《河岳英灵集》序言，载（唐）元结、殷璠等选《唐人选唐诗（十种）》，上海古籍出版社1978年版，第40页。
② （明）计成原著，陈植注释，杨伯超校订，陈从周校阅：《园冶注释》卷1《园说》，中国建筑工业出版社1988年版，第51页。
③ （唐）皎然著，李壮鹰校注：《诗式校注》卷1，人民文学出版社2003年版，第118页。
④ （唐）皎然著，李壮鹰校注：《诗式校注》卷1，人民文学出版社2003年版，第26页。
⑤ （唐）皎然著，李壮鹰校注：《诗式校注》卷1，人民文学出版社2003年版，第39页。

第二章　唐诗与唐代园林的景观建构

刘勰在《文心雕龙·物色》中说："若乃山林皋壤，实文思之奥府，略语则阙，详说则繁。然则屈平所以能洞监风骚之情者，抑亦江山之助乎！"① 明确了山水风物与文学创作的关系。唐代柳宗元在《邕州柳中丞作马退山茅亭记》中也明确提出："夫美不自美，因人而彰。兰亭也，不遭右军，则清湍修竹，芜没于空山矣。是亭也，僻介闽岭，佳境罕到，不书所作，使盛迹郁堙，是贻林涧之愧。故志之。"② 这与刘勰之"江山之助"相似，都阐发了山川与文人书写即文学之间的关系。但细分可以发现二者其实存在不同，它们同是对山林与文学之关系的说明，但前者更多以山林为叙说焦点，阐明山林对文学创作的影响，是为"江山之助"；而后者则由山林转移至人，是人抑或人的文学书写促使山川之美被发现。

刘勰与柳宗元的话正好说明唐代园林景观与诗歌两门艺术之间的互动关系，即园林景观对诗歌的书写有直接影响，相应地，园林景观进入诗歌成为诗歌创作对象的同时也受到诗歌吟咏的影响。经过诗歌吟咏的客观对象其实已经不同于首次进入诗歌的审美对象，而是浸染了文人的主观意绪，经过文人主观情绪净化和主体升华后呈现出的带有普遍审美规律和象征意蕴的审美对象。在这一审美过程中，诗歌无疑起到了重要的推动作用，这也正是唐诗之于园林景观的重要美学意义的体现。

山水审美发展到唐代，已经完成了向园林审美的转变。园林的景观

---

① 黄叔琳注，李详补注，杨明照校注拾遗：《增订文心雕龙校注》卷10，中华书局2000年版，第567页。

② （唐）柳宗元：《柳宗元集》卷27，中华书局1979年版，第730页。

化、景观体系的建构及其建构艺术，在唐诗中都能找到众多的例子作为支撑，这也是唐诗在保留园林史料方面的重要文献价值的体现。但同时，唐诗之于园林景观还具有重要的审美意义，即对园林景观的审美建构起到了重要作用。本章即从唐诗的美学意义出发，以唐代文人对园林景观的诗歌书写为立足点，探讨园林景观在唐诗的书写和吟咏中，如何从物质性的审美对象上升为精神性的审美对象，而这一系列精神性审美对象又如何进一步物化为园林中的审美景观，从而使园林获得精神与物质的双向升华，最终成为历代文人吟咏的对象以及历代文人的诗意居所；同时说明，这一重要转变期其实是在唐代完成的，与唐人的诗歌吟咏密不可分，这也是唐诗之美学意义的重要体现。

第一节　唐代咏石诗与园林构山的山水意

园林中的山景分为自然山与人工叠山两种，自然山主要是采用借景的手法将自然之山引入园林，人工山主要是通过人工手段堆叠起来的假山。唐代文人选择山林地来构园，本身就是对自然之山的借鉴，唐诗中有很多借自然之山的实例。除了因借自然之山外，唐人更进一步用人工手段堆石叠石，构置假山，以假山代替自然之山，构成园林的主要景观。"曾家机上闻投杼，尹氏园中见掇蜂"[1]（白居易《思子台有感二首》），"叠石峨峨象翠微，远山魂梦便应稀"（李中《题柴司徒亭假山》)[2]，这些都是唐代园林中人工叠山的例子。"假山"一语在中唐时期即已出现，这说明唐代园林在六朝园林发展的基础上已经有了进阶，山石在唐代园林中已经成为重要的构景元素了。

唐人对山的渴求使其将自然山石引进自家宅园，对其堆叠、摆置，促进了园林假山从皇家苑囿进一步向士人园林流布。唐人在堆山活动中对山石进行赏玩、品鉴，促进了山石的审美发现，不仅品类众多，而且在审美内容上也较六朝时期更为全面、深入。同时，唐人对山石的赏玩引发了一系列的诗歌创作，使咏石诗在唐代发生了新变与转型，形成了不同于六朝咏石诗的艺术风貌。而唐人的赏石、咏石又对园林的建构产生了多方面的

---

[1] （唐）白居易著，朱金城笺校：《白居易集笺校》卷25，上海古籍出版社1988年版，第1700页。

[2] （清）彭定求等编：《全唐诗》卷748，中华书局1960年版，第8513页。

影响,不仅促进了后世赏石美学与选石标准的形成,而且对构园堆山的审美传统、写意手法及真假理论的形成也具有重要意义①。

一 唐代文人对山石的诗歌吟咏

清人俞琰在《咏物诗选自序》中谈咏物诗的发展进程时说:"古之咏物,……至六朝而始,以一物命题,唐人继之,著作益工,两宋、元、明承之,篇什愈广。"② 一种诗歌类型的发展是一个动态的变化过程,在不同的历史阶段呈现出不同的时代特征,其中社会生活方式的丰富和变化是一个很重要的因素。咏石诗作为咏物诗的一个细小支流,在发展进程中,同样受到社会生活方式及其文化积淀的影响,呈现出不同的时代特征,而唐人对构筑私家园林的渴望以及由此形成的生活方式的变迁,是唐代咏物诗歌,特别是咏石诗发生变化的重要原因。由此,咏石诗在唐代发生了新变与转型,呈现出不同于六朝咏石诗歌的艺术风貌。

(一) 唐前咏石诗

真正的咏石诗要到南北朝时期才开始出现。逯钦立的《先秦汉魏晋南北朝诗》所载的较早以石命篇的诗歌,是南朝宋鲍照的《望孤石》:"江南多暖谷,杂树茂寒峰,朱华抱白雪,阳条熙朔风。蚌节流绮藻,辉石乱烟虹,泄云去无极,驰波往不穷。啸歌清漏毕,徘徊朝景终,浮生会当几?欢酌勿盈衷。"③

魏晋时期,自然界的山石开始进入文人的审美视野,推动了咏石诗的发展。随后,齐梁陈隋时期有多篇以咏石为题的诗歌出现,如萧雉的《赋得翠石应令诗》、朱超的《咏孤石诗》、阴铿的《咏石诗》、释惠标的《咏孤石》、崔仲方的《奉和周赵王咏石诗》、虞世基的《赋得石诗》等,正如杨晓山先生所说,"在6世纪的咏物诗里,园石变成了一个稳定而常用的诗题"④,虽然没有用咏石诗的指称,但不难发现山石已成为歌咏的重要对象。

咏石诗产生于六朝时期,与当时的社会发展和文学艺术发展有关,其

---

① 参见朱易安、王书艳《唐代咏石诗的新变与转型》,选入时有改动,《上海师范大学学报》(哲学社会科学版) 2012 年第 1 期。
② (清) 俞琰选编:《咏物诗选》,成都古籍书店 1984 年版,第 2 页。
③ (南朝宋) 鲍照著,钱仲联增补集说校:《鲍参军集注》卷 6,上海古籍出版社 1980 年版,第 409 页。
④ [美] 杨晓山:《私人领域的变形:唐宋诗歌中的园林与玩好》,文韬译,江苏人民出版社 2009 年版,第 82 页。

中有两个比较重要的原因。首先是人们对自然山水的关注，其次是私家园林建构中对山石的运用，使得山水等自然景物和人们的日常生活产生有机的联系。于是，山水诗文的创作、山水画的兴起以及游山玩水的闲赏行为，几乎齐头并进，并且相互影响。《洛阳伽蓝记》记述私家园林的发展状况云，"入其后园，见沟渎蹇产，石磴嶕峣，朱荷出池，绿萍浮水，飞梁跨阁，高树出云"①，庾信的《小园赋》中则有"镇宅神以薶石，厌山精而照镜"②，这些都是对园石的记录与描写。

将山石作为独立的观赏对象，是咏石诗歌产生的起始点。1986年4月在临朐发现北齐古墓，墓主为北齐天保九年（558）魏威烈将军长史崔芬。墓四壁有彩色壁画，其中有24幅屏风画，多幅画上均有奇峰怪石。其中一幅描绘墓主人老年时的生活场景，背景为两块巨石相对而立，而墓主人形体瘦俏、皱皮有致。③从目前发现的史料看，这是我国最早的赏石置石图。

作为咏物诗的一个类型，咏石诗也具有兴寄咏怀的特征。刘熙载在《艺概·词概》中说，"昔人词咏古咏物，隐然只是咏怀，盖其中有我在也"④，六朝时出现的咏石诗，逐渐也形成这样的特征，其中以表现傲岸孤绝的文人精神追求和不入流俗的人格理想最为突出。南朝咏石诗中有三首以孤石为题，即释惠标《咏孤石》、朱超《咏孤石诗》、高丽定法师《咏孤石》。三首诗的共同特点是，在对山石孤高形态进行描绘的同时，赋予了山石孤立不群的文人性格，所谓"对孤石的刻画，往往带着明显的道德象征意味。诗人很容易就把自己塑造为傲立于庸俗世界的正人君子"⑤，这是自然山水进入文人诗作后，通过道德审美而产生的文化意蕴。受其影响，将石之坚贞的自然属性与人之傲岸的独立人格相联系，以石喻人，以石比心，最终成为咏石诗的一大主题，并且形成传统。后来咏石诗在唐代的发展，仍可见到这样的主流传统，如戴叔伦的《孤石》，"迥若千仞峰，孤危不盈尺。早晚他山来，犹带烟雨迹。贞坚自有分，不乱和氏

---

① （北魏）杨衒之著，杨勇校笺：《洛阳伽蓝记校笺》卷4，中华书局2006年版，第180页。
② （北周）庾信撰，（清）倪璠注，许逸民校点：《庾子山集注》卷1，中华书局1979年版，第27页。
③ 贾祥云主编：《中国赏石大典》，山东科学技术出版社1999年版，第24页。
④ （清）刘熙载撰：《艺概》卷4，上海古籍出版社1978年版，第118页。
⑤ ［美］杨晓山：《私人领域的变形：唐宋诗歌中的园林与玩好》，文韬译，江苏人民出版社2009年版，第80页。

璧"①。宋代的咏石诗也具有同样的特点，苏轼将石视为人格精神的象征，如"坚姿聊自儆，秀色亦堪餐"②。有人认为，苏轼所嗜怪石之"坚姿"，是因为"感性形式中所包蕴的坚刚不屈等精神性的人格美内容"，怪石是苏轼"陶冶人格情操的'比德'的对象"③。可见，将山石之自然属性，提炼为文人理想人格的象征，从而形成了历代咏石诗的基调及咏石诗学传统。

六朝咏石诗虽然奠定了后代以咏石而咏人格情操的比兴诗学传统，但是，作为咏物诗，也有那个时代的通病。王夫之对其进行了批评，"其标格高下，犹画之有匠作，有士气。征故实，写色泽，广比譬，虽极镂绘之工，皆匠气也"④，这在咏石诗歌作品中也有体现，比较突出的是缺乏对大自然的生命体验，而把笔墨放在铺陈的描摹上，关注技巧层面，有略神取貌之嫌。如阴铿的《咏石诗》，"天汉支机罢。仙岭博棋余。零陵旧是燕。昆池本学鱼。云移莲势出。苔驳锦纹疏。还当谷城下。别自解兵书"⑤，名为咏石，但仅仅对自然界的山石做客观描绘，因而罗列出许多与石有关的典故，并以此来结构全篇，而体会不到人与自然界之间的联系。有学者认为，从文学发展的脉络来考察，咏物诗来源于咏物赋，赋的表现手法对诗歌的创作方法也有相当的影响。⑥ 而从艺术成就上看，咏物赋比咏物诗更加成熟，因此，咏石诗出色的作品少见也当是符合文学发展实际的。

(二) 唐代咏石诗的新变

唐代构筑园林的方式和工艺，在前代的基础上走向繁盛，特别是在中唐时期，建造私家园林成为一时之风尚，不论是皇家贵族还是官僚阶层，不论是寺庙道观还是山林郊野，只要能行之则建之，掀起了一股造园之风。与此相应，山石也被广泛地运用到园林的布局和建构中，成为园林构景的元素之一。近年来，相关的研究表明，将自然界的大山水浓缩成盆景

---

① （唐）戴叔伦著，蒋寅校注：《戴叔伦诗集校注》卷1，上海古籍出版社2010年版，第166—167页。
② （清）王文诰辑注，孔凡礼点校：《苏轼诗集》卷25《寄怪石石斛与鲁元翰》，中华书局1982年版，第1329页。
③ 周裕锴：《苏轼的嗜石兴味与宋代文人的审美观念》，《社会科学研究》2005年第1期。
④ （清）王夫之著，戴鸿森笺注：《姜斋诗话笺注》卷2，人民文学出版社1981年版，第152页。
⑤ 逯钦立辑校：《先秦汉魏晋南北朝诗》陈诗卷1，中华书局1983年版，第2458页。
⑥ 罗宗强：《魏晋南北朝文学思想史》，中华书局2016年版，第263页。

样的"小山水",移入自家的庭院,也是始于南北朝,盛于唐代。有学者这样论述山石进入园林的动态过程,即"这个发现过程牵涉到石头在空间上的移位,也就是说,石头从自然界被搬运到城市园林,从而成为一种私人的陈设品,显得超凡脱俗"①,空间的位移使山石真正走进了文人的生活世界,与文人发生了千丝万缕的联系,同时也为赏石和咏石诗的创作提供了有利条件,使其在内容和形式上都有所拓展和创新,使唐代咏石诗在咏物诗的发展中出现了新变。

  首先,山石由自然界移入园林,实用性减弱而审美性增强,观赏性成为非常重要的甚至是唯一的因素,于是,山石的特殊形态以及由此引发的象征意义受到观赏者的关注和重视。唐人的咏石诗更加注重表现山石丰富多彩的形态,而歌咏的山石也非常具体,例如中唐诗人偏爱剔透玲珑的太湖石,白居易将其引入自家园林,"烟翠三秋色,波涛万古痕。削成青玉片,截断碧云根。风气通岩穴,苔文护洞门"②;"孔黑烟痕深,罅青苔色厚。老蛟蟠作足,古剑插为首。忽疑天上落,不似人间有"③,对太湖石的形状、质地、色泽、纹理等物理属性都进行了细致入微的刻画。在赏石的过程中,还对山石进行品第划分:"石有族聚,太湖为甲,罗浮、天竺之徒次焉。今公之所嗜者,甲也。"④ 说明他对太湖石把玩鉴赏的专业程度。难怪有人认为"现有的资料证明,首次'发现'太湖石的乃是白居易";"白居易诗中的太湖石则是一个动态的意外发现的过程"⑤。除白居易外,唐代诗人牛僧孺、刘禹锡、皮日休、吴融、姚合、王贞白等对太湖石都有专篇描述。这足以说明,唐代中期以后,新的山石品种的发现,对于当时的文人空闲生活和诗歌创作产生了震荡,使得他们如此兴奋,从而对咏石题材创作产生了很大热情。

  其次,唐人除了对山石外在形态美有许多细致入微的描绘之外,还对山石所象征的整体山水之意进行了挖掘和开拓。唐代咏石诗中,除少数诗

---

① [美] 杨晓山:《私人领域的变形:唐宋诗歌中的园林与玩好》,文韬译,江苏人民出版社2009年版,第85页。
② (唐) 白居易著,朱金城笺校:《白居易集笺校》卷25《太湖石》,上海古籍出版社1988年版,第1708页。
③ (唐) 白居易著,朱金城笺校:《白居易集笺校》卷21《双石》,上海古籍出版社1988年版,第1423页。
④ (唐) 白居易著,朱金城笺校:《白居易集笺校》外集卷下《太湖石记》,上海古籍出版社1988年版,第3936—3937页。
⑤ [美] 杨晓山:《私人领域的变形:唐宋诗歌中的园林与玩好》,文韬译,江苏人民出版社2009年版,第84—85页。

歌继承"比德"传统，以石之坚韧写人之品质外，大多数诗歌都表现了山石所象征的整体山水之意，这与唐代文人崇尚山林隐逸的倾向有很大关系。中隐思想让当时的园林别业成为山林野居的替代物，导致园林的营构讲求山林之想，因而，被看作"云根"的山石便成为山的象征，山石所拥有的整体山水意象也由此得到强调和凸显，这是完全不同于六朝咏石诗的地方。

  白居易不止一次在诗中提到"适意"，即一种自我满足的感觉，"何乃主人意，重之如万金？岂伊造物者，独能知我心"①，诗人的"适意"，是通过拥有"小山水"，想象自己徜徉于大山水中的一种融入自然的满足感。白居易对太湖石的描绘，落笔于"三峰具体小，应是华山孙"②，山石之灵巧美固然是引起诗人好感的原因之一，但其根本原因却是山石可象征山峰的精神功能，这一功能满足了诗人不出园林、不费劳苦就可以欣赏到自然山水的心理需求，并且在更高层次上达到了文人所崇尚的"神游"和对自然宇宙的掌控感。正如他自己所说的那样，"三山五岳，百洞千壑，覼缕簇缩，尽在其中。百仞一拳，千里一瞬，坐而得之，此所以为公适意之用也"③，"片山多致，寸石生情"④ 的观赏角度，使得唐代咏石诗增添了一种新的辐射功能，即赏石与咏石以及构园堆山的互动。这种互动，不仅丰富了构园、赏石等文化活动，也促进了咏石诗的转型。讲求兴寄的咏石诗，也将重点放在整体的山水意象的凸显上，而不再是简单的比兴。

  唐人的咏石之作，特别是中唐以后的作品，对山石入园以后可以象征自然界整体的崇山峻岭的审美方法，再次强化了传统的"尺幅万里"的审美观念。对具体的山石的描绘，又突出并肯定了山石的特殊形态，甚至激赏山石的特殊形状，以"丑"为美，并且对赏石的行为加以赞赏，形成风尚。白居易在《太湖石记》中说对于牛僧孺的嗜石"众皆怪之"⑤，

---

① （唐）白居易著，朱金城笺校：《白居易集笺校》卷22《太湖石》，上海古籍出版社1988年版，第1498页。
② （唐）白居易著，朱金城笺校：《白居易集笺校》卷25《太湖石》，上海古籍出版社1988年版，第1708页。
③ （唐）白居易著，朱金城笺校：《白居易集笺校》外集卷下《太湖石记》，上海古籍出版社1988年版，第3937页。
④ （明）计成原著，陈植注释，杨伯超校订，陈从周校阅：《园冶注释》卷1《城市地》，中国建筑工业出版社1988年版，第60页。
⑤ （唐）白居易著，朱金城笺校：《白居易集笺校》外集卷下，上海古籍出版社1988年版，第3936页。

而"我独知之"①"适意而已"②,这种以小见大的赏石方式,对后世产生较大影响。杜甫的《望岳》有一首咏南岳衡山,中有"祝融五峰尊,峰峰次低昂"③,据说杜甫曾得一石,以南岳的祝融峰而名之,取名曰"小祝融"④,这一记载并不一定可靠,但被后人不断流传。由此可见唐代诗人对山石所拥有的想象空间的追求与展现,是一种诗意的再创造,这种审美行为后来成为文人赏石的基调。

最后,与内容的开拓相照应,唐代咏石诗在艺术形式上较六朝咏石诗也有许多变化。从篇幅上看,六朝咏石诗以短篇为多,而唐代咏石诗则以鸿篇巨制为多。唐代咏石诗歌中也有短篇,但几篇出色的咏太湖石诗都是规模宏大的,例如白居易的《奉和思黯相公以李苏州所寄太湖石奇状绝伦……呈梦得》四十句、《双石》三十二句,刘禹锡的《和牛相公题姑苏所寄太湖石兼寄李苏州》四十句,牛僧孺的《李苏州遗太湖石奇状绝伦因题二十韵奉呈梦得、乐天》四十句,皮日休的《太湖诗·太湖石(出鼋头山)》三十四句,陆龟蒙的《奉和袭美太湖诗二十首·太湖石》二十六句,吴融的《太湖石歌》二十六句,姚合的《买太湖石》二十六句,这在六朝咏石诗中是很少见的。从结构上来看,唐代咏石诗已经摆脱了咏物赋的影响,有着完整的叙事结构,而不再是辞藻的堆砌。例如刘禹锡的《和牛相公题姑苏所寄太湖石兼寄李苏州》从石之产地洞庭之滨写起,然后叙述石被运进相府,"震泽生奇石,沉潜得地灵。初辞水府出,犹带龙宫腥。登自江湖国,来荣卿相庭"⑤,接下来是对石的形状、纹理、颜色、质地和声响的描绘,"拂拭鱼鳞见,铿锵玉韵聆。烟波含宿润,苔藓助新青。嵌穴胡雏貌,纤铓虫篆铭"⑥,然后是对赏石场景的表述,"有获人争贺,欢谣众共听。一州惊阅宝,千里远扬舲。睹物洛阳陌,怀人吴御亭"⑦,最后

---

① (唐)白居易著,朱金城笺校:《白居易集笺校》外集卷下,上海古籍出版社1988年版,第3936页。
② (唐)白居易著,朱金城笺校:《白居易集笺校》外集卷下,上海古籍出版社1988年版,第3936页。
③ (唐)杜甫著,(清)仇兆鳌注:《杜诗详注》卷22,中华书局2015年版,第2403页。
④ (明)林有麟著,李子萘点校:《素园石谱》卷3,浙江人民美术出版社2019年版,第98页。
⑤ (唐)刘禹锡著,瞿蜕园笺证:《刘禹锡集笺证》外集卷6,上海古籍出版社1989年版,第1376页。
⑥ (唐)刘禹锡著,瞿蜕园笺证:《刘禹锡集笺证》外集卷6,上海古籍出版社1989年版,第1376页。
⑦ (唐)刘禹锡著,瞿蜕园笺证:《刘禹锡集笺证》外集卷6,上海古籍出版社1989年版,第1376页。

是自我感叹,"寄言垂天翼,早晚起沧溟"①,议论兼抒情,整篇结构完整、手法多样。从语言修辞上看,唐代咏石诗语言更流畅优美,具有生活的气息,例如皮日休和陆龟蒙的两首酬和之作,虽然篇幅很长,但是读起来通俗易懂。姚合的《买太湖石》更是以叙事者的口吻清晰明了地述说了自己对太湖石的渴求和买太湖石讨价还价的过程,叙事性大大增强,为我们展现了一幅有趣的购石赏石生活画卷。

自然山石走进文人的生活世界和审美视野,不仅具有多重园林造景功用,而且具有多种审美意蕴,由此藏石、赏石、咏石在唐代社会中蔚然成风。唐代文人更是将此推向了高潮,并以此为题材创作了大量的诗歌,时代特征和文化因素使唐代咏石诗呈现出不同于六朝咏石诗的艺术风貌,在内容和形式上都多有创变。

二 赏石、咏石对构园叠山的影响

唐代兴盛的构园之风促使自然山石更大范围地从自然走进园林,不仅叠造假山、溪水潺湲,而且作为文人案头的观赏石。同时,赏石、咏石、藏石之风又推动了构园技艺的进步,增强了园林的文人审美,两者之间是互相促进互相推动的关系,赏石行为与构园活动密切相关。据《邵氏闻见后录》卷27载:"牛僧孺李德裕相仇,不同国也,其所好则每同。今洛阳公卿园圃中石,刻奇章者,僧孺故物;刻平泉者,德裕故物,相半也。如李邦直归仁园,乃僧孺故宅,埋石数冢,尚未发,平泉在凿龙之右,其地仅可辨,求德裕所记花木,则易以禾黍矣。"② 可见,文人的赏石行为和构园活动不但促进了咏石诗歌的发展,而且在构园审美方式和审美情趣上也渐趋一致,具有深厚的文人色彩。

咏石诗的发展受到唐代文人赏石行为的影响,凸显了山石的形态美和对整体山水的想象及把控。与此相应,山石也在诗人的不断歌咏中浸染并积淀文化意义,山石的审美意象得到诗意的提升,山石不再是普通的物质的山石,而是审美的艺术品。赏石并以诗歌吟咏,也对园林建构和赏石文化的发展产生了多元影响,不仅形成了园林叠石以营造山林之境的审美传

---

① (唐)刘禹锡著,瞿蜕园笺证:《刘禹锡集笺证》外集卷6,上海古籍出版社1989年版,第1376页。
② (宋)邵博撰,刘德权、李剑雄点校:《邵氏闻见后录》卷27,中华书局1983年版,第212页。

统,而且对园林营建重视写意手法和真假理论的造园理念有着深远的影响。由此可见,园林赏石和咏石诗歌的形成与发展,是一个互相影响、互相推动的过程。其中,咏石诗歌对构林叠石的审美传统和造园理念的影响则更加深远。

（一）构园堆山审美传统的形成

当咏石诗重点对整体山水意象加以关注时,作为实物,山石就成了园林中山峰的替代,文人热衷于私家园林的建构,在实践中形成了构园叠石堆山、营造山林之境的美学传统。这一美学传统与诗歌的审美有关。唐代园林中已经出现假山的营构,例如《全唐诗》中已收有以"假山"为题的诗作,如权德舆的《奉和太府韦卿阁老左藏库中假山之作》、韩愈的《和裴仆射相公假山十一韵》、许浑的《奉和卢大夫新立假山》、李中的《题柴司徒亭假山》、齐己的《假山并序》,等等。据考古发现,西安西郊中堡村唐墓中曾出土唐代三彩假山小池,山峰与水池相连接,山上有花木小鸟。这可以证明唐人在造园（活动）时热衷于运用山石堆砌假山。

用假山代替真山,免去了长途跋涉的艰辛,在自家庭院中就可以神游山水,这也成为唐人津津乐道的美事。诗人描写这种情形为"峨嵋咫尺无人去,却向僧窗看假山"①（郑谷《七祖院小山》）,"清景持芳菊,凉天倚茂松。名山何必去,此地有群峰"②（李德裕《题罗浮石》）,山石从自然中采集后移入庭院,成为园林营造假山不可缺少的物质因素,同时也营造出清幽的自然山林效果,"布石满山庭,磷磷洁还清。幽人常履此,月下履齿鸣。药草枝叶动,似向山中生"③（姚合《题金州西园九首·石庭》）,"主人得幽石,日觉公堂清。一片池上色,孤峰云外情。旧溪红藓在,秋水绿痕生。何必澄湖彻,移来有令名"④（杨巨源《秋日韦少府厅池上咏石》）。

唐人赏石的角度,对后代造园堆山讲求山林之境也产生了深远影响。孔传在为杜绾的《云林石谱》所作的序言中这样说:"天地至精之气,结

---

① （唐）郑谷著,严寿澂、黄明、赵昌平笺注:《郑谷诗集笺注》卷2,上海古籍出版社2009年版,第225页。
② （唐）李德裕撰,傅璇琮、周建国校笺:《李德裕文集校笺》别集卷4,中华书局2018年版,第594页。
③ （唐）姚合著,吴河清校注:《姚合诗集校注》卷7,上海古籍出版社2012年版,第351页。
④ （清）彭定求等编:《全唐诗》卷333,中华书局1960年版,第3740页。

而为石,负土而出,状为奇怪……虽一拳之多,而能蕴千岩之秀,大可列于园馆,小或置于几案,如观嵩少。"① 山石的形制美只是赏石的第一步,山石能够得到文人钟爱,必须具备"以一拳而蕴千岩"的张力,这一点,几乎与绘画的标准是一致的:"林泉之志、烟霞之侣,梦寐在焉,耳目断绝。今得妙手,郁然出之,不下堂筵,坐穷泉壑,猿声鸟啼,依约在耳,山光水色,滉漾夺目,斯岂不快人意,实获我心哉! 此世之所以贵夫画山水之本意也。"② 发展至清代,这种标准被更加清晰地揭示出来:"幽斋磊石,原非得已。不能致身岩下与木石居,故以一卷代山,一勺代水,所谓无聊之极思也。"③ 在不能置身于山林的情况下,可以在自家小院中以一卷代山,一勺代水,从而变城市为山林,满足了栖息于山林的心理需求,这就是造园堆山要达到的境界。唐代赏石行为以及咏石诗歌所形成的审美传统,直接促使中国造园理念的形成。

(二) 写意式堆山与"真假"造园理念的形成

唐代园林中营构假山以替代真山的审美活动,对造园理念产生了很大影响。

首先,体现在堆山写意手法的形成和运用上。关于这方面的研究,学界已经达成共识:"唐代一方面承袭汉魏六朝的巨形造山,以近于真山;另方面则又朝向缩小山体,甚至只以片石来象征山峰。造园者写意的精神,以及游园者神思遐想的作用,都在唐代开始有明显的进境。"④

从唐代开始,将写意手法运用到园林的建构中,石景营构具有决定性的作用。唐代园林中的石景,以简约、抽象的写意方式表现自然界中的山水之意,寥寥数笔,抽象写意,在咫尺之间再现天地自然,不能不说这与诗歌创作以及文人对园林建构的参与有关。正因如此,学界把南北朝园林归为自然山水园,将唐宋园林归为写意山水园,认为"(南北朝山水园)还是以再现自然、山水为主,用写实手法,对山水的营造,刻画细腻,并不能表现他们对自然、山水的艺术认识和感受,还不是写意"⑤。而唐宋写意山水园林"能够根据作者对山水的艺术认识和生活要求,因地制宜地

---

① (宋) 杜绾:《云林石谱》,中华书局1985年版,第1页。
② (宋) 郭思编,杨伯编著:《林泉高致》,中华书局2010年版,第11页。
③ 杜书瀛译注:《闲情偶寄》卷4《居室部·山石第五》,中华书局2014年版,第443页。
④ 侯迺慧:《诗情与幽境:唐代文人的园林生活》,(台北) 东大图书股份有限公司1991年版,第184页。
⑤ 汪菊渊:《中国古代园林史》,中国建筑工业出版社2006年版,第91—92页。

表现山水之真情和诗情画意的境界"①。唐代在中国古典园林发展史上起到了承前启后的作用，其写意手法的运用对后代园林的建构具有可资借鉴的意义，后人所谓"一峰则太华千寻，一勺则江湖万里"②，是对写意手法的高度概括。在园林中运用写意手法的案例不胜枚举，后世造园往往直接提取唐人诗歌意境，如苏州留园中五峰仙馆前的小院，立五石以象征五老峰，并取李白诗句："庐山东南五老峰，青天削出金芙蓉。"③

其次，体现在构园堆山真假观念的形成上。南宋洪迈在《容斋随笔》中用真与假论述实物风景与绘画的关系，即"以真为假，以假为真，均之为妄境耳"④，其实"真"与"假"的观念并不源于绘画理论，与唐人的构园赏石行为以及由此产生的诗歌也有很大关系。唐人描述假山的诗句中已经有了如何处理真假关系的办法，例如"岩谷留心赏，为山极自然"⑤（许浑《奉和卢大夫新立假山》），这里的"自然"，就是以"假"为"真"之意。齐己在《假山并序》中叙述构建假山的由来："匡庐久别离，积翠杳天涯。静室曾图峭，幽庭复创奇。"⑥ 出于对匡庐的向往，便在墙壁上画下了庐山的风景，但仍不能消解向往山林之渴，就此建造假山，以慰思念之情。

作为真山的代替物，假山发挥了如同真山一般的精神功能，这也是后世叠山不止的旨趣所在。《帝京景物略》在"海淀"一条下评论明代清华园假山时称："汀而北，一望又荷蕖，望尽而山，剑铓螺蠹，巧诡于山，假山也。维假山，则又自然真山也。"⑦ 所谓"有真为假，做假成真"⑧，在明代成为掇山之纲领，即在模拟真山而造假山的过程中，不能局限于外在形状的仿效，而应该摹出真山的气质和灵魂，只有这样才能达到"片山多致，寸石生情"⑨。当这种堆山理论成熟并在构园实践中得到实施的时

---

① 汪菊渊：《中国古代园林史》，中国建筑工业出版社2006年版，第223页。
② （明）文震亨原著，陈植校注，杨超伯校订：《长物志校注》卷3《水石》，江苏科学技术出版社1984年版，第102页。
③ 瞿蜕园、朱金城校注：《李白集校注》卷21《望庐山五老峰》，上海古籍出版社1980年版，第1242页。
④ （宋）洪迈：《容斋随笔》卷16，上海古籍出版社1978年版，第214页。
⑤ （唐）许浑撰，罗时进笺证：《丁卯集笺证》卷10，中华书局2012年版，第693页。
⑥ 王秀林：《齐己诗集校注》卷6，中国社会科学出版社2011年版，第321页。
⑦ （明）刘侗、于奕正：《帝京景物略》卷5，北京古籍出版社1983年版，第218页。
⑧ （明）计成原著，陈植注释，杨伯超校订，陈从周校阅：《园冶注释》卷3《掇山》，中国建筑工业出版社1988年版，第206页。
⑨ （明）计成原著，陈植注释，杨伯超校订，陈从周校阅：《园冶注释》卷1《城市地》，中国建筑工业出版社1988年版，第60页。

候,咏石诗歌中的"兴寄"意义,已经完全融合在艺术表现之中,达到道德审美和艺术审美合一的境界。

唐代文人用诗歌对太湖石进行了生动形象的描摹,主要集中于形状、色泽、质地、声响、纹理等方面,而这几个方面也正是赏石美学以及选石标准所关注的主要内容,包括计成在《园冶·选石》中也以太湖石作为基本的评选标准。同时,唐人的赏石咏石也对后世的园林建构产生了深远影响,不仅形成了构园重视营造山林之境的审美传统,而且初步形成了造园重视运用写意手法和做假成真的造园理念,唐诗的美学意义由此体现。

李渔说:"能变城市为山林,招飞来峰使居平地,自是神仙妙术,假手于人以示奇者也,不得以小技目之。"① 人工假山的堆叠使"城市"变为"山林",营造出"多方胜景、咫尺山林"之境,山石在构园中的作用可见一斑。值得注意的是,山石的堆叠及营造园境的功用在唐人的构园活动中已有体现,构园选址时多选择有自然山水的佳境,借助自然山林成景,即便没有自然山林可依,也要用人工手段进行假山堆叠,以满足对真山的渴求。

第二节 唐诗中的江湖之思与园林池景观

杨晓山在《私人领域的变形》中阐释了中唐诗人对小池的痴迷:"中唐诗歌对小池塘迷幻不已,其核心原因就是注水洞穴所具有的这种反照和取景的双重功能。"② 作者还认为,诗人对镜子意象的运用同样来自对小池反照功能的迷恋。作者站在园林的角度突出强调小池的反照与取景的功能,有其合理之处,但唐人对小池的迷恋,最根本的原因当为池寓意江湖、寓意沧溟的象征意义,同时唐人对小池澄澈如镜的强调也是对静谧心境的一种写照,突出的是诗人的园居心态。

鉴于此,本节从池出现于私家园林的身份变化出发,探讨唐人笔下池的诗意内涵,解析唐人的开池行为,进而把握唐人对池之迷恋的根本原因。同时,唐人对池的诗意内涵赋予又进一步强化了唐人构园中的开池行为,使池成为构园中不可缺少的重要景观,奠定了园林意境讲求静幽的基调。

---

① 杜书瀛译注:《闲情偶寄》卷4《居室部·山石第五》,中华书局2014年版,第443页。
② [美]杨晓山:《私人领域的变形:唐宋诗歌中的园林与玩好》,文韬译,江苏人民出版社2008年版,第56页。

一　池在园林中身份的转变

随着一池三山模式在构园中的定型，池成为构园中不可缺少的元素之一。通过考察池的构建历史及其在私家园林中兴盛的过程，可以发现，池存在一个身份变化的过程，即从周文王的"灵沼"，到秦始皇与汉武帝在宫苑中的引水开池，池都具有浓厚的神仙色彩，而随着私家园林的兴起，池渐渐出现在私家园林中，成为文人士大夫寄情赏心的对象，神仙色彩减弱，文人情趣增加。

（一）池的神仙色彩

池在园林中的开筑可追溯至周文王的"灵沼"。《诗经》中的《灵台》有"王在灵沼，于牣鱼跃"[1]，此时的灵沼与后世的园池不同，这里的灵沼同灵台一样具有神性，可以说是对水及水神的崇拜。王毅在《中国园林文化史》中引用阮元的《经籍纂诂》对"灵"字的解释，说："'灵'字的本义就是神，或是事神之巫，先秦时凡称'灵'的事物皆有神明般的崇高，并无例外。"[2] 此外，灵沼的神性还可以在汉人著述中见到，班固《西都赋》云："（长安）西郊则有上囿禁苑，林麓薮泽，陂池连乎蜀汉。缭以周墙，四百余里。离宫别馆，三十六所。神池灵沼，往往而在。"[3] 李善注引《三秦记》曰："昆明池中有神池，通白鹿原。"[4] 由此可见，这里的灵沼是神的象征，非一般园林意义的供观赏的池。池也便被看作神明的居所，《淮南子·地形训》曰："（县圃）在昆仑阊阖之中，是其疏圃。疏圃之池，浸之黄水，黄水三周复其原，是为丹水，饮之不死。"[5] 再者，《穆天子传》记载："天子西征，至于玄池，天子三日休于玄池之上，乃奏广乐，三日而终，是曰乐池。"[6] 又曰："天子觞西王母于瑶池之上。"[7] 这里的乐池、瑶池同样是具有神性的池沼。

池的神性在秦汉宫苑中有所遗留。秦始皇求仙不得，便在宫苑中引渭

---

[1] 程俊英、蒋见元：《诗经注析》，中华书局1991年版，第789页。
[2] 王毅：《中国园林文化史》，上海人民出版社2004年版，第12页。
[3] （梁）萧统编，（唐）李善注：《文选》卷1，上海古籍出版社1986年版，第10页。
[4] （梁）萧统编，（唐）李善注：《文选》卷1，上海古籍出版社1986年版，第10页。
[5] 何宁撰：《淮南子集释》卷4，中华书局1998年版，第325页。
[6] 佚名撰，（晋）郭璞注，王根林校点：《穆天子传》卷2，《汉魏六朝笔记小说大观》，上海古籍出版社1999年版，第13页。
[7] 佚名撰，（晋）郭璞注，王根林校点：《穆天子传》卷3，《汉魏六朝笔记小说大观》，上海古籍出版社1999年版，第14页。

水作长池，筑土为蓬瀛，满足其求仙的愿望。汉武帝也有相同经历，他曾多次东临大海，大规模遣船入海求蓬莱，并派专人守候在海边以望蓬莱之气，以至于在宫苑中凿池堆山以求通仙。可以说，在宫苑中凿池堆山祈求通仙已经成为皇帝们的一贯做法。《汉书·郊祀志下》载："（建章宫未央殿）其北治大池，渐台高二十余丈，名曰泰液，池中有蓬莱、方丈、瀛洲、壶梁，象海中神山龟鱼之属。"① 综观这些早期的皇家宫苑中的池，非普通园林意义的池，而是具有神性的海的象征，同时蓬莱、瀛洲、方丈又是神山的象征，"一池三山"的建筑模式由此形成，成为后世园林特别是皇家园林效仿的对象，池的神仙色彩也就有所保留。

从六朝到隋唐时期，再到宋元明清时期，池的神仙色彩一直在皇家宫苑中流传，只是随着士人园林的兴盛发展，池的神仙色彩在逐渐减弱。北魏洛阳"华林园中有大海，即魏天渊池。池中犹有文帝九华台。高祖于台上造清凉殿，世宗在海内作蓬莱山。山上有仙人馆，台上有钓台殿"②。以池象征大海的神仙色彩在华林园中依然有所保留。一直到唐代大明宫的太液池，依然具有一池三山的遗痕，只是蓬莱山已经没有传统上的规模宏大。到明清时期，皇家宫苑中池的神仙色彩更是减弱。圆明园四十景中的"坦坦荡荡"，紧靠后湖西岸，四周建置馆舍，中间开凿大水池，乾隆九年（1744），"凿池为鱼乐园，池周舍下，锦鳞数千颈，喁喁拔刺于荇风藻雨间，回环泳游，悠然自得。诗云：'众维鱼矣，我知鱼乐，我蒿目乎斯民！'"③ "凿池观鱼乐，坦坦复荡荡。泳游同一适，奚必江湖想。却笑蒙庄痴，尔我辨是非。有问如何答，鱼乐鱼自知。"④ 即使是皇家宫苑，在文人园林风格的影响下，也减弱了神仙色彩，呈现出江湖情思。

（二）池的文人情调

最早以园林景观身份出现于私家园林中且具有文人情调的池当属汉襄阳侯习郁的"习池"。《太平御览》引《襄阳记》曰："岘山南有习郁太鱼池，依范蠡养鱼法，当中筑一钓台。"⑤ 此池原为习郁养鱼的鱼池。《艺文类聚》卷9《水部下》引《襄阳记》曰："岘山南，习郁大鱼池，依范蠡养鱼法，种楸芙蓉菱茨，山季伦每临此池，辄大醉而归，恒曰：比我高

---

① （汉）班固撰：《汉书》卷25，中华书局1962年版，第1245页。
② （北魏）杨衒之著，杨勇校笺：《洛阳伽蓝记校笺》卷1，中华书局2006年版，第63页。
③ 《圆明园四十景图咏》，中国建筑工业出版社2008年版，第38页。
④ 《圆明园四十景图咏》，中国建筑工业出版社2008年版，第38页。
⑤ （宋）李昉等撰：《太平御览》卷67，中华书局1960年版，第319页。

阳池也，城中小儿歌之曰：山公何所往，来至高阳池，日夕倒载归，酩酊无所知。"① 由于习郁和山简的飘逸行为与洒脱个性受到后人的尊崇，所以习池、高阳池便成为文人书写高尚情操与人格品行的精神载体。

唐代诗人杜甫、韦应物、白居易等都有诗歌称道"习池"。如杜甫的《王十七侍御抡许携酒至草堂奉寄此诗便请邀高三十五使君同到》有言，"戏假霜威促山简，须成一醉习池回"②，韦应物的《襄武馆游眺》有"还希习池赏，聊以驻鸣驺"③，武元衡的《酬元十二》有"偶寻乌府客，同醉习家池"④，严维的《赠送朱放》有"昔年居汉水，日醉习家池。道胜迹常在，名高身不知"⑤。值得注意的是，陈子昂、周彦晖等诗人在高正臣的洛阳宅园中进行了三次颇具规模的宴集，在第二次宴集时，参会之人以池为韵创作了一组诗歌，面对同样的景观对象，不同诗人出于不同心态和不同创作风格分别用了"习池"和"瑶池"两种词语，用"瑶池"赞美高家池亭的华美，用"习池"赞美高家池亭的闲逸。由此可见，"习池"已经成为文人入诗的词语，并且具有了文人意趣。

唐人在构园实践中又对习池进行仿效。白居易在庐山草堂前开有一方池，被人称作"白家池"，即"已被山中客，呼作白家池"⑥（白居易《草堂前新开一池养鱼种荷日有幽趣》）。白居易得意于此种称呼，并且在另一首诗中以白家池自称，"鸂鶒上天花逐水，无因再会白家池"⑦（白居易《池上送考功崔郎中兼别房窦二妓》），从习家池到白家池，其中便有仿效的心理。明末计成更是将"习池"作为文人园林池的代表和象征，在阐述构池的时候说"构拟习池"⑧，习池成为文人园林中池的代称与象征。

由此可见，习池在池之角色转变中发挥了重要作用。同时，六朝时

---

① （唐）欧阳询撰，汪绍楹校：《艺文类聚》卷9，上海古籍出版社1999年版，第171页。
② （唐）杜甫著，（清）仇兆鳌注：《杜诗详注》卷10，中华书局2015年版，第1045页。
③ （唐）韦应物著，陶敏、王友胜校注：《韦应物集校注》卷7，上海古籍出版社1998年版，第458页。
④ （清）彭定求等编：《全唐诗》卷316，中华书局1960年版，第3555页。
⑤ （清）彭定求等编：《全唐诗》卷263，中华书局1960年版，第2917页。
⑥ （唐）白居易著，朱金城笺校：《白居易集笺校》卷7，上海古籍出版社1988年版，第386页。
⑦ （唐）白居易著，朱金城笺校：《白居易集笺校》卷31，上海古籍出版社1988年版，第2132页。
⑧ （明）计成原著，陈植注释，杨伯超校订，陈从周校阅：《园冶注释》卷1《郊野地》，中国建筑工业出版社1988年版，第64页。

期，私家园林逐渐兴起，文人于园林中开池的行为也一再发生。《宋书》载："（阮佃夫）宅舍园池，诸王邸第莫及。……于宅内开渎，东出十许里，塘岸整洁，泛轻舟，奏女乐。"① 徐勉在《戒子崧书》中也曾说以穿池为乐："正欲穿池种树，少寄情赏。"② 此外，《梁书》载处士阮孝绪幼年时便喜欢穿池筑山，"（阮孝绪）幼至孝，性沉静，虽与儿童游戏，恒以穿池筑山为乐"③，反映了当时文人穿池为乐的社会风气。池成为寄情赏心的对象，具有了文人的性格与情志，与皇家宫苑中具有神仙色彩的池不同。

二 唐诗中池的诗意

魏晋时期，园林在士人生活和人格价值中有了全新的意义，池逐渐染上文人色彩，成为寄情赏心的对象。发展到唐代，在文人士大夫的诗歌书写中，池的象征意蕴较六朝时期更为丰富和多层，不仅可以体验隐逸写意江湖，而且为诗人们提供了任性随意尽享自由的独立空间。同时小池的澄澈静谧又成为诗人们恬淡澄明心境的写照，浸染了深厚的文人审美趣味，对后世园林池景观的营造和书写都产生了重要影响。

（一）体验隐逸的江湖之思

宇文所安在分析白居易的《新栽竹》之"竹林"意象时说："竹林是建构出来的刺激物，它提供了一份对山野自然经过中介的回顾性体验，而这体验在努力追求变得直接，虽然这努力不可能实现。竹林是诗人欲望的建构，是幻象产生的场所，而诗人也承认幻象并非现实。"④ 池又何尝不是诗人建构出来的一个体验隐逸的中介呢？方干的两首小诗说明了这一点，"广狭偶然非制定，犹将方寸像沧溟"⑤（方干《路支使小池》）；"才见规模识方寸，知君立意象沧溟"⑥（方干《于秀才小池》），主人立池的本意在于"象沧溟"，借助"池"这个中介就可以便捷地体验江湖隐逸。唐人对此多有体会，"何言奉杯酒，得见五湖心"⑦（卢纶《陪中书李纾

---

① （梁）沈约撰：《宋书》卷94《恩倖传》，中华书局1974年版，第2314页。
② （唐）姚思廉撰：《梁书》卷25《徐勉传》，中华书局1973年版，第384页。
③ （唐）姚思廉撰：《梁书》卷51《处士传》，中华书局1973年版，第739页。
④ ［美］宇文所安：《中国"中世纪"的终结：中唐文学文化论集》，陈引驰、陈磊译，生活·读书·新知三联书店2006年版，第81页。
⑤ （清）彭定求等编：《全唐诗》卷651，中华书局1960年版，第7474页。
⑥ （清）彭定求等编：《全唐诗》卷651，中华书局1960年版，第7479页。
⑦ （唐）卢纶著，刘初棠校注：《卢纶诗集校注》卷4，上海古籍出版社1989年版，第411页。

舍人夜泛东池》),"愁红一片风前落,池上秋波似五湖"①(温庭筠《元处士池上》),在园林中开一方小池就俨然拥有了整个江海。虽然他们心里很清楚这只是一种替代,然而他们完全抛开具象的实物,追求抽象的诗意,不在乎真假,不在乎位置,不在乎大小,也不在乎形式,只要精神符合就可以,呈现出"敢辞课拙酬高韵,一勺争禁万顷陂"②的旷达胸襟。

于是,池在园林中代替了自然的江湖、滩流,成为诗人体验隐逸的所在。"沧浪峡水子陵滩,路远江深欲去难。何似家池通小院,卧房阶下插鱼竿"③(白居易《家园三绝》),再有"但问尘埃能去否?濯缨何必向沧浪"④(白居易《池上夜境》),杨晓山评论此句时说"在那以'何必'起头的熟悉的反诘疑问句中,家池代替了沧浪江,成为一个以隐居来洁身的象征"⑤。"子陵滩"与"濯缨"是两个带有隐逸义的典故,而唐人在宅园中以一方小池代替,省去了投身沧浪的凶险,多了一份清幽与自在,泛舟静坐、垂钓濯缨,体验归隐的真意。

(二) 任意随性的自由空间

唐人在自家宅园中通过小池体验隐逸的闲情,这是一种捷径,同时也说明唐人更懂得在尘世、仕宦中寻求属于自己的那份自由自在。他们并非要避世,而是要更好地享受人世间的乐趣,因此,池在帮助诗人体验隐逸的同时也为他们提供了一方任意随性的自由空间,这可以从唐人的泛舟、垂钓、消暑、酌酒等活动中见出。

池上泛舟是最受文人喜欢的园林活动之一。白居易的《泛春池》曰:"白蘋湘渚曲,绿筱剡溪口。各在天一涯,信美非吾有。何如此庭内,水竹交左右。霜竹百千竿,烟波六七亩。泓澄动阶砌,淡泞映户牖。蛇皮细有纹,镜面清无垢。主人过桥来,双童扶一叟。恐污清泠波,尘缨先抖擞。波上一叶舟,舟中一樽酒。酒开舟不系,去去随所

---

① (唐)温庭筠著,(清)曾益等笺注:《温飞卿诗集笺注》卷5,上海古籍出版社1980年版,第111页。
② (唐)白居易著,朱金城笺校:《白居易集笺校》卷25《酬裴相公题兴化小池见招长句》,上海古籍出版社1988年版,第1720页。
③ (唐)白居易著,朱金城笺校:《白居易集笺校》卷33,上海古籍出版社1988年版,第2246页。
④ (唐)白居易著,朱金城笺校:《白居易集笺校》卷22,上海古籍出版社1988年版,第1510页。
⑤ [美]杨晓山:《私人领域的变形:唐宋诗歌中的园林与玩好》,文韬译,江苏人民出版社2008年版,第38页。

偶。或绕蒲浦前,或泊桃岛后。未拨落杯花,低冲拂面柳。半酣迷所在,倚榜兀回首。不知此何处,复是人寰否?谁知始疏凿,几主相传受?杨家去云远,田氏将非久。天与爱水人,终焉落吾手。"①首先叙说湘渚和剡溪远在天涯,虽然很美但非我所有,在此铺垫下提到自家小池,然后描述了小池的幽美之境,有绿竹交映,泓澄淡泞,细波如蛇纹,清净如镜面,在这样的小池中闲泛远远胜于天涯之水,更可喜的是一叶扁舟之上放置一樽酒,随便酌酒,随意游泛,诗人沉迷于此,半酣半迷。再有裴度主持的《春池泛舟联句》:"凤池新雨后,池上好风光。(刘禹锡)取酒愁春尽,留宾喜日长。(裴度)柳丝迎画舸,水镜写雕梁。(崔群)潭洞迷仙府,烟霞认醉乡。(贾餗)莺声随笑语,竹色入壶觞。(张籍)晚景含澄澈,时芳得艳阳。(刘禹锡)飞凫拂轻浪,绿柳暗回塘。(裴度)逸韵追安石,高居胜辟强。(崔群)杯停新令举,诗动彩笺忙。(贾餗)顾谓同来客,欢游不可忘。(张籍)"②联句人依次是刘禹锡、裴度、崔群、贾餗、张籍,从诗中可以看出诗人泛舟的闲情逸致。张籍在《祭退之》中说:"新池四平涨,中有蒲荇香。北台临稻畴,茂柳多阴凉。板亭坐垂钓,烦苦稍已平。共爱池上佳,联句舒遐情。"③当诗人祭奠友人时想到的是悠游池上的情景。

除了泛舟之外,唐代文人在池边进行的园林活动还有垂钓、消暑、宴集、酌酒等。"晴天调膳外,垂钓有池塘"④(许棠《送李频之南陵主簿》),"海上风雨至,逍遥池阁凉"⑤(韦应物《郡斋雨中与诸文士燕集》),"汲流涨华池,开酌宴君子"⑥(高适《宴韦司户山亭院》),"偶从池上醉,便向舟中眠"⑦(岑参《郡斋南池招杨辚》),无论是垂钓还是消暑,无论是宴集还是酌酒,即使喝醉也无妨,就舟而眠也无不可。诗人高逸闲适的身姿在诗中活灵活现地映现于眼前,这是诗人情感的外化。池的

---

① (唐)白居易著,朱金城笺校:《白居易集笺校》卷8,上海古籍出版社1988年版,第461页。
② (清)彭定求等编:《全唐诗》卷790,中华书局1960年版,第8893页。
③ (唐)张籍撰,徐礼节、余恕诚校注:《张籍集系年校注》卷7,中华书局2011年版,第914页。
④ (清)彭定求等编:《全唐诗》卷603,中华书局1960年版,第6962页。
⑤ (唐)韦应物著,陶敏、王友胜校注:《韦应物集校注》卷1,上海古籍出版社1998年版,第55页。
⑥ (唐)高适著,孙钦善校注:《高适集校注》,上海古籍出版社1984年版,第55页。
⑦ 陈铁民、侯忠义校注:《岑参集校注》卷3,上海古籍出版社1981年版,第235页。

物理空间在此转化为诗意的情感空间,正如尚永亮指出的那样,"中国文人那里的时间和空间不是几何学和复现性的科学空间,而是一种充满诗情画意的创造性的艺术空间"①。"借君西池游,聊以散我情"②(李白《游谢氏山亭》),"不如家池上,乐逸无忧患"③(白居易《闲题家池寄王屋张道士》),池为诗人提供了一个可以随心支配自己行为、任意挥洒自我情感的自由空间。

(三) 恬淡静幽的澄明心境

杨晓山指出,唐人对池的痴迷在于池的反照功能,不仅如此,池的反照也成就了池的澄明之境,而澄明之境其实更多的是诗人心境的一种写照。唐人在园林中追求静谧,是一种漠然自定意绪的外化,也是一种期望脱离尘世追求内心安适,找寻世外桃源的表现。杨夔在《小池记》中对池之静心的作用有独到论述,即"故吾所以独洁此沼,亦以镜其心也。将欲挠之而愈明,扬之而不波,决之而不流,俾吾性终始对此而不渝"④。再如许敬宗的《小池赋应诏》中说:"(池)足以澡莹心神,澄清耳目。"⑤ 池的澄明静幽的特性足以使人澄净心扉、澡莹心神。此外,王泠然的《止水赋》与王季友的《鉴止水赋》更是对止水的内涵进行了全面阐释,"安波不动,与物无争,如方圆之得性,何宠辱之能惊?故为国者取象于止水,使其政公平;为身者亦同于止水,使其心至明"⑥,"鉴于水者,不在于广大,而在于澄渟。奔流则崇山莫辨,静息则纤芥必形。……是知专而静可以居要,明而动亦不能照。……人观于水,既定而后详;水鉴于人,当止而为妙"⑦,无论是鉴形还是清心,止水都给人以恬淡静幽的美感,在这种情境下,诗人的心境也便少了些许躁动,多了几分宁静。

池正是以其静如止水的澄澈深得文人士大夫的喜爱。"悠然云间月,复此照池塘。泫露苍茫湿,沉波澹滟光"⑧(姚系《野居池上看月》),

---

① 尚永亮:《唐诗艺术讲演录》,广西师范大学出版社 2008 年版,第 211 页。
② 瞿蜕园、朱金城校注:《李白集校注》卷 20,上海古籍出版社 1980 年版,第 1177 页。
③ (唐)白居易著,朱金城笺校:《白居易集笺校》卷 36,上海古籍出版社 1988 年版,第 2483 页。
④ (清)董诰等编:《全唐文》卷 867,中华书局 1983 年版,第 9079 页。
⑤ (清)董诰等编:《全唐文》卷 151,中华书局 1983 年版,第 1536 页。
⑥ (清)董诰等编:《全唐文》卷 294《止水赋》,中华书局 1983 年版,第 2978 页。
⑦ (清)董诰等编:《全唐文》卷 442《鉴止水赋》,中华书局 1983 年版,第 4505 页。
⑧ (清)彭定求等编:《全唐诗》卷 253,中华书局 1960 年版,第 2856 页。

"旷朗霞映竹，澄明山满池"①（卢纶《和太常李主簿秋中山下别墅即事》），"池如明镜月华开，山学香炉云气来"②（张说《奉和同玉真公主游大哥山池题石壁（应制）二首》），"峰夺香炉巧，池偷明镜圆"③（沈佺期《同李舍人冬日集安乐公主山池》），池以其静止的镜面与光、影相掩映呈现出澄明之境。白居易更是深爱池的静美，其《官舍内新凿小池》云"最爱晓暝时，一片秋天碧"④，还有《池上幽境》曰"幽境深谁知？老身闲独步。行行何所爱？遇物自成趣"⑤，都描写了池的静幽与澄澈。可以说，诗人关注更多的是池的幽静与澄明，而这正是文人退居园林时所期望达到的一种心境。

唐人在园中的生活状态以闲适为主，因此，诗人的心境也往往以追求虚静为主。白居易的《玩止水》便淋漓尽致地描述了一个静者的闲适状态，"动者乐流水，静者乐止水。利物不如流，鉴形不如止。凄清早霜降，淅沥微风起。中面红叶开，四隅绿萍委。广狭八九丈，湾环有涯涘。浅深三四尺，洞彻无表里。净分鹤翘足，澄见鱼掉尾。迎眸洗眼尘，隔胸荡心滓。定将禅不别，明与诚相似。清能律贪夫，淡可交君子。岂唯空狎玩，亦取相伦拟。欲识静者心，心源只如此"⑥。同时，他在《答元八郎中、杨十二博士》中指出，"身觉浮云无所著，心同止水有何情？但知潇洒疏朝市，不要崎岖隐姓名。尽日观鱼临涧坐，有时随鹿上山行。谁能抛得人间事，来共腾腾过此生"⑦。闲与静总是不可分离的，只有挣得了身的闲，才能取得心的静，同时也只有拥有一种静观的心态才能敏锐地觉察自然界的四时变化，安然自适，悠然自得，物我同兴。因此，澄明静幽的小池便成为诗人最好的欣赏对象，池之静与心之静交融合一。

---

① （唐）卢纶著，刘初棠校注：《卢纶诗集校注》卷2，上海古籍出版社1989年版，第149页。
② （唐）张说著，熊飞校注：《张说集校注》卷2，中华书局2013年版，第60页。
③ （唐）沈佺期、（唐）宋之问撰，陶敏、易淑琼校注：《沈佺期宋之问集校注》上册《沈佺期集校注》卷3，中华书局2001年版，第165页。
④ （唐）白居易著，朱金城笺校：《白居易集笺校》卷7，上海古籍出版社1988年版，第367页。
⑤ （唐）白居易著，朱金城笺校：《白居易集笺校》卷36，上海古籍出版社1988年版，第2468页。
⑥ （唐）白居易著，朱金城笺校：《白居易集笺校》卷22，上海古籍出版社1988年版，第1502页。
⑦ （唐）白居易著，朱金城笺校：《白居易集笺校》卷17，上海古籍出版社1988年版，第1107—1108页。

静的心境其实一直是文人所追求的。《老子·十六章》最早提出："致虚极，守静笃，万物并作，吾以观复。"①《荀子·解蔽篇》提出"虚壹而静"②之说，这是从道的角度对虚静的要求。《文心雕龙·神思篇》有"陶钧文思，贵在虚静，疏瀹五藏，澡雪精神"③，《文心雕龙·养气篇》有"水停以鉴，火静而朗。无扰文虑，郁此精爽"④，这是从创作状态的角度对虚静的要求，只有进入不受干扰的虚静状态，才能很好地进行艺术创作。唐释皎然的《诗式》强调"意中之静"⑤，权德舆说"得之于静，故所趣皆远"⑥，这又是从诗歌意境的角度对静提出的要求。可见，一直以来，静都是文人崇尚的最佳境界，从这个意义上说有着恬淡静谧镜面的池便更深得文人喜爱。

三 诗意赋予与园林池景观

池在唐人那里被赋予了深厚的文化内涵，无论是江湖之思，还是自由空间，抑或澄明的心境，池在构园中的地位都有了进一步的提升，并对后世构园中景观设置、布局规划、意境营造产生了深远影响。

（一）池成为构园中必不可少的重要景致

唐人对池之诗意的赋予使其在构园中的地位逐渐提高，开池成为构园活动中必不可少的一项工程。"畎池通旧水，扫径阅新芳"⑦（权德舆《题邵端公林亭》），"涨池闲绕屋，出野遍浇田"⑧（张籍《和令狐尚书平泉东庄近居李仆射有寄》），文人亲自凿池、众多的开池语汇

---

① （魏）王弼注，楼宇烈校释：《老子道德经注校释》上篇《十六章》，中华书局2008年版，第35页。
② （清）王先谦撰，沈啸寰、王星贤点校：《荀子集解》卷15，中华书局1988年版，第396页。
③ 黄叔琳注，李详补注，杨明照校注拾遗：《增订文心雕龙校注》卷6，中华书局2000年版，第369页。
④ 黄叔琳注，李详补注，杨明照校注拾遗：《增订文心雕龙校注》卷9，中华书局2000年版，第512页。
⑤ （唐）皎然著，李壮鹰校注：《诗式校注》卷1，人民文学出版社2003年版，第71页。
⑥ （唐）权德舆撰，郭广伟校点：《权德舆诗文集》卷34，上海古籍出版社2008年版，第527页。
⑦ （唐）权德舆撰，郭广伟校点：《权德舆诗文集》卷7，上海古籍出版社2008年版，第121页。
⑧ （唐）张籍撰，徐礼节、余恕诚校注：《张籍集系年校注》卷3，中华书局2011年版，第393页。

都说明池已经成为文人构园中必须进行的一个项目。唐人掀起了一股开池的热潮,"都大资人无暇日,泛池全少买池多"①(元稹《和乐天题王家亭子》),无论泛舟与否,都先买一个池子。此时,唐人对池的开凿已经注意到技术的应用,《酉阳杂俎》记载一种在池上作画的绝门艺术时提到了开池,文中这样说小池的建造情况,"乃请后厅上掘地为池,方丈,深尺余,泥以麻灰,日汲水满之"②,在池的周围用麻灰涂泥,可以防止漏水,这与明人计成所谓的"做灰坚固"③本质上相通,由此可见唐人构池的水平。

  唐人对池的热衷以及园林趋于壶中之境的发展最终导致池的构造越来越小,甚至出现埋盆为池的行为。"老翁真个似童儿,汲水埋盆作小池"④,"莫道盆池作不成,藕稍初种已齐生"⑤,"泥盆浅小讵成池,夜半青蛙圣得知"⑥(韩愈《盆池五首》),埋盆作池,一来可以见出唐人的嬉戏之心,二来可以看出池在构园中的重要地位。除了韩愈,还有许多诗人都有咏盆池的诗作,例如姚合的《咏盆池》、杜牧的《盆池》、张蠙的《盆池》、齐己的《盆池》等。池虽小,但一样可以写意沧溟,浪涛烟波,"广狭偶然非制定,犹将方寸像沧溟"⑦(方干《路支使小池》),"才见规模识方寸,知君立意象沧溟"⑧(方干《于秀才小池》),"圆内陶化功,外绝众流通。选处离松影,穿时减药丛。别疑天在地,长对月当空。每使登门客,烟波入梦中"⑨(张蠙《盆池》),池浸染诗意成为江湖的象征,唐人只要拥有江湖一样的池便可,已经不在乎池的大小,再小的池在唐人那里也是无限大的江湖。

---

① (唐)元稹撰,冀勤点校:《元稹集》卷20,中华书局1982年版,第232页。
② (唐)段成式:《酉阳杂俎》前集卷6《艺绝》,《唐五代笔记小说大观》,上海古籍出版社2000年版,第604页
③ 计成认为是用油灰(桐油石灰)将石缝涂牢。参见(明)计成原著,陈植注释,杨伯超校订,陈从周校阅:《园冶注释》卷3,中国建筑工业出版社1988年版,第214—215页。
④ (唐)韩愈著,钱仲联集释:《韩昌黎诗系年集释》卷9,上海古籍出版社1984年版,第945页。
⑤ (唐)韩愈著,钱仲联集释:《韩昌黎诗系年集释》卷9,上海古籍出版社1984年版,第946页。
⑥ (唐)韩愈著,钱仲联集释:《韩昌黎诗系年集释》卷9,上海古籍出版社1984年版,第947页。
⑦ (清)彭定求等编:《全唐诗》卷651,中华书局1960年版,第7474页。
⑧ (清)彭定求等编:《全唐诗》卷651,中华书局1960年版,第7479页。
⑨ (清)彭定求等编:《全唐诗》卷702,中华书局1960年版,第8069页。

唐人在园林中立盆池象沧溟的造园手法受到宋代及后世文人的追踪效仿。宋人苏轼因仰慕白居易作有《池上二首》："不作太白梦日边，还同乐天赋池上。池上新年有荷叶，细雨鱼儿唼轻浪。……此池便可当长江，欲榜茅斋来荡漾。"① 这是苏轼对白居易小池的仿效与模拟。曾巩咏《盆池》云"苍壁巧藏天影入，翠荄微带藓痕侵。能供水石三秋兴，不负江湖万里心"②，文徵明咏其小园曰"埋盆作小池，便有江湖适"③（《斋前小山秽翳久矣家兄召工治之剪荆一新殊觉秀爽晚晴独坐诵王临川扫石出古色洗松纳空光之句因以为韵赋小诗十首》其二），计成更在《园冶》中说"约十亩之基，须开池者三，曲折有情，疏源正可"④，池在园林占地中占十分之三，可见池的重要地位。另外，计成在"掇山"一节中论述了"金鱼缸"的做法，这其实是对唐人"盆池"的一种变形仿效。《长物志》载"一勺则江湖万里"⑤ 则是对池之写意江湖的最精练概括。唐人的构园行为与生活方式对后世的园林建构产生了重要影响。

（二）以池为中心的构园布局

环水设置建筑也是构园布局中的一个特点，池的空间性使其更容易成为构景的中心。白居易的履道里宅园即以水池为中心展开布置，《池上篇》（并序）中对此作有说明，"乃作池东粟廪"⑥ "乃作池北书库"⑦ "乃作池西琴亭"⑧ "始作西平桥，开环池路"⑨。同时，白居易还将在杭州做刺史时所得天竺石、华亭鹤和在苏州做刺史时所得太湖石、白莲、折腰菱、青板舫置于池上作为小池的景观构成。

---

① （清）王文诰辑注，孔凡礼点校：《苏轼诗集》卷49，中华书局1982年版，第2717页。
② （宋）曾巩撰，陈杏珍、晁继周点校：《曾巩集》卷6，中华书局1984年版，第83页。
③ （明）文徵明著，周道振辑校：《文徵明集（增订本）》卷1，上海古籍出版社2014年版，第19页。
④ （明）计成原著，陈植注释，杨伯超校订，陈从周校阅：《园冶注释》卷1，中国建筑工业出版社1988年版，第62页。
⑤ （明）文震亨原著，陈植校注，杨超伯校订：《长物志校注》卷3，江苏科学技术出版社1984年版，第102页。
⑥ （唐）白居易著，朱金城笺校：《白居易集笺校》卷69，上海古籍出版社1988年版，第3705页。
⑦ （唐）白居易著，朱金城笺校：《白居易集笺校》卷69，上海古籍出版社1988年版，第3705页。
⑧ （唐）白居易著，朱金城笺校：《白居易集笺校》卷69，上海古籍出版社1988年版，第3705页。
⑨ （唐）白居易著，朱金城笺校：《白居易集笺校》卷69，上海古籍出版社1988年版，第3705页。

唐人环池布局的方式成为后世构园中经常使用的一种模式。北京颐和园中的谐趣园以池为布局中心，沿岸以黄石堆置为池岸，水面养荷，四周栽柳，柳条轻抚水面，令人想起白居易那句"未拨落杯花，低冲拂面柳"①。另外，沿岸还有走廊、亭阁的布置，在此观赏美景如徜徉在诗歌的美妙书写中一般，诗如园，园如诗，两者融为一体。再如网师园的彩霞池也是整个园林的中心，从其平面图上可以看出全园以池为中心。彩霞池的西部为园中园"潭西渔隐"，此处的潭即指彩霞池；彩霞池的北部为一区书房，有看松读书轩、集虚斋、五峰书屋等建筑；彩霞池的东部为园林的主题建筑，如花厅、大厅等；彩霞池的南部为小山丛桂轩等景观。同时，围绕池布置有代表四季景致的花木与建筑，如池东，五行属木，为春天的象征，有射鸭廊、空亭；池南，五行属火，为夏天的象征，有濯缨水阁；池西，五行属金，为秋天的象征，有月到风来亭；池北，五行属水，为冬天的象征，主要栽植白皮松和柏树。陈从周对网师园给予了很高的评价，"园以有'境界'为上，网师园差堪似之"②。这种以池为中心的整体布局对园林意境的营造起到了不可忽视的作用。

（三）以静为主的园林情调

唐人甚爱池的澄明之境在于唐人对恬淡静幽的崇尚，由此，由池凸显的静谧也便成为文人园林的主要意境特征。白居易的《池上幽境》与《池上夜境》很好地诠释了构园造池的静谧风格："袅袅过水桥，微微入林路。幽境深谁知？老身闲独步。行行何所爱？遇物自成趣。平滑青盘石，低密绿阴树。石上一素琴，树下双草屦。此是荣先生，坐禅三乐处。"③（《池上幽境》）诗人穿过水桥和环池路，来到池上，这里有幽雅的清盘石，有茂密的绿树，有抒情的素琴，诗人在此悠哉偷闲，一片清幽之境跃然纸上。再如《池上夜境》："晴空星月落池塘，澄鲜净绿表里光。露簟清莹迎夜滑，风襟萧洒先秋凉。无人惊处野禽下，新睡觉时幽草香。但问尘埃能去否？濯缨何必向沧浪。"④ 在星月交辉的衬托下，池水澄鲜晶莹，竹席光滑清莹，再加上秋风丝丝凉意，野禽落于池塘，幽草暗送清

---

① （唐）白居易著，朱金城笺校：《白居易集笺校》卷8，上海古籍出版社1988年版，第461页。
② 陈从周：《园林清议》，江苏文艺出版社2005年版，第93页。
③ （唐）白居易著，朱金城笺校：《白居易集笺校》卷36，上海古籍出版社1988年版，第2468页。
④ （唐）白居易著，朱金城笺校：《白居易集笺校》卷22，上海古籍出版社1988年版，第1510页。

香，这里的一切都显得澄清与静谧。

唐人对园林之静境的开拓奠定了文人园林的情感基调，塑造"静得天和"的风景境界，便成为园林立意很重要的主题。苏州留园东部的静中观，以小筑处于鹤所一侧，正扼去石林小院曲廊之转折处，迎廊辟一极大空窗泄景，引导人们去观照庭院的境界之美。颐和园画中游一景石牌坊上刻有"幽籁静中观水动，尘心中息后觉凉来"，也是以静为特征的景观设置。再如，苏州怡园有董其昌所书"静坐观众妙"刻石，在静观中体悟万物，深得园林观照三昧。由此看来，园林中池之静美学风格的形成与唐人的诗歌吟咏有着紧密联系，唐人对小池诗意内涵的赋予影响了后世文人构园中对小池的审美处理，也影响了后世园林建构讲求静幽恬淡的意境营造。

池，作为构园中的重要景观之一，在园林的产生、发展过程中，池的神仙色彩逐渐减退，文人情趣逐渐增强，成为文人士大夫钟爱的对象之一。在唐代文人的不断歌咏下，池被赋予了深厚的象征意蕴，既是唐人体验隐逸的中介物，又是唐人书写洒脱个性的自由空间，更是唐人渴求澄明心境的写照，成为唐人心中渴求的"江湖"，这也正是唐人迷恋小池的根本原因。同时，唐人对小池的迷恋与歌咏使池在构园中成为不可缺少的景观之一，并且对后世园林的整体布局以及静幽意境的营造都产生了重要影响。

第三节　唐代花木种植诗与园林花木景观

唐代兴盛的构园之风推动了唐人对花木的栽植与培育，引起了种植行为的发生，这就为诗歌创作提供了种种生动的素材。唐人将自我情感熔铸于日常的种植行为中，创作了寓意深厚的种植类诗歌。同时，这些种植类的诗歌包含了丰富的花木景观及其审美倾向，在创作、吟咏与传播的过程中对园林的花木景观建构也产生了重要影响。

一　唐代文人的种植行为

与具有工程技术含量的叠山置石、凿池引泉架瀑相比，花木栽植更为简单与便利。加之受唐代构园风气的影响，唐代文人普遍亲自栽植花木，在此过程中颐养性情，正所谓"野性爱栽植"[1]（白居易《东涧种柳》），

---

[1] （唐）白居易著，朱金城笺校：《白居易集笺校》卷11，上海古籍出版社1988年版，第606页。

"栽植忘劳形"①（李建勋《小园》），"握兰将满岁，栽菊伴吟诗"②（郑谷《恩门小谏雨中乞菊栽》）。生活即诗，诗亦生活，唐代文人边栽植边吟诗，将自我情感熔铸于栽植行为，使其以诗化的方式呈现，最后成为具有文化意蕴的诗意行为。

（一）亲栽行为的有意强调

唐代文人亲手栽植花木在唐代社会甚是普遍，并且在唐人看来这并非一项艰辛的劳作，而是一种彰显文人性情的诗意行为。《玄怪录》记载一位崔书生爱好养植花木："开元天宝中，有崔书生者，于东周逻谷口居，好植花竹，乃于户外别莳名花，春暮之时，英蕊芬郁，远闻百步。书生每晨必盥漱独看。……曰：'某以性好花木，此园无非手植。今香茂，似堪流盼。'"③对栽植花木的行为直言不讳，并且言语之中具有自我夸耀的成分，由此可以看出栽种花木在文人生活中的地位。

唐代文人不止一次地强调自己的亲历行为。如"红萼紫房皆手植"④（白居易《南园试小乐》），"小松未盈尺，心爱手自移"⑤（白居易《栽松二首》），"阴阳气潜煦，造化手亲栽"⑥（姚合《奉和中书相公任兵部侍郎日后阁植四松逾数年浣忝此官因献拙什》），从这些诗句中可以看出唐代文人园居生活的一个侧面，除了宴集、酌酒、高卧、读书之外，还有生动的园林建构行为，栽植花木便是其中一项重要的日常生活内容。

与唐人的栽植行为相伴随的是文人的娱乐与赏玩。杨于陵于桂阳郡守时作《郡斋有紫薇双本自朱明接于徂暑其花芳馥数旬犹茂庭宇之内迥无其伦予嘉其美而能久因诗纪述》，以"晏朝受明命，继夏走天衢。逮兹三伏候，息驾万里途。省躬既局踖，结思多烦纡。簿领幸无事，宴休谁与娱"⑦

---

① （清）彭定求等编：《全唐诗》卷739，中华书局1960年版，第8425页。
② （唐）郑谷著，严寿澂、黄明、赵昌平笺注：《郑谷诗集笺注》卷3，上海古籍出版社2009年版，第425页。
③ （唐）牛僧孺撰，穆公校点：《玄怪录》卷2《崔书生》，《唐五代笔记小说大观》，上海古籍出版社2000年版，第367页。
④ （唐）白居易著，朱金城笺校：《白居易集笺校》卷26，上海古籍出版社1988年版，第1821页。
⑤ （唐）白居易著，朱金城笺校：《白居易集笺校》卷10，上海古籍出版社1988年版，第537页。
⑥ （唐）姚合著，吴河清校注：《姚合诗集校注》外编，上海古籍出版社2012年版，第605页。
⑦ （清）彭定求等编：《全唐诗》卷330，中华书局1960年版，第3687页。

开篇写仕宦之事,落脚于"宴休谁与娱"①,道出了自己在宴集结束后的孤独与寂寥,最后诗歌才引出了真正想要叙述的事由,"内斋有嘉树,双植分庭隅。绿叶下成幄,紫花纷若铺。摘霞晚舒艳,凝露朝垂珠。炎诊昼方铄,幽姿闲且都"②,意在告诉读者当自己百无聊赖时以紫薇花之花色、身姿悦目怡情以至于娱心。

花木成为文人赏玩的直接对象。如"养此奉君子,赏觌日为娱"③(孟郊《和宣州钱判官使院厅前石楠树》),"悦玩从兹始,日夕绕庭行"④(韦应物《种药》),"种竹爱庭际,亦以资玩赏"⑤(姚合《题金州西园九首·垣竹》),无论是药草还是树木抑或是花卉,都可以成为诗人赏玩的对象。更有赏玩至极者将竹看作嘉宾或者亲友,写诗相赠。刘禹锡作有《令狐相公见示赠竹二十韵仍命继和》,从诗题中可得知令狐楚写诗二十韵赠予竹,"古诗无赠竹,高唱从此始。一听清瑶音,琤然长在耳"⑥,刘禹锡对此事给予了高度评价,除去其中的赞美成分可知文人对竹松花木的赏玩之情。

(二)种植行为的寄情寓兴

有种植有赏玩,那么便有感情的投注。日本学者市川桃子这样解释唐人的种植行为,"自白居易、韩愈以降,……普遍流行欣赏植物的风气","这个时期许多植物都被人欣赏,它们的姿态被描绘在诗中。爱花而至于自己种植,自然会观察得更加细致,描写得更加具体,而且感情会随之移入到作为描写对象的植物中去"⑦,诚然,日常的种植行为凝聚了诗人的生活情感与园居心绪,"更堂寓直将谁语,自种双松伴夜吟"⑧(裴夷直《省中题新植双松》),"无人伴幽境,多取木兰栽"⑨(熊孺登《新成小亭

---

① (清)彭定求等编:《全唐诗》卷330,中华书局1960年版,第3687页。
② (清)彭定求等编:《全唐诗》卷330,中华书局1960年版,第3687页。
③ 华忱之、喻学才校注:《孟郊诗集校注》卷9,人民文学出版社1995年版,第408页。
④ (唐)韦应物著,陶敏、王友胜校注:《韦应物集校注》卷8,上海古籍出版社1998年版,第522页。
⑤ (唐)姚合著,吴河清校注:《姚合诗集校注》卷7,上海古籍出版社2012年版,第350页。
⑥ (唐)刘禹锡著,瞿蜕园笺证:《刘禹锡集笺证》外集卷3,上海古籍出版社1989年版,第1173页。
⑦ [日]市川桃子:《中唐诗在唐诗之流中的位置——由樱桃的描写方式来分析》,蒋寅译,《古典文学知识》1995年第5期。
⑧ (清)彭定求等编:《全唐诗》卷513,中华书局1960年版,第5861页。
⑨ (清)彭定求等编:《全唐诗》卷476,中华书局1960年版,第5418页。

月夜》),通过栽种木兰、松等植物颐养性情,消解内心的寂寥。

除了伴幽独之外,唐人表现更多的是闲逸之情。"抱孙堪种树,倚杖问耕田。世事休相扰,浮名任一边"①(顾况《山居即事》),"长把种树书,人云避世士"②(韩愈《送石处士赴河阳幕》),"厌闻趋竞喜闲居,自种芜菁亦自锄"③(韩偓《闲居》),抛开世事与浮名,独享清新闲逸,在栽植中满足自己的心理追求。更有诗人将种植行为提升为一种诗意的隐逸行为,他们种下的不是花木而是烟霞与闲情。如"童子为僧今白首,暗锄心地种闲情"④(杜荀鹤《赠老僧》),"羽客昔时留筱簜,故人今又种烟霞"⑤(罗隐《寄西华黄炼师》),日常种植生活就这样在诗人的不断吟咏中逐渐诗意化了,成为文人向往的高逸行为,诗人也在日常的花木栽植中享受了闲适的乐趣。

花木的种植更成为唐人寄托隐逸之情的对象与载体,从另外一个方面而言,则是唐代文人为自己建构的展示闲情逸致的舞台。宇文所安对此解释道:"诗歌展示的对象不是园林,而是诗人自己……构筑了一个以诗人为关注中心的有限空间。"⑥诚然,唐代文人在日常的种植行为中展现着自我,如白居易的《春葺新居》云:"江州司马日,忠州刺史时。栽松满后院,种柳荫前墀。彼皆非吾土,栽种尚忘疲。况兹是我宅,葺艺固其宜。平旦领仆使,乘春亲指挥。移花夹暖室,徙竹覆寒池。池水变渌色,池芳动清辉。寻芳弄水坐,尽日心熙熙。一物苟可适,万缘都若遗。设如宅门外,有事吾不知。"⑦无论是官府衙门还是自家宅园,白居易都不辞辛劳地进行种植与修葺,移花、徙竹、寻芳、开池俨然成为其生活的全部,诗人通过这些日常生活行为实际上为自己建构了一个没有尘嚣与烦扰的世外桃源,居于其中的是诗人自己。再看李中的《赠朐山孙明府》:"县庭无事似山斋,满砌青青旋长苔。闲抚素琴曹吏

---

① 王启兴、张虹注:《顾况诗注》卷3,上海古籍出版社1994年版,第192页。
② (唐)韩愈著,钱仲联集释:《韩昌黎诗系年集释》卷7,上海古籍出版社1984年版,第738页。
③ (唐)韩偓撰,吴在庆校注:《韩偓集系年校注》卷2,中华书局2015年版,第326页。
④ (唐)杜荀鹤撰:《杜荀鹤文集》卷1,上海古籍出版社2013年版,第31页。
⑤ 李定广系年校笺:《罗隐集系年校笺》甲乙集卷5,人民文学出版社2013年版,第275页。
⑥ [美]宇文所安:《中国"中世纪"的终结:中唐文学文化论集》,陈引驰、陈磊译,生活·读书·新知三联书店2006年版,第84—85页。
⑦ (唐)白居易著,朱金城笺校:《白居易集笺校》卷8,上海古籍出版社1988年版,第459—460页。

散,自烹新茗海僧来。买将病鹤劳心养,移得闲花用意栽。几度访君留我醉,瓮香皆值酒新开。"① 诗歌用一系列的园林活动展示闲适情态,意在告诉他人那个抚琴、烹茶、养鹤与种花的形象才是真实的自我,与白居易的《春葺新居》具有异曲同工之妙。这种情形在唐代文人中是普遍的文化现象,与唐代以园林别业为隐逸居所的中隐思想密切相关。

种植行为在唐代文人的吟咏与感情的浸染下由日常生活行为上升为具有闲情逸致的诗意行为,"种植"也便成为具有文化意蕴的诗歌词语。"绕屋亲栽竹,堆床手写书"②(皮日休《临顿为吴中偏胜之地,陆鲁望居之,不出郛郭,旷若郊墅。余每相访,欢然惜去,因成五言十首,奉题屋壁》),"闲得林园栽树法,喜闻儿侄读书声"③(郑谷《敷溪高士》),"琴书著尽犹嫌少,松竹栽多亦称贫"④(张籍《题韦郎中新亭》),读书、著书本是文人的一种雅致行为,特别是园居的闲读,更是"为了慰藉消解园林独处的寂然闲暇",读书的最终目的是"成全园居的内向收束独处的隐逸倾向"⑤,现在,诗人将栽植行为与读书行为并置,形成对照的结构形式,这其实是栽植行为在语言形式上的一种审美表现。"河池安所理,种柳与弹琴"⑥(刘得仁《送河池李明府之任》),"溉灌情偏重,琴樽赏不孤"⑦(王贞白《芦苇》),"买山惟种竹,对客更弹琴"⑧(杜牧《秋日》),种植更与"弹琴"并列,由此可以看出栽植行为在唐人心中的重要地位及其蕴含的诗意韵味。可以说,"栽植"成为与"弹琴""读书"并置的雅致行为,同时以诗歌对仗的语言形式出现,从而成为诗人创作中固定的诗歌词语,并得以普遍应用。

受唐代赏花习俗与构园风气的推动,唐代文人将自然界中众多的花卉草木移入宅园,对其进行精心培育与栽植,并在此过程中寄托自己的情感

---

① (清)彭定求等编:《全唐诗》卷748,中华书局1960年版,第8514页。
② (唐)皮日休著,萧涤非、郑庆笃整理:《皮子文薮》附录一《皮日休集外诗文》,上海古籍出版社2017年版,第198页。
③ (唐)郑谷著,严寿澂、黄明、赵昌平笺注:《郑谷诗集笺注》卷3,上海古籍出版社2009年版,第360页。
④ (唐)张籍撰,徐礼节、余恕诚校注:《张籍集系年校注》卷4,中华书局2011年版,第451页。
⑤ 侯迺慧:《诗情与幽境:唐代文人的园林生活》,(台北)东大图书股份有限出版1991年版,第320页。
⑥ (清)彭定求等编:《全唐诗》卷544,中华书局1960年版,第6288页。
⑦ 毛小东、蒋敦鑫、徐敬恩编著:《王贞白诗集》,江西人民出版社2013年版,第60页。
⑧ (唐)杜牧著,(清)冯集梧注:《樊川诗集注》,上海古籍出版社1978年版,第398页。

心绪，用诗歌的方式加以吟咏颂美，从而使种植这项带有劳作性质的日常生活行为上升为具有诗意内涵的雅逸行为，种植也便成为唐人诗歌创作的常用词语。

二 花木种植诗的时间感悟

刘若愚说："与西方诗歌相比，中国诗歌对一年的四季交替及一日之时刻转移表现得更为清楚、准确。有数不尽的诗歌为春去而叹息，为秋至而感伤，对老之将至感到恐惧。"① 中国文人对时间十分敏感，他们用世间万物来表现自己对时序变化的感悟，而具有季相变化和生长历程的花木就更成为诗人抒发情感的对象。

花木因其具有季相变化而成为时间的表征。如"上佐近来多五考，少应四度见花开"②（白居易《移山樱桃》），"庭前树尽手中栽，先后花分几番开"③（李频《题张司马别墅》），春天的花开柳绿意味着旧一年的结束和新一年的开始，然而这并没有给诗人带来多少春的希望，他们在花开柳绿中感到的是时间的流逝，栽种花木成为他们计量时间的方式。

（一）物是人非与思念怀归

花木具有生长、繁荣、凋枯与再度繁盛的周期变化，面对来年的芳菲，诗人多生发出"物是人非"的感叹。刘长卿的《过萧尚书故居见李花感而成咏》云："手植已芳菲，心伤故径微。往年啼鸟至，今日主人非。满地谁当扫，随风岂复归。空怜旧阴在，门客共沾衣。"④ 故人所种的李树在春暖时节已经开花，而去年离去的鸟儿今年也已归来，与此形成对比的却是主人的"不归"，于是，花木的再度盛开与人的离去造成了凄惨的"物是人非"之感。与此具有异曲同工之妙的还有李群玉的《桂州经佳人故居二首》（其一），诗云："种树人何在，攀枝空叹嗟。人无重见日，树有每年花。"⑤ 借花木的自然变化抒发人世的变故，花木照常生长而人却永远地离去了。方干更是借此意写人不归的悲伤，"远路东西欲问

---

① ［美］J. 刘若愚：《中国诗学》，赵帆声、周领顺、王周若龄译，河南人民出版社1990年版，第57页。
② （唐）白居易著，朱金城笺校：《白居易集笺校》卷16，上海古籍出版社1988年版，第984页。
③ （清）彭定求等编：《全唐诗》卷587，中华书局1960年版，第6808页。
④ （唐）刘长卿著，储仲君笺注：《刘长卿诗编年笺注》，中华书局1996年版，第500页。
⑤ 羊春秋辑注：《李群玉诗集》卷下，岳麓书社1987年版，第75页。

谁，寒来无处寄寒衣。去时初种庭前树，树已胜巢人未归"① （方干《君不来》），"人未归"与《楚辞》之"王孙游兮不归，春草生兮萋萋"② 环环相扣。以自然万物的欣欣向荣写人生的变化无常成为文人士大夫诗歌创作的主要范式。这种范式主要是以花木的季相周期为参照，从而发现人事的变化无常，同样处于变化之中，但花木有再度繁盛的时候，人却在花再开的时节永远离去了。

有离去便有怀归，诗人们也常借花木来表达自己的思归之情。最典型的要数王绩的《在京思故园见乡人遂以为问》："旅泊多年岁，忘去不知回。忽逢门外客，道发故乡来。敛眉俱握手，破涕共衔杯。殷勤访朋旧，屈曲问童孩。衰宗多弟侄，若个赏池台？旧园今在否？新树也应栽？柳行疏密布？茅斋宽窄裁？经移何处竹？别种几株梅？渠当无绝水？石计总生苔？院果谁先熟？林花那后开？羁心只欲问，为报不须猜。行当驱下泽，去剪故园莱。"③ 诗歌内容的大部分都是在询问园中植物的栽植与生长情况，以此来表现自己的怀归意愿。李德裕也是如此，其诗歌大多数表达的是对平泉庄的思念，《思山居一十首·忆种苽时》即以"种苽"为思念对象，表达的是怀归之情，"尚平方毕娶，疏广念归期。涧底松成盖，檐前桂长枝。径闲芳草合，山静落花迟。虽有苽园在，无因及种时"④。除此之外，唐代文人多采用这一手法表现自己的思归心理，如"故里心期奈别何，手栽芳树忆庭柯"⑤ （窦巩《永宁小园寄接近校书》），"为忆长安烂熳开，我今移尔满庭栽"⑥ （韦庄《庭前菊》），花木似锦成为诗人心中永远牵挂的春天。通过花木的滋长与芬芳勾勒出文人向往的美好场景，在此场景中主人却是缺席的，这种缺席也便造成了怀归不得归的无奈与悲凉，怀归之情尤显厚重。

---

① （清）彭定求等编：《全唐诗》卷653，中华书局1960年版，第7501页。
② （宋）洪兴祖撰，白化文、许德楠、李如鸾、方进点校：《楚辞补注》招隐士章句第十二，中华书局1983年版，第233页。
③ 此诗题中"园"原作"国"，参考会校（一）有：原二行校"国"旁注：各本作"园"；（韩校）林、罗丛刊、唐诗亦作"园"，根据诗意亦当作"园"，故改。（唐）王绩著，韩理洲校点：《王无功文集五卷本会校》卷3，上海古籍出版社1987年版，第127—128页。
④ （唐）李德裕撰，傅璇琮、周建国校笺：《李德裕文集校笺》别集卷10，中华书局2018年版，第706页。
⑤ （清）彭定求等编：《全唐诗》卷271，中华书局1960年版，第3053页。
⑥ （五代）韦庄著，聂安福笺注：《韦庄集笺注》卷5，上海古籍出版社2002年版，第234页。

(二) 生命意识的体悟

花木有芳菲之时，亦有凋枯之刻，这种变化在唐人眼中已与自己的生命相联系，具有了人生的况味。唐人经常借花木的季相变化来"叹老"，如"几年封植爱芳丛，韵艳朱颜竟不同。从此休论上春事，看成古木对衰翁"①（柳宗元《始见白发题所植海石榴》），借树木的枯老感叹人的衰老、生死。白居易更是如此，《重到渭上旧居》中有"插柳作高林，种桃成老树"②，感叹时光的流逝与生命的亡故，"因惊成人者，尽是旧童孺。试问旧老人，半为绕村墓"③，诗人开始思索人生如白驹过隙一样转瞬即逝，生命在自然面前显得脆弱而渺小，"浮生同过客，前后递来去。白日如弄珠，出没光不住。人物日改变，举目悲所遇。回念念我身，安得不衰暮。朱颜销不歇，白发生无数。唯有山门外，三峰色如故"④。另外，白居易的《种桃歌》和《叹老三首（其三）》都是以种桃过程来感叹时间、感叹生命、感叹人生。在花木中蕴含"叹老"的慨叹成为文人生命感悟中的重要形式。

除了"叹老"这种形式，唐人还借花木的季节变化丰富了"今—昔"对比的创作模式。程章灿曾在《"树"立的六朝：柳与一个经典文学意象的形成》一文中说曹丕的《柳赋》中的柳是"带有深层生命沉思的哲学化的柳树"⑤，这种写法其实是延续了《诗经》中"昔我往矣，杨柳依依。今我来思，雨雪霏霏"⑥的"昔—今"模式，赋的正文中有这样一段话："在余年之二七，植斯柳乎中庭。始围寸而高尺，今连拱而九成。嗟日月之逝迈，忽亹亹以遄征。昔周游而处此，今倏忽而弗形。感遗物而怀故，俯惆怅以伤情。"⑦感物伤怀是曹丕作此赋的缘由，也是对今非昔比的一种感悟。"昔—今"的模式在唐人的种植诗中也有体现，如"禁省繁华地，含芳自一时。雪英开复落，红药植还移。静想分今昔，频吟叹

---

① （唐）柳宗元：《柳宗元集》卷43，中华书局1979年版，第1230页。
② （唐）白居易著，朱金城笺校：《白居易集笺校》卷9，上海古籍出版社1988年版，第492页。
③ （唐）白居易著，朱金城笺校：《白居易集笺校》卷9，上海古籍出版社1988年版，第492页。
④ （唐）白居易著，朱金城笺校：《白居易集笺校》卷9，上海古籍出版社1988年版，第492—493页。
⑤ 程章灿：《"树"立的六朝：柳与一个经典文学意象的形成》，《北京大学学报》（哲学社会科学版）2011年第2期。
⑥ 程俊英、蒋见元：《诗经注析》，中华书局1991年版，第468页。
⑦ 魏宏灿校注：《曹丕集校注》，安徽大学出版社2009年版，第125页。

盛衰。多情共如此，争免鬓成丝"①（徐铉《太傅相公深感庭梅再成绝唱曲垂借示倍认知怜谨用旧韵攀和》），昔日的繁华景象与今日的衰败形成鲜明的对比；"昔见初栽日，今逢成树时。存思心更感，绕看步还迟"②（方干《陈秀才亭际木兰》），花木初栽之时的光阴与今日成树的景象也形成了对照，使诗人更加感叹时光的流逝；"昔年亲种树皆老，此世相逢人自疏"③（张蠙《逢道者》），更是以树的成长过程来比对人的衰老过程，也是一种人生历程的暗示，一切世事繁华与衰变，一切人生得失与体悟都在"昔—今"的比照模式中得到细致生动的展现，包含了诗人的生命意识。

刘若愚在《中国诗学》中说，"（在中国诗歌中）人总是被看成是把自身的存在融合于不断变化着的外界事物中，并使自己的存在与消失成为自然界生、长、老、死以及再生这一永恒循环的一部分"④，唐人也正是如此，他们借自然表达自己对时间流逝的深度叹息以及对生命衰老的感伤。

三　花木种植诗的空间意蕴

除了季节变化，花木的栽植在空间上还存在方位的变动，即由自然山水之间而进入庭院，由此诗人也在这种方位变换中寄托了自己的仕、隐情感，使种植诗呈现出独特的空间意蕴。

第一，感叹郊野的孤寂，渴望种植于朱门上林，表现了一种渴望被赏识的心理。白居易的《浔阳三题》中《庐山桂》就表现了这样一种思想："偃蹇月中桂，结根依青天。天风绕月起，吹子下人间。飘零委何处？乃落匡庐山。生为石上桂，叶如剪碧鲜。枝干日长大，根菱日牢坚。不归天上月，空老山中年。庐山去咸阳，道里三四千。无人为移植，得入上林园。不及红花树，长栽温室前。"⑤诗歌首先说月中桂散落人家而植根于匡庐，枝繁叶茂却不能重归天月，只能在山中老此一生，接下来，作者又写到庐山由于离咸阳路途遥远，因此也不能像红花树一样移植上林长于温室，这俨然是作者的人生经历的叙说，诗人隐居庐山而未能

---

① （宋）徐铉撰，李振中校注：《徐铉集校注（附徐锴集）》卷5，中华书局2018年版，第357—358页。
② （清）彭定求等编：《全唐诗》卷649，中华书局1960年版，第7452页。
③ （清）彭定求等编：《全唐诗》卷702，中华书局1960年版，第8078页。
④ ［美］J.刘若愚：《中国诗学》，赵帆声、周领顺、王周若龄译，河南人民出版社1990年版，第55页。
⑤ （唐）白居易著，朱金城笺校：《白居易集笺校》卷1，上海古籍出版社1988年版，第72—73页。

被朝廷重用，因而发此感慨。还有"世上红蕉异，因移万里根。艰难离瘴土，潇洒入朱门"①（刘昭禹《送人红花栽》）；"无端种在幽闲地，众鸟嫌寒凤未知"②（薛能《螯厔官舍新竹》），都以花木的方位移动表现了自己渴望受到赏识与重用而能步入朱门的心理情感。

与此形成对比的另一种情形是，诗人通过花木的方位移动表达对尘世的鄙弃，对山林隐逸的赞赏。元稹的《寺院新竹》即表达了这样一种思想，"讵必太山根，本自仙坛种。谁令植幽壤，复此依闲冗。居然霄汉姿，坐受藩篱壅"③，仙坛与藩篱相对比，借竹移植寺院比喻自我受尘世所累。"悔从白云里，移尔落嚣尘"④［白居易《寄题螯厔厅前双松（两松自仙游山移植县厅)》］，白居易以花木的移植寄托被赏识的渴望，现在又以花木的移植表达对尘世的厌倦，希望返归山中享受避世之乐，看似矛盾，其实这两种思想在作者那里是相通相辅的关系。

第二，无论是植根于朱门还是生长于山中，作者所渴求的其实都是一种安然的状态，身得其所、心有所归就足矣。皮日休的两首种植诗《公斋四咏·小松》和《公斋四咏·小桂》表现了这种思想，如"结根幸得地，且免离离映。碌碡不难遇，在保晚成性。一日造明堂，为君当毕命"⑤以及"吾祖在月窟，孤贞能见怡。愿老君子地，不敢辞喧卑"⑥，诗中表现的情感是安此现状、无欲无求，虽然只是小小的官衙，但依然安心于此，终老于此。再看白居易的《京兆府新栽莲》："污沟贮浊水，水上叶田田。我来一长叹，知是东溪莲。下有青泥污，馨香无复全。上有红尘扑，颜色不得鲜。物性犹如此，人事亦宜然。托根非其所，不如遭弃捐。昔在溪中日，花叶媚清涟。今来不得地，憔悴府门前。"⑦如果不能得其所就不如遭弃捐，气势立场立现。两者形成了鲜明的对比，一种是无奈的退缩与委曲求全，一种是凌云的志向与洒脱避世，这除了与诗人自身的气质有关

---

① （清）彭定求等编：《全唐诗》卷886，中华书局1960年版，第10019页。
② （清）彭定求等编：《全唐诗》卷561，中华书局1960年版，第6514页。
③ （唐）元稹撰，冀勤点校：《元稹集》卷3，中华书局1982年版，第27页。
④ （唐）白居易著，朱金城笺校：《白居易集笺校》卷9，上海古籍出版社1988年版，第469页。
⑤ （唐）皮日休著，萧涤非、郑庆笃整理：《皮子文薮》附录一《皮日休集外诗文》，上海古籍出版社2017年版，第161页。
⑥ （唐）皮日休著，萧涤非、郑庆笃整理：《皮子文薮》附录一《皮日休集外诗文》，上海古籍出版社2017年版，第161页。
⑦ （唐）白居易著，朱金城笺校：《白居易集笺校》卷1，上海古籍出版社1988年版，第18页。

外,在很大程度上是受到社会现实的制约,由此也可见出中唐社会与晚唐社会诗人不同的仕宦心理。

朝与野的仕隐矛盾被诗人通过花木的空间位移巧妙地表现出来,由此我们可以看出中国传统文化中诗人强烈的空间意识,恰如胡晓明在《中国诗学之精神》中所说:"中国诗的空间样式,恰是诗人的情感心理样式的投射;而中国诗人的空间意识,又融凝着中国思想与智慧的因子。诗人常将自己的历史意识、人文关怀、政治抱负、甚至宗教情结,投射于自然的方位、地理的幅度之中,使空间不仅仅具有纯审美的功能。"①

四 花木种植诗的比德传统

无论是花木的色、形之视觉审美,还是声、香之听觉审美与嗅觉审美,全部的感官审美最后都要上升至文人之"心",引起心的感受与震动,这个过程其实也是文人对花木倾洒情感、寄托心性的过程。由此,通过花木的自然形态,文人看到了蕴含其中的与文人心性相对照的神韵美。

受中国传统文化"比德"传统的影响,从诗经开始,花木就被看成德性的象征,直至六朝花木还只是"人的思辨或观赏的外化或表现"②。然而到了唐代特别是中唐以后,随着文化生活的下移及社会风俗的兴盛,花木的普遍栽植与精心培养成为文人的生活伴侣与诗咏主题。侯迺慧说,"文人栽松也就有自我修持的提醒和显示自我人格境地的作用"③。所以,通观花木审美的整个历史,会发现花木成为文人的象征开始于六朝时期,深入全面展开却在唐朝,只有与花木建立独立的审美关系才可以真正达到物我交融的境界。

日本学者市井桃子说:"爱花而至于自己种植,自然会观察得更加细致,描写得更加具体,而且感情会随之移入到作为描写对象的植物中去。"④ 由此,咏花木诗在唐人特别是中唐人玩味式的审美方式中完全成熟且达到咏物的极致,不同于为咏物而咏物的陈词滥调,他们将生活情感真挚地灌注于身边的一花一木一枝一叶,"审美主体与自然花木双向对

---

① 胡晓明:《中国诗学之精神》,江西人民出版社 2001 年第 2 版,第 212 页。
② 李泽厚:《美的历程》,中国社会科学出版社 1989 年版,第 94 页。
③ 侯迺慧:《诗情与幽境:唐代文人的园林生活》,(台北)东大图书股份有限公司 1991 年版,第 228 页。
④ [日]市井桃子:《中唐诗在唐诗之流中的位置——由樱桃的描写方式来分析》,蒋寅译,《古典文学知识》1995 年第 5 期。

流、忘形尔汝的关系真正形成"①。"花开将尔当夫人"②，"手栽两树松，聊以当嘉宾"③，"绿桂为佳客，红蕉当美人"④，花木在诗人心中已成为亲朋好友。诗人在品赏的同时也将自我感情投射其中，朱光潜说："物我两忘的结果是物我同一。观赏者在兴高采烈之际，无暇区别物我，于是我的生命和物的生命往复交流，在无意之中我以我的性格灌输到物，同时也把物的姿态吸收于我。"⑤ 这种审美经验即所谓的"移情"，在观赏玩味中，人与物获得同一、交融。唐人在玩赏花木的过程中同样进行了移情，将自我主观情感灌注于客观花木，使其具有了文人的性情与操守。

这种情形致使五代十国时期出现了以品第论花之事。史料记载，"张翊者，世本长安，因乱南来，先主擢置上列。时邦西平昌令卒，翊好学多思致，尝戏造《花经》，以九品九命升降次第之，时服其允当"⑥，这种为花木分品第的审美与白居易为美石划分品第具有异曲同工之妙，都反映了当时文人对自然之物的移情，以及人与物的对应与融合。宋代的张敏叔以十二花为十二客，它们分别是牡丹，赏客；梅花，清客；菊花，寿客；瑞香，佳客；丁香，素客；兰花，幽客；莲花，静客；茶花，雅客；桂花，仙客；蔷薇，野客；茉莉，远客；芍药，近客。宋姚宽的《西溪丛话》把三十种花卉与三十种客人相匹配。清代的张潮将植物与人一一对应称"知己"，即菊以渊明为知己，梅以和靖为知己，杏以董奉为知己，……荔枝以太真为知己，茶以卢仝、陆羽为知己，香草以灵均为知己，莼鲈以季鹰为知己，蕉以怀素为知己，瓜以邵平为知己。可见，后代文人在唐人所开创的花木品赏的风气下走向更加成熟的境地，分类更加细致，品评也更加细密。

花木成为文人的象征，对园林的建构产生了重要影响，致使园主人通过栽植花木来表达主观性情。张潮的《幽梦影》曰："梅令人高，兰令人幽，菊令人野，莲令人淡，春海棠令人艳，牡丹令人豪，蕉与竹令人韵，

---

① 俞香顺：《白居易花木审美的贡献与意义》，《江苏社会科学》2011 年第 1 期。
② （唐）白居易著，朱金城笺校：《白居易集笺校》卷 13《戏题新栽蔷薇（时尉盩厔）》，上海古籍出版社 1988 年版，第 743 页。
③ （唐）白居易著，朱金城笺校：《白居易集笺校》卷 9《寄题盩厔厅前双松（两松自仙游山移植县厅）》，上海古籍出版社 1988 年版，第 469 页。
④ （唐）白居易著，朱金城笺校：《白居易集笺校》卷 18《东亭闲望》，上海古籍出版社 1988 年版，第 1166 页。
⑤ 朱光潜：《文艺心理学》，复旦大学出版社 2009 年版，第 10 页。
⑥ （宋）陶毂撰，孔一校点：《清异录》卷上，《宋元笔记小说大观》，上海古籍出版社 2001 年版，第 40 页。

秋海棠令人媚,松令人逸,桐令人清,柳令人感。"① 不同植物具有不同的性情,这分明就是文人之性情,例如个园以竹显,表明园林主人的清逸。曹林娣在《中国园林艺术论》中这样阐释花木的象征意蕴:"人们常常借园林花木的自然属性比喻人的社会属性,倾注花木以深沉的感情,表达自己的理想品格和意志,或象征吉祥,或将花木'人化',视其为有生命、有思想的活物,以寓人格意义,所谓'一花一草见精神',使园林花木形神兼备,立意高远,并以此作为园林及景点的主题意境。"②

"植物景观在其园中不仅占有重要的地位,而且已经摆脱了仲长统、石崇等以来农业经营性庄园的遗迹,成为单纯的观赏对象了"③,唐代文人在前代人的基础上对花木有了独特的鉴赏审美眼光,真正将花木作为一个审美对象进行观照,在花木的形、色、声、香、韵等方面具有推陈出新之功,由此形成了在后世影响深远的花木品赏美学。同时,唐人由于对花木的赏玩及偏爱,在日常生活中进一步将自然之花木广泛地引进园林,对其进行精心培养与合理布置,在赏玩中寄托情感与心性,使其在内涵上具有了深厚的文人色彩。

五 唐代园林花木景观的建构

唐代文人总是不放过任何一个展现人格情操、闲情雅兴的机会,在栽植方式上也寻求充满自然意态的种植方式。"拂窗斜竹不成行"④,"栽松不趁行"⑤,随意性的栽植蕴含了文人的洒脱与闲逸。不仅如此,唐代文人更是在日常的栽植生活中积累了花木配置的构园经验,通过与周围建筑物、山石等构园要素组合形成美妙的构图,凸显园林的意境格调,这就为后世园林的景观建构提供了实践经验,形成了花木配置讲求诗情画意的构园手法。

(一)花木与其他构园要素的配置

第一,松竹莓苔与山石的配置。松竹以其青翠之色与片石构成了一幅小景。松、竹以其苍翠的古老之色以及坚毅的挺拔之姿经常与奇石配置成景,因而松石成为唐人经常并列使用的诗歌意象,如"云霞

---

① (清)张潮撰,王峰评注:《幽梦影》,中华书局2008年版,第137页。
② 曹林娣:《中国园林艺术论》,山西教育出版社2001年版,第174页。
③ 王毅:《中国园林文化史》,上海人民出版社2004年版,第141页。
④ (唐)白居易著,朱金城笺校:《白居易集笺校》卷16《香炉峰下新卜山居,草堂初成,偶题东壁》,上海古籍出版社1988年版,第1028页。
⑤ (唐)白居易著,朱金城笺校:《白居易集笺校》卷33《奉和裴令公新成午桥庄绿野堂即事》,上海古籍出版社1988年版,第2238页。

长若绮,松石常如黛"①(韦夏卿《和丘员外题湛长史旧居》);"此石依五松,苍苍几千载"②[李德裕《重忆山居六首·泰山石(兖州从事所寄)》];"上有青青竹,竹间多白石"③(白居易《北亭》)。苔也是最常与山石配置的植物,"苔藓封孤石"④(武元衡《望夫石》),"苔藓印我面,雨露皴我皮"⑤(卢仝《萧宅二三子赠答诗二十首·石答竹》),奇石在苔藓的映衬下显得更加碧绿与滋润,同时也在景观气氛上更进一层。

第二,花木与建筑的配置。"好花须映好楼台"⑥已成为当代构园中景观配置组合的重要原则与手法,其实早在唐代文人的构园实践中即已出现植物与建筑合理配置的实例。"桃花昨夜撩乱开,当轩发色映楼台"⑦(丁仙芝《余杭醉歌赠吴山人》),"冉冉修篁依户牖,迢迢列宿映楼台"⑧(包何《同阎伯均宿道士观有述》),"压径复缘沟,当窗又映楼"⑨(李商隐《牡丹》),"斜拂中桥远映楼,翠光骀荡晓烟收"⑩(翁承赞《柳》);"夹岸朱栏柳映楼,绿波平幔带花流"⑪(徐铉《柳枝辞十二首》),花木的色彩弥漫于建筑物,互相掩映成趣。此外,花木与墙壁的掩映则更具有诗意,如"疏影月移壁"⑫(许浑《秋日白沙馆对竹》),"粉壁纱窗杨柳垂"⑬(崔颢《代闺人答轻薄少年》),当疏影投映在素壁或纸窗时,黑色的竹形杨柳如一幅水墨画,自然天生而又具有随风摇曳变生各种姿态的动感。白居易的《裴常侍以题蔷薇架十八韵见示因广为三十韵以和之》描述蔷薇花映照墙壁使其变得如雕画

---

① (清)彭定求等编:《全唐诗》卷272,中华书局1960年版,第3058页。
② (唐)李德裕撰,傅璇琮、周建国校笺:《李德裕文集校笺》别集卷10,中华书局2018年版,第733—734页。
③ (唐)白居易著,朱金城笺校:《白居易集笺校》卷7,上海古籍出版社1988年版,第364页。
④ (清)彭定求等编:《全唐诗》卷316,中华书局1960年版,第3546页。
⑤ (清)彭定求等编:《全唐诗》卷387,中华书局1960年版,第4374页。
⑥ (清)陈维崧著,陈振鹏标点,李学颖校补:《陈维崧集·迦陵词全集》卷5,上海古籍出版社2010年版,第1062页。
⑦ (清)彭定求等编:《全唐诗》卷114,中华书局1960年版,第1156页。
⑧ (清)彭定求等编:《全唐诗》卷208,中华书局1960年版,第2170—2171页。
⑨ (唐)李商隐著,(清)冯浩笺注:《玉溪生诗集笺注》卷3,上海古籍出版社1979年版,第579页。
⑩ (清)彭定求等编:《全唐诗》卷703,中华书局1960年版,第8092页。
⑪ (宋)徐铉撰,李振中校注:《徐铉集校注(附徐锴集)》卷2,中华书局2018年版,第121页。
⑫ (唐)许浑撰,罗时进笺证:《丁卯集笺证》卷2,中华书局2012年版,第106页。
⑬ 万竟君注:《崔颢诗注》,上海古籍出版社1982年版,第13页。

一般,"照梁迷藻棁,耀壁变雕墙"①,以壁为背景,在粉壁前配置花木、山石,掩映成景,成为后世园林建构中以画成景的方式。虽然唐诗中的例子有限,然而从仅有的几例中我们可以看到,唐人已经注意粉壁与植物配置的审美效果了。计成在《园冶》中说"以粉壁为纸,以石为绘也"②,正是对唐人构园实践经验的理论总结。

第三,无论是花木与山石还是建筑的配置,最高审美都是对园林意境的凸显。唐人对花木能够营造清幽的园林意境以及山林气氛已经有了深入认知。"翠浓犹带旧山烟"③(李中《题吉水县厅前新栽小松》),"叶间近溪云"④(王贞白《冯氏书斋小松二首》),"尚带山中色,犹含洞里春"⑤(李正封《贡院楼北新栽小松》),"自种双松费几钱,顿令院落似秋天"⑥(曹唐《题子侄书院双松》),松的苍翠之色为园林增添了山林涧底的韵味,使文人享受绿荫薄烟不用再远途跋涉。"栽苇学江村"⑦(郑谷《题水部李羽员外招国里居》),"石床苔藓似匡庐"⑧(李中《书郭判官幽斋壁》),"小斋多谢伴清幽"⑨(陈翥《金钱花》),"近窗卧砌两三丛,佐静添幽别有功"⑩(刘兼《新竹》),植物具有衬托园林清幽意境的功用,江村、匡庐、清幽的环境因园林花木而得以体现。园林在花木的衬托下具有了清幽的意境,同时诗人也对此倾注了主观情感,使花木具有了出尘的精神功用。"种植今如此,尘埃永不侵"⑪(刘得仁《题从伯舍人道正里南园》),"谁许风流添兴咏,自怜潇洒出尘埃"⑫(韩溉《竹》),"弱植不盈尺,远意驻蓬瀛"⑬(柳宗元《新植海石榴》),"客来不用呼清风,此处

---

① (唐)白居易著,朱金城笺校:《白居易集笺校》卷31,上海古籍出版社1988年版,第2111页。
② (明)计成原著,陈植注释,杨伯超校订,陈从周校阅:《园冶注释》卷3《掇山·峭壁山》,中国建筑工业出版社1988年版,第213页。
③ (清)彭定求等编:《全唐诗》卷749,中华书局1960年版,第8529页。
④ 毛小东、蒋敦鑫、徐敬恩编著:《王贞白诗集》,江西人民出版社2013年版,第58页。
⑤ (清)彭定求等编:《全唐诗》卷347,中华书局1960年版,第3881页。
⑥ (清)彭定求等编:《全唐诗》卷640,中华书局1960年版,第7342页。
⑦ (唐)郑谷著,严寿澂、黄明、赵昌平笺注:《郑谷诗集笺注》卷1,上海古籍出版社2009年版,第101页。
⑧ (清)彭定求等编:《全唐诗》卷748,中华书局1960年版,第8524页。
⑨ (清)彭定求等编:《全唐诗》卷883,中华书局1960年版,第9981页。
⑩ (清)彭定求等编:《全唐诗》卷766,中华书局1960年版,第8698页。
⑪ (清)彭定求等编:《全唐诗》卷545,中华书局1960年版,第6299页。
⑫ (清)彭定求等编:《全唐诗》卷768,中华书局1960年版,第8723页。
⑬ (唐)柳宗元:《柳宗元集》卷43,中华书局1979年版,第1228页。

挂冠凉自足"①（施肩吾《玩友人庭竹》），"池上分行种，公庭觉少尘"②〔曹松《顾少府池上（一作〈顾少府池亭苇〉)》〕，园林别业的居住环境没有尘世的喧嚣与俗气，只剩下隐逸潇洒的风流韵致。

（二）花木配置对后世构园的影响

曹林娣在《中国园林艺术论》中说："在对园林花木的处理上，中国古典园林不像古代的欧洲人那样过多地用理性及秩序去干预，而是不仅注重保持花木的原朴的正宗的'天造'风格，更注重在山、水、建筑、人、天、地相契相合的气氛中，赋予花木一种精神性的'合一'色彩。"③ 在"合一"的精神中体现花木的"天造"风格，具体而言，即花木与山、水、建筑的配置要讲求诗情画意，体现自然的韵味，符合美感的规律。唐代文人对花木的配置审美以及栽植位置的营构，为园林的建构奠定了实践基础，后代文人更是将此发挥到极致。

第一，花木的栽种配置讲求诗情。明代陆绍珩在《醉古堂剑扫》中说，"栽花种树，全凭诗格取裁"④，唐人那些充满意蕴的花木诗歌便成为后世花木栽植诗意范本。苏州怡园，冬有赏梅花的南雪亭，取杜甫《又雪》诗"南雪不到地，青崖沾未消"⑤ 诗意，"雪"指梅花。秋天赏桂花，金粟亭匾"云外筑婆娑"，取韩愈《月蚀诗效玉川子作》"玉阶桂树闲婆娑"⑥ 诗意。夏有赏荷花的"藕香榭"，取杜甫"楝树寒云色，茵蔯春藕香"（《陪郑广文游何将军山林十首·其七》)⑦ 诗意。又如苏州网师园的"露华馆"，取意李白之"云想衣裳花想容，春风拂槛露华浓"⑧，柱上有楹联："纵目槛前仿佛沉香亭畔无数洛红赵碧，李白放歌应未尽；遣怀庭外犹疑兴庆宫中几丛魏紫姚黄，欧阳欲记恨难详。"再如拙政园的"绣绮亭"，取杜甫"绮绣相展转，琳琅愈青荧"（《桥陵诗三十韵因呈县内诸官》)⑨ 诗意，这样的例子不胜枚举。由此可见，唐代诗歌对园林景观命名

---

① 王益庸编注：《施肩吾徐凝何希尧集校注》第一卷，山东文化音像出版社2022年版，第82页。
② （清）彭定求等编：《全唐诗》卷717，中华书局1960年版，第8235页。
③ 曹林娣：《中国园林艺术论》，山西教育出版社2001年版，第171页。
④ （明）陆绍珩编著：《醉古堂剑扫》卷7《韵》，岳麓书社2016年版，第87页。
⑤ （唐）杜甫著，（清）仇兆鳌注：《杜诗详注》卷14，中华书局2015年版，第1508页。
⑥ （唐）韩愈著，钱仲联集释：《韩昌黎诗系年集释》卷7，上海古籍出版社1984年版，第747页。
⑦ （唐）杜甫著，（清）仇兆鳌注：《杜诗详注》卷2，中华书局2015年版，第189页。
⑧ 瞿蜕园、朱金城校注：《李白集校注》卷5，上海古籍出版社1980年版，第389页。
⑨ （唐）杜甫著，（清）仇兆鳌注：《杜诗详注》卷3，中华书局2015年版，第290页。

的直接影响,同时也使园林中的花木景观饱含了诗情。以诗文来题名成为园林题名不成文的规定,这也正是"古人栽植花木,常常从历史上积淀的审美经验中,借鉴古典诗文的优美意境,创造浓浓的诗意,令人玩味无穷"①。

第二,花木的栽种配置讲求画意。画意讲求的是对一花一木的合理布置。李渔在《闲情偶寄·居室部》"山石第五"中说:"一花一石,位置得宜,主人神情已见乎此矣。"② 园林中的花木已经不再是植物学意义上的花木,它们已经由客观存在物转化为艺术的审美存在。因此,位置的经营成为体现文人性情的重要方面。例如桃的栽植,陈浩子在《课花十八法》中说"宜别墅山隈,小桥溪畔,横参翠柳,斜映明霞"③,李渔也说"惟乡村篱落之间、牧童樵叟所居之地,能富有之"④。桃花因其朴野之美适宜种植于朴野之地,渲染出远离尘嚣之意境,而这种位置的选择其实与陶渊明之世外桃源有着密切的联系。陶渊明所营构的桃花源实质是一个远离战乱、充满乡野气氛的农耕社会的"伊甸园","阡陌交通,鸡犬相闻"⑤,由此形成了园林中种桃讲求偏野位置的经营。可见,诗文的审美意蕴与花木的栽植以及园林的建构有着千丝万缕的联系。唐代王维论画云:"平地楼台,偏宜高柳映人家;名山寺观,雅称奇杉衬楼阁。"⑥ 绘画与构园相通,既是对绘画中景物配置的要求,也是对构园中景物组合的要求。查阅王维的《辋川别业二十首》,会发现很多景致很好地利用了建筑与花木的有机衬托,达到了一种融人工与自然美于一体的境界。陈从周曾经高度评价北海团城承光殿殿前的松柏与建筑物的合理配置:"其实是松柏的姿态与附近的建筑物高低相称,又利用了'树池'将它参差散植,加以适当的组合,使疏密有致,掩映成趣。苍翠虬枝与红墙碧瓦构成一幅极好的画面,怎不令人流连忘返呢?"⑦

唐代文人在构园实践与园林景观审美中积累的经验已经被后人总结为构园的理论纲要。计成在《园冶》中用诗意的语言论述了园林建构中花木与其他构园要素的合理配置,"梧阴匝地,槐荫当庭;插柳沿

---

① 曹林娣:《中国园林艺术论》,山西教育出版社2001年版,第180页。
② 杜书瀛译注:《闲情偶寄》下册卷4,中华书局2014年版,第443页。
③ (清)陈淏撰,陈剑点校:《花镜》卷2《课花十八法》,浙江人民美术出版社2015年版,第45页。
④ 杜书瀛译注:《闲情偶寄》下册卷5,中华书局2014年版,第601页。
⑤ 逯钦立校注:《陶渊明集》卷6,中华书局1979年版,第165页。
⑥ (唐)王维撰,(清)赵殿成笺注:《王右丞集笺注》卷28《论画三首·画学秘诀》,上海古籍出版社1961年版,第489页。
⑦ 陈从周:《园林清议》,江苏文艺出版社2005年版,第58页。

堤，栽梅绕屋；结茅竹里……夜雨芭蕉，……晓风杨柳"①，"窗虚蕉影玲珑"②"移竹当窗"③。文震亨也在《长物志·花木篇》中说："庭除槛畔，必以虬枝古干，异种奇名，枝叶扶疏，位置疏密。或水边石际，横偃斜披；或一望成林；或孤枝独秀。草木不可繁杂，随处植之，取其四时不断，皆入图画。又如桃、李不可植庭除，似宜远望；红梅、绛桃，俱借以点缀林中，不宜多植。梅生山中，有苔藓者，移置药栏，最古。杏花差不耐久，开时多值风雨，仅可作片时玩。"④ 花木要讲求与建筑、山、水的配置，也要注意时间季相的变化，同时也需要讲求空间的点缀与相间。

可见，园林中花木景观的建构已经不再是纯粹的物质性建构，而是在唐代文人的种植行为与诗歌书写、吟咏中融入了唐代文人的主观审美倾向，成为具有丰富文化意蕴的园林景观。无论是对时间的感悟，还是对空间的思索，抑或是对传统的继承，都可见唐代文人对花木景观的主观精神赋予，这直接影响了后世园林花木景观的建构，包括花木与山石、泉池、建筑的配置，也包括花木在栽植与配置中呈现出的诗情与画意，这些都是文人审美意趣的体现。同时，这也正是诗歌书写和诗歌吟咏所具有的审美功能的体现。

第四节　唐代亭的诗化与园林立亭

张家骥在《中国造园论（修订本）》中指出亭是众多建筑形式的代表："认识了'亭'的审美价值和美学意义，可以说，就理解了中国园林建筑的空间艺术；掌握了'亭'的创作思想方法和规律，也就把握了其他园林建筑的意匠奥秘。"⑤ 明代张岱也高度评价亭在众园林建筑中的重要性，"亭之事尽，筠芝亭一山之事亦尽"⑥。鉴于亭在园林中的重要性与

---

① （明）计成原著，陈植注释，杨伯超校订，陈从周校阅：《园冶注释》卷1《园说》，中国建筑工业出版社1988年版，第51页。
② （明）计成原著，陈植注释，杨伯超校订，陈从周校阅：《园冶注释》卷1《相地·城市地》，中国建筑工业出版社1988年版，第60页。
③ （明）计成原著，陈植注释，杨伯超校订，陈从周校阅：《园冶注释》卷1《园说》，中国建筑工业出版社1988年版，第51页。
④ （明）文震亨原著，陈植校注，杨超伯校订：《长物志校注》卷2《花木》，江苏科学技术出版社1984年版，第41页。
⑤ 张家骥：《中国造园论（修订本）》，山西人民出版社2003年版，第274页。
⑥ （明）张岱撰，马兴荣点校：《陶庵梦忆》卷1，上海古籍出版社1982年版，第5页。

代表性，本节以亭为例，探讨亭在唐代的演变情况以及在园林中的构建，以此作为窥探唐代园林建筑的视角和窗口。

亭是中国传统建筑形式之一。刘熙的《释名》云："亭，停也，亦人所停集也。"① 亭最初是建于途中供旅人休息的建筑。秦汉时期，亭一度作为行政机构的名称，《汉书·百官公卿表》："大率十里一亭，亭有长，十亭一乡。"② 王振复根据史料推测，这种行政上的亭制，初设于先秦战国时代，当时有官职称"亭长"，在诸侯国之间的邻近地区设亭，置亭长，以管理防御敌方侵扰之政事。西汉时，在乡郊每十里置一亭，设亭长，这种亭制也发展到都邑管辖区，西汉设在城内、城厢的称"都亭"，设于城门的称"门亭"。东汉之后，这种亭制被废止。

魏晋南北朝时，亭的园林功能逐渐增强，以观赏自然风景为目的。《水经注·浙江水》有"兰亭"的记载，"浙江又东与兰溪合，湖南有天柱山，湖口有亭，号曰兰亭，亦曰兰上里。太守王羲之、谢安兄弟，数往造焉。吴郡太守谢勖封兰亭侯，盖取此亭以为封号也。太守王廙之，移亭在水中，晋司空何无忌之临郡也，起亭于山椒，极高尽眺矣。亭宇虽坏，基陛尚存"③。湖口的兰亭，是王羲之等人的聚会场所，而王廙将亭移于水中，晋司空何无忌又起亭于山椒，都是出于有观赏山水的目的。

现今所见亭进入园林构造的记载，还有北魏杨衒之的《洛阳伽蓝记》。茹皓筑华林园中的景阳山，山上有"临涧亭"，而司农张伦在宅园中仿造的景阳山，姜质曾有《亭山赋》，可知园中也有亭的建筑。这时亭的构建还多限于宫苑与贵族富商，对于文人及百姓来说则属于能力之外了。到了隋代，隋炀帝于大业元年（605）造西苑，苑中有16院，每院都建造一座逍遥亭。据《长安志》记载，唐代的禁苑中建有18座亭，亭开始频频出现在园林中。

亭自成为园林中重要的建筑形式后，便与文人发生了种种联系，品茗弹琴、饮酒赋诗、观景赏心，积淀了深厚的文化意蕴，成为"风雅的象征"④。这是亭逐步诗化的过程，亭由一个行政机构的名称、供旅人休憩的实用建筑逐步过渡到具有园林审美功能的园林建筑，并且在文人的情感浸染和诗文歌咏下成为风雅的象征，对后世园林中亭的景观营造产生了深远影响。

---

① （汉）刘熙撰：《释名（附音序、笔画索引）》卷5，中华书局2016年版，第79页。
② （汉）班固撰：《汉书》卷19上，中华书局1962年版，第742页。
③ （北魏）郦道元著，陈桥驿校证：《水经注校证》卷40《浙江水》，中华书局2007年版，第940—941页。
④ 曹林娣：《中国园林艺术论》，山西教育出版社2001年版，第149页。

一 园亭诗化的前提条件：普及发展

唐代是亭发展史上的重要时期，受构园风气的影响，亭不再限于宫苑皇家园林，而是以蜂起之势涌向私家园林，分布广、数量多，这种普及化的发展为亭广泛地走进文人生活奠定了基础。与亭的普及化发展相适应，亭在形制上也发生了重要变化，由规模宏大转向简约素朴，由封闭式转向通透式，节省了人力、物力，从而增强了其普及化的趋势，两者互相推动又互相影响。

第一，唐代文人多于私园立亭。亭在唐代渐渐出现于文人的私园，并开始普及。王维的辋川别业中有临湖亭，"轻舸迎上客，悠悠湖上来。当轩对樽酒，四面芙蓉开"①（王维《辋川集·临湖亭》）。裴度的集贤里也有亭，"前有水心亭，动荡架涟漪"②（白居易《裴侍中晋公以集贤林亭即事诗二十六韵见赠猥蒙徵和才拙词繁辄广为五百言以伸酬献》）。李德裕宅第中有"精思亭"。司空图的中条山山居有休休亭、证因亭、拟纶亭、修史亭、濯缨亭、览昭亭、莹心亭，"愚以家世储善之祐，集于厥躬，乃像刻大悲，跂新构于西北隅，其亭曰证因。证因之右，其亭曰拟纶，志其所著也。拟纶之左，其亭曰修史，勖其所职也。西南之亭曰濯缨，濯缨之窗旦鸣，皆有所警。堂曰三诏之堂，室曰九籥之室，皓其壁以模玉川于其间，备列国朝至行清节文学英特之士，庶存耸激耳。其上方之亭曰览昭，悬瀑之亭曰莹心，皆归于释氏，以栖其徒"③。以上诗例都说明文人已经倾向于构园造亭，园中造亭已成为社会风尚。

第二，唐代文人除了在自家宅院建亭外，还在自己的任所或郊外建亭。例如符载《钟陵东湖亭记》载"我常侍李公，架崇冈，作新亭，导百骸，理七情，用斯义也"④，亭因所在东湖而被命名为东湖亭。当时文人建亭成为地方文人的一大爱好，他们每到一个地方都要选胜开亭。白居易在《冷泉亭记》中即描述了这种社会现象，"先是领郡者有相里君造作

---

① （唐）王维撰，（清）赵殿成笺注：《王右丞集笺注》卷13，上海古籍出版社1984年版，第245页。
② （唐）白居易著，朱金城笺校：《白居易集笺校》卷29，上海古籍出版社1988年版，第2034页。
③ （唐）司空图著，祖保泉、陶礼天笺校：《司空表圣诗文集笺校》文集笺校卷2《山居记》，安徽大学出版社2002年版，第201页。
④ （清）董诰等编：《全唐文》卷689《钟陵东湖亭记》，中华书局1983年版，第7061页。

虚白亭，有韩仆射皋作候仙亭，有裴庶子棠棣作观风亭，有卢给事元辅作见山亭，及右司郎中河南元蕡最后作此亭"①。前人已将形胜之地占遍，不能再留下奇胜，所以只好作罢，述而不作，"于是五亭相望，如指之列，可谓佳境殚矣，能事毕矣。后来者虽有敏心巧目，无所加焉，故吾继之，述而不作"②，这从侧面反映了唐代文人建亭的热情，亭越来越普及。唐代诗歌保存了此方面的史料，如永福寺临淮亭为司马复明府作造 [顾非熊《题永福寺临淮亭（亭即司马复明府所置）》]，河中任中丞创河亭③，东阳创涵碧亭，盐官王长官创瑞隐亭，海上太守创东亭，洋州于中丞创涵碧亭，陆鸿渐创杼山癸亭，等等。

文人于任所建亭已经成为社会的一种文化现象，这与唐代文人"游观为政"的思想有关。柳宗元曾经赞扬他的好友薛存义，认为他深谙游观之道，所以懂得休养生息，"高明游息之道，具于是邑，由薛为首"④，接着，柳宗元又在文章的末尾以点睛之笔概括了游观与为政的关系，"则夫观游者，果为政之具欤？薛之志，其果出于是欤？及其弊也，则以玩替政，以荒去理。使继是者咸有薛之志，则邑民之福，其可既乎"⑤，为政与观游之间不可绝对地分出彼此，要保持一种若即若离的关系。柳宗元将观游与为政联系起来，提升了观游的政治高度，因此文人在任所构建亭台楼阁等建筑也不再是单纯的娱乐玩赏之事，而是成为政绩的表征。这种为政思想对文人建亭无疑起到了推动作用。

第三，亭的普遍化还可以从唐代私家园林的称谓中见出。李浩先生在《唐代园林别业考论（修订版）》中考证园林称谓与亭有关的有"山亭"⑥"水亭""池亭""林亭""园亭""溪亭"⑦"亭子"⑧，从这些称谓上可以看出亭在园林中的重要地位。有学者说亭在唐代是一种泛称的建筑。唐代的园林建筑确实有称谓不明的情况，但以亭来概括全部建筑则欠佳。笔者以

---

① （唐）白居易著，朱金城笺校：《白居易集笺校》卷43，上海古籍出版社1988年版，第2765页。
② （唐）白居易著，朱金城笺校：《白居易集笺校》卷43，上海古籍出版社1988年版，第2765页。
③ （唐）李商隐著，（清）冯浩笺注：《玉溪生诗集笺注》卷1，上海古籍出版社1979年版，第244页。
④ （唐）柳宗元：《柳宗元集》卷27《零陵三亭记》，中华书局1979年版，第738页。
⑤ （唐）柳宗元：《柳宗元集》卷27《零陵三亭记》，中华书局1979年版，第738页。
⑥ 李浩：《唐代园林别业考论（修订版）》，西北大学出版社1996年版，第32页。
⑦ 李浩：《唐代园林别业考论（修订版）》，西北大学出版社1996年版，第34页。
⑧ 李浩：《唐代园林别业考论（修订版）》，西北大学出版社1996年版，第35页。

《全唐诗》为依据，对有亭的园林以及以亭为名称的园林进行了统计，从其数量和分布上可以看出亭在唐代的普及化程度，见表2.1。

表2.1　《全唐诗》诗题中含亭的园林称谓统计

称谓	诗题	作者, 卷数	诗题	作者, 卷数
林亭	《晦日宴高氏林亭》	崔知贤, 卷72	《群公集毕氏林亭》	陈子昂, 卷84
	《陪幸长宁公主林亭》	萧至忠, 卷104	《奉和李右相赏会昌林亭》	孙逖, 卷118
	《酬忠公林亭》	包融, 卷114	《与卢员外象过崔处士兴宗林亭》	王维, 卷128
	《题独孤使君湖上林亭》	刘长卿, 卷148	《贾常侍林亭燕集》	韦应物, 卷186
	《赴南中留别褚七少府湖上林亭》	李嘉祐, 卷207	《题苏公林亭》	钱起, 卷237
	《杨氏林亭探得古槎》	皇甫冉, 卷250	《冬日宴郭监林亭》	卢纶, 卷279
林亭	《和李中丞题故将军林亭》	武元衡, 卷316	《题邵端公林亭》	权德舆, 卷329
	《酬卢司门晚夏过永宁里弊居林亭见寄》	羊士谔, 卷332	《题贾巡官林亭》	杨巨源, 卷333
	《早春与张十八博士籍游杨尚书林亭……兼呈白冯二阁老》	韩愈, 卷344	《奉和李相公题萧家林亭》	韩愈, 卷344
林亭	《牛相公林亭雨后偶成》	刘禹锡, 卷358	《道州春游欧阳家林亭》	吕温, 卷371
	《东都冬日会诸同年宴郑家林亭》	白居易, 卷436	《崔谏议林亭》	陆畅, 卷478
	《题大理崔少卿驸马林亭》	姚合, 卷499	《题郑驸马林亭》	姚合, 卷499
	《题陆侍御林亭》	许浑, 卷536	《宋氏林亭》	薛能, 卷561
	《题圭峰下长孙家林亭》	韩琮, 卷565	《题裴晋公林亭》	温庭筠, 卷578
	《华阴韦氏林亭》	温庭筠, 卷579	《题城南杜邠公林亭》	温庭筠, 卷579
	《题丰安里王相林亭二首》	温庭筠, 卷581	《褚家林亭》	皮日休, 卷614
	《题陈正字林亭》	李咸用, 卷646	《孙氏林亭》	方干, 卷650

续表

称谓	诗题	作者,卷数	诗题	作者,卷数
林亭	《旅次洋州寓居郝氏林亭》	方干,卷650	《书吴道隐林亭》	方干,卷650
	《题越州袁秀才林亭》	方干,卷651	《夜会郑氏昆季林亭》	方干,卷653
	《夏日登友人书斋林亭》	杜荀鹤,卷692	《夏日留题张山人林亭》	杜荀鹤,卷692
	《题耿处士林亭》	喻坦之,卷713	《李郎中林亭》	曹松,卷717
	《鄂郊山舍题赵处士林亭》	李洞,卷721	《题崔驸马林亭》	无可,卷814
山亭	《春日宴宋主簿山亭得寒字》	宋之问,卷52	《春日郑协律山亭陪宴饯郑卿同用楼字》	宋之问,卷53
	《太平公主山亭侍宴应制》	李峤,卷61	《都尉山亭》	杜审言,卷62
	《三月三日宴王明府山亭（得鱼字）》	崔知贤,卷72	《蔡起居山亭》	徐晶,卷75
	《岐王山亭》	张谔,卷110	《郑郎中山亭》	崔翘,卷124
	《京口题崇上人山亭》	储光羲,卷138	《游谢氏山亭》	李白,卷179
	《题李将军山亭》	郭良,卷203	《崔驸马山亭宴集》	杜甫,卷224
	《题崔逸人山亭》	钱起,卷239	《宿东溪李十五山亭》	王季友,卷259
山亭	《宴杨驸马山亭》	朱湾,卷306	《山亭怀古》	张弘靖,卷366
	《春集越州皇甫秀才山亭》	孟郊,卷375	《杭州卢录事山亭》	朱庆馀,卷514
	《题刑部李郎中山亭》	秦韬玉,卷670	《自题山亭三首》	徐铉,卷755
水亭	《陆浑水亭》	祖咏,卷131	《题韩少府水亭》	祖咏,卷131
	《春日宴魏万成湘水亭》	刘长卿,卷150	《夏日浮舟过陈大水亭》	孟浩然,卷160
	《梅道士水亭》	孟浩然,卷160	《过崔八丈水亭》	李白,卷180
	《题金陵王处士水亭》	李白,卷184	《涟上题樊氏水亭》	高适,卷212
	《过南邻朱山人水亭》	杜甫,卷226	《刘驸马水亭避暑》	刘禹锡,卷359
	《宿窦使君庄水亭》	白居易,卷448	《光州王建使君水亭作》	贾岛,卷573
	《题杜秀才水亭》	陆龟蒙,卷629	《题王班水亭》	护国,卷811

续表

称谓	诗题	作者,卷数	诗题	作者,卷数
溪亭	《郭家溪亭》	王建,卷300	《逍遥翁溪亭》	王建,卷300
	《题元十八溪亭》	白居易,卷430	《题胡氏溪亭》	朱庆馀,卷514
	《题昭应王明府溪亭》	赵嘏,卷549	《邵博士溪亭》	李郢,卷590
池亭	《晚夏马嵬卿叔池亭即事寄京都一二知己》	王湾,卷115	《宴荣二山池》	孟浩然,卷160
	《题秘书王迪城北池亭》	钱起,卷238	《薛二十池亭》	王建,卷300
	《喜与长文上人宿李秀才小山池亭》	孟郊,卷375	《题王侍御池亭》	白居易,卷438
	《宿裴相公兴化池亭》	白居易,卷449	《春日宴徐君池亭》	施肩吾,卷494
	《题宣义池亭》	姚合,卷499	《题何氏池亭》	周贺,卷503
	《题大安池亭》	雍陶,卷518	《游故王驸马池亭》	李远,卷519
	《朱坡故少保杜公池亭》	许浑,卷533	《陪少师李相国崔宾客宴居守狄仆射池亭》	许浑,卷537
池亭	《姚氏池亭》	项斯,卷554	《题友人池亭》	温庭筠,卷578
	《题崔公池亭旧游》	温庭筠,卷578	《奉陪裴相公重阳日游安乐池亭》	李郢,卷590
	《李氏小池亭十二韵》	韦庄,卷697	《经故翰林杨左丞池亭》	徐夤,卷708
	《徐司徒池亭》	李中,卷747	《题张氏池亭》	齐己,卷842
园亭	《三月三日申王园亭宴集》	张九龄,卷48	《崔礼部园亭得深字》	张说,卷87
	《郑郎中山亭》	崔翘,卷124	《永宁里园亭休沐怅然成咏》	羊士谔,卷332
	《题兴化园亭》	贾岛,卷574	《寒食日重游李氏园亭有怀》	韩偓,卷683

续表

称谓	诗题	作者,卷数	诗题	作者,卷数
亭子	《四月十三日诏宴宁王亭子赋得好字》	张说,卷86	《晦日诏宴永穆公主亭子赋得流字》	张说,卷87
	《赴南中题褚少府湖上亭子》	刘长卿,卷151	《宴陶家亭子》	李白,卷179
	《陪王使君晦日泛江就黄家亭子二首》	杜甫,卷228	《过杨驸马亭子》	钱起,卷238
	《骆家亭子纳凉》	戎昱,卷270	《寻许山人亭子》	奚贾,卷295
	《春日游郭驸马大安亭子》	吕温,卷371	《和乐天题王家亭子》	元稹,卷415
	《与诸同年贺座主侍郎新拜太常,同宴萧尚书亭子》	白居易,卷436	《题周皓大夫新亭子二十二韵》	白居易,卷438
	《题朱秀城南亭子》	章孝标,卷506	《春晚题韦家亭子》	杜牧,卷521
	《冬日骆家亭子》	刘得仁,卷544	《题王侍御宅内亭子》	黄滔,卷704
其他	《登历下古城员外孙新亭》	李邕,卷115	《宴越府陈法曹西亭》	孙逖,卷118
	《洗然弟竹亭》	孟浩然,卷159	《题裴十六少卿东亭》	李嘉祐,卷206
	《晚春宴无锡蔡明府西亭》	李嘉祐,卷206	《重题郑氏东亭》	杜甫,卷224
	《秋日寄题郑监湖上亭三首》	杜甫,卷231	《过裴长官新亭》	钱起,卷237
	《裴仆射东亭》	钱起,卷238	《三月三日义兴李明府后亭泛舟》	皇甫冉,卷249
	《寄题杜拾遗锦江野亭》	严武,卷261	《春日题苗发竹亭》	耿湋,卷268
	《题严氏竹亭》	戎昱,卷270	《题秦隐君丽句亭》	戴叔伦,卷274
	《题苗员外竹间亭》	卢纶,卷279	《题杨侍郎新亭》	刘商,卷303
	《奉和礼部尚书酬杨著作竹亭歌》	权德舆,卷327	《奉和虢州刘给事使君三堂新题二十一咏·新亭》	韩愈,卷343
	《奉和虢州刘给事使君三堂新题二十一咏·渚亭》	韩愈,卷343	《题华十二判官汝州宅内亭》	欧阳詹,349

续表

称谓	诗题	作者,卷数	诗题	作者,卷数
其他	《题王明府郊亭》	欧阳詹,卷349	《巽公院五咏·芙蓉亭》	柳宗元,卷353
	《生生亭》	孟郊,卷376	《题韦郎中新亭》	张籍,卷385
	《和韦开州盛山十二首·宿云亭》	张籍,卷386	《松声(修行里张家宅南亭作)》	白居易,卷428
	《题李十一东亭》	白居易,卷436	《题周皓大夫新亭子二十二韵》	白居易,卷438
	《和元八侍御升平新居四绝句·高亭》	白居易,卷438	《闻崔十八宿予新昌弊宅时予亦宿崔家依仁新亭……聊以写怀》	白居易,卷445
	《题王家庄临水柳亭》	白居易,卷454	《题马侍中燧木香亭》	邵楚苌,卷464
	《题源分竹亭》	刘言史,卷468	《春暮思平泉杂咏二十首·瀑泉亭》	李德裕,卷475
	《春暮思平泉杂咏二十首·流杯亭》	李德裕,卷475	《盛山十二诗·宿云亭》	韦处厚,卷479
	《新楼诗二十首·海榴亭》	李绅,卷481	《新楼诗二十首·望海亭》	李绅,卷481
	《新楼诗二十首·东武亭》	李绅,卷481	《代书问费征君九华亭》	萧建,卷495
其他	《陕下厉玄侍御宅五题·垂钓亭》	姚合,卷499	《宴韦侍御新亭》	林滋,卷552
	《题元处士高亭(宣州)》	杜牧,卷523	《休休亭》	司空图,卷632
	《崇让宅东亭醉后沔然有作》	李商隐,卷540	《再题路支使南亭》	方干,卷651
	《登田中丞高亭》	贾岛,卷574	《题刘相公光德里新构茅亭》	李洞,卷722
	《题长洲陈明府小亭》	方干,卷650	《和王庶子寄题兄长建州廉使新亭》	徐铉,卷751
	《题汪氏茅亭》	杜荀鹤,卷692	《题沈道士新亭》	皎然,卷815
	《海上太守新创东亭》	李中,卷748	《奉酬袁使君高寺院新亭对雨(其亭即使君所创)》	皎然,卷815

从表 2.1 可知，拥有亭的社会阶层包括皇亲国戚、权贵官僚、士人、隐士等；建亭的地域遍布全国，有长安、洛阳等城市都邑，也有南郊、东郊等城市郊外，更有山林村家之地。亭数量多，分布广，由此可见亭在唐代的普及程度。

第四，文人于自家宅第或于任所广泛修亭、立亭，还与唐代亭之形制趋于简约素朴有很大关系。亭与其他建筑相比在建构上具有简易性和灵活性，"楼则重构，功用倍也。观亦再成，勤劳厚也。台烦版筑，榭加栏槛。畅耳目，达神气，就则就矣，量材力实犹有蠹。近代袭古增妙者更作为亭。亭也者，藉之于人，则与楼观台榭同；制之于人，则与楼观台榭殊。无重构再成之縻费，加版筑槛栏之可处，事约而用博，贤人君子多建之，其建之皆选之于胜境"①。亭因其简约成为文人首选的建筑样式。

亭在唐代发生了重要的形制演变，即从设有户牖装有帘幕且有四壁围合的封闭式建筑向由一个屋顶几根柱子一个台基构成的通透式建筑过渡，亭的建筑样式一步步趋向简约，减少了用工的烦琐，因此成为文人可以自由建构的建筑类型。另外，亭的简约还表现在材料选用的灵活上，因为亭的形制趋向简易，没有重构，没有沉重的屋顶，使四壁的承重减小，对材料的讲究降低，所以"竹亭""茅亭""莎亭""草亭"等称谓出现在诗中，除说明亭的素朴风格外，还说明亭在制作上程序简单且省工省力，从而使亭成为文人乐于采用的一种建筑形式。

亭在唐代大范围地出现在文人宅第和文人任所中，开始普遍化，成为后世园林中最主要的建筑形式。另外，亭的形制的变化也加速了亭的普及化发展，亭成为文人建构园林的首选之物，亭越来越多地出现在私家园林中，与文人的生活也越来越密切，这就为亭的诗化奠定了基础。

二 园亭诗化的触发媒介：活动场所

"中国古代建筑是一个很独特的体系，它尤其强调人与宇宙、人与社会生活的关系，它不是可以使人产生某种恐惧感的异常空旷的内部空间，而是平易的、非常接近日常生活的内部空间组合，以庭院为单位构成组群建筑；它不是阴冷的石头，而普遍采用的是暖和的木质，是'木构架'；不是让人们去获得某种神秘、紧张的灵感、悔悟或激情，而是提供某种明确、实用的观念情调。"② 建筑与生活相关，充满着生活的情调，亭更以

---

① 杨遗旗校注：《〈欧阳詹文集〉校注》卷 5，华中科技大学出版社 2012 年版，第 176 页。
② 曹林娣：《中国园林艺术论》，山西教育出版社 2001 年版，第 136—137 页。

其构建的灵活性成为文人园林活动的最佳场所。

(一) 宴游之众乐

宴集游乐是文人重要的园林活动之一，而亭则为其提供了一个优美的宴集环境。因此，文人经常于亭中开宴。武元衡在蜀地所建西亭就是其经常举行宴集的场所，记载最详细的一次是晚春时节在西亭宴请陆郎中，作陪的有崔备、王良士、独孤实、卢士政等，武元衡以宴会主人的身份作有《春晚奉陪相公西亭宴集》，崔备、王良士、独孤实、卢士政则作有同题诗《奉陪武相公西亭夜宴陆郎中》，对这次宴集做了真实的记录。另外，李夷简在《西亭暇日书怀十二韵献上相公(亭为衡镇蜀时构)》中描述了亭的构建过程以及周围景致，"胜赏不在远，怃然念玄搜。兹亭有殊致，经始富人侯。澄澹分沼沚，萦回间林丘。荷香夺芳麝，石溜当鸣球"①，这可以帮助我们了解武元衡选择西亭为宴集场所的原因。

唐代文人于亭中开宴的事由丰富多样，有饯别之宴，有庆贺之宴，有几个友人的闲宴，等等。朱庆馀的《秋宵宴别卢侍御》写的是为送别卢侍御而举行的宴会，诗歌首先描写宴会的场景"风亭弦管绝，玉漏一声新。绿茗香醒酒，寒灯静照人"②，然后再叙离别之情，"清班无意恋，素业本来贫。明发青山道，谁逢去马尘"③。如果说离别之宴充满离愁别绪的感伤，那么白居易描写的一次庆贺之宴则是喜气洋溢，"宠新卿典礼，会盛客征文。不失迁莺侣，因成贺燕群。池台晴间雪，冠盖暮和云。共仰曾攀处，年深桂尚熏"④(白居易《与诸同年贺座主侍郎新拜太常，同宴萧尚书亭子》)，此次宴会是为庆贺侍郎新拜太常而举行的，与前一首相对照，同样是对宴集场面的描写，气氛却大不同。前者的场景是"漏声""寒灯"，后者的场景是"燕群""冠盖"。除了离别之宴的愁情、庆贺之宴的欣喜，更有几个友人宴集的闲适。徐铉的《中书相公溪亭闲宴依韵》和《右省仆射后湖亭闲宴铉以宿直先归赋诗留献》分别记录了在中书相公溪亭和右省仆射后湖亭举行了两次闲宴，"亭虚野兴回"⑤ 和"虚亭启

---

① (清) 彭定求等编：《全唐诗》卷309，中华书局1960年版，第3495页。
② (清) 彭定求等编：《全唐诗》卷515，中华书局1960年版，第5880页。
③ (清) 彭定求等编：《全唐诗》卷515，中华书局1960年版，第5880页。
④ (唐) 白居易著，朱金城笺校：《白居易集笺校》卷13，上海古籍出版社1988年版，第716页。
⑤ (宋) 徐铉撰，李振中校注：《徐铉集校注(附徐锴集)》卷2，中华书局2018年版，第94页。

高宴"① 是对地点的介绍，"沙鸥掠岸去，溪水上阶来"② 和"枫林烟际出，白鸟波心见"③ 是对亭之周围景致的描写，"客傲风欹帻，筵香菊在杯"④ 和"主人忘贵达，座客容疵贱"⑤ 是对宴会场面的描写，最后则落脚于抒情。

由上可知唐代文人于亭中开宴的普遍性，这与"兰亭雅集"的文化传统和唐代的宴游制度有密切关系。"兰亭雅集"是东晋兰亭之会，"永和九年，岁在癸丑，暮春之初，会于会稽山阴之兰亭，修禊事也。群贤毕至，少长咸集"⑥，此次宴会主要由王羲之、孙绰等 42 人参加，他们饮酒赋诗，风雅之情广布流传，《晋书》对此次宴会的 42 人都有记载。之后，兰亭之事屡屡被后人追慕效仿，成为文人宴集的文化传统，袁行霈说："兰亭雅集对中国文人生活情趣有重大影响，同时对诗歌流派的形成也有推动作用。"⑦ 魏晋后，园林建构日渐兴盛，文人举行雅集的形式也日渐丰富，亭中宴集的风雅之事更广泛地在唐代流传。就举办内容来说，无论是饯别之宴、庆贺之宴、日常休闲之宴，还是侍奉之宴，都曾于亭中展开；就举办地点来说，无论是文人私家宅第，还是地方政府的任所，抑或是山林郊外、宫苑佛寺，只要有良好的景致，都可以成为绝佳的宴集场所，亭中开宴已经成为唐代文人日常生活的重要组成部分。

（二）高卧之独乐

宴集游乐是文人间的集体娱乐，是为"众乐"，那么，高卧则是文人园林活动中的个人式休闲，是为"独乐"。"文史归休日，栖闲卧草亭。"⑧（徐晶《蔡起居山亭》）"闲"字突出了文人卧睡的情致。再有裴度的《凉风亭睡觉》："饱食缓行新睡觉，一瓯新茗侍儿煎。脱巾斜倚绳

---

① （宋）徐铉撰，李振中校注：《徐铉集校注（附徐锴集）》卷5，中华书局2018年版，第317页。
② （宋）徐铉撰，李振中校注：《徐铉集校注（附徐锴集）》卷2，中华书局2018年版，第94页。
③ （宋）徐铉撰，李振中校注：《徐铉集校注（附徐锴集）》卷5，中华书局2018年版，第317页。
④ （宋）徐铉撰，李振中校注：《徐铉集校注（附徐锴集）》卷2，中华书局2018年版，第94页。
⑤ （宋）徐铉撰，李振中校注：《徐铉集校注（附徐锴集）》卷5，中华书局2018年版，第317页。
⑥ （唐）房玄龄等撰：《晋书》卷80《列传第五十·王羲之》，中华书局1974年版，第2099页。
⑦ 袁行霈主编：《中国文学史》第二卷，高等教育出版社2005年版，第52页。
⑧ （清）彭定求等编：《全唐诗》卷75，中华书局1960年版，第818页。

床坐，风送水声来耳边。"① 裴度在饱食闲行一番之后再于凉亭中稍睡片刻，有侍儿煎茗，有水声萦耳，这时脱巾斜倚绳床是何等休闲与洒脱。与宴集的众乐不同，高卧是文人园居的独处行为，浸满了闲逸静谧之情，于是亭中闲卧也成为士人的一件雅事，"高卧遂成不问世事者的高情雅兴"②。文人以自己的身姿抒写着自我性情，这种姿态俨然成为一种既定的习成话语，具有了程式化的性质与意义，诗人们只要用高卧的形姿便可以形象生动地表明自己的高情雅兴。唐人的高卧姿态也成为了解文人园居心理的一扇窗口，透过它，可以看到唐人闲逸的性情与洒脱的格调。

唐人于亭中高卧，在于亭可以度声送凉，营造了绝佳卧眠氛围。孟浩然的《夏日南亭怀辛大》，即诗人在炎炎夏日于南亭感怀故人所写，"山光忽西落，池月渐东上。散发乘夕凉，开轩卧闲敞。荷风送香气，竹露滴清响"③。可知亭子建在池边或者池上，可以清晰地看到明月升起，夜幕降临，白天的余温也渐渐散去，池水的清凉借着细风徐徐吹来，其中夹杂着幽幽的荷香，并且由于时间长久致使翠竹之露水承受不住而垂滴下来，青翠而悠扬；而诗人于此间闲卧感怀，可见整个画面的清雅与悠闲。试想，如果没有亭的设置，恐怕诗人的情感以及诗歌的意境要大打折扣。倾听潺湲之声也是诗人喜欢将亭设置于水上的重要原因。白居易的《题元十八溪亭》点明卧于溪亭可听潺湲之声的妙处，"宿君石溪亭，潺湲声满耳。饮君螺杯酒，醉卧不能起。见君五老峰，益悔居城市"④。韩愈也有这样的倾听感受，"波涛夜俯听，云树朝对卧"⑤（韩愈《题合江亭寄刺史邹君》）。由此唐人对亭有了特别的情感，以至"病假十五日，十日卧兹亭"⑥。

亭为诗人提供了一个畅人心目的所在，由此诗人的高卧行为也便具有

---

① （清）彭定求等编：《全唐诗》卷335，中华书局1960年版，第3757页。
② 侯迺慧：《诗情与幽境：唐代文人的园林生活》，（台北）东大图书股份有限公司1991年版，第350页。
③ （唐）孟浩然著，佟培基笺注：《孟浩然诗集笺注》卷下，上海古籍出版社2000年版，第315页。
④ （唐）白居易著，朱金城笺校：《白居易集笺校》卷7，上海古籍出版社1988年版，第383页。
⑤ （唐）韩愈著，钱仲联集释：《韩昌黎诗系年集释》卷3，上海古籍出版社1984年版，第272页。
⑥ （唐）白居易著，朱金城笺校：《白居易集笺校》卷21，上海古籍出版社1988年版，第1403页。

了美的意境与诗意。正如同六朝时期宗炳之"卧游",只是唐人将宗炳壁上所画山水转变成了真实的自然山水。"穷巷空林常闭关,悠然独卧对前山"①(崔兴宗《酬王维卢象见过林亭》),"小舫行乘月,高斋卧看山"②(徐铉《自题山亭三首》),卧看群峰与神游名山在精神上具有相通之处。徐铉的《奉和右省仆射西亭高卧作》更是全面抒写了高卧的心理情感,"院静苍苔积,庭幽怪石欹。蝉声当槛急,虹影向檐垂。昼漏犹怜永,丛兰未觉衰。疏篁巢翡翠,折苇覆鸂鶒"③。诗人用长篇文字描写了所居环境,其实也是右省仆射西亭的环境,然后开始抒写在此幽境下生发的情思,"对酒襟怀旷,围棋旨趣迟。景皆随所尚,物各遂其宜。道与时相会,才非世所羁。赋诗贻座客,秋事尔何悲"④。诗人由酒、棋这些文人雅事联想到自然之物的井然有序,又由物升华到道的层面、精神的高度,最后诗人的思绪又落于眼前之景,思绪在自由的精神状态下完成了辐射性的漫游。由此可见,亭为文人提供了闲卧的场所和环境,同时也为诗人提供了神游的空间与灵感。

三 园亭诗化的精神核心：抒情写志

园亭与文人的生活越来越密切,亭由此成为文人寄托情感、感悟人生、书写自我的对象与载体,逐渐浸染文人色彩,成为风雅的象征。

(一) 登亭舒滞气

登临行为自古有之,早在春秋时期,就有"不歌而诵谓之赋,登高能赋可以为大夫"⑤的说法。自王粲《登楼赋》后,文人们便更加热衷于登高望远以抒情,因此,亭、台、楼、阁便成为文人抒发滞气的首选。"雷霆风雨,荡阳之积也；河海川谷,泄阴之凝也；楼观台榭,宣人之滞也。天气郁则两曜不明,地气塞则万物不生,人气壅则百神不灵。"⑥符载以天地之气作比,明确说明了亭、台、楼、阁等建筑物具有抒情导

---

① (清)彭定求等编：《全唐诗》卷129,中华书局1960年版,第1316页。
② (宋)徐铉撰,李振中校注：《徐铉集校注(附徐锴集)》卷5,中华书局2018年版,第313页。
③ (宋)徐铉撰,李振中校注：《徐铉集校注(附徐锴集)》卷5,中华书局2018年版,第315页。
④ (宋)徐铉撰,李振中校注：《徐铉集校注(附徐锴集)》卷5,中华书局2018年版,第315页。
⑤ (汉)班固撰：《汉书》卷30《艺文志》,中华书局1962年版,第1755页。
⑥ (清)董诰等编：《全唐文》卷689《钟陵东湖亭记》,中华书局1983年版,第7061页。

气的精神功用，接着，作者于东湖开亭，"我常侍李公，架崇冈，作新亭，导百骸，理七情，用斯义也"①。开亭的目的在于抒发心中的烦闷，正所谓"导百骸，理七情"②。"小亭高卧涤烦襟"③（陆希声《阳羡杂咏十九首·绿云亭》），写出了亭的抒情功能，亭成为诗人涤荡烦恼的最好去处。

亭之所以有具有这样的功能，与其经常建构于高处有密切关系。"嘉宾在何处，置亭春山巅"④（孟郊《春集越州皇甫秀才山亭》），置于高处的妙处在于视野开阔，能启发文人的诗兴，"郑县亭子涧之滨，户牖凭高发兴新"⑤（杜甫《题郑县亭子》），"云水生寒色，高亭发远心"⑥（郑巢《秋日陪姚郎中登郡中南亭》），变空间张势为心理张势，现实中受到挤压的心性通过亭的中介发散到一个更大的空间，从而达到抒情的目的。胡晓明在《中国诗学之精神》中说："以空间的张势来大大提升诗人的心胸和气魄。"⑦ "儒家借空间的张势以提升人的精神向上性，道家则借空间的拓阔，以抒发人的个体自由感。"⑧ 无论是儒家还是道家，在此诗人的情感都可以凭借一个支点与天地相通。

（二）凭亭启哲思

亭不但成为文人感兴抒怀的凭借，而且为中国古代"无往不复，天地际也"⑨的空间哲思提供了一个最理想的立足点，成为文人士大夫感悟人生、思接千载的媒介。

亭为诗人的仰观俯察提供了支点。元结的《登白云亭》先介绍亭的所在位置，"穷高欲极远，始到白云亭"⑩，这样一个制高点为诗人的观望提供了便利，"长山绕井邑，登望宜新晴。洲渚曲湘水，萦回随郡城"⑪，在这里可以看到郡邑的山与水，因视点高，千山越发清朗，湘水越发潆

---

① （清）董诰等编：《全唐文》卷689《钟陵东湖亭记》，中华书局1983年版，第7061页。
② （清）董诰等编：《全唐文》卷689《钟陵东湖亭记》，中华书局1983年版，第7061页。
③ （清）彭定求等编：《全唐诗》卷689，中华书局1960年版，第7913页。
④ 华忱之、喻学才校注：《孟郊诗集校注》卷4，人民文学出版社1995年版，第194页。
⑤ （唐）杜甫著，（清）仇兆鳌注：《杜诗详注》卷6，中华书局2015年版，第588页。
⑥ （清）彭定求等编：《全唐诗》卷504，中华书局1960年版，第5738页。
⑦ 胡晓明：《中国诗学之精神》，江西人民出版社2001年版，第207页。
⑧ 胡晓明：《中国诗学之精神》，江西人民出版社2001年版，第208页。
⑨ （魏）王弼注，（唐）孔颖达疏，李申、卢光明整理：《周易正义》卷2，北京大学出版社1999年版，第68页。
⑩ （唐）元结著，孙望校：《元次山集》卷3，中华书局1960年版，第44页。
⑪ （唐）元结著，孙望校：《元次山集》卷3，中华书局1960年版，第44页。

洄,这是远望之景;"九疑千万峰,嶛嶛天外青。烟云无远近,皆傍林岭生"①,由远及近,因亭的虚空将千峰与烟霞拉到了眼前,诗人的视角由远拉近;"俯视松竹间,石水何幽清。涵映满轩户,娟娟如镜明"②,作者的目光又进一步拉近,俯视近处的松竹与泉石,这是视角的第三次变幻;诗人落脚于"与我一登临,为君安性情"③,对前面的观景感受进行了审美提升。诗人巧妙地将物理空间变形、转化为开放的心理空间,正如李浩在谈唐诗的空间结构时说:"这种空间混合了有限与无限、虚空与实境、具体与抽象。这种空间并不是站在一点上观察,而是提神太虚,从宇宙上下,俯仰流观所获得的一种连续画面。"④ 诗歌的空间结构、诗人的心理空间、宇宙的空间意识在此通过一亭得到融合统一。

"精骛八极,心游万仞"⑤,陆机在《文赋》中表达登高望远给人的审美感受,在此开放的空间中,古人的思绪可以思接千载。"韩公美襄土,日赏城西岑。结构意不浅,严潭趣转深。皇华一动咏,荆国几遥吟。旧径兰勿剪,新堤柳欲阴。砌傍余怪石,沙上有闲禽。自牧豫章郡,空瞻枫树林。因声寄流水,善听在知音。耆旧眇不接,崔徐无处寻。物情多贵远,贤俊岂无今。迟尔长江暮,澄清一洗心。"⑥(孟浩然《和张判官登万山亭因赠洪府都曹韩》) 诗歌先叙说构亭的经过与景致,然后因亭而感发抒怀,"因声寄流水,善听在知音。耆旧眇不接,崔徐无处寻"⑦;在此之后,诗人的情感得以生发,"物情多贵远,贤俊岂无今"⑧,由物情而感叹今之贤士,诗人的思绪已经不再限于一亭,而是思接千载,在扩大的时空背景中感怀;最后"迟尔长江暮,澄清一洗心"⑨ 则是在思考了古今之后得出的深刻认识,洗心重获疏放之态。唐代文人在虚空的亭中感受道的体验,通过亭的空间,去接触外界大自然的广阔景象,在丰富美的感

---

① (唐)元结著,孙望校:《元次山集》卷3,中华书局1960年版,第44页。
② (唐)元结著,孙望校:《元次山集》卷3,中华书局1960年版,第44页。
③ (唐)元结著,孙望校:《元次山集》卷3,中华书局1960年版,第44页。
④ 李浩:《唐诗的美学阐释》,安徽大学出版社2000年版,第59页。
⑤ (晋)陆机著,张少康集释:《文赋集释》,人民文学出版社2002年版,第36页。
⑥ (唐)孟浩然著,佟培基笺注:《孟浩然诗集笺注》卷中,上海古籍出版社2000年版,第189页。
⑦ (唐)孟浩然著,佟培基笺注:《孟浩然诗集笺注》卷中,上海古籍出版社2000年版,第189页。
⑧ (唐)孟浩然著,佟培基笺注:《孟浩然诗集笺注》卷中,上海古籍出版社2000年版,第189页。
⑨ (唐)孟浩然著,佟培基笺注:《孟浩然诗集笺注》卷中,上海古籍出版社2000年版,第189页。

受的同时，对整个宇宙、历史、人生产生富有哲理性的感受和领悟。《老子》云："致虚极，守静笃，万物并作，吾以观复。"① 只有虚其心，才能俯仰人生，达到天人合一的最高境界。卢仝的《孟夫子生生亭赋》云："玉川子沿孟冬之寒流兮，辍棹上登生生亭。夫子何之兮，面逐云没兮南行。百川注海而心不写兮，落日千里凝寒精。予曰衰期人生之世斯已矣，爰为今日犹犹歧路之心生。悲夫，南国风涛，鱼龙畜伏。予小子戆朴，必不能济夫子欲。嗟自惭承夫子而不失予兮，传古道甚分明。予且广孤目遐赏于天壤兮，庶得外尽万物变化之幽情。然后惭愧而来归兮，大息吾躬于夫子之亭。"② 感叹古今万事万物，正如宗白华对亭之虚空意蕴的阐释："中国人爱在山水中设置空亭一所。戴醇士说：'群山郁苍，群木荟蔚，空亭翼然，吐纳云气。'一座空亭竟成为山川灵气动荡吐纳的交点和山川精神聚积的处所。……唯道集虚，中国建筑也表现着中国人的宇宙意识。"③ 因此，亭往往在被赋予抒情性的同时也被赋予哲理的内涵。

（三）借亭写志

建筑因满足人类的基本生活需要而诞生，与人的生活情感密不可分，不仅是人类日常生活的场所，而且为其提供抒发情感和感悟人生的契机，同时也成为人的精神的象征。

唐代文人通过对建筑物的命名来书写自我心志。如司空图的休休亭，"咄，诺！休休休，莫莫莫，伎两虽多性灵恶，赖是长教闲处著。休休休，莫莫莫，一局棋，一炉药，天意时情可料度。白日偏催快活人，黄金难买堪骑鹤。若曰：尔何能？答言：耐辱莫"④。司空图还专为亭作记，是为《休休亭记》："休休也，美也，既休而其美在焉。司空氏祯贻溪休休亭，本濯缨也。濯缨为陕军所焚，愚窜避逾纪，天复癸亥岁，蒲稔人安，既归，葺于坏垣之中。构不盈丈，然遽更其名者，非以为奇，盖量其材，一宜休也；揣其分，二宜休也；且耄而聩，三宜休也。而又少而堕，长而率，老而迂，是三者皆非救时之用，又宜休也。……休休，且又殁而可以自任者，不增愧负于家国矣，复何求哉！

---

① （魏）王弼注，楼宇烈校释：《老子道德经注校释》上篇《十六章》，中华书局2008年版，第35页。
② （清）彭定求等编：《全唐诗》卷388，中华书局1960年版，第4386页。
③ 宗白华：《美学散步》，上海人民出版社1981年版，第85页。
④ （唐）司空图著，祖保泉、陶礼天笺校：《司空表圣诗文集笺校》，安徽大学出版社2022年版，第198—199页。

天复癸亥秋七月记"。① 说明了以"休"命亭的原因，休休亭已经成为诗人人格的写照与化身，成为诗人时时警诫自己的精神象征物。

除了休休亭外，司空图山居中还有六亭，分别为"证因亭""拟纶亭""修史亭""濯缨亭""览昭亭""莹心亭"，从命名上可以窥见诗人的志向。此外，还有"吏隐亭""瑞隐亭""潺湲亭""招隐亭""忘筌亭"，唐代文人不再把亭仅仅当成纯粹的物质建构，而是将其看成自我心性的表现手段，以亭写志。值得注意的是，唐人这种以亭写志的行为对后世园亭的题名产生了直接影响。《漫叟诗话》云："命轩亭名最难事，近世士大夫取'幽事颇相关'命亭，曰关幽，取'半夜水明楼'命楼曰水明，皆失诗人之本意。余尝爱竹间有亭曰听雪，曰细香，面西有轩曰可月，莲池上有亭曰观心，禅房竹间亭曰通幽，皆取古人诗句，此为得体也。"② 后世亭、楼以至园林的命名已经达到了一种无以复加的地步，俱是园主人心志的表现。

亭除了可以表彰文人的隐逸之志外，还一度成为文人君子仁智的象征。前文我们已经提到唐代园亭的形制发生了重大变化，趋于简约素朴，引起这种变化的关键因素在于亭的简约象征了文人君子的仁智，唐人不止一次在诗文中强调此义。权德舆的《许氏吴兴溪亭记》以亭之简约表人之仁智，"溪亭者何？在吴兴东部，主人许氏所由作也。亭制约而雅，溪流安以清。是二者相为用，而主人尽有之，其智可知也"③。亭不但形制简约优雅，而且与溪流之清净相映衬，此种景致包含了主人的仁智之心。所以，唐人在所写诗文中总是刻意强调亭的形制与简约，以此作为君子仁智的象征。

四 亭的诗化与园林立亭

由以上论述可知，亭逐渐从一个行政机构的称谓转变为园林中具有观赏价值的建筑形式，并且以其深厚的文化积淀成为文人风雅的象征，遍布于园林。这个过程的完成得益于唐代文人的歌咏和开创，包括对亭之观景、点景功能的诗意描绘，对亭之构建位置的选择，对亭之生活场所的渲染，对亭之抒情写志的精神提升。亭的物质功能和精神功用都在唐人的笔

---

① （唐）司空图著，祖保泉、陶礼天笺校：《司空表圣诗文集笺校》，安徽大学出版社2022年版，第198—199页。
② 郭绍虞辑：《漫叟诗话》，《宋诗话辑佚》卷上，中华书局1980年版，第358页。
③ （唐）权德舆撰，郭广伟校点：《权德舆诗文集》卷32，上海古籍出版社2008年版，第494页。

下呈现，亭不再只是物质材料建构起来的一个建筑体，而是蕴含丰富情感意蕴的精神体，亭的文人化色彩渐趋浓厚，对后代园亭的建构产生了深远影响。

（一）无园不亭

亭以文人建筑的身份成为园林中不可缺少的建筑形式。香港著名建筑师钟华楠在"亭的继承"中，提到："如果宫殿是代表帝王的建筑、庙宇代表儒、道、佛的建筑，那么，亭则是代表文人的建筑物了。咏亭留下千古绝句，亭与诗，诗与亭相互映带和启发，正如画与园林一样"①。文人色彩成为包括皇家、寺观、私家庄园以及风景名胜在内的园林的共同特征，因此，具有文人象征的亭也便成为园林中重要的建构。

结合唐人的构园实践，我们可以发现，亭在唐人的构园生活中已占据重要地位。例如唐代诗人元结在《右溪记》中针对小溪胜景发出"无人赏爱"②的悲叹，感慨说"处在人间，则可为都邑之胜境，静者之林亭"③，然后在他一番"疏凿芜秽"④后，建亭以示人，以亭作为胜景被发现的标志；其中也蕴含诗人自身不被赏识的悲凉心绪，由此建亭以表自我心志，"在唐人的观念中，已有造园是不能没有'亭'的了"⑤。亭，在唐代文人的生活中变得越发重要，不但成为文人抒情的载体，而且成为其抒写志向的象征。不仅如此，亭还以其简约的建构形式成为君子仁智的象征。由此，从唐代开始，唐人已经有意识地在园中建亭了，用亭来抒情写志，使亭从上层宫苑渐渐走向下层私园，大范围地出现在文人园林的建构中。

唐人对亭的物质建构与精神生发又深刻影响了后代园林的建构。最具代表性的是宋代文人苏舜钦所建的"沧浪亭"。沧浪亭建于园内山上的最高处，位置显要，踞高形胜，是园内的主要景观，同时整座园子也因亭名命名为"沧浪亭"。更为重要的是，从亭之命名"沧浪"中可以看出苏舜钦构园的目的以及他的性情与心志，堪称以亭写志的典范。

随着构园技艺的不断提高，亭的建构也出现了多种造型，有正方、长方、六角、八角、梅花、海棠、笠形、扇形、梭子形等，此外还有与

---

① 钟华楠：《亭的继承——建筑文化论集》，商务印书馆（香港）有限公司1989年版，第36页。
② （唐）元结著，孙望校：《元次山集》卷10，中华书局1960年版，第146页。
③ （唐）元结著，孙望校：《元次山集》卷10，中华书局1960年版，第146页。
④ （唐）元结著，孙望校：《元次山集》卷10，中华书局1960年版，第146页。
⑤ 张家骥：《中国造园论（修订本）》，山西人民出版社2003年版，第247页。

廊连接、依墙而建的半亭，以及置于廊桥之上的桥亭，式样趋于丰富。例如艺圃池东有"乳鱼亭"，为攒尖式正方形亭；苏州天平山的四仙亭则为八角形；苏州拙政园的笠亭为单檐圆亭；苏州狮子林西南园墙角有扇子亭；苏州拙政园有倚虹半亭。同时，亭的构建位置也甚为灵活。计成在《园冶·立基》中说："花间隐榭，水际安亭，斯园林而得致者。惟榭只隐花间，亭胡拘水际，通泉竹里，按景山颠，或翠筠茂密之阿；苍松蟠郁之麓；或借濠濮之上，入想观鱼；倘支沧浪之中，非歌濯足。亭安有式，基立无凭。"① 计成以诗意的语言说明了亭之构建的灵活性，山巅、水际、竹里、桥上等都可以立亭。我们在现存园林中可以找到各式各样的亭子，同时也可以在各胜处看到它的身影，可以说是无园不亭。

亭因其建筑的简易以及浓厚的文人色彩成为后代园林中不可缺少的建构。就现存园林来看，几乎每一个园林中都少不了它的身影，即使是以自然取胜的景区也会在风景的制高点或者幽静的水边建上一座小亭，这种传统的形成在很大程度上要归功于唐人。

(二) 亭为园眼

亭常常被文人写入诗歌，这有助于诗歌意境的审美营造。王维的《临湖亭》："轻舸迎上客，悠悠湖上来。当轩对樽酒，四面芙蓉开。"② 临湖亭为王维辋川别业一景，诗紧扣湖与亭，前两句写乘舸游湖，后两句写亭之四面被芙蓉包围，通过客人之闲态"悠悠"和亭之景致"芙蓉"将亭刻画得悠然清雅，同时也使诗歌透着一股闲散之风，这里亭成为诗歌画面的中心。亭在诗歌中起到了一种构架的作用，使零散的景致形成统一的有机整体。

亭在诗歌中被认为是山水诗的"诗眼"，同样，在园林中则为"园眼"。欧阳詹曾在《泉州北楼记》中这样论述楼对园林的审美功用："建于第宅，则以阅园林。"③ 此处，亭与楼具有相同的审美功用，都可作为园林的媚眼。刘禹锡的《海阳十咏·切云亭》："迥破林烟出，俯窥石潭空。波摇杏梁日，松韵碧窗风。隔水生别岛，带桥如断虹。九疑南面事，

---

① （明）计成原著，陈植注释，杨伯超校订，陈从周校阅：《园冶注释》卷1，中国建筑工业出版社1988年版，第76页。
② （唐）王维撰，（清）赵殿成笺注：《王右丞集笺注》卷13，上海古籍出版社1984年版，第245页。
③ 杨遗旗校注：《〈欧阳詹文集〉校注》卷5，华中科技大学出版社2012年版，第170页。

尽入寸眸中。"① 诗歌在描绘了亭所纳四周之景致后，用一句话概括了亭如人眸的功用，"九疑南面事，尽入寸眸中"②。亭在园林中俨然人的眼睛一般，可以观望各种景致。朱景玄的《四望亭》云："高亭群峰首，四面俯晴川。每见晨光晓，阶前万井烟。"③ 将亭命名为四望亭，是对亭之观景功能的强调。

唐人对亭之观景功能的强调也使亭频频出现在后代的园林中，亭为"园眼"的特性更为鲜明。苏轼的《和文与可洋川园池三十首·涵虚亭》云："惟有此亭无一物，坐观万景得天全。"④ 此外，张宣题倪云林《溪亭山色图》诗云："石滑岩前雨，泉香树杪风，江山无限景，都聚一亭中。"⑤ 今天苏州拙政园中的"雪香云蔚亭"，位于园中部的土山之巅，便是观赏隔水"远香堂""批把园"的最佳景点。再如此园中的"与谁同坐轩"，筑于西园水中小岛的东南角，面对别有洞天的月洞门，背衬葱翠小山，前临碧波清池，无论是倚门而望，还是依窗近观，均可感到前后左右美景不断，同样是一个绝佳的观景点。清人郑绩在《梦幻居学画简明》中称："凡一图之中，楼阁亭宇乃山水之眉目也，当在开面处安置。"⑥ 绘画同此，构园更是如此，若要使优美的山水景致淋漓尽致地展现，必须在一个合适的位置建构合适的观望点。

可见，亭为诗眼亦为园眼，唐代文人对亭的审美功用进行了诗意开创，并将其运用于园林的构建实践，对园林的整体构建技巧的提升做出了贡献，同时也为后世园林的建构以及建筑的构建原则积累了一定的经验和技巧。正如有学者认为："唐人将亭改造为有顶无墙，造型别致，既可观景点景，又可居住栖息，集审美与实用功能于一身的建筑，并把它引入山水园林之中，成为宋代以后向纯审美的建筑小品方向发展的重要过渡。"⑦

"从科学与实用的角度看，中国建筑文化是一种技术与实物的创造；

---

① （唐）刘禹锡著，瞿蜕园笺证：《刘禹锡集笺证》外集卷8，上海古籍出版社1989年版，第1454页。
② （唐）刘禹锡著，瞿蜕园笺证：《刘禹锡集笺证》外集卷8，上海古籍出版社1989年版，第1454页。
③ （清）彭定求等编：《全唐诗》卷547，中华书局1960年版，第6313页。
④ （清）王文诰辑注，孔凡礼点校：《苏轼诗集》卷14，中华书局1982年版，第673页。
⑤ 宗白华等：《中国园林艺术概观》，江苏人民出版社1987年版，第9页。
⑥ 潘运告主编，云告译注：《清代画论》，湖南美术出版社2003年版，第364页。
⑦ 祁志祥：《柳宗元园记创作的文学价值和审美意义》，《云南大学学报》（社会科学版）2006年第2期。

而从美学与艺术审美的角度分析，它又是诗意的奇构。"① 建筑之所以具有诗意不得不归功于历代文人的歌咏与吟唱，这是诗歌赋予建筑的精神寓意，也是建筑的灵魂所在。从亭的发展历程和诗歌咏唱中可以发现，园林构亭不仅仅在于其对于园林的景观审美功用，更与其深厚的文人化积淀密切相关。

第五节　泉的听觉审美与园林中的声景观

园林中的泉以潺潺的声响独得唐人青睐，听泉成为一项饱含诗意的行为，在诗人的不断渲染下富含了深厚的文化意蕴。同时，听泉又对园林的景观建构产生了多元影响，不但作为富有诗意的题名出现在园中，而且对构园中声音景观的设置也多有影响，使园林静中有动，寂中闻声，处处充满着生机，成为一个动静结合、声寂相衬的灵动空间。②

一　由色、形之视觉审美到声之听觉审美

"山中有流水，借问不知名。映地为天色，飞空作雨声。转来深涧满，分出小池平。恬澹无人见，年年长自清。"③（储光羲《咏山泉》）储光羲以泉为歌咏对象，从色、形、声三个方面进行细致描摹，涵括泉的主要审美形态。然而，在文学的历史长河中，对泉的审美观照却是一个动态的变化过程，总体来说是从色、形的视觉审美向声的听觉审美过渡。下面通过《诗经》《先秦汉魏晋南北朝诗》《全唐诗》三者的排列对比进行展现。

（一）《诗经》中"泉"之审美形态

《诗经》中记载泉水的诗共15篇，"泉"字出现了21次。这15篇作品可以大致分为以下三类：

第一类写泉源。"毖彼泉水，亦流于淇。"④（《邶风·泉水》）"泉源

---

① 罗哲文、王振复主编：《中国建筑文化大观》，北京大学出版社2001年版，第101页。
② 本节内容可参见王书艳《流转在艺术空间的听觉：中国古典"听泉"审美意象及其景观建构》，《吉首大学学报》（社会科学版）2020年第2期。
③ （唐）储光羲、（唐）元结：《储光羲诗集·次山集》卷5，上海古籍出版社1992年版，第32页。
④ 程俊英、蒋见元：《诗经注析》，中华书局1991年版，第107页。

在左,淇水在右。"①(《卫风·竹竿》)"如彼泉流,无沦胥以败。"②(《小雅·小旻》)"肆皇天弗尚,如彼泉流,无沦胥以亡。"③(《大雅·抑》)"泉之竭矣,不云自中?"④(《大雅·召旻》)

第二类写泉的清、冽、深等特性。"爰有寒泉,在浚之下。"⑤(《邶风·凯风》)"冽彼下泉,浸彼苞稂。"⑥(《曹风·下泉》)"有冽氿泉,无浸获薪。"⑦(《小雅·大东》)"相彼泉水,载清载浊。"⑧(《小雅·四月》)"觱沸槛泉,维其深矣。"⑨(《大雅·瞻卬》)"莫高匪山,莫浚匪泉。"⑩(《小雅·小弁》)"觱沸槛泉,言采其芹。"⑪(《小雅·采菽》)

第三类写泉的物质功用。"原隰既平,泉流既清。"(《小雅·黍苗》)⑫"无饮我泉,我泉我池。"(大雅·皇矣)⑬"笃公刘,逝彼百泉,瞻彼溥原。"(《大雅·公刘》)⑭

第三类写泉的物质功用,这与中国传统的农业经济有着密切关系,由于与本书议题无关,在此不做分析。综观第一类和第二类可以发现,泉水多数情况下作为比兴的对象出现,如《泉水》以"毖彼泉水,亦流于淇"⑮起兴,通过泉源与泉流写思乡之情,闻一多认为"泉水喻父母之邦,泉流于淇,喻己出适异国"⑯。对泉的审美形态关注甚少。即使在第二类中涉及泉之形态的也被用来作为喻体,例如《瞻卬》以泉的深邃貌比喻愁绪的深重,《小雅·四月》用泉之清浊比喻世道政治。或兴或比,着重于所要抒发的情感与心理,对泉自身的审美形态缺乏描述,具体到色、形、声的审美观照就更为罕见。

---

① 程俊英、蒋见元:《诗经注析》,中华书局1991年版,第179页。
② 程俊英、蒋见元:《诗经注析》,中华书局1991年版,第592页。
③ 程俊英、蒋见元:《诗经注析》,中华书局1991年版,第858页。
④ 程俊英、蒋见元:《诗经注析》,中华书局1991年版,第931页。
⑤ 程俊英、蒋见元:《诗经注析》,中华书局1991年版,第82页。
⑥ 程俊英、蒋见元:《诗经注析》,中华书局1991年版,第403页。
⑦ 程俊英、蒋见元:《诗经注析》,中华书局1991年版,第632页。
⑧ 程俊英、蒋见元:《诗经注析》,中华书局1991年版,第639页。
⑨ 程俊英、蒋见元:《诗经注析》,中华书局1991年版,第926页。
⑩ 程俊英、蒋见元:《诗经注析》,中华书局1991年版,第606页。
⑪ 程俊英、蒋见元:《诗经注析》,中华书局1991年版,第706页。
⑫ 程俊英、蒋见元:《诗经注析》,中华书局1991年版,第726页。
⑬ 程俊英、蒋见元:《诗经注析》,中华书局1991年版,第783页。
⑭ 程俊英、蒋见元:《诗经注析》,中华书局1991年版,第826页。
⑮ 程俊英、蒋见元:《诗经注析》,中华书局1991年版,第107页。
⑯ 闻一多:《闻一多全集》第四册《诗选与校笺》,生活·读书·新知三联书店1982年版,第80页。

(二)《先秦汉魏晋南北朝诗》中"泉"之审美形态

《先秦汉魏晋南北朝诗》中出现"泉"的诗共 119 篇，除去甘泉、阳泉等特定称谓，写到泉水的诗共 44 篇。其中，有些诗篇已经涉及泉的色、形、声三个方面的审美形态。有以下统计结果：

写泉色的共 9 次，主要有"绿泉""清泉"等。如："金塘绿泉满，上园梨蕊落。"①（萧子云《东郊望春酬王建安隽晚游诗》，梁诗卷 19）"华堂临浚沼，灵芝茂清泉。"②（嵇喜《答嵇康诗四首》，晋诗卷 1）

写泉形的共 9 次，主要有"飞泉""百丈泉""曲泉"等。如"憩石挹飞泉，攀林搴落英。"③（谢灵运《初去郡诗》，宋诗卷 3）"万寻仰危石，百丈窥重泉。"④（丘迟《夜发密岩口诗》，梁诗卷 5）"侧石倾斜涧，回流泻曲泉。"⑤（释智炫《游三学山诗》，隋诗卷 10）

写泉声的共 3 次，如"虽无丝与竹。玄泉有清声。"⑥（王羲之《兰亭诗二首》，晋诗卷 13）"萧条落野树，幽咽响流泉。"⑦（顾野王《陇头水》，陈诗卷 2）"叶动花中露，湍鸣暗里泉。"⑧（刘孝先《草堂寺寻无名法师诗》，梁诗卷 26）

通过概括比较有以下发现：

第一，与《诗经》相比，《先秦汉魏晋南北朝诗》中泉的审美形态色、形、声得到了体现，不再仅仅作为比兴对象出现。这与六朝时期山水的审美发现有着密切关系，文人士大夫开始以一种纯粹的审美眼光观照自然，描摹自然，发现自然界中山水自身的形态美。

第二，在描绘泉之审美形态上比《诗经》有所进步，然而，仔细研读这些诗句会发现这些描述极其简单，或一个词语，或一个短句，看不到全篇以泉为描述对象的作品。并且多数情况下是以构成对句的功用出现，又或者是继承《诗经》的比兴传统以泉起兴。

第三，在对泉之形态色、形、声的描述中，色和形占多数，同为 9

---

① 逯钦立辑校：《先秦汉魏晋南北朝诗》，中华书局 1983 年版，第 1885 页。
② 逯钦立辑校：《先秦汉魏晋南北朝诗》，中华书局 1983 年版，第 550 页。
③ 逯钦立辑校：《先秦汉魏晋南北朝诗》，中华书局 1983 年版，第 1171 页。
④ 逯钦立辑校：《先秦汉魏晋南北朝诗》，中华书局 1983 年版，第 1603 页。
⑤ 逯钦立辑校：《先秦汉魏晋南北朝诗》，中华书局 1983 年版，第 2774 页。
⑥ 逯钦立辑校：《先秦汉魏晋南北朝诗》，中华书局 1983 年版，第 896 页。
⑦ 逯钦立辑校：《先秦汉魏晋南北朝诗》，中华书局 1983 年版，第 2468 页。
⑧ 逯钦立辑校：《先秦汉魏晋南北朝诗》，中华书局 1983 年版，第 2065 页。

次，而声则只有 3 次，说明在对泉之审美形态的观照中重视视觉审美，对声的听觉审美关注不够。

（三）《全唐诗》中"泉"之审美形态

《全唐诗》中出现"泉"的诗共 863 篇，通过筛选，有以下统计结果：

写泉色的有 39 次，主要有"清泉""红泉""碧泉""绿泉""白泉"等。如"翠壁红泉绕上京"①（邵升《奉和初春幸太平公主南庄应制》），"碧泉更幽绝"②（韦应物《游龙门香山泉》），"绿泉多草气"③（卢纶《过终南柳处士》），"还似白泉居"④（贯休《题惠琮律师院》）。

写泉形的有 65 次，有飞动之状，有百丈之状，有散漫之状，有萦纡之状，有细流之状，有直挂之状，等等。如"飞泉天台状"⑤（胡证《和张相公太原亭怀古诗》），"下飞百丈泉"⑥（灵澈《奉和郎中题仙岩瀑布十四韵》），"山泉散漫绕阶流"⑦（元稹《离思诗五首》），"绕石开泉细"⑧（方干《詹碏山居》），"石倚危屏挂落泉"⑨（处默《题栖霞寺僧房》）。

写泉声的有 170 次，有如吹箫声，有如琴声，有如雨声，有如呜咽声，等等。如"飞泉与万籁，仿佛疑箫吹"⑩（李德裕《思山居一十首·清明后忆山中》），"泉石磷磷声似琴"⑪（白居易《南侍御以石相赠助成水声因以绝句谢之》），"迸泉清胜雨"⑫（姚合《题大理崔少卿驸马林

---

① （清）彭定求等编：《全唐诗》卷 69，中华书局 1960 年版，第 774 页。
② （唐）韦应物著，陶敏、王友胜校注：《韦应物集校注》卷 7，上海古籍出版社 1998 年版，第 437 页。
③ （唐）卢纶著，刘初棠校注：《卢纶诗集校注》卷 3，上海古籍出版社 1989 年版，第 354 页。
④ （唐）贯休著，胡大浚笺注：《贯休歌诗系年笺注》卷 8，中华书局 2011 年版，第 428 页。
⑤ （清）彭定求等编：《全唐诗》卷 366，中华书局 1960 年版，第 4133 页。
⑥ （清）彭定求等编：《全唐诗》卷 888，中华书局 1960 年版，第 10035 页。
⑦ （唐）元稹撰，冀勤点校：《元稹集》外集卷 1，中华书局 1982 年版，第 640 页。
⑧ （清）彭定求等编：《全唐诗》卷 649，中华书局 1960 年版，第 7450 页。
⑨ （清）彭定求等编：《全唐诗》卷 849，中华书局 1960 年版，第 9614—9615 页。
⑩ （唐）李德裕撰，傅璇琮、周建国校笺：《李德裕文集校笺》别集卷 10，中华书局 2018 年版，第 705 页。
⑪ （唐）白居易著，朱金城笺校：《白居易集笺校》卷 36，上海古籍出版社 1988 年版，第 2504 页。
⑫ （唐）姚合著，吴河清校注：《姚合诗集校注》卷 7，上海古籍出版社 2012 年版，第 381 页。

亭》),"野泉呜咽路莓苔"①(罗隐《九华山费征君所居》)。

通过与《先秦汉魏晋南北朝诗》相对比,可以发现:

第一,横向对比,《全唐诗》中对泉的审美形态色、形、声的描写技巧远远超过前代,不再是一个词语或者短句的概括性叙述,而是采用比喻、夸张、拟人等手法细致描绘,在形态审美上有很大开拓。这与诗歌艺术技巧的发展以及社会因素特别是唐代园林的兴起有很大关系。

第二,纵向对比,在数字上发生了很大变化。《先秦汉魏晋南北朝诗》中色、形占主要地位,声处次要地位;而在《全唐诗》中,泉声以蜂起之势跃居榜首,由3次上升为170次,比色与形之和还要多。这说明人们的审美关注点发生了变化,从关注色和形的视觉审美转变为关注声的听觉审美,山水的视觉审美已经远远不能满足唐人的审美需求,他们需要在前代人的基础上开拓创新,以满足自己的视听之娱。

"倾听的激情状态,令倾听这一行为本身也拥有了某些艺术性况味。为此我们有理由说,倾听较观看更能逼进文学艺术的深处,于其中搭设起尽可能广阔的共鸣空间。"② 倾听不再只是一种认知方式,更成为激发情感彰显艺术的审美表现手段。听觉审美具有比视觉审美更深广的美学视域,这也是泉声受到越来越多的关注,并且以强烈攻势占据了主要地位的原因。同时,这也说明诗人在感官审美中已经注意到听觉审美有着比视觉审美更能触动心灵的情感因素。泉声联系主客体两方面,倾听行为的发生意味着审美主体对审美客体世界的投入,用心感悟对象世界的微妙运作与变化。"听泉"不再仅仅是文人的一项身体行为,更是在主客交融中转变为诗意的审美符号,承载了历代文人的情感与审美。

二 听泉行为的诗化呈现

在唐代各种社会因素的影响下,园林别业如雨后春笋般散发着蓬勃生机,文人参与构园成为当时社会普遍流行的时尚浪潮,引泉造声拉近了文人与自然的关系。白居易一生酷爱构园,有着成熟的构园思想和构园技艺,在庐山草堂的营构中利用人工技艺进行造景,"堂东有瀑布,水悬三尺,泻阶隅,落石渠,昏晓如练色,夜中如环珮琴筑声。堂西倚

---

① 李定广系年校笺:《罗隐集系年校笺》甲乙集卷3,人民文学出版社2013年版,第117页。
② 路文彬:《视觉时代的听觉细语:20世纪中国文学伦理问题研究》,安徽教育出版社2007年版,第39页。

北崖右趾，以剖竹架空，引崖上泉，脉分线悬，自檐注砌，累累如贯珠，霏微如雨露，滴沥飘洒，随风远去"①。在渭村闲居中"引泉来后涧，移竹下前冈"②，在洛阳履道里池台中，也不忘"静扫林下地，闲疏池畔泉"③。再如牛僧孺在归仁里宅园有"况此朱门内，君家新引泉"④，裴度在洛阳午桥庄建有别墅绿野堂，"劚石通泉脉，移松出药栏"⑤，这些都是唐代文人于宅园中引泉架瀑的实例。唐诗中"引泉""疏泉""通泉""泉脉""泉眼"等词语更是不胜枚举。构园活动的兴盛促使文人将自然源源不断地引入自家宅园，引泉开池营造水声成为重要的构园手法，泉与文人的关系也由此变得日益紧密，唐人对泉的审美也因此更为细致深入。

"闻君洛下住多年，何处春流最可怜？为问魏王堤岸下，何如同德寺门前？无妨水色堪闲玩，不得泉声伴醉眠。那似此堂帘幕底，连明连夜碧潺湲。"⑥（白居易《水堂醉卧问杜三十一》）白居易对自然有着很强的审美鉴赏力，在他眼中，虽然水色堪玩，但不如泉声可以昼夜陪伴诗人醉眠更为有趣。白居易说出了唐代许多文人的审美感受，"放卷听泉坐，寻僧踏雪行"⑦（郑巢《题崔中丞北斋》），"入门穿竹径，留客听山泉"⑧（裴迪《游感化寺昙兴上人山院》），"手中孤桂月中在，来听泉声莫厌频"⑨（贯休《春末寄周琏》）。听泉成为一件令人赏心的美事，是发出邀请与留客的最佳缘由。

听泉之所以被唐代诗人视为美事，与泉能涤尽尘埃的清洁功用有关。

---

① （唐）白居易著，朱金城笺校：《白居易集笺校》卷43《草堂记》，上海古籍出版社1988年版，第2737页。
② （唐）白居易著，朱金城笺校：《白居易集笺校》卷15《渭村退居，寄礼部崔侍郎、翰林钱舍人诗一百韵》，上海古籍出版社1988年版，第874页。
③ （唐）白居易著，朱金城笺校：《白居易集笺校》卷22《引泉》，上海古籍出版社1988年版，第1495页。
④ （唐）白居易著，朱金城笺校：《白居易集笺校》卷36，上海古籍出版社1988年版，第2463页。
⑤ （唐）姚合著，吴河清校注：《姚合诗集校注》卷9，上海古籍出版社2012年版，第477页。
⑥ （唐）白居易著，朱金城笺校：《白居易集笺校》卷28，上海古籍出版社1988年版，第1983页。
⑦ （清）彭定求等编：《全唐诗》卷504，中华书局1960年版，第5739页。
⑧ （清）彭定求等编：《全唐诗》卷129，中华书局1960年版，第1312页。
⑨ （唐）贯休著，胡大浚笺注：《贯休歌诗系年笺注》卷20，中华书局2011年版，第906页。

"哀狖醒俗耳,清泉洁尘襟"①(韩愈《县斋读书》),"响谷传人语,鸣泉洗客愁"②(张蠙《过山家》),泉水可以洗去忧情愁绪,提供一片澄明之静。不仅如此,泉声更成为诗人清洗心灵的有效工具。诸如"泉石磷磷声似琴,闲眠静听洗尘心"③(白居易《南侍御以石相赠助成水声因以绝句谢之》),"更无俗物当人眼,但有泉声洗我心"④(白居易《宿灵岩寺上院》),"已开山馆待抽簪,更要岩泉欲洗心"⑤(徐铉《和陈洗马山庄新泉》),尘世的种种不快在此被洁净的泉声清洗荡尽,诗人由此回归心灵的平静与安闲。

以泉声来洗心,来源于许由"洗耳"的典故。如史载:"尧又召为九州长,由不欲闻之,洗耳于颖水滨。时有巢父牵犊欲饮之,见由洗耳,问其故。对曰:'尧欲召我为九州长,恶闻其声,是故洗耳。'"⑥ 发展到唐代,洗耳被唐代文人进行了潜转暗换,用听泉的方式达到洗耳的目的。"何以洗我耳?屋头飞落泉"⑦(白居易《香炉峰下新置草堂即事咏怀题于石上》),"风云入壮怀,泉石别幽耳"⑧(韩愈《送石洪处士赴河阳幕》),看似洗耳,其实是对心灵的一种冲洗。唐代诗人将许由的洗耳变为听泉,以倾听泉声来达到洗耳、洗心的目的,不但使听泉成为一个赋予诗意的艺术符号,而且使"听泉"这一日常行为以诗化的形式呈现出来。

听觉是诉诸情感的。黑格尔曾声称:"音乐是心情的艺术,它直接针对着心情。"⑨ 泉声不仅可以涤尽尘嚣,更容易触动诗人的内心,激发对归隐与闲适的渴求,"听泉"成为诗人归隐闲情的写照。"松泉多逸响,

---

① (唐)韩愈著,钱仲联集释:《韩昌黎诗系年集释》卷2,上海古籍出版社1984年版,第191页。
② (清)彭定求等编:《全唐诗》卷702,中华书局1960年版,第8073页。
③ (唐)白居易著,朱金城笺校:《白居易集笺校》卷36,上海古籍出版社1988年版,第2504页。
④ (唐)白居易著,朱金城笺校:《白居易集笺校》卷24,上海古籍出版社1988年版,第1682页。
⑤ (宋)徐铉撰,李振中校注:《徐铉集校注(附徐锴集)》卷4,中华书局2018年版,第253页。
⑥ (汉)司马迁撰,(宋)裴骃集解,(唐)司马贞索隐,(唐)张守节正义:《史记》卷61《伯夷列传第一》,中华书局2013年版,第2568页。
⑦ (唐)白居易著,朱金城笺校:《白居易集笺校》卷7,上海古籍出版社1988年版,第385页。
⑧ (唐)韩愈著,钱仲联集释:《韩昌黎诗系年集释》卷7,上海古籍出版社1984年版,第738页。
⑨ [德]黑格尔:《美学》第三卷上册,朱光潜译,商务印书馆1979年版,第332页。

苔壁饶古意"①（孟浩然《寻香山湛上人》），"松月生夜凉，风泉满清听"②（孟浩然《宿业师山房待丁公不至》），泉声在这里浸染了诗人的感情，也变得闲逸和清净。泉声更成为归隐的象征，如"自别青山归未得，羡君长听石泉声"③（姚合《亲仁里居》），姚合住在亲仁里，深感寂寞拘束，由此想念青山，渴望归隐，用羡慕泉声来指代归隐的心愿。"罢听泉声看鹿群，丈夫才策合匡君"④（汪遵《招隐》），"草色自留闲客住，泉声如待主人归"⑤（韦庄《题汧阳县马跑泉李学士别业》），泉声成为诗人心中时常惦念的清响，牵动着诗人摆脱尘世，回归隐逸。

较其他感官经验，听觉更能启迪瞬间永恒的妙悟智慧，更容易拨动人的心弦，以至闻声忆旧。"还如旧山夜，卧听瀑泉时"⑥（贾岛《雨夜同厉玄怀皇甫荀》），"园林月白秋霖歇，一夜泉声似故山"⑦（李中《宿韦校书幽居》），"须知不是诗人事，空忆泉声菊畔畦"⑧（林宽《长安即事》），泉声成为回忆的对象，与人的情感密切相关，深深地刻印于诗人心中。"贤侯辟士礼从容，莫恋泉声问所从"⑨（白居易《元十八从事南海欲出庐山临别旧居有恋泉声之什因以投和兼伸别情》），泉声不再只是自然水声，更成为诗人寄托情感的载体对象，是诗人心中永远不能忘怀的一抹记忆。唐代文人凭借敏锐的审美视域，通过诗歌的艺术形式，使自然声响获得了动人心弦的情感意蕴，"听泉"在主客体交融中成为经典的诗歌意象。

三 听泉意象与诗歌意境的构筑

声音可以传达个人的情感意绪，而听觉意象以其响彻空间直逼心灵的情感特性成为意境营造的重要元素。有学者言："中国古典诗歌最主要的

---

① （唐）孟浩然著，佟培基笺注：《孟浩然诗集笺注》卷上，上海古籍出版社 2000 年版，第 3 页。
② （唐）孟浩然著，佟培基笺注：《孟浩然诗集笺注》卷上，上海古籍出版社 2000 年版，第 42 页。
③ （唐）姚合著，吴河清校注：《姚合诗集校注》卷 6，上海古籍出版社 2012 年版，第 281—282 页。
④ （清）彭定求等编：《全唐诗》卷 602，中华书局 1960 年版，第 6960 页。
⑤ （五代）韦庄著，聂安福笺注：《韦庄集笺注》卷 8，上海古籍出版社 2002 年版，第 291 页。
⑥ 齐文榜校注：《贾岛集校注》卷 4，人民文学出版社 2001 年版，第 155 页。
⑦ （清）彭定求等编：《全唐诗》卷 749，中华书局 1960 年版，第 8530 页。
⑧ （清）彭定求等编：《全唐诗》卷 606，中华书局 1960 年版，第 7004 页。
⑨ （唐）白居易著，朱金城笺校：《白居易集笺校》卷 17，上海古籍出版社 1988 年版，第 1078 页。

两大特征就是画意与乐感,画意主要依靠审美视觉来创造,而诗歌意境的乐感特征,本源于听觉审美功能的经营谱作。"①

朱光潜说:"静默为听觉创造着最为通达、幽远的场域。"② 听觉总是与静、空相联系,于是,"夜间闻泉"便成为诗人吟咏听泉的主要模式之一。"泉声入夜方堪听"③(杜荀鹤《怀庐岳旧隐》),"谁见轻阴是良夜,瀑泉声畔月明中"④(薛能《折杨柳十首》),诗人们之所以惯于在夜间听泉具有多方面的意义,一是它强调了夜的特殊的时间意义。诗人们往往在夜间能够敞开心扉面对真实的自我,获得心灵的回归,"泻月声不断,坐来心益闲。无人知落处,万木冷空山。远忆云容外,幽疑石缝间。那辞通曙听,明日度蓝关"⑤(曹松《商山夜闻泉》)。二是强化了泉声触动心灵的震撼力量。"长来枕上牵情思,不使愁人半夜眠"⑥(薛涛《秋泉》),"风泉输耳目,松竹助玄虚"⑦(蒋防《题杜宾客新丰里幽居》),虚静是一种内听与内视的艺术心境,没有这种空灵的心境,就无法包含审美对象的大象与大音。明代袁中道在《爽籁亭记》中描绘了听泉的意境:"泉之喧者,入吾耳而注吾心,萧然泠然,浣濯肺腑,疏沦尘垢。洒洒乎忘身世而一死生。故泉愈喧,则吾神愈静也。"⑧诗人虚静凝神,收视反听,摒弃气浮意嚣的欲念干扰,聆听泉之泠泠淙淙的音响,入耳注心,从而进入"空中有物,物中有声"⑨(顾况《范山人画山水歌》)的无限音乐境界。

夜间闻泉幻化于诗中便构成了诗歌的寂静之境。诗人刘得仁的《听夜泉》专咏夜间听泉的感受:"静里层层石,潺湲到鹤林。流回出几洞,源远历千岑。寒助空山月,清兼此夜心。幽人听达曙,相和薜床吟。"⑩潺湲的泉声犹如一条灵动的丝线贯穿在整首诗中,从石涧流出,穿鹤林,跨洞谷,历千岑,来到诗人枕前,响彻于诗人心中,那一声轻响如跳动的音符划破夜空,以声写夜夜愈静,以声写山山愈空,泉声与空山、夜月营造

---

① 陶礼天:《乐感:听觉审美意象生成表现论》,《文艺研究》1994年第6期。
② 朱光潜:《朱光潜全集》,安徽教育出版社1987年版,第15页。
③ (唐)杜荀鹤撰:《杜荀鹤文集》卷1,上海古籍出版社2013年版,第38页。
④ (清)彭定求等编:《全唐诗》卷561,中华书局1960年版,第6518页。
⑤ (清)彭定求等编:《全唐诗》卷716,中华书局1960年版,第8224页。
⑥ (清)彭定求等编:《全唐诗》卷803,中华书局1960年版,第9043页。
⑦ (清)彭定求等编:《全唐诗》卷507,中华书局1960年版,第5761页。
⑧ (明)袁中道著,钱伯城点校:《珂雪斋集》卷15,上海古籍出版社1989年版,第655页。
⑨ 王启兴、张虹注:《顾况诗注》卷2,上海古籍出版社1994年版,第122页。
⑩ (清)彭定求等编:《全唐诗》卷544,中华书局1960年版,第6290页。

出诗歌的寂静之境。有学者这样论述诗歌意境："意象是构成意境的元素，意境是由一定数量的意象组成的系统，或意象群。"① 意境是由多个意象组成的有机系统，在这个意象系统中存在一个起整体统构作用的中心意象，而泉声以其响彻空间的特性将呈散点分布的视觉意象统构整合起来，使诗歌意境变得浑融一体。

宗白华说："美感的养成在于能空，对物象造成距离，使自己不沾不滞，物象得以孤立绝缘，自成境界。"② 如果视觉可以隔出水中月、镜中花，那么听觉则可以隔出大音希声、无声之声，"隔物听泉"是唐代诗人吟咏听泉的又一主要模式。

时间上唐人喜欢夜间闻泉，空间上唐人喜欢泉声的清空高远。"梦罢更开户，寒泉声隔云。共谁寻最远，独自坐偏闻"③，（项斯《酬从叔听夜泉见寄》）"鸣泉隔翠微，千里到柴扉"④（温庭筠《题中南佛塔寺》）隔云、隔翠微，泉声更加清响无比，跳动着飘向远方，由此诗人在听泉时也主要采用远听的方式。"泉声宜远听，入夜对支公。断续来方尽，潺湲咽又通。何年出石下，几里在山中。君问穷源处，禅心与此同"⑤（李端《宿深上人院听远泉》），李端说明了泉声宜远听的感悟方式，断断续续的细微之声吸引着诗人，如同一缕青烟、一盏清茶，使诗人体验到心灵的清空高远。葛兆光说："中国人听钟声铃声一贯不愿把自己与声音置在一处而一定要远远地隔开。"⑥ 泉声亦是如此，在与物间隔的情况下更容易流注人的心底，产生审美感应。

此外，视觉与听觉作为人类感知自然、感悟人生的两大感官，被诗人巧妙地以对照的形式运用于诗歌，增加了诗歌的艺术审美。泉在《诗经》中就曾以对句的形式出现，在《先秦汉魏晋南北朝诗》中则更是有增无减，发展到唐代，泉的声响成为与色彩相对照的美学形式。"泉声无休歇，山色时隐见"⑦（张汇《游栖霞寺》），"柳色看犹浅，泉声觉渐多"⑧（张

---

① 严云受：《诗词意象的魅力》，安徽教育出版社 2003 年版，第 447 页。
② 宗白华：《美学散步》，上海人民出版社 1981 年版，第 26 页。
③ （唐）项斯著，徐光大校注：《项斯诗注》，浙江古籍出版社 2006 年版，第 29 页。
④ （唐）温庭筠著，（清）曾益等笺注：《温飞卿诗集笺注》卷 9，上海古籍出版社 1980 年版，第 185 页。
⑤ （清）彭定求等编：《全唐诗》卷 285，中华书局 1960 年版，第 3249 页。
⑥ 葛兆光：《语言与印象——诗歌语言批评中的一个难题》，《上海文学》1991 年第 9 期。
⑦ （清）彭定求等编：《全唐诗》卷 368，中华书局 1960 年版，第 4142 页。
⑧ （唐）张籍撰，徐礼节、余恕诚校注：《张籍集系年校注》卷 2，中华书局 2011 年版，第 292 页。

籍《酬白二十二舍人早春曲江见招》),"云连万木夕沉沉,草色泉声古院深"①(武元衡《至栎阳崇道寺闻严十少府趋侍》),泉声与山色、柳色形成对照,从而使诗歌的画面由平面转变为立体,有声有色。王国璎谈山水诗中的声色对比时说:"视觉与听觉意象的并置,最能予人以身历其境和身历其声的美感经验。……色与声虽为异类,却同为山水美景的组成元素,两者并列,对比之下,一方面突出对方的特质,一方面又相互融洽交织,使山水景物不仅是美丽的空间画面,也是悦耳的立体乐章。"② 可见,泉声在诗歌中的对仗不仅增强了诗歌的空间整体感,而且为诗歌的画面增加了灵动的声响效果,这是对听觉意象之空间性的突出强化,而空间性正是唐诗艺术成熟的表征。

四 "听泉"与园林中的声景观

声音作为传统文化中不可或缺的风景要素,在园林中幻化为诗意景观。建筑学家王世仁指出:"利用音响来创造美的环境,中国大概是世界上开掘得最深的国家了。"③ 经过文人情感浸染的"听泉"意象幻化为园林中的声景观。

唐人已经开始关注泉带来的审美体验,在园林别业中引泉、疏泉。"斜立小桥看岛势,远移幽石作泉声"④(姚合《题薛十二池亭》),"折叶覆松室,开池引涧泉"⑤(寒山《诗三百三首》),"护药栽山刺,浇蔬引竹泉"⑥(耿㳂《东郊别业》),泉成为重要的构园要素,泉的有无、多少、工拙都关系园林意境的高低。正如明代王稚登评价无锡寄畅园所说:"环惠山而园者,若棋布然,莫不以泉胜;得泉之多少,与取泉之工拙,园由此甲乙。秦公之园,得泉多而取泉又工,故其胜遂出诸园上。"⑦

然而,在唐人的园林别业中还不曾见到以"听泉"命名的景观,北宋开始出现以"听泉"为名的园林景观。北宋释德洪曾"诸方游遍归来

---

① (清)彭定求等编:《全唐诗》卷317,中华书局1960年版,第3561页。
② 王国璎:《中国山水诗研究》,中华书局2007年版,第278页。
③ 王世仁:《王世仁建筑历史理论文集》,中国建筑工业出版社2001年版,第326—327页。
④ (唐)姚合著,吴河清校注:《姚合诗集校注》卷7,上海古籍出版社2012年版,第380页。
⑤ (唐)寒山著,项楚注:《寒山诗注(附拾得诗注)》,中华书局2000年版,第214页。
⑥ (清)彭定求等编:《全唐诗》卷268,中华书局1960年版,第2980页。
⑦ (明)王稚登:《寄畅园记》,载陈植、张公弛选注,陈从周校阅《中国历代名园记选注》,安徽科学技术出版社1983年版,第181页。

晚，闲构虚堂赎世纷"①，并将自己的居室取名为"听泉堂"，无生命的宅院也因"听泉"蕴含的情感变得诗意化了。以"听泉"为建筑景观题名的做法在后代流传开来，诸如"听泉楼""听泉亭""听泉轩""听泉阁""听泉桥""听泉岩"等，结合山石，建筑结构出一方诗意的园林小天地。

"听泉"景观在园林中的建构其实运用了泉之自然声响的美学功用，并由此提升了园林的意境审美。袁中道在《爽籁亭记》中说："且古今之乐，自八音止耳，今而后始知八音外，别有泉音一部，世之王公大人，不能听，亦不暇听。而专以供高人逸士，陶写性灵之用。"②"非必丝与竹，山水有清音"③（左思《招隐诗二首》），泉声与八音并列成为文人耳中的美妙乐音，"听泉"频频被文人用来为园林景观命名，园林所蕴含的闲情逸趣也由此得以体现。中国古代文人正是凭借"听"的审美方式，去感受、抒情、想象，将他们敏感的宇宙情怀付诸声音美的营造实践，将一种基于本能的声音听觉经验发展得极其复杂、细致而深刻。

"听泉"沟通了视觉与视觉审美，在视觉之外营造了丰富的听觉经验，人们在泉声中体验到的，已经不再是纯粹的声音感受，更是人生的真谛与心灵的感受，将人生意趣引向生命的高蹈与自由，无论是诗歌，还是绘画，抑或是园林，都成为历代文人表达心性抒发情感的重要载体与对象。"听泉"也因此成为一个经典的文学意象，源源不断地流动于艺术领域，牵动着人心底的那片清静之响。"听泉"也不再仅限于泉声，更可以听香、听月，听一切不可听之物，"无听之以耳而听之以心，无听之以心而听之以气"④。听已然不是纯粹的耳目感知经验，而是与"悟"一样的心灵体验，在这个以"听"感"悟"的审美领域，占主导地位的必定是寓于情感意味的、沟通主客体审美的经典意象。

---

① （宋）释惠洪著，[日]释廓门贯彻注，张伯伟、郭醒、童岭、卞东波点校：《注石门文字禅》卷10，中华书局2012年版，第708页。
② （明）袁中道著，钱伯城点校：《珂雪斋集》卷15，上海古籍出版社1989年版，第655—656页。
③ 逯钦立辑校：《先秦汉魏晋南北朝诗》晋诗卷7，中华书局1983年版，第734页。
④ （清）郭庆藩撰，王孝鱼点校：《庄子集释》卷2中《人间世第四》，中华书局1961年版，第147页。

第三章　唐诗与唐代园林景观的诗意化

吴功正先生论述唐代园林艺术时说："这是一批文化、艺术素养深湛、品位极高的文人亲手经营、构建的园林，集中体现和物化了他们的文化趋尚和审美趣味。"① 在具体景象的选择和根据立意进行组合布局的过程中，所形成的具体园林景象也许不过是水池一泓、峰石数块、林木若干而已，但这却是园主对自然景色进行艺术联想和重新结构的结晶，联想中的情感和景象的交流都已包含于其中，即情寓于景，景中有情，所以绝不仅仅是水池、峰石、林木等单纯的物质形式。从这个意义上说，唐代园林中的自然山水与花木，皆是园主人自我情感和心性的载体。

宋代郭熙论山水园林时说："盖仁者乐山，宜如白乐天《草堂图》，山居之意裕足也；知者乐水，宜如王摩诘《辋川图》，水中之乐饶给也。仁知所乐，岂只一夫之形状可见之哉？"② 自然山水在园林中主要作为情的因素存在，是文人们主观情感的幻化和人格的象征，它打破了建筑物静止、质实的空间形态，将人从现实的有限空间引入花间无限流动的遐思中，同时又以建筑为眉目，共同构成了虚情与实体相结合的富有生命活力的景观集合。因此，诗歌在园林艺术中的主导作用表现为它直接参与园林景象的构成，一方面促使景象升华到精神的高度，使园林景象诗意化；另一方面直接用来为园林及其景观品题，使园林成为一个浸染诗情的象征体系，推动文人园林走向成熟。

第一节　诗文"写意"与唐代写意园林

日本学者小尾郊一在谈论陶渊明诗中的自然时说："他（陶渊明）的诗中所能看到的，不是像山水诗中所能见到的那种细腻的客观性描写，而

---

① 吴功正：《唐代美学史（修订本）》，陕西师范大学出版社2020年版，第601页。
② （宋）郭思编，杨伯编著：《林泉高致》，中华书局2010年版，第52页。

是人类的形象在自然上的投影和人类与自然的融合。"① 刘大杰则评价说："陶渊明对于自然不是风景的描写，却是意境的表现。不是客观的写实，而是主观的写意。"② 唐代文人在诗歌创作中，以有限的素材，状写广阔的自然景象或深远的精神内涵，因此常选择典型的局部特征，表现余韵不绝的意境，从而把整体形象寓于欣赏者之想象，以形神兼备的拟形拟态来表现沟壑千重、江河万里，这种创作手法即"写意"。当这种创作运用到艺术领域，尤其是园林艺术，则促进了写意园林的出现。

魏晋以来，以山、水为主体的自然风景，浓缩于文人园中，形成一种富于文采的文人"山池院"。发展到唐代，大量由科举而蛰居城市的士大夫从有限的空间中体验无限，从局部的水石景境中而涉身岩壑之间，形成了在一池清水、一块岩石中寻求大自然神韵的园林美学。汪菊渊在《中国古代园林史》中认为，"到了唐宋，发展为表现山水景物达到某种意境成为诗意化生活境域的写意山水园并日趋成熟"③。在唐代，园林已经出现了鲜明的写意倾向，加之唐代诗人、画家普遍参与造园活动，进一步提高了园林的艺术水平，"被后世所遵循的园林艺术写意的概括性和抽象化、'山池院'的典型构图以及推崇的太湖石掇山与独立石峰的鉴赏，在这一时期形成"④。唐代园林逐渐代替真山真水，走向象征，完成了由自然山水园向写意山水园的过渡。

下文即从艺术视域中的"写意"写起，认为"写意"不仅仅是绘画领域的一种表现手法，更是一种艺术旨趣，存在于各艺术门类之中，构成了写意园林出现的时代文化背景。在此背景下，唐代文人的诗文写意与园林写意相互影响、互相渗透，推动了写意山水园林的产生。

一 作为艺术旨趣的"写意"

"写意"一词被认为是绘画艺术中与"工笔"相对的一种运笔技巧或表现手法。"略去用'线'勾勒物象外轮廓之后再填色的过程，直接一笔'写'出物象的整个形体（面）来"⑤，这一画法盛行于宋代，宋代仲仁和尚住在衡州花光山，"以墨晕作梅，如花影然，别出一家，所谓

---

① ［日］小尾郊一：《中国文学中所表现的自然与自然观——以魏晋南北朝文学为中心》，邵毅平译，上海古籍出版社2014年版，第109页。
② 刘大杰：《中国文学发展史》上卷，商务印书馆2015年版，第283页。
③ 汪菊渊：《中国古代园林史》，中国建筑工业出版社2006年版，"前言"第8页。
④ 杨鸿勋：《园林史话》，社会科学文献出版社2012年版，第55页。
⑤ 徐书城：《中国画之美》，河北美术出版社2007年版，第19页。

写意者也"①。这一条文献记载被认为是"写意"之概念在绘画领域的最早运用②。"写意"之绘画概念虽然在元代提出,但这一画法在北宋就开始大兴,上述的僧人仲仁,再有苏轼、文同都是运用此法的大家。《图绘宝鉴》记载苏轼:"留心墨戏。作墨竹师文与可。枯木奇石,时出新意,木枝干虬屈无端,石皴老硬,大抵写意,不求形似。"③

然而,宋人的这一画法实传承于唐代画家。《宋朝名画评》卷3记载了晚唐画家徐熙。

> 徐熙,钟陵人,世仕伪唐,为江南盛族,熙善画花竹林木蝉蝶草虫之类,多游园圃以求情状,虽蔬菜茎苗亦入图,写意出古人之外,自造乎妙,尤能设色,绝有生意。李煜集英殿盛有熙画,后卒于家,及煜归命,尽入府库。太宗因阅图画,见熙画石榴一本,带百余实,嗟异久之,上曰,花果之妙,吾知独有徐熙矣,其余不足观也。④

徐熙经常漫步游览于田野园圃,每遇景物,必细心观察,故传写物态,皆富生动意趣。他在画法上一反唐以来流行的晕淡赋色,另创一种落墨的表现方法,即改用粗笔浓墨,草草写枝叶萼蕊,略施杂彩,色不碍墨,不掩笔迹,人称"落墨画"。宋代画家对其给予了很高评价,如宋代沈括形容徐熙的画,言"以墨笔画之,殊草草,略施丹粉而已,神气迥出,别有生动之意"⑤。宋代李廌《德隅斋画品》中也著录有徐熙《鹤竹图》,谓其画竹"根干节叶皆用浓墨粗笔,其间栉比,略以青绿点拂,而其梢萧然有拂云之气"⑥。这种画法与妙在赋彩、细笔轻色的"黄家富贵"(指黄筌与黄居父子)不同,形成了另一种独特风格,宋人称之为"徐熙野逸"。

---

① (元)夏文彦撰,肖世孟校注:《图绘宝鉴(《续编》《续纂》二种)》卷3,山西教育出版社2017年版,第154页。
② 刘曦林认为"写意的概念用于画学是从元代开始的",参见刘曦林《写意与写意精神》,《美术研究》2008年第4期。
③ (元)夏文彦撰,肖世孟校注:《图绘宝鉴(《续编》《续纂》二种)》卷3,山西教育出版社2017年版,第154页。
④ (宋)刘道醇:《宋朝名画评》卷3,载《文渊阁四库全书》第812册,(台北)商务印书馆1984年版,第469页。
⑤ 诸雨辰译注:《梦溪笔谈》卷16,中华书局2016年版,第371页。
⑥ (宋)李廌:《德隅斋画品》,载《文渊阁四库全书》第812册,(台湾)商务印书馆1984年版,第944页。

徐熙所开创的此种带有写意之特色的画法，与当时流行的黄筌画法不同。宋人评价曰："士大夫议，为花果者往往崇尚黄筌、赵昌之辈，盖其写生设色迥出人意，以熙视之，俱有惭德，筌神而不妙，昌妙而不神，神妙俱完，舍熙鲜矣。夫精于画者，不过薄其彩绘，以取形似，于气骨能全之乎？熙独不然，必先以墨定其枝叶萼蕊等，而后傅之以色。故其气格前就态度弥茂，与造化不甚远，宜乎为天下冠也，故列神品。"① 黄筌为宫廷画家，多写宫苑中的奇花怪石、珍禽瑞鸟，勾勒精细，设色浓丽，不露墨痕，刻画精确细微。赵昌在黄筌父子画法的基础上都有所发展，极重写生，所绘花鸟形象更为生动逼真，极具生气。而与徐熙相比，黄筌与赵昌不免落于形似之窠臼。徐熙创造的落墨画法则气格超前，可以冠于天下。这一评价也正说明写意画法在宋代大兴，同时也可以看出徐熙这一独创性的画法直接影响了宋代的写意画法，可谓写意画法之先导。

"写意"在宋代画家中大兴后，便成为重要的表现手法。明人唐伯虎曾将其与工笔相比较，云："工画如楷书，写意如草圣，不过执笔转腕灵妙耳，世之善书者多善画，由其转腕用笔之不滞也"②。于是，画画不是"画画"或"绘画"，而成为"写画"，"写画亦不必写到，笔笔若写到便俗，落笔之间，若欲到不敢到便稚，唯习学纯熟，游戏三昧，一浓一淡，自有神行，神到写不到乃佳"③。这两条材料都叙述了写意在绘画中的具体运用，绘画的最高目标在于追求神似，而非形似，此乃写意之本旨。

值得注意的是，"写意"自出现于画学，便不仅仅是一种表现手法，更多的是一种艺术旨趣，即重神轻形，以寥寥数笔表现文人之意气。苏轼曾有一段画论甚是精到，"论画以形似，见与儿童邻。赋诗必此诗，定非知诗人。诗画本一律，天工与清新。边鸾雀写生，赵昌花传神。何如此两幅，疏淡含精匀。谁言一点红，解寄无边春"④（《书鄢陵王主簿所画折枝二首》其一）。对于这段画论，人们往往注意其首句，而忽略了其最后一句，"谁言一点红，解寄无边春"，文人士大夫通过绘画表现的不仅是花

---

① （宋）刘道醇：《宋朝名画评》卷3，载《文渊阁四库全书》第812册，（台湾）商务印书馆1984年版，第469—470页。
② （明）朱谋垔撰：《画史会要》卷5，中国书店2018年版，第284页。
③ （明）唐志契著，王伯敏点校：《绘事微言》卷1，人民美术出版社2016年版，第14页。
④ （清）王文诰辑注，孔凡礼点校：《苏轼诗集》卷29，中华书局1982年版，第1525—1526页。

木的"一点红",而是通过这"一点红",寄寓了诗人对"无边春"的想象与欣赏。苏轼不愧是慧眼识精者,抓住了画家作画的心理并巧妙地解说了画家之意。

　　意,是写意之根本,写意之最终旨趣。于是,当人们在讨论写意之画时,关注更多的是画对意的表现。"董思白曰:'画山水惟写意水墨最妙。'何也?形质毕肖则无气韵,彩色毕具则无笔法。"①"夫工山水,始于画院俗子,故作细画,思以悦人之目而为之,及一幅工画虽成,而自己之兴已索然。是以有山林逸趣者,多取写意山水,不取工致山水也。"②"凡画山水,最要得山水性情……岂独山水?虽一草一本,亦莫不有性情,若含蕊舒叶,若披枝行干,虽一花而或含笑,或大放,或背面,或将谢未谢,俱有生化之意,画与写者,正在此处着精神,亦在未举笔之先,预有天巧耳,不然,则画家六则,首云气韵生动,何所得气韵耶!"③画山林者,要写出山林之趣,山林之性情;画草木者,要写出草木之性情,草木之精神,如此才能达到气韵生动之绘画效果。因此可以看到,写意之本旨并非只讲求画法,而是在此画法的运用下能够画出对象的精神气韵,同时也能够表现出作者之画意。正因如此,古代文人不仅对画者提出"写意"的最高要求,也对观画者提出"写意"的要求,"观画之法,先观气韵,次观笔意、骨法、位置、傅染,然后形似,此六法也。若看山水、梅兰、枯木、奇石、墨花、墨禽等游戏翰墨,高人胜士寄兴写意者,慎不可以形似求之。先观天真,次观笔意,相对忘笔墨之迹,方为得趣"④。

　　由以上论述可知,"写意"并非单指一种绘画技巧,更多的时候,"它指的是一种不过分追求和拘泥于绘画对形象的摹写,而是追求赋予有限形象更深广寓意的艺术宗旨"⑤。作为一种艺术宗旨或艺术旨趣,"写意"不仅表现在绘画领域,而且遍布中国古代文化艺术的众多领域,诸如文学、绘画、书法、音乐乃至品茗、饮酒等,是一种具有共通性的方法和旨趣。

---

① (明)朱谋垔撰:《画史会要》卷5,中国书店2018年版,第300页。
② (明)唐志契著,王伯敏点校:《绘事微言》卷1,人民美术出版社2016年版,第4页。
③ (明)唐志契著,王伯敏点校:《绘事微言》卷1,人民美术出版社2016年版,第11—12页。
④ (元)汤垕撰,马采标点注译,邓以蛰校阅:《画鉴》,人民美术出版社2016年版,第73页。
⑤ 王毅:《中国园林文化史》,上海人民出版社2004年版,第344页。

二 诗文中的"写意"

上文提到,"写意"不仅是绘画领域中的一种表现手法,还是关系作画者与观画者的一种艺术旨趣,同时与文学艺术尤其诗文密切相关。

关于"写",《词源》记载有三种意思:第一,《说文》谓"置物也"①,注曰:"去此注彼也。"② 第二,由本义引申而来,引申为抒发、宣泄,《诗经·邶风·泉水》曰:"驾言出游,以写我忧。"③ 第三,引申为书写之写。关于第三种含义,《字诂》中有这样一段话:"《说文》:'写,传置也。'《礼记》:'器之溉者不写,其余皆写。'《注》:'谓传之器中是也。'盖传此器之物置于他器,谓之写。因借传此本书书于他本,亦谓之写。古云'杀青缮写',又云'一字三写,乌、焉成马',又云'在官写书,亦是罪过',皆此义也。今人以书字为写字,讹而不辨久矣。"④ 关于写的第二种含义当是不错的,《字诂》也引用了《诗经·邶风》的例子并做阐释:"沉忧不能去怀,欲假出游暂为排遣,亦如将此忧传置他处耳。今人所谓写怀、写恨、写意,并袭而用之,孰知古人本义奇妙如此乎?"⑤《诗经》中"驾言出游,以写我忧"⑥虽然没有明确提出"写意",然而"写忧"之内含已同"写意"相当,从这个意义上说,这应该是"写意"之运用于诗文的最早例证。

明确以"写意"之概念出现在诗文中的例子是《战国策》中的"王立周绍为傅章"。文曰:"忠可以写意,信可以远期。"鲍注曰:"写,犹宣。"⑦ 写运用的乃写之本义,即泻、宣泄、倾泻、宣发的意思。写意,也即宣其心意之义,与《诗经》中"驾言出游,以写我忧"之"写忧"用法相同,都是抒发、宣泄心意之义。这说明,"写意"从其本义的运用开始,即已与人的性情、精神、心意有着密切关系,绘画中之"写意"同样具有抒发、宣泄、书写情意之义。

"写意"运用于诗文中还有一例,即江淹的《丹砂可学赋》。赋曰:

---

① (清)段玉裁撰:《说文解字注》第七篇下,中华书局2013年版,第344页。
② (清)段玉裁撰:《说文解字注》第七篇下,中华书局2013年版,第344页。
③ 程俊英、蒋见元:《诗经注析》,中华书局1991年版,第109页。
④ (清)黄生撰,(清)黄承吉合按,包殿淑点校:《字诂义府合按》,中华书局1984年版,第60—61页。
⑤ (清)黄生撰,(清)黄承吉合按,包殿淑点校:《字诂义府合按》,中华书局1984年版,第61页。
⑥ 程俊英、蒋见元:《诗经注析》,中华书局1991年版,第109页。
⑦ 缪文远:《战国策新校注》卷19,巴蜀书社1987年版,第669页。

"山含玉以永岁，水藏珪以穷年。拟若木以写意，拾瑶草而悠然。"① 此赋乃江文通表达炼丹求仙之意。"拟若木以写意，拾瑶草而悠然"② 即脱胎于《楚辞》之"折若木以拂日兮，聊逍遥以相羊"③。江淹的赋多学屈原，无论是语言还是结构，抑或是比兴手法的运用，"拟若木以写意"即是对《楚辞》之"香草美人"比兴手法的学习，通过外在的草木来表达主观心意，这是最直观的字面理解。这里的"写意"延续的是《诗经》《战国策》中"写忧""写意"的用法，即宣泄抒发表露心意的意思，只是江淹更加含蓄委婉，通过比兴的手法，将心意情感蕴含于草木，再通过草木来表现。

到了唐代，"写意"运用于诗文的例子则更多。暂举以下数例：

> 原尝春陵六国时，开心写意君所知。堂中各有三千士，明日报恩知是谁。(李白《扶风豪士歌》)④
>
> 朝别凌烟楼，暝投永华寺。贤豪满行舟，宾散予独醉。愿结九江流，添成万行泪。写意寄庐岳，何当来此地！天命有所悬，安得苦愁思？(李白《流夜郎永华寺寄浔阳群官》)⑤
>
> 祥云不散，意往仙如存；耀景每临，诚望幸可冀。因徘徊而寓目，遂含毫而写意。(郭遵《初日见朝元阁赋》)⑥
>
> 具樽罍以写意，聊寄恨于江滨。(符载《祭张中丞文》)⑦
>
> 燕雁迢迢隔上林，高秋望断正长吟。人间路有潼江险，天外山惟玉垒深。日向花间留返照，云从城上结层阴。三年已制思乡泪，更入新年恐不禁。(李商隐《写意》)⑧

以上数例，"写意"都是抒发、宣泄心意的意思。在表现手法上，有

---

① （南朝梁）江淹著，丁福林、杨胜朋校注：《江文通集校注》卷1，上海古籍出版社2017年版，第163页。
② （南朝梁）江淹著，丁福林、杨胜朋校注：《江文通集校注》卷1，上海古籍出版社2017年版，第163页。
③ （宋）洪兴祖撰，白化文、许德楠、李如鸾、方进点校：《楚辞补注》，中华书局1983年版，第28页。
④ 瞿蜕园、朱金城校注：《李白集校注》卷7，上海古籍出版社1980年版，第494页。
⑤ 瞿蜕园、朱金城校注：《李白集校注》卷14，上海古籍出版社1980年版，第872页。
⑥ （清）董诰等编：《全唐文》卷613，中华书局1983年版，第6192页。
⑦ （清）董诰等编：《全唐文》卷691，中华书局1983年版，第7087页。
⑧ 刘学锴、余恕诚：《李商隐诗歌集解》，中华书局1988年版，第1211页。

直抒胸臆者，有比兴寄托者。而李商隐则直接以《写意》为诗题，抒发心中意绪，如其《无题》一样，以表露意绪为主。

发展到宋代，"写意"在诗文中的运用也主要是延续前代之抒发宣泄、表露心意的意思，然而较之前代，它开始作为诗文的一种表现手法出现。宋代诗人陈造的《自适三首》（其二）云："自命官身田舍翁，酒可销闲时得醉，诗凭写意不求工，更那长日温书眼，一送飞鸿下远空。"①这里的"写意"有两层含义，一是抒发心情、表露心意，二是与"工"相对的"写意"，即"不求工"，换言之，在诗歌写作上，不求工整或过多的修饰技巧，而是以寥寥言语出之，只求适意表达，与绘画中以精练之笔描绘物之精神的"写意"具有异曲同工之妙。

让人深感欣喜的是，诗文的"写意"与绘画的"写意"在明人唐元竑那里竟神奇般地统一起来了。唐元竑的《杜诗攟》对杜甫的《韦偃画马歌》进行了评论："韦偃画马歌，寥寥数言，气格不亚长篇，韦画亦是秃笔写意，仿佛相敌。"② 杜甫之诗是寥寥数言，韦画是秃笔写意，在表现手法上两者相通，都运用了"写意"的手法，而所达到的效果也是相同的，气格不凡，仿佛相敌。因此我们可以看到，无论是诗文中的"写意"，还是绘画中的"写意"，都不仅仅指手法或手段，也是一种艺术旨趣。

诗文虽然不如绘画那般明确以"写意"作为表现方法，但是从"诗言志"到"比兴寄托"，再到"意在笔先"，众多诗论，表明了诗歌的写意旨趣，即以高度能动的意象思维为手段，突破时空条件的限制，在不可凑泊的意象中表达无尽心意。

三　唐代园林的写意

关于园林中"写意"手法的运用，王毅将其视为一种造园构景的具体手法。他认为，"通过园林所造就的有限和具体的艺术空间和景观，从而使人们的审美进入更为广大的境界；使人们的心性，自由和谐地融入宇宙的无限空间及其周行运迈的永恒过程。由于这样一种深刻审美目的之要求，于是就有了'写意'方法在中国古典园林中的广

---

① （宋）陈造：《江湖长翁集》卷14，载《文渊阁四库全书》第1166册，（台湾）商务印书馆1984年版，第170页。
② （明）唐元竑：《杜诗攟》卷2，载《文渊阁四库全书》第1070册，（台湾）商务印书馆1984年版，第26页。

泛运用"①。然而，王毅又在同书中对其做了另一种解释，"园林构景艺术中的'写意'，实际上就是在园林中恰当地布置那些体量很有限、占用物质材料很少，然而却又具有象征、暗喻和能够触发人们想象作用的景观，以它们作为媒介而使欣赏者突破眼前景观的时空限制，引领审美意向升华到一个层次更高、文化和艺术内涵更为深厚广大的境界之中"②。可见，"写意"在园林中同样不仅指表现手法的运用，而且关系园林构景要赋予深广寓意的艺术旨趣。

然而，写意园林兴起于何时？学界对此有不同看法。金学智认为，写意山水园受宋代写意画的影响兴起于宋，"在宋代，伴随着山水园林、文人私家园林的成熟，在唐代文人园林写意因子积累的基础上，诞生了别具风貌的园林——文人写意园。它是宋代文人苏舜钦建构沧浪亭开其端绪的"③。然而，他又绕不过唐代园林的写意性，因而将其称为"写意因子"，认为是写意园的萌芽状态。这种看法明确界定了写意园的产生年代是宋代，以沧浪亭为开端，但不可否认的是，写意已经在唐代园林中显露出来。汪菊渊则又把时间往前推，并将唐宋园林与魏晋南北朝园林区别开来，将唐宋园林归为写意山水园，"（南北朝山水园）还是以再现自然、山水为主，用写实手法，对山水的营造，刻画细腻，并不能表现他们对自然、山水的艺术认识和感受，还不是写意"④。唐宋写意山水园林"能够根据作者对山水的艺术认识和生活要求，因地制宜地表现山水之真情和诗情画意的境界"⑤。这里将写意山水园的形成期定于唐宋，时间的界定有些笼统与模糊。然而，他在描述唐代绛守居园池时这样说："守居园池虽属公署附园但与唐朝第宅园池一样，是以诗情画意写入园林的写意山水园。"⑥ 他没有具体明确何为写意山水园，而把王维之辋川别业、白居易之庐山草堂、裴度的午桥庄、李德裕的平泉庄归为自然式山水园，由此我们可以大致推出，他所谓的写意山水园更多的是第宅院池。这里需要注意的是，汪菊渊已经意识到唐代已经出现了写意山水园，然而在

---

① 王毅：《翳然林水：栖心中国园林之境（第二版）》，北京大学出版社2017年版，第134页。
② 王毅：《翳然林水：栖心中国园林之境（第二版）》，北京大学出版社2017年版，第137页。
③ 金学智：《中国园林美学（第二版）》，中国建筑工业出版社2005年版，第52—53页。
④ 汪菊渊：《中国古代园林史》，中国建筑工业出版社2006年版，第91—92页。
⑤ 汪菊渊：《中国古代园林史》，中国建筑工业出版社2006年版，第223页。
⑥ 汪菊渊：《中国古代园林史》，中国建筑工业出版社2006年版，第162页。

时代界定上不够具体。王毅在《中国园林文化史》中认为，园林写意的因子出现于魏晋时期，与当时文化艺术的自觉相关，并且认为谢灵运、刘勔等建构的园林已经不同于秦汉宫苑对自然景观的形貌模拟，而是在模仿中有了"示意"的效果；而写意方法的高度发展是在中唐之后，经过两宋明清，写意成为园林创作中重要的创作方法。① 周维权认为，六朝时期园林在创造方法上"由写实趋向于写实与写意相结合"②。张家骥认为，北宋艮岳代表着"模写式的山水从此宣告终结，开始了写意式山水的创作时代"③。

究其原因，以上论述主要在于对"写意"与"写意园林"的理解和看法不同。金学智认为，"写意"是来自北宋文人写意画的一种表现手法，并移植于园林④；汪菊渊认为，写意要"表现山水之真情和诗情画意的境界"⑤，而绛守居园池正是以诗情画意写入园林的写意山水园；王毅认为，"写意"不仅仅是一种艺术表现手法，更是存在于文学、绘画、书法、酒茶棋琴等各艺术领域的艺术宗旨⑥；周维权则认为，魏晋时期"园林的规模由大入小，园林造景由过多的神异色彩转化为浓郁的自然气氛，创作方法由写实趋向写实与写意相结合"，这种"由再现自然进而至于表现自然，由单纯地摹仿自然山水进而至于适当地加以概括、提炼"则是"写意"⑦。张家骥认为，"写意"是借用中国绘画艺术的概念，与"模写"相对照。⑧ 那么，"写意"是绘画的一种表现手法还是普遍存在于艺术领域的一种艺术宗旨？写意园林究竟出现于唐代还是宋代，是否受到北宋文人画之影响？写意园林除了与绘画领域关系密切，在其发展过程中与诗文的关系又如何？这一系列的疑问促使笔者对"写意"进行重新溯源追踪，在此基础上对"写意园林"的出现及其表现进行重新梳理，并进一步论述与诗文的密切关系。

---

① 王毅：《中国园林文化史》，上海人民出版社2004年版，第344—345页。
② 周维权：《中国古典园林史（第三版）》，清华大学出版社2008年版，第169页。
③ 张家骥：《中国造园艺术史》，山西人民出版社2004年版，第189页。
④ 金学智认为"'写意'这一概念本来就是从'写意画'中移植来的"。参见金学智《中国园林美学（第二版）》，中国建筑工业出版社2005年版，第52页。
⑤ 汪菊渊：《中国古代园林史》，中国建筑工业出版社2006年版，第223页。
⑥ 王毅：《中国园林文化史》，上海人民出版社2004年版，第344页。
⑦ 周维权：《中国古典园林史（第三版）》，清华大学出版社2008年版，第169页。
⑧ 张家骥指出"写意不是客观具体事物的再现，而是借笔墨以表现画家的思想感情，在形象创作上求神似，而不求形似。"参见张家骥《中国造园艺术史》，山西人民出版社2004年版，第209页。

笔者以为，"写意"最早出现于诗文中，与寄情写意密切相关，这构成了写意艺术的核心内质。"写意"不仅是一种表现手法，更是存在于文学、绘画、园林等艺术领域的一种艺术旨趣。唐代绘画领域已经出现了关于写意的理论及创作实践，这构成了唐代写意园林发展的文化背景。同时，唐代写意园林在六朝园林写意因子累积的基础上趋于成熟，有属于自身的发展轨迹，其出现要早于文人写意画，并非北宋文人写意画影响所致。此外，唐代写意园林的出现与唐代文人的园林活动及诗文吟咏有密切关系，这一点应当引起关注。

就园林而言，经过六朝园林技艺与审美的积淀，写意园林在初盛唐时期逐步出现。

首先，表现为园林景观体系的完备，以及以小见大、以少总多空间原则的形成。如李华的《贺遂员外药园小山池记》中记载的贺遂药园就是一处较为成熟的写意园林。从记作可知，造园的目的是"梦寐以青山白云为念"①，园林的景观具有写意性，如"象之衡巫"②的堆山，有"十指攒石"③的置石，有"象之江湖"④的凹陂，还有飞瀑、溪泉，有竹有药，有书堂琴轩，此外还有诗书琴棋、酒宴娱乐的园林生活，最后发出"以小观大，则天下之理尽矣"⑤之感慨。同样，王泠然所记汝州薛家竹亭亦是一处具有写意性的地方宅院。记曰："且欲堰岈崿，苑蒙笼，闲亭一所，修竹一丛，萧然物外，乐自其中"⑥。可知园林景观以竹为主，但又"杂以乔木，环为曲沼"⑦，亭为主要建筑，周围景观为"溪左岩右"⑧，亭的形制以简朴为特色，"材非难得，功则易成。一门四柱，石础松榱，泥含淑气，瓦覆苔青"⑨，亭虽小但设施齐备，"才容小榻，更设短屏，后陈酒器，前开药经"⑩，这样一处小园林，带给人的精神享受是"游子见而忘归，居人对而遗老"⑪。

---

① （清）董诰等编：《全唐文》卷316，中华书局1983年版，第3211页。
② （清）董诰等编：《全唐文》卷316，中华书局1983年版，第3211页。
③ （清）董诰等编：《全唐文》卷316，中华书局1983年版，第3211页。
④ （清）董诰等编：《全唐文》卷316，中华书局1983年版，第3211页。
⑤ （清）董诰等编：《全唐文》卷316，中华书局1983年版，第3211页。
⑥ （清）董诰等编：《全唐文》卷294《汝州薛家竹亭赋》，中华书局1983年版，第2977页。
⑦ （清）董诰等编：《全唐文》卷294《汝州薛家竹亭赋》，中华书局1983年版，第2977页。
⑧ （清）董诰等编：《全唐文》卷294《汝州薛家竹亭赋》，中华书局1983年版，第2977页。
⑨ （清）董诰等编：《全唐文》卷294《汝州薛家竹亭赋》，中华书局1983年版，第2977页。
⑩ （清）董诰等编：《全唐文》卷294《汝州薛家竹亭赋》，中华书局1983年版，第2977页。
⑪ （清）董诰等编：《全唐文》卷294《汝州薛家竹亭赋》，中华书局1983年版，第2977页。

其次，构园要素诸如山石、小池也同时走向写意与象征。山石在园林中主要以写意真山、名山的身份而存在。六朝园林中山石虽然开始出现神似追求，但囿于技艺条件和审美限制，写意性不足。发展到唐代，山石在园林中的运用更为成熟，写意性也日益增强，尤其中唐以后，以叠山垒石写意真山、名山的例子不胜枚举。然而，山石的写意性在初唐园林中已经出现。唐太宗有一首《咏小山》，相应还有一篇《小山赋》，两部作品是唐太宗贞观二十一年（647）于翠微宫所作，所咏小山位于翠微宫的掖庭。小山堆叠的目的是"想蓬瀛兮靡觌，望昆阆兮难期"①；堆叠情况是"启一围而建址，崇数尺以成岯"②；小山的景观是"寸中孤嶂连还断，尺里重峦欹复正。岫带柳兮合双眉，石澄流兮分两镜"③，并且移芳植秀，招蝶引莺；小山的审美效果是"聊夕玩而朝临，足摅怀而荡志"④。"土坯"二字说明筑山的方式为版筑，但不同于汉代袁广汉北邙山之采土筑山的宏大规模，而是尺寸缩小，具有了以小见大的写意性。

承继这种以小见大的堆叠方式，在园林中置石、叠石与累石的做法日益普遍。初盛唐有以下文献记载：

刻凤蟠螭凌桂邸，穿池叠石写蓬壶。（韦元旦《奉和幸安乐公主山庄应制》)⑤

累石肖华山。（《新唐书·诸帝公主》)⑥

累石为山，以象华岳。（《朝野佥载》)⑦

攒石当轩倚，悬泉度牖飞。（杜审言《和韦承庆过义阳公主山池五首》其四)⑧

构仙山兮既毕，俜造化之神术：其为状也，攒怪石而岑崟。（宋之问《太平公主山池赋》)⑨

---

① 吴云、冀宇校注：《唐太宗全集校注》，天津古籍出版社2004年版，第115页。
② 吴云、冀宇校注：《唐太宗全集校注》，天津古籍出版社2004年版，第115页。
③ 吴云、冀宇校注：《唐太宗全集校注》，天津古籍出版社2004年版，第116页。
④ 吴云、冀宇校注：《唐太宗全集校注》，天津古籍出版社2004年版，第116页。
⑤ （清）彭定求等编：《全唐诗》卷69，中华书局1960年版，第773页。
⑥ （宋）欧阳修、（宋）宋祁撰：《新唐书》卷83，中华书局1975年版，第3654页。
⑦ （唐）张鷟撰，赵守俨点校：《朝野佥载》卷3，中华书局1979年版，第70—71页。
⑧ 徐定祥校注：《杜审言诗注》，上海古籍出版社1982年版，第12页。
⑨ （唐）沈佺期、（唐）宋之问撰，陶敏、易淑琼校注：《沈佺期宋之问集校注》下册《宋之问集校注》卷5，中华书局2001年版，637页。

灵槎仙石，徘徊有造化之姿。(宋之问《奉陪武驸马宴唐卿山亭序》)①

太夫人堂下垒土为山，一匮盈尺。(杜甫《假山》)②

能向府亭内，置兹山与林。(李颀《题少府监李丞山池》)③

可见初盛唐园林假山堆叠已经具有写意性，如已考虑到与植物、池泉等其他景观的配置，并以此营造山林之境；又如具有了写意名山的审美要求；再如反映了以小见大、以少总多的审美观念逐步成熟，这些都是园林写意的表现。

同山石写意真山、名山一样，园林中的池沼则是江湖的象征。以小池写意江湖在中唐诗歌中有大量例子，然而，以小池写意沧溟在初盛唐园林中已经存在了。许敬宗家有小池，唐太宗作《小池赋(并序)》赐之，其本人也作有《小池赋应诏》。从赋作描述可以看到小池的大致情形：小池规模较小，"萦咫尺之方塘"④。小池植物、动物相配置，"竹分丛而合响，草异色而同芳"⑤，"映垂兰而转翠，翻轻苔而动绿"⑥，"涌菱花于岸腹，擘莲影于波心"⑦，"景落池滨，雾黯疏筠，舒卷澄霞彩，高低碎月轮"⑧，"露宿鸟之全翮，隐游鱼之半鳞"⑨，小池的审美效果是"惭于溟渤，亦足莹乎心神"⑩。这里虽然没有直接写意沧溟，但惭于溟渤，已然是与沧溟的类比，并且具有与沧溟相同的愉悦心神的精神功用。许赋同样描写了小池的景观与精神功用，同时更为详细地阐明了小池的象征意，"对昆明而取况，喻春兰与秋菊"⑪，进而以瑶池相比。正是这种象征隐喻与写意的追求，使开池成为唐人造园中必不可少的行为，"一勺则江湖万里"⑫ 成

---

① (唐)沈佺期、(唐)宋之问撰，陶敏、易淑琼校注：《沈佺期宋之问集校注》下册《宋之问集校注》卷5，中华书局2001年版，第676页。
② (唐)杜甫著，(清)仇兆鳌注：《杜诗详注》卷1，中华书局2015年版，第35页。
③ (唐)李颀著，王锡九校注：《李颀诗歌校注》卷3，中华书局2018年版，第755页。
④ 吴云、冀宇校注：《唐太宗全集校注》，天津古籍出版社2004年版，第117—118页。
⑤ 吴云、冀宇校注：《唐太宗全集校注》，天津古籍出版社2004年版，第118页。
⑥ 吴云、冀宇校注：《唐太宗全集校注》，天津古籍出版社2004年版，第118页。
⑦ 吴云、冀宇校注：《唐太宗全集校注》，天津古籍出版社2004年版，第118页。
⑧ 吴云、冀宇校注：《唐太宗全集校注》，天津古籍出版社2004年版，第118页。
⑨ 吴云、冀宇校注：《唐太宗全集校注》，天津古籍出版社2004年版，第118页。
⑩ 吴云、冀宇校注：《唐太宗全集校注》，天津古籍出版社2004年版，第118页。
⑪ (清)董诰等编：《全唐文》卷151《小池赋应诏》，中华书局1983年版，第1536页。
⑫ (明)文震亨原著，陈植校注，杨超伯校订：《长物志校注》卷3《水石》，江苏科学技术出版社1984年版，第102页。

为小池写意江湖的最精练概括。

最后，园林的写意不仅表现在具体手法的运用上，更在于园林具有写意寄情的精神功用。六朝园林由汉代苑囿向私家园林过渡并趋于独立审美，园林风景逐渐与人的精神境界相联系，成为人的情感寄托，但是，园林的写意寄情功能成为共识或者说园林的文人情调的形成要到初盛唐时期。张九龄在《林亭咏》中对园林的寄情功能做了说明，"穿筑非求丽，幽闲欲寄情。偶怀因壤石，真意在蓬瀛。苔益山文古，池添竹气清。从兹果萧散，无事亦无营"①。此诗作于开元四年（716），张九龄辞官归养，闲居林亭，写出了园林寄情写意的精神功能。张九龄在《尝与大理丞袁公太府丞田公偶诣一所林沼尤胜因并坐其次相得甚欢遂赋诗焉以咏其事》中也说"偶逢池竹处，便会江湖心"②，园林及其景观与诗人的"江湖心"紧密相连。张九龄写出了士人普遍的园林情结与审美需求，如包融在《酬忠公林亭》中说"自言解尘事，咫尺能辎尘。为道岂庐霍，会静由吾心"③，蔡希寂在《同家兄题渭南王公别业》中说"好闲知在家，退迹何必深。不出人境外，萧条江海心"④，还有王湾所言"入来殊景物，行复洗纷垢"⑤，园林不在规模大小，亦不在奢华与否，重要的是诗人心神的感悟与畅达。其他如王维的辋川别业、卢鸿一的嵩山草堂、杜甫的浣花溪草堂等都反映了初盛唐写意园林所达到的艺术水平和审美境界。

唐代写意园林在初盛唐时期即已出现。无论是李华所记贺遂员外药园小山池，还是王泠然所记汝州薛家竹亭，抑或是此时普遍出现的园林小景，都称得上是艺术水平较高的写意园林。具体到构园要素，山石、小池的写意性进一步增强，且蕴含以小见大和以有限沟通无限的空间审美原则，使园林成为可以容纳天地、物我两忘的"壶中"之境。同时，园林的寄情写意功能普遍增强，成为士人之共识，并驱使文人士大夫不惜精力、财力投身于园林的兴造与修建，"以园寄情""以园写意"遂成为士人的普遍审美追求，这一审美追求又促使园林进一步走向写意。

发展到中唐，出现大量以山石写意山峰、以水池写意江湖、以花木寓

---

① （唐）张九龄撰，熊飞校注：《张九龄集校注》卷2，中华书局2008年版，第151页。
② （唐）张九龄撰，熊飞校注：《张九龄集校注》卷2，中华书局2008年版，第145页。
③ 王启兴、张虹注：《贺知章、包融、张旭、张若虚诗注》，上海古籍出版社1986年版，第33页。
④ （清）彭定求等编：《全唐诗》卷114，中华书局1960年版，第1158页。
⑤ （清）彭定求等编：《全唐诗》卷115《晚夏马嵬卿叔池亭即事寄京都一二知己》，中华书局1960年版，第1170页。

意文人品性以建筑写照君子人格的诗歌作品。以山石写意山峰，如"还疑烟雨霁，仿佛是嵩丘"①（李德裕《重忆山居六首·巫山石》）；"九华浑仿佛，五老颇参差"②（齐己《假山并序》）。石可以象征匡庐、华山、嵩山、九华山，追求石与山之间的"神似"，完成了从形态审美到精神审美的转变，人与自然的关系也由物象的审美上升至精神的相通相融。在这种精神审美的主观支配下，园林中出现了一园可纳数山的诗意景观，"天高其兴，益之以小山焉。山临清池，峭绝孤踊。岑无一仞，波无一勺，而洲屿萦带，峦崖盘郁，则巫庐衡霍，不出于庭间矣"③。以山石写意名山，山石被广泛地运用于园林的布局和建构，成为园林构景的元素之一，石也便具有了山的抽象身份。

以水池写意江湖。如方干的"广狭偶然非制定，犹将方寸像沧溟"④（《路支使小池》），"才见规模识方寸，知君立意象沧溟"⑤（《于秀才小池》），小池就是这样一个诗人建构出来的刺激物，象征江湖的隐逸色彩，正所谓"敢辞课拙酬高韵，一勺争禁万顷陂"⑥（白居易《酬裴相公题兴化小池见招长句》）。因此，唐代出现了开池之风，"都大资人无暇日，泛池全少买池多"⑦，以及盆池的建构，如齐己的《盆池》，姚合的《咏盆池》，杜牧的《盆池》，韩愈的《盆池五首》以及张蠙的《盆池》，都对盆池作专题吟咏。

以花木寓意文人品性。在唐代特别是中唐以后，随着文化生活下移及社会风俗的兴盛，花木的普遍栽植与精心培养成为文人的生活伴侣与诗咏主题。如"曾将秋竹竿，比君孤且直"⑧，"托根非其所，不如遭弃捐"⑨，

---

① （唐）李德裕撰，傅璇琮、周建国校笺：《李德裕文集校笺》别集卷10，中华书局2018年版，第734页。
② 王秀林：《齐己诗集校注》卷6，中国社会科学出版社2011年版，第321页。
③ （清）董诰等编：《全唐文》卷430《崔公山池后集序》，中华书局1983年版，第4379页。
④ （清）彭定求等编：《全唐诗》卷651，中华书局1960年版，第7474页。
⑤ （清）彭定求等编：《全唐诗》卷651，中华书局1960年版，第7479页。
⑥ （唐）白居易著，朱金城笺校：《白居易集笺校》卷25，上海古籍出版社1988年版，第1720页。
⑦ （唐）元稹撰，冀勤点校：《元稹集》卷20《和乐天题王家亭子》，中华书局1982年版，第232页。
⑧ （唐）白居易著，朱金城笺校：《白居易集笺校》卷1《酬元九对新栽竹有怀见寄》，上海古籍出版社1988年版，第34页。
⑨ （唐）白居易著，朱金城笺校：《白居易集笺校》卷1《京兆府新栽莲》，上海古籍出版社1988年版，第18页。

诗人将自我情感熔铸于花木，使其成为自我心性的对应象征物。"花开将尔当夫人"①，"手栽两树松，聊以当嘉宾"②，花木在诗人心中已幻化为至亲密友。同时，花木在栽植方式上要求散置，在花色上又"厌绿栽黄竹，嫌红种白莲"③，讲求不同流俗，因此园林中的花木染上了文人士大夫特有的性格色彩。

园中的建筑虽然是由沙石、砖木构成的纯人工物，但依然成为诗人抒情写志的对象。亭的形制在唐代发生了质的变化，从四面围合的封闭式建筑变成了由柱子支撑的通透型建筑，在构建上也逐渐趋于简约素朴，而这种简约素朴正是贤人君子追求的典型特征。皎然在《五言奉和袁使君高郡中新亭会张炼师昼会二上人》一诗中说："置亭隐城堞，事简迹易幽。公性崇俭素，雅才非广求。"④ 贾至的《沔州秋兴亭记》载："观其前户后牖，顺开阖之义，简也；上栋下宇，无雕斫之饰，俭也。简近于智，俭近于仁，仁智居之，何陋之有？"⑤ 秋兴亭形制简而俭，简近智，俭近仁，因此便成为仁智的表征，其用意在于借亭之简约赞赏主人之仁智。再如园中的廊，因其幽深曲折之形态美而受文人青睐，在浸染文人之情感后具有了审美意义，成为一个蕴含丰富的审美意象。韩偓更是以"绕廊"为题来书写自己的行为与心绪，"绕廊倚柱堪惆怅，细雨轻寒花落时"⑥（韩偓《绕廊》）。"席门无计那残阳，更接檐前七步廊。不羡东都丞相宅，每行吟得好篇章"⑦（韦庄《题七步廊》）。当诗人面对自己的居住环境而心绪满腹的时候就不禁把自己的情感与廊的性格相联系，把廊看成情感的载体。

唐代文人将自我情性熔铸于园林的景观，用山石、水池、花木这些客观的建构来抒写自我主观情意，整个园林犹如一个有机的象征系统，成为文人抒怀的物质精神综合体。

---

① （唐）白居易著，朱金城笺校：《白居易集笺校》卷13《戏题新栽蔷薇（时尉盩厔）》，上海古籍出版社1988年版，第743页。

② （唐）白居易著，朱金城笺校：《白居易集笺校》卷9《寄题盩厔厅前双松（两松自仙游山移植县厅）》，上海古籍出版社1988年版，第469页。

③ （唐）白居易著，朱金城笺校：《白居易集笺校》卷25《忆洛中所居》，上海古籍出版社1988年版，第1702页。

④ （唐）释皎然撰：《杼山集》卷3，上海古籍出版社1992年版，第25页。

⑤ （清）董诰等编：《全唐文》卷368，中华书局1983年版，第3738页。

⑥ （唐）韩偓撰，吴在庆校注：《韩偓集系年校注》卷4，中华书局2015年版，第728页。

⑦ （五代）韦庄著，聂安福笺注：《韦庄集笺注》卷5，上海古籍出版社2002年版，第236页。

四 诗歌题咏与园林写意

园林及其景观的写意不仅表现在以小见大、以少总多又或者以有限寓无限等外在技巧,而且与文人的造园风尚、园林活动以及诗歌题写密切相关。换言之,园林的写意也应当从两方面去理解,一为用笔,即技巧,这构成了写意的表层含义;二为尚意,即文人精神,这构成了写意的核心内质,而后者与诗歌密切相关。诗歌之于园林,不仅在于诗歌保存了大量的园林史料,更在于通过比兴、象征、隐喻等方式对园林及其景观进行吟咏,从而使园林由物质性建构上升为精神性审美,从这个意义上说,园林的写意性与诗歌密不可分。

从文人的造园风尚看,构园在诗咏中由一项富含技艺的劳作转变为蕴含诗意的行为。文人参与构园在魏晋六朝时期还不常见,但到初盛唐时期已趋于普遍,并被诗歌一一记录和描述,构园与吟诗完成了高度统一。王维的辋川别业,其二十一个景点即诗人依据自然条件精心结构而成,虽然在命名上或以动植物或以地理方位命名,但在景致分区与审美上确实比六朝园林更进一步。同时,王维不断以此为对象进行歌咏,并邀请裴迪一起游赏与题写,最后集成《辋川集》,这种行为本身即充满了诗意。《旧唐书》所记载:"得宋之问蓝田别墅,在辋口,辋水周于舍下,别涨竹洲花坞,与道友裴迪浮舟往来,弹琴赋诗,啸咏终日。尝聚其田园所为诗,号《辋川集》。"① 在这样的园林中弹琴赋诗、啸咏终日,是自我情性的表现,同时也使辋川上升为一处能够包含自我的精神空间。

具体到构园要素诸如叠石堆山或凿构小池或花木栽植,都与诗歌密不可分。前文唐太宗的《咏小山》《小山赋》和《小池赋》以及大量歌咏山石写意名山、小池写意沧溟的诗歌作品,其实都得益于诗人通过诗歌这一媒介表达自己追求的理想或品格。这也恰好解释了唐代文人孜孜不倦且不厌其烦地在诗歌中叙写或题咏自己的构园行为这一现象,其实正是一种主观意的赋予,一方面表明园林以及园林中的一草一木都是诗人精心栽植培育而成的,另一方面也是诗人理想人格的寄托和表达。杜甫在诗歌中详细记载了自己建构浣花溪草堂的整个经过,从相地即寻求草堂建构地址,到每一种树木的寻求,再到草堂建成,还有草堂周围环境的修缮。我们可以认为这是杜甫诗歌可做"诗史"的原因,但绝不仅

---

① (后晋)刘昫等撰:《旧唐书》卷190,中华书局1975年版,第5052页。

仅如此，更深一层还有杜甫为现实所困寻求情感寄托，以及对容纳身心自由的渴望。

从文人的园林活动来看，宴集赋诗对园林的写意亦具有诗意提升的功用。宴集赋诗的行为从六朝时期已经出现，但与园林的结合还不够紧密。到了初盛唐时期，赋诗与园林的关系进一步拉近。初唐时期，曾发生过多次皇帝携群臣驾幸公主山池或士人别业之事。景龙四年（710）唐中宗与群臣驾临修文馆大学士韦嗣立的骊山别业就是一例。韦嗣立是武后朝的权臣，在骊山脚下的鹦鹉谷有别业，唐中宗驾临后赐予韦嗣立"逍遥公"封号，鹦鹉谷遂更名为逍遥谷。在这次游赏中，赋诗庆贺不可或缺，沈佺期、宋之问、李峤、崔湜、刘宪、苏颋等都作有应制诗，张说作序，收入《东山记》。这些诗篇如同皇帝驾临义阳公主和长宁公主山池所赋诗篇一样，都在诗歌中建构了"隐者"形象，别业也因此被描写成野趣的所在，所以张说在序中以"衣冠巢许"称之，正如同唐中宗赐名"逍遥公"。对隐者的追慕在初唐时期尤其是武后时期是比较流行的社会风气，所以这种看似矛盾又带有荒诞色彩的称谓在当时是一种至高赞美。因此，赋诗不再纯粹是文人间的活动，而更多地扮演起精神赋予的角色，换言之，士人们正是用诗歌的方式赋予了园林及其主人隐逸的情调，骊山别业也由此走向写意，成为隐逸的精神空间。宇文所安将其称为"向朝廷与京都开放的、能够'代表'夐绝尘俗意味的空间场所"[①]。

到了盛唐时期，园林的精神功用日益增强，同时与诗歌的联系也更为紧密。李华的《贺遂员外药园小山池记》在描述药园景致后说："赋情遣辞，取兴兹境。当代文士，目为'诗园'。"[②] 相比诗歌对园林主观意的赋予，这里更好地说明了园林与诗歌之间的互动关系，诗歌需要以园林为吟咏对象以此激发诗情，是为"取兴兹境"；而诗歌同时又对园林有一种精神和诗意的融注，使其成为士人间吟诗赋诗的天堂，所以目为"诗园"。正是文人士大夫根据自己对山水的艺术认识和对生活的需求，将自己的情感心绪借助园林景观的诗歌吟咏进行寄托寓意，从而使园林走向写意与象征。因此，汪菊渊认为"（南北朝山水园）还是以再现自然、山水为主，用写实手法，对山水的营造，刻画细腻，并

---

① ［美］斯蒂芬·欧文：《唐代别业诗的形成》上，陈磊译，《古典文学知识》1997年第6期。

② （清）董诰等编：《全唐文》卷316，中华书局1983年版，第3211—3212页。

不能表现他们对自然、山水的艺术认识和感受，还不是写意"①。由初唐时期到盛唐时期，宴集赋诗与其说是一项园林活动，毋宁说是文人间集体抒发山水审美感受与园林审美意识的比拼，从这个意义上说，诗歌吟咏提升了园林及其景观的诗意蕴含，同时也使园林走向写意。

从文人的园林题咏来看，初盛唐时期已经出现了专门以园林为题咏对象的诗歌作品，数量远超六朝。总体上说，初唐时期，以应制类和宴集类作品为主，盛唐时期，文人们开始转向士人园林，诗歌创作也逐渐脱离初唐时期模式化写作，而具有了个性色彩，吟咏士人园林的诗歌逐渐涌现。这些诗歌有以园林整体为歌咏对象的，如宋之问的《陆浑山庄》和《蓝田山庄》，蔡希寂的《同家兄题渭南王公别业》，张九龄的《林亭咏》，包融的《酬忠公林亭》，孙逖的《奉和李右相赏会昌林亭》，卢象的《同王维过崔处士林亭》，王维的《归辋川作》和《辋川闲居赠裴秀才迪》，等等。题写形式的灵活，透露出园林与士人生活紧密联系的信息，同时这些诗篇往往借园林以抒情，不同于初唐时期的园林应制诗。还有以园林景观为分题对象的，如唐太宗的《咏小山》即是对假山堆叠的歌咏，他者如山石之咏、泉池之咏，又或者咏花木、咏亭台，虽然不如中晚唐时期数量庞大，但在初盛唐时期已经出现景观分题，也是园林步步走向写意不可忽视的一环。于是，越来越多的园林物象进入诗歌，成为吟咏对象，而在吟咏中又被赋予主观情感，许多蕴含丰富的经典诗歌意象由此出现，这些诗歌意象又进一步物化为园林中的景观建构，从而使园林呈现出诗情画意的审美效果，这也是园林富于写意的原因所在。

越来越多的文人投身园林诗歌创作，促使园林由客观的物质建构上升为主观的精神建构，完成写意化过程，这其实正得益于文学的诗化语言。金学智称之为"把精神作为精神来表现的艺术"，"充分发挥文学语言形而上的审美功能，使园林建筑的造型以及山水、花木更能渗透审美主体的精神因素，使物质和精神互渗互补，相得益彰"②。文学尤其诗歌以其精练灵活和形象化的语言对客观景致进行诗意的赋予与美感的提升，不仅使园林的审美地位大大提高，而且使园林完成了写意化与诗意化的精神提升。因此，园林的写意与诗歌题咏之间有着不可忽视的紧密联系。文人士大夫越来越多地参与园林的构筑与题咏，以及以园林及其景观为题咏对象的诗歌作品大量涌现，都成为唐代写意园林趋于成熟

---

① 汪菊渊：《中国古代园林史》，中国建筑工业出版社2006年版，第91—92页。
② 金学智：《中国园林美学（第二版）》，中国建筑工业出版社2005年版，第237页。

的影响因素。

值得注意的是，写意园林的兴起并非偶然，还与唐代绘画、书法等艺术领域的写意倾向有关。符载谈张公作画，"观夫张公之艺，非画也，真道也。当其有事，已知夫遗去机巧，意冥元化，而物在灵府，不在耳目。故得于心，应于手，孤姿绝状，触毫而出，气交冲漠，与神为徒"①。绘画所要表达的是心对物的把握与控制，在去机巧后上升为对道的追求，从而摆脱有形之物的牵累，达到"与神为徒"的境界，这其实已经是对作画过程中"意"的重视。再如书法领域同样体现了对"意"的重视。《法书要录》载张怀瓘论书法云："夫翰墨及文章，至妙者皆有深意，以见其志"②，"仆今所制，不师古法。探文墨之妙有，索万物之元精。以筋骨立形，以神情润色。虽迹在尘壤，而志出云霄。灵变无常，务于飞动"③，认为在书法意象的探求中要对自然物象进行提炼概括，然后以意为主，将具体的物象简化为富有生命律动的线条，以线条来达意。可见，写意的风气已经在中晚唐时期渐渐兴起，为后世文人士大夫文化艺术的写意发展奠定了基础。

由以上论述可知，"写意"不仅仅是绘画领域的一种表现手法，更是一种艺术旨趣，存在于绘画、书法、酒茶、棋琴、诗文和园林等各艺术门类中。王毅先生说："它的价值只能存在于中国士大夫阶层对'天人之际'体系和自己理想人格的构建之中。"④ 正是在这种艺术大环境中，诗文的写意与园林的写意互相影响和互相渗透，推动了唐代写意园林的出现。张家骥先生结合唐代文学和造园学认为，"唐代文学中，这种小中见大，从有限的景象感知无限的审美经验，在造园学上的意义，就在于作家把自然景境中的'虚与实'、'少与多'、'有限与无限'，按照人的视觉心理活动特点，形象地加以揭示并表现出来，这对后世造园，小空间里写意山水的创作，从思想方法上奠定了基础"⑤，可见，诗歌题咏与唐代写意园林之间存在不可忽视的互动关系。

---

① （清）董诰等编：《全唐文》卷690《江陵陆侍御宅宴集观张员外画松石图》，中华书局1983年版，第7066页。
② （唐）张彦远著，范祥雍点校，启功、黄苗子参校：《法书要录》卷4《唐张怀瓘书议》，人民美术出版社2016年版，第152页。
③ （唐）张彦远著，范祥雍点校，启功、黄苗子参校：《法书要录》卷4《唐张怀瓘文字论》，人民美术出版社2016年版，第161页。
④ 王毅：《中国园林文化史》，上海人民出版社2004年版，第365页。
⑤ 张家骥：《中国造园艺术史》，山西人民出版社2004年版，第141页。

第二节　园景入诗与园林景观的诗意提升

俗话说看景不如听景，其实在于前者为实，后者为虚，后者融入了听者的想象，因而比看起来更富有美感。王维辋川别业二十景之一的"白石滩"，陈铁民经过实地考察后认为所谓的白石滩只不过是一片水上露出白石、水边长着蒲草的浅滩，景色可谓平淡无奇，但是王维在诗中写道"清浅白石滩，绿蒲向堪把。家住水东西，浣纱明月下"①，明月、溪流、绿蒲、白石与浣纱的少女相映成趣，组成一幅色彩明丽、境界幽美、充满生意的图画。诗歌的描述与客观的景致之间存在一个落差，而这正是诗歌语言的魅力和功力。诗歌语言不同于一般的科学语言，具有极强的诗化功能，诗歌以其精练灵活和形象化的语言对客观景致进行诗意的赋予与美感的提升，这个过程也是诗人主观情感的浸透与情操的寄托，由此园林也由客观的物质建构上升为主观的精神建构，这正是诗歌美学功用的体现。

一　"诗情""诗景"与"取兴兹境"②

日本学者浅见洋二在《"天开图画"的谱系——中国诗中的风景与绘画》一文中论述诗歌对风景的吟咏时说："可以认为明确提出在风景中发现'诗情''诗意'的看法，换言之，诗人们普遍有意识地谈论这种看法，是从中唐时期开始的。"③"诗情""诗意"的提出固然在中唐后频频出现，然而，盛唐时期已经出现了明确以园林景观为诗歌创作的题材。

最为典型的一则材料是李华的《贺遂员外药园小山池记》，文章用大量篇幅详细描写了贺遂员外药园小山池的优美景致，然后叙述在这样的优美景致中置酒娱宾，接下来作者进一步点出园林景致对诗歌创作的主要作用："赋情遣辞，取兴兹境。当代文士，目为'诗园'。"④优美的景致不

---

① （唐）王维撰，（清）赵殿成笺注：《王右丞集笺注》卷13《白石滩》，上海古籍出版社1984年版，第248页。
② 此小节内容可参见王书艳《"景"与"诗景"：唐代文人园林景观审美与诗学概念的形成》，《陕西师范大学学报》（哲学社会科学版）2024年第5期。
③ ［日］浅见洋二：《距离与想象——中国诗学的唐宋转型》，金程宇、［日］冈田千穗译，上海古籍出版社2005年版，第74页。
④ （清）董诰等编：《全唐文》卷316《贺遂员外药园小山池记》，中华书局1983年版，第3211—3212页。

仅使人身心愉悦，而且可以激发诗情，直接"取兴兹境"，进行诗歌创作，"诗园"的命名也正说明了园林与诗歌之间密切的互动关系，同时也说明文人采园林景观入诗的主动行为。与李华《贺遂员外药园小山池记》相应的还有一首王维的诗歌《春过贺遂员外药园》："前年槿篱故，今作药栏成。香草为君子，名花是长卿。水穿盘石透，藤系古松生。画畏开厨走，来蒙倒屣迎。蔗浆菰米饭，蒟酱露葵羹。颇识灌园意，於陵不自轻。"① 诗歌对园林的"槿篱""药栏""香草""名花"以及水景、盘石、藤松等景致进行了描写，可以与李华之《贺遂员外药园小山池记》互为参照。可见，盛唐诗人虽然没有明确地在诗歌中提出"诗景""诗情"的字眼，然而在行文中已然可以清楚见出吟咏园林风景的主动行为。

随着社会的发展和园林构建技巧的提高，中晚唐时期的园林更是达到了新的发展水平，这一时期的诗歌创作更脱离不了园林题材的使用，并且诗人采园林之景入诗的主动意识更加明确。《北梦琐言》卷12记载唐代进士张林惯于以园景入诗："唐张林，本士子，擢进士第，官至台侍御。为诗小巧，多采景于园林亭沼间，至如'菱叶乍翻人采后，荇花初没舸行时'。他皆此类。"②

中晚唐诗人采园景入诗已经成为一项有意识的主观行为，正因如此，诗歌中出现了越来越多的"诗景""诗思"与"诗情"。日本学者小川环树在《"风景"在中国文学里的语义嬗变》中指出这一点，并将其解释为"可以入诗、适于构成诗句的风景"③。

先来看"诗景"。所谓"诗景"即唐代文人采园景入诗，或在园景审美中将其认为可施之于诗的景称为"诗景"。例如皮日休有一首《奉和鲁望闲居杂题五首·好诗景》，以"好诗景"来称赞陆龟蒙闲居："青盘香露倾荷女，子墨风流更不言。寺寺云萝堪度日，京尘到死扑侯门。"④ 其他诗例如：

---

① （唐）王维撰，（清）赵殿成笺注：《王右丞集笺注》卷12，上海古籍出版社1984年版，第217页。
② （五代）孙光宪撰，贾二强点校：《北梦琐言》卷12《张林多戏》，中华书局2002年版，第259页。《全唐诗话》卷5对此也有记载："林擢进士第，官至御史。为诗小巧，多采景于园林。《亭沼》云：'菱叶乍翻人采后，菱荷初没舸行时。'亦佳句也。"参见（清）何文焕辑《历代诗话》，中华书局1981年版，第205页。
③ ［日］小川环树：《"风景"在中国文学里的语义嬗变》，《风与云——中国诗文论集》，周先民译，中华书局2005年版，第34页。
④ （唐）皮日休著，萧涤非、郑庆笃整理：《皮子文薮》附录一《皮日休集外诗文》，上海古籍出版社2017年版，第256页。

山色满公署，到来诗景饶。解衣临曲榭，隔竹见红蕉。（朱庆馀《杭州卢录事山亭》）①

萍岸新淘见碧霄，中流相去忽成遥。空余孤屿来诗景，无复横槎碍柳条。（朱庆馀《送唐中丞开淘西湖夏日游泛因书示郡人》）②

官闲马病客深秋，肯学张衡咏四愁。红叶寺多诗景致，白衣人尽酒交游。（高骈《途次内黄马病寄僧舍呈诸友人》）③

柳谷供诗景，华阳契道情。金门容傲吏，官满且还城。（徐铉《张员外好茅山风景求为句容令作此送》）④

以上所举例句中皆出现了"诗景"的明确称谓，此外还有大量的诗例虽然没有明确的"诗景"二字，但景致可入诗的意思却是十分显著的。如：

澹烹新茗爽，暖泛落花轻。此景吟难尽，凭君画入京。（郑谷《西蜀净众寺松溪八韵兼寄小笔崔处士》）⑤

野吟何处最相宜，春景暄和好入诗。（杜荀鹤《春日山居寄友人》）⑥

好景采抛诗句里，别愁驱入酒杯中。（杜荀鹤《赠友人罢举赴辟命》）⑦

有山有水堪吟处，无雨无风见景时。（杜荀鹤《登石壁禅师水阁有作》）⑧

贾生耽此寺，胜事入诗多。（李洞《题慈恩友人房》）⑨

春花秋月入诗篇，白日清宵是散仙。空卷珠帘不曾下，长移一榻

---

① （清）彭定求等编：《全唐诗》卷514，中华书局1960年版，第5872页。
② （清）彭定求等编：《全唐诗》卷514，中华书局1960年版，第5875页。
③ （清）彭定求等编：《全唐诗》卷598，中华书局1960年版，第6918页。
④ （宋）徐铉撰，李振中校注：《徐铉集校注（附徐锴集）》卷2，中华书局2018年版，第102页。
⑤ （唐）郑谷著，严寿澂、黄明、赵昌平笺注：《郑谷诗集笺注》卷2，上海古籍出版社2009年版，第141页。
⑥ （唐）杜荀鹤撰：《杜荀鹤文集》卷1，上海古籍出版社2013年版，第38页。
⑦ （清）彭定求等编：《全唐诗》卷692，中华书局1960年版，第7970页。在《杜荀鹤文集》卷3中只见诗题。
⑧ （唐）杜荀鹤撰：《杜荀鹤文集》卷3，上海古籍出版社2013年版，第104页。
⑨ （清）彭定求等编：《全唐诗》卷722，中华书局1960年版，第8283页。

对山眠。(鱼玄机《题隐雾亭》)①

对酒惟思月,餐松不厌山。时时吟内景,自合驻童颜。(吴子来《留观中诗二首》其一)②

上述所举例句,可以发现多数都是题写园林的诗作或以园景为创作对象,这说明一个十分有意思的现象,即唐代文人乐于采园景入诗,并且认为这样的景致堪称"诗景",这与李华称贺遂员外药园为"诗园"是一致的。同时,这也说明园林的景观建构对唐代诗歌创作的影响,不仅为其提供了可入诗的写作素材,而且作为一种品赏对象进入诗歌。

以"园景入诗"其实与园景可以引发"诗思""诗情"有着密切关系。晚唐五代诗人徐铉有一首《赋得风光草际浮》,虽说不是典型的以园景入诗的诗歌,但是诗作的最后一句写出了诗人作诗凝思于池塘的典型性,"诗人多感物,凝思绕池塘"③。而皎然的《五言秋日遥和卢使君游何山寺宿敫上人房论涅槃经义》则明确指出园景可以引发诗情,其诗云:"江郡当秋景,期将道者同。迹高怜竹寺,夜静赏莲宫。古磬清霜下,寒山晓月中。诗情缘境发,法性寄筌空。翻译推南本,何人继谢公。"④诗人在对何山寺的环境做了细致描述后,认为这种物境可以引发诗情,所谓"诗情缘境发"⑤。皎然是十分注重诗歌之境的,并且认为诗歌创作应该注重物境的选择,因此皎然提出"取境"说,"取境之时,须至难至险,始见奇句。成篇之后,观其气貌,有似等闲,不思而得,此高手也"⑥。皎然用十九个字概括诗歌的风格,即体,"夫诗人之思初发,取境偏高,则一首举体便高;取境偏逸,则一首举体便逸"⑦。皎然所谓的"境"包含两层意思,既可以指诗人在构思时对艺术幻象的艺术选择,这里的艺术幻象是存在于诗人心中的虚象;同时也可以指诗人在构思时对客观物镜的艺术观照,这里的物境存在于诗人的身边,是诗人对入诗材料的

---

① 彭志宪、张懿:《鱼玄机诗编年译注》,新疆大学出版社1994年版,第65页。
② (清)彭定求等编:《全唐诗》卷852,中华书局1960年版,第9640页。
③ (宋)徐铉撰,李振中校注:《徐铉集校注(附徐锴集)》卷3,中华书局2018年版,第139页。
④ (唐)释皎然撰:《杼山集》卷1,上海古籍出版社1992年版,第7—8页。
⑤ (唐)释皎然撰:《杼山集》卷1《五言秋日遥和卢使君游何山寺宿敫上人房论涅槃经义》,上海古籍出版社1992年版,第7页。
⑥ (唐)皎然著,李壮鹰校注:《诗式校注》卷1,人民文学出版社2003年版,第39页。
⑦ (唐)皎然著,李壮鹰校注:《诗式校注》卷1,人民文学出版社2003年版,第69页。

主观选择。如果结合皎然之"诗情缘境发"① 的出处则可以确定园林之境在诗歌创作意境构筑中起到了十分重要的作用,正因为园林意境与诗歌意境之间的同质同构,所以才有了《二十四诗品》中大量以园境写诗境的诗作的出现。

皎然的"诗情缘境发"② 解释为园林之境可以引发诗情,这在中晚唐诗歌中有着大量例证。暂举例如下:

老树呈秋色,空池浸月华。凉风白露夕,此境属诗家。(刘得仁《池上宿》)③

闲中得诗境,此境幽难说。(白居易《秋池二首》)④

最堪佳此境,为我长诗情。(周繇《甘露寺北轩》)⑤

劚破苍苔色,因栽十数茎。窗风从此冷,诗思当时清。(杜荀鹤《新栽竹》)⑥

带郭茅亭诗兴饶,回看一曲倚危桥。(秦系《题章野人山居》)⑦

只应宵梦里,诗兴属池塘。(严维《送舍弟》)⑧

亭台腊月时,松竹见贞姿。林积烟藏日,风吹水合池。恨无人此住,静有鹤相窥。是景吟诗遍,真于野客宜。(刘得仁《冬日骆家亭子》)⑨

从以上诗例可以看出:第一,园林之景、园林之境对"诗思""诗情"的感发作用。例如"诗兴",唐代诗人直接言明"带郭茅亭诗兴饶"⑩,"诗兴属池塘"⑪,说明园林中的景观以其或清幽或幽独可以引发

---

① (唐)释皎然撰:《杼山集》卷1《五言秋日遥和卢使君游何山寺宿敡上人房论涅槃经义》,上海古籍出版社1992年版,第7页。
② (唐)释皎然撰:《杼山集》卷1《五言秋日遥和卢使君游何山寺宿敡上人房论涅槃经义》,上海古籍出版社1992年版,第7页。
③ (清)彭定求等编:《全唐诗》卷544,中华书局1960年版,第6285页。
④ (唐)白居易著,朱金城笺校:《白居易集笺校》卷22,上海古籍出版社1988年版,第1492页。
⑤ (清)彭定求等编:《全唐诗》卷635,中华书局1960年版,第7291页。
⑥ (唐)杜荀鹤撰:《杜荀鹤文集》卷3,上海古籍出版社2013年版,第94页。
⑦ (清)彭定求等编:《全唐诗》卷260,中华书局1960年版,第2899页。
⑧ (清)彭定求等编:《全唐诗》卷263,中华书局1960年版,第2923—2924页。
⑨ (清)彭定求等编:《全唐诗》卷544,中华书局1960年版,第6289页。
⑩ (清)彭定求等编:《全唐诗》卷260《题章野人山居》,中华书局1960年版,第2899页。
⑪ (清)彭定求等编:《全唐诗》卷263《送舍弟》,中华书局1960年版,第2923—2924页。

诗人心中的共鸣，正如韩偓在《曲江夜思》中说："大抵世间幽独景，最关诗思与离魂"①。第二，"诗思"与"诗情"是诗人于园景中主动寻找的，这与中唐尤其是苦吟诗人的作诗思路是一致的。日本学者浅见洋二在《"天开图画"的谱系——中国诗中的风景与绘画》一文中说："在诗中歌咏风景与在风景中寻找'诗情'、'诗意'之间存在着根本的差异。"② 第三，以上诗例大多数出自中晚唐诗人之手，这说明唐代文人有意识地以采园景入诗，在园林中主动寻找诗思、诗兴与诗情当盛行于中晚唐时期。学者在谈到园林对诗情的感发时称之为"江山之助"，这说明事物的一个方面，倒不如"取兴兹境"更为恰当，既说明园林境界对诗情的感发之功，又说明诗人以园林为题材对象的创作是一种有意识的主动行为。

中晚唐时期出现大量以"诗景""诗情""诗思"为创作内容的诗歌作品，这也说明唐代文人的观物方式发生了变化，唐代文人怀着一种作诗的心态和诗意的眼光去看待周围事物，发现园林中适合入诗的风景，审美视角趋于诗意化，为园林景观的诗意提升奠定了基础。

二 诗歌品题与园林景观的题名

诗歌以其诗化的语言对园林景观进行诗意的提升，而当这种题写向着更为凝练、精致的方向发展，便凝结为词约意丰的品题。诗歌品题可以使园林景致更加富有诗意，具有画龙点睛的审美功用。

有关唐代园林的题名，学界大多认为是随意为之，诗化的渗透不足③。然而，万事万物的发展总有其过程，园林的题名亦是如此。六朝时期已出现诗意的题名，例如《梁书》载，刘慧斐"构园一所，号曰'离垢园'。时人乃谓为'离垢先生'"④。发展到唐代已呈兴盛之势，如刘禹锡在《海阳十咏》并引中说："元次山始作海阳湖。后之人或立亭榭，率无指名，及予而大备，每疏凿构置，必揣称以标之，人咸

---

① （唐）韩偓撰，吴在庆校注：《韩偓集系年校注》卷3，中华书局2015年版，第578页。
② ［日］浅见洋二：《"天开图画"的谱系——中国诗中的风景与绘画》，载《距离与想象——中国诗学的唐宋转型》，金程宇、［日］冈田千穗译，上海古籍出版社2005年版，第74页。
③ "用文字题署景物的做法已见于唐代……但都是简单的环境状写和方位、功能的标定。"参见周维权《中国古典园林史（第三版）》，清华大学出版社2008年版，第319页。"而主体的成分、精神的因素、'诗化'的渗透还远远不足。"参见金学智《中国园林美学（第二版）》，中国建筑工业出版社2005年版，第59页。
④ （唐）姚思廉撰：《梁书》卷51《处士传》，中华书局1973年版，第746页。

曰有旨"①。这说明景点的题名是经过深思熟虑、精心揣度后标称的。"吏隐亭"表明隐逸的性质;"切云亭"取自《楚辞·九章》之"冠切云之崔嵬"②,言其高;"云英潭"以云母之青黑色来指称潭之深、潭之色,形象而贴切;"玄览亭"取自《老子》之"涤除玄览"③;"飞练瀑"以白练如挂形容瀑布的飞动之状和莹白之色;"棼丝瀑"又是以棼丝的凌乱形容瀑布与石相激而纷飞散布的状态;"月窟"以窟穴如月而命名。

韩愈在《燕喜亭记》一文中对命名的缘由与用意则做了进一步说明。"既成,愈请名之,其丘曰'俟德之丘',蔽于古而显于今,有俟之道也;其石谷曰'谦受之谷',瀑曰'振鹭之瀑',谷言德,瀑言容也;其土谷曰'黄金之谷',瀑曰'秩秩之瀑',谷言容,瀑言德也;洞曰'寒居之洞',志其入时也;池曰'君子之池',虚以钟其美,盈以出其恶也;泉之源曰'天泽之泉',出高而施下也;合而名之以屋曰'燕喜之亭',取诗所谓'鲁侯燕喜'者颂也。"④ 在景点的命名上可谓独出机杼,用心良苦。再如,柳宗元将亭、池、泉等八处景观一律以"愚"命名,并非词穷也并非单调,而是有着独特的用意,"宁武子'邦无道则愚',智而为愚者也;颜子'终日不违如愚',睿而为愚者也。皆不得为真愚。今余遭有道,而违于理,悖于事,故凡为愚者莫我若也。夫然,则天下莫能争是溪,余得专而名焉"⑤。其他如白居易之"虚白堂""忘筌亭",司空图的"休休亭",等等,都是诗人有意识地将自我人格熔铸于自然之物,使其渗透强烈的主体个性与情感色彩,成为富有诗意的题名。

金学智将这种品题称为"诗意的集体的暗示"⑥,"集体的暗示正是如此,作为文化史的不断积淀,作为一种客观存在和精神背景,它往往包含着富于诗意的情思内涵,增添着风景的意境之美,并对品赏者的诗心起着启迪、引导、规范、拓展、深化的作用,从而使之沿着接受定向逍遥游荡"⑦。同样,萧驰也提到园林景观的命名,"命名不仅在标示个人拥有或

---

① (唐)刘禹锡著,瞿蜕园笺证:《刘禹锡集笺证》外集卷8,上海古籍出版社1989年版,第1453页。
② (宋)洪兴祖撰,白化文、许德楠、李如鸾、方进点校:《楚辞补注》卷4《惜诵》,中华书局1983年版,第128页。
③ (魏)王弼注,楼宇烈校释:《老子道德经注校释》,中华书局2008年版,第23页。
④ (唐)韩愈撰,马其昶校注,马茂元整理:《韩昌黎文集校注》卷2《燕喜亭记》,上海古籍出版社1986年版,第83页。
⑤ (唐)柳宗元:《柳宗元集》卷24《愚溪诗序》,中华书局1979年版,第643页。
⑥ 金学智:《中国园林美学(第二版)》,中国建筑工业出版社2005年版,第376页。
⑦ 金学智:《中国园林美学(第二版)》,中国建筑工业出版社2005年版,第376页。

文以诚所谓'私产山水',更在说明近世文人与山水之间既非我消没于彼,亦非彼消没于我的关系。……是将为我所识认、我所赏爱、我所命名的'吾有之独'的一片水石纳入自我的存在世界之中"①。

宋代邓椿在《画继·杂说》中指出:"画者,文之极也。"②"画者,岂独艺之云乎?"③绘画的灵魂在于能臻于文的极致,同样,园的极致也在于体现文的韵味,这里的文不只是富有文学色彩与诗意语言的词语,更是深蕴其中的文人的性格、思想、情感、审美与理念。客观的园林景致借助于诗化的品题使园林文学化、诗意化、心灵化,使有限的物质的山水、花木、建筑等传达出浓厚的诗情画意,甚至能"把人们审美感受中的想象、情感、理解诸因素引向更为确定的方向,导向更为明确的意念或主题"④。唐代文人为景观题名的行为方式为后代园林的题名积累了写意因子与题写经验,宋元明清时期园林的题名达到了出神入化的境地,更是演绎出匾额、楹联、石刻、砖刻等多种形式,在彰显园林的文人性上更加突出。

如果说诗歌品题是以诗文为景观命名从而提升景致诗意的话,那么直接依据诗文来构园则更为鲜明地体现了园林景观的文学性与诗化倾向。王维之辋川别业中有"竹里馆",其诗"独坐幽篁里,弹琴复长啸。深林人不知,明月来相照"⑤也正是计成《园冶》中"逸士弹琴"⑥"竹寮通幽,松寮隐僻"⑦的出处。又如苏州拙政园临水建有留听阁,取自唐代诗人李商隐"秋阴不散霜飞晚,留得枯荷听雨声"⑧诗句的意境,园中岛上小亭名"待霜"则取唐代诗人韦应物"洞庭须待满林霜"⑨之诗意。丰富的唐代诗歌资源为后世园林景观的建构提供了诗意的构思与

---

① 萧驰:《诗与它的山河:中古山水美感的生长》,生活·读书·新知三联书店2018年版,第495页。
② (宋)邓椿撰,黄苗子点校:《画继》卷9,人民美术出版社1963年版,第113页。
③ (宋)邓椿撰,黄苗子点校:《画继》卷9,人民美术出版社1963年版,第113页。
④ 李泽厚:《美学三书》,天津社会科学院出版社2003年版,第161页。
⑤ (唐)王维撰,陈铁民校注:《王维集校注》卷5《竹里馆》,中华书局1997年版,第424页。
⑥ (明)计成原著,陈植注释,杨伯超订订,陈从周校阅:《园冶注释》卷3《借景》,中国建筑工业出版社1988年版,第243页。
⑦ (明)计成原著,陈植注释,杨伯超订订,陈从周校阅:《园冶注释》卷1《相地·山林地》,中国建筑工业出版社1988年版,第58页。
⑧ 余恕诚、刘学锴:《李商隐诗歌集解》,中华书局2004年版,第76页。
⑨ 孙望编:《韦应物诗集系年校笺》卷9《答郑骑曹重九日求橘》,中华书局2002年版,第459页。

诗意的题名，创造出一种清涵、超逸空灵而隽永的"诗境"，在明清文人园林中成为普通追寻的境界。因此，走进园林看到的是美景，感受到的却是浓浓的诗意。

诗歌以其精练灵活和形象化的语言对客观景致进行诗意的赋予与美感的提升，这个过程也是诗人主观情感的浸透与情操的寄托，由此园林也由客观的物质建构上升为主观的精神建构。"中国古典园林有一个十分重要的美学定性，这就是除了按重量规律对形而下的物质进行精神性的艺术安排外，即除了把形而上的精神转化为有重量的物质实体——建筑等类型外，还着重地借助于文学这门'把精神作为精神来表现的艺术'，充分发挥文学语言形而上的审美功能，使园林建筑的造型以及山水、花木更能渗透审美主体的精神因素，使物质和精神互渗互补，相得益彰。从生态美学或艺术生态学的视角看，文学语言在这里的重要功能，是使园林由物质领域、自然生态领域进一步升华到精神文化生态领域，或者说，使形而下的物质自然生态和形而上的精神文化生态在园林中互渗互补，相得益彰。"①可见园林的精神升华有赖于文学的精神审美，具体到唐代园林景观的审美建构，正是唐诗发挥了重要的诗化功用。

诗歌的吟咏使园林物象从物质建构序列上升至精神建构序列。园中的山石、泉池、花木、建筑，甚至每一处景观都在诗人的不断歌咏下浸染了主观情感，成为文人抒发情感，书写志趣的载体。"故关何日到？且看小山峰"②，山石不仅是文人人格的象征，更满足了诗人隐逸山林的渴望。同时，唐人对小池的吟咏，不仅是映照万物，呈现美景的所在；更是诗人幻化出来的江湖象征，满足诗人自由驰骋、遨游江湖的归隐愿望。园中的花木、建筑也是这样，在诗人的歌咏中成为具有文人精神的审美象征，与文人士大夫的人格情操相对照。

唐人对园林物象的歌咏使其积淀了深厚的文化韵味，因此，园林对自然的模仿也便脱离了写实，走向写意，不拘泥于形似，更追求神似，写意园林开始出现。以山石写意名山，以池水写意沧溟，以花木写意君子，等等，整个园林犹如一个象征系统，成为文人抒怀的物质精神综合体。由于对园林物象写意性的重视，注重对士大夫心怀的充分体现，这就造成了园林景观在体积上趋于小型化，形成了影响深远的"壶中境界"，"一峰则

---

① 金学智：《中国园林美学（第二版）》，中国建筑工业出版社2005年版，第237页。
② （唐）杜牧著，（清）冯集梧注：《樊川诗集注》卷3《题新定八松院小石》，上海古籍出版社1978年版，第252页。

太华千寻，一勺则江湖万里"① 便是对构园精神的最精确概括。陈从周在《说园》中说："何以得之？有赖于题咏。故画不加题则显俗，景无摩崖（或匾对）则难明，文与艺未能分割也。"②

"园景"不只是风景本身，"还是心智在与自然富于省思的接触中产生的视界。当人的智慧介入风景，后者就成为了有意义的情境——景。换言之，景是心智所见的自然"③。采园景入诗或取兴兹境，一方面促使越来越多的园林景观进入诗歌成为创作对象，另一方面也促使园林景观不再是纯粹的自然之景，而是凝聚了诗人情性与心意的诗歌意象，促使园林景观饱含诗意。

第三节 唐代题园诗与园林的象征意蕴④

德国汉学家顾彬认为，梁陈之际山水诗主题已不是荒野的自然，而是身边的自然、旅途上的自然和园林中的自然，并且认为"自然景物从固定状态中解脱出来，它们不再属于这个外在世界，而变成了一种精神，一种意念"，"自然不再是人眼看到的自然，而是以精神为其本质的自然"⑤。唐代园林的兴盛更将文人的视野从荒野引到园林，不仅将园林作为家族僚友间的聚会场所，而且视为人格情操和人生追求的象征。诗人对园林的描绘与题咏也不再囿于园林本身，而在于书写个人情怀，园林的强烈象征性使诗人笔下的园林景物更多地染上了人为的色彩，园林成为一个庞大的象征体系。在论述了园林景观的诗意内涵后，这里主要从唐代文人的题园诗出发，论述唐代园林在整体上的象征意蕴。

一 园林题写与题园诗

六朝时期，随着皇家宫苑与私家宅院的发展，以园林为题咏对象的诗

---

① （明）文震亨原著，陈植校注，杨超伯校订：《长物志校注》卷3《水石》，江苏科学技术出版社1984年版，第102页。
② 陈从周：《梓翁说园》，北京出版社2011年版，第21页。
③ ［美］吴欣：《儒家山水：从风景园林到格物致知》，载［美］吴欣主编，［英］柯律格、包华石、汪悦进等著《山水之境：中国文化中的风景园林》，生活·读书·新知三联书店2015年版，第154页。
④ 本节内容发表于《新疆大学学报》2018年第6期，选入时有部分改动，特说明。
⑤ ［德］W. 顾彬：《中国文人的自然观》，马树德译，上海人民出版社1990年版，第222页。

歌作品逐渐增多。发展到唐代，唐代文人对园林的题写更进一步，出现了以园林为题写对象的题园诗，数量众多，题写方式也灵活多样。

魏晋时期，园林主要伴随游宴活动出现在诗歌中。魏曹植与曹丕分别作有《芙蓉池诗》与《芙蓉池作》，二人都以西园中芙蓉池为描写对象，创作起因是建安十六年（211）的西园之游。再如发生在晋元康六年（296）与永和九年（353）的金谷园宴集和兰亭集会，两次盛会中，诗人们也创作了多首园林诗作，如潘岳的《金谷会诗》，以及孙绰、谢安、孙统、袁峤之、王徽之等人的同题创作《兰亭诗》，在这些诗中，园林主要是作为宴集场所，还未成为独立的审美观照对象。刘宋时期，出现了以园林为专咏对象的诗歌。谢灵运的从子谢庄有《北宅秘园诗》，写宅院之美与身居宅院的闲逸之情，园林成为诗歌吟咏的主角。随后，谢朓随同萧子隆赴荆州，在荆州留下了联句诗《纪功曹中园》，以纪晏中园为联句对象。继谢庄、谢朓之后，对园林的题写日益增多，如梁简文帝萧纲有《山池诗》与《山斋诗》，庾信更用诗歌吟咏了自己的小园庭，有《园庭》一诗。将园林作为诗歌的吟咏对象，与六朝时期的园林发展有着密切关系，然而，这一时期的园林题写不仅数量少，而且将园林作为独立审美对象的意识还有待增强，真正将园林作为题写对象的题园诗要到唐代才逐渐涌现并形成规模。

初盛唐之交，出现了以园林为题写对象并明确以"题"为标志的题园诗。贺知章有一首《题袁氏别业》，"主人不相识，偶坐为林泉。莫漫愁沽酒，囊中自有钱"[①]，全诗以袁氏别业为题写对象，并明确以题写之，虽然少园林景致的描写，但全诗充溢着闲适的园林情调。《唐诗笺注》评曰："闲适之情，可消俗虑；潇洒之致，可涤烦襟。"[②] 相比贺知章纯写胸襟，苏颋的《题寿安王主簿池馆》则更为具象地描摹了园林的地理位置、景致及文人的游赏活动，"洛邑通驰道，韩郊在属城。馆将花雨映，潭与竹声清。贤俊鸾栖棘，宾游马佩衡。愿言随狎鸟，从此濯吾缨"[③]。虽然此时也有诸如《和石侍御山庄》《安德山池宴集》《唐都尉山池》等诗，但与之作为宴集场所或者入诗对象不同，《题袁氏别业》与《题寿安王主簿池馆》明确专为园林而题，题写意识更为鲜明。

---

① 王启兴、张虹注：《贺知章、包融、张旭、张若虚诗注》，上海古籍出版社1986年版，第23页。
② 陈伯海主编：《唐诗汇评》，浙江教育出版社1995年版，第241页。
③ 陈钧：《苏颋诗文集编年考校》，山西古籍出版社2001年版，第14页。

发展到盛唐时期，明确以园林为题写对象的题园诗逐步增多。如蔡希寂的《同家兄题渭南王公别业》，王维的《戏题辋川别业》，祖咏的《题韩少府水亭》，綦毋潜的《题沈东美员外山池》，孟浩然的《晚春题远上人南亭》，李白的《题金陵王处士水亭》，岑参的《初授官题高冠草堂》，郭良的《题李将军山亭》，高适的《涟上题樊氏水亭》，李颀的《题少府监李丞山池》《题綦毋校书别业》《题璿公山池》。虽然数量有限，但从其题写上看，有对他人园林的题写，也有对自家别业的题写，有权贵园林，有士人别业，更有逸人、山人之园林，为中晚唐时期题园诗的兴盛发展奠定了基础。

园林的营造经盛唐发展至中晚唐呈逐渐兴盛的态势。吴功正说："中唐士子的主要成分是一批新科进士，在功名层次上，他们较盛唐强多了。……但是，他们很会生活。盛唐士子的仗剑远游为时髦，中唐士子则善营园林，造成人力加工的自然山水，以满足自己对自然山水的欣赏和审美的需要。"① 中唐以来，"中隐"之论普遍为文人所接受，越来越多的文人士大夫"结庐泉石"，题园诗的创作也随之兴盛。

处于盛唐中唐转折期的钱起就写有多首题园诗，如《题温处士山居》《题苏公林亭》《题萧丞小池》《题樊川杜相公别业》《春暮过石龟谷题温处士林园》《题秘书王迪城北池亭》《题崔逸人山亭》《题郎士元半日吴村别业兼呈李长官》，题写数量之多在初盛唐时期是较为少见的。中唐以后，白居易每到一处即兴建园林，并且创作了大量园林诗歌，其中题园诗也是不可忽视的。有题他人园林者，如《题杨颖士西亭》《题王侍御池亭》《题韦家泉池》《题崔常侍济上别墅》《题平泉薛家雪堆庄》；也有题自家小园的，如《自题小园》《题别遗爱草堂兼呈李十使君》《重题别遗爱草堂》；有单独为某一座园林题写，也有集体性的题写，如《题洛中第宅》《寻春题诸家园林》；更有在新的园景建成后邀请友人一同题写，如白居易在新葺水斋之后将《府西池北新葺水斋即事招宾偶题十六韵》一诗寄给友人，刘禹锡作《白侍郎大尹自河南寄示池北新葺水斋即事招宾十四韵兼命同作》，雍陶作《和河南白尹西池北新葺水斋招赏十二韵》进行酬和。对园林别业的题写，在中晚唐时期已经渐趋丰富和成熟，不仅数量远超前代，且题写方式也多种多样，有"留题""别题""闲题""戏题""寄题"等，题园诗的创作呈现出前所未有的兴盛局面。

---

① 吴功正：《唐代美学史》，陕西师范大学出版社1999年版，第626—627页。

题园诗大量涌现的背后是唐代文人对园林的赞美、钦羡和情有独钟。清代画家方士庶说:"山川草木,造化自然,此实境也;因心造境,以手运心,此虚景也。虚而为实,是在笔墨有无间。"① 画家在笔墨之间别创一种灵奇,诗人也在对园林的题写中投注情感,赋予人为的知觉建构。王毅在《中国园林文化史》中认为,园林在士大夫文化艺术体系中拥有显著地位,不仅仅因为它给士大夫提供居住环境和文化活动场所,其核心是"对士大夫相对独立的人格、精神、情趣的追求"②。园林与士大夫,抑或士大夫与园林,两者已经融为一体。

二 方外之名的追求

唐代是一个文人园林普及发展的时代。初唐时期,高宗、武后对终南捷径的提倡与鼓励,加速了园林建构的热潮。《旧唐书》记载:"高宗天后,访道山林,飞书岩穴,屡造幽人之宅,坚回隐士之车。"③ 与此相应的是,皇帝赐隐士衣物、锦帛甚至园宅。如贺知章"天宝初,病,梦游帝居,数日寤,乃请为道士,还乡里,诏许之,以宅为千秋观而居。又求周宫湖数顷为放生池,有诏赐镜湖剡川一曲"④。皇帝亲自赏赐隐士园林宅第作为归隐之所,促使以园林追求隐逸之名成为当时的流行风尚。

初唐时期,以建构园林来追求隐逸之名最典型的代表是韦嗣立。《旧唐书·韦嗣立传》记载:"(韦嗣立)尝于骊山构营别业,中宗亲往幸焉,自制诗序,令从官赋诗,赐绢二千匹。因封嗣立为逍遥公,名其所居为清虚原幽栖谷。"⑤ 中宗亲往、分封、赐名,并且自制诗序,对韦嗣立建构别业并隐居的行为给予了极大肯定,换句话说,是对朝中权贵扮演隐士的一种肯定,不仅隐士可以被征召,朝贵也可以享受隐逸之名。张说在所作《东山记》中将其称为"丘中夔龙""衣冠巢许"⑥,王维在《暮春太师左

---

① (清)方士庶:《天慵庵笔记》,载王云五主编《丛书集成初编》第1639册,商务印书馆1936年版,第1页。
② 王毅:《中国园林文化史》,上海人民出版社2004年版,第263—264页。
③ (后晋)刘昫等撰:《旧唐书》卷192《列传第一百四十二·隐逸》,中华书局1975年版,第5116页。
④ (宋)欧阳修、(宋)宋祁撰:《新唐书》卷196《列传第一百二十一·隐逸》,中华书局1975年版,第5607页。
⑤ (后晋)刘昫等撰:《旧唐书》卷88《列传第三十八·韦思谦》,中华书局1975年版,第2873页。
⑥ (唐)张说著,熊飞校注:《张说集校注》卷13,中华书局2013年版,第696页。

右丞相诸公于韦氏逍遥宴集序》中赞其为"迹崆峒而身拖朱绂，朝承明而暮宿青霭"①。与之相应，王维有一首题写韦嗣立别业的诗，诗云："幸忝君子顾，遂陪尘外踪。闲花满岩谷，瀑水映杉松。啼鸟忽临涧，归云时抱峰。良游盛簪绂，继迹多夔龙。讵枉青门道，故闻长乐钟。清晨去朝谒，车马何从容。"②既为朝官又为隐士，既享有朝谒的荣耀，又享有隐逸的清名。

对隐逸之名的追求在皇权的首肯与引导下，已经成为士人们尤其是朝中权贵努力的方向，他们纷纷投身于园林别业的建构。长安东郊与南郊集中了皇室与显贵们的园池别业，蔡希寂与其家兄蔡希周曾经作诗题写渭南诸公别业，《同家兄题渭南王公别业》云："好闲知在家，退迹何必深。不出人境外，萧条江海心。轩车自来往，空名对清阴。……文章遥颂美，瘖寐增所钦。既郁苍生望，明时岂陆沉。"③"退迹何必深"已经道明唐朝隐逸之特点，城郊的别业或城中的宅院已然成为王公们追求隐逸的首选，"不出人境"就可游弋"江海"，而"颂美""增所钦"说明文人士大夫对这种隐逸生活或这种双重身份的向往。"隐于园"成为追求隐逸之名的最佳途径，这在唐人中变得十分普遍，有大量的题园诗说明了这一点。例如郭良的《题李将军山亭》诗云："衣冠为隐逸，山水作繁华。"④再有钱起的《题樊川杜相公别业》云："圣恩加玉铉，安得卧青霞。"⑤刘禹锡的《题王郎中宣义里新居》云："雨后退朝贪种树，申时出省趁看山。"⑥园林给文人士大夫提供了隐逸的绝佳条件，可以体面地体验隐士的隐逸生活，正如宇文所安说："只有在庄园过假日的隐居生活时，隐士的角色才得以扮演且空间才得以构筑：经验被戏剧化，而拥有这种经验的人将会更响亮地宣称他的自发与闲适。"⑦

对隐逸之名的追求愈演愈烈，到了中唐时期，已经演变为对园林建

---

① （唐）王维著，（清）赵殿成笺注：《王右丞集笺注》卷19，上海古籍出版社1961年版，第338页。
② （唐）王维著，（清）赵殿成笺注：《王右丞集笺注》卷3《韦侍郎山居》，上海古籍出版社1961年版，第36页。
③ （清）彭定求等编：《全唐诗》卷114，中华书局1960年版，第1158页。
④ （清）彭定求等编：《全唐诗》卷203，中华书局1960年版，第2118页。
⑤ （唐）钱起著，王定璋校注：《钱起集校注》卷5，浙江古籍出版社2015年版，第167页。
⑥ （唐）刘禹锡著，瞿蜕园笺证：《刘禹锡集笺证》卷24，上海古籍出版社1989年版，第741页。
⑦ ［美］斯蒂芬·欧文：《唐代别业诗的形成》下，陈磊译，《古典文学知识》1998年第1期。

构的追逐，只要建有园林就俨然具有了隐逸的清名，无论居住与否。李德裕在洛阳有平泉庄别墅，为官之前在此讲学，为官之后便没有再回去，虽然未在平泉庄居住，但依然不影响他获得隐逸之名。从李德裕的《洛中士君子多以平泉见呼愧获方外方之名因以此诗为报奉寄刘宾客》中可以看出，此诗作于开成元年（836）自滁州再除宾客后，李德裕因平泉庄而被士人赞以有方外之名，面对这种赞赏与美誉，李德裕无疑是欣然接受并心生愉悦的，正如诗云："非高柳下逸，自爱竹林闲。才异居东里，愚因在北山。径荒寒未扫，门设昼长关。不及鸱夷子，悠悠烟水间。"① 以悠然竹林的隐者自居，刘禹锡也因此作《和李相公以平泉新墅获方外之名因诗以报洛中士君子兼见寄之作》进行酬和："业继韦平后，家依昆阆间。恩华辞北第，潇洒爱东山。满室图书在，入门松菊闲。垂天虽暂息，一举出人寰。"② 东山也好，松菊也罢，只是刘禹锡对李德裕热衷隐逸的赞美之辞，实际情况是李德裕并未真正隐于园，更没有扮演隐士角色，仅仅是通过园林的建构与吟咏来获取隐逸之名。

这种现象并非李德裕所独有，而是中唐士人间的普遍做法。洛阳与长安因其政治地位成为唐时权贵园林相对集中的地方，同时也是权贵贪图仕宦与隐逸双重身份的集中表现。白居易的《题洛中第宅》云："水木谁家宅？门高占地宽。……春榭笼烟暖，秋庭锁月寒。……试问池台主，多为将相官。终身不曾到，唯展宅图看。"③ 再如罗邺题写长安城南显贵宅院的《春日偶题城南韦曲》云："韦曲城南锦绣堆，千金不惜买花栽。谁知豪贵多羁束，落尽春红不见来。"④ "有园无主"一方面说明唐人对园林的好尚，同时也说明园林成为唐人追求隐逸之名的重要表征；"心在林泉身在城，凤凰楼下得闲名"⑤，在园林别业的保障下，可以顺利地享受为官与隐逸的双重身份。"醉心于以江湖隐士的身份向朝廷展示他自己。然而扮演这种双重角色则有赖于城南以及已成为'人工化'自然的城郊的发

---

① （唐）李德裕撰，傅璇琮、周建国校笺：《李德裕文集校笺》别集卷10，中华书局2018年版，第716页。
② （唐）刘禹锡著，瞿蜕园笺证：《刘禹锡集笺证》外集卷7，上海古籍出版社1989年版，第1420页。
③ （唐）白居易著，朱金城笺校：《白居易集笺校》卷25，上海古籍出版社1988年版，第1745页。
④ （唐）罗邺著，何庆善、杨应芹注：《罗邺诗注》，上海古籍出版社1990年版，第104页。
⑤ （唐）姚合著，吴河清校注：《姚合诗集校注》卷7《题崔驸马宅》，上海古籍出版社2012年版，第386页。

展,有赖于一个向朝廷与京都开放的、能够'代表'复绝尘俗意味的空间场所"①,园林对这种双重角色的扮演无疑起到了重要的促成作用,同时也成就了文人所追求的方外之名。

三 自适生活的表达

杨晓山分析白居易密切关注园林的所有权问题时,认为有两个原因:"首先,……宅第和园林不仅是其主人社会地位的有力象征,也能够很好地反映天下的治乱。第二,从个人生活的角度来说,白居易相信,安稳地拥有一座属于自己的园子是实现一种生活方式必不可少的、而又充足的条件。"② 以园林获取方外之名从而拥有显达与隐逸的双重身份,这是士人尤其是权贵们孜孜以求的。然而,对隐逸之名的追求终归比不上对园林的实际拥有和体验,在园林中享受自足闲适的园居生活成为唐代文人的又一追求目标。

与朝贵们追求显达而远离园林别业形成对照的是,白居易在诗歌中抒发着自己对园林的拥有和享受。白居易离任杭州、苏州等地刺史后闲居东都,写了大量的作品来表现他对园林的拥有以及园中闲逸自适的生活情调。其《自题小园》云:"不斗门馆华,不斗林园大。但斗为主人,一坐十余载。回看甲乙第,列在都城内。素垣夹朱门,蔼蔼遥相对。主人安在哉?富贵去不回。池乃为鱼凿,林乃为禽栽。何如小园主,拄杖闲即来。亲宾有时会,琴酒连夜开。以此聊自足,不羡大池台。"③ 与李德裕等人长年仕宦在外不得归园池形成鲜明对比的是,白居易"一坐十余载"④,在园中弹琴酌酒,会集嘉宾,"自足"说明诗人居于园的心满意足。杨晓山评价白居易的洛阳生活时说:"定居洛阳之后,园林的所有权和对园林的欣赏在白居易的生活里表现出一种完美的结合。"⑤ 其实白居易居于庐山草堂时,这种自足自适的心性已经表现出来了,"乐天既来为主,仰观山,俯听

---

① [美]斯蒂芬·欧文:《唐代别业诗的形成》上,陈磊译,《古典文学知识》1997年第6期。
② [美]杨晓山:《私人领域的变形:唐宋诗歌中的园林与玩好》,文韬译,江苏文艺出版社2008年版,第30页。
③ (唐)白居易著,朱金城笺校:《白居易集笺校》卷36,上海古籍出版社1988年版,第2475页。
④ (唐)白居易著,朱金城笺校:《白居易集笺校》卷36,上海古籍出版社1988年版,第2475页。
⑤ [美]杨晓山:《私人领域的变形:唐宋诗歌中的园林与玩好》,文韬译,江苏文艺出版社2008年版,第25页。

泉，傍睨竹树云石，自辰及酉，应接不暇。俄而物诱气随，外适内和，一宿体宁，再宿心恬，三宿后颓然嗒然，不知其然而然"①。

当诗人以自足的眼光去题写园林时，园林便成为展示闲逸生活的舞台，这在题写他人园林的诗歌中也有体现。牛僧孺在洛阳归仁坊有池馆，《旧唐书·牛僧孺传》载："洛都筑第于归仁里。任淮南时，嘉木怪石，置之阶廷，馆宇清华，竹木幽邃。常与诗人白居易吟咏其间，无复进取之怀。"② 于园林中与二三友人萧然抒怀，也是难得的惬意。这在白居易为牛僧孺自题别墅所写的和诗中可以见出，《奉和思黯自题南庄见示兼呈梦得》云："谢家别墅最新奇，山展屏风花夹篱。晓月渐沉桥脚底，晨光初照屋梁时。台头有酒莺呼客，水面无尘风洗池。除却吟诗两闲客，此中情状更谁知？"③ 青山、花篱、晓月、晨光、小池相组合建构出远离尘嚣的悠然天地，在此幽境中更有酌酒吟诗之人，诗人将其称为"闲客"，从物质环境的悠然到精神的自足，诗人展现的是自己在园林中的闲散姿态。宇文所安说："与园林一样，被表现的自我也是一种建构，就如诗人宣称园林是大自然的微观缩影，他也可以宣称，那被表现的自我就是现实中自我的具现。"④ 园林为诗人提供了安逸自适的外在环境以及表现自我的舞台，而流通的诗歌则使诗人的社会性展示在他人的认可与赞同中成为现实。

如果说达官显贵在园林中追求隐逸是一种角色扮演，那么中唐以来一般士人在郡治官舍内开凿园池则真正实现了仕与隐的统一，园林也由此成为自适生活的最佳表达媒介。韦应物以自己为官的郡斋园林为歌咏对象，创作了大量郡斋诗，其《县斋》云："仲春时景好，草木渐舒荣。公门且无事，微雨园林清。决决水泉动，欣欣众鸟鸣。闲斋始延瞩，东作兴庶氓。即事玩文墨，抱冲披道经。于焉日淡泊，徒使芳樽盈。"⑤ 政暇于衙署园林中或玩文墨，或披道经，而园林中的泉水、鸟鸣、花木又增添了几笔静谧闲逸的色彩。在任所内开池引泉，栽植花木，或建亭立榭，已经成

---

① （唐）白居易著，朱金城笺校：《白居易集笺校》卷43，上海古籍出版社1988年版，第2736页。
② （后晋）刘昫等撰：《旧唐书》卷172，中华书局1975年版，第4472页。
③ （唐）白居易著，朱金城笺校：《白居易集笺校》卷34，上海古籍出版社1988年版，第2340页。
④ ［美］宇文所安：《中国"中世纪"的终结：中唐文学文化论集》，陈引驰、陈磊译，生活·读书·新知三联书店2006年版，第80页。
⑤ （唐）韦应物著，陶敏、王友胜校注：《韦应物集校注》卷8，上海古籍出版社1998年版，第492页。

为士人们在地方为官时的普遍行为。韦应物如此，白居易更是如此，"江州司马日，忠州刺史时。栽松满后院，种柳荫前墀。彼皆非吾土，栽种尚忘疲"①。在官舍内开凿小池，"帘下开小池，盈盈水方积。中底铺白沙，四隅甃青石。勿言不深广，但取幽人适"②。衙署在文人的精心美化下减少了阴森严肃的色调，多了一份悠闲与高逸，使士人在为政之余可以更便利地享受园林生活。"吏散山逾静，庭闲鸟自来"③；"唯兹郡阁内，嚣静得中间"④，为官的责任和隐逸的闲逸在这里实现统一，由此将古代封建社会士大夫理想的生活方式——吏隐实现了。

四 不平与无奈的寄托

唐代文人用诗歌表现自己对园林的审美观念，在他们眼中，园林既可以实现达官显贵们追求方外之名的隐士梦，又可以为追求仕途的为官者提供消融仕隐矛盾的自适生活，更成为仕途失意者抒发怨愤与不平的情感载体。如果说中唐士人在园林中实现了仕与隐的融合，那么晚唐士人在园林中则更多表现出隐逸的不平与无奈。正如尚永亮先生所说："从晚唐骤然增多的'壶天'吟咏中，可以看出他们的精神指向，看出他们在时代大潮推涌下既难于仕宦亦难于吏隐而不得不将视线投向江湖山林的某种苦衷。"⑤

仕途不顺而暂归林园，这种回归实乃不得已，早在李颀的诗歌中已经有所体现。李颀的《题綦毋校书别业》云："常称挂冠吏，昨日归沧洲。行客暮帆远，主人庭树秋。岂伊问天命，但欲为山游。万物我何有，白云空自幽。"⑥ 綦毋校书指綦毋潜，在京都有别业，大约在天宝元年（742）自校书郎弃官归江东，而这时李颀官新乡尉，在綦毋潜别业题诗怀之，"但欲为山游"⑦"赏心随去留"⑧ 表达了对綦毋潜辞官田居的钦羡之情，

---

① （唐）白居易著，朱金城笺校：《白居易集笺校》卷8《春葺新居》，上海古籍出版社1988年版，第459页。
② （唐）白居易著，朱金城笺校：《白居易集笺校》卷7《官舍内新凿小池》，上海古籍出版社1988年版，第367页。
③ （清）彭定求等编：《全唐诗》卷594《题云阳高少府衙斋》，中华书局1960年版，第6888页。
④ （唐）白居易著，朱金城笺校：《白居易集笺校》卷8《郡亭》，上海古籍出版社1988年版，第433页。
⑤ 尚永亮：《"壶天"境界与中晚唐士风的嬗变》，《东南大学学报》（哲学社会科学版）2006年第2期。
⑥ （唐）李颀著，王锡九校注：《李颀诗歌校注》卷1，中华书局2018年版，第225页。
⑦ （唐）李颀著，王锡九校注：《李颀诗歌校注》卷1，中华书局2018年版，第225页。
⑧ （唐）李颀著，王锡九校注：《李颀诗歌校注》卷1，中华书局2018年版，第225页。

但是羡慕仅停留在诗中，真正的挂冠很难付诸行动，所以李颀最后只能以表达相思之情结束，"倏忽令人老，相思河水流"①。对他人的归隐表现出羡慕，当归隐真的成为现实落到他本人身上时，情况却发生了变化，李颀的《不调归东川别业》云："寸禄言可取，托身将见遗。惭无匹夫志，悔与名山辞。绂冕谢知己，林园多后时。……清歌聊鼓楫，永日望佳期。"② 此诗大约作于天宝三载（744），李颀任新乡尉选官不调，后归隐颍阳东川别业，诗歌开头几句说明了归隐的原因，同时也可以看出诗人因选官不调而归隐的无奈，暂作宽慰之语。事实也确实如此，李颀在归隐后的十年间，并未甘于寂寞隐居，而是往来于两京，多与仕宦之人交游。

这种不得已到了晚唐人的题园诗中，则增添了更多的怨愤与不平。司空图感于政治多僻而弃官归隐，在中条山王官谷有别业，别业中有濯缨、修史、证因、览昭、莹心诸亭，《旧唐书·司空图传》记载："图有先人别墅在中条山之王官谷，泉石林亭，颇称幽栖之趣。自考槃高卧，日与名僧高士游咏其中。"③ 在清幽的林亭中与高人名僧游赏啸咏，看似悠闲而清逸，然而诗人的归隐乃时世所迫，并非心甘情愿为之。《唐诗纪事》记载："（司空图）见唐政多僻，中官用事，知天下必乱，即弃官归中条山。"④ 因此，在中条山之别业中，诗人的心情终究充满了愤懑，难以平复，诗人也只好时时劝慰自己，并以题写园林的方式有意压抑自己。其诗咏云："咄，诺！休休，莫莫，伎俩虽多性灵恶，赖是长教闲处着。休休，莫莫，一局棋，一炉药，天意时情可料度。白日偏催快活人，黄金难买堪骑鹤。"⑤ 休休亭本名濯缨亭，司空图将其改为休休亭，"司空氏王官谷休休亭，本濯缨也。……休休乎，且又殁而可以自任者，不增愧负于家国矣。复何求哉"⑥，这一重新命名的举动中隐含了作者的用意，原本为保持人格情操的高洁独立，然而终究做不到精神的自由与自足，只好用"休休"强制性地要求自己静心回归。

---

① （唐）李颀著，王锡九校注：《李颀诗歌校注》卷1，中华书局2018年版，第225页。
② （唐）李颀著，王锡九校注：《李颀诗歌校注》卷1，中华书局2018年版，第200页。
③ （后晋）刘昫等撰：《旧唐书》卷190下，中华书局1975年版，第5083页。
④ （宋）计有功：《唐诗纪事》卷63《司空图》，上海古籍出版社1987年版，第946页。
⑤ （唐）司空图著，祖保泉，陶礼天笺校：《司空表圣诗文集笺校》文集笺校卷2，安徽大学出版社2002年版，第199页。
⑥ （唐）司空图著，祖保泉，陶礼天笺校：《司空表圣诗文集笺校》文集笺校卷2，安徽大学出版社2002年版，第198—199页。

与司空图题写休休亭中的极大怨愤不同，方干也因应举不第而隐于会稽的镜湖别业，其题写园林别业的诗歌更多的是一种蕴含不平的无奈。《唐才子传》载："大中中，举进士不第，隐居镜湖中。湖北有茅斋，湖西有松岛，每风清月明，携稚子邻叟，轻棹往返，甚惬素心。所住水木幽闲，一草一花，俱能留客。家贫，蓄古琴，行吟醉卧以自娱。"① 方干于镜湖萧然山水，以诗自放，曾自题别业作《镜中别业二首》，宋长白《柳亭诗话》云："方干岛在会稽山东北麓，实镜湖中也。一名寒山，亦称笋庄。干有句曰：'寒山压镜心，此处是家林。'……皆自题别业也。同时齐己、崔涂辈有诗遥慕之。"② 其自题诗一云："寒山压镜心，此处是家林。梁燕窥春醉，岩猿学夜吟。云连平地起，月向白波沉。犹自闻钟角，栖身可在深。"③ 诗人用"寒山"描写别业的山峰，一个"压"字更给人以沉重愁闷之感，与其说是园景的描摹，毋宁说是心境的呈现，"春醉""猿吟""月沉""钟角"又给诗人的园居生活增添了一重愁苦和无奈。这种心情在第二首题诗中也有表现，"世人如不容，吾自纵天慵。……身外无能事，头宜白此峰"④，慵拙的原因在于世不容，在此社会背景下诗人也只能在别业中了此一生。诗中虽也有园林景致的描写，但诗人的愁苦心绪弥漫在诗中，浓得化解不开，与其说是陶冶性情、逍遥自如，毋宁说借园写志，疏散不平的心绪。

晚唐士人走向山林，以题写园林的文学手段抒发不平与无奈，而这种不平与无奈又被诗人深深压至心底，以"醉"与"吟"的姿态出之，完成自我超越。郑谷在《郊园》中写道："相近复相寻，山僧与水禽。烟蓑春钓静，雪屋夜棋深。雅道谁开口，时风未醒心。溪光何以报？只有醉和吟。"⑤ 郑谷在乾宁四年（897），为都官郎中，后不久即告归，退隐于仰山书堂，卒于北岩别墅，此诗当为其归隐别墅后所作，诗歌疏朗闲致，但"未醒心"与"醉和吟"表明诗人在匡时济世的抱负难以实现的情况下只好在园中以醉逃逸，以咏散怀。啸咏终日的园居情态在晚唐诗人的题园诗中已是常态，如"浊醪最称看山醉，冷句偏宜选竹题"⑥（郑谷《访

---

① 傅璇琮主编：《唐才子传校笺》卷7，中华书局1987年版，第372—373页。
② 陈伯海主编：《唐诗汇评》，浙江教育出版社1995年版，第2791页。
③ （清）彭定求等编：《全唐诗》卷648《镜中别业二首》，中华书局1960年版，第7443页。
④ （清）彭定求等编：《全唐诗》卷648《镜中别业二首》，中华书局1960年版，第7443页。
⑤ （唐）郑谷著，严寿澂、黄明、赵昌平笺注：《郑谷诗集笺注》卷1，上海古籍出版社2009年版，第121页。
⑥ （唐）郑谷著，严寿澂、黄明、赵昌平笺注：《郑谷诗集笺注》卷3，上海古籍出版社2009年版，第383页。

题表兄王藻渭上别业》);"醉卧白云闲入梦,不知何物是吾身"①（苏广文《自商山宿隐居》）。诗人们在终日醉卧与吟咏中消磨时光,并以此进入梦境,暂忘世事,消解心中的不平与无奈。

　　以园林别业为题写对象进行诗歌创作,在唐代已经形成规模并日趋兴盛。从题写范围上看,有权贵之园、士人之园以及逸人之园,数量众多;从题写方式上看,有自题,有他题,更有闲题、留题、寄题等,灵活多样,推动了题园诗的发展成熟。同时,唐代文人在对园林别业的吟咏与题写中,完成了园林观的多元审美建构。对权贵们而言,园林是他们追求方外之名的绝佳途径;对中唐多数文人而言,园林是他们享受自适生活的空间场所;对晚唐多数文人而言,园林又是他们抒发无奈退隐与不平心绪的情感载体。

---

① （清）彭定求等编:《全唐诗》卷783,中华书局1960年版,第8843页。

第四章 唐诗与唐代园林景观的审美概念

唐代园林作为一种景观存在，与文人的审美意识密不可分，而审美概念的形成正是唐代文人园林审美意识的集中体现。如唐诗中既有"风景""胜景""胜概""景致"等对园林景致进行描写的词语，又有"赏心""胜赏"等带有主观欣赏品鉴的词语，更有"胜境""佳境"等形容园林之"境"的词语，这样的词语在六朝园林中并不常见，但在唐代园林别业文学作品尤其诗歌中却不胜枚举，这是唐代文人园林审美意识发展的重要表现。同时，也说明唐代文人对园林的审美已经上升至一定的理论高度，形成了较为明确的审美概念，对后代的园林审美产生影响。本章主要选取"景""赏""境"三个审美概念对唐代园林景观审美进行阐发。

第一节 唐诗与园林之"景"

闻一多说："唐人的生活是诗的生活，或者说他们的诗是生活化了的……凡生活中用到文字的地方，他们一律用诗的形式来写，达到任何事物无不可以入诗的程度。"① 唐代文人将园林的营造过程、建构艺术、审美理想、鉴赏评价、生活艺术等全部融入了诗歌，并且赋予了园林以主观情感和寄托，使其成为诗歌创作的主要场所和士人文化的重要组成部分，伴随这一过程的便是唐代文人园林景观概念的逐渐成熟。本节即从唐代文人对园景的描绘词语诸如"景""风景""景致""景物"出发，探讨唐代文人对园景的审美观照，并以"胜景""清景""幽景""景趣"为例，探讨唐代文人在园林审美中体现出的园林景观概念。

关于"景"这一审美概念，陈伯海说："较之于'物'、'象'、'物

---

① 郑临川述评：《闻一多论古典文学》，重庆出版社1984年版，第83页。

色'诸概念,'景'充当风景、景观、图像、画面的总称,似更能给人以整体性观照的感觉,它的出现意味着唐人诗歌创作中已特别关注到物象构成的整体美学效果,而这正是唐诗意象艺术发展、成熟到形成诗歌意境阶段的一个显要标记。"① 萧驰则结合法国地理学家贝尔凯对"景观文化"列出的四项条件,认为"'景'是继'山水'和'风景'出现之后,中国景观文化中以语言表现的最重要话语"②,并且认为"'景'亦是'城市山林'园林的基本意义单位"③。而在明代计成的《园冶》中,"景"字出现了十七次,已经作为园林美感的基本单位存在了。因此可以说,"景"是一个值得注意的诗学概念,同时也是一个园林审美概念。

一 "景""风景"与"景物":唐代文人笔下的园景

景指风景、场景,观则意味着观看,景观的含义与风景、景致、景色一致,都是视觉美学意义上的概念。"景观"二字在古代诗文中并非作为一个独立的词汇存在,而是附连存在,如唐代诗人吕岩,即吕洞宾,唐末、五代著名道士,在《渔父词一十八首·入定》一诗中写道:"闭目藏真神思凝,杳冥中里见吾宗。无边畔,迥朦胧,玄景观来觉尽空。"④"景"与"观"虽然相连,但分属不同意思,"景"具有今日词汇"景观"之意,"观"则为看的意思。

"景"在古代诗文中十分常见,且有多种含义。《说文解字》注释:"景,光也,从日,京声。"⑤ "景"字在汉代的基本含义是光,这从汉代人的诗歌可以看出,班固有一首《宝鼎诗》,首句为"岳修贡兮川效珍,吐金景兮歊浮云"⑥,这里的"景"字有光芒的意思。再如《李陵录别诗二十一首》中有"愿君崇令德,随时爱景光"⑦,可见"景"字在汉代诗文中"光"之意思十分明显。到了魏晋时期,"景"字的运用延续"光"之含义,并且具有了天气、天光的意思,如湛方生的《游园咏》:"谅兹

---

① 陈伯海:《唐人"诗境"说考释》,《文学遗产》2013 年第 6 期。
② 萧驰:《诗与它的山河:中古山水美感的生长》,生活·读书·新知三联书店 2018 年版,第 227 页。
③ 萧驰:《诗与它的山河:中古山水美感的生长》,生活·读书·新知三联书店 2018 年版,第 228 页。
④ (清)彭定求等编:《全唐诗》卷 859,中华书局 1960 年版,第 9711 页。
⑤ (汉)许慎撰:《说文解字》,中华书局 1963 年版,第 138 页。
⑥ 逯钦立辑校:《先秦汉魏晋南北朝诗》汉诗卷 5,中华书局 1983 年版,第 169 页。
⑦ 逯钦立辑校:《先秦汉魏晋南北朝诗》汉诗卷 12,中华书局 1983 年版,第 339 页。

境之可怀。究川阜之奇势。水穷清以澈鉴。山邻而无际。乘初霁之新景。登北馆以悠瞩。"① 诗作内容明确为园林之景，"初霁之新景"指雨雪初停，天气放晴，这里的景可以指天气、天光，甚至可以理解成雨雪初停，园林呈现出一片新鲜景致，诗人登北馆以悠游。值得注意的是，晋诗中还出现了"景色"连指，如《子夜四时歌·春歌二十首》之一："景色复多媚。"② "景色"多被后人借用，如唐代诗人宋之问即有"岑壑景色佳，慰我远游心。"③ 到了梁诗，则出现了"丽景"的用法，如"离光丽景，神英春裕"④，这是梁简文帝萧纲所作的一首写乐游苑的诗，诗题为《九日侍皇太子乐游苑》，这里的"丽景"与后来唐代文人描写园林风光所用的"风景"含义非常接近；从中也可以看到"景"字如何从"光"之含义，逐步丰富，并最终成为具有景观审美义的概念。萧驰认为，"作为氛围的'风景'在居停之望中形构，又成为切割大自然而'取景'的开端。一个日后成为诗、山水绘画和园林核心美感话语的'景'已经于此萌生"⑤。可见，"景"是一个重要的审美概念，关系到诗画与园林艺术。

发展到唐代，作为景观之义的"景"更为频繁地出现在诗文中，且被用来描述园林之景。韦安石有一首《梁王宅侍宴应制同用风字》，诗云："梁园开胜景，轩驾动宸衷。早荷承湛露，修竹引薰风。九酝倾钟石，百兽协丝桐。小臣陪宴镐，献寿奉维嵩。"⑥ 这里的梁王指武三思，《旧唐书》卷183《外戚传》记载，武三思曾封梁王，赐实封一千户，诗中梁王宅当指武三思的宅第，其宅第有园林景观的建构，因此被称为"胜景"，韦安石称之为"梁园"，可见这里的"景"字具有景观的含义。梁王宅具有园林景观的建构，还可以从其他两则诗文中得到佐证。一首是张说的《侍宴武三思山第应制赋得风字》，一篇是陈子昂的《梁王池亭宴序》，序云"明月琴樽，即对西园之赏"⑦，陈子昂以邺城之"西园"赞称武三思

---

① 逯钦立辑校：《先秦汉魏晋南北朝诗》晋诗卷15，中华书局1983年版，第946页。
② 逯钦立辑校：《先秦汉魏晋南北朝诗》晋诗卷19，中华书局1983年版，第1043页。
③ （唐）沈佺期、（唐）宋之问撰，陶敏、易淑琼校注：《沈佺期宋之问集校注》下册《宋之问集校注》卷4，中华书局2001年版，第577页。
④ 逯钦立辑校：《先秦汉魏晋南北朝诗》梁诗卷3，中华书局1983年版，第1929页。
⑤ 萧驰：《诗与它的山河：中古山水美感的生长》，生活·读书·新知三联书店2018年版，"导论"第12页。
⑥ （清）彭定求等编：《全唐诗》卷104，中华书局1960年版，第1095页。
⑦ （唐）陈子昂撰，徐鹏校点：《陈子昂集（修订本）》卷7，上海古籍出版社2013年版，第179页。

之宅第,与韦安石以汉之"梁园"称之异曲同工,都意在赞美其宅第的园景之胜。

"景"字之具有景观义还有一例,即李白在《同族侄评事黯游昌禅师山池二首》诗中云:"惜去爱佳景,烟萝欲瞑时。"① 如果仅看此句,则"景"字貌似是"光""天气"之意,然而,结合前面诗句的描写,则可以知道所谓"佳景"当是偏正结构,具有绝佳的景色之义。"客来花雨际,秋水落金池。片石寒青锦,疏杨挂绿丝"②,这是对昌禅师山池景色的描写,"惜去爱佳景"当指称前述昌禅师山池的景致,因此,这里的"景"字应当理解为景观之义。如果与韦安石之诗置于一起分析,则更有意思,一为"胜景",一为"佳景",同为偏正结构,都是对园林景色的描写与赞美,前者为私家贵族宅第,后者为寺观园池。这说明唐代文人在面对园林景致的时候,已经有意识地用"景"字来进行形容与概括,这也说明唐代文人的景观概念正逐步形成。

值得注意的是,唐代文人在描写园林景观时经常用到"风景"一词。"风景"一词在现代汉语中指一般意义上的景观,然而在古代文人笔下却并非一开始就具有景观的含义,而是经历了一定的语义转化。宋孝武帝刘骏有《登鲁山诗》,诗云:"解帆憩通渚,息徒凭椒丘。粤值风景和,升高从远眺。"③ "风景"虽连称,却不是景观之义,风与景和,与今日之词"风和日丽"非常相似,可以是日光、月光等。然而,到了齐诗中却有了不同,谢朓有一首《新治北窗和何从事》,诗云:"国小暇日多,民淳纷务屏。辟牖期清旷,开帘候风景。"④ "开帘"与"辟牖"对仗,"风景"与"清旷"对仗,那么,这里的"风景"是否是日光、天气的意思呢?答案从诗句的后半部分可知,"泱泱日照溪,团团云去岭。岩峣兰橑峻,骈阗石路整。池北树如浮,竹外山犹影"⑤,这几句景致的描写紧接前面的"辟牖期清旷,开帘候风景"⑥。可见,溪水、云烟、山岭、石路、小池、树木、翠竹与远山构成的自然风景正是诗人从北窗中看到的景观,因

---

① 瞿蜕园、朱金城校注:《李白集校注》卷20,上海古籍出版社1980年版,第1181页。
② 瞿蜕园、朱金城校注:《李白集校注》卷20,上海古籍出版社1980年版,第1181页。
③ 逯钦立辑校:《先秦汉魏晋南北朝诗》宋诗卷5,中华书局1983年版,第1220页。
④ (南朝齐)谢朓著,曹融南校注集说:《谢宣城集校注》卷4,上海古籍出版社1991年版,第359页。
⑤ (南朝齐)谢朓著,曹融南校注集说:《谢宣城集校注》卷4,上海古籍出版社1991年版,第359—360页。
⑥ (南朝齐)谢朓著,曹融南校注集说:《谢宣城集校注》卷4,上海古籍出版社1991年版,第359—360页。

此这里的"风景"当具有景观的意思。

到了唐代,"风景"则开始比较频繁地用来指园林景致了。有以下数例:

  主第山门起灞川,宸游风景入初年。(苏颋《奉和初春幸太平公主南庄应制》)①

  林泉恣探历,风景暂徘徊。(骆宾王《同辛簿简仰酬思玄上人林泉四首》其三)②

  岩居旧风景,人世今成昔。(吕渭《经湛长史草堂》)③

  曾逢异人说,风景似桃源。(于鹄《南溪书斋》)④

  长爱街西风景闲,到君居处暂开颜。[刘禹锡《秋日题窦员外崇德里新居(窦时判度支案)》]⑤

  林园四邻好,风景一家秋。(白居易《履道新居二十韵》)⑥

  可惜亭台闲度日,欲偷风景暂游春。(白居易《令公南庄花柳正盛欲偷一赏先寄二篇》)⑦

  亭亭新阁成,风景益鲜明。石尽太湖色,水多湘渚声。翠筠和粉长,零露逐荷倾。(姚合《题长安薛员外水阁》)⑧

  还因重风景,犹自有秋诗。(雍陶《和刘补阙秋园寓兴六首》其五)⑨

  池亭才有二三亩,风景胜于千万家。(方干《孙氏林亭》)⑩

---

① 陈钧:《苏颋诗文集编年考校》,山西古籍出版社2001年版,第19页。
② (唐)骆宾王著,(清)陈熙晋笺注:《骆临海集笺注》卷2,上海古籍出版社1985年版,第72页。
③ (清)彭定求等编:《全唐诗》卷307,中华书局1960年版,第3488页。
④ (清)彭定求等编:《全唐诗》卷310,中华书局1960年版,第3499页。
⑤ (唐)刘禹锡著,瞿蜕园笺证:《刘禹锡集笺证》卷24,上海古籍出版社1989年版,第729页。
⑥ (唐)白居易著,朱金城笺校:《白居易集笺校》卷23,上海古籍出版社1988年版,第1585页。
⑦ (唐)白居易著,朱金城笺校:《白居易集笺校》卷33,上海古籍出版社1988年版,第2295页。
⑧ (唐)姚合著,吴河清校注:《姚合诗集校注》卷7,上海古籍出版社2012年版,第388页。
⑨ 周啸天、张效民注:《雍陶诗注》,上海古籍出版社1988年版,第12页。
⑩ (清)彭定求等编:《全唐诗》卷650,中华书局1960年版,第7463页。

当然，唐代诗歌中"风景"也有风光、天光的用法。例如李适的《人日宴大明宫恩赐彩缕人胜应制》中有"向夕凭高风景丽，天文垂耀象昭回"①，"风景"即有风和日丽之义，景观之含义不甚明显。再如薛稷有一首《奉和圣制春日幸望春宫应制》，首句云："九春风景足林泉，四面云霞敞御筵。"②"九春"与"四面"相对，一为时间，一为空间，"风景"与"云霞"相对，后者为云霞，前者当为"日光"更为合适。如同这两例，一来数量少，与上述诸多诗例形成了鲜明对比；二来这例诗作时间都较早，属于初唐时期。因此可以发现，"风景"在用来描述园林景致的时候，已经从"日光"的含义逐渐转变为"景观"之义了，并且较普遍地应用于园林景致的描绘。

"景物"也是不能忽视的表示景观含义的词。"景物"在晋诗已经出现，但非景观之义，而是"景"与"物"的连用。陆云有一首《大安二年夏四月大将军出祖王、羊二公于城南堂皇被命作此诗》，其中写到"景物台晖，栋隆玉堂"③，"景物"属于"景"与"物"的连用，景是其基本义，"光"的意思，物也同样，取"色"之义，"景物台晖"即指光色交相辉映。再有陶渊明《时运》序中也是"景""物"连用，"时运，游暮春也。春服既成，景物斯和，偶影独游，欣慨交心"④，这里的"景物斯和"十分明显是两个词，景与物之交合，与陆云诗中的"景物台晖"当为同例，都是"景"与"物"的连用，且运用的都是其基本义。然而，值得注意的是，到了梁诗，"景物"所指有所变化。如王台卿的《奉和往虎窟山寺诗》，诗云："我王宗胜道。驾言从所之。辎轩转朱毂。骊马跃青丝。清渠影高盖。游树拂行旗。宾徒纷杂沓。景物共依迟。"⑤"景物"与"宾徒"对仗，后者指游人，前者"景物"则明显不是光与色之义，而是指游览路上看到的清渠与游树等景观、景致，景观之义较为明确。

"景物"的景观义在唐代文人笔下则更为常见，且被用来描述园林景致。有以下例子：

---

① （清）彭定求等编：《全唐诗》卷70，中华书局1960年版，第777页。
② （清）彭定求等编：《全唐诗》卷93，中华书局1960年版，第1007页。
③ （晋）陆云著，刘运好校注整理：《陆士龙文集校注》卷2，凤凰出版社2010年版，第284页。
④ 逯钦立校注：《陶渊明集》卷1，中华书局1979年版，第13页。
⑤ 逯钦立辑校：《先秦汉魏晋南北朝诗》梁诗卷27，中华书局1983年版，第2089页。

第四章　唐诗与唐代园林景观的审美概念　189

　　帝出明光殿，天临太液池。尧樽随步辇，舜乐绕行麾。万寿祯祥献，三春景物滋。(杜审言《望春亭侍游应诏》)①

　　上月河阳地，芳辰景物华。绵蛮变时鸟，照曜起春霞。柳摇风处色，梅散日前花。淹留洛城晚，歌吹石崇家。(崔知贤《晦日宴高氏林亭》)②

　　午后郊园静，晴来景物新。雨添山气色，风借水精神。[白居易《闲园独赏(因梦得所寄蜂鹤之咏，因成此篇以和之)》]③

　　澹烟疏雨间斜阳，江色鲜明海气凉。蜃散云收破楼阁，虹残水照断桥梁。风翻白浪花千片，雁点青天字一行。好著丹青图写取，题诗寄与水曹郎。(白居易《江楼晚眺景物鲜奇吟玩成篇寄水部张员外》)④

　　闲园多芳草，春夏香靡靡。深树足佳禽，旦暮鸣不已。院门闭松竹，庭径穿兰芷。爱彼池上桥，独来聊徙倚。鱼依藻长乐，鸥见人暂起。有时舟随风，尽日莲照水。谁知郡府内，景物闲如此？(白居易《郡中西园》)⑤

　　荷塘烟罩小斋虚，景物皆宜入画图。(司空图《王官二首》)⑥

　　茅亭客到多称奇，茅亭之上难题诗。出尘物景不可状，小手篇章徒尔为。(杜荀鹤《题汪氏茅亭》)⑦

　　以上诗例按照时间排列则可以发现"景物"一词的景观含义的转变过程。第一例诗中"三春景物滋"⑧，"景物"没有明确的指称对象，并且诗人用"滋"来形容，"滋"在《说文解字》中解释为"增益"，"三春景物滋"⑨当有时间发展隐含其中，可以理解为，三春时景物益发光鲜

---

① (唐)杜审言著，徐定祥注：《杜审言诗注》，上海古籍出版社1982年版，第4页。
② (清)彭定求等编：《全唐诗》卷72，中华书局1960年版，第784页。
③ (唐)白居易著，朱金城笺校：《白居易集笺校》卷32，上海古籍出版社1988年版，第2218页。
④ (唐)白居易著，朱金城笺校：《白居易集笺校》卷20，上海古籍出版社1988年版，第1375页。
⑤ (唐)白居易著，朱金城笺校：《白居易集笺校》卷21，上海古籍出版社1988年版，第1402页。
⑥ (唐)司空图著，祖保泉、陶礼天笺校：《司空表圣诗文集笺校》诗集笺校卷4，安徽大学出版社2002年版，第115页。
⑦ (唐)杜荀鹤撰：《杜荀鹤文集》卷3，上海古籍出版社2013年版，第86页。
⑧ (唐)杜审言著，徐定祥注：《杜审言诗注》，上海古籍出版社1982年版，第4页。
⑨ (唐)杜审言著，徐定祥注：《杜审言诗注》，上海古籍出版社1982年版，第4页。

美丽，这里的"景物"虽然也可以作为景观之义来理解，但毕竟不够纯粹，作为"光"与"色"来分析更为合适。同样的意指又出现在同时代的崔知贤的《晦日宴高氏林亭》诗中，崔知贤以"景物"指称高氏林亭，即高正臣寓居洛阳的园池，在此曾举行大规模的文人宴会，陈子昂、崔知贤等人参加，且有诗作汇集，崔知贤此首即第一次宴会上所作。如果单从字面来看"景物"作为景观貌似也没有问题，但是结合后面几句中的关键词"照曜""春霞""风处色"，光与色的意指当更为明显，加之作者以"华"字来作为"景物"的特征，这就更加强了"景物"的光色特征。凑巧的是，这两例诗作都出现在初唐时期，用法可以看作六朝"景物"用法的延续。

上文谈到，梁诗中已经出现"景物"之景观义的用法，而在白居易诗歌中，这种用法则更为普遍，且景观之义也更为明显。第三例白居易诗云："午后郊园静，晴来景物新。"① 这里的景物可以指郊园之景，但"晴来"二字又貌似给景物增添了晴日里的光与色，使其呈现出"新"的特征，或者说是增加了气象的特征。两种解释都合理。第四例，白居易则在诗题中鲜明地点出"景物"一词。景物所指何？即白居易诗中所言："澹烟疏雨"与"斜阳"，"江色"与"海气"，"云雾"与"蜃楼"，"虹""残水"与"桥梁"，"风"与"浪花"，"雁"与"青天"，等等。景致虽然如第三例中有雨后放晴的鲜亮特征，但与第三例不同的是，这里的"景物"所指对象十分丰富且非常明确，即诗人远眺所看到的景致，有远景有近景，有静景有动景，相互之间融为一体，构成了可施之于丹青的图画。第五例白居易诗，"景物"的景观义则变得更为纯粹，"谁知郡府内，景物闲如此"② 这一句以概括性的话语对郡斋园林中的景观进行总结，而具体所指则为"闲园多芳草，……院门闭松竹，庭径穿兰芷。爱彼池上桥，独来聊徙倚。……尽日莲照水"③ 诗句内容。与白居易诗前两例不同的是，这里的景物明确为园林景观。与之相应，第六例、第七例司空图与杜荀鹤诗作中的"景

---

① （唐）白居易著，朱金城笺校：《白居易集笺校》卷32，上海古籍出版社1988年版，第2218页。
② （唐）白居易著，朱金城笺校：《白居易集笺校》卷21《郡中西园》，上海古籍出版社1988年版，第1402页。
③ （唐）白居易著，朱金城笺校：《白居易集笺校》卷21《郡中西园》，上海古籍出版社1988年版，第1402页。

物皆宜入画图"① 与"出尘物景不可状"②,两处"景物"同样明确指称园林景观。通过排列比较分析,可以这么说,"景物"一词具有光与色之基本义,在初唐时期描述园林景致的用法中还不够明确;到了中唐时期,特别是在白居易笔下,"景物"则逐渐转移到"景观"义;而到了晚唐时期,在司空图和杜荀鹤笔下,"景物"则逐渐脱离了光与色的基本义,转向了"景观"之义。

"景致"也是一个不应忽略的指称景观的词,并且与现代汉语中的"景观"具有一致性。与"景""风景""景物"不同的是,景致在唐以前的诗文中并没有出现,而首次出现在白居易诗作中。白居易在《题周皓大夫新亭子二十二韵》中开篇即称赞道:"东道常为主,南亭别待宾。规模何日创?景致一时新。"③ 以"景致"指称亭子结构完成后取得的审美效果,有"广砌罗红药,疏窗荫绿筠"④,有"珍奇鸟兽驯"⑤ 等。白居易还有一首《杭州景致》,直接以景致来命题,虽然此诗不是描述园林景观之作,但是"景致"一词具有景观义是可以肯定的事实。白居易一生对园林情有独钟,不仅建构了多处宅院,而且具有非常高超的园林景观审美鉴赏力,这也是白居易能够开创性地使用"景致"一词来描述园林景观的能力的体现,同时也说明唐代文人的园林景观概念在白居易时期已经非常明确与清晰了。

无论是"景""风景""景物"还是"景致",这些词的运用以及语义的转向变化,都与时代的发展不无关系。唐代园林在六朝园林发展的基础上继往开来,开创了无比兴盛的繁荣局面,唐代文人的亲自参与又进一步推动了唐代园林向着文人化的方向发展,而唐代文人的诗歌吟咏还促使唐代园林进一步景观化,这是互相影响、互相促发的互动关系。面对越来越丰富、越来越精致、越来越成熟的园林景观,唐代文人不得不开辟新的词义来描述眼前之物,也由此促发了"景""风景""景物"

---

① (唐)司空图著,祖保泉、陶礼天笺校:《司空表圣诗文集笺校》诗集笺校卷4《王官二首》,安徽大学出版社2002年版,第115页。
② (唐)杜荀鹤撰:《杜荀鹤文集》卷3《题汪氏茅亭》,上海古籍出版社2013年版,第86页。
③ (唐)白居易著,朱金城笺校:《白居易集笺校》卷15,上海古籍出版社1988年版,第899页。
④ (唐)白居易著,朱金城笺校:《白居易集笺校》卷15,上海古籍出版社1988年版,第899页。
⑤ (唐)白居易著,朱金城笺校:《白居易集笺校》卷15,上海古籍出版社1988年版,第899页。

词汇的语义转向和"景致"一词的创新性使用，同时这一过程也说明唐代文人的园林景观概念伴随着唐代园林的兴盛发展而逐步成熟起来。

二 "胜景""清景""幽景"与"景趣"：品评园景的景观概念

日本学者赤井益久在论述白居易之风景观时指出："闲居中的环境与这种环境中的精神、感情之间的交融，在多数情况下，是借助于作为认识的反映的'风景'来表白的。如果说'闲居'是处世观的一种反映，那么白诗中所见到的'风景'就不能说只是单纯的景物描写。"① 白诗中所见到的"风景"也就是诗人对园景的描绘，而这种描绘已经带有了诗人的主观认识，由此诗歌中呈现出的园景词语也不再是单纯的风景，除了蕴含着诗人的主观情感外，也包含诗人对园林景观的审美观照，诸如"胜景""芳景""清景""美景""幽景""仙家景""佳景"等，这些词语中修饰成分的运用体现了唐代文人对园景的审美观照以及园林景观概念的成熟。

以"胜景"指称园景的例子，除了前面所举韦安石的《梁王宅侍宴应制同用风字》，唐诗中还有一例。欧阳詹的《题华十二判官汝州宅内亭》云："高居胜景谁能有，佳意幽情共可欢。新柳绕门青翡翠，修篁浮径碧琅玕。步兵阮籍空除屏，彭泽陶潜漫挂冠。只在城隍也趋府，岂如吾子道斯安。"② 诗歌歌咏华十二判官汝州宅内的一所亭子，亭子在唐代经历了由住宅建筑向景观建筑转变的过程，景观功能日益明显。欧阳詹在这里描写的对象也重在强调其景观性，因此开篇便说"高居胜景谁能有"，为了观景与聚景，亭子的构建位置或在山巅之高处，或在临水之际，这里明显是于高处建亭，在亭子的收纳聚景功能下，亭与新柳、修篁等景致构成一片胜景，于此观亭，其情悠乐。欧阳詹以"胜景"描写园景时采用了总分总式结构，开篇以总括的方式领起，接下来详述胜景的构成，最后抒情发表议论。这种创作手法在其他诗作中也可以看到，如李中有一首《海上太守新创东亭》诗，开篇以胜景领起，"使君心智杳难同，选胜开亭景莫穷"③；接下来列举胜景内容，"高敞轩窗迎海月，预栽花木待春风。静披典籍堪师古，醉拥笙歌不碍公。满径苔纹疏雨后，入

---

① ［日］赤井益久：《中唐文人之文艺及其世界》，范建明译，中华书局2014年版，第81页。
② 杨遗旗校注：《〈欧阳詹文集〉校注》卷3，华中科技大学出版社2012年版，第112页。
③ （清）彭定求等编：《全唐诗》卷748，中华书局1960年版，第8526页。

檐山色夕阳中"①；最后以抒情议论作结，"事简岂妨频赏玩，况当为政有余功"②。

"胜景"又被称为"胜事"或"胜概"，是唐代文人用来指称园林之景的惯用手法。如钱起有一首《太子李舍人城东别业》，诗云："君家北原上，千金买胜事。"③ 以"胜事"指称李舍人城东别业。李舍人，据岑仲勉《唐人行第录》考订为李幼卿，钱起还有一首《太子李舍人城东别业与二三文友逃暑》④，同指李幼卿在长安城东北原上的别业。再如皎然在《五言奉酬袁使君高寺院新亭对雨（其亭即使君所创)》中也以"胜事"指称园林，诗云："兹亭迹素浅，胜事并随公。"⑤ 这里的亭乃是袁使君于寺院中所创之亭，属于寺观园林，但景致一样优美绝胜。诗歌接下来便具体叙述了"胜事"的内容，如"法界飘香雨，禅窗洒竹风。浮烟披夕景，高鹤下秋空"⑥。"胜概"与"胜事"的用法相同，用来指称园林胜景。如白居易的《裴侍中晋公以集贤林亭即事诗二十六韵见赠猥蒙徵和才拙词繁辄广为五百言以伸酬献》，诗云："疏凿出人意，结构得地宜。灵襟一搜索，胜概无遁遗。"胜概的具体内容也在接下来的诗句中有详述："因下张沼沚，依高筑阶基。嵩峰见数片，伊水分一枝。南溪修且直，长波碧逶迤。北馆壮复丽，倒影红参差。东岛号晨光，杲曜迎朝曦。西岭名夕阳，杳暧留落晖。前有水心亭，动荡架涟漪。后有开阖堂，寒温变天时。幽泉镜泓澄，怪石山歆危。"⑦ 除了"胜景"一词，描绘指称园景的词汇还有"芳景""美景""佳景"，虽词汇不同，但含义大致相同，同为赞美园景之美、之胜、之绝、之丽，因此，不再重复举例说明。

值得注意的是，"胜景""胜概""胜事"更容易使人联想起绝胜之地或出尘之境，也就是所谓"仙景"与"仙境"。唐代诗人李君何就以作比的方式对"胜景"做了很好的阐释，其诗《曲江亭望慈恩寺杏园花发》描写长安城的一处胜地，曲江亭、慈恩寺与杏园，诗云："春晴凭水轩，仙杏发南园。开蕊风初晓，浮香景欲暄。光华临御陌，色相对空门。野雪

---

① （清）彭定求等编：《全唐诗》卷748，中华书局1960年版，第8526页。
② （清）彭定求等编：《全唐诗》卷748，中华书局1960年版，第8526页。
③ （唐）钱起著，王定璋校注：《钱起集校注》卷2，浙江古籍出版社2015年版，第36页。
④ （唐）钱起著，王定璋校注：《钱起集校注》卷6，浙江古籍出版社2015年版，第200页。
⑤ （唐）释皎然撰：《杼山集》卷1，上海古籍出版社1992年版，第8页。
⑥ （唐）释皎然撰：《杼山集》卷1，上海古籍出版社1992年版，第8页。
⑦ （唐）白居易著，朱金城笺校：《白居易集笺校》卷29，上海古籍出版社1988年版，第2034页。

遥添净，山烟近借繁。地闲分鹿苑，景胜类桃源。"① 在对景致进行了一番描写后，以"景胜类桃源"作结，既是作结，也是类比，"景胜"貌似已经不能表达诗人对园景之美的赞美，必须以"桃源"来作为类比对象，才能将眼前景更为逼真地表现出来，也许这样才能令人信服。园景也因为有了"桃源"之类比，从"景胜"之抽象性的概括描述再一次转变为具象化的景致，完成了从具象到抽象再到具象的过程。

于是，"仙家景"成为"胜景"的具象化指称，用来指称园景。有以下诗例：

> 缭绕长堤带碧浔，昔年游此尚青衿。兰桡破浪城阴直，玉勒穿花苑树深。宦路尘埃成久别，仙家风景有谁寻。那知年长多情后，重凭栏干一独吟。(徐铉《重游木兰亭》)②

> 西郭尘埃外，新亭制度奇。地形当要处，人力是闲时。结构方殊绝，高低更合宜。栋梁清俸买，松竹远山移。佛寺幽难敌，仙家景可追。良功惭巧尽，上客恨逢迟。(姚合《题凤翔西郭新亭》)③

> 仙都难画亦难书，暂合登临不合居。绕郭烟岚新雨后，满山楼阁上灯初。人声晓动千门辟，湖色宵涵万象虚。为问西州罗刹岸，涛头冲突近何如？(元稹《重夸州宅旦暮景色兼酬前篇末句》)④

晚唐五代诗人徐铉以"仙家景"形容木兰亭景致，并且采用的是李君何之诗《曲江亭望慈恩寺杏园花发》的写法，先一项项具体描写园景的构成部分，最后以"仙家景"对其景致进行概括与赞美，只是这里少了"胜景"的中介，而是直接以"仙家景"来指称。与之相应的是，姚合的《题凤翔西郭新亭》诗也采用了同样的写法，并且以可追"仙家景"来对凤翔西郭新亭的绝佳景致进行评价与赞美，同时诗人巧妙运用了比较手法。"佛寺幽难敌，仙家景可追"⑤，佛寺之幽景比不过西郭新亭，而新

---

① （清）彭定求等编：《全唐诗》卷466，中华书局1960年版，第5298页。
② （宋）徐铉撰，李振中校注：《徐铉集校注（附徐锴集）》卷1，中华书局2018年版，第29页。
③ （唐）姚合著，吴河清校注：《姚合诗集校注》卷7，上海古籍出版社2012年版，第343页。
④ （唐）元稹撰，冀勤点校：《元稹集》卷22，中华书局1982年版，第281页。
⑤ （唐）姚合著，吴河清校注：《姚合诗集校注》卷7《题凤翔西郭新亭》，上海古籍出版社2012年版，第343页。

亭之景可以赶追仙家景，可见三者之间的等级关系。由此可以看出，仙家景在诗人心目中有着至高无上的地位，以仙家景称之，当是对园景的最高评价。为此，元稹在向白居易夸耀州宅之景的时候也采用了仙家的对比手法，只不过元稹认为，仙家景适合登临不适合居住，言外之意便是自家州宅拥有同仙家一样绝妙的景致，并且还具有仙家不具备的适合居住的特点，比仙家更胜一筹。如果与徐铉赞美木兰亭、姚合称赞凤翔西郭新亭相比，无疑姚合的写法要更高一层。同时也可以由此看出，唐代园林景观的建构技艺已经非常成熟，唐代园林已经成为仙家之景在人间的物化形态，由想象走向了现实的实景建构。"仙家景"的指称除了说明唐代园林景观之绝胜外，也可以看出唐代文人对园林景观的审美鉴赏力在逐步提高。

需要补充一点的是，以"仙家"来指称和赞美园林之景，并非偶一为之，而是唐代文人较为普遍的做法。可与上述诗例相印证的是，康骈的《剧谈录》中也有此种称谓，如《李相国宅》载："平泉庄去洛城三十里，卉木台榭，若造仙府。"① 李相国指李德裕，这里以"仙府"来赞美评价平泉庄，与上述所举诗例以"仙家"来类比园景是一样的用法，由此可见这种赞美手法使用之普遍，同时也说明唐代文人对仙家景的追慕与仿效。正如李浩先生在《微型自然、私人天地与唐代文学诠释的空间：对宇文所安园林论题的推展》一文中所说："唐人不仅将大自然缩微于园林，同时也将各种乐园理想浓缩于园林中。"② 同样，我们也可以说，正是乐园的理想追求，唐人渴望将"悬圃""瑶池"搬到人间，园林成为"仙家"在大地上的替代物，唐人以"仙家"指称园景便是对园林景致的最高赞颂，这也正是唐人孜孜不倦营造园林与歌咏园林的原因之一。

除了"仙家景"，唐代文人更倾向于以"清景"作为对文人园林景观的审美评价，并以此增加园林景致的文人特性，所以"清景"一词的使用频率远远高于"胜景""美景""芳景"，更高于"仙家景"。下面暂举数例一窥蠡测。

龙门有开士，爱我春潭碧。清景出东山，闲来玩松石。（李德裕

---

① （唐）康骈撰，萧逸校点：《剧谈录》卷下，《唐五代笔记小说大观》，上海古籍出版社2000年版，第1480页。
② 李浩：《微型自然、私人天地与唐代文学诠释的空间》，《文学评论》2007年第6期。

《思山居一十首·寄龙门僧》)①

　　余心怜白鹭，潭上日相依。拂石疑星落，凌风似雪飞。碧沙常独立，清景自忘归。(李德裕《思平泉树石杂咏一十首·白鹭鹚》)②

　　寒塘数树梅，常近腊前开。雪映缘岩竹，香侵泛水苔。遥思清景暮，还有野禽来。(李德裕《忆平泉杂咏·忆寒梅》)③

　　林居向晚饶清景，惜去非关恋酒杯。石净每因杉露滴，地幽渐觉水禽来。(朱庆馀《题钱宇别墅》)④

　　无人见清景，林下自开尊。(雍陶《和刘补阙秋园寓兴六首》其六)⑤

　　春意赏不足，承夕步东园。事表精虑远，月中华木繁。开襟寄清景，遐想属空门。(皎然《五言答豆卢居士春夜游东园见怀》)⑥

　　欲赏芳菲肯待辰，忘情人访有情人。西林可是无清景，只为忘情不记春。(皎然《七言春夜集陆处士玩月》)⑦

　　"清"作为一个诗美概念贯穿于有唐一代，蒋寅这样论述唐代诗学中的"清"："唐代的诗学集中于以诗格为代表的修辞学，诗歌美学没有形成系统的论著，但作为诗美概念的'清'在唐代诗学中却非常活跃。"⑧以"清"为美的概念早已深入文人之心，成为文人心性的外在表达，唐代文人在面对园景时也便多以"清景"称之、赞之、美之，于是"'尚清'已成为唐代文人重要的生活情趣与审美倾向了"⑨。

　　在以"清"为尚的诗美追求中，以"清景"来写园景则顺理成章了。由以上所举例子可以看出，唐代文人在描述园景时以"清景"称之的普遍做法。然而，还有一点应该引起我们的注意，即这些例子几乎都是中晚

---

① (唐)李德裕撰，傅璇琮、周建国校笺：《李德裕文集校笺》别集卷10，中华书局2018年版，第707页。
② (唐)李德裕撰，傅璇琮、周建国校笺：《李德裕文集校笺》别集卷10，中华书局2018年版，第729页。
③ (唐)李德裕撰，傅璇琮、周建国校笺：《李德裕文集校笺》别集卷10，中华书局2018年版，第739页。
④ (清)彭定求等编：《全唐诗》卷515，中华书局1960年版，第5892页。
⑤ 周啸天、张效民注：《雍陶诗注》，上海古籍出版社1988年版，第12页。
⑥ (唐)释皎然撰：《杼山集》卷2，上海古籍出版社1992年版，第17页。
⑦ (唐)释皎然撰：《杼山集》卷3，上海古籍出版社1992年版，第30—31页。
⑧ 蒋寅：《古典诗学的现代诠释》，中华书局2003年版，第44页。
⑨ 王书艳：《唐代园林与文学之关系研究》，中国社会科学出版社2018年版，第238页。

唐时期的诗作，如果从时间上细分，以"清景"来指称园景的做法盛行于中晚唐时期。虽然"清美"贯穿于有唐一代，但"清美"对园林的渗透及其在园林中的表现要稍晚于清美概念的产生。正如清人焦袁熹以"清"字来概括中晚唐诗歌的美学趣味："愚尝得观唐人之作，盛唐以上，意象玄浑，难以迹求；至中晚而其迹大显矣。一言以蔽之，其惟清乎。"①值得注意的是，在"尚清"审美对园林进行渗透的同时也受到园林之景及其诗歌吟咏的影响。园林乃是第二自然，特别是发展到中晚唐，园林之景逐渐缩微，成为自然山水的替代物，不仅可以象征天地万物，而且再现了山水有清音的审美效果。从这个意义上说，本以崇尚自然为美的园林势必对"清"之诗学审美产生反向作用；而唐代文人的尚清审美也越发集中与凸显，两者之间构成了互相推动与互相促发的互动关系。正是在两者的推动下，园林之"清景"便成为唐代文人指称品评园景的重要评价尺度。

与"清景"同样具有文人情性的词语还有"幽景"。"幽"同"清"一样，也是唐代文人笔下经常出现的一个诗学审美概念，这里仅仅以"幽景"为例，稍做分析。李德裕在洛阳平泉庄有山居，但因仕宦常年不归，因此创作了诸多回忆之作，其《初夏有怀山居》诗云："山中有所忆，夏景始清幽。野竹阴无日，岩泉冷似秋。翠岑当累榭，皓月入轻舟。只有思归夕，空帘且梦游。"②"清"与"幽"连称指代园景之审美，接下来诗歌又以具体的描绘手法突出园景的这一特性，如竹为野竹，营造出清幽的审美效果；泉为冷泉，营造出清秋之境；山为翠岑，采用了冷色调的色彩；此外，还有清冷的月色与清幽的水光，清中显幽，幽中有清，共同营造了一处清幽之境。此外，唐代文人笔下还有多首以"幽景"评价园景的诗作。如：

　　　　地与尘相远，人将境共幽。（白居易《履道新居二十韵》）③
　　　　起得幽亭景最新，碧莎地上更无尘。（张籍《题韦郎中新亭》）④

---

① （清）焦袁熹：《答钓滩书》，载蒋寅《古典诗学的现代诠释》，中华书局 2003 年版，第 46 页。
② （唐）李德裕撰，傅璇琮、周建国校笺：《李德裕文集校笺》别集卷 10，中华书局 2018 年版，第 709 页。
③ （唐）白居易著，朱金城笺校：《白居易集笺校》卷 23，上海古籍出版社 1988 年版，第 1586 页。
④ （唐）张籍撰，徐礼节、余恕诚校注：《张籍集系年校注》卷 4，中华书局 2011 年版，第 451 页。

寂寂幽栖处，无妨请俸钱。(姚合《陕下厉玄侍御宅五题·濯缨溪》)①

深嶂多幽景，闲居野兴清。(朱庆馀《闲居即事》)②

石净每因杉露滴，地幽渐觉水禽来。(朱庆馀《题钱宇别墅》)③

诗家依阙下，野景似山中。(许棠《题李昌符丰乐幽居》)④

无机终日狎沙鸥，得意高吟景且幽。(李中《思九江旧居三首》)⑤

幽岛曲池相隐映，小桥虚阁半高低。(雍陶《题大安池亭》)⑥

"地幽""景幽""境幽""趣幽"，唐代文人在对园林景观的描绘中，运用多维视角对其进行描绘，而又以"幽"概括其景观特征与风格样貌，与唐代文人以"清景"指称园景有相通之处。不同的是，"幽"与心境、心性联系更为紧密，所以唐代文人在描绘"幽景"的同时，书写的其实是自己的心境与意绪。方干在《詹碏山居》中说："爱此栖心静，风尘路已赊。十余茎野竹，一两树山花。绕石开泉细，穿萝引径斜。无人会幽意，来往在烟霞。"⑦ 开篇便点名偏爱幽静之景，接下来具体描述幽静之景的具体所指，野竹十余茎、山花一两树，花木的品种不在多而在于具有代表性，花木的数量也不在多而在于疏落简约，再有泉细绕石以成曲形，小径穿梭于萝草之间并迂回曲折于深远之处，则增加了山居之幽美。这样的"幽景"形成"幽境"，凸显"幽趣"，而其中蕴含最深的却是诗人心中满满的"幽意"，而这种"幽意"又无人赏会，则更显其"幽"，也许这便是诗人在看待园林之"幽景"时最真实的内心感受，在这种心情意绪的感发下，诗人选择入诗的景也便多为"幽景"，并通过诗歌表现出来。

从"胜景"到"清景"再到"幽景"，可以看到，唐代文人对园景的描绘与指称也多了一种文人气息和主观意绪，这与唐代园林发展到后期，尤其是中晚唐时成为文人寄情对象有着密切关系。园林在唐代文人心中的

---

① (唐)姚合著，吴河清校注：《姚合诗集校注》卷7，上海古籍出版社2012年版，第361页。
② (清)彭定求等编：《全唐诗》卷515，中华书局1960年版，第5890页。
③ (清)彭定求等编：《全唐诗》卷515，中华书局1960年版，第5892页。
④ (清)彭定求等编：《全唐诗》卷604，中华书局1960年版，第6989页。
⑤ (清)彭定求等编：《全唐诗》卷747，中华书局1960年版，第8508页。
⑥ 周啸天、张效民注：《雍陶诗注》，上海古籍出版社1988年版，第69页。
⑦ (清)彭定求等编：《全唐诗》卷649，中华书局1960年版，第7450页。

地位日益重要并成为其生命的组成部分，园景、园境也便以文人性取胜，并成为文人所推崇的审美特征。同时，唐代文人在对园景进行审美时特别拈出其文人特性，一方面说明唐代园林景观营造的审美取向，另外一方面说明唐代文人对园林景观的审美趣味也进一步文人化了，这直接影响到后代园林的建构及其美学风格的定型。

需要补充的是，唐代文人在对园林景观进行观照时已具有了较为明确的"景趣"追求。白居易在诗题《亭西墙下伊渠水中置石激流潺湲成韵颇有幽趣以诗记之》中明确点出"幽趣"便是最好的例证。白居易有着高超的园林造诣，在对园林景观进行指称与品赏时也最能点出核心要义，上述诗例便是白居易在履道里园池附近于水中置石营造出潺湲之声，并因其幽趣而得诗人青睐。此外，唐诗中还有一例明确以"景趣"作为园林景观的评价标准，即韩愈的《河南令舍池台》，诗云："灌池才盈五六丈，筑台不过七八尺。欲将层级压篱落，未许波澜量斗石。"[①] 台虽小但依然增加其层级，池虽不到五六丈，但依然努力使其呈现波澜之象，可谓费尽了心思，这样的雕琢之功却远离了园林的根本旨趣，所以韩愈评价其"规摹虽巧何足夸，景趣不远真可惜"[②]，在使尽浑身解数使其精巧的同时，"景趣"却消失了，十分可惜。可见，"趣"已经成为唐代文人评价园林景观的标准之一，这在园林景观审美中不得不说是一种跨越式的发展和进步。

由以上所述可知，唐代以前虽然出现了"景"之概念，但多是对其基本含义的运用，其"景观"含义到唐代文人笔下才确定，这与唐代园林的发展日益成熟有密切关系。唐代园林的营造建构技艺不断进步，构园、咏园风尚持续高涨，"景"便更多地被用来指称园林景观，增强了其景观含义，与之相应，"风景""景物"也逐渐指向景观。不仅如此，唐代文人更是以"胜景""美景""佳景""芳景"甚至"仙家景"称之，一方面得益于唐代园林景观的日益精进，另一方面也表明唐代文人的园林景观审美概念进一步发展和成熟。在对园林景观进行主观审美与吟咏的同时，唐代文人又进一步将自我心情与情感意绪寄托于园林一山一水一花一木中，使其成为文人人格情操的写照，其中便融合了文人的气息与心性，

---

① （唐）韩愈著，钱仲联集释：《韩昌黎诗系年集释》卷7，上海古籍出版社1984年版，第792页。

② （唐）韩愈著，钱仲联集释：《韩昌黎诗系年集释》卷7，上海古籍出版社1984年版，第792页。

基于此,"清景"与"幽景"又成为唐代文人描绘与品评园景时的重要词语。而在这诸多词语中,"景趣"事关园林景观审美的核心要旨,可谓触摸到了园林的内在命脉。通过对以上词语的分析与排列,可以看到唐代文人的园林景观概念的发展过程及其景观审美能力所达到的层次境界。

第二节 唐诗与园林之"赏"

近年,王一川和彭锋分别在《艺术"心赏"与艺术公赏力》和《试论"心赏"作为艺术学概念》中,结合冯友兰、宗白华及邓以蛰的美学理论提出"心赏",并将其作为现代美学和艺术学的重要概念。正如彭锋指出,"'心赏'并不是一个新概念,它在古代诗文中经常出现"①,不仅仅存在于文学、艺术领域,而且有着广泛的指称,同时,与"心赏"相关的词语如"赏心""赏玩""赏洽""赏会"等在诗文中也十分常见。因此,"心赏"或者说"赏"是一个由来已久的审美概念。

"赏"在魏晋六朝时期已经出现,并且具有多重指称,既指山水审美,也指人物品鉴和文艺品鉴。就山水审美而言,"赏"字在晋代以来即常用于赏景。如《世说新语·任诞》记载:"孙承公狂士,每至一处,赏玩累日,或回至半路却返。"② 这里的赏玩即指对山水景致的心赏。再如谢灵运的《山居赋》自序有言:"今所赋既非京都宫观游猎声色之盛,而叙山野草木水石谷稼之事,才乏昔人,心放俗外,咏于文则可勉而就之,求丽邈以远矣。览者废张、左之艳辞,寻台、皓之深意,去饰取素,傥值其心耳。意实言表,而书不尽,遗迹索意,托之有赏。"③ "托之有赏"即表明在铺陈景物之外有所寄托,突出远世避俗的山居之乐。除了《山居赋》,谢灵运在其诗歌中频频以"赏心"描写自己面对自然景物时的审美心态,如《晚出西射堂》有"含情尚劳爱,如何离赏心"④,《游南亭》有"我志谁与亮,赏心惟良知"⑤,《田南树园激流植援》有

---

① 彭锋:《试论"心赏"作为艺术学概念》,《天津社会科学》2017年第4期。
② (南朝宋)刘义庆著,(南朝梁)刘孝标注,余嘉锡笺疏,周祖谟、余淑宜、周士琦整理:《世说新语笺疏》卷下之上《任诞第二十三》,中华书局2007年版,第881页。
③ 顾绍柏校注:《谢灵运集校注》,中州古籍出版社1987年版,第318—319页。
④ 顾绍柏校注:《谢灵运集校注》,中州古籍出版社1987年版,第54页。
⑤ 顾绍柏校注:《谢灵运集校注》,中州古籍出版社1987年版,第82页。

"赏心不可忘,妙善冀能同"①,在山水景物的触发下,由景物之赏终归于心灵之赏。

除谢灵运之外,南朝文人在对自然景物的欣赏中也常用"赏"或"心赏""赏心"。如沈约的《钟山诗应西阳王教》有"山中咸可悦,赏逐四时移"②,谢朓的《之宣城郡出新林浦向板桥》有"嚣尘自兹隔,赏心于此遇。虽无玄豹姿,终隐南山雾"③,何逊的《慈姥矶》有"暮烟起遥岸,斜日照安流。一同心赏夕,暂解去乡忧"④,均是以"赏""赏心"指称自然景物之欣赏的例子,并且突出了欣赏过程中主客体融合的过程。结合六朝山水审美发现,东晋以来,由"赏景"发展到后来的"赏心",进一步凸显了山水欣赏中审美主体的地位,从而改变了汉代以来山水的比德传统,而更突出了山水之美的客观地位,日本学者小尾郊一评价道:"'赏'字的对象由人移到了物,其意思也由对他性的转而用于主观的内顾。"⑤

"赏"之对象由人移到物,具体而言,即山水,从而突出山水独立的审美地位。与这一转移过程相伴随的是山水审美自身的变化,即从自然山水逐渐转向宅院、山居之山水,换言之,即转向了园林审美。小尾郊一对此有着敏锐发现:"人们从眺望自然的山水,开始转向眺望人工庭园内的山水。……在'欣玩水石'、'爱泉石'、'爱林泉'、'爱山泉'的风气中,开始变成了以庭园为对象的表现。"⑥ 与之相应,宅院、山居等园林山水便成为"赏"与"赏心"的又一对象,谢灵运其实有多篇作品涉及园林之山水描写。因此,从山水园林进入文人视野作为审美对象的身份出现时,"赏"即作为一个园林审美概念形成了。只是六朝时期的山水审美在某种程度上依然以自然山水为主,与唐代的园林山水还存在一定差距,但其开创之功却不可忽视。

---

① 顾绍柏校注:《谢灵运集校注》,中州古籍出版社1987年版,第114页。
② (南朝梁)沈约著,陈庆元校笺:《沈约集校笺》卷10,浙江古籍出版社1995年版,第343页。
③ (南朝齐)谢朓著,曹融南校注集说:《谢宣城集校注》卷3,上海古籍出版社1991年版,第219—220页。
④ (南朝梁)何逊著,李伯齐校注:《何逊集校注(修订本)》卷2,中华书局2010年版,第146页。
⑤ [日] 小尾郊一:《中国文学中所表现的自然与自然观——以魏晋南北朝文学为中心》,邵毅平译,上海古籍出版社2014年版,第289页。
⑥ [日] 小尾郊一:《中国文学中所表现的自然与自然观——以魏晋南北朝文学为中心》,邵毅平译,上海古籍出版社2014年版,第297页。

延续六朝园林的发展以及文人对庭园之景的品赏，唐代文人更是有过之而无不及。不仅亲自参与构园，大大提高了园林的技艺水平和文人审美，而且在园林景观的品赏中更是表现了超高的审美视界，诗景便是唐代文人在园林景观审美中创造性的品赏表现。除此之外，唐代文人更是在园林景观审美中表现了自己"赏心"的态度。下面就具体诗作展开分析。

  故园此日多心赏，窗下泉流竹外云。（韩翃《送田明府归终南别业》）①
  林卧避残暑，白云长在天。赏心既如此，对酒非徒然。月色遍秋露，竹声兼夜泉。凉风怀袖里，兹意与谁传。（李嶷《林园秋夜作》）②

这里的"赏心"延续六朝诗歌用法，指眺望、欣赏、品赏自然山水，并且自然山水又多与庭园景观有关，文人在观赏庭园山水时也多是"微观近赏"。张家骥指出，"正因为草堂的活动范围小，白居易对环境的描述非常细致，完全不同于南北朝时大土地庄园的宏观远赏，而是一种微观近赏的审美方式。"③ 这种审美方式与六朝文人不同，因此也就反映了不同时代人与自然的关系变化，同时也说明不同时代文人品赏态度的不同。张家骥进而对此进行比较："南北朝的'山居'，是门阀世族掠夺性开发的大土地庄园。如谢灵运的始宁墅，封山锢水，是对自然山林的占有，重在宏观远赏，是主客观（人与自然）在对立状态中的欣赏。唐代的'山居'，是困顿失意的文人隐迹山林的处所。如白居易的庐山草堂，足以容膝，生活在山林之中，重在微观近赏，人与自然是相互交融的，自然山水不仅是人的物质生活环境，也是一种思想感情的寄托。"④ 正是山水审美的园林转向促使"微观近赏"成为新的山水品赏的方式，而"赏心"也取得更深层面的主体与客体的融合统一。

不仅如此，唐代文人在园林的品赏与书写中更是发展了六朝文人诗歌中的"赏心"，进一步将园林自然与人之审美主体相联系，并且运用了一系列与"赏"有关的词语。有群体交流性质的"同赏""共赏""赏会"，

---

① （清）彭定求等编：《全唐诗》卷245，中华书局1960年版，第2755页。
② （清）彭定求等编：《全唐诗》卷145，中华书局1960年版，第1466页。
③ 张家骥：《中国造园艺术史》，山西人民出版社2004年版，第168页。
④ 张家骥：《中国造园艺术史》，山西人民出版社2004年版，第168页。

也有带有自我欣赏性质的"独赏""孤赏""幽赏"等，还有带有自娱玩乐性质的"赏玩""玩赏"等。这一方面说明唐代文人的园林书写较之六朝更丰富、更生动，这与园林在唐代的兴盛发展密切相关；另一方面说明唐代文人的园林审美较六朝更细致化和情感化，这与园林品赏与审美能力发展不无关系。

就"赏"之方式而言，唐代文人在园林品赏中呈现出"同赏""共赏""邀赏"等群体形态。如王湾在《晚夏马嵬卿叔池亭即事寄京都一二知己》中描写马嵬叔池亭，"宗贤开别业，形胜代希偶。竹绕清渭滨，泉流白渠口"①，在园景描写后又叙说"逡巡期赏会，挥忽变星斗"②的感叹，"赏会"二字透露出园林品赏中的邀约行为和群体心理。而这种园林宴赏会在唐代社会十分常见，如孙逖在《奉和李右相赏会昌林亭》中直言"地胜林亭好，时清宴赏频"③；再如刘禹锡有一首《和乐天宴李周美中丞宅池上赏樱桃花》，则是李周美池园中为赏樱桃花而开设的文人宴集，为花木品赏而聚集宴请在唐代也是一件流行的文人活动，上述两首诗是对此活动的真实记录，同时说明园林品赏中的群体交流性质。

正因如此，"共赏""同赏"在唐人诗歌中甚是常见，而诗歌则充当了供品赏交流的媒介。如白居易在《早春忆游思黯南庄因寄长句》中说："南庄胜处心常忆，借问轩车早晚游。美景难忘竹廊下，好风争奈柳桥头。冰消见水多于地，雪霁看山尽入楼。若待春深始同赏，莺残花落却堪愁。"④在诗歌的最后表达了再次"同赏"的愿望。还有杨发的《与诸公池上待月》也在诗歌的结尾直言"金波宜共赏，仙棹一宵同"⑤，同样是对共赏的期望。再有雍陶的《和河南白尹西池北新葺水斋招赏十二韵》，题目中即已透露出明确的"招赏"信息。"赏"不仅是审美主体与审美客体之间的融合，同时也需要人与人之间的情感维护和品鉴认同，所以他们在同时期友人中寻觅，如"王孙未知返，幽赏竟谁同"⑥；更在历史中寻觅，如刘长卿在《题萧郎中开元寺新构幽寂亭》中说"康乐爱山水，赏

---

① （清）彭定求等编：《全唐诗》卷115，中华书局1960年版，第1169—1170页。
② （清）彭定求等编：《全唐诗》卷115，中华书局1960年版，第1170页。
③ （清）彭定求等编：《全唐诗》卷118，中华书局1960年版，第1196页。
④ （唐）白居易著，朱金城笺校：《白居易集笺校》卷34，上海古籍出版社1988年版，第2338页。
⑤ （清）彭定求等编：《全唐诗》卷517，中华书局1960年版，第5905页。
⑥ （唐）李德裕撰，傅璇琮、周建国校笺：《李德裕文集校笺》别集卷10《花药栏》，中华书局2018年版，第723页。

心千载同"①，这份"赏心"可谓跨越时空进行了古今勾连。当这份"赏心"没有对象时，诗人便会发出"恨无知音赏"②的慨叹。从这个意义上讲，园林的品赏在形态上已经形成了赏会、宴赏的群体形式，并直接影响到唐代园林集体活动的开展。而这种品赏活动中往往伴随赋诗活动或诗歌的酬唱，例如李中在柴司徒宅中一次品赏牡丹花会上即生动地描写了当时的品赏场面，"愿陪妓女争调乐，欲赏宾朋预课诗"③（李中《柴司徒宅牡丹》）。这应当是一次较大型的牡丹赏花会，既有丝竹之声又有赋诗之兴，为此李中对此念念不忘，特意作《思朐阳春游感旧寄柴司徒五首》以怀之。

与"共赏""同赏"这种集体性的园林品赏相对应的是，园林品赏中还存在"独赏""孤赏""自赏"等独自进行的品赏方式。白居易有一首《闲园独赏》，对园居的午后时光进行了细腻描绘，"午后郊园静，晴来景物新。雨添山气色，风借水精神。永日若为度，独游何所亲？仙禽狎君子，芳树倚佳人"④。园林景物被作者浸染上悠闲的色彩，而诗人在其中独坐、独游、独赏，思想自由不受拘束，浮游于天地之间，于是思绪纷繁且交织一起，"蚁斗王争肉，蜗移舍逐身。蝶双知伉俪，蜂分见君臣"⑤。正如诗题所说，园为闲园，而诗人的园居行为则以独为特征。除了白居易，李德裕也是经常以"独赏"面貌出现的又一诗人，如他的《思山居一十首·春日独坐思归》："壮龄心已尽，孤赏意犹存。岂望图麟阁，惟思卧鹿门。"⑥还有《潭上喜见新月》："皓彩松上见，寒光波际轻。还将孤赏意，暂寄玉琴声。"⑦ 在李德裕一生仕宦中，极少到达位于洛阳的平泉山庄，于是诗歌也多为忆念主题。因此，与白居易真正独赏闲园的亲身体验不同，李德裕在此以思念或幻象的方式来写对园景的"孤赏"，由此

---

① （唐）刘长卿著，储仲君笺注：《刘长卿诗编年笺注》，中华书局1996年版，第420页。
② （唐）孟浩然著，佟培基笺注：《孟浩然诗集笺注》卷下《夏日南亭怀辛大》，上海古籍出版社2000年版，第315页。
③ （清）彭定求等编：《全唐诗》卷748，中华书局1960年版，第8519页。
④ （唐）白居易著，朱金城笺校：《白居易集笺校》卷32，上海古籍出版社1988年版，第2218—2219页。
⑤ （唐）白居易著，朱金城笺校：《白居易集笺校》卷32，上海古籍出版社1988年版，第2219页。
⑥ （唐）李德裕撰，傅璇琮、周建国校笺：《李德裕文集校笺》别集卷10，中华书局2018年版，第706页。
⑦ （唐）李德裕撰，傅璇琮、周建国校笺：《李德裕文集校笺》别集卷10，中华书局2018年版，第713页。

可见诗人园居生活之"独"是唐代文人较为常见的园居形态。这从其他诗人的诗歌作品中可以见出，如姚合的《题崔驸马林亭》在描述园林景致后，直言"我独多来赏，九衢人不知"①；还有羊士谔的《南池荷花》，"湛露宜清暑，披香正满轩。朝朝只自赏，秾李亦何言"②，以及《九月十日郡楼独酌》中的"棂轩一尊泛，天景洞虚碧。暮节独赏心，寒江鸣湍石"③，都是指一种独赏的状态。侯迺慧在《诗情与幽境：唐代文人的园林生活》中评价这种独居式的园居生活："可见园林中漫漫岁月，有很多时候是在闲坐静默中度过的。这漫长的空坐生涯里，多半是随兴地观赏景色。"④

"独"也是唐代文人居于园林的一种重要生活方式，面对园林优美多样的景致，"独赏"自然发生。"独赏"更多层面其实已不在于真的观赏或者品鉴园林景物，而在于面对自己的心性时，进入一种或闲或静或幽的幽冥之境，又或者暂时摒弃尘嚣以澡雪精神，涤荡性情，重新获得内心之淡泊。因此，我们从独赏中感受到的是诗人面对现实的无奈和妥协。例如白居易有一首《卢侍御与崔评事为予于黄鹤楼致宴宴罢同望》，在描写完黄鹤楼所见景致后，以"总是平生未行处，醉来堪赏醒堪愁"⑤结尾。"醉来堪赏醒堪愁"，一醉一醒，两种相对的状态，同时也是两种人生的态度，醉对应"赏"，而"醒"对应"愁"，在醉中可以赏遍一切世间美景，但醒之后所赏一切美景都随醉而去。这为我们提供了理解"赏"的另一个角度，即诗人在园居中的"独赏"看似一种生活常态，具有悠闲之致，然而事实并非如此，这只是诗人以诗歌的形式幻化出的一种理想状态，或者说是一种醉态的"赏"，也即诗人渴望将自我沉没于此，与外在的客体融合为一，从而忘却自身的存在，最终达致心灵的自由和冥合。从这个意义上说，园林景观的外在诱发，以及潜入观赏者的心灵世界，从而幻化出与现实世界相映照的理想世界，"赏"不仅是对自然美的心理感受，也是一个心理再创作的过程，在这个过程中，客观外在之美与人的主

---

① （唐）姚合著，吴河清校注：《姚合诗集校注》卷7，上海古籍出版社2012年版，第384页。
② （清）彭定求等编：《全唐诗》卷332，中华书局1960年版，第3700页。
③ （清）彭定求等编：《全唐诗》卷332，中华书局1960年版，第3702页。
④ 侯迺慧：《诗情与幽境：唐代文人的园林生活》，（台北）东大图书股份有限公司1991年版，第348页。
⑤ （唐）白居易著，朱金城笺校：《白居易集笺校》卷15，上海古籍出版社1988年版，第944页。

观愉悦之情相沟通，艺术追求与人格完善相融合。

同样，"赏玩"也是一种不可忽略的"赏"之状态，也可以说是唐代文人在六朝诗人"赏心"的基础上发展出的一种崭新状态，而这种状态与"独赏"的自由与冥合更为接近，并且多了一层自娱、玩乐的含义，这与唐代文人尤其中晚唐以后的赏玩之风密切相关。

唐代文人在欣赏、品赏园景时更多的是一种"赏玩"。

赏玩期他日，高深爱此时。池分八水背，峰作九山疑。（杜审言《和韦承庆过义阳公主山池五首》其五）①

满径苔纹疏雨后，入檐山色夕阳中。偏宜下榻延徐孺，最称登门礼孔融。事简岂妨频赏玩，况当为政有余功。（李中《海上太守新创东亭》）②

厚赐以睬眹，远去穷京都。五侯土山下，要尔添岩峿。赏玩若称意，爵禄行斯须。苟有王佐士，崛起于太湖。[皮日休《太湖诗·太湖石（出鼋头山）》]③

经营惭培塿，赏玩愧童儿。会入千峰去，闲踪任属谁。（齐己《假山并序》）④

杜审言以赏玩的态度来称赞义阳公主山池，美誉之情溢于言表；而李中则在诗中为太守建亭玩赏的行为开脱，即使是"频赏玩"也无关紧要，更何况"为政有余功"⑤。这两首诗作恰巧代表了唐代园林的品赏性，虽然初唐园林在建构技艺与景观配置上不如中晚唐园林发展成熟，但对园林山水自然的玩味却是相通的。随着园林景观的选择与配置日益成熟和完善，景观的独立性审美也逐渐为诗人所关注，上述诗例中的后两例说明唐代文人对园林的赏玩日益深入与细致。太湖石是文人评价最高的石头品种，自然少不了各种视角的品赏，这在白居易、刘禹锡以及李德裕、牛僧孺的诗歌中多有体现。同样，唐代文人对山石写意山峰也情有独钟，因此

---

① （唐）杜审言著，徐定祥注：《杜审言诗注》，上海古籍出版社1982年版，第13页。
② （清）彭定求等编：《全唐诗》卷748，中华书局1960年版，第8526页。
③ （唐）皮日休著，萧涤非、郑庆笃整理：《皮子文薮》附录一《皮日休集外诗文》，上海古籍出版社2017年版，第173页。
④ 王秀林：《齐己诗集校注》卷6，中国社会科学出版社2011年版，第322页。
⑤ （清）彭定求等编：《全唐诗》卷748《海上太守新创东亭》，中华书局1960年版，第8526页。

出现了在庭园中累石为山的做法，并引起一时浪潮。齐己的《假山并序》便是对唐人园林构山的最好说明，"经营惭培塿，赏玩愧童儿"① 也非常形象地说明了唐代文人对假山品赏玩味的社会风气。

李肇的《唐国史补》记载："长安风俗，自贞元侈于游宴，其后或侈于书法图画，或侈于博弈，或侈于卜祝，或侈于服食。"② 就唐代园林别业而言，唐人对其同样怀抱耽玩态度。白居易在《祭庐山文》中明确以创建别业、疏理泉沼为耽玩对象，"创新堂宇，疏旧泉沼，或来或往，栖迟其间。不唯耽玩水石，以乐野性；亦欲摆去烦恼，渐归空门"③。李群玉以耽玩林泉为趣并经久成癖，"烟萝拂行舟，玉濑锵枕席。多君林泉趣，耽玩日成癖"④（《送魏珪觐省》）。园林在唐人眼中不仅仅是物质的居所，更逐渐成为精神的耽玩对象。由此出现了许多以园林别业为对象的戏题诗，主要有王维的《戏题辋川别业》，陈羽的《戏题山居二首》，郑谷的《郊野戏题》，杜荀鹤的《戏题王处士书斋》，柳宗元的《戏题石门长老东轩》《戏题阶前芍药》，白居易的《戏题新栽蔷薇》《戏题卢秘书新移蔷薇》《戏题木兰花》，许浑的《夏日戏题郭别驾东堂》，李商隐的《戏题枢言草阁三十二韵》。对唐人这种耽玩的行为方式，王明居将其称作感悟式审美，"感性体验的特征主要建构在审美主体与审美客体之间所形成的审美关系中，它表现为审美客体对于审美主体的诱惑，更表现为审美主体对于审美客体的接受。这种关系可用'玩味'、'畅神'、'妙悟'来表述"⑤。

唐代文人虽然隐居园林过着自足的园居生活，但他们是不甘寂寞的，除了对着园景品赏玩味外，更是呼朋唤友，邀约期赏，希望能够在"共赏"中获得情感的共鸣或喜好的认同。唐代文人对太湖石的痴爱已不必过多论述，单从刘禹锡的《和牛相公题姑苏所寄太湖石兼寄李苏州》一诗中即可看到赏石、品石、藏石的社会风气，而"有获人争贺，欢谣众共听。一州惊阅宝，千里远扬舲"⑥，宴赏的场面不可谓不宏大，赏石的热

---

① 王秀林：《齐己诗集校注》卷6，中国社会科学出版社2011年版，第322页。
② （唐）李肇撰：《唐国史补》卷下，上海古籍出版社1979年版，第60页。
③ （唐）白居易著，朱金城笺校：《白居易集笺校》卷40《祭庐山文》，上海古籍出版社1988年版，第2664页。
④ 羊春秋辑注：《李群玉诗集》后集卷2，岳麓书社1987年版，第92页。
⑤ 王明居：《唐代美学》，安徽大学出版社2005年版，第6页。
⑥ （唐）刘禹锡著，瞿蜕园笺证：《刘禹锡集笺证》外集卷6，上海古籍出版社1989年版，第1376页。

情不可谓不火热，召集众人同赏已经成为唐代文人构园中的普遍现象。再如白居易在新葺水斋之后写了《府西池北新葺水斋即事招宾偶题十六韵》一诗寄给朋友，目的在于召集众人以求同赏。为此刘禹锡作有《白侍郎大尹自河南寄示池北新葺水斋即事招宾十四韵兼命同作》，雍陶作有《和河南白尹西池北新葺水斋招赏十二韵》。再如羊士谔的《故萧尚书瘿柏斋前玉蕊树与王起居吏部孟员外同赏》诗云："柏寝闭何时，瑶华自满枝。天清凝积素，风暖动芬丝。留步苍苔暗，停鞘白日迟。因吟茂陵草，幽赏待妍词。"① 同样是因为庭园中的玉蕊树而邀请友人同赏，诗人先是描述了树之姿态，以期引起友人的喜爱之情，最后以"幽赏待妍词"② 发出邀请。这种"共赏"的审美方式说明诗人的喜好相似，也说明诗人之间的交往关系密切，在这种互通中诗人的情感也得到传递、认同与称赞。

唐代文人对园林景观的赏玩拉近了人与自然的关系，并促使两者互相融合。韩经太在叙述唐人山水诗美时说："中唐之际，山水吟咏确表现出一种诗意思维的新特点：一是在风景描写的热情中增生出赏玩兴趣，描写带有客观再现性，而赏玩则必然要在心物之间介入一个中间物，也就是让赏玩本身显示出相对独立的艺术情趣；二是让主观创意直接切入体物活动，从而以新警奇特的想象力来表现山水物象的典型特征，也因此而每能以夸张甚至诞幻的方式突出山水境象的某种特质。综上两项，都不是纯粹主观虚构的意想山水，但却因为对我写之妙的讲求而新辟出一片不同于写生山水诗的陌生天地——搜研别致的境界。"③ "赏心"与"赏玩"的文人心性与社会风气确实促使园林景观抽象化、写意化与心灵化，"园景"也便不只是风景本身，更是心智所见的自然。

白居易的《西街渠中种莲垒石颇有幽致偶题小楼》云："朱槛低墙上，清流小阁前。雇人栽菡萏，买石造潺湲。影落江心月，声移谷口泉。闲看卷帘坐，醉听掩窗眠。路笑淘官水，家愁费料钱。是非君莫问，一对一翛然。"④ 在诗人对这一处小景进行叙述后，最后落脚于"一对一翛然"⑤，

---

① （清）彭定求等编：《全唐诗》卷332，中华书局1960年版，第3698页。
② （清）彭定求等编：《全唐诗》卷332，中华书局1960年版，第3698页。
③ 韩经太：《论唐人山水诗美的演生嬗变》，《文学遗产》1998年第4期。
④ （唐）白居易著，朱金城笺校：《白居易集笺校》卷31，上海古籍出版社1988年版，第2159页。
⑤ （唐）白居易著，朱金城笺校：《白居易集笺校》卷31，上海古籍出版社1988年版，第2159页。

这与李白那句"相看两不厌,只有敬亭山"① 是何其相像,然而不同的是,白居易在面对园林幽致之景时,情绪更为自由、自在,在翛然中诗人之情与自然之景完美相契、相融、相化。同时,这也是文人们在面对自然风景与园林风景时表现出的不同之处,正如浅见洋二在比较野外景色与人为景物时所言:"尽管有些野外景色比任何人为的景物更能引起欣赏,我们仍然觉得,大自然的作品越是肖似艺术作品就越能使人愉悦;因为,在这种情况下,我们的快感发自一个双重的本源;既由于外界事物的悦目,也由于艺术作品中的事物与其他事物之间的形似;我们观察两者和比较两者之美时,同样获得快感,并能给我们的心灵再度表现了原物或复本。"② 正是由于园林景观在与自然风景的形似与神似之间,诗人感受的乐趣享受是双重的,这种乐趣既来自自然山水本身的美,又来自自然山水带给人的安全感和愉悦感。自然也不再是真实的自然与人眼看到的自然,而是以精神为其本质的自然,"自然景物从固定状态中解脱出来,它们不再属于这个外在世界,而变成了一种精神,一种意念"③。

唐代文人将自然视为人的心性、人的精神,正因如此,唐代文人在园林景观的观照中从来没有将其置于自己的对立面,而是以知己、朋友甚至自我的形象进行对话。如白居易为园林代言,并以己为园林的对话者,一个人扮演两个人的角色,进行了一场对话:以林园的身份劝说诗人营造园林,《代林园戏赠》云,"假如宰相池亭好,作客何如作主人"④;之后白居易又以对话者的身份进行戏答——《戏答林园》云,"岂独西坊来往频?偷闲处处作游人。衡门虽是栖迟地,不可终朝锁老身"⑤;然后再次戏赠再次戏答——《重戏赠》《重戏答》⑥,以比拟的体式进行自问自答,在两赠两答中展露园居的志向与隐逸的情致。

再如,卢仝的《萧宅二三子赠答诗二十首》,诗人将宅中之物拟人

---

① 瞿蜕园、朱金城校注:《李白集校注》卷23《独坐敬亭山》,上海古籍出版社1980年版,第1354页。
② 伍蠡甫等编:《西方文论选》上卷,上海译文出版社1979年版,第567—568页。
③ [德] W. 顾彬:《中国文人的自然观》,马树德译,上海人民出版社1990年版,第222页。
④ (唐)白居易著,朱金城笺校:《白居易集笺校》卷32,上海古籍出版社1988年版,第2190页。
⑤ (唐)白居易著,朱金城笺校:《白居易集笺校》卷32,上海古籍出版社1988年版,第2191页。
⑥ (唐)白居易著,朱金城笺校:《白居易集笺校》卷32,上海古籍出版社1988年版,第2191—2192页。

化,以主人与奴仆的身份进行描写,在淋漓尽致的叙述中展现了园林的景观与情调。前十三首中,客、竹、石之间有一场趣味对话,客指诗人自己,诗人看到石便说虽主人不在,但你如主人一般,石便作谦虚回答说竹弟有清风,可以真正款待嘉宾;这时竹又开始谦虚,以坚贞之心赞美石兄,之后石又开始谦虚说自己因埋没而苔痕满面;这时客又对石叙说了人间痴石之风,希望与其成莫逆之交,石又谦虚地将话语权让给竹弟,这样来来往往,客、石、竹之间围绕着自身品格展开别有情致的对话。这种对话交流使诗人与园林景观互相融合,构成了你中有我、我中有你的审美关系,并且两者的地位是平等的,"审美主体不仅能够在审美对象上'直观自身',审美对象本身包含着可被审美主体领悟、认同的意蕴,而且审美对象本身也能领悟和认同主体。这样,主体与物质实存间的距离就消失了,景与情之间的隔阂也虚化了,而是变成了主体间的心心相印、不分彼此,从而产生多质多层次的共鸣"①。

顾彬在《中国文人的自然观》中将唐代自然观称为"向内心世界转化"②,并且在讨论柳宗元梳理自然山水的造园行为时说,"在游赏中人与自然、情与景都已融为一体(眼、耳、神、心)。在这种情况下,由柳宗元对佛教的偏爱而产生出来的观察事物的角度,与对小丘的一般观察形成对照。尽管观察与描写都是真实的风景,但这里的自然也具有隐喻的性质"③。唐代文人费尽心思地构筑园林的每一处景观,又在园林景观的审美中注入主观情愫使其成为人格的写照、情感的载体或心境的表露对象,其实都说明园林景观已经不再是纯粹的自然山水,而成为蕴含诗人情感与心性的主体外化;人也不再是大自然的旁观者,而是已经融入自然;诗人也不单纯为山水而写山水,而是另有寄托。

由此可见,唐代文人在对园林审美中以"心赏"或"赏玩"的心态进行,其实是涉及心灵层面的一种审美,换言之,唐代文人在面对园林景观时,已然将其看作诗人精心结构的"艺术品"。宗白华指出,对"宇宙人生"的"色相、秩序、节奏、和谐"④ 等美的形式的一种"赏玩",

---

① 王建疆:《中国诗歌史:自然维度的失落与重建》,《文学评论》2007年第2期。
② [德] W. 顾彬:《中国文人的自然观》,马树德译,上海人民出版社1990年版,第210页。
③ [德] W. 顾彬:《中国文人的自然观》,马树德译,上海人民出版社1990年版,第188页。
④ 宗白华:《美学散步》,上海人民出版社1981年版,第70页。

而这种"赏玩"的目的在于"借以窥见自我的最深心灵的反映"①。冯友兰也指出:"艺术底活动,是对于事物之心赏或心玩。心观只是观,所以纯是理智底;心赏或心玩则带有情感……艺术家将其所心赏心玩者,以声音,颜色,或言语文字之工具,用一种方法表示出来,使别人见之,亦可赏之玩之,其所表示即是艺术作品。"② 如同艺术家一样运用心灵去富于情感地鉴赏和玩味事物,这是更高境界的审美,而这种审美在唐代文人对园林的审美与书写中已经存在,因此唐代文人对园林景观的品赏也是一种出于心灵或精神的鉴赏活动,具有精神性和心灵性。从这个意义上说,"赏"经过六朝士人发端,在唐代文人的精神性的"赏玩"中具有了丰富的审美意义,成为一个与园林相关的审美概念。

第三节 唐诗与园林之"境"

关于唐代诗歌意境理论的形成,学界已经有多种说法。萧驰在《佛法与诗境》中认为"'境'得以成为重要的诗学范畴,其最重要之背景应是在一个佛教和诗歌的最辉煌时代,佛学在文人中的广泛传播"③。除了与佛学的密切关系外,还有学者认为意境理论形成于中唐时期,与中国古代诗歌艺术本身的发展如思维方式与语言表达有关,同时也与唐代诗学背景如唐人诗学中其他范畴的发展有密切关系。④ 除此之外,已经有学者注意到"境"字的含义演变,如马奔腾在《禅境与诗境》中通过对唐前诗文中出现的"境"字含义的演变,认为"美学之'境'形成于传统之'境'与佛教之'境'的有机结合,佛教也在后来意境理论的发展中继续起到助推剂的作用"⑤。而在"境"字含义的演变上,着重于"境"在诗论中的运用,认为"南朝时,'境'已经开始逐渐走向人生与心理,渐渐成为审美的概念"⑥。作者在对"境"字含义进行考察时忽略了山水自然的发展尤其是山居庭园的出现对诗歌创作的影响,也

---

① 宗白华:《美学散步》,上海人民出版社1981年版,第70页。
② 冯友兰《新理学》,《三松堂全集》第4卷,河南人民出版社2000年版,第151页。
③ 萧驰:《佛法与诗境》,中华书局2005年版,"导言"第8页。
④ 钱志熙:《唐诗境说的形成及其文化与诗学上的渊源——兼论其对后世的影响》,《文学遗产》2013年第6期。
⑤ 马奔腾:《禅境与诗境》,中华书局2010年版,第149页。
⑥ 马奔腾:《禅境与诗境》,中华书局2010年版,第148页。

就忽略了"境"字在自然山水之境与园林之境中的运用,而这一线索就诗歌创作与意境理论形成而言,是至关重要的。并且这一线索自陶渊明之后,便多次出现于自然山水的描写中,成为风景优美、山川秀丽的表达,也即"胜境""绝境""美境"之称。在唐代诗歌中,出现频率则更高,并且随着园林营造活动的兴盛,"境"逐渐转移到园林中,园境得到文人重视并以多种审美类型出现在诗歌中,这必然影响到诗歌创作与意境理论的形成,这是一条贯穿始终的线索,值得重视。此外,唐代文人在诗歌创作、诗歌意境理论形成中已经有意识地认识到园林景观、园林意境的重要作用,同时也关注到诗歌意境与园林意境共同的审美旨趣和营造手法,园林意境的形成离不开诗境。

一 "境"含义演变的两条线索

"意境",在唐代或六朝时期多被称为"境"或者"境界"。在诗论中"境"的普遍性要远远高于"境界",尤其在唐人的诗论中,多以"境"进行称谓。"境"的古字是"竟",本义为"界",指疆界、界域。《周礼·夏官·掌固》记载:"凡国都之竟有沟树之固。"① 句下注曰"竟,界也"②。后来逐渐扩展、虚化。《说文解字·音部》解释"竟"为"乐曲尽为竟"③,段注曰:"曲之所止也。引伸之,凡事之所止、土地之所止,皆曰竟。"④可见,"境"的本字是"竟",不仅指时间上的界限,更指空间上的界限,最后扩展为可指时空中的所有终结之物,但在先秦典籍中多指疆土界限,"境"可以说是一个实体性概念。"境"在《诗经》中以其本义"界"出现,《周颂·思文》:"无此疆尔界。"⑤《大雅·江汉》:"于疆于理。"⑥ 所用都是"境"之本义"疆界"。

"境"的意义在魏晋时期发生了变化,主要有两条线索。一条线索是佛学中的概念"境"。《佛学大辞典》解释"境"曰:"心之所游履攀缘者,谓之境。如色为眼识所游履,谓之色境。乃至法为意识所游履,谓之法境。"⑦ 佛学之境界说,大致以心为境,这已经超出"境"之实体概念

---

① (清) 孙诒让撰,王文锦、陈玉霞点校:《周礼正义》卷57,中华书局1987年版,第2406页。
② (清) 孙诒让撰,王文锦、陈玉霞点校:《周礼正义》卷57,中华书局1987年版,第2406页。
③ (清) 段玉裁撰:《说文解字注》第三篇上,中华书局2013年版,第103页。
④ (清) 段玉裁撰:《说文解字注》第三篇上,中华书局2013年版,第103页。
⑤ 程俊英、蒋见元:《诗经注析》,中华书局1991年版,第952页。
⑥ 程俊英、蒋见元:《诗经注析》,中华书局1991年版,第912页。
⑦ 丁福保编:《佛学大辞典》下,中国书店2011年版,第2489页。

"疆界"的意思，逐步虚化。查阅魏晋时期的诗文，可以发现，"境"多出现于与佛道有关的诗文中，如孙绰的《喻道论》记载："于是游步三界之表，恣化无穷之境；回天舞地，飞山结流；存亡倏忽，神变绵邈；意之所指，无往不通。"① 孙绰不但崇儒奉道而且信佛，佛教思想是孙绰思想的重要方面之一，被称为"东晋佛乘文人"。在孙绰看来，佛如同神灵一样具有无限的神通，可以"游步三界之表，恣化无穷之境"②。可以看到，"境"虽然具有空间意识，但已经不是实体概念，而是虚化的空间界域。再如郭象认为，庄子学说可以"通天地之统，序万物之性，达死生之变，而明内圣外王之道，上知造物无物，下知有物之自造也"③，达到了"神器独化于玄冥之境而源深流长"④ 的极高精神境界。这里的"境"指向精神之境。明确以佛学概念之"境"出现在东晋孝武帝太元六年（381），天竺人昙无兰于扬都谢镇西寺撰大比丘三百六十戒三部合异二卷，在《大比丘二百六十戒三部合异序》中明确提出佛学"六境"："若不以戒自禁，驰心于六境，而欲望免于三恶道者，其犹如无舟而求度巨海乎？"⑤ "六境"指色、声、香、味、触、法，即"六尘"。之后，"境"越来越多地出现在佛教文章中。梁萧统在《令旨解二谛义》中以"境""智"论"真谛"与"俗谛"，"二谛理实深玄，自非虚怀，无以通其弘远。明道之方，其由非一。举要论之，不出境、智。或时以境明义，或时以智显行。至于二谛，即是就境明义"⑥。佛学中"境"之概念在此时已十分明确。

与佛道中"境"之概念同时出现的还有山水自然之"境"，这是"境"之意义发生变化的第二条线索。陶渊明曰："结庐在人境，而无车马喧。"⑦ "人境"之"境"可以理解成一种环境。再如陶渊明在《桃花源记》中有言"自云先世避秦时乱，率妻子邑人，来此绝境，不复出焉，

---

① （南朝梁）僧祐编撰，刘立夫、胡勇译注：《弘明集》，中华书局2011年版，第87页。
② （南朝梁）僧祐编撰，刘立夫、胡勇译注：《弘明集》，中华书局2011年版，第87页。
③ （晋）郭象注，（唐）成玄英疏，曹础基、黄兰发点校：《庄子注疏》，《南华真经序》，中华书局2011年版，第1页。
④ （晋）郭象注，（唐）成玄英疏，曹础基、黄兰发点校：《庄子注疏》，《南华真经序》，中华书局2011年版，第1—2页。
⑤ （清）严可均校辑：《全上古三代秦汉三国六朝文》，《全晋文》卷159，中华书局1958年版，第2383页。
⑥ （清）严可均校辑：《全上古三代秦汉三国六朝文》，《全梁文》卷21，中华书局1958年版，第3070页。
⑦ 逯钦立校注：《陶渊明集》卷3《饮酒二十首》其五，中华书局1979年版，第89页。

遂与外人间隔"①，这里的"绝境"不仅指桃花源作为避世之地拥有的幽美的自然环境，更指一方可以安放自我心灵的自由自足的精神天地。此时以"境"指称山水自然之境还有一则重要的例子，即湛方生的《游园咏》，诗云："谅兹境之可怀，究川阜之奇势。水穷清以澈鉴，山邻而无际。乘初霁之新景，登北馆以悠瞩。对荆门之孤阜，傍鱼阳之秀岳。乘夕阳而含咏，杖轻策以行游。袭秋兰之流芬，幕长猗之森修。任缓步以升降，历丘墟而四周。智无涯而难恬，性有方而易适。差一毫而遽乖，徒理存而事隔。故羁马思其华林，笼雉想其皋泽。矧流客之归思，岂可忘于畴昔。"② 作者开篇以"兹境之可怀"称赏所游之园，园中有可爱的奇美之景、清澈见底的水流和延展天际的青山，作者拄着手杖登上北馆，远眺孤阜秀岳，游赏行吟于幽兰流芬和密林深篁，与山水自然相契相融，随适心意，悠然自得。值得注意的是，这里湛方生以"境"写园与陶渊明写桃花源之"绝境"异曲同工，桃花源是陶渊明以文学之笔建构的纸上乐园，湛方生所咏乃文人于地上建构的实体乐园，一虚一实，但景致相通，境界相通，桃花源可以躲避世乱，园林可以适情适意。除了陶渊明和湛方生，以"境"指称自然山水的例证还有许多，如谢灵运在《罗浮山赋》中说，"洞四有九，此惟其七。潜夜引辉，幽境朗日"③；裴子野在《刘虬碑》中有言，"夫声名藉甚，群公侧席，凿室林皋，面流傍陇，咫尺荆衡，表里巫梦，树蕙滋兰，芜没庭户，平畴翠潋，千里极目，信物外之神区，幽居之胜境"④；竟陵王萧子良的《行宅诗序》说，"余禀性端疏，属爱闲外。往岁羁役浙东，备历江山之美，名都胜境，极尽登临"⑤，以上数例都以"胜境"指称自然山水抑或园林山水。

以上两条线索，一是佛道之学中"境"概念的提出以及运用；二是自然山水抑或园林山水之"境"概念的出现及运用，两者同时出现并行发展，貌似并行不悖，其实不然，两者之间实有互相勾连、互相渗透之迹

---

① 逯钦立校注：《陶渊明集》卷6，中华书局1979年版，第166页。
② 逯钦立辑校：《先秦汉魏晋南北朝诗》晋诗卷15，中华书局1983年版，第946—947页。
③ 顾绍柏校注：《谢灵运集校注》，中州古籍出版社1987年版，第360页。
④ （清）严可均辑：《全上古三代秦汉三国六朝文》，《全梁文》卷53，中华书局1958年版，第3265页。
⑤ （清）严可均辑：《全上古三代秦汉三国六朝文》，《全齐文》卷7，中华书局1958年版，第2829页。

象。最鲜明的体现是，山寺往往被描绘成山水自然的幽美之境，即以"胜境"相标榜。如杨广在《敕释智越》中说："天台福地，实为胜境，所以敬为智者建立伽蓝，法缘既深，尊师义重，欲使宗匠遗范，奉而弗坠，菩萨净业，久而弥新。"① 再如隋郑辨志《宣州稽亭山妙显寺碑铭》中有言："兼复飞流绕殿，激水循房，散入中厨，分浇南亩，实栖心之胜境，悟道之良域者矣。"② 在幽美的自然胜地建立寺庙，以山中美景为仙境灵山而极尽视觉的美感享受，并在此胜境中体悟玄道佛心，一方面推动了山水诗的产生，另一方面也使佛教山水化。这也正是萧驰在《佛法与诗境》中所说："山水诗的产生，也正是玄、佛以及仙（道教）合流的结果，或谓佛教与郭象庄学所开发的审美人生态度和内在超越精神结合的产物。"③ 萧驰以支遁、慧远为例详细论说了佛教与山水的关联，指出"中土以名山为道教灵场和神仙之境观念的影响"④。这一观念表现在六朝诗文中，便是自然山水之境逐渐开始指称山寺之境。梁代鲍至、王台卿与王冏有同题诗《奉和往虎窟山寺诗》，诗中无一例外以"胜境"标榜山寺之境。鲍至诗云："息徒依胜境，税驾上山椒。"⑤ 王台卿诗云："谁言非胜境，云山独在兹。"⑥ 王冏诗云："美境多胜迹，道场实兹地。造化本灵奇，人功兼制置。"⑦

值得注意的是，"境"不仅用于自然山水，而且用于宅园景致。如湛方生的《游园咏》、陶渊明的《桃花源记》、裴子野的《刘虬碑》，"境"的用法明确指向园林，且出现于东晋以后。其实在东晋之前，园林已经出现在诗中，这要早于谢灵运的山水诗。如魏文帝的《芙蓉池作》，萧统将其编入《文选》，作为"游览"诗之始，诗中虽然没有具体景物描写，但"双渠""嘉木""卑枝""飞鸟""丹霞""明月""华星""云间"已是后代园林作品中经常出现的物象。相似作品还有曹植的《芙蓉池》《公宴》，晋初李华的《杂诗》，都是对庭园或者说园林的描写，正是这种游览和庭园池畔的快乐使他们开始喜爱和鉴赏自然，并由此影响到后来的山

---

① （清）严可均辑：《全上古三代秦汉三国六朝文》，《全隋文》卷5，中华书局1958年版，第4043页。
② （清）严可均辑：《全上古三代秦汉三国六朝文》，《全隋文》卷28，中华书局1958年版，第4188页。
③ 萧驰：《佛法与诗境》，中华书局2005年版，第29页。
④ 萧驰：《佛法与诗境》，中华书局2005年版，第40页。
⑤ 逯钦立辑校：《先秦汉魏晋南北朝诗》梁诗卷24，中华书局1983年版，第2024页。
⑥ 逯钦立辑校：《先秦汉魏晋南北朝诗》梁诗卷27，中华书局1983年版，第2089页。
⑦ 逯钦立辑校：《先秦汉魏晋南北朝诗》梁诗卷27，中华书局1983年版，第2092页。

水审美。南朝时出现大量以宅院、庭园、山居为创作对象的诗歌，如简文帝的《夜游北园》《山斋》，元帝的《游后园》，沈约的《宿东园》，徐陵的《山斋》，江总的《山亭春日》《夏日还山亭》，刘峻的《始居山营室》，等等。作品数量的增多说明六朝时期的山水审美存在一个由自然山水向园林山水转变的过程。小尾郊一认为，"在'欣玩水石'、'爱泉石'、'爱林泉'、'爱山泉'的风气中，开始变成了以庭园为对象的表现"①，可以说十分明确地指出了这一审美转向。

"境"字越来越普遍地用于景物描写，尤其对庭园、宅院与山居的评价，与六朝时期流行的造园风气有关。晋室南迁，东晋和南朝游山玩水风气更为炽盛，园林的营建与游赏也随之兴起，无论是芳林园、华林园、西园等皇家园林，还是金谷园、潘岳庄园、谢氏庄园、离垢园、庾信小园等私家园林，都深得文人喜爱，园林也不再仅仅是物质居所，更是精神的寄托与娱情的艺术。周维权说："经营园林成了社会上的一项时髦活动，出现民间造园成风、名士爱园成癖的情况。"② 在造园风气的推动下，山水审美随之发生变化，逐渐由自然山水缩小到自己周围的日常环境，庭园、宅院和山居等日益受到文人关注。

由上文可知，"境"之本义指疆界，后来逐步虚化，伴随玄学、佛教的兴起，成为佛学中的一个特指概念。"境"不仅运用于佛道，更用来指山水自然之境，这与山水之美在魏晋时期逐步被发现有密切关系，同时由于魏晋园林山居诗赋的崛起，"境"也被用来指园林之境，就园林审美发展而言，这是值得关注的重要方面。发展到唐代，随着园林的日益兴盛，"境"的使用频率越来越高，并且出现了"幽境""清境""静境""尘境"等带有文人主观审美意趣的多种境界表达；而园林作为可以引发诗人"诗兴""诗思""诗情"的空间场所，也必然对诗歌创作及其意境理论的形成产生重要推动作用。

二 唐代园境与"境"的美学意义

由前面论述可知，六朝时期已经出现以"胜境"标榜自然山水的诗文作品。据统计，"境"在逯钦立《先秦汉魏晋南北朝诗》中总共出现了46次，除去境之本义"疆域"和佛教义以外，有5处指自然风景之

---

① ［日］小尾郊一：《中国文学中所表现的自然与自然观——以魏晋南北朝文学为中心》，邵毅平译，上海古籍出版社2014年版，第297页。
② 周维权：《中国古典园林史（第三版）》，清华大学出版社2008年版，第140页。

胜，有 1 处明确指园林之境。这一处指园林之境的诗作便是湛方生的《游园咏》，以"境"指园，在描写自然山水尤其是园林山水上，这已是巨大的进步。然而，以"境"标榜山水自然有宽泛之嫌，且使用频率还很低，与六朝时期大量出现的园林山居实不相符。再者，以"境"称山水自然也多用于原生态的自然山水，明确以园林形象出现的仅有湛方生的《游园咏》，但从其所描述的景致来看，与原生态的自然山水实差别不大。以"境"指称自然山水与园林山水的诗歌作品到唐代才大量涌现，尤其是到中唐时期出现了园境的多种称谓，"境"的美学意义也由此凸显。

上承六朝文人开创的以"境"指称自然山水，唐代文人又进一步拓展，不仅作品数量众多，而且"胜境"已然成为自然山水的审美评价标准。有以下诗例。

  寻真游胜境，巡礼到阳平。水远波澜碧，山高气象清。（蜀太后徐氏《题彭州阳平化》）①
  回作玉镜潭，澄明洗心魂。此中得佳境，可以绝嚣喧。（李白《与周刚清溪玉镜潭宴别》）②
  五松何清幽，胜境美沃州。（李白《与南陵常赞府游五松山》）③
  罗浮多胜境，梦到固无因。（文丙《罗浮山》）④

类似于上述以胜境标榜自然山水的诗作还有许多，一方面说明唐代文人对自然山水的描绘比之六朝有很大发展，另一方面说明"境"之运用日益普遍，并且成为文人评价山水之美的审美标准。不仅如此，唐代文人除了对六朝山水文学有所继承外，更大的开创之功还在于，唐代文人已经开始频繁以"境"指称园林山水，并发展出各种"境"之形态。有以下诗例。

  鼎臣休浣隙，方外结遥心。别业青霞境，孤潭碧树林。（徐彦伯《侍宴韦嗣立山庄应制》）⑤

---

① （清）彭定求等编：《全唐诗》卷 9，中华书局 1960 年版，第 82 页。
② 瞿蜕园、朱金城校注：《李白集校注》卷 20，上海古籍出版社 1980 年版，第 1184 页。
③ 瞿蜕园、朱金城校注：《李白集校注》卷 20，上海古籍出版社 1980 年版，第 1199 页。
④ （清）彭定求等编：《全唐诗》卷 887，中华书局 1960 年版，第 10028 页。
⑤ （清）彭定求等编：《全唐诗》卷 76，中华书局 1960 年版，第 825 页。

南方足奇树，公府成佳境。(刘禹锡《和郴州杨侍郎玩郡斋紫薇花十四韵》)①

借问池台主，多居要路津。千金买绝境，永日属闲人。(刘禹锡《城中闲游》)②

门前巷陌三条近，墙内池亭万境闲。(刘禹锡《题王郎中宣义里新居》)③

静得亭上境，远谐尘外踪。(白居易《题杨颖士西亭》)④

东南得幽境，树老寒泉碧。池畔多竹阴，门前少人迹。(白居易《洛下卜居》)⑤

荷密连池绿，柿繁和叶红。主人贪贵达，清境属邻翁。(郑谷《游贵侯城南林墅》)⑥

俗间尘外境，郭内宅中亭。或有人家创，还无莲幕馨。(黄滔《题王侍御宅内亭子》)⑦

幽人创奇境，游客驻行程。(鱼玄机《题任处士创资福寺》)⑧

在上述描写园林的诗歌作品中，可以看到"境"有多种称谓，如"佳境""奇境""绝境""清境""尘外境""闲境""静境"等。在诸多的称谓中可以发现，有些已经成为园林的代称，如"琴爵留佳境，山池借好园"⑨ [张说《同王仆射山亭饯岑广武羲（赋）得言字》]，"佳境"与"好园"对照，以此指称山亭。"郡斋胜境有后池，山亭茵阁互

---

① （唐）刘禹锡著，瞿蜕园笺证：《刘禹锡集笺证》外集卷5，上海古籍出版社1989年版，第1310页。
② （唐）刘禹锡著，瞿蜕园笺证：《刘禹锡集笺证》卷22，上海古籍出版社1989年版，第618页。
③ （唐）刘禹锡著，瞿蜕园笺证：《刘禹锡集笺证》卷24，上海古籍出版社1989年版，第741页。
④ （唐）白居易著，朱金城笺校：《白居易集笺校》卷5，上海古籍出版社1988年版，第299页。
⑤ （唐）白居易著，朱金城笺校：《白居易集笺校》卷8，上海古籍出版社1988年版，第449—450页。
⑥ （唐）郑谷著，严寿澂、黄明、赵昌平笺注：《郑谷诗集笺注》卷1，上海古籍出版社2009年版，第106页。
⑦ （清）彭定求等编：《全唐诗》卷704，中华书局1960年版，第8104页。
⑧ 彭志宪、张燚：《鱼玄机诗编年译注》，新疆大学出版社1994年版，第72页。
⑨ （唐）张说著，熊飞校注：《张说集校注》卷6，中华书局2013年版，第235页。

参差"①（徐铉《亚元舍人不替深知猥贻佳作三篇清绝不敢轻酬因为长歌聊以为报未竟复得子乔校书示问故兼寄陈君庶资一笑耳》），"千金买绝境，永日属闲人"②，"幽人创奇境，游客驻行程"③，直接以"胜境""绝境""奇境"指称园林别业。

钱志熙对《全唐诗》进行检索，出于陶渊明之"人境"者有40例之多，在这40例中，有19例出现在园林诗歌中；出于陶文的"绝境"有28例，其中有15例出现在园林诗歌中。出于顾恺之语的"佳境"有20例，其中15例出现在园林诗歌中；"灵境"有30例，其中21例出现在园林诗歌中；"胜境"有23例，其中9例出现在园林诗歌中；"幽境"有15例，其中11例出现在园林诗歌中；"清境"有13例，其中7例出现在园林诗歌中；"境清"有8例，其中6例出现园林诗歌中。可见，"境"不仅使用频率较之六朝文学更高，而且组合变化也更丰富，并且出现许多带有感情色彩的用来评价园林山水的诗语。这一方面得益于唐代园林在规模数量和营造技艺上的兴盛发展，另一方面说明唐人对园林的审美品赏能力也日益提高，由此突出了"境"的审美意义。

值得关注的是，唐代士人开始大范围以有无境界的眼光去审视园林，影响到唐人在构园中对"境"的追求。秦韬玉的《亭台》云："雕楹累栋架崔嵬，院宇生烟次第开。为向西窗添月色，岂辞南海取花栽。意将画地成幽沼，势拟驱山近小台。清境渐深官转重，春时长是别人来。"④ 这首诗详尽地描述了园林的建构过程，无论是雕楹累栋还是栽花种草，抑或是开凿池沼、叠山堆石，这一切物质的技术手段都在为营造园境服务，随着园林景观的不断建构，园林之"清境"也逐渐转深。郎士元的《春宴王补阙城东别业》也再现了对园境的营造，诗云："柳陌乍随州势转，花源忽傍竹阴开。能将瀑水清人境，直取流莺送酒杯。山下古松当绮席，檐前片雨滴春苔。"⑤ 诗句"能将瀑水清人境"⑥ 准确点明了瀑水在营构园林之境中的重要功用。

---

① （宋）徐铉撰，李振中校注：《徐铉集校注（附徐锴集）》卷3，中华书局2018年版，第149页。
② （唐）刘禹锡著，瞿蜕园笺证：《刘禹锡集笺证》卷22，上海古籍出版社1989年版，第618页。
③ 彭志宪、张燚：《鱼玄机诗编年译注》，新疆大学出版社1994年版，第72页。
④ 李之亮注：《秦韬玉诗注 李远诗注》，上海古籍出版社1989年版，第14页。
⑤ （清）彭定求等编：《全唐诗》卷248，中华书局1960年版，第2786页。
⑥ （清）彭定求等编：《全唐诗》卷248，中华书局1960年版，第2786页。

无论是用境来指称园林，还是以境来评价园林山水之美，抑或按照意境的要求来构建园林景观，"境"的组合变化都构成了唐代文人的生活背景，钱志熙将其称为"这应该是唐人诗境说产生的最切近的语言学背景之一"①。结合园林诗歌所占比例来看，这里的"语言学背景"在某种程度上可以具体化为唐代文人造园活动的兴盛发展与园林营造技艺的进步，以及唐代文人对园林品鉴欣赏的审美评价。越来越多的唐代文人在自然山水与园林山水游赏之间，更倾向于选择后者，如"峨嵋咫尺无人去，却向僧窗看假山"②（郑谷《七祖院小山》）；"名山何必去，此地有群峰"[李德裕《题罗浮石（刻于石上）》]③，这种现象在唐代尤其中唐时期极为普遍。园林作为自然山水的缩微化和精练化，在造景、造境上更优于自然山水，这促使唐代文人在描绘园林山水之时更倾向于以"境"称之。于是各种带有主观评价色彩的"胜境""绝境""幽境""清境"等诗语越来越多地出现在诗人笔下，不仅标志着唐代文人园林品赏的评鉴能力日益进步，同时也说明"境"的审美意义在逐步凸显，这就为唐诗意境理论的形成创造了条件。也正因如此，钱志熙在论文《唐诗境说的形成及其文化与诗学上的渊源——兼论其对后世的影响》中说："境是唐人常用的诗语之一……这里面所反映的是，从东晋南朝到唐代，'境'在人们的日常生活与审美活动中，已经成为一个重要的概念。"④ 园林审美的重要作用，不可忽视。

三　诗境与园境的触发

唐代文人园林审美意识的不断深化凸显了"境"的审美义，为唐诗意境理论的形成创造了一定条件。同时，唐代文人的诗歌创作和诗歌意境追求又进一步影响着园林意境的营造与唐代文人的园林审美观念，两者之间是互相影响与互相促发的。下面将从唐代文人的诗歌书写出发，探讨诗境与园境的关系。

---

① 钱志熙：《唐诗境说的形成及其文化与诗学上的渊源——兼论其对后世的影响》，《文学遗产》2013年第6期。
② （唐）郑谷著，严寿澂、黄明、赵昌平笺注：《郑谷诗集笺注》卷2，上海古籍出版社2009年版，第225页。
③ （唐）李德裕撰，傅璇琮、周建国校笺：《李德裕文集校笺》别集卷4，中华书局2018年版，第594页。
④ 钱志熙：《唐诗境说的形成及其文化与诗学上的渊源——兼论其对后世的影响》，《文学遗产》2013年第6期。

以境论诗始于唐代，这一点在学术界已达成共识。罗钢的《学说的神话——评"中国古代意境说"》称："以境论诗是从唐代开始的，唐代诗人王昌龄、皎然、刘禹锡等都曾在自己的诗论中使用过'境'、'意境'等术语。"① 王昌龄之"三境说"，皎然之"取境说"，刘禹锡之"境生于象外"②，都是唐代重要的诗歌意境理论。然而，唐人在理论提升上远远不如诗歌的创作实践丰富，也正因如此，唐人的诗歌创作其实也包含了丰富的唐诗意境理论内容，如"诗境"这一诗学范畴就出现于唐人的诗歌创作中，并且不是某一位诗人或某一首作品，而是大量地出现在唐人笔下，具有重要的诗学意义。

对"境"的重视使"诗境"成为一个美学范畴。唐初唯识宗开山祖玄奘的《题半偈舍身山》中已经出现"诗境"，如"忽闻八字超诗境，不借丹躯舍此山。偈句篇留方石上，乐音时奏半空间"③，以佛境与诗境相比较，重在探讨佛教之义。"诗境"一词频繁出现，是从中唐时期开始的，有以下诗例。

> 虚空无处所，仿佛似琉璃。诗境何人到，禅心又过诗。（刘商《酬问师》）④
>
> 闲中得诗境，此境幽难说。（白居易《秋池二首》）⑤
>
> 黄鸟无声叶满枝，闲吟想到洛城时。惜逢金谷三春尽，恨拜铜楼一月迟。诗境忽来还自得，醉乡潜去与谁期？东都添个狂宾客，先报壶觞风月知。（白居易《将至东都先寄令狐留守》）⑥
>
> 诗境西南好，秋深昼夜蛩。人家连水影，驿路在山峰。（姚合《送殷尧藩侍御游山南》）⑦
>
> 闲携九日酒，共到百花亭。醉里求诗境，回看岛屿青。（朱庆馀

---

① 罗钢：《学说的神话——评"中国古代意境说"》，《文史哲》2012 年第 1 期。
② （唐）刘禹锡著，瞿蜕园笺证：《刘禹锡集笺证》卷 19《董氏武陵集纪》，上海古籍出版社 1989 年版，第 517 页。
③ 陈尚君辑校：《全唐诗续拾》卷 3，《全唐诗补编》，中华书局 1992 年版，第 679 页。
④ （清）彭定求等编：《全唐诗》卷 304，中华书局 1960 年版，第 3458 页。
⑤ （唐）白居易著，朱金城笺校：《白居易集笺校》卷 22，上海古籍出版社 1988 年版，第 1492 页。
⑥ （唐）白居易著，朱金城笺校：《白居易集笺校》卷 27，上海古籍出版社 1988 年版，第 1879 页。
⑦ （唐）姚合著，吴河清校注：《姚合诗集校注》卷 1，上海古籍出版社 2012 年版，第 50 页。

《陪江州李使君重阳宴百花亭》)①

满庭诗境飘红叶,绕砌琴声滴暗泉。门外晚晴秋色老,万条寒玉一溪烟。(雍陶《韦处士郊居》)②

春草越吴间,心期旦夕还。酒乡逢客病,诗境遇僧闲。(许浑《与裴秀才自越西归阻冻登虎丘山寺》)③

陶家五柳簇衡门,还有高情爱此君。何处更添诗境好,新蝉欹枕每先闻。(司空图《杨柳枝二首》)④

佛寺孤庄千嶂间,我来诗境强相关。岩边树动猿下涧,云里锡鸣僧上山。(泠然《宿九华化成寺庄》)⑤

"诗境"在《全唐诗》中出现了9例。在上述9例中,除了刘商的《酬问师》,姚合的《送殷尧藩侍御游山南》和司空图的《杨柳枝二首》,其他6例都是园林诗歌,说明"诗境"与"园境"有着密切联系。如雍陶的《韦处士郊居》,诗人寻友人不遇,于是描述了韦处士的郊居环境,庭园中红叶飘落,泉声叮叮咚咚清脆如琴,缭绕诗人左右,走上台阶才发现是一道隐蔽的飞泉。在这样的园林中观奇景体妙境,如同"诗境"一般,诗人只是将园境搬入了诗歌,园境构成了诗境,诗境成为园境的最美写照。其他诗歌也是如此,白居易的"闲中得诗境,此境幽难说"⑥,既是描写小池之境,也是诗人入诗的诗境。朱庆馀的"醉里求诗境,回看岛屿青"⑦,则是有意识地主动找寻诗境,哪里有诗境可寻呢?诗境就是那以百花亭为中心,由岛屿、绿植以及诗人的宴赏之情构成的园林之境。诗人于园林中观景体悟,园林之景在诗人感悟中升华为园境,同时引起诗人的创作热情,化为浓浓的诗思,也便有了"诗境"的诞生。同时诗人直接将园林看成"诗境",即可入诗的园林境界,这是对园林景观审美的最高体认和评价,同时也是对诗歌意境形成的真切表述。

---

① (清)彭定求等编:《全唐诗》卷514,中华书局1960年版,第5866页。
② 周啸天、张效民注:《雍陶诗注》,上海古籍出版社1988年版,第50页。
③ (唐)许浑撰,罗时进笺证:《丁卯集笺证》卷3,中华书局2012年版,第189页。
④ (唐)司空图著,祖保泉、陶礼天笺校:《司空表圣诗文集笺校》诗集笺校卷3,安徽大学出版社2002年版,第69页。
⑤ (清)彭定求等编:《全唐诗》卷825,中华书局1960年版,第9296页。
⑥ (唐)白居易著,朱金城笺校:《白居易集笺校》卷22《秋池二首》,上海古籍出版社1988年版,第1492页。
⑦ (清)彭定求等编:《全唐诗》卷514《陪江州李使君重阳宴百花亭》,中华书局1960年版,第5866页。

钱志熙这样解释"诗境":"诗境即包含着诗意的一种风景或环境,诗人直观地意识到眼前的一切是可以入诗的,是诗的表现对象。所以,诗境即诗之境。但是,诗境并非纯粹客观环境和自然景物,而是诗人主观情志与审美心理向外界投射所形成的一个具有时间与空间属性的主客交融物,这个交融物即境、或称境界。"① 这里有两层意思:第一,"诗境"的构成是主观的"情"与客观的"景"的交融;第二,诗境是包含诗意的一种风景或环境。"诗境包含着诗意的一种风景或环境",具体来说便是诗人眼前可以入诗、作为诗的表现对象的风景或环境。那么,结合上述诗作中所描述的场景,这里的风景或环境不正是园林之境即园境吗?这种园境不同于旷野自然山水,而是熔铸了诗人主观情感与审美心理的园景组合。园景与园境本身就是主客观的统一,正因如此,园境才具有了风景或环境中的诗意的内涵,并与"诗境"相通,成为"诗境"的表现对象,构成与"诗境"同一的可入诗的景观境界。这也正是为何"诗境"一词频繁出现在中唐时期的诗作中,这与中唐园林的兴盛发展、营造技艺的提高和园境的追求有着分不开的关系。

除了"诗境"与"园境"的直接沟通外,唐诗中还有许多园境入诗的例子。

长忆梁王逸兴多,西园花尽兴如何。近来潦暑侵亭馆,应觉清谈胜绮罗。境入篇章高韵发,风穿号令众心和。(刘禹锡《夏日寄宣武令狐相公》)②

入座兰蕙馥,当轩松桂滋。于焉悟幽道,境寂心自怡。(陆澧《和张相公太原山亭怀古诗》)③

树绿晚阴合,池凉朝气清。莲开有佳色,鹤唳无凡声。唯此闲寂境,惬我幽独情。(白居易《北亭卧》)④

心兴遇境发,身力因行知。寻云到起处,爱泉听滴时。(白居易

---

① 钱志熙:《唐诗境说的形成及其文化与诗学上的渊源——兼论其对后世的影响》,《文学遗产》2013年第6期。
② (唐)刘禹锡著,瞿蜕园笺证:《刘禹锡集笺证》外集卷3,上海古籍出版社1989年版,第1172页。
③ (清)彭定求等编:《全唐诗》卷366,中华书局1960年版,第4132页。
④ (唐)白居易著,朱金城笺校:《白居易集笺校》卷21,上海古籍出版社1988年版,第1403页。

《秋游平泉赠韦处士闲禅师》)①

　　斜月入低廊,凉风满高树。放怀常自适,遇境多成趣。(白居易《闲夕》)②

　　是夕凉飚起,闲境入幽情。回灯见栖鹤,隔竹闻吹笙。(白居易《立秋夕有怀梦得》)③

　　万虑随境生,何由返真素。寂寞天籁息,清迥鸟声曙。(李涉《题清溪鬼谷先生旧居》)④

　　斗石类岩巘,飞流泻潺湲。远壑檐宇际,孤峦雉堞间。何必到海岳,境幽机自闲。(高铢《和太原张相公山亭怀古》)⑤

　　看月空门里,诗家境有余。露寒僧帽出,林静鸟巢疏。(姚合《酬李廓精舍南台望月见寄》)⑥

　　老树呈秋色,空池浸月华。凉风白露夕,此境属诗家。(刘得仁《池上宿》)⑦

　　移来未换叶,已胜在空山。静对心标直,遥吟境助闲。(项斯《和李用夫栽小松》)⑧

　　最堪佳此境,为我长诗情。(周繇《甘露寺北轩》)⑨

　　道自闲机长,诗从静境生。不知春艳尽,但觉雅风清。竹腻题幽碧,蕉干裂翠(脆)声。(齐己《寄酬高辇推官》)⑩

　　吟兴终依异境长,旧游时入静思量。江声里过东西寺,树影中行上下方。春色湿僧巾屦腻,松花沾鹤骨毛香。(齐己《寄道林寺诸友》)⑪

---

① (唐)白居易著,朱金城笺校:《白居易集笺校》卷22,上海古籍出版社1988年版,第1512页。
② (唐)白居易著,朱金城笺校:《白居易集笺校》卷22,上海古籍出版社1988年版,第1518页。
③ (唐)白居易著,朱金城笺校:《白居易集笺校》卷29,上海古籍出版社1988年版,第2008—2009页。
④ (清)彭定求等编:《全唐诗》卷477,中华书局1960年版,第5423—5424页。
⑤ (清)彭定求等编:《全唐诗》卷488,中华书局1960年版,第5545页。
⑥ (唐)姚合著,吴河清校注:《姚合诗集校注》卷9,上海古籍出版社2012年版,第490页。
⑦ (清)彭定求等编:《全唐诗》卷544,中华书局1960年版,第6285页。
⑧ (唐)项斯著,徐光大校注:《项斯诗注》,浙江古籍出版社2006年版,第29页。
⑨ (清)彭定求等编:《全唐诗》卷635,中华书局1960年版,第7291页。
⑩ 王秀林:《齐己诗集校注》卷5,中国社会科学出版社2011年版,第241页。
⑪ 王秀林:《齐己诗集校注》卷7,中国社会科学出版社2011年版,第346页。

以上诗例都说明园林之境对诗情的感发，进而有助于诗境的形成，所谓"遥吟境助闲"①，在园境的助益下诗境也浸染了闲逸的成分，这也正是园境入诗带给诗境的审美效果。越来越多的诗人喜欢从身居园境中找寻诗意与诗境，这种做法相较于自然旅行而言则便捷许多，并且成熟的园境更有助于诗境的形成，貌似只要把眼前所看所听原本地搬入诗歌也照样意境悠然。这是因为园境本身就是诗人心境的写照，与诗人的审美心理相一致，写眼前景，抒心中情，意境自然呈现，正如殷璠在《河岳英灵集》中评王维诗时所说"词秀调雅，意新理惬，在泉为珠，着壁成绘，一句一字，皆出常境"②。

于是，"诗境""吟境"我们都可以理解为适宜诗人吟诗的环境，姚合的"诗家境有余"则直接将园境归属于诗家，园境与诗相通相融，园境也便内化为诗歌意境。钱志熙说："当这种思维方式进一步内在化时，诗境也就由适宜诗的表现空间对象一义内在化为诗的自身的境界一义。"③钱志熙站在唐代诗境形成的角度立论，认为这种思维方式反映出唐人以境论诗的诗学思维方式的一种深化。如果从园林视角来看，则可以发现这种思维方式的深化是建立在园林意境的基础上或者说唐人对园林意境的审美追求的基础之上，而这种深化了的思维方式又无疑对唐人的审美视野、审美品赏产生反哺作用，促使唐人以诗境的眼光来审视园境，去发现、找寻那些可以入诗的、可以成为诗歌表现对象的园境。同时，当这种追求表现在实际行动中时也便外化为诗人的构园行为，即在构园时注重对园林意境的追求，并且将其视为最高的构园标准。由此可以说，园境感发了诗情生成诗境，同时园境也成为一种包含诗意的风景，"诗境"与"园境"互相促发、渗透，互通互融。

四 唐代诗歌意境理论中的园林质素

上文从唐人笔下的"诗境"这一审美范畴出发，论述了"园境"与"诗境"之间交融互通的关系。如果说"诗境"是唐代意境理论在诗歌创作实践中的表现，那么王昌龄、皎然、刘禹锡等人的论说则是唐人在理论

---

① （清）彭定求等编：《全唐诗》卷554《和李用夫栽小松》，中华书局1960年版，第6414页。
② （唐）殷璠：《河岳英灵集》卷上，参见（唐）元结、殷璠等选《唐人选唐诗（十种）》，上海古籍出版社1978年版，第58页。
③ 钱志熙：《唐诗境说的形成及其文化与诗学上的渊源——兼论其对后世的影响》，《文学遗产》2013年第6期。

层面的探讨。如果从园林视角来看，其诗歌理论的提出同样有园林的影子，并且在对园景的运用上呈现出逐步增强的趋势。

唐代最早的诗歌意境理论应该是王昌龄在《诗格》中所说的"三境"。

> 物境一。欲为山水诗，则张泉石云峰之境，极丽绝秀者，神之于心。处身于境，视境于心，莹然掌中，然后用思，了然境象，故得形似。
> 情境二。娱乐愁怨，皆张于意而处于身，然后驰思，深得其情。
> 意境三。亦张之于意，而思之于心，则得其真矣。①

这里的"物境""情境"和"意境"实是"物""情""意"与"境"的组合，指的是三种诗境。"物镜"实为客观之境，"情境"与"意境"实为主观之境，而"意境"又要比"情境"更高一层。这种分法说明唐人对"境"的认识已十分成熟，即用"境"的范畴来认识与评价诗歌。这不禁让人想起唐代文人也这样用"境"的范畴来评价园林山水。关于王昌龄的"三境"说，我们也不妨从园林视角管窥蠡测。在"物境"中，作者提到"张泉石云峰之境，极丽绝秀者"②，"泉石云峰之境"③可指自然山水之境，也可指园林山水之境，又或者两者皆有，这可以从"物"的所指看出。《诗格》中提到的"所说景物，必须好似四时者。春夏秋冬气色，随时生意。取用之意，用之时，必须安神净虑。目睹其物，即入于心。心通其物，物通即言。言其状，须似其景。语须天海之内，皆纳于方寸。至清晓，所览远近景物及幽所奇胜，概皆须任意自起"④。这里的"物"指的是诗歌创作过程中与"意"相遇相感之物，物象之间的组合构成了"境"，于是才有"目击其物，便以心击之，深穿其境。如登高山绝顶，下临万象，如在掌中。以此见象，心中了见，当此即用。……山林、日月、风景为真，以歌咏之。犹如水中见日月，文章是景，物色是本，照之须了见其象也"⑤。这里，作者提到的"远近景物及幽所奇胜"⑥

---

① 张伯伟撰：《全唐五代诗格汇考》，凤凰出版社2002年版，第172—173页。
② 张伯伟撰：《全唐五代诗格汇考》，凤凰出版社2002年版，第172页。
③ 张伯伟撰：《全唐五代诗格汇考》，凤凰出版社2002年版，第172页。
④ 张伯伟撰：《全唐五代诗格汇考》，凤凰出版社2002年版，第170页。
⑤ 张伯伟撰：《全唐五代诗格汇考》，凤凰出版社2002年版，第162页。
⑥ 张伯伟撰：《全唐五代诗格汇考》，凤凰出版社2002年版，第170页。

与"山林、日月、风景为真"① 不仅仅指自然山水,结合前述众多以境指称园林山水的诗句例证看,能够构成"物境"的物象应当也有园林山水的成分。

继《诗格》之后,皎然在《诗式》中对意境问题做了较为集中的论述。《诗式》中专列"取境"一章,提出"取境"的概念:"取境之时,须至难至险,始见奇句。成篇之后,观其气貌,有似等闲,不思而得,此高手也。有时意静神王,佳句纵横,若不可遏,宛如神助。"② 皎然所指的"境"包含两层意思,既可以指诗人在构思时对艺术幻象的艺术选择,这里的艺术幻象是存于诗人心中的虚象;同时也可以指诗人在构思时对客观物境的艺术观照,这里的物境存在于诗人的身边,是诗人对入诗材料的主观选择。同时,皎然主张苦思冥想,但又强调诗歌的意境要有自然之趣,因此皎然在诗歌创作过程中主张"尚作用","虽有声律,不妨作用,如壶公瓢中自有天地日月"③。也就是说,诗歌创作要如同"壶公瓢中自有天地日月"④ 一般,由有限通向无限,由具体通向深邃。这样的意境与诗思从何而来呢?皎然的那句"诗情缘境发"⑤ 已经做了十分明确的解释,只是这里的"境"因皎然的佛徒身份带上了浓厚的佛学色彩,尤其是与其相对的下一句"法性寄筌空"⑥,佛学色彩更为浓厚,这也是唐代诗境学说受到佛学影响的重要表现。然而,如果我们把这两句放置于具体的诗作语境中,可以发现,这里的"诗境"不是广阔无限、浩瀚无边的自然山水,而是具有庭园小景特色的园林山水,如"江郡当秋景,期将道者同。迹高怜竹寺,夜静赏莲宫。古磬清霜下,寒山晓月中。诗情缘境发,法性寄筌空。翻译推南本,何人继谢公"⑦(皎然《五言秋日遥和卢使君游何山寺宿敡上人房论涅槃经义》),"竹寺""莲宫"是寺庙的代称,"古磬""清霜""寒山""晓月"则组合成了幽静的景境,正是这样的"壶公瓢中"自有"天地日月"。

---

① 张伯伟撰:《全唐五代诗格汇考》,凤凰出版社2002年版,第162页。
② (唐)皎然著,李壮鹰校注:《诗式校注》卷1,人民文学出版社2003年版,第39页。
③ (唐)皎然著,李壮鹰校注:《诗式校注》卷1《明作用》,人民文学出版社2003年版,第13页。
④ (唐)皎然著,李壮鹰校注:《诗式校注》卷1《明作用》,人民文学出版社2003年版,第13页。
⑤ (唐)释皎然撰:《杼山集》卷1《五言秋日遥和卢使君游何山寺宿敡上人房论涅槃经义》,上海古籍出版社1992年版,第7页。
⑥ (唐)释皎然撰:《杼山集》卷1,上海古籍出版社1992年版,第7页。
⑦ (唐)释皎然撰:《杼山集》卷1,上海古籍出版社1992年版,第7—8页。

如同这样的幽致小景在皎然的诗作中多次出现。如"望远涉寒水,怀人在幽境"①(《五言白云上精舍寻杼山禅师兼示崔子向何山道上人》),"偶来中峰宿,闲坐见真境。寂寂孤月心,亭亭圆泉影。□□□满山,花落始知静"(《杂言宿山寺寄李中丞洪》)②,"菜实萦小园,稻花绕山屋。深居寡忧悔,胜境怡耳目"(《五言冬日山行过薛征君》)③,正是这样的景致怡人耳目,发人诗情。另外,皎然的《五言苕溪草堂自大历三年夏新营泊秋及春弥觉境胜因纪其事简潘丞述汤评事衡四十三韵》一诗叙述了草堂的建构过程、景致以及作者居于草堂的园居心态,诗云:"万虑皆可遗,爱山情不易。自从东溪住,始与人群隔"④,接着写道"洗足临潺湲,销声寄松柏。缃荷采堪服,柔草持可席。道心制野猿,法语授幽客。境净万象真,寄目皆有益。"⑤ 皎然因具有佛徒身份,其诗歌带有佛教色彩是十分自然的事情,然而"境净万象真,寄目皆有益"⑥ 与其诗境理论"诗情缘境发"⑦"壶公瓢中自有天地日月"⑧ 十分接近,都说明园景、园境对诗人的感发作用以及对诗歌意境形成的重要影响。

稍晚于皎然的刘禹锡也对境的产生做了进一步探讨,提出"境生于象外"⑨。刘禹锡的《董氏武陵集纪》云:"诗者其文章之蕴耶!义得而言丧,故微而难能。境生于象外,故精而寡和。"⑩ 这里的"境"是对具体之象的突破,对有限的超越,在具象的基础上又超越具象,从而与心灵宇宙,与天地精神相往来,可见,这种"境"其实已经触及了意境的美学特征与本质。这一命题的提出,源于《庄子》得意忘言、魏晋玄学言意之辩,直接承自皎然的"境象"说,涉及了意境的层次性与虚幻性。"象"指直观的具体形象,"境"指超以象外具有虚幻性特征的意蕴,在

---

① (唐)释皎然撰:《杼山集》卷2,上海古籍出版社1992年版,第14页。
② (唐)释皎然撰:《杼山集》卷2,上海古籍出版社1992年版,第22页。
③ (唐)释皎然撰:《杼山集》卷3,上海古籍出版社1992年版,第31页。
④ (唐)释皎然撰:《杼山集》卷2,上海古籍出版社1992年版,第15页。
⑤ (唐)释皎然撰:《杼山集》卷2,上海古籍出版社1992年版,第15—16页。
⑥ (唐)释皎然撰:《杼山集》卷2,上海古籍出版社1992年版,第15—16页。
⑦ (唐)释皎然撰:《杼山集》卷1《五言秋日遥和卢使君游何山寺宿敡上人房论涅槃经义》,上海古籍出版社1992年版,第7页。
⑧ (唐)皎然著,李壮鹰校注:《诗式校注》卷1《明作用》,人民文学出版社2003年版,第13页。
⑨ (唐)刘禹锡著,瞿蜕园笺证:《刘禹锡集笺证》卷19《董氏武陵集纪》,上海古籍出版社1989年版,第517页。
⑩ (唐)刘禹锡著,瞿蜕园笺证:《刘禹锡集笺证》卷19,上海古籍出版社1989年版,第517页。

具象基础上又超越具象而达到与情志同一的最高境界。

从王昌龄的《诗格》到皎然的《诗式》，可以看到，在意境说的形成过程中少不了自然山水或园林山水的激发。如果说他们二人的论述还不够明确，那么刘禹锡在其诗歌作品中则明确将"境"与园林联系到了一起。刘禹锡写"境"的诗作有以下数例。

  南方足奇树，公府成佳境。(刘禹锡《和郴州杨侍郎玩郡斋紫薇花十四韵》)①

  千金买绝境，永日属闲人。(刘禹锡《城中闲游》)②

  家山见初月，林壑悄无尘。幽境此何夕？清光如为人。(刘禹锡《和李相公平泉潭上喜见初月》)③

  门前巷陌三条近，墙内池亭万境闲。(刘禹锡《题王郎中宣义里新居》)④

  新开潭洞疑仙境，远写丹青到雍州。(刘禹锡《答东阳于令涵碧图诗》)⑤

  近郭有殊境，独游常鲜欢。(刘禹锡《海阳湖别浩初师》)⑥

  长忆梁王逸兴多，西园花尽兴如何。近来潦暑侵亭馆，应觉清谈胜绮罗。境入篇章高韵发，风穿号令众心和。(刘禹锡《夏日寄宣武令狐相公》)⑦

以上诗例，从内容看，有 5 例写园林山水，有 2 例写自然山水，一方面说明唐代园林之发展趋势对诗歌创作的影响，另一方面说明唐人越来越

---

① (唐) 刘禹锡著，瞿蜕园笺证：《刘禹锡集笺证》外集卷 5，上海古籍出版社 1989 年版，第 1310 页。
② (唐) 刘禹锡著，瞿蜕园笺证：《刘禹锡集笺证》卷 22，上海古籍出版社 1989 年版，第 618 页。
③ (唐) 刘禹锡著，瞿蜕园笺证：《刘禹锡集笺证》外集卷 7，上海古籍出版社 1989 年版，第 1418 页。
④ (唐) 刘禹锡著，瞿蜕园笺证：《刘禹锡集笺证》卷 24，上海古籍出版社 1989 年版，第 741 页。
⑤ (唐) 刘禹锡著，瞿蜕园笺证：《刘禹锡集笺证》卷 25，上海古籍出版社 1989 年版，第 777 页。
⑥ (唐) 刘禹锡著，瞿蜕园笺证：《刘禹锡集笺证》卷 29，上海古籍出版社 1989 年版，第 966 页。
⑦ (唐) 刘禹锡著，瞿蜕园笺证：《刘禹锡集笺证》外集卷 3，上海古籍出版社 1989 年版，第 1172 页。

关注园境的审美品赏。值得注意的是,"境入篇章高韵发"① 说明了园境对诗境的影响,这又让人想到皎然之取境说:"夫诗人之思初发,取境偏高,则一首举体便高;取境偏逸,则一首举体便逸。"② 园境的审美风格直接影响到诗歌意境的高低。

发展至司空图,更是提倡"咸酸之外"③ 的"味外之旨"④ 和"近而不浮,远而不尽"⑤ 的"韵外之致"(《与李生论诗书》)⑥,讲究"象外之象,景外之景"(《与极浦书》)⑦,殷璠、皎然之说,亦注重含蓄蕴藉的韵味与清远醇美的意境,由此完成了对诗歌意境的理论探讨。司空图在《与王驾评诗书》中提出"思与境偕"⑧,"长于思与境偕,乃诗家之所尚者"⑨,概括了审美境界的基本要素和功能,"思"可以理解成审美主体的思想感情等心理素质,"境"则指直观感性的境况,这里的"境"并非纯客观存在,而是含有主体审美心态的素质。司空图以"思"与"境"对举,并强调两者的和谐统一,显示出对审美境界中审美主体的重视,以及对审美主体与客体交感统一的强调。如果联系司空图的"味外之旨"⑩"韵外之致"⑪"象外之象、景外之景"⑫,那么这里的"境"便由有限的

---

① (唐) 刘禹锡著,瞿蜕园笺证:《刘禹锡集笺证》外集卷3《夏日寄宣武令狐相公》,上海古籍出版社1989年版,第1172页。
② (唐) 皎然著,李壮鹰校注:《诗式校注》卷1,人民文学出版社2003年版,第69页。
③ (唐) 司空图著,祖保泉、陶礼天笺校:《司空表圣诗文集笺校》文集笺校卷2,安徽大学出版社2002年版,第193页。
④ (唐) 司空图著,祖保泉、陶礼天笺校:《司空表圣诗文集笺校》文集笺校卷2,安徽大学出版社2002年版,第194页。
⑤ (唐) 司空图著,祖保泉、陶礼天笺校:《司空表圣诗文集笺校》文集笺校卷2,安徽大学出版社2002年版,第193—194页。
⑥ (唐) 司空图著,祖保泉、陶礼天笺校:《司空表圣诗文集笺校》文集笺校卷2,安徽大学出版社2002年版,第194页。
⑦ (唐) 司空图著,祖保泉、陶礼天笺校:《司空表圣诗文集笺校》文集笺校卷3,安徽大学出版社2002年版,第215页。
⑧ (唐) 司空图著,祖保泉、陶礼天笺校:《司空表圣诗文集笺校》文集笺校卷1,安徽大学出版社2002年版,第190页。
⑨ (唐) 司空图著,祖保泉、陶礼天笺校:《司空表圣诗文集笺校》文集笺校卷1,安徽大学出版社2002年版,第190页。
⑩ (唐) 司空图著,祖保泉、陶礼天笺校:《司空表圣诗文集笺校》文集笺校卷2,安徽大学出版社2002年版,第194页。
⑪ (唐) 司空图著,祖保泉、陶礼天笺校:《司空表圣诗文集笺校》文集笺校卷2,安徽大学出版社2002年版,第194页。
⑫ (唐) 司空图著,祖保泉、陶礼天笺校:《司空表圣诗文集笺校》文集笺校卷3,安徽大学出版社2002年版,第215页。

具体的物象上升到无限的抽象的境界,是对具体物象的超越,同时也是多种物象组合排列后达到的一种虚幻的意境。"思"与"境"对举,不仅可以和谐统一,而且"境"对"思"也具有感发作用。司空图在《率题》诗中说:"宦路前衔闲不记,醉乡佳境兴方浓。"① 一是"佳境",一是"兴",佳境促发兴致的提升,而兴致的提升又反过来促使诗人以诗情的眼光审视周边环境与自我心境,于是有了"诗境",这便是司空图在《杨柳枝二首》中所说的"何处更添诗境好"②,"境"已然不是纯粹的客观存在,而具有了主体审美心性。

如果说"思与境偕"是司空图的诗歌意境构成论,那么《二十四诗品》③ 则在皎然等诗歌意境风格论的基础上,进一步将诗境风格分为二十四种类型,每一种类型用一首四言诗进行描述。《二十四诗品》的意义不仅在于提出了二十四种诗歌意境类型,如果从园林学意义上看,则是作者以园林景观、园林意境来描述、再现抽象的诗境,又或者说以诗境来提炼归纳园境。

《二十四诗品》中有许多诗句的意境与园林艺术相通。如《典雅》,诗云:"玉壶买春,赏雨茅屋。坐中佳士,左右修竹。白云初晴,幽鸟相逐。眠琴绿荫,上有飞瀑。落花无言,人淡如菊。书之岁华,其曰可读。"④ 宛然可见一位隐于由修竹、飞瀑、茅屋、黄菊、幽鸟、古琴等构筑的园林中的高人逸士,作者不愧是写景的高手,寥寥几笔就勾勒出一幅典型的闲居幽趣图。而这样的诗歌情境被作者定义为"典雅",可见作者以园景、园境来写诗的有意识行为。再如《精神》,诗云:"欲返不尽,相期与来。明漪绝底,奇花初胎。青春鹦鹉,杨柳池台。碧山人来,清酒满杯。生气远出,不著死灰。妙造自然,伊谁与裁。"⑤ 这里的"精神"也被具象化为由"明漪""奇花""鹦鹉""杨柳""池台""碧山"等具

---

① (唐)司空图著,祖保泉、陶礼天笺校:《司空表圣诗文集笺校》诗集笺校卷3,安徽大学出版社2002年版,第75页。

② (唐)司空图著,祖保泉、陶礼天笺校:《司空表圣诗文集笺校》诗集笺校卷3,安徽大学出版社2002年版,第69页。

③ 鉴于《二十四诗品》目前尚有争论,本书仍从旧说。

④ (唐)司空图著,罗仲鼎、蔡乃中译注:《二十四诗品》,浙江古籍出版社2018年版,第29页。

⑤ (唐)司空图著,罗仲鼎、蔡乃中译注:《二十四诗品》,浙江古籍出版社2018年版,第63页。

有园林色彩的景观造型，并以此为喻来形容诗风的清气勃发与饱含生机。《绮丽》同样如此，诗云："神存富贵，始轻黄金。浓尽必枯，淡者屡深。雾余山青，红杏在林。月明华屋，画桥碧阴。金樽酒满，伴客弹琴。取之自足，良殚美襟。"① 作者借景摹状，描绘出一幅园林山水画，园林景致鲜活清秀，画中人物不是达官显宦而是洁身自守、心有所寄的士大夫，并且有着琴遇知音的高情意韵，这样的景与情无论是在诗歌风格上还是在园林意境上都是相通的。类似于上述具有园林色彩的诗语在《二十四诗品》中还有很多，诸如"柳荫路曲，流莺比邻"②（《纤秾》），"绿杉野屋，落日气清"③（《沉着》），"筑屋松下，脱帽看诗"④（《疏野》），"猴山之鹤，华顶之云"⑤（《飘逸》），"花覆茅檐，疏雨相过"⑥（《旷达》），这是对诗境风格的描述，同时也是对园林境界的描述，诗境与园境已难分彼此。此外，《二十四诗品》对园林的影响还表现为其审美趣味与中国古典园林美学的精神相一致，如平淡、冲和、疏野、旷达、自然、飘逸等，这种艺术精神是诗歌的，同时也是园林的。也正因如此，《二十四诗品》所表达的审美趣味在古典园林中有着具体的反映，而古典园林的审美同时也包含在《二十四诗品》中。

从王昌龄到皎然，再到刘禹锡、司空图，唐代诗学意境理论逐步形成，同时在他们的诗论学说中我们可以看到园林的色彩也越发浓厚和鲜明。王昌龄之物境的描述，皎然之"诗情缘境发"⑦，还有刘禹锡的"境入篇章高韵发"⑧，司空图则直接以园景入诗，以园境写诗境，既是对诗

---

① （唐）司空图著，罗仲鼎、蔡乃中译注：《二十四诗品》，浙江古籍出版社2018年版，第42页。
② （唐）司空图著，罗仲鼎、蔡乃中译注：《二十四诗品》，浙江古籍出版社2018年版，第15页。
③ （唐）司空图著，罗仲鼎、蔡乃中译注：《二十四诗品》，浙江古籍出版社2018年版，第20页。
④ （唐）司空图著，罗仲鼎、蔡乃中译注：《二十四诗品》，浙江古籍出版社2018年版，第71页。
⑤ （唐）司空图著，罗仲鼎、蔡乃中译注：《二十四诗品》，浙江古籍出版社2018年版，第109页。
⑥ （唐）司空图著，罗仲鼎、蔡乃中译注：《二十四诗品》，浙江古籍出版社2018年版，第113页。
⑦ （唐）释皎然撰：《杼山集》卷1《五言秋日遥和卢使君游何山寺宿敭上人房论涅槃经义》，上海古籍出版社1992年版，第7页。
⑧ （唐）刘禹锡著，瞿蜕园笺证：《刘禹锡集笺证》外集卷3《夏日寄宣武令狐相公》，上海古籍出版社1989年版，第1172页。

歌意境风格的概括，又是对园林意境的写照，园林的审美趣味与诗歌的审美风格融为一体，由此可见诗境与园境之间互相影响与互相渗透的关系。

五 诗境与园境的营造手法

诗歌意境的生成在于通过有限达到无限，由实而虚，同样，园林意境的生成同样是通过有限之象达到无限之境，即"境生于象外"①。对于诗歌而言，主要是借助语言文字构成意境，语言是抽象的文字符号，因其抽象性而具有很高的灵活性和自由度，由此具有更广大的组合空间，通过不同的语言文字的组合，生成更为宽广的无限的且具有想象的虚灵空间。对于园林而言，主要借助景观物象等实物构成意境，而这里的具象的实物也要具有抽象之美或者文化意蕴，是具有文化意蕴的造园要素。造园要素既是具体之物，可以构置实有的园林空间；又兼具艺术符号的抽象性，是富于意义的阐发空间。正如叶朗在《中国美学史大纲》中所说："诗境、画境都不是局限于有限的物象，而是要在有限中见出无限。同样，园林的意境，也不是一个孤立的物象，不是一座孤立的建筑，不是一片有限的风景，而是要有象外之象，景外之景。"② 园林意境的生成同诗歌一样在于"象外之象，景外之景"，能够以有形沟通无形，从有限跨越无限，创造出"境生于象外"③ 的意境空间。

诗境与园境在意境的营造手法上具有相通之处，具体说来，主要有以下几个方面。

第一，空间排列。王国璎在《中国山水诗研究》中说到，山水诗意象安排的一个特点是"意象并列"，"中国山水诗中充满了意象罗列的诗句，……而诗句中山水意象的呈露，可以不经分析或解说，直接诉诸读者的感官，唤起联想，进而产生山水历历在目的感觉"④。同时，叶维廉在分析孟浩然诗时也说到了这一点，"孟诗和大部分的唐诗中的意象，在一种互立并存的空间关系之下，形成一种气氛，一种环境，一种只唤起某种感受但并不加以说明的境界，任读者移入、出现，作一瞬间的停驻，然后

---

① (唐) 刘禹锡著，瞿蜕园笺证：《刘禹锡集笺证》卷19《董氏武陵集纪》，上海古籍出版社1989年版，第517页。
② 叶朗：《中国美学史大纲》，上海人民出版社1985年版，第442页。
③ (唐) 刘禹锡著，瞿蜕园笺证：《刘禹锡集笺证》卷19《董氏武陵集纪》，上海古籍出版社1989年版，第517页。
④ 王国璎：《中国山水诗研究》，中华书局2007年版，第240—243页。

溶入境中,并参与完成这强烈感受的一瞬之美感经验"①。由于中国语言特殊的语法条件,名词与名词之间或者词组与词组之间不需要任何语法的联系,只要放到一起就可以组合成整体。这种诗歌意象的并列分布其实与园林景观的空间布局十分相似,诗歌是把各个分散的意象通过其内在的联系组合起来,排列方式可以说是并列式的;而园林景观更是这样,假山、小池、花木、亭台楼阁等,都是按照一定的空间顺序进行多种组合和并置分布的,然后构成一个整体,这种安排方式同样是并列式的。诗歌意象的并列式组合,需要通过一定的手段诸如对偶、对比等技巧,才能将各个无联系的意象有机组合起来,形成一个整体。同样,园林意象间的关系也是如此,通过一定的对景、借景、框景等手法进行有机组合,才能有助于意境的生成,诗歌与园林在意境的生成上具有相似的技巧与手段。所以意象是诗歌的基本单位,而景象是园林的基本单位,诗歌意境的生成在于诗歌意象的有机统一,园林意境的生成同样依赖于园林景象的有机组合。

第二,空白艺术。中国艺术讲求空白,意境在空白中超越。中国画是由线条构成的,而线条之间就是空白,恰恰是这样的空白使我们发挥想象,获得美感。中国的书法也要求"计白当黑",同样,诗歌与园林也讲求空白艺术。刘禹锡说"能离欲则方寸地虚,虚而万景入"②,虚静可以造成空灵。正如宗白华在《论文艺的空灵与充实》一文中所说:"空明的觉心,容纳着万境,万境浸入人的生命,染上了人的性灵。"③崔颢的《黄鹤楼》中的诗句"黄鹤一去不复返,白云千载空悠悠"④写出了时间的久远与空间的浩淼;一个"空"字大大增强了诗歌的想象空间,同时将实景化为虚境,在诗人所描写的空白画面中实现诗歌的空灵。同样,园林在建构中也注意留白,在空白中超越,给人以灵动之感。例如姚合在《题李频新居》中介绍完山居之环境后,接以"庭际山宜小,休令著石添"⑤,庭院中假山的体积不宜过大,同时也不能到处摆放石头,而应该

---

① 温儒敏、李细尧编:《寻求跨中西文化的共同文学规律——叶维廉比较文学论文选》,北京大学出版社1987年版,第57页。
② (唐)刘禹锡著,瞿蜕园笺证:《刘禹锡集笺证》卷29《秋日过鸿举法师寺院便送归江陵(并引)》,上海古籍出版社1989年版,第957页。
③ 宗白华:《美学散步》,上海人民出版社1981年版,第25页。
④ 万竟君注:《崔颢诗注》,上海古籍出版社1982年版,第42页。
⑤ (唐)姚合著,吴河清校注:《姚合诗集校注》卷7,上海古籍出版社2012年版,第373页。

疏密有致，大小适宜，这样才会有境界。由此可见，唐人对园林意境营造中空白生成美感的了解与重视。唐人注重保留一定空间的构园艺术被明代计成归结为"筑垣须广，空地多存"①（《园冶·立基》），经过一定的合理配置才可生出幻境。陈从周先生更是用精确的语言表述了园林与诗文讲求空灵的共同艺术特征："中国园林，能在世界上独树一帜者，实以诗文造园也。诗文言空灵，造园忌堆砌。故'叶上初阳干宿雨，水面清圆，一一风荷举'。言园景虚胜实，论文学亦极尽空灵。中国园林能于有形之景兴无限之情，反过来又产生不尽之景，觥筹交错，迷离难分，情景交融的中国造园手法。"②由此可见，园林与诗歌在意境营造上共同讲求留白与空灵。

第三，以小见大，有尺幅万里之势。王夫之评崔颢之《长干曲（之一）》说："论画者曰：'咫尺有万里之势。'一'势'字宜着眼。若不论势，则缩万里于咫尺，直是《广舆记》前一天下图耳。五言绝句，以此为落想时第一义。唯盛唐人能得其妙，如：'君家住何处？妾住在横塘。停船暂借问，或恐是同乡。'墨气所射，四表无穷，无字处皆其意也。"③这里的"势"指对立中产生的张力，这种张力弥漫于诗歌，形成不可抵挡的魅力，意境由此而生。诗歌的这种"势"在园林中体现为大与小之间的张力，小景观见出大自然，小天地见出大境界。盛唐人李华明确提出园林以小见大的美学特征，说道："一夫蹑纶，而三江逼户；十指攒石，而群山倚蹊。……以小观大，则天下之理尽矣，心目所自不忘乎！"④山石写意名山，水陂写意江湖，在这样一个由人工山水构成的小园中，只要具有以小观大的审美视角，让精神畅游其间，就可以见出广阔的自然天地，天下之理也尽呈心间。因此，园林在建构中往往以山石象征山峰，以小池写意江湖，一花一木在园林中都具有深厚的文化内蕴，以小见大成为园林建构中重要的艺术手法。宗白华引恽南田《题洁庵图》语云："谛视斯境，一草一树、一丘一壑，皆洁庵（指唐洁庵）灵想之所独辟，总非人间所有。其

---

① （明）计成原著，陈植注释，杨伯超校订，陈从周校阅：《园冶注释》卷1，中国建筑工业出版社1988年版，第71页。
② 陈从周：《园林清议》，江苏文艺出版社2005年版，第77页。
③ （清）王夫之著，戴鸿森笺注：《姜斋诗话笺注》卷2，人民文学出版社1981年版，第138页。
④ （清）董诰等编：《全唐文》卷316《贺遂员外药园小山池记》，中华书局1983年版，第3211页。

意象在六合之表，荣落在四时之外。"① 园林亦然，在一草一树、一丘一壑之间都具有无穷的灵观妙想，这是从小到大、从少到多的艺术再生。此外，亭台楼阁、门窗等建筑物在构成园林意境时同样起着重要作用。《园冶》中说："轩楹高爽，窗户虚邻；纳千顷之汪洋，收四时之烂漫。"② 初唐诗人宋之问在《题杭州天竺寺》中有说"楼观沧海日，门听浙江潮"③，亭台楼阁的审美价值并不局限于建筑物本身，而在于通过这些建筑物欣赏外界无限空间中的自然景物。中国园林就是这样小中见大，把外界大自然的景色引到游赏者面前，使他们从小空间进到大空间，突破有限，通向无限，从而对整个人生、历史、宇宙产生富有哲理性的感受和领悟，引导欣赏者达到园林艺术所追求的最高境界。

第四，以声衬寂，显空灵清幽之感。王维是一个写声响的能手，"月出惊山鸟，时鸣春涧中"④（《皇甫岳云溪杂题五首·鸟鸣涧》）；"漠漠水田飞白鹭，阴阴夏木啭黄鹂"⑤（《积雨辋川庄作》），听觉意象的运用使他的诗歌更显空寂之境。唐人之所以喜欢以声响入诗，在于声响对诗歌意境的营造具有重要意义；同样，以声衬寂的艺术手法更被运用于园林之清静意境的营造。"鸟声真似深山里，平地人间自不同"⑥（王建《题裴处士碧虚溪居》），"苔藓疏尘色，梧桐出雨声"（姚合《杭州官舍即事》）⑦，"斜竖小桥看岛势，远移山石作泉声"⑧（王建《薛二十池亭》），从这些诗句描写中可以发现唐代文人园林具有丰富多样的声响景观，不仅有动物鸣叫、风雨声，更有通过人工手段营造的泉声、瀑声，以及纯粹人工的丝竹管弦之声，这里俨然是一个美妙的音乐天地。并且这里的园林声音以闲适为特征，与写满哀愁凄怨的"杜鹃啼""猿哀鸣"不同，也与饱含边情思乡的"马嘶""羌笛"不同，更与承载离别国恨的"杨柳枝""后庭

---

① 宗白华：《美学散步》，上海人民出版社1981年版，第69页。
② （明）计成原著，陈植注释，杨伯超校订，陈从周校阅：《园冶注释》卷1《园说》，中国建筑工业出版社1988年版，第51页。
③ （唐）沈佺期、（唐）宋之问撰，陶敏、易淑琼校注：《沈佺期宋之问集校注》下册《宋之问集校注》卷3，中华书局2001年版，第505页。
④ （唐）王维撰，（清）赵殿成笺注：《王右丞集笺注》卷13，上海古籍出版社1984年版，第240页。
⑤ （唐）王维撰，（清）赵殿成笺注：《王右丞集笺注》卷10，上海古籍出版社1984年版，第187页。
⑥ （唐）王建、尹占华校注：《王建诗集校注》卷7，巴蜀书社2006年版，第302页。
⑦ （唐）姚合著，吴河清校注：《姚合诗集校注》卷8，上海古籍出版社2012年版，第435页。
⑧ （唐）王建、尹占华校注：《王建诗集校注》卷8，巴蜀书社2006年版，第322页。

花"不同,更多的是幽静、舒缓、闲逸与雅致,有助于营造清幽、静谧的园林之境。宗白华在谈园林艺术时说,"可望"是重要的,"望"即欣赏,将园林视为视觉的艺术,其实,声音在园林中也是不可忽视的景观艺术。"自然界各种蝉噪鸟鸣与松涛泉响,从一开始就同园中树木花草以及山石池沼一样,具有'风景'般的存在意义。尽管古人尚未明确地提出声景观或声音风景的概念,但是将声音作为景观基本要素的思想,是早已有之。"[1] 唐代文人有意识地运用一定的技术手段营造各种声响景观,这说明唐人已经注意到声响在营造园林意境中的美学功用。

朱光潜说:"每个诗的境界都必有'情趣'(feeling)和'意象'(image)两个要素。'情趣'简称'情','意象'即是'景'。"[2] 意境是情景交融的产物。同样,园林的意境也不是纯粹的物质形态,而是蕴含文人精神气质和心灵境界的精神建构。中国园林之独有的传统精神特质,即在于园林景观的诗化,以及与"诗境"的相通相融。

---

[1] 袁晓梅、吴硕贤:《中国古典园林的声景观营造》,《建筑学报》2007年第2期。
[2] 朱光潜:《诗论》,北京出版社2005年版,第61页。

第五章 唐诗与唐代园林的意境审美

诗歌在园林艺术中的作用，除了促使景象升华到精神的高度，更在于对园林意境的开拓。意境是古典诗歌乃至整个中国艺术美学的纽结，陈从周先生说："文学艺术作品言意境，造园亦言意境。王国维《人间词话》所谓境界也。对象不同，表达之方法亦异，故诗有诗境，词有词境，曲有曲境。'曲径通幽处，禅房花木深'，诗境也。'梦后楼台高锁，酒醒帘幕低垂'，词境也。'枯藤老树昏鸦，小桥流水人家'，曲境也。意境因情景不同而异，其与园林所现意境亦然。园林之诗情画意即诗与画之境界在实际景物中出现之，统名之曰意境。'景露则境界小，景隐则境界大。''引水须随势，栽松不趁行。''亭台到处皆临水，屋宇虽多不碍山。''几个楼台游不尽，一条流水乱相缠。'此虽古人咏景说画之辞，造园之法适同，能为此，则意境自出。"①

园林因意境而生灵魂。这里的景也不再是可以一览无余的固定物质形态，而是散发着深韵情致的活生生的与人心灵相通相应的精神形态，它含蓄而微妙地激发人们去驰骋想象，使人在小我的空间实现大我的审美理想和人生境界。有限的山水花木以及建筑本身并不是士大夫们构园的目的，而由园圃所传达或引发的情韵和意趣才最为根本，他们在沉重的压抑和失望中，渴望超脱小我的局限，企盼从广袤的宇宙自然中寻得心灵的憩所。因此，园林意境包含文人士大夫的情感美和理想美，充满深沉的宇宙感、历史感和人生感，并且是富有哲理的生活美。园林意境并不强求逼真地重现自然山水形象，而是把那些最能引起思想情感活动的因素摄入园林，以象征性的题材和写意的手法反映无限、深邃的意境，并由此形成"闲适性情调化的园林"②。

---

① 陈从周：《梓翁说园》，北京出版社2011年版，第26页。
② 吴功正指出，"（唐代园林）美学特征和美学史地位"一节中提到"隋唐园林更加走向人文化，乃至成为人文景观"；并从格调方面将园林分为豪华型和闲适性，后者即"闲适性情调化的园林"。参见吴功正《唐代美学史（修订本）》，陕西师范大学出版社2020年版，第598—599页。

第一节 唐代闲居诗与园林之"闲境"

"闲"是古代文论中一个重要的主体论范畴。"由其所指称的主体的自我处置与安顿方式,造成了一种特殊的心性趣味,既深刻地影响了古人看取世界的方式,也直接决定了他们表现世界的结果"①。"闲"作为一种气性修养,与创作主体的自在个性和日常趣味紧密贴合,不仅成就了作品的体调与风格,更影响到园林景观与园林意境的表现风格,开拓了园林之"闲境"。

"闲"作为一种态度自处或接物在《诗经》中已有体现。《魏风·十亩之间》有"十亩之间兮,桑者闲闲兮,行与子还兮"②的咏叹,朱熹的《诗集传》解释说:"闲闲,往来者自得之貌。"③自此后,"闲"逐渐成为文人的一种生活状态和生活方式,"投闲""赋闲""退闲""归闲"不绝如缕,"闲观""闲吟""闲游""闲赏"更是高频率地出现在古人诗文中,所以"闲居"成为文学中一个重要的书写主题。

"闲居"作为文学书写主题在六朝的诗文中已经出现,著名者当属潘岳的《闲居赋》。潘岳感于时政,总结自己不如意的前半生经历,并找出仕途失败的原因是"拙",于是"筑室种树,逍遥自得。池沼足以渔钓,春税足以代耕。灌园鬻蔬,以供朝夕之膳。牧羊酤酪,以俟伏腊之费。孝乎惟孝,友于兄弟,此亦拙者之为政也。乃作闲居之赋,以歌事遂情焉"④。《闲居赋》歌咏了归田的隐逸之乐,上承汉代张衡的《归田赋》,而以闲居为题则是在张衡赋基础上的开拓,并且使之成为文人创作中的一大文学主题。潘岳的《闲居赋》之前,曹植已有《闲居赋》之作,与潘岳的《闲居赋》不同的是,曹植开篇即言闲居时的忧郁苦闷,"何吾人之介特,去朋匹而无俦",然后"感阳春之发节,聊轻驾而远翔"⑤,通过游观春景来驱散胸中的郁闷之气。作者登高远目,驻足长圃,又入闲馆,登玄宇,一幕幕佳景迤逦而至,鸟出鱼跃,生机盎然。与这篇写闲居游观的诗赋相应的还有他的另外一篇名为《游观赋》的作品,云:"静闲居而无

---

① 汪涌豪:《中国文学批评范畴十五讲》,华东师范大学出版社2010年版,第97页。
② 程俊英、蒋见元:《诗经注析》,中华书局1991年版,第299页。
③ (宋)朱熹集注:《诗集传》卷5,中华书局1958年版,第65页。
④ (西晋)潘岳著,王增文校注:《潘黄门集校注》,中州古籍出版社2002年版,第74页。
⑤ (三国魏)曹植著,赵幼文校注:《曹植集校注》卷1,中华书局2016年版,第193页。

事，将游目以自娱。登北观而启路，涉云际之飞除。"① 首句因闲居无事而游观自娱，与其《闲居赋》中的因闲居苦闷以游观异曲同工，而两首赋题却不同，并且与潘岳之"退而闲居"②"养更老以崇年"③"筑室穿池""芳枳树篱""房陵朱仲之李，靡不毕殖"④ 的园居生活，以及"仰众妙而绝思，终优游以养拙"⑤ 的园居情感多有不同。与潘岳退而归隐、构园闲居的心态相通的则有陶渊明的《九日闲居》和《归园田居诗五首》。其《九日闲居》诗序云："余闲居，爱重九之名。秋菊盈园，而持醪靡由。空服九华，寄怀于言。"⑥ 陶渊明创作了大量描写隐逸生活和表现隐逸思想的作品，将隐逸主题推向高峰，钟嵘的《诗品》将其称为"古今隐逸诗人之宗"⑦。此时，以"闲居"为文学主题的还有庾阐的《闲居赋》、张华的《归田赋》、庾信的《小园赋》。尤其庾阐有意效仿潘岳之闲居隐逸，潘岳之闲居也便开始成为文人入诗入文的文学典故，多次出现在文人笔下，"闲居"成为文学创作中的重要主题。

六朝文学中的"闲居"主题多与隐逸相联系，而到了唐代文人笔下，"闲居"则超越隐逸成为一个独立的文学主题。唐代涌现出了大量以"闲居"为题的诗歌作品，如王维有《辋川闲居赠裴秀才迪》《辋川闲居》，王昌龄有《灞上闲居》，秦系有《春日闲居三首》，王建有《闲居即事》，韦应物有《县内闲居赠温公》《郡内闲居》，刘禹锡有《罢郡归洛阳闲居》，白居易有《常乐里闲居偶题十六韵兼寄刘十五公舆王十……时为校书郎》《长安闲居》《新昌闲居，招杨郎中兄弟》《闲居自题》《闲居春尽》《洛下闲居，寄山南令狐相公》《春日闲居三首》《闲居偶吟，招郑庶子、皇甫郎中》《闲居自题，戏招宿客》，殷尧藩有《闲居》，姚合有《秋日闲居二首》《闲居晚夏》《闲居》《闲居遣兴》《春日闲居》《早春闲居》《闲居遣怀十首》，朱庆馀有《闲居即事》，贾岛有《题岸上人郡内闲居》，雍陶有《卢岳闲居十韵》，李远有《闲居》，储嗣宗有《和顾非熊先生题茅山处士闲居》，陆龟蒙有《闲居杂题五首》，崔涂有《春日闲居忆江南旧业》，陆翱有《闲居即事》，杜荀鹤有《春日闲居即事》《闲居书事》

---

① （三国魏）曹植著，赵幼文校注：《曹植集校注》卷1，中华书局2016年版，第98页。
② （西晋）潘岳著，王增文校注：《潘黄门集校注》，中州古籍出版社2002年版，第74页。
③ （西晋）潘岳著，王增文校注：《潘黄门集校注》，中州古籍出版社2002年版，第75页。
④ （西晋）潘岳著，王增文校注：《潘黄门集校注》，中州古籍出版社2002年版，第75页。
⑤ （西晋）潘岳著，王增文校注：《潘黄门集校注》，中州古籍出版社2002年版，第76页。
⑥ 逯钦立校注：《陶渊明集》卷2，中华书局1979年版，第39页。
⑦ （梁）钟嵘著，曹旭集注：《诗品集注》，上海古籍出版社1994年版，第260页。

《闲居即事》，谭用之有《闲居寄陈山人》，修睦有《秋日闲居》，张祜有《闲居》，等等。以上作品无一例外以"闲居"为题，虽然与"隐逸"有关，但唐代文人的隐逸已经因时代不同而具有了新面貌和新色彩，尤其是伴随唐代园林的普遍发展和构园风尚的驱动，隐于园的中隐思想和对"山中宰相""方外之名"的追求，都使仕与隐的矛盾逐步消融，出与入的冲突也逐步调停，园林成为文人士大夫们雅集聚会、修道习禅、避暑纳凉、疗疾养病、治学读书的理想场所。无论是被动地投闲置散，还是主动地退隐偷闲，"闲居"都成为诗人有意识追求更具超越性精神自由和理想人生境界的外在表现，也由此催生了大量"闲居"诗。

除了上述诗题中含有"闲居"二字外，唐人笔下还有更多的闲居类诗歌，关于这种创作行为，唐人将其称为"闲咏""闲吟"与"闲寄"，如以下诗例。

五株衰柳下，三径小园深。倒薤翻成字，寒花不假林。庞眉谢群彦，独酌且闲吟。(钱起《秋园晚沐》)①

闲咏疏篁近，高眠远岫微。(耿湋《春日题苗发竹亭》)②

昼倦前斋热，晚爱小池清。映林余景没，近水微凉生。坐把蒲葵扇，闲吟三两声。(白居易《小池二首》)③

杯瓢闲寄咏，清绝是知音。(朱庆馀《和刘补阙秋园寓兴之什十首》其六)④

几回同到此，尽日得闲吟。(朱庆馀《凤翔西池与贾岛纳凉》)⑤

"闲吟"行为的发生除了与诗人自身的心性有关外，外在生活环境也是不可忽略的因素。园林恰巧构成了诗人们的生活环境，不仅提供了可闲的条件，而且为身心俱闲提供了基本保障。有学者对诗人的"闲寄"行为解释道："正因为它毕竟更多地发生在与见朝不同的燕居，更多地见诸与广庭不同的私室，是所谓'闲业'，所以用'闲'的心态与眼光对待

---

① （唐）钱起著，王定璋校注：《钱起集校注》卷4，浙江古籍出版社2015年版，第112页。
② （清）彭定求等编：《全唐诗》卷268，中华书局1960年版，第2976页。
③ （唐）白居易著，朱金城笺校：《白居易集笺校》卷7，上海古籍出版社1988年版，第391页。
④ （清）彭定求等编：《全唐诗》卷514，中华书局1960年版，第5874页。
⑤ （清）彭定求等编：《全唐诗》卷514，中华书局1960年版，第5866页。

它,并希望在其中表达出一份'闲寄',就变得十分自然和正常了。"① 园林之景、园林之境可以引发诗思、诗兴、诗情,我们则可以具体看到园林之闲物、闲景如何与诗人的闲情、闲心相交融,又如何引发诗人的闲思、闲兴,从而创作出带有"闲咏""闲吟"色彩的诗歌作品。正因如此,古人才说:"山林疏野,故气清;城市丛杂,故气俗。诗人常欲意度幽达,则语带烟霞,无尘土气,自然超出人境。"②

皎然说"空闲趣自深"③,"闲"不仅能使人生与创作生趣,而且也成为一种创作心态。刘勰在《物色》篇中即已提出"是以四序纷回,而入兴贵闲;物色虽繁,而析辞尚简"④ 的主张,说明了一种绰有余闲的从容的创作心态。唐人中,"欲清深闲淡,当看韦苏州、柳子厚、孟浩然、王摩诘、贾长江"⑤。唐人中又何止上述几人?白居易也有许多旷达闲适的诗。他同韦应物一样,也创作了大量郡斋诗,尤其是在杭州、苏州任刺史时,以官舍为家,对其进行园林化建构,创作了大量的闲适诗歌。此外,还有大量的山居诗,即以园林中的闲适生活、闲适的园林景致为创作内容,从中可以看出诗人的"闲心""闲性",并且在诗歌中建构起了"园林闲人"的理想形象。

白居易在《秋池二首》中这样形容自己的园居样态,"身闲无所为,心闲无所思"⑥,以身心俱闲开篇;接下来诗作描绘了小池之景,"岸暗鸟栖后,桥明月出时。菱风香散漫,桂露光参差"⑦,在这样的闲景幽境中,诗人心中悠然,自问"来何迟";最后"闲中得诗境,此境幽难说"⑧,园景、园境一片悠闲,全诗围绕着"闲心"与"闲身"展开,这便是诗人们于园林中生活的自由写照。如同白居易在诗中不厌其烦地写其"闲性"者还有很多,如:

---

① 汪涌豪:《中国文学批评范畴十五讲》,华东师范大学出版社 2010 年版,第 101 页。
② (明)雷燮:《南谷诗话》卷上,载张健辑校《珍本明诗话五种》,北京大学出版社 2008 年版,第 34 页。
③ (唐)释皎然撰:《杼山集》卷 1《五言答孟秀才》,上海古籍出版社 1992 年版,第 12 页。
④ 黄叔琳注,李详补注,杨明照校注拾遗:《增订文心雕龙校注》卷 10,中华书局 2000 年版,第 567 页。
⑤ (宋)魏庆之著,王仲闻点校:《诗人玉屑》卷 12,中华书局 2007 年版,第 356 页。
⑥ (唐)白居易著,朱金城笺校:《白居易集笺校》卷 22,上海古籍出版社 1988 年版,第 1492 页。
⑦ (唐)白居易著,朱金城笺校:《白居易集笺校》卷 22,上海古籍出版社 1988 年版,第 1492 页。
⑧ (唐)白居易著,朱金城笺校:《白居易集笺校》卷 22,上海古籍出版社 1988 年版,第 1492 页。

虽有柴门长不关，片云高木共身闲。(陈羽《戏题山居二首》)①

身闲境静日为乐，若问自余非我能。(许浑《南庭夜坐贻开元禅定精舍二道者》)②

一官唯买昼公堂，但得身闲日自长。(许浑《题湖州韦长史山居》)③

蝉声怨炎夏，山色报新秋。江转穿云树，心闲随叶舟。(王严《和于中丞登越王楼》)④

扫叶煎茶摘叶书，心闲无梦夜窗虚。(曹邺《题山居》)⑤

谁知一沼内，亦有五湖心。钓直鱼应笑，身闲乐自深。(郑损《钓阁》)⑥

窗外皆连水，杉松欲作林。自怜趋竞地，独有爱闲心。(李建勋《金陵所居青溪草堂闲兴》)⑦

"身闲""心闲"以及"爱闲"，诗人们在诗歌中表达了自己对闲的追求，并且以此作为自己清廉人格的寄托和象征，用以表达生活在别处的自得与自足，于是"闲"成为诗人们所共同追求的精神标志，以上诗例中诗人们不厌其烦直言自己的"闲心"与"身闲"就是很好的证明。此外，诗人们还在诗中表达了对"闲"的崇尚，并且以"闲"为贵。如孟浩然的《秋登张明府海亭》中有"歌逢彭泽令，归赏故园间。余亦将琴史，栖迟共取闲"⑧，刘禹锡在《奉和裴令公新成绿野堂即事》中赞美裴度"位极却忘贵，功成欲爱闲"⑨，白居易在《奉酬侍中夏中雨后游城南庄见示八韵》中赞美闲之贵，"化成天竺寺，移得子陵滩。心觉闲弥贵，身缘健更欢"⑩，护国在《题王班水亭》中说："布衣闲自贵，

---

① （清）彭定求等编：《全唐诗》卷348，中华书局1960年版，第3894页。
② （唐）许浑撰，罗时进笺证：《丁卯集笺证》卷6，中华书局2012年版，第344页。
③ （唐）许浑撰，罗时进笺证：《丁卯集笺证》卷7，中华书局2012年版，第393页。
④ （清）彭定求等编：《全唐诗》卷564，中华书局1960年版，第6545页。
⑤ 梁超然、毛水清注：《曹邺诗注》，上海古籍出版社1982年版，第29页。
⑥ （清）彭定求等编：《全唐诗》卷667，中华书局1960年版，第7632页。
⑦ （清）彭定求等编：《全唐诗》卷739，中华书局1960年版，第8425页。
⑧ （唐）孟浩然著，佟培基笺注：《孟浩然诗集笺注》卷上，上海古籍出版社2000年版，第96页。
⑨ （唐）刘禹锡著，瞿蜕园笺证：《刘禹锡集笺证》外集卷4，上海古籍出版社1989年版，第1222页。
⑩ （唐）白居易著，朱金城笺校：《白居易集笺校》卷32，上海古籍出版社1988年版，第2185页。

何用谒天阶"①。无论是功成身退后求"闲",还是布衣之时以"闲"为贵,"闲"都成为诗人认同肯定的精神品格,或者说一种高贵的可以与功名齐名的人格情调,于是"闲名"便成为文人间互相称谓的赞誉之词。姚合在《题崔驸马宅》中直接称赞崔潼"心在林泉身在城,凤凰楼下得闲名"②,这里的"闲名"不禁使人想到初唐时期韦嗣立于骊山构营别业,被唐中宗封为"逍遥公",名其居为"清虚原""幽栖谷",自此后"衣冠巢许""山中宰相"也便成为文人士大夫追求的方外闲名。

对"闲"的认同与追求,使诗人们喜欢以诗歌的形式建构起一个"园林闲人"的形象,无论是指称自己,还是指称他人,都是一种赞美,有以下诗例。

  时节方大暑,试来登殊亭。凭轩未及息,忽若秋气生。主人既多闲,有酒共我倾。(元结《登殊亭作》)③

  春兴随花尽,东园自养闲。不离三亩地,似入万重山。(张蠙《和崔监丞春游郑仆射东园》)④

  卜居邻坞寺,魂梦又相关。鹤本如云白,君初似我闲。(贯休《题友人山居》)⑤

  休话喧哗事事难,山翁只合住深山。数声清磬是非外,一个闲人天地间。[贯休《山居诗(并序)·其一》]⑥

  地占百湾多是水,楼无一面不当山。荷深似入苕溪路,石怪疑行雁荡间。只恐中原方鼎沸,天心未遣主人闲。(贯休《题某公宅》)⑦

  风荷似醉和花舞,沙鸟无情伴客闲。(司空图《王官二首·其一》)⑧

---

① (清)彭定求等编:《全唐诗》卷811,中华书局1960年版,第9139页。
② (唐)姚合著,吴河清校注:《姚合诗集校注》卷7,上海古籍出版社2012年版,第386页。
③ (唐)元结著,孙望校:《元次山集》卷2,中华书局1960年版,第32页。
④ (清)彭定求等编:《全唐诗》卷702,中华书局1960年版,第8068页。
⑤ (唐)贯休著,胡大浚笺注:《贯休歌诗系年笺注》卷8,中华书局2011年版,第407页。
⑥ (唐)贯休著,胡大浚笺注:《贯休歌诗系年笺注》卷23,中华书局2011年版,第973页。
⑦ (唐)贯休著,胡大浚笺注:《贯休歌诗系年笺注》,中华书局2011年版,第1105页。校记言此诗为误收,当为刘克庄诗。
⑧ (唐)司空图著,祖保泉、陶礼天笺校:《司空表圣诗文集笺校》诗集笺校卷4,安徽大学出版社2002年版,第114页。

树石丛丛别，诗家趣向幽。有时闲客散，始觉细泉流。（齐己《题张氏池亭》）①

戚里容闲客，山泉若化成。寄游芳径好，借赏彩船轻。（吕温《春日游郭驸马大安亭子》）②

从以上诗例中，可以看到两种"闲人"：一是"闲主"，二是"闲客"。"闲主"招"闲客"，"闲客"游"闲园"，"闲主"得"闲名"，"闲"成为园林主人与游赏者的共通之处，"园林闲人"的形象便跃然纸上。也正因如此，那些不得闲的诗人则表达了对"闲"的渴望和艳羡，如韩翃有"一去蓬蒿径，羡君闲有余"③（《赠张五諲归濠州别业》），皇甫冉有"问我将何适，羡君今独闲"④（《题魏仲光淮山所居》），杜荀鹤有"羡君公退归欹枕，免向他门厚客颜"⑤（《题汪明府山居》）。杜荀鹤的一句"免向他门厚客颜"⑥说出了诗人们之"爱闲""取闲""求闲""羡闲"的内在心理，"闲人"意味着人品气性的高洁以及内心世界对理想的坚守，同时也可以说是诗人们用"闲"的态度做超越实相与功利的表达。

"园林闲人"的形象还具体表现为一系列的外在行为。与人的视听行为相关的有"闲望""闲看""闲观""闲听"，与心理行为相关的有"闲想""闲思""闲兴"，与人的肢体行动相关的有"闲行""闲游""闲坐""闲步""闲眠""闲卧"，与外在的事物相关的有"闲泛""闲棋""闲宴""闲酌""闲钓"，与吟诗行为相关的有"闲咏""闲吟""闲寄"。无论是发生在园林中的群体活动，还是诗人的个人行为，抑或是诗人的内心活动，诗人们都冠以"闲"的称谓，这是前述"身闲"与"心闲"的具体外在表现，诗人们的"闲居"形象也更为具象。

当以"闲心""闲性"的心态与眼光看待周边景物，园林之景便皆着闲适之色彩。在园林这方闲适之地中，有"闲花""闲梅""闲草""闲云""闲潭""闲亭""闲鸟""闲竹""闲松""闲菊""闲莺""闲声""闲鹤""闲池"等，园林景物皆冠以"闲"名。正如白居易在《郡中西

---

① 王秀林：《齐己诗集校注》卷5，中国社会科学出版社2011年版，第280页。
② （唐）吕温撰：《吕衡州集》卷2上栏，上海古籍出版社1993年版，第14页。
③ （清）彭定求等编：《全唐诗》卷244，中华书局1960年版，第2747页。
④ （清）彭定求等编：《全唐诗》卷249，中华书局1960年版，第2797页。
⑤ （唐）杜荀鹤撰：《杜荀鹤文集》卷3，上海古籍出版社2013年版，第90页。
⑥ （唐）杜荀鹤撰：《杜荀鹤文集》卷3，上海古籍出版社2013年版，第90页。

园》中所说,"闲园多芳草,春夏香靡靡,深树足佳禽,旦暮鸣不已。院门闭松竹,庭径穿兰芷。爱彼池上桥,独来聊徙倚。鱼依藻长乐,鸥见人暂起。有时舟随风,尽日莲照水"①,最后归结为"谁知郡府内,景物闲如此"②,进一步发出"始悟喧静缘,何尝系远迩"③ 的感叹。郡府是诗人当值为官的地方,但是这一地方经过作者的有意营造,便成就了一方闲逸之地,这里有"芳草""深树""佳禽""松竹""兰芷",穿以"小径",引以"曲桥",池中有"游鱼""鸥鹭""藻草""行舟",配之以"微风""莲香",组合成景,冠以"闲名",这样的景境即使在喧嚣的郡府内也成为幽闲静谧的存在,作者流露出自我满足的自豪感,于是才发出那句"谁知郡府内,景物闲如此"④ 的赞美。再如薛能有一首《题盐铁李尚书泸州别业》,诗云:"鹿原阴面泸州湄,坐觉林泉逼梦思。闲景院开花落后,湿香风好雨来时。邻惊麦野闻雏雉,别创茅亭住老师。备足好中还有阙,许昌军里李陵诗。"⑤ 盐铁李尚书,谭优学考证为李福⑥,在泸水之湄有别业,此诗乃薛能为李福泸州别业题写之作,诗歌高度赞扬了别业园景之闲。

园林宅第因其闲物、闲景而被看成与喧嚣尘世不同的幽闲地,所以"闲地""闲处"又成为诗人惯用的对园林之闲的评价,有以下诗例。

遇午归闲处,西庭敞四檐。(张籍《和李仆射西园》)⑦
信是虚闲地,亭高亦有苔。(周贺《题何氏池亭》)⑧
别墅军城下,闲喧未可齐。(清江《春游司直城西鸬鹚溪别业》)⑨

---

① (唐)白居易著,朱金城笺校:《白居易集笺校》卷21,上海古籍出版社1988年版,第1402页。
② (唐)白居易著,朱金城笺校:《白居易集笺校》卷21,上海古籍出版社1988年版,第1402页。
③ (唐)白居易著,朱金城笺校:《白居易集笺校》卷21,上海古籍出版社1988年版,第1402页。
④ (唐)白居易著,朱金城笺校:《白居易集笺校》卷21《郡中西园》,上海古籍出版社1988年版,第1402页。
⑤ (清)彭定求等编:《全唐诗》卷559,中华书局1960年版,第6491页。
⑥ 谭优学:《唐诗人行年考(续编)》,巴蜀书社1987年版,第232页。
⑦ (唐)张籍撰,徐礼节、余恕诚校注:《张籍集系年校注》卷3,中华书局2011年版,第418页。
⑧ (清)彭定求等编:《全唐诗》卷503,中华书局1960年版,第5717页。
⑨ (清)彭定求等编:《全唐诗》卷812,中华书局1960年版,第9144页。

闲地从莎藓，谁人爱此心。(齐己《题无余处士书斋》)①
莫拟归城计，终妨此地闲。(昙域《宿郑谏议山居》)②

园林成为隔绝喧嚣的幽闲之地，在"喧""闲"之间，诗人无疑更青睐这份"虚闲"。刘威有一首《游东湖黄处士园林》，诗云："偶向东湖更向东，数声鸡犬翠微中。遥知杨柳是门处。似隔芙蓉无路通。樵客出来山带雨，渔舟过去水生风。物情多与闲相称，所恨求安计不同。"在对黄处士园林的描绘中多以"闲"称之，"物情多与闲相称"③，园物之闲并非偶然，而是唐代文人园林诗歌中经常出现的诗歌意象。

相类似的称谓在唐人笔下还有"闲园""闲庭""闲院""闲斋"等，是园林宅第的另一种代称，说明唐代文人在园居中对园林的情感赋予。苏颋有一首《闲园即事寄韦侍郎》，直接将自己的宅院称为"闲园"，诗云："结庐东城下，直望江南山。青霭远相接，白云来复还。拂筵红藓上，开幔绿条间。物应春偏好，情忘趣转闲。"④ 首句"结庐东城下"⑤ 可知其园在"东城"。苏颋还有一首《先是新昌小园期京兆尹一访兼郎官数子自顷沉疴年复一年兹愿不果率然成章》，新昌坊位于长安城东，因此"闲园"即指苏颋在长安外郭城东新昌坊内的新昌小园。此外，关于此闲园的诗作，苏颋还有《小园纳凉即事》《将赴益州题小园壁》，从其诗歌内容来看，主要描写了小园闲适的景致和园林主人悠闲的雅兴，如"居闲习高明"⑥ (《小园纳凉即事》)，"情忘趣转闲"⑦ (《闲园即事寄韦侍郎》)，"闲花傍户落"⑧ (《先是新昌小园期京兆尹一访兼郎官数子自顷沉疴年复一年兹愿不果率然成章》)，"无人也作花"⑨ (《将赴益州题小园壁》)，每一首大概都脱不了一个"闲"字，诗人的闲心、闲情与小园的闲花、闲树融为一体，共同构成了诗人所谓的"闲园"。唐人笔下类似的诗歌作品还有许多，如李端有《闲园即事赠考功王员外》，司空曙有《闲园书事招畅当》《闲园即事寄陕公》。又如朱庆馀的《和刘补阙秋园寓兴之什十首》

---

① 王秀林：《齐己诗集校注》卷6，中国社会科学出版社2011年版，第299页。
② (清) 彭定求等编：《全唐诗》卷849，中华书局1960年版，第9612页。
③ (清) 彭定求等编：《全唐诗》卷562，中华书局1960年版，第6525页。
④ 陈钧：《苏颋诗文集编年考校》，山西古籍出版社2001年版，第257页。
⑤ 陈钧：《苏颋诗文集编年考校》，山西古籍出版社2001年版，第257页。
⑥ 陈钧：《苏颋诗文集编年考校》，山西古籍出版社2001年版，第249页。
⑦ 陈钧：《苏颋诗文集编年考校》，山西古籍出版社2001年版，第257页。
⑧ 陈钧：《苏颋诗文集编年考校》，山西古籍出版社2001年版，第257页。
⑨ 陈钧：《苏颋诗文集编年考校》，山西古籍出版社2001年版，第214页。

中有诗句"闲园清气满,新兴日堪追"①,白居易的《郡中西园》中有诗句"闲园多芳草,春夏香靡靡"②,都是直接以"闲园"指称园林的例子。

明计成在《园冶》"兴造论"中说"三分匠、七分主人"③,充分肯定了园林主人的品位和修养在园林规划设计中的重要作用。同时,艺术加工营构的过程也是艺术欣赏的过程,当"闲主"与"闲客"这对"园林闲人"出现在"闲园"中,"闲心""闲情"与"闲景""闲物"融合,便会有"闲境"的出现。因此,"闲境"是唐代诗人对园林之境做出的审美评价,同时也是诗人在园林营造中力求达到的审美境界。下面通过刘禹锡、孟郊、杜荀鹤的三首诗来看诗人对园林"闲境"的欣赏与赞美。

> 爱君新买街西宅,客到如游鄠杜间。雨后退朝贪种树,申时出省趁看山。门前巷陌三条近,墙内池亭万境闲。见拟移居作邻里,不论时节请开关。(刘禹锡《题王郎中宣义里新居》)④

> 市井不容义,义归山谷中。夫君宅松桂,招我栖蒙笼。人朴情虑肃,境闲视听空。清溪宛转水,修竹徘徊风。木倦采樵子,土劳稼穑翁。读书业虽异,敦本志亦同。蓝岸青漠漠,蓝峰碧崇崇。日昏各命酒,寒蛩鸣蕙丛。(孟郊《蓝溪元居士草堂》)⑤

> 长忆在庐岳,免低尘土颜。煮茶窗底水,采药屋头山。是境皆游遍,谁人不羡闲。无何一名系,引出白云间。(杜荀鹤《怀庐岳寺》)⑥

刘禹锡的《题王郎中宣义里新居》,题目虽未言园林,但从内容上看,明显有园林的建构,"客到如游鄠杜间"⑦是园林之山林景观给客人的感受,在园林中种树、看山,这些都是再闲适不过的内容了,而这一切

---

① (清)彭定求等编:《全唐诗》卷514,中华书局1960年版,第5873页。
② (唐)白居易著,朱金城笺校:《白居易集笺校》卷21,上海古籍出版社1988年版,第1402页。
③ (明)计成原著,陈植注释,杨伯超校订,陈从周校阅:《园冶注释》卷1,中国建筑工业出版社1988年版,第47页。
④ (唐)刘禹锡著,瞿蜕园笺证:《刘禹锡集笺证》卷24,上海古籍出版社1989年版,第741页。
⑤ 华忱之、喻学才校注:《孟郊诗集校注》卷5,人民文学出版社1995年版,第226页。
⑥ (唐)杜荀鹤撰:《杜荀鹤文集》卷2,上海古籍出版社2013年版,第57页。
⑦ (唐)刘禹锡著,瞿蜕园笺证:《刘禹锡集笺证》卷24,上海古籍出版社1989年版,第741页。

又被一墙围隔，造成了"墙内池亭万境闲"①，诗人感受着园林的闲境，发出了艳羡之意，"见拟移居作邻里"② 又是诗人对"闲名"的夸赞和追求。孟郊作诗以"苦吟"称，然而对"闲"的追求却同其他诗人完全相通，其《蓝溪元居士草堂》一诗中，诗人以"境闲视听空"③ 来表达园林闲境带给诗人的心理感受。杜荀鹤有诗句"是境皆游遍，谁人不羡闲"④，其中"闲"可指园林主人之闲，也可指园境之闲，或者二者早已融为一体。这里的闲，与士人的正途与切务不同，带有不务正业与不求上进之嫌；然而，诗人们偏能从中找到乐趣，并以此作为与政治、仕途并行不悖的一种行事方式。正如同刘禹锡所说，退朝种树，关起门来就可得一方悠闲之境；而孟郊诗和杜荀鹤诗则更鲜明地指出了在"不义"与"义"之间，"俯首低眉"与"毅然高蹈"之间所做的选择。

同样，白居易也在诗歌中表达了对园林闲境的推崇。他在《玩新庭树因咏所怀》中宣称"偶得幽闲境，遂忘尘俗心。始知真隐者，不必在山林"⑤，在《北亭卧》中说"莲开有佳色，鹤唳无凡声。唯此闲寂境，惬我幽独情。病假十五日，十日卧兹亭"⑥，可以看出诗人对园林闲境的痴迷。白居易在《春日题乾元寺上方最高峰亭》中也有同样的慨叹："宾客暂游无半日，王侯不到便终身。始知天造空闲境，不为忙人富贵人。"⑦ 这里的"闲境"更多的是自然风光，所以诗人称之为"天造空闲境"⑧，这也更好地说明"闲"与"不闲"其实全在人心，而白居易就是"爱闲"之人，"不为忙人富贵人"⑨ 说明白居易以"闲"应对功名仕途的生活态

---

① （唐）刘禹锡著，瞿蜕园笺证：《刘禹锡集笺证》卷24，上海古籍出版社1989年版，第741页。
② （唐）刘禹锡著，瞿蜕园笺证：《刘禹锡集笺证》卷24，上海古籍出版社1989年版，第741页。
③ 华忱之、喻学才校注：《孟郊诗集校注》卷5，人民文学出版社1995年版，第226页。
④ （唐）杜荀鹤撰：《杜荀鹤文集》卷2，上海古籍出版社2013年版，第57页。
⑤ （唐）白居易著，朱金城笺校：《白居易集笺校》卷8，上海古籍出版社1988年版，第444页。
⑥ （唐）白居易著，朱金城笺校：《白居易集笺校》卷21，上海古籍出版社1988年版，第1403页。
⑦ （唐）白居易著，朱金城笺校：《白居易集笺校》卷34，上海古籍出版社1988年版，第2348页。
⑧ （唐）白居易著，朱金城笺校：《白居易集笺校》卷34，上海古籍出版社1988年版，第2348页。
⑨ （唐）白居易著，朱金城笺校：《白居易集笺校》卷34，上海古籍出版社1988年版，第2348页。

度。白居易经常怀有"非忙亦非闲"①的中和态度,正是在这种"身闲无所为,心闲无所思"②,"富者我不顾,贵者我不攀"③的心态下,诗人的生活淡然平和。也正因如此,白居易生活在自己的小天地中,把闲情、闲心赋予了园林营造之事。白居易直接将园林营造之事称为"闲事",其《营闲事》诗云:"自笑营闲事,从朝到日斜。浇畦引泉脉,扫径避兰芽。暖变墙衣色,晴催木笔花。桃根知酒渴,晚送一瓯茶。"④ 除了首句诗人的自嘲外,从诗歌中我们还可以看到作者真实而悠闲的构园生活。再如《罢府归旧居》中有诗句"屈曲闲池沼,无非手自开。青苍好竹树,亦是眼看栽"⑤,是诗人营造履道里宅院的真实记录。由上可知,无论是以自然风光取胜的郊野园林,还是以人工著称的城市宅院,诗人以闲的视角和闲的审美标准进行规划设计,又佐之以闲情、闲性,"闲境"便成为园林意境的重要类型之一。

第二节 唐代文人的"幽独"书写与园林之"幽境"

"幽",《说文解字》解释:"幽,隐也。"⑥ "独",《说文解字》解释:"犬相得而斗也。从犬,蜀声。羊为群,犬为独。"⑦ 又说:"《小雅·正月》传曰:独,单也。"⑧ "幽独"在《汉语大词典》中的释意为"静寂孤独"和"独处",故"幽独"可理解为处于僻静之地。"幽独"最早出现在《楚辞》中,屈原的《九章·涉江》记载:"哀吾生之无乐兮,幽独处乎山中。"⑨《楚辞章句》卷4注曰:"(哀吾生之无乐兮)遭遇谗

---

① (唐)白居易著,朱金城笺校:《白居易集笺校》卷22《中隐》,上海古籍出版社1988年版,第1493页。
② (唐)白居易著,朱金城笺校:《白居易集笺校》卷22《秋池二首》,上海古籍出版社1988年版,第1492页。
③ (唐)白居易著,朱金城笺校:《白居易集笺校》卷36《闲题家池寄王屋张道士》,上海古籍出版社1988年版,第2483页。
④ (唐)白居易著,朱金城笺校:《白居易集笺校》卷31,上海古籍出版社1988年版,第2151页。
⑤ (唐)白居易著,朱金城笺校:《白居易集笺校》卷31,上海古籍出版社1988年版,第2109页。
⑥ (清)段玉裁撰:《说文解字注》,中华书局2013年版,第160页。
⑦ (清)段玉裁撰:《说文解字注》,中华书局2013年版,第480页。
⑧ (清)段玉裁撰:《说文解字注》,中华书局2013年版,第480页。
⑨ (汉)王逸撰,黄灵庚点校:《楚辞章句》卷4,上海古籍出版社2017年版,第101页。

佞，失官爵也，（幽独处乎山中）远离亲戚而斥逐也。"① 汉代梁忌曾哀叹屈原秉性忠贞、不遇明主之事，抒发自己怀才不遇，而作《哀时命》，叙述其幽隐之情："幽独转而不寐兮，惟烦懑而盈匈。"② 汉王逸解释为"懑，愤也。言已愁思展转而不能卧，心中烦愤，气结满匈也"③。从以上可知屈原之"幽独处乎山中"具有强烈的愤懑之情，与屈原一生的遭遇心态是相符的。

如同屈原、梁忌这般独处幽隐而具有幽深愤懑之情的"幽独"在后代文学中依然有所承续。东汉张衡因受宦官诋毁，思图身之事而作《思玄赋》（并序），序曰："衡常思图身之事，以为吉凶倚伏，幽微难明，乃作《思玄赋》，以宣寄情志。"④ 赋为骚体，乃效仿屈原《离骚》之作，开篇即追慕古人之高洁，叙说自己的贞定节操，即使孤独身居荒僻之处，也不敢怠惰荒嬉而舍弃勤奋，所谓"幽独守此仄陋兮，敢怠遑而舍勤"⑤。张衡一方面羡慕前贤遗风，另一方面又痛心自己生不逢时，于是感叹"何孤行之茕茕兮，孑不群而介立"⑥，孤单独行、孑然一身的孤独感油然而生。

"幽独"除了出现在赋作中，东晋时亦出现于诗歌作品中。谢灵运的《晚出西射堂》云："抚镜华缁鬓，揽带缓促衿。安排徒空言，幽独赖鸣琴。"⑦ 鬓发由黑而花白，人瘦而衣带渐宽，忧愁之深使诗人学习庄子"安排而去化，乃入于寥天式"⑧，但发现这不过是一句"空话"，难以实施，倒不如抚弄琴弦以慰幽独，表达了诗人的孤寂苦闷。元方回评此句云："至于'抚镜''揽带'，恨夫！鬓之老，衣之宽，则何其戚戚之甚邪。'安排'，庄子语，郭象注，谓'安于推移'，此则谓安于世运之推移，徒有空言，不如寄于琴书，足以写幽独之无聊也，意深远而心恻怆，岂真恬于道者哉。"⑨ 到了唐代，杜甫同样表达了遭受众谤而幽独伤神之感，其诗曰："巢边野雀群欺燕，花底山蜂远趁人。更欲题诗满青竹，晚

---

① （汉）王逸撰，黄灵庚点校：《楚辞章句》卷4，上海古籍出版社2017年版，第101页。
② （汉）王逸撰，黄灵庚点校：《楚辞章句》卷14，上海古籍出版社2017年版，第281页。
③ （汉）王逸撰，黄灵庚点校：《楚辞章句》卷14，上海古籍出版社2017年版，第283页。
④ （汉）张衡著，张震泽校注：《张衡诗文集校注》，上海古籍出版社2009年版，第195页。
⑤ （汉）张衡著，张震泽校注：《张衡诗文集校注》，上海古籍出版社2009年版，第196页。
⑥ （汉）张衡著，张震泽校注：《张衡诗文集校注》，上海古籍出版社2009年版，第196页。
⑦ 顾绍柏校注：《谢灵运集校注》，中州古籍出版社1987年版，第54页。
⑧ （晋）郭象注，（唐）成玄英疏，曹础基、黄兰发点校：《庄子注疏》，《南华真经序》，中华书局2011年版，第153页。
⑨ （元）方回撰：《文选颜鲍谢诗评》卷1，上海古籍出版社1993年版，第1442页。

来幽独恐伤神。"①《杜诗详注》注曰:"雀欺蜂趁,喻众谤交侵,而一身孤立,故自伤幽独耳。"②"幽独"自屈原到汉代梁忌,再到晋代谢灵运、唐代杜甫,"幽独"的幽怨悲愤之意逐渐减弱,而幽隐孤寂之意则逐渐凸显。

"幽独"在唐前诗歌作品中只出现在谢灵运的《晚出西射堂》中,到了唐代,情况则发生了变化。据统计,"幽独"一词在《全唐诗》中出现了67次,共66首作品。在这66首作品中,除了具有屈原般较为激烈的"幽愤"之义,更多"幽独"的运用则突出了"幽隐""孤寂"之义。同是杜甫作品,如果说《题郑县亭子》是其感于房琯之事而有悲愤之义,其《客堂》中的"幽独"则消减了愤与懑,更多倾向于"隐"与"孤"。诗云:"居然绾章绂,受性本幽独。平生憩息地,必种数竿竹。事业只浊醪,营茸但草屋。"③杜甫曾移家成都,筑草堂于浣花溪,世称"浣花草堂"。《客堂》一诗作于大历元年(766)夔州时期,诗中营构草屋、栽种绿竹指浣花溪草堂营建之事。《杜诗详注》云"平生四句,即幽独之兴"④,又引申涵光云"种竹"为"出自高人性情,非效子猷也"⑤。可知《客堂》中之"幽独"更多的是幽隐独处且具有幽人高情之义。

同样的所指也出现在杜甫的其他作品中。如《自瀼西荆扉且移居东屯茅屋四首(其四)》有诗句"幽独移佳境,清深隔远关"⑥,还有《写怀二首(其一)》有诗句"用心霜雪间,不必条蔓绿。非关故安排,曾是顺幽独"⑦。《杜诗详注》引《杜臆》注解前首之"幽独"为"以卧病旅中,取其幽独清深,以自休息耳"⑧,注解后首之"幽独"为"次叙客夔之况。全命志情,言随寓而安……无意于安排,但顺其幽居之性而已"⑨。同样的例证还有陈子昂之《感遇诗三十八首(其二)》,诗云:"兰若生春

---

① (唐)杜甫著,(清)仇兆鳌注:《杜诗详注》卷6《题郑县亭子》,中华书局2015年版,第588页。
② (唐)杜甫著,(清)仇兆鳌注:《杜诗详注》卷6《题郑县亭子》,中华书局2015年版,第588页。
③ (唐)杜甫著,(清)仇兆鳌注:《杜诗详注》卷15,中华书局2015年版,第1533页。
④ (唐)杜甫著,(清)仇兆鳌注:《杜诗详注》卷15,中华书局2015年版,第1534页。
⑤ (唐)杜甫著,(清)仇兆鳌注:《杜诗详注》卷15,中华书局2015年版,第1534页。
⑥ (唐)杜甫著,(清)仇兆鳌注:《杜诗详注》卷20,中华书局2015年版,第2114页。
⑦ (唐)杜甫著,(清)仇兆鳌注:《杜诗详注》卷20,中华书局2015年版,第2202页。
⑧ (唐)杜甫著,(清)仇兆鳌注:《杜诗详注》卷20,中华书局2015年版,第2114页。
⑨ (唐)杜甫著,(清)仇兆鳌注:《杜诗详注》卷20,中华书局2015年版,第2202页。

夏，芊蔚何青青。幽独空林色，朱蕤冒紫茎。"① 《唐音》解释为："幽独：言幽静而贞独也。"② 此处言兰若，实为寄托之意，可以说言幽人之品性。与之相应的是，陈子昂有一首《南山家园林木交映盛夏五月幽然清凉独坐思远率成十韵》，是写自己隐于南山，居于园林而感寂寥之意，诗篇开头为"寂寥守穷巷，幽独卧空林"③，与前首写兰若之幽独极其相似。

在以上数例诗句中，可以发现一个特别有意思的现象，即"幽独"取幽隐、孤寂、静独之意多与隐居山林或宅院有关。王维有一首《酬诸公见过》，诗云："嗟余未丧，哀此孤生。屏居蓝田，薄地躬耕。……雀噪荒村，鸡鸣空馆。还复幽独，重欷累叹。"④ 诗题下注："时官出在辋川庄。"⑤ "屏居"即隐居之意，"鸡鸣空馆"⑥ 写出了环境的幽静与隐居的孤独，这里的"辋川庄"即王维在蓝田的隐居之地，又称"辋川别业"，是一处具有整体布局规划，经过诗人精心营造的园林。据统计，"幽独"在《全唐诗》中出现了67次，有33次与山居园林有关，这也说明"幽独"之意悄然发生了变化，越来越多地与文人士大夫的隐逸、生活环境紧密地联系在一起。

园林的修建由来已久。秦汉时期皇家园林占主导地位，西晋时期由于隐逸方式由隐于野向隐于朝转变，促使私家园林兴起，发展到唐代，私家园林则异军突起，与皇家园林并驾齐驱，并有超越皇家园林之势，无论是园林的数量还是构园的技巧艺术，抑或是园林的审美欣赏都远超前代。士人的隐逸方式又一次发生变化，"中隐"得到士人认同，隐于野或隐于市，地点变得不甚重要，隐逸的环境和心境受到重视，于是造园在唐代士人间走向兴盛。需要说明的是，园林的盛行又进一步促使士人的心态发生

---

① （唐）陈子昂撰，徐鹏校点：《陈子昂集（修订本）》卷1，上海古籍出版社2013年版，第3页。
② （元）杨士弘编选，（明）张震辑注，（明）顾璘评点，陶文鹏、魏祖钦整理点校：《唐诗正音》卷1，《唐音评注》，河北大学出版社2006年版，第78页。
③ （唐）陈子昂撰，徐鹏校点：《陈子昂集（修订本）》卷2，上海古籍出版社2013年版，第52页。
④ （唐）王维撰，（清）赵殿成笺注：《王右丞集笺注》卷1，上海古籍出版社1984年版，第8页。
⑤ （唐）王维撰，（清）赵殿成笺注：《王右丞集笺注》卷1，上海古籍出版社1984年版，第8页。
⑥ （唐）王维撰，（清）赵殿成笺注：《王右丞集笺注》卷1，上海古籍出版社1984年版，第8页。

转变，无论是被动退隐还是主动归隐，抑或是为官正当时，唐代士人都能在园林天地中得到精神的滋养，并以此彰显自己的高尚人格与节操，这就使"幽独"中的悲愤、孤寂成分减弱，而代之以"幽闲"。

唐代园林之"闲境"与唐代士人的休闲意已经在前面有详细论述，值得注意的是，唐代文人将"幽"与"闲"相结合，用以描述隐于园林的生活情调，有以下诗例。

> 穿筑非求丽，幽闲欲寄情。偶怀因壤石，真意在蓬瀛。（张九龄《林亭咏》）①
>
> 池馆饶嘉致，幽人惬所闲。筱风能动浪，岸树不遮山。啸槛鱼惊后，眠窗鹤语间。（项斯《姚氏池亭》）②
>
> 绿野际遥波，横云分叠嶂。公堂日为倦，幽襟自兹旷。有酒今满盈，愿君尽弘量。（韦应物《扈亭西陂燕赏》）③
>
> 偶得幽闲境，遂忘尘俗心。始知真隐者，不必在山林。（白居易《玩新庭树因咏所怀》）④

以"幽闲地""幽闲境"指称园林，使"幽隐"之地不再仅限于荒僻郊外、僻远山林，并且官舍、郡斋、池亭、宅院逐渐替代荒野郊外成为新的幽隐场所，此处的幽隐也更多地诉诸幽隐的心境。因此，白居易认为在官舍同样可以如野客一般忘记尘世，这种"心隐"才是"真隐"，地点也不必限于山林，任何地方皆可，这就把自古的隐逸提高到了心隐的层面。在这种心境的归隐下，"幽"之孤寂、苦闷也便归于闲情自适。

当"幽独"之思逐渐偏向于幽静、幽闲之时，唐代士人便越来越关注园林带来的"幽趣"，也可以将其理解为幽隐之中的趣味。白居易多次在诗中表达对园林景观之"幽趣"的欣赏与重视，如《亭西墙下伊渠水中置石激流潺湲成韵颇有幽趣以诗记之》一诗专记于墙下置石而成的一处小景，"是时群动息，风静微月明。高枕夜悄悄，满

---

① （唐）张九龄撰，熊飞校注：《张九龄集校注》卷2，中华书局2008年版，第151页。
② （唐）项斯著，徐光大校注：《项斯诗注》，浙江古籍出版社2006年版，第45页。
③ （唐）韦应物著，陶敏、王友胜校注：《韦应物集校注》卷1，上海古籍出版社1998年版，第50页。
④ （唐）白居易著，朱金城笺校：《白居易集笺校》卷8，上海古籍出版社1988年版，第444页。

耳秋泠泠。终日临大道，何人知此情？此情苟自惬，亦不要人听"①。诗句描绘了万物归于平静后的潺湲之声，"夜悄悄""秋泠泠"，以声衬静，以声写静，而其中的韵味在最后一句"此情苟自惬，亦不要人听"② 得到了升华，同时也表明诗人内心的自足、自适，这就是白居易所谓的"幽趣"。对这样一处小景，白居易还有一组诗同样记其"幽趣"，诗名为《宅西有流水墙下构小楼临玩之时颇有幽趣……吟偶题五绝》，其一云"伊水分来不自由，无人解爱为谁流？家家抛向墙根底，唯我栽莲越小楼"③。白居易以异于常人的眼光发现了水流之幽趣，并为其栽莲构楼，不得不赞叹白居易精准的构园眼光。同时，组诗中，还可以发现白居易所谓的"幽趣"不在于同人"共赏"，而在于"自娱"。"家家抛向墙根底，唯我栽莲越小楼"④，"莫言罗带春无主，自置楼来属白家"⑤，"独醉还须得歌舞，自娱何必要亲宾。当时一部清商乐，亦不长将乐外人"⑥，在这些诗句中不缺"他人"如何，而强调的是诗人"自我"如何，在两相对比中，"唯我""自置""独醉""自娱"凸显出来，"幽趣"的意味也由此变得深厚。白居易不仅善于营造园林之"幽趣"，而且善于捕捉内心的这份幽趣，上述两首诗便是白居易有意识营造出的具有幽趣的小景致，并且有意识地以诗记之。除了白居易外，唐人中齐己、岑参、薛能也表现了对园林"幽趣"的喜好，如齐己有"树石丛丛别，诗家趣向幽。有时闲客散，始觉细泉流"⑦（《题张氏池亭》），岑参有《虢州郡斋南池幽兴，因与阎二侍御道别》，薛能有"蔡侯添水榭，蒋氏本柴关。静泛穷幽趣，惊飞湿醉颜"⑧（薛能《蔡州蒋亭》）。

---

① （唐）白居易著，朱金城笺校：《白居易集笺校》卷36，上海古籍出版社1988年版，第2482页。
② （唐）白居易著，朱金城笺校：《白居易集笺校》卷36，上海古籍出版社1988年版，第2482页。
③ （唐）白居易著，朱金城笺校：《白居易集笺校》卷33，上海古籍出版社1988年版，第2308页。
④ （唐）白居易著，朱金城笺校：《白居易集笺校》卷33，上海古籍出版社1988年版，第2308页。
⑤ （唐）白居易著，朱金城笺校：《白居易集笺校》卷33，上海古籍出版社1988年版，第2308页。
⑥ （唐）白居易著，朱金城笺校：《白居易集笺校》卷33，上海古籍出版社1988年版，第2308页。
⑦ 王秀林：《齐己诗集校注》卷5，中国社会科学出版社2011年版，第280页。
⑧ （清）彭定求等编：《全唐诗》卷558，中华书局1960年版，第6477页。

唐代文人对园林之"幽趣"的欣赏和重视，还表现为对园林之"幽境"的重视和审美，有以下诗例。

  家山见初月，林壑悄无尘。幽境此何夕？清光如为人。（刘禹锡《和李相公平泉潭上喜见初月》）①
  遂就无尘坊，仍求有水宅。东南得幽境，树老寒泉碧。池畔多竹阴，门前少人迹。（白居易《洛下卜居》）②
  地与尘相远，人将境共幽。（白居易《履道新居二十韵》）③
  新树低如帐，小台平似掌。六尺白藤床，一茎青竹杖。风飘竹皮落，苔印鹤迹上。幽境与谁同？闲人自来往。（白居易《小台》）④
  斗石类岩巘，飞流泻潺湲。远壑檐宇际，孤峦雉堞间。何必到海岳，境幽机自闲。（高铁《和太原张相公山亭怀古》）⑤
  见说九华峰上寺，日宫犹在下方开。其中幽境客难到，请为诗中图画来。（萧建《代书问费征君九华亭》）⑥

以上数例直接将园境称为"幽境"，表明唐代园林建构技艺的进步，同时也说明唐代文人对"幽境"的欣赏与偏爱，这份偏好不得不说有来自唐人的"幽独"之思，既有对幽隐、孤寂的真切感受，又有自娱、自适的满足。

唐代的文人士大夫不仅在诗歌中书写了对园林"幽境"的审美，而且用诗歌记录了对园林"幽境"的营造。第一，园林营造地址以幽偏为胜。明代计成在《园冶·园说》中说："凡结林园，无分村郭，地偏为胜。"⑦

---

① （唐）刘禹锡著，瞿蜕园笺证：《刘禹锡集笺证》外集卷7，上海古籍出版社1989年版，第1418页。
② （唐）白居易著，朱金城笺校：《白居易集笺校》卷8，上海古籍出版社1988年版，第449—450页。
③ （唐）白居易著，朱金城笺校：《白居易集笺校》卷23，上海古籍出版社1988年版，第1586页。
④ （唐）白居易著，朱金城笺校：《白居易集笺校》卷30，上海古籍出版社1988年版，第2071页。
⑤ （清）彭定求等编：《全唐诗》卷488，中华书局1960年版，第5545页。
⑥ （清）彭定求等编：《全唐诗》卷495，中华书局1960年版，第5613页。
⑦ （明）计成原著，陈植注释，杨伯超校订，陈从周校阅：《园冶注释》卷1，中国建筑工业出版社1988年版，第51页。

"地偏为胜"成为造园选地的理论指导，但这一理论其实已经体现在唐人的构园实践中，我们可以从唐人的诗歌中看到。

> 别业居幽处，到来生隐心。南山当户牖，沣水映园林。（祖咏《苏氏别业》）①
>
> 朝蹋玉峰下，暮寻蓝水滨。拟求幽僻地，安置疏慵身。（白居易《游蓝田山卜居》）②
>
> 选居幽近御街东，易得诗人聚会同。白练鸟飞深竹里，朱弦琴在乱书中。（朱庆馀《题崔驸马林亭》）③
>
> 石净每因杉露滴，地幽渐觉水禽来。（朱庆馀《题钱宇别墅》）④
>
> 欲向幽偏适，还从绝地移。（皇甫曾《奉和杜相公移入长兴宅奉呈诸宰执》）⑤

园林无论是位于山林水畔，还是里坊州郡，"幽偏"都是最重要的考虑因素。"幽偏"可以从两方面来看：一方面在于选择偏远之地，自然成幽隐之境，这从"别业居幽处"⑥（祖咏《苏氏别业》）、"地幽渐觉水禽来"⑦（朱庆馀《题钱宇别墅》）、"伊人卜筑自幽深"⑧（李商隐《复至裴明府所居》）可以看出；另一方面在于通过围隔而营造出"幽偏"之境，这种幽偏主要在于给人以心理感觉。白居易曾经在蓝田山寻求山居之地，明确提出"幽僻"的选址要求，所谓"拟求幽僻地，安置疏慵身"⑨。同时，白居易的构园实践也说明了这一点，其庐山草堂便建构在奇秀的匡庐中。"匡庐奇秀甲天下山。山北峰曰香炉，峰北寺曰遗爱寺，介峰寺间，其境胜绝，又甲庐山。元和十一年秋，太原人白乐天见而爱之，若

---

① （清）彭定求等编：《全唐诗》卷131，中华书局1960年版，第1334页。
② （唐）白居易著，朱金城笺校：《白居易集笺校》卷6，上海古籍出版社1988年版，第327页。
③ （清）彭定求等编：《全唐诗》卷514，中华书局1960年版，第5876页。
④ （清）彭定求等编：《全唐诗》卷515，中华书局1960年版，第5892页。
⑤ （唐）皇甫冉、（唐）皇甫曾撰，（明）刘成德编，何娟亮校注：《二皇甫诗集》唐皇甫曾诗集卷之一，上海古籍出版社2022年版，第111页。
⑥ （清）彭定求等编：《全唐诗》卷131，中华书局1960年版，第1334页。
⑦ （清）彭定求等编：《全唐诗》卷515，中华书局1960年版，第5892页。
⑧ 余恕诚、刘学锴：《李商隐诗歌集解》，中华书局2004年版，第2099页。
⑨ （唐）白居易著，朱金城笺校：《白居易集笺校》卷6，上海古籍出版社1988年版，第327页。

远行客过故乡,恋恋不能去,因面峰腋寺,作为草堂。"① 此草堂可谓兼有幽偏和胜绝二美。如果说庐山草堂是选址上重"幽偏",那么白居易在洛阳的履道里宅院则通过人为的围隔和营构而给人以"幽偏"之感。《池上篇》并序云:"都城风土水木之胜在东南偏,东南之胜在履道里,里之胜在西北隅,西闬北垣第一第即白氏叟乐天退老之地。地方十七亩,屋室三之一,水五之一,竹九之一,而岛树桥道间之。"② 序的开篇非常有趣,从"东南偏"到"履道里",从"履道里"到"西北隅",再从"西北隅"到"西闬北垣第一第",大处着眼,如同盒子套着盒子,又如同帘幕隔着帘幕,宅院藏于这一个个的套盒之内,或者一层又一层的帘幕之后,具有"幽偏"之胜。与庐山草堂相比,两者虽然选址不同,一为山林,一为都市,但同样可以达到"幽偏"为胜的审美效果。

第二,通过具有冷色调色彩的景观渲染。冷色调的植物如松、竹、桂、杉、柳、兰、萱草、苔藓等成为最佳的选择,如"新柳绕门青翡翠,修篁浮径碧琅玕"③(欧阳詹《题华十二判官汝州宅内亭》)着重于新柳和修篁之绿色。再如刘得仁的《宿宣义池亭》有诗句"暮色绕柯亭,南山幽竹青"④,皎然的《五言答豆卢居士春夜游东园见怀》有诗句"安得缃芳筵,看君幽径萱"⑤,等等,这样的诗句在唐人笔下不胜枚举,绿色增强了园林"幽境"的表现特征。正如韦应物所说"秋园雨中绿,幽居尘事违"⑥,整个园林都被绿色所浸染,"幽"的审美特征由此凸显。除了冷色调的植物,还有冷色调的山石与池水也是不可忽略的因素。如吴融的《太湖石歌》有歌咏太湖石的诗句"洞庭山下湖波碧,波中万古生幽石"⑦,刘得仁有诗句"修篁夹绿池,幽絮此中飞"⑧(《宣义池上》)。园林是一个空间组织体系,通过各构园要素的相互组织而呈现出幽美之境

---

① (唐)白居易著,朱金城笺校:《白居易集笺校》卷43《草堂记》,上海古籍出版社1988年版,第2736页。
② (唐)白居易著,朱金城笺校:《白居易集笺校》卷69,上海古籍出版社1988年版,第3705页。
③ 杨遗旗校注:《〈欧阳詹文集〉校注》卷3,华中科技大学出版社2012年版,第112页。
④ (清)彭定求等编:《全唐诗》卷544,中华书局1960年版,第6289页。
⑤ (唐)释皎然撰:《杼山集》卷2,上海古籍出版社1992年版,第17页。
⑥ (唐)韦应物著,陶敏、王友胜校注:《韦应物集校注》卷7《题郑拾遗草堂》,上海古籍出版社1998年版,第483页。
⑦ (清)彭定求等编:《全唐诗》卷687,中华书局1960年版,第7898页。
⑧ (清)彭定求等编:《全唐诗》卷544,中华书局1960年版,第6288页。

界。因此，唐代诗人笔下的冷色调景物很难割裂分离，它们互相配置交织而组合成一个有机的整体。如姚合的《题宣义池亭》有诗句"细草乱如发，幽禽鸣似弦。苔文翻古篆，石色学秋天"①，李德裕的《初夏有怀山居》有诗句"山中有所忆，夏景始清幽。野竹阴无日，岩泉冷似秋。翠岑当累榭，皓月入轻舟"②，都是冷色调景致的组合，它们互相增色共同营构了园林的幽境。

第三，通过曲径、曲池等具有曲折迂回之形状的景观来营构园林之幽境。"路因景曲，境因曲深"，"曲径""曲水"等因其"尺幅万里"的宛转与曲折，起到引人入胜之效果，从而形成曲径通幽之境。关于这一审美效果，唐人在诗歌中有着鲜明表现，如"曲榭回廊绕涧幽"③（李乂《奉和幸韦嗣立山庄侍宴应制》），"云景含初夏，休归曲陌深"④（羊士谔《永宁里园亭休沐怅然成咏》），"幽岛曲池相隐映"⑤（雍陶《题大安池亭》），等等。由曲榭、回廊、曲池、曲陌可以看出唐人对曲之审美效果的认识，"曲"也成为园林营造中重要的艺术手法。清人沈复在《浮生六记》中谈园林布局之韵："若夫园亭楼阁，套室回廊，叠石成山，栽花取势，又在大中见小，小中见大，虚中有实，实中有虚，或藏或露，或浅或深，不仅在周回曲折四字。"⑥清末俞樾的《曲园记》这样写道："曲园者，一曲而已，……山不甚高，且乏透瘦漏之妙。然山径亦小有曲折，自其东南入山，由山洞西行，小折而南，即有梯级可登。……自东北下山，遵山径北行，有回峰阁。度阁而下，复遵山径北行，又得山洞。……艮宦之西，修廊属焉。循之行，曲折而西，有屋南向，窗牖丽廛，是曰'达斋'。……由达斋循廊西行，折而南得一亭，小池环之，周十有一丈，名其池曰'曲池'，名其亭曰'曲水亭'。"⑦园内有曲池、曲亭、曲廊、曲洞等景点，其特征全在一个"曲"字。钱锺书指出，"曲园之于子才行

---

① （唐）姚合著，吴河清校注：《姚合诗集校注》卷7，上海古籍出版社2012年版，第378页。
② （唐）李德裕撰，傅璇琮、周建国校笺：《李德裕文集校笺》别集卷10，中华书局2018年版，第709页。
③ （清）彭定求等编：《全唐诗》卷92，中华书局1960年版，第1000页。
④ （清）彭定求等编：《全唐诗》卷332，中华书局1960年版，第3699页。
⑤ 周啸天、张效民注：《雍陶诗注》，上海古籍出版社1988年版，第69页。
⑥ （清）沈复著，俞平伯校点：《浮生六记》，人民文学出版社1980年版，第19页。
⑦ （清）俞樾著，应守岩点校：《春在堂杂文（一）》续编卷1《曲园记》，《俞樾全集》，浙江古籍出版社2017年版，第58—59页。

事,几若旷世相师"①,并引曲园日记残稿以佐证这种说法。所以,这里似乎可以讨论另一个相关的问题,即俞樾的诗学思想和构园情趣也深受袁枚的影响。袁枚曾认为,筑径与作诗是相同的。他的《续诗品》中有《取径》一则,列为一品的是"揉直使曲,叠单使复。山爱武夷,为游不足。扰扰阛阓,纷纷人行。一览而竟,倦心齐生"②,曲径充分满足了人们的审美心理需求。

第四,通过清幽的声响以动衬静的手法营造园林之幽境。唐代文人在兴盛的园林建构之风中对自然声响进行了审美观照,通过借景手法将其引进自家宅院,并且在此基础上进行人为加工,从而形成了多样的声景观,为园林增添了情趣与意境。③ 在唐代诗人中,王维善于写声响,同时也善于利用听觉意象创造空寂的诗境。陈铁民评论王维诗歌说:"在大多数作品中,王维常常是把听觉形象与视觉形象结合起来写,《山居秋暝》云:空山新雨后,天气晚来秋。明月松间照,清泉石上流。竹喧归浣女,莲动下渔舟。随意春芳歇,王孙自可留。前三联诗,构成了一幅秋日傍晚雨后山村的活动图画。那融入画幅的音响——山泉流过石上的淙淙声、竹林里传出来的浣纱姑娘们的喧笑声、渔舟穿过莲塘发出的响声,更使这幅美丽的图画变成一组充满诗意的有声电影镜头。客观景物不仅有形状、色彩,而且有音响,所以像这样从视、听两方面来状物,就可使诗中的形象更逼真、鲜活,更富有生气。"④ 可谓对王维诗歌听觉意象的精确把握。除了《山居秋暝》,王维还有很多以自然声响来营构诗境的优秀作品,诗句如《鸟鸣涧》"人闲桂花落,夜静春山空。月出惊山鸟,时鸣春涧中"⑤,桂花、夜、春山、月、涧这些视觉性意象组成了一幅画面,但只有山间的那声鸟鸣使画面有了动感与生机,更显山空,更觉境寂。如王维一样运用反衬手法以声响写空寂的诗人还有很多,如"泉清鳞影见,树密鸟声幽"⑥(崔翘《郑郎中山亭》),"高轩夜静竹声远,曲岸春深杨柳低"⑦(刘沧《题郑中丞东溪》),"纷纷花落门空闭,寂寂莺啼日更迟"⑧(刘长

---

① 钱锺书:《谈艺录》,中华书局1984年版,第197页。
② (清)袁枚著,王英志注评:《续诗品注评》,浙江古籍出版社1989年版,第55页。
③ 参见拙文《声音的风景:园林视域中的唐诗听觉意象》,《云南社会科学》2012年第3期。
④ 陈铁民:《王维论稿》,人民文学出版社2006年版,第277页。
⑤ (唐)王维撰,(清)赵殿成笺注:《王右丞集笺注》卷13,上海古籍出版社1984年版,第240页。
⑥ (清)彭定求等编:《全唐诗》卷124,中华书局1960年版,第1230页。
⑦ (清)彭定求等编:《全唐诗》卷586,中华书局1960年版,第6800页。
⑧ (唐)刘长卿著,储仲君笺注:《刘长卿诗编年笺注》,中华书局1996年版,第196页。

卿《赴南中题褚少府湖上亭子》)。视觉意象构成静美的画面，而听觉意象以其微妙的声响更衬托出画面之静，两者统一于静。同时，听觉意象还以其响彻空间的特性将诗中有画的二维平面结构转化为三维四维的空间结构，不仅使诗歌意境变得浑融一体，更凸显了园林之幽境。

唐代文人士大夫通过幽偏之选址、冷色调之色彩、曲折迂回之形状以及清幽的声响来营造园林之幽境，体现了唐代园林意境营造的技艺水平与审美效果。

除此之外，唐代文人还在诗中建构了"幽人"形象。"幽人"一语最早出现在先秦文献《周易·履卦》中，其云"九二：履道坦坦，幽人贞吉"[1]。唐代孔颖达的《周易正义》解释"幽人贞吉"为"既无险难，故在幽隐之人，守正得吉"[2]。唐代诗歌作品中的"幽人"也多指"隐士"，用以寄托诗人怀才不遇的人生感慨，或用以叙述内心悲愤与怨恨。然而，更多的"幽人"形象出现在园林类诗歌作品中，这与唐代隐逸逐渐转向宅院、山居、郡斋等园林场所有关，于是"幽人"的书写一方面促进了唐诗幽雅闲逸风格的形成，另一方面促使唐代园林清空幽寂之幽境的形成。

唐代文人经常在他人别业或自家园林中书写"幽人"，有以下诗例。

  芳霏蘼兮荫蒙茏，幽人构馆兮在其中。(卢鸿一《嵩山十志十首·樾馆》)[3]

  当无有用兮幂翠庭，神可谷兮道可冥。有幽人兮张素琴，皇徽兮绿水阴，德之惛兮澹多心。(卢鸿一《嵩山十志十首·幂翠庭》)[4]

  翠相鲜兮金碧潭，霜天洞兮烟景涵。有幽人兮好冥绝，炳其焕兮凝其洁，悠悠千古兮长不灭。(卢鸿一《嵩山十志十首·金碧潭》)[5]

  树老野泉清，幽人好独行。去闲知路静，归晚喜山明。(卢纶《秋晚山中别业》)[6]

---

[1] (魏)王弼注，(唐)孔颖达疏，李申、卢光明整理：《周易正义》卷2，北京大学出版社1999年版，第64页。
[2] (魏)王弼注，(唐)孔颖达疏，李申、卢光明整理：《周易正义》卷2，北京大学出版社1999年版，第64页。
[3] (清)彭定求等编：《全唐诗》卷123，中华书局1960年版，第1224页。
[4] (清)彭定求等编：《全唐诗》卷123，中华书局1960年版，第1225页。
[5] (清)彭定求等编：《全唐诗》卷123，中华书局1960年版，第1226页。
[6] (唐)卢纶著，刘初棠校注：《卢纶诗集校注》卷5，上海古籍出版社1989年版，第483页。

今朝醉舞同君乐，始信幽人不爱荣。（卢纶《春日题杜叟山下别业》）①

惜与幽人别，停舟对草堂。（朱庆馀《题任处士幽居》）②

池馆饶嘉致，幽人惬所闲。（项斯《姚氏池亭》）③

支公尚有三吴思，更使幽人忆钓矶。（唐彦谦《西明寺威公盆池新稻》）④

在以上数例中，"幽人"有他指，有自指。他指中一般用于对他人高洁人格的赞美，"始信幽人不爱荣"⑤ 即是对题写对象的赞扬；而在自指中则是诗人呈现自我内心表露心迹的方式，如卢鸿一诗中之"幽人"形象。卢鸿一隐居嵩山，构园建馆，并以诗记之，是为《嵩山十志十首》。在这十首诗中，有三首诗都出现了"幽人"的形象，"幽人"于山中构造园林从事园林营造活动，于庭中抚弄素琴，不喜荣光而好幽冥，自与天地相往来的高洁形象呼之欲出。此外，还有"幽人惬所闲"⑥"更使幽人忆钓矶"⑦，从各个侧面描绘了"幽人"的园居情态，好静、好闲，这些在士人看来都是雅致之事，促进了诗歌幽静闲逸之风格的形成。值得注意的是，司空图在《二十四诗品》中多次使用"幽人"来描绘诗歌风格，如《洗炼》中有"载瞻星辰，载歌幽人。流水今日，明月前身"⑧；《自然》中有"幽人空山，过水采苹。薄言情晤，悠悠天钧"⑨；《实境》中有"取语甚直，计思匪深。忽逢幽人，如见道心"⑩。"幽人"虽然出现在不同的诗歌风格类型中，但清空幽静之风却让人有着鲜明感受。无论是卢鸿

---

① （唐）卢纶著，刘初棠校注：《卢纶诗集校注》卷3，上海古籍出版社1989年版，第352页。
② （清）彭定求等编：《全唐诗》卷514，中华书局1960年版，第5871页。
③ （唐）项斯著，徐生大校注：《项斯诗注》，浙江古籍出版社2006年版，第45页。
④ （唐）唐彦谦著，袁津琥笺释：《唐彦谦诗笺释》内编，巴蜀书社2021年版，第132页。
⑤ （唐）卢纶著，刘初棠校注：《卢纶诗集校注》卷3，上海古籍出版社1989年版，第352页。
⑥ （唐）项斯著，徐生大校注：《项斯诗注》，浙江古籍出版社2006年版，第45页。
⑦ （唐）唐彦谦著，袁津琥笺释：《唐彦谦诗笺释》内编，巴蜀书社2021年版，第132页。
⑧ （唐）司空图著，罗仲鼎、蔡乃中译注：《二十四诗品》，浙江古籍出版社2018年版，第33页。
⑨ （唐）司空图著，罗仲鼎、蔡乃中译注：《二十四诗品》，浙江古籍出版社2018年版，第48页。
⑩ （唐）司空图著，罗仲鼎、蔡乃中译注：《二十四诗品》，浙江古籍出版社2018年版，第87页。

一还是司空图,他们对这一词汇的重复运用,都说明"幽人"在唐人心目中已经成为寻求内心自适、寄寓高逸人生的追求,远离世事,保持清高典雅,正所谓"歌酒优游聊卒岁,园林萧洒可终身"①。

是诗境,亦是园境。"幽人"形象一方面促进诗歌意境的形成,另一方面为园林意境的建构提供了重要支撑。上文谈到唐代园林之幽境的建构主要从园林各构园要素出发,然而,不可忽视的是,人也是园林意境构成中的重要因素,甚至可以说人的情态、心绪直接影响到园林意境的形成及其风格表现。以下暂举几例。

布石满山庭,磷磷洁还清。幽人常履此,月下展齿鸣。药草枝叶动,似向山中生。(姚合《题金州西园九首·石庭》)②

解印无与言,见山始一笑。幽人还绝境,谁道苦奔峭。随云剩渡溪,出门更垂钓。吾庐青霞里,窗树玄猿啸。微月清风来,方知散发妙。丘壑趣如此,暮年始栖偃。(钱起《罢章陵令山居过中峰道者二首》)③

夏圃秋凉入,树低逢帻敧。水声翻败堰,山翠湿疏篱。绿滑莎藏径,红连果压枝。幽人更何事,旦夕与僧期。(刘得仁《西园》)④

冻蕊凝香色艳新,小山深坞伴幽人。知君有意凌寒色,羞共千花一样春。(陆希声《阳羡杂咏十九首·梅花坞》)⑤

杉竹映溪关,修修共岁寒。幽人眠日晏,花雨落春残。(齐己《溪斋二首》其二)⑥

园林是园主人生活的场所,也是游览者的欣赏对象,无论是对园居者来说,还是对游赏者来说,园林都具有更高层次的审美体验,这决定了意境会因人的心境不同而表现出不同的风格,所谓"心造其境"。上述诗例中,可以看到,贯穿于由清幽山石、药草、皓月、齿鸣建构起的

---

① (唐)白居易著,朱金城笺校:《白居易集笺校》卷33《从同州刺史改授太子少傅分司》,上海古籍出版社1988年版,第2237页。
② (唐)姚合著,吴河清校注:《姚合诗集校注》卷7,上海古籍出版社2012年版,第351页。
③ (唐)钱起著,王定璋校注:《钱起集校注》卷2,浙江古籍出版社2015年版,第54页。
④ (清)彭定求等编:《全唐诗》卷544,中华书局1960年版,第6283页。
⑤ (清)彭定求等编:《全唐诗》卷689,中华书局1960年版,第7913页。
⑥ 王秀林:《齐己诗集校注》卷2,中国社会科学出版社2011年版,第99页。

石庭间的"幽人";来往于青霞间伴随于清风微月、渡溪垂钓的"幽人";栖息于小山深坞有凌寒梅花相伴的"幽人";昼眠于杉竹溪水间任花落雨下的"幽人";闲居于由溪水、山石、水声、疏篱、曲径、硕果等组合而成的园圃中无事的"幽人"。众多的园林要素如散点分布,而"幽人"以游走或静止的方式将其联络贯穿或凸显点睛,使其成为一个有机整体,而弥漫其间的是"幽人"的主观心绪,幽隐而不失闲逸,独处而不失幽雅,冲淡而不失静谧,可谓令人神往的境界。这是园境,又何尝不是诗境?

第三节 "园林无俗情"与园林之"雅境"

"雅"是中国古典园林最基本的审美品格之一,"雅境"是园林艺术中重要的意境追求之一。高濂在《遵生八笺》中提出园林要"雅称清赏"①;计成在《园冶》中指出"林园遵雅"②的要求;文震亨在《长物志》中指出"韵士所居,入门便有一种高雅绝俗之趣"③;李渔在《闲情偶寄》中认为园林贵在"新奇大雅"④;如此等等都说明园林在营造上和审美上"崇雅"的美学思想,"雅境"也成为园林艺术审美中重要的意境追求。下面即从"雅"范畴的流变谈雅与园林的结合,以及唐代园林崇雅的表现,最后论述唐代园林雅境建构的审美意义。

雅,是一个意指丰富的美学概念。从语义上看,"雅"即"正",雅又与"夏"通,"雅言"即"夏言"。王念孙引王引之解释《荀子·荣辱篇》"譬之越人安越,楚人安楚,君子安雅"语:"'雅'读为夏,'夏'谓中国也,故与'楚'、'越'对文。……古者'夏'、'雅'二字互通。"⑤"夏声"为"中原正声","雅"与"夏"通,自然就是"雅声","雅"即"正"之义。这表明"雅"作为一个美学范畴在其产生之初即有"雅

---

① (明)高濂著,王大淳点校:《遵生八笺》卷7《茅亭》,浙江古籍出版社2017年版,第320页。
② (明)计成原著,陈植注释,杨伯超校订,陈从周校阅:《园冶注释》卷3,中国建筑工业出版社1988年版,第171页。
③ (明)文震亨原著,陈植校注,杨超伯校订:《长物志校注》卷10《位置》,江苏科学技术出版社1984年版,第347页。
④ 杜书瀛译注:《闲情偶寄》下册卷4《居室部·房舍第一》,中华书局2014年版,第374—375页。
⑤ (清)王念孙撰,虞万里主编:《读书杂志》,上海古籍出版社2018年版,第1671页。

正"之义，即因其作为典范的语言而成为一种主导型的审美倾向。"雅"不仅作为一种典范的语言，更被引入诗教指称一种文体。最典型的例子即《毛诗序》提到"雅"为六义之一，（宋）郑樵在《通志》（总序）中将其解释为朝廷之音："风土之音曰'风'，朝廷之音曰'雅'，宗庙之音曰'颂'。"① 朝廷乐歌具有教化作用，与诗经六义之雅同具有浓鲜明的政治色彩。"雅"延伸至诗歌、音乐与舞蹈等众多艺术方面，成为儒家正统的道德理想和文学批评标准，至此，"雅"作为儒家文艺批评传统的一个核心范畴形成。

发展到魏晋南北朝时期，"雅"由代表朝廷诗歌的一种文体演变为文体风格，并且作为人物风貌的评判用语得到广泛运用。就文体风格而言，《典论·论文》说"盖奏议宜雅"②，《文赋》说"奏平彻以闲雅"③，雅作为一种文体风格出现于文学批评中。相较于曹丕和陆机，刘勰的《文心雕龙》更为频繁地使用"雅"来论述文体风格和艺术审美，如《征圣》中有"然则圣文之雅丽，固衔华而佩实者也"④，评判文章标准有："事义浅深，未闻乖其学，体式雅郑，鲜有反其习"⑤（《文心雕龙·体性》），论述文章风格有"典雅者，熔式经诰，方轨儒门"⑥（《文心雕龙·体性》），大大提高了"雅"在文学批评中的地位和意义。就人物风貌的评判用语而言，以"雅"称人始于先秦，荀子将人分为"俗人""俗儒""雅儒"与"大儒"，但在魏晋六朝时期人物品藻中得以广泛流布。《世说新语》专设"雅量"篇，对人物的行为举止、容貌风议以故事的形式进行评价，凸显了"雅"在士人品格与风范中的重要性，也由此呈现出"雅"在当时士人中其实是作为一种最高审美典范而存在的。因此，在魏晋六朝的赠人诗歌中，"雅"成为对他人进行赞美与颂扬的表征。如潘尼在《赠司空掾安仁诗》中说"令德内光。文雅外焕"⑦，棘腆在《赠石季

---

① （宋）郑樵撰：《通志》，浙江古籍出版社2007年版，第2页。
② 魏宏灿校注：《曹丕集校注》，安徽大学出版社2009年版，第313页。
③ （西晋）陆机撰，金涛声点校：《陆机集》卷2，中华书局1982年版，第2页。
④ （南朝梁）刘勰撰，黄叔琳注，李祥补注，杨明照校注拾遗：《增订文心雕龙校注》卷1，中华书局2000年版，第18页。
⑤ （南朝梁）刘勰撰，黄叔琳注，李祥补注，杨明照校注拾遗：《增订文心雕龙校注》卷6，中华书局2000年版，第379页。
⑥ （南朝梁）刘勰撰，黄叔琳注，李祥补注，杨明照校注拾遗：《增订文心雕龙校注》卷6，中华书局2000年版，第380页。
⑦ 逯钦立辑校：《先秦汉魏晋南北朝诗》晋诗卷8，中华书局1983年班，第762页。

伦诗》中说"深蒙君子眷。雅顾出群俗"①,都是以雅作为颂扬与美誉。雅在魏晋六朝的普遍运用,形成了"雅善﹡""雅好﹡""雅﹡"等固定语用搭配,这正是当时崇雅社会风尚的显著体现。

无论是以"雅"指称文体风格、文学审美标准,还是以"雅"指士人之品格风貌仪态,"雅"还是被置于儒家之传统道德与审美观念之下。但不同的是,雅在继承儒家之传统的同时也在发生诸多变化,"文雅"就是传统尚雅之风与尚文之风气相结合的产物。

与"儒雅""雅量"之重在指人之品格风度不同,"文雅"重在指士人之诗赋文才。建安七子之一的刘桢在《赠五官中郎将诗四首》(其四)中说:"赋诗连篇章,极夜不知归。君侯多壮思,文雅纵横飞。"②曹丕于建安十六年为五官中郎将,诗是赠给曹丕的,"文雅"也是对曹丕之诗赋文才的赞美。还有三国时吴国薛莹作《献诗》赞其父薛综:"乾德博好。文雅是贵。"③薛综不仅是孙吴重臣,而且有诗赋之才,著有诗赋难论数万言,此诗小注引吴志曰:"建衡三年。孙皓追叹莹父综遗文。且命莹继作。"④《献诗》之作正是基于薛综之文才,文雅之称同样基于此。只是此时"文雅"的用法并不普遍,以"文雅"指称士人之文才的用法在齐梁时期才更为频繁。有以下例子:

  兔园文雅盛。章台冠盖多。(谢朓《和王长史卧病诗》)⑤
  平台盛文雅。西园富群英。(谢朓《奉和随王殿下》)⑥
  吾宗昔多士。文雅高缙绅。(何逊《赠族人秣陵兄弟诗》)⑦
  故人扬子云。校书麟阁下。寂寞少交游。纷纶富文雅。(吴均《入兰台赠王治书僧孺》)⑧

---

① 逯钦立辑校:《先秦汉魏晋南北朝诗》晋诗卷8,中华书局1983年班,第772页。
② 夏传才主编,林家骊校注:《阮瑀应玚刘桢合集校注》,河北教育出版社2013年版,第113页。
③ 逯钦立辑校:《先秦汉魏晋南北朝诗》晋诗卷2,中华书局1983年版,第587页。
④ 逯钦立辑校:《先秦汉魏晋南北朝诗》晋诗卷2,中华书局1983年版,第587页。
⑤ (南朝齐)谢朓著,曹融南校注集说:《谢宣城集校注》卷4,上海古籍出版社1991年版,第315页。
⑥ (南朝齐)谢朓著,曹融南校注集说:《谢宣城集校注》卷5,上海古籍出版社1991年版,第365页。
⑦ (南朝梁)何逊著,李伯齐校注:《何逊集校注(修订本)》卷2,中华书局2010年版,第195页。
⑧ 林家骊校注:《吴均集校注》,浙江古籍出版社2005年版,第154页。

妙善有兼姿。群才成大厦。奕奕工辞赋。翩翩富文雅。丽藻若龙雕。洪才类河泻。案牍时多暇。优游阅典坟。儒墨自玄解。文史更区分。平台礼申穆。兔苑接卿云。轩盖荫驰道。珠履忽成群。德音高下被。英声远近闻。(萧琛《和元帝诗》)①

副君西园宴。陈王谒帝归。列位华池侧。文雅纵横飞。(刘孝绰《侍宴同刘公干应令诗》)②

献寿重阳节。回銮上苑中。疏山开辇道。间树出离宫。玉醴吹岩菊。银床落井桐。御梨寒更紫。仙桃秋转红。……愧乏天庭藻。徒参文雅雄。(庾肩吾《九日侍宴乐游苑应令诗》)③

雍容文雅深。王吉共追寻。当垆应酤酒。托意且弹琴。上林能作赋。长门得赐金。(祖孙登《赋得司马相如诗》)④

以上诗例说明两点：第一，雅不仅用于人之品格、风度与仪表，更与诗赋文才相联系，是为"文雅"。在谢朓诗中，"文雅"与"冠盖""群英"形成对照，具指鸿富文才的文学之士；在何逊诗中，何逊以文雅督促同族兄弟何思澄，并且将其视为宗族之风；在萧琛的诗中则鲜明地将"工辞赋"与"富文雅"相提并论，"丽藻""洪才""案牍""典坟"等语汇都说明对文的崇尚和重视；再有祖孙登以"文雅"赞赏司马相如的文才，颂扬其《上林赋》和《长门赋》。可见，"文雅"指称文人雅士之文才，与"雅"作为儒家道德传统与文艺审美标准已稍有不同，重文是其重要特征。

第二，文雅之士开始与宫苑园林及其冶游相联系。在以上诗例中，有4例"文雅"的用法涉及到了宫苑园林。谢朓用汉代梁孝王之兔园典故，并与章台形成对照，再有用曹丕的西园之游的典故，与平台形成对照；萧琛也同样引用了"西园"之游的典故，"列为华池侧"当指华林园，文雅也指随游之文人士子；庾肩吾则写侍宴乐游苑，同样以文雅之雄配之。这说明文雅之士以陪游身份开始与园林发生联系，虽限于皇家宫苑，但为唐代园林崇雅的审美面向奠定了基础。

唐初园林依然延续了魏晋六朝时期文雅之士盛游园林的写法。李乂在《奉和幸长安故城未央宫应制》中说"代挹孙通礼，朝称贾谊才。忝侪文

---

① 逯钦立辑校：《先秦汉魏晋南北朝诗》梁诗卷15，中华书局1983年版，第1803页。
② 逯钦立辑校：《先秦汉魏晋南北朝诗》梁诗卷16，中华书局1983年版，第1839页。
③ 逯钦立辑校：《先秦汉魏晋南北朝诗》梁诗卷23，中华书局1983年版，第1985页。
④ 逯钦立辑校：《先秦汉魏晋南北朝诗》陈诗卷6，中华书局1983年版，第2544页。

雅地，先后各时来。"① "文雅"指游赏的文士，文雅之士与宫苑相联系。但不同的是，唐代的文雅之士作为游赏之人开始出现在私家园林中。如弓嗣初在《晦日宴高氏林亭》中说："上序春晖丽，中园物候华。高才盛文雅，逸兴满烟霞。"② 高氏林亭是高正臣寓居洛阳时的园林，据文献记载，共有三宴，首宴21人参加，以华字为韵赋诗，陈子昂为序；重宴9人，以池字为韵，周彦晖为序；三宴6人，以春为韵，长孙正隐为序。因此，这里的文雅之士与西园之游亦或兰亭之游有同工之处。再有，顾况在描述韦应物之郡斋园林时亦用到了"文雅"称谓，《酬本部韦左司》有言，"好鸟依佳树，飞雨洒高城。况与二三子，列坐分两楹。文雅一何盛，林塘含馀清。府君未归朝，游子不待晴。"③《顾况诗注》解释"文雅"为"文章礼乐"④，笔者认为不确，此处"文雅"的用法当与前述几例中园林中文雅之士的游赏类似，是园林诗书写中的一贯用法。韦左司指韦应物，此诗为贞元五年顾况贬饶州时，由长安返苏州故里作，时韦应物为苏州刺史，与顾况等诗酒唱和，有《郡斋雨中与诸文士燕集》诗，原题下注："一题作奉和同郎中韦使君《郡斋雨中宴集》。"⑤ 韦集中附顾况此诗，题作"奉和郎中使君郡斋宴集之什。"可知此诗为韦应物郡斋宴集之作，而参与宴集的人士即"况与二三子"，文雅即代指参与游宴之人。林塘指韦应物之郡斋，用谢灵运《游南亭》中的"密林含馀清，远峰隐半规"，写郡斋具有清雅之致。可见，文雅之士作为审美主体的构成，无疑丰富和增强了园林之境的雅致情调。

如果说文雅之士构成了审美主体有助于园林之雅境的建构，那么唐代文人在园林书写中直接以"雅"写园景则在审美客体上进一步增强了园林之雅的审美格调。如薛能的《符亭二首》（其一），"符亭之地雅离群，万古悬泉一旦新。若念农桑也如此，县人应得似行人"⑥。诗有小序言："东三泉十五里，以飞瀑结茅，虽小，甚胜。诸所记注皆云，前宰符姓所为，俞姓所修。而不识其人，因题曰符亭，旌之也。"⑦ 从诗和序中可知，符亭乃地方郡官所建构的一处景美境绝的游胜之地，诗人以符亭之地雅离

---

① （清）彭定求等编：《全唐诗》卷92，中华书局1960年版，第999页。
② （清）彭定求等编：《全唐诗》卷72，中华书局1960年版，第788页。
③ 王启兴、张虹校注：《顾况诗注》，上海古籍出版社1994年版，第61页。
④ 王启兴、张虹校注：《顾况诗注》，上海古籍出版社1994年版，第62页。
⑤ 王启兴、张虹校注：《顾况诗注》，上海古籍出版社1994年版，第62页。
⑥ （清）彭定求等编：《全唐诗》卷561，中华书局1960年版，第6511页。
⑦ （清）彭定求等编：《全唐诗》卷561，中华书局1960年版，第6511页。

群,来突出符亭的优绝和雅致,因其雅而离群,也因其离群而更显高雅,正面写园亭之雅。温庭筠的《鸿胪寺有开元中锡宴堂楼台池沼雅为胜绝荒凉遗址仅有存者偶成四十韵》亦是正面书写,本诗以李杨爱情入手,写历史桑沧之变,但诗题中直接将锡宴堂的楼台池沼之胜称之为"雅为胜绝",与薛能以雅称符亭之地具有异曲同工之妙。再如储嗣宗的《过王右丞书堂二首》(其二):"万树影参差,石床藤半垂。萤光虽散草,鸟迹尚临池。风雅传今日,云山想昔时。感深苏属国,千载五言诗。"① 王右丞即王维,储嗣宗崇仰王维,受其影响善写山林幽景。王维早于储嗣宗一百多年,书堂早已成为遗迹,储诗言"风雅传今日"不仅指王维之五言诗,也可指书堂之风雅。从这个意义上看,此诗也是直接以雅称美园林的例子。

文雅之士从审美主体的构成上参与了园林雅境的审美建构,而园林之景之境的书写也直接以雅称美,又是从审美客体上进行了进一步增强,诸如此类的例子在唐人笔下虽不多见,但足以表明唐代园林在审美建构或者说审美理想上呈现出崇雅的面向。加之唐代普遍的崇雅风气,如以"雅"赞人,有"雅节""雅志""雅趣""雅欲""雅才""雅思"等,以"雅"品文,有"雅章""雅调""雅篇"等,以"雅"称乐,有"雅乐""雅曲""雅音""雅歌""雅奏"等,园林雅境的崇尚应运而生并走向成熟。

雅,与俗相对又相辅相成。绝俗即崇雅,崇雅必出俗,因此唐代园林对雅境的追求意味着对尘俗的摒弃。唐代文人正是以这种反向式的语汇如"无俗""非俗""尘外""出尘"等表达了对园林雅境的崇尚与追求。有以下例子:

篆笔飞章暇,园亭染翰游。地奇人境别,事远俗尘收。(崔翘《郑郎中山亭》)②

潜窦激飞泉,石路跻且崇。步武有胜概,不与俗情同。(崔恭《和张相公太原山亭怀古诗》)③

城中尘外住,入望是田家。井出深山水,阑藏异国花。(许棠《题开明里友人居》)④

---

① (清)彭定求等编:《全唐诗》卷594,中华书局1960年版,第6886页。
② (清)彭定求等编:《全唐诗》卷124,中华书局1960年版,第1230页。
③ (清)彭定求等编:《全唐诗》卷366,中华书局1960年版,第4132页。
④ (清)彭定求等编:《全唐诗》卷603,中华书局1960年版,第6965页。

高敞吟轩近钓湾，尘中来似出人间。（李昭象《题顾正字谿居》）①
俗间尘外境，郭内宅中亭。或有人家创，还无莲幕馨。（黄滔《题王侍御宅内亭子》）②

园林意境的呈现与建构在于文人雅士园林审美意识的发展及其对园林审美意蕴的赋予与投射。上述诗例中，唐代文人以"不与俗情同""城中尘外住""俗间尘外境"等语汇巧妙描绘出山居宅园的不同凡尘与出俗，营造出一片尘外之境，唐代文人正是通过园林的超尘完成了园林的崇雅。具体言之，唐代文人主要通过园林选址"与尘境绝"、园林"无俗事"、园林"无俗景"三个方面达到了对俗尘的摒弃，以及对雅境的追求。

第一，园林选址"与尘境绝"。于山林、郊外建园从而远离人世，或于闹市中建园通过屏蔽手段从而与尘世隔绝，达到独标高志之"雅"。首先是于山林、郊外建园从而远离人世，这一手法可以最高效地、最便捷地取得远离喧嚣尘世以求幽静的审美效果，同时这种与尘世的远离也带有对人世的隔绝与摒弃，有助于树立不同流俗、追求高标人格的高人形象，而这种不同流俗在文人看来即为"雅"。唐代文人在诗歌中表现了这一点，如皎然有一首《五言劳劳山居寄呈吴处士》，诗云："领鹤闲书竹，夸云笑向人。俗家相去远，野水作东邻。"③ 山居处于劳劳山中，远离人俗，与野水为邻，可见山居之环境。再有刘沧的《题桃源处士山居留寄》，开篇便说山居之位置是"白云深处葺茅庐"④，"白云深处"既增添了诗意，又使山居具有了悠渺超脱远离人世的神秘色彩；紧接着"退隐衡门与俗疏"⑤，诗人又直接指出这样的退隐之地可以与世俗绝缘。隐于深山、野水，尤其是名山名水，则更加强调了山居隔绝尘世人俗的性质。李顾有诗作《题璿公山池》，璿公山池位于庐山，庐山可谓唐代文人士大夫认同的绝佳园林选址，诗云："远公遁迹庐山岑，开士幽居祇树林。片石孤峰窥色相，清池皓月照禅心。指挥如意天花落，坐卧闲房春草深。"⑥ 从山池的位置写起，然后写山池景观，"片石""孤峰""清池""皓月""花草"

---

① （清）彭定求等编：《全唐诗》卷 689，中华书局 1960 年版，第 7916 页。
② （清）彭定求等编：《全唐诗》卷 704，中华书局 1960 年版，第 8104 页。
③ （唐）释皎然撰：《杼山集》卷 2，上海古籍出版社 1992 年版，第 18 页。
④ （清）彭定求等编：《全唐诗》卷 586，中华书局 1960 年版，第 6798 页。
⑤ （清）彭定求等编：《全唐诗》卷 586，中华书局 1960 年版，第 6798 页。
⑥ （唐）李顾著，王锡九校注：《李顾诗歌校注》卷 3，中华书局 2018 年版，第 662—663 页。

"树木"等组合成一片清幽、闲逸、高逸的境界,"此外俗尘都不染,惟余玄度得相寻"①,隔绝了人世,远离了尘嚣,是至高至雅之境。这样的远离俗尘的境界,诗人们以仙境比之,如朱湾有诗句"寻得仙源访隐沦,渐来深处渐无尘。初行竹里唯通马,直到花间始见人"②(《寻隐者韦九山人于东溪草堂》),随着行迹越来越深,山林风物也逐渐转深,直到最幽深处才看到人影,在表明草堂位置之幽深的同时也说明隔绝了尘嚣,这也正是诗人们的审美追求。

关于园林营造的选址,明人计成在《园冶》之"相地"篇中指出山林地是建园的最佳选择,"园地惟山林最胜,有高有凹,有曲有深,有峻而悬,有平而坦,自成天然之趣,不烦人事之工"③。山林地以其得天独厚的天然生态条件成为造园地址的首选,文震亨在《长物志》中所说"居山水间者为上,村居次之,郊居又次之"④,与计成所言相同。同时我们可以看出,这些理论已经蕴含在唐人的构园实践中了,并且唐人有着较为明确的营造意识。李浩曾对唐代园林的位置分布进行考察,认为主要的山脉和山系有终南山、骊山、华山、玉山、太白山、伊阙山、嵩山、缑氏山、陆浑山、女几山、王屋山、中条山、庐山、阳羡山、天台山、茅山、罗浮山等,主要的水系有灞水、沣水、浐水、渭水、蓝溪、济水、汝水、氾水、淇水、汉水、江水、太湖、镜湖、苕溪、洞庭湖、漓水等。⑤ 从唐代文人的描述以及园林的位置分布来看,唐代文人选择山林地作为园林营造的选址,除了清幽环境外,更重要的则是对尘世的远离,对超然脱俗的追求。

其次,于闹市中建园通过屏蔽手段达到与尘世隔绝。远离喧嚣市井,天然清幽的山林地并非每一位士人的选择,除了山林地,于喧闹的城市中建园也是士人之选,这便是唐人所谓的"便利之选"。刘禹锡在描述兴盛的洛阳园林时说:"借问池台主,多居要路津。"⑥(《城中闲游》)说的便是构园选址上以景致优美又交通便利为主要考虑因素。此种情况下,若

---

① (唐)李颀著,王锡九校注:《李颀诗歌校注》卷3,中华书局2018年版,第663页。
② (清)彭定求等编:《全唐诗》卷306,中华书局1960年版,第3478页。
③ (明)计成原著,陈植注释,杨伯超订,陈从周校阅:《园冶注释》卷1《山林地》,中国建筑工业出版社1988年版,第58页。
④ (明)文震亨原著,陈植校注,杨超伯校订:《长物志校注》卷1《室庐》,江苏科学技术出版社1984年版,第18页。
⑤ 李浩:《唐代园林别业考论(修订版)》,西北大学出版社1996年版,第23—29页。
⑥ (唐)刘禹锡著,瞿蜕园笺证:《刘禹锡集笺证》卷22,上海古籍出版社1989年版,第618页。

要远离世俗,则主要靠人为手段来达到,如闭户、掩门等。计成说:"市井不可园也,如园之,必向幽偏可筑,邻虽近俗,门掩无哗。"① 这在唐人构园实践中也有体现,如许棠有诗句"城中尘外住,入望是田家。井出深山水,阑藏异国花"②(《题开明里友人居》),李昭象有诗句"高敞吟轩近钓湾,尘中来似出人间。若教明月休生桂,应得危时共掩关"③(《题顾正字溪居》),黄滔有诗句"俗间尘外境,郭内宅中亭"④(《题王侍御宅内亭子》),以上数例都明言宅院位于城坊闹市之内。但是这样的居所在诗人看来却是绝俗的,除了"掩门""闭关"外,最重要的莫过于"结庐在人境,而无车马喧。问君何能尔?心远地自偏"⑤ 追求幽偏的心境,相较于掩门、闭关之物理手法,精神疗法的效果应当更好。于是,于闹市中构园而寻求绝俗的心境,则为众多文人所效仿,同时也成为士人力求超脱与追求高雅的普遍做法。

正是唐人对此种构园选址的认同,以及对闹中求静、俗中求雅的做法的认同,使郡斋园林在中唐以后日益盛行,也成为重要的园居方式,影响到州郡衙署园林的发展。白居易有一句话道明了隐于郡斋的真谛,"偶得幽闲境,遂忘尘俗心。始知真隐者,不必在山林"⑥(《玩新庭树因咏所怀》),真正的隐者已经不是深山老林中的避世者,而是隐于官舍隐于闹市的半官半隐者,这里的隐在于心境的幽偏与绝俗,这才是真正的隐者。可见隐逸在唐代文人当中,已经由外在行为转变为内在心性的坚守与追求。同样,韦应物也表明对郡斋闲居可以闹中求静、俗中出尘的认同。如他在《郡内闲居》中说:"栖息绝尘侣,屡钝得自怡。腰悬竹使符,心与庐山缁。永日一酣寝,起坐兀无思。长廊独看雨,众药发幽姿。今夕已云罢,明晨复如斯。何事能为累,宠辱岂要辞。"⑦ 再如其《郡中西斋》,诗云:"似与尘境绝,萧条斋舍秋。寒花独经雨,山禽时到州。清觞养真气,玉书示道流。岂将符守恋,幸以栖

---

① (明) 计成原著,陈植注释,杨伯超校订,陈从周校阅:《园冶注释》卷1《城市地》,中国建筑工业出版社 1988 年版,第 60 页。
② (清) 彭定求等编:《全唐诗》卷 603,中华书局 1960 年版,第 6965 页。
③ (清) 彭定求等编:《全唐诗》卷 689,中华书局 1960 年版,第 7916 页。
④ (清) 彭定求等编:《全唐诗》卷 704,中华书局 1960 年版,第 8104 页。
⑤ 逯钦立校注:《陶渊明集》卷 3《饮酒二十首》其五,中华书局 1979 年版,第 89 页。
⑥ (唐) 白居易著,朱金城笺校:《白居易集笺校》卷 8,上海古籍出版社 1988 年版,第 444 页。
⑦ (唐) 韦应物著,陶敏、王友胜校注:《韦应物集校注》卷 8《郡中西斋》,上海古籍出版社 1998 年版,第 496 页。

心幽。"① 与尘世绝俗在于心境之一端，这也正是陶渊明之"心远地自偏"②的真谛。正如清人吴淇在《六朝选诗定论》中评述陶渊明之"结庐在人境，而无车马喧。问君何能尔？心远地自偏"③ 时说："庐之结此，原因南山之佳；太远则喧，若竟在南山深处，又与人境绝。结庐之妙，正在不远不近，可望而见之间，所谓'在人境'也。"④"人境"正以完美的中介调和了极偏与极喧，成为一个绝佳的选择，同时也说明唐代文人在园林意境营造中对"心境"的重视和追求，心无尘，则境亦雅。

第二，园林无俗事。唐代文人将园林以外的活动视为"俗事"，并且认为园林具有隔绝"俗事"的精神功用。宋之问在《春日山家》中说："今日游何处，春泉洗药归。悠然紫芝曲，昼掩白云扉。鱼乐偏寻藻，人闲屡采薇。丘中无俗事，身世两相违。"⑤ 洗药、采薇等在诗人看来都是令人向往的雅行，与"俗事"相对。将俗事隔绝于园外的想法与做法，在唐人笔下十分常见，可见唐人对园林之雅的追求，有以下诗例。

屡入忘归地，长嗟俗事牵。（包佶《秋日过徐氏园林》）⑥
地僻生涯薄，山深俗事稀。（戴叔伦《山居即事》）⑦
屏除俗事尽，养活道情全。（白居易《新昌新居书事四十韵因寄元郎中张博士》）⑧
祗役已云久，乘闲返服初。块然屏尘事，幽独坐林间。（张九龄《南山下旧居闲放》）⑨
借地结茅栋，横竹挂朝衣。秋园雨中绿，幽居尘事违。（韦应物

---

① （唐）韦应物著，陶敏、王友胜校注：《韦应物集校注》卷8《郡中西斋》，上海古籍出版社1998年版，第502页。
② 逯钦立校注：《陶渊明集》卷3《饮酒二十首》其五，中华书局1979年版，第89页。
③ 逯钦立校注：《陶渊明集》卷3《饮酒二十首》其五，中华书局1979年版，第89页。
④ （清）吴淇撰，汪俊、黄进德点校：《六朝选诗定论》卷11，广陵书社2009年版，第294页。
⑤ （唐）沈佺期、（唐）宋之问撰，陶敏、易淑琼校注：《沈佺期宋之问集校注》下册《宋之问集校注》卷4，中华书局2001年版，第599页。
⑥ （清）彭定求等编：《全唐诗》卷205，中华书局1960年版，第2140页。
⑦ （唐）戴叔伦著，蒋寅校注：《戴叔伦诗集校注》卷3，上海古籍出版社2010年版，第229页。
⑧ （唐）白居易著，朱金城笺校：《白居易集笺校》卷19，上海古籍出版社1988年版，第1270页。
⑨ （唐）张九龄撰，熊飞校注：《张九龄集校注》卷2，中华书局2008年版，第170页。

《题郑拾遗草堂》)①

　　池塘静于寺，俗事不到眼。(曹邺《从天平节度使游平流园》)②

　　常爱西亭面北林，公私尘事不能侵。共闲作伴无如鹤，与老相宜只有琴。(白居易《郡西亭偶咏》)③

　　寺深松桂无尘事，地接荒郊带夕阳。(李绅《新楼诗二十首·晏安寺》)④

以上诗例中，就园林类型而言，有士人的私家园林，有公共游览园林，有郡斋园林，也有佛寺园林，但无论哪种类型，其精神功用则是同一的，即对俗事的屏蔽与隔绝。唐代文人眼中的俗事何指？从事之发生场所来看，有园林与园外之别，发生于园外者自然是俗事，因为园林具有隔离尘世俗事的功能，所谓"屏除俗事尽"⑤，可以将一切俗事屏蔽；从事之具体内容来看，朝宦或者说仕途之事以及功名利禄之事都是俗事，所以诗人回归园林经常以"挂朝衣"言之，脱下朝服意味着脱离了尘世，可以享受园林之乐。那么，与之相对，园林中之事自然便是雅事了。另外，关于俗事，不能从"公"与"私"角度划分，因为白居易说"公私尘事不能侵"⑥。白居易把俗事的范围进一步扩大了，也就意味着园林中雅事的范围进一步缩小了，那么园林中究竟有哪些活动可以称得上"非俗事"呢？

上例白居易的《郡西亭偶咏》言"公私尘事不能侵"⑦，紧接着便说明了"常爱西亭面北林"⑧ 的原因，也就是诗人眼中的"非俗事"，

---

① (唐)韦应物著，陶敏、王友胜校注：《韦应物集校注》卷7，上海古籍出版社1998年版，第483页。
② 梁超然、毛水清注：《曹邺诗注》，上海古籍出版社1982年版，第33页。
③ (唐)白居易著，朱金城笺校：《白居易集笺校》卷24，上海古籍出版社1988年版，第1633页。
④ (唐)李绅著，卢燕平校注：《李绅集校注》，中华书局2009年版，第174页。
⑤ (唐)白居易著，朱金城笺校：《白居易集笺校》卷19《新昌新居书事四十韵因寄元郎中张博士》，上海古籍出版社1988年版，第1270页。
⑥ (唐)白居易著，朱金城笺校：《白居易集笺校》卷24，上海古籍出版社1988年版，第1633页。
⑦ (唐)白居易著，朱金城笺校：《白居易集笺校》卷24，上海古籍出版社1988年版，第1633页。
⑧ (唐)白居易著，朱金城笺校：《白居易集笺校》卷24，上海古籍出版社1988年版，第1633页。

即"共闲作伴无如鹤,与老相宜只有琴"①。与鹤为伴,拨弄闲琴,是再日常不过的事务了,然而,在诗人看来,这却是至高至雅之事,原因即"莫遣是非分作界,须教吏隐合为心。可怜此道人皆见,但要修行功用深"②。吏隐合一,归于心境,并且讲求修身养性,只有功用深才能达到这一境界,这也是文人居于园林中所追求的人生最高境界。这样的认识可以说是唐代文人的共识,如包融有一首《酬忠公林亭》,诗云:"江外有真隐,寂居岁已侵。结庐近西术,种树久成阴。人迹乍及户,车声遥隔林。自言解尘事,咫尺能辎尘。为道岂庐霍,会静由吾心。"③忠公林亭位于江外,且人迹罕至,有密林相隔,这样的清幽之地自然也将尘事隔离在外,所谓"咫尺能辎尘"④。之所以如此,是因为"会静由吾心"⑤,是心境在发挥作用,具有了这样隐逸的闲雅心境,庐、霍一类名山也不再是修道的必选了。那么,道在哪里?诗人接下来说:"方秋院木落,仰望日萧森。持我兴来趣,采菊行相寻。尘念到门尽,远情对君深。"⑥园门隔绝了尘念,入门即可修道,道融会于园林之事。

那么,园林之事有哪些?不妨以韦应物、朱庆馀、李远的诗为例。

> 绝岸临西野,旷然尘事遥。清川下逦迤,茅栋上岧峣。玩月爱佳夕,望山属清朝。俯砌视归翼,开襟纳远飙。等陶辞小秩,效朱方负樵。闲游忽无累,心迹随景超。明世重才彦,雨露降丹霄。群公正云集,独予欣寂寥。[韦应物《沣上西斋寄诸友(七月中,善福之西斋作)》]⑦

---

① (唐)白居易著,朱金城笺校:《白居易集笺校》卷24,上海古籍出版社1988年版,第1633页。
② (唐)白居易著,朱金城笺校:《白居易集笺校》卷24,上海古籍出版社1988年版,第1633页。
③ 王启兴、张虹注:《贺知章、包融、张旭、张若虚诗注》,上海古籍出版社1986年版,第33页。
④ 王启兴、张虹注:《贺知章、包融、张旭、张若虚诗注》,上海古籍出版社1986年版,第33页。
⑤ 王启兴、张虹注:《贺知章、包融、张旭、张若虚诗注》,上海古籍出版社1986年版,第33页。
⑥ 王启兴、张虹注:《贺知章、包融、张旭、张若虚诗注》,上海古籍出版社1986年版,第33页。
⑦ (唐)韦应物著,陶敏、王友胜校注:《韦应物集校注》卷2,上海古籍出版社1998年版,第111页。

深嶂多幽景，闲居野兴清。满庭秋雨过，连夜绿苔生。石面横琴坐，松阴采药行。超然尘事外，不似绊浮名。（朱庆馀《闲居即事》）①

尘事久相弃，沉浮皆不知。牛羊归古巷，燕雀绕疏篱。买药经年晒，留僧尽日棋。唯忧钓鱼伴，秋水隔波时。（李远《闲居》）②

三首诗都写到了与"尘事"相隔、相离、相弃，园林之事丰富多彩，就上述诗中所言即有望山、玩月、闲游、抚琴、采药、闲散、下棋、垂钓等。事实上，唐代文人的园林生活也正如上文三首诗例提到的一样丰富多彩，尤其中唐以来，不仅描写士大夫园林生活的作品数量巨大，而且活动内容更为丰富、系统，刻画也更为细腻、深入、全面。唐人的宴游雅集，从宴集的规模看有皇帝参与的贵族式的大型宴集活动，如韦嗣立骊山别业与太平公主等皇亲权贵园林中举行的宴集；同时也有权贵组织文士参加的士人宴集，如高氏林亭宴集、王明府山亭宴集、安德山池宴集等；还有诗人之间日常的小聚会。从宴集的性质看，除了饯别友朋、恭贺进第等一般宴集活动外，唐人还举行了很多与构园行为相关的宴集，如庆贺园林的落成举行宴集，"楼上炎天冰雪生，高飞燕雀贺新成"③。此外，获得一块奇石，或所植花卉盛开，甚至新建构了某一景观等都要邀请朋友聚会共赏。牛僧孺的《李苏州遗太湖石奇状绝伦因题二十韵奉呈梦得乐天》一诗，记载了因获得一件奇绝的太湖石而邀请白居易和刘禹锡共赏的赏石活动。文人的宴游活动发展到唐代，开始在士人中盛行，宴集的动机和形式都趋于多样化，这与唐代文人园林的发展有着紧密联系。

除了宴游集会，还有纳凉、避暑、读书、弹琴、泛舟、垂钓、饮酒、品茗、谈议、耕种、习禅、修道、下棋、品画等。与六朝时期的文人生活相比，唐人园林活动的形式更为多样化，而园林生活的多样化正得益于唐代文人园林的普遍发展。同时，从唐人丰富的园林生活中我们还可以发现园林所起的重要的融合功用。园林不仅为这些多样的生活提供了绝佳的场所，更重要的是将这些形式不一、性质各异的活动统一起来，共同构成文人的艺术文化生活体系。王毅在《中国园林文化史》中

---

① （清）彭定求等编：《全唐诗》卷515，中华书局1960年版，第5890页。
② 李之亮注：《秦韬玉诗注　李远诗注》，上海古籍出版社1989年版，第4页。
③ （唐）杜甫著，（清）仇兆鳌注：《杜诗详注》卷21《江陵节度阳城郡王新楼成王请严侍御判官赋七字句同作》，中华书局2015年版，第2303页。

说:"他们在其中建构的绝不仅仅是山水亭台之类的园林景观,而是一个将园林艺术、饮茶艺术等囊括无余的士大夫文化体系。"① 为宋及宋以后文人的艺术生活提供了可资借鉴的范式,可以这么说,宋以后被认为具有文人特征的文化生活,在很大程度上源自唐人的园林生活。艺术文化体系的建构不仅得益于唐代园林的营造技艺,更得益于唐代文人对俗世的超越以及对园林雅事的追求,在这样一种双向共建中,园林的境界也便呈现出雅之情调,并且成为宋代及以后园林的重要审美品格。

第三,园林无俗景。在唐代诗人看来,园林可以隔绝尘嚣,园林之事也非俗事,那么,园林之景物也便具有了出尘的高姿。杜荀鹤在《题汪氏茅亭》中说:"茅亭客到多称奇,茅亭之上难题诗。出尘物景不可状,小手篇章徒尔为。"② 直言景物与他处不同,是超脱尘世的高雅之物。同样,白居易在《闲居偶吟招郑庶子皇甫郎中》中也说:"自哂此迂叟,少迂老更迂。家计不一问,园林聊自娱。竹间琴一张,池上酒一壶。更无俗物到,但与秋光俱。古石苍错落,新泉碧潆纡。"③ 与杜荀鹤一样,白居易直接将园林之物与"俗物"相对比,表明园林无俗物,是一个清雅的境地。那么园林之物又有哪些呢?在白居易看来,即竹、琴、池、酒、石、泉、秋光等,并且它们又在诗人之闲性的浸染下结构成一个闲雅之境,到处弥漫着不俗的气氛,这也许就是诗人所谓的"出尘"与"绝俗"。

如果说白居易诗中之景还不够全面,那么,李中的《题徐五教池亭》则更为细腻地描绘了园林无俗景的细致样貌。诗云:"多士池塘好,尘中景恐无。年来养鸥鹭,梦不去江湖。泉脉通深涧,风声起短芦。惊鱼跳藻荇,戏蝶上菰蒲。泛泛容渔艇,闲闲载酒壶。涨痕山雨过,翠积岸苔铺。花影沈波底,烟光入座隅。晓香怜杜若,夜浸爱蟾蜍。步逸心难厌,看吟兴不辜。凭君命奇笔,为我写成图。"④ 诗作开篇以"尘中景恐无"作为徐教池亭的赞美之词,点出园林之景与尘世的对立关系,同时也是对尘世的超越;接下来便细致描绘了池亭的景物,渔艇、酒壶、山石、微雨、绿苔、花影、小池、波光、烟云、杜若、幽香、夜幕、皓月等,同时也正是这样的景致引发诗人的闲心与闲步,看不足、吟不尽,写入诗中竟然都不

---

① 王毅:《中国园林文化史》,上海人民出版社2004年版,第445页。
② (唐)杜荀鹤撰:《杜荀鹤文集》卷3,上海古籍出版社2013年版,第86页。
③ (唐)白居易著,朱金城笺校:《白居易集笺校》卷36,上海古籍出版社1988年版,第2481页。
④ (清)彭定求等编:《全唐诗》卷750,中华书局1960年版,第8544页。

能兴尽，还有待绘为画图。以上诗例表明唐代文人对园林之景其实已经有着较为明确的鉴赏态度，何为俗，何为雅，何为要遵从的，何为要摒弃的，这一明确意识直接影响了宋代园林审美品格的发展方向，并且直接影响了明代计成等人造园理论的形成。

无论是园林选址上隔绝尘俗，还是园林之景上力求脱俗，抑或是园林之事上力避世俗，其背后都是唐代文人不同流俗的人格追求，或者说，唐代文人为了高标自我品性，从而处处与世俗划清界限。虽然白居易在诗歌中说"莫遣是非分作界，须教吏隐合为心"①，并且他也于"人境"——洛阳履道坊中建有宅院，同时又在杭州、苏州官舍中建构园林景观，表面上看似乎模糊了园林与尘世的界限；但实质上，我们可以看到园林如同出淤泥而不染的青莲，又如同尘世之中的一处仙境，已经成为一个自我独立的所在，与尘世有着明晰的分界，或许有时候这种分界是属于心理上的，却依然表明唐代文人追求高标、以示与众不同的内在心性。也正因如此，唐代文人为园林赋予了不同流俗的品性，所以他们笔下的园林呈现出与众不同的雅性、雅境。周维权称之为"文人园林"："在这种社会风尚影响之下，文人官僚的士流园林所具有的清沁雅致格调，得以更进一步地提高、升华，更附着上一层文人的色彩，这便出现了'文人园林'。文人园林乃是士流园林之更侧重于以赏心悦目而寄托理想、陶冶性情、表现隐逸者。推而广之，则不仅是文人经营的或者文人所有的园林，也泛指那些受到文人趣味浸润而'文人化'的园林。如果把它视为一种造园艺术风格，则'文人化'的意义就更为重要，乃是广义的文人园林。它们不仅在造园技巧、手法上表现了园林与诗、画的沟通，而且在造园思想上融入了文人士大夫的独立人格、价值观念和审美观念，作为园林艺术的灵魂。"②

唐代文人所追求的这种不同流俗的品性成就了"文人园林"，同样，也正是这种不同流俗的审美追求构成了园林雅境的外在表现。

首先，在园林建筑上追求朴野。文人园林受隐逸文化的影响，在发展初期大多朴素简单，或岩穴山洞，或土窑石窟。魏晋以来，因贵族纵情山水，园林受其影响渐渐走向豪华。发展到唐代，文人在建构园林的过程中一方面吸取皇家园林的精致，一方面保持文人园林的朴素，两者相兼，创作了独具特色的文人园林。因此，朴野是文人园林不同于皇家园林的主要

---

① （唐）白居易著，朱金城笺校：《白居易集笺校》卷24《郡西亭偶咏》，上海古籍出版社1988年版，第1633页。
② 周维权：《中国古典园林史（第三版）》，清华大学出版社2008年版，第235页。

特色。唐代文人在建构园林的过程中将自我情感熔铸其中，造园讲求"自然""简易"，追求素朴雅洁。白居易在《草堂记》中描述其草堂为"三间两柱，二室四牖，广袤丰杀，一称心力。……木斫而已，不加丹；墙圬而已，不加白。砌阶用石，幂窗用纸，竹帘纻帏，率称是焉"①。保持材质的本真色彩，这一切都是作者有意为之，意在昭示简朴与雅洁，与官僚贵族之奢侈华丽相区别。草堂在唐诗中是一个文人色彩很浓的意象，在园林中也是一个蕴含主人心性气质与人格情操的象征符号，所以文人都喜欢在园林中建构这样一座茅屋或者茅亭。如"新居茅茨迥，起见秋云开"②（储光羲《安宜园林献高使君》），"邻惊麦野闻雏雉，别创茅亭住老师"③（薛能《题盐铁李尚书泸州别业》），"文史归休日，栖闲卧草亭"④（徐晶《蔡起居山亭》）。茅茨之建增强了文人园林的朴野色彩，并且进一步加深了园林的文人性格，老庄的素朴精神与儒家的简易主张在此统一为文人的审美趣味，茅茨、茅亭、草堂等成为文人的精神象征物。后代文人在园林的建构中保持了这一风格特色，并且多以草堂进行题名。由此，园林的朴野之气尽显，园林的清雅之调也随之彰显。唐人虽然没有直言建筑形制朴野与雅之间的关系，但这种不同流俗的审美追求已经体现在唐人的构园实践中了。正如明人文震亨提出建筑物形制要"随方制象，各有所宜，宁古无时，宁朴无巧，宁俭无俗"⑤，要求建筑物的形制要简约、素朴、自然，这样才能脱离俗气。

其次，在园林色彩上追求淡雅。草堂除了具有朴野的材质外，在色彩上也呈现出淡雅之色，颜真卿《浪迹先生元真子张志和碑铭》叙张志和"所居草堂，椽柱皮节皆存，而无斤斧之迹"⑥，与白居易草亭"土阶全垒块，山木半留皮"⑦（白居易《自题小草亭》）相一致。这种做法影响了

---

① （唐）白居易著，朱金城笺校：《白居易集笺校》卷43《草堂记》，上海古籍出版社1988年版，第2736页。
② （唐）储光羲：《安宜园林献高使君》，载（唐）储光羲、（唐）元结《储光羲诗集·次山集》卷2，上海古籍出版社1992年版，第15页。
③ （清）彭定求等编：《全唐诗》卷559，中华书局1960年版，第6491页。
④ （清）彭定求等编：《全唐诗》卷75，中华书局1960年版，第818页。
⑤ （明）文震亨原著，陈植校注，杨超伯校订：《长物志校注》卷1《室庐》，江苏科学技术出版社1984年版，第37页。
⑥ （清）董诰等编：《全唐文》卷340《浪迹先生元真子张志和碑铭》，中华书局1983年版，第3447页。
⑦ （唐）白居易著，朱金城笺校：《白居易集笺校》卷33，上海古籍出版社1988年版，第2240页。

文人园林建筑的整体风格，即不加烦琐华艳的色彩装饰，而是以简单素净为胜。除了草堂等建筑色彩表现出淡雅之色外，园林中的植物也是最直接的体现。园林中的植物色彩多以冷色调取胜，最为典型的为青碧与素白。青碧之色，如"爱尔青青色，移根此地来"①（岑参《使院中新栽柏树子，呈李十五栖筠》）。岑参坦言移植柏树的目的在于其青青的颜色。"斋居栽竹北窗边，素壁新开映碧鲜。青蔼近当行药处，绿阴深到卧帷前"②（令狐楚《郡斋左偏栽竹百馀竿炎凉已周青翠不改而为墙垣所蔽有乖爱赏假日命去斋居之东墙由是俯临轩阶低映帷户日夕相对颇有翛然之趣》）。植物的青翠之色可以为诗人提供清幽的居住环境，这也正是园林之清景、清静最直接的体现。可以说，绿作为文人园林的基色而存在，这在后代园林中表现更为明显。白居易的《白牡丹》写钱学士不为流俗，独爱牡丹之素色，"城中看花客，旦暮走营营。素华人不顾，亦占牡丹名。……唯有钱学士，尽日绕丛行"③。文人为了表示自己的与众不同和不同流俗，因此在选择上多以白菊、白莲等素白之色为主。唐代文人对园林景观之色彩的参悟品赏，其实已经奠定了后代文人园林讲求淡雅的总体色调。

最后，在园林趣味上追求清雅。所谓"清雅"，重在"清"。"清"字的本义为水清，具有澄明、透彻、洁净、清静、廉洁、清正等审美内涵，因此受到文人追崇。从唐人对园林的描绘可以看出，理想的园境蕴含"清"的审美趣味，园林之景为"清景"，园林之境为"清境"，园林之赏为"清赏"。"清景"者，如"清景持芳菊，凉天倚茂松"④（李德裕《题罗浮石》），"林居向晚饶清景，惜去非关恋酒杯"⑤（朱庆馀《题钱宇别墅》），"湖上风高动白苹，暂延清景此逡巡"⑥（罗隐《中秋月》），"龙池树色供清景，浴殿香风接近邻"⑦（徐铉《和集贤钟郎中》），园林中的一

---

① （唐）岑参著，陈铁民、侯忠义校注：《岑参集校注》卷2，上海古籍出版社1981年版，第162页。
② （清）彭定求等编：《全唐诗》卷334，中华书局1960年版，第3747页。
③ （唐）白居易著，朱金城笺校：《白居易集笺校》卷1，上海古籍出版社1988年版，第39页。
④ （唐）李德裕撰，傅璇琮、周建国校笺：《李德裕文集校笺》别集卷4，中华书局2018年版，第594页。
⑤ （清）彭定求等编：《全唐诗》卷515，中华书局1960年版，第5892页。
⑥ 李定广系年校笺：《罗隐集系年校笺》甲乙集卷4，人民文学出版社2013年版，第168页。
⑦ （宋）徐铉撰，李振中校注：《徐铉集校注（附徐锴集）》卷3，中华书局2018年版，第193页。

景一物都浸染清之色彩，呈现出清雅、清净之美，这种美正是诗人所钟爱的。具有"清"一色的园林景观组合在一起便生成园林之"清境"，如"稍与清境会，暂无尘事烦"①（权德舆《暮春闲居示同志》），"主人贪贵达，清境属邻翁"②（郑谷《游贵侯城南林墅》）。由此可见，园林之境的清雅可以去除尘嚣与烦虑，"清"不仅指园林之清幽的环境，更指超尘绝俗的精神境界。唐人构园讲求"清"境的营造，与唐代诗坛推崇的"清"美有关。蒋寅对唐代诗学中的"清"有此论述："唐代的诗学集中于以诗格为代表的修辞学，诗歌美学没有形成系统的论著，但作为诗美概念的'清'在唐代诗学中却非常活跃。"③ 此论可谓切中肯綮，"清"作为一个诗美概念贯穿于有唐一代，从初盛唐的"清新自然"到中晚唐的"清澄淡雅"，以及从诗歌创作实践到诗评、诗品等理论评介，"清"都是美学概念的核心。清人焦袁熹以"清"字概括中晚唐诗歌的美学趣味，"愚尝得观唐人之作，盛唐以上，意象玄浑，难以迹求；至中晚而其迹大显矣。一言以蔽之，其惟清乎"④。唐人"尚清"的审趣味对其构园行为的无形渗透，势必造成唐人对园林之"清境"的有意审美，"清"也便成为文人崇尚的高洁品性之一，由"清"而"雅"，是为"清雅"，同样是文人士大夫追求的审美境界之一。

就园林审美风格而言，大体有两种，一为出水芙蓉，一为错彩镂金。余开亮在《六朝园林美学》中认为园林发展到六朝时期形成两种并行不悖的审美风格，"北朝园林更多的是室宇崇僭越、器服珍丽"⑤，"南朝园林则以山林写意园居多，更幽淡素雅"⑥，两种风格只存在差异而不存在优劣。发展到唐代，两种园林风格不再并行发展，而是出水芙蓉之美逐渐受到文士以至皇家贵戚的喜好与崇尚，开始成为园林审美的主流。周维权认为："文人官僚的士流园林所具有的清沁雅致格调，得以更进一步地提高、升华，更附着上一层文人的色彩，这便出现了'文人园林'。"⑦ 换言

---

① （唐）权德舆撰，郭广伟校点：《权德舆诗文集》卷1，上海古籍出版社2008年版，第17页。
② （唐）郑谷著，严寿澂、黄明、赵昌平笺注：《郑谷诗集笺注》卷1，上海古籍出版社2009年版，第106页。
③ 蒋寅：《古典诗学的现代诠释》，中华书局2003年版，第44页。
④ 清代焦袁熹《答钓滩书》这封书信被收录在中国社会科学院文学所藏《此木轩文集》稿本中，转引自蒋寅《古典诗学的现代诠释》，中华书局2003年版，第46页。
⑤ 余开亮：《六朝园林美学》，重庆出版社2007年版，第259页。
⑥ 余开亮：《六朝园林美学》，重庆出版社2007年版，第260页。
⑦ 周维权：《中国古典园林史（第三版）》，清华大学出版社2008年版，第235页。

之，文人园林在唐代大量兴起与流行，极大极广引领了以绝俗与崇雅为核心的文人化审美趣味的流布与传播，雅境成为园林重要的审美品格，直接影响到后世园林意境的营造与园林审美的发展。

唐代园林一方面在园址选择、园景营造与园事安排上力求绝俗与出尘，一方面又在园林建筑、园林色彩与园林清境中追求素朴、淡雅和清雅，完成了园林雅境的审美建构。然而，园林雅境的审美建构还有更深层的含义，它意味着士夫文人之心性、人格、崇尚、审美与园林的完美融合，园林之雅呈现的是文人士大夫对绝俗尊雅之独立人格的崇尚，对世间一切美好闲雅事物的追求。从这个意义上说，园林之雅即士人之雅的具象化体现，而士人之雅的审美追求又进一步促使园林走向绝俗与崇雅的审美境地，人与园之间形成了互相彰显的审美关系。

唐代文人对园林绝俗与崇雅的审美追求，背后隐含的是对独立人格和风雅气度的追求，由此形成了"人雅—园雅—人雅"的审美范式。唐代文人在对园林的崇雅书写中往往包含着对人雅的赞美。皎然在《五言奉和袁使君高郡中新亭会张炼师昼会二上人》中说："置亭隐城堞，事简迹易幽。公性崇俭素，雅才非广求"①，人崇尚简素与亭之简约形成依存关系，而人之雅也通过亭之雅得以呈现。杜佑在《杜城郊居王处士凿山引泉记》中先写处士王易简"文章擅于风雅，精识穷于治理"，再写在杜佑的"邀屈再三"的情况下"惠然肯来"，于是"剃丛莽，呈修篁……开双洞于岩腹……悬布垂练，摇曳晴空，定东西之方隅"②，最后营造出"境象一变，宾侣咸惊"的园林新境。再如，沈颜在《化洽亭记》中先叙写建亭之始末"跨池左右，足以建亭。……兰兰青青，疏篁舞庭"③，最后落脚于对长君的赞美上"长君未至，物景颓圮。长君既至，物景明媚。物之怀异，有时之否。人之怀异，亦莫如是。懿哉长君，雅识不群"④。以上都是园之雅与人之雅相互映衬的写法，人与园紧密地联系在一起，可以说建园、咏园、记园中都隐含着对人之雅识气度的赞美。

这一审美范式在后世园林中就演变为园林主人与园林之间的依存关系。从园林营造上看，园林主人之雅俗关系到园林雅俗的分野。李渔在《闲情偶寄》中即谈到园林之雅俗与主人之雅俗的对应关系，"然造物鬼

---

① （唐）释皎然撰：《杼山集》，上海古籍出版社1992年版，第25页。
② （清）董诰等编：《全唐文》卷477，中华书局1983年版，第4878页。
③ （清）董诰等编：《全唐文》卷868，中华书局1983年版，第9088页。
④ （清）董诰等编：《全唐文》卷868，中华书局1983年版，第9088页。

神之技，亦有工拙雅俗之分，以主人之去取为去取。主人雅而取工，则工且雅者至矣；主人俗而容拙，则拙而俗者来矣。"① 园林营造关系着雅俗之分，而园林的雅俗又与主人的崇尚审美紧密地联系在一起，所以计成在《园冶》中充分肯定了造园主人的审美在园林营造中的主导地位。《兴造篇》云："独不闻三分匠、七分主人之谚乎？非主人也，能主之人也"②，原因在于能主之人有着深厚的鉴赏眼光，能做到"妙于得体合宜，未可拘牵"③，由此营造出"自然雅称"的园林之境。在园林筑造上又充分肯定筑造之主的作用，"第园筑之主，犹须什九，而用匠什一"④，只有在具备雅识气度的园林造主的主持和营造下，园林才能"体宜因借"，不然只能造成"匪得其人，兼之惜费，则前工并弃"⑤ 的不堪后果。可以说，园林造主之人的审美雅识直接影响到园林营造的雅俗效果，在后代园林营造与审美中已成共识。

从园林审美上看，园林之崇雅与主人之雅密切相关，咏园之雅成为主人之雅的象征，于是形成了后世园记中经常以雅写园的惯用手法，园林崇雅的审美品格也由此奠定。宋代园记中已多次提到园林在营造与审美上以雅为尚的例子。宋陆游在《南园记》中说南园之构"因其自然，辅以雅趣"⑥，明确以雅为尚，雅也便成为此园记的开篇之眼，接下来叙述了详细的营造过程，"因高就下，通室去蔽，而物象列。奇葩美木，争效于前，清泉秀石，若顾若揖。于是飞观杰阁，虚堂广厦，上足以陈姐室，下足以奏金石者，莫不毕备"⑦，然后再"取先侍中、魏忠献王之诗句而名之"⑧，园林雅趣由此展现。再有宋代周密在《吴兴园林记》中描述沈宾王尚书园：

---

① 杜书瀛译注：《闲情偶寄》下册卷4，中华书局2014年版，第443页。
② （明）计成原著，陈植注释，杨伯超校订，陈从周校阅：《园冶注释》卷1，中国建筑工业出版社1988年版，第47页。
③ （明）计成原著，陈植注释，杨伯超校订，陈从周校阅：《园冶注释》卷1，中国建筑工业出版社1988年版，第47页。
④ （明）计成原著，陈植注释，杨伯超校订，陈从周校阅：《园冶注释》卷1，中国建筑工业出版社1988年版，第47页。
⑤ （明）计成原著，陈植注释，杨伯超校订，陈从周校阅：《园冶注释》卷1，中国建筑工业出版社1988年版，第48页。
⑥ 陈从周、蒋启霆选编，赵厚均校订、注释：《园综（新版）》，同济大学出版社2011年版，第18页。
⑦ 陈从周、蒋启霆选编，赵厚均校订、注释：《园综（新版）》，同济大学出版社2011年版，第18页。
⑧ 陈从周、蒋启霆选编，赵厚均校订、注释：《园综（新版）》，同济大学出版社2011年版，第18页。

"园中凿五池,三面皆水,极有雅意,后又名之曰'自足'。有灵寿书院、怡老堂、溪山亭、对湖台,尽见太湖诸山,水心尝评天下山水之美,而吴兴特为第一,诚非过许也。"① 与陆游之《南园记》相同,以雅开篇,以雅立旨,以雅称园,以文学之笔建构园林之雅境。可见,雅作为赏园、咏园、记园中常用的赞美之词,体现了社会崇雅的整体风尚,也表明园林雅境已经成为园林营造中最重要的审美品格。

除了人雅—园雅—人雅这种人与园互相彰显的审美范式外,唐代文人园林雅境审美建构的美学意义还体现在形成了崇雅的文人审美趣味。这种审美趣味以雅为核心,以雅为标识,以雅为区隔,直接影响到文人艺术文化体系的建构以及文人阶层身份的标识。

首先,园林的崇雅构成了对尘俗的区隔。唐代文人在园林选址、园景营造、园事安排上都以绝俗与崇雅为最高审美追求,在具体的园林营造中无论是建筑形制、色彩、材质还是园林意境也都呈现出雅致的审美特征,这其实是唐代文人在人世间建构了一个不带俗世色彩并且可以自适自乐的理想世界,即"雅"的存在,于是形成与人世所代表的"俗"的区隔。但同时这种区隔又不同于蓬户洞穴式的僻居,而是与社会或者说皇权形成了一种不即不离的关系,正是白居易所谓"穷者独善其身,达者兼济天下"这样一种进可仕、退可隐的柔性关系,可以称之为"人境诗学"。清人吴淇在《六朝选诗定论》中评述陶渊明之"结庐在人境,而无车马喧。问君何能尔?心远地自偏"时说:"庐之结此,原因南山之佳;太远则喧,若竟在南山深处,又与人境绝。结庐之妙,正在不远不近,可望而见之间,所谓'在人境'也。"②"人境"正以完美的中介调和了极偏与极喧,成为一个绝佳的选择,唐代文人非常完美地完成了对"人境"的崇尚与实践。他们建造园林不求深山僻林,而要与人境相距不远,如权德舆在赞美许氏吴兴溪亭之形制后,进一步说"夸目侈心者,或大其门户,文其节棁,俭士耻之;绝世离俗者,或梯构岩巘,纫结萝薜,世教鄙之。曷若此亭,与人寰不相远,而胜境自至"③,园林建造不能太奢华也不能太荒僻,而要与人境相接,这正是唐代士人普遍认同的胜境之地的最佳选择。

---

① 陈从周、蒋启霆选编,赵厚均校订、注释:《园综(新版)》,同济大学出版社 2011 年版,第 46 页。
② (清)吴淇著,汪俊、黄进德点校:《六朝选诗定论》卷 11,广陵书社 2009 年版,第 294 页。
③ (唐)权德舆撰,郭广伟校点:《权德舆诗文集》卷 32,上海古籍出版社 2008 年版,第 494 页。

其次，以雅为核心的文人趣味构成了士人身份与其他社会阶层的区隔。唐代文人在园林营造与审美上都力求绝俗与崇雅，构成了具有文人身份象征的审美趣味，这也正是周维权所谓"文人园林"的根本内涵，即园林开始紧密地与文人联系在一起，且代表了文人士大夫的审美趣味。法国学者布尔迪厄提出审美趣味具有文化区隔功能，"透过一种区判的操作建立或标示人与人之间的区别"①，黄仲山结合中国传统文人士大夫阶层特性，认为他们"不仅是政治共同体，更是一种审美共同体，他们通过以艺术合'群'的方式将自身独立于其他阶层"②。唐代文人正是通过园林雅境的审美追求建构或标识了士大夫文人的文化身份。也正因此，文人园林在宋代发展至高峰，不仅数量增多，而且成为一种具有文人象征的文化艺术综合体，张法说："（宋代园林）把体现美学趣味的高雅和心灵胸怀的闲适之物，如绘画、书法、诗词、音乐中的雅之一类，加上文玩、品茗、赏香、棋局、雅器等内含很高文化修养的人的因素，成为园林不可分割的一部分"③。建造园林并且将一切具有文人审美趣味的物类囊括其中，这正是文人身份标识与建构的显著体现。

正是因为园林之雅代表的是文人士大夫的身份标识与审美倾向，后世园林在营造上更是以文人士大夫的审美趣味为目标，处处以遵雅为尚。清人桐西漫士在《听雨闲谈》中记明代米万钟之勺园，称其"结构幽雅"④，记"尺五庄"时，认为"清池一泓，茅檐数椽，水木明瑟，地颇雅洁"⑤。还有清人陶正靖在《怡园记》中赞美苇斋别墅中湘竹亭的建构，"竹斑环绕，亭中几、榻、器皿悉称焉，尤境之幽雅者"⑥。再如清陈元龙在《遂初园诗序》中描写遂初园风格为"园无雕绘，无粉饰，无名花奇石，而池水竹木，幽雅古朴，悠然尘外"⑦。这种园无雕饰，无粉饰的审

---

① ［法］皮耶·布赫迪厄（Pierre Bourdieu）：《区判：品味判断的社会批判》，邱德亮译，麦田出版社 2023 年版，第 669 页。
② 黄仲山：《中西历史文化语境中的趣味》，《中国文学批评》2023 年第 3 期。
③ 张法：《中国美学史》，四川人民出版社 2020 年版，第 349 页。
④ 陈从周、蒋启霆选编，赵厚均校订、注释：《园综（新版）》，同济大学出版社 2011 年版，第 26 页。
⑤ 陈从周、蒋启霆选编，赵厚均校订、注释：《园综（新版）》，同济大学出版社 2011 年版，第 26 页。
⑥ 陈从周、蒋启霆选编，赵厚均校订、注释：《园综（新版）》，同济大学出版社 2011 年版，第 211 页。
⑦ 陈从周、蒋启霆选编，赵厚均校订、注释：《园综（新版）》，同济大学出版社 2011 年版，第 80 页。

美风格与白居易之庐山草堂以原木为庭柱、墙不刷白的做法完全相通，都是园林崇雅的集中体现。一直到今天，我们都可以看到苏州古典园林在色彩上崇雅的表现。刘敦桢说："园林建筑的色彩，多用大片粉墙为基调，配以黑灰色的瓦顶，栗壳色的梁柱、栏杆、挂落，内部装修则多用淡褐色或木纹本色，衬以白墙与水磨砖所制灰色门框窗框，组成比较素净明快的色彩。"① 由唐到宋再到明清，以至今天，崇雅都构成了中国传统园林一以贯之的总体审美特征，从中可以见出唐代园林雅境审美建构对后世园林营造的重要影响，也可以看出雅作为园林之重要审美品格形成的历史过程。

---

① 刘敦桢：《苏州古典园林》，中国建筑工业出版社1979年版，第28页。

结　　语

　　唐代园林无论是在数量上还是在艺术发展上都取得了巨大进步，形成了有机统一的园林景观体系，不仅将美学方法的探索变为明确的艺术原则和艺术模式，而且将文人的独立人格、价值观念与美学观念作为园林艺术的灵魂，在形而下的相通中取得形而上的一致，完成了园林景观的审美建构，成为中国古典园林发展史上的重要发展阶段。本书即在于对唐诗与唐代园林的景观建构及其审美过程作深入探讨，并由此呈现唐诗的美学意义，主要围绕三重关系展开。

　　首先是唐代园林与山水的关系。曹林娣说："中国园林艺术观念从原始观念的产生、发展到成熟，固然与社会的政治、经济、文化的发展密切相关，但也与中华民族对自然美认识的发展升华密切相关。"① 园林的建构与山水的审美发现有直接关系。六朝时期，审美逐渐转向日常宅园之生活环境，促使山水审美开始转向园林审美，发展到唐代，园林审美伴随园林的兴盛发展与文人的亲自参与构园而获得全盛。曹林娣在《中国园林艺术论》中说："这个时期（隋至盛唐），是中国园林艺术类型和风格基本定型并日趋成熟的时期，造园活动以类型、数量、质量与艺术风格的全面发展而形成高潮。"② 天人相通的自然观深刻影响到园林的自然观，同时影响到文人山水审美进一步向园林审美转变。萧驰认为，"虽然相比欧洲十七、十八世纪艺文中对自然风景的书写，除谢灵运、李白等个案外，中国诗人一般并不热衷书写蛮荒的自然山水。尽管如此，吾人仍然可自元、柳的山水书写中看到一种向往'不骛远，不陵危'，可居'可家'的，空间上更小的人间山水世界的新倾向"③。萧驰

---

① 曹林娣：《中国园林艺术论》，山西教育出版社2001年版，第6页。
② 曹林娣：《中国园林艺术论》，山西教育出版社2001年版，第49页。
③ 萧驰：《诗与它的山河：中古山水美感的生长》，生活·读书·新知三联书店2018年版，第529页。

肯定了山水审美向园林审美转向的事实，同时肯定了在这一审美转向中元结和柳宗元所起到的重要作用。其实这一转变在初盛唐时期已经出现，如葛晓音在谈初盛唐田园诗时说："如果将盛唐田园诗逐首细读一过，不难发现，它们的创作环境不外以下三种：一是在郊馆别业休沐之时，即所谓'亦官亦隐'；第二是在借宿隐者'山居'或过访友人'田庄'之时；第三是在作者自己闲居庄园之时。"① 这正是唐代园林别业迅猛发展带来的诗歌创作倾向的变化，是当时园林审美发展的直接体现，同时说明元结与柳宗元的园林审美其实有着更早的渊源，简言之，即源于六朝，而发展于初盛唐时期。正是唐代园林的大发展，形成了两种审美传统，萧驰将其概括为"大物山水"和"另一类山水传统"，"关注泉石其实已背离了'须远而观之'的'大物山水'传统。或者说，这是另一类'山水'传统"②。这里的水石即"园林世界的'山水'"③，园林山水的称法已然十分鲜明。同时，也正是山水审美向园林审美的转向，影响了后世文人欣赏山水的情趣变化，正是这种情趣的变化促使中国文人山水审美进一步向园林延伸，推动了中唐以后文人园林的发展，以及园林在其发展中进一步吸收山水美感之话语，完成艺术审美的建构。

　　萧驰将元结和柳宗元看成开启文人园林文化之人，他认为元、柳二人同时开启了筑亭榭、栖泉石的文人园林文化。④ 元结与柳宗元是否可以作为开启文人园林文化之人还有待商榷，但他确实指出了唐代园林在盛中之交所发生的重要变化和转折。关于中唐园林之审美及其重要意义，王毅在《中国园林文化史》中有详尽论述，这里不予赘述，只是在此基础上阐明由于中唐园林艺术的发展和进步，使园林与山水之间的关系走向更为深入的互动和多元，同时使园林色彩更为浓厚和鲜明，换言之，即园林与自然山水之间有了更为清晰的分界。李浩结合园林与山水、田园之景致与物事的不同，指出"应细分为山水景色、园林景色和农事生活。山水景色属于未经人类加工改造的第一自然，呈原始朴茂状态；园林景色则属于打上人

---

① 葛晓音：《诗国高潮与盛唐文化》，北京大学出版社1998年版，第93页。
② 萧驰：《诗与它的山河：中古山水美感的生长》，生活·读书·新知三联书店2018年版，第530页。
③ 萧驰：《诗与它的山河：中古山水美感的生长》，生活·读书·新知三联书店2018年版，第530页。
④ 萧驰：《诗与它的山河：中古山水美感的生长》，生活·读书·新知三联书店2018年版，第530页。

的烙印的第二自然，多错彩镂金和清绮秀美；农事生活则是出于实用功利的劳作"①，道明了山水、田园与园林之间的诸多不同。这种不同在唐代尤其是中唐以后越发鲜明，其原因就在于此时园林的发展进一步与文人情趣相联系。中唐以后，文人士大夫更注重个体内在心灵的自适与自得，相对于园林提供的物质生活环境，他们更注重其精神上的诗意满足，在世俗生活中寻求诗化的超越，促使写意山水园林进一步走向成熟。园林与山水之间的关系更为深层与多元。曹淑娟从三方面论述了园林与山水之间的联系和区别。她认为，园林借由截取山水一角或置石理水，营建微型天地；山水永恒长在，园林景象则走在颓败的过程；人是山水间的过客，却可以成为园林主人；出游山水是无边界的冒险探索，居游园林则是对一个地方可能性的无限诠释，这是对山水与园林关系的精练总结。可以说，在整个中国山水审美发展的过程中，存在山水审美逐渐向园林审美过渡这一历史史实，这一转变由六朝开其端，在初盛唐时期进入山水与园林的交融发展时期，而在中唐以后园林审美进一步超越了自然山水审美，至此完成了山水审美向园林审美的转变。

其次是唐代园林与景观的关系。景观在西方被认为是一个地理学概念，索尔在1920年的著作中将景观定义为"一个由自然形式和文化形式的突出结合所构成的区域"②。这说明景观包含两方面的内容，一是自然形式，可以理解为景观的自身存在；二是文化形式，即对景观这一自身存在进行的审美体验。从这个意义上讲，景观既是可以客观理解的实体，又被赋予了主观意义，与审美经验直接相关。而德国地理学家F. 拉采尔在19世纪下半叶即提出"文化景观"（当时称为历史景观）的概念。③ 随后，J. 温默在《历史景观学》中强调了景观内含的自然意义与人文意义的兼容并蓄。这都说明景观自其产生就包括了主观与客体两方面的要素，是自然与人文的融合。从这个意义上讲，园林作为一种景观是无可争议的。而园林作为一种景观，即发端于六朝时期尤其东晋以来山水审美向园林审美的过渡，其景观化审美建构则完成于唐代。这可以从以下三方面来看。

第一，唐代园林是一种艺术化的人工建构。唐代园林不仅有完整的

---

① 李浩：《唐代园林别业考论（修订版）》，西北大学出版社1996年版，第4页。
② 转引自［美］史蒂文·C. 布拉萨《景观美学》，彭锋译，北京大学出版社2008年版，第3页。
③ 王煦柽：《文化地理学》，载李旭旦主编《人文地理学概说》，科学出版社1985年版，第132页。

景观体系建构，而且在景观建构艺术上也达到了一定水平。唐代园林构园要素的完备以及构园要素之间的组合与配置，都促使唐代园林的景观建构呈现出体系化的特征，而体系化本身就是一种景观性的建构。唐代文人有主动的园林审美意识，在园林的选址上已经具有"形胜"意识，即选择那些自然条件优美并且适宜建园的地方，如杜甫建浣花溪草堂、白居易在庐山建遗爱草堂，他们的诗文中都清晰记载了如何选地以及在此建园的原因。为此汉宝德总结说："文人观察自然，所见并非完全粗野的自然，而是由水、石、草木所构成的特殊的自然，反映在文人胸中，呈现奇特的想象中的环境，由文中剪截而成者。"① 反映在文人诗文中的自然是审美的，而文人在面对真实的自然时，已经具备园林意识，即以园林的视角看待身边的自然，并在此基础上发现可供建园的最佳山水地。当然，这种园林意识更表现在园林景观的建构过程中。就构园要素而言，唐代文人注重园林中每一处景观的建构，诸如山石、水池、花木、建筑以及声音等，都呈现出景观性特征。汉宝德认为唐代园林已经作为一种艺术而存在了，他说："在几十亩的范围内经营自然，只是缩小的自然的模型而已。这时候的重大改变，乃把土山改为石山，而且开始爱好可以模拟山峰的奇石。山池变成一种纯艺术形式，不再是自然的本身了。其中的建筑乃以形制较小的楼阁为主，以廊、庑与亭轩伸展到园林之中。"② 然后接着说："（唐代园林）变成纯粹艺术了，因此土山鱼池必须变成雅致的山石、水岸，荷叶田田、榆柳桃木对于这样的山池未免太粗糙了，这时候，具有相当象征价值的松与竹开始正式为艺术家所喜爱，就逐渐推行到园林中了。"③

第二，唐代园林是审美体验的对象。园林既可居又可游，是一处可以体验的场所，这是园林自诞生起即具有的参与性功能，但园林真正走向大众，则始于唐代。就园林类型而言，唐代园林中除了皇家园林外，私家园林得到长足发展。由六朝时期的贵族上层逐渐普及流行到整个社会，甚至出现了庶民园林，这当然与唐代士人身份由唐代前期的士族逐渐向后世的士庶阶层的转变有关，尤其中唐以后，随之科举制度的进一步完善与普及，许多下层士人进入中央官僚阶层，并由此影响到园林进一步向士人和

---

① 汉宝德：《物象与心境：中国的园林》，生活·读书·新知三联书店2014年版，第110—111页。
② 汉宝德：《物象与心境：中国的园林》，生活·读书·新知三联书店2014年版，第117页。
③ 汉宝德：《物象与心境：中国的园林》，生活·读书·新知三联书店2014年版，第118页。

民众普及,这可以说是中国古典园林发展的总体趋势。同时,唐代园林向士人和民众的普及发展也促使园林越发流行,并因此成为社会各阶层的游赏对象。《景龙文馆记》载:"芙蓉园在京师罗城东南隅,本隋世之离宫也。青林重复,绿水弥漫,帝城胜景也。"① 芙蓉园既是皇家园林又是京城的一大游览胜地。此外,杜甫的《丽人行》也描述了三月三游人游玩的胜景。正是园林与山水的紧密联系,促使其逐渐代替自然山水,越来越普遍地成为士人新的游览场所。如李夷简即说"胜赏不在远,怳然念玄搜。兹亭有殊致,经始富人侯"②,这里的胜赏指蜀地的一处以西亭为主要建构的园林胜地,而"不在远"即说明了西亭之胜赏可以代替自然山水的远途跋涉。这种情况在中晚唐之后甚是普遍,这也是假山、置石和小池、盆池等微型景观在中唐以后大量涌现的原因之一,它们以富含山水的象征义成为新的游赏对象,既避免了旅途的劳顿和艰辛,又可以移天缩地,瞬间游览数座名山。因此,唐代文人争相构园,一人可达数园,这从越来越多的空园现象可以见出,同时说明唐代园林在当时已经作为普遍的游赏对象而存在了。

第三,唐代园林是品鉴评价的审美对象。唐代园林在走向大众化的过程中也进行了某种程度的抽象化,形成了一种完全属于个人的,可以用来寄托情思和抒写志向的艺术对象。汉宝德在论述唐代园林之盆池景观时说:"自以上唐代盆池、小池的诗文看,此种小型水池之使用,与六朝以来传统的园池观似有一种距离。它似乎不是用来表达自然,或模拟自然,而是当作一种心镜,不但是造型抽象,几近天然,用意也不在此,在精神上,颇富于宗教的情操。"③ 唐代园林中具有象征或者写意意味的景观又何止盆池? 换句话说,唐代园林中的一山一石、一花一木、一泉一池,一台一亭,都已经不单单是作为客体的物质建构而存在,而是浸染了诗人心性,成为抽象审美的象征物,即文人心境与心绪的载体。也正是唐代园林景观进一步微型化、写意化与抽象化,园林作为一种艺术得以进一步成为审美对象。而唐代文人的景观审美意识也随之进一步提升,相较于六朝,形成了较为成熟的园林审美概念和园林意境审美。就园林审美概念而言,唐代文人笔下出现了十分成熟的"景"概念,有"胜景"

---

① 陶敏辑校:《景龙文馆记》卷2《春日侍宴芙蓉园应制》,中华书局2015年版,第62页。
② (清)彭定求等编:《全唐诗》卷309《西亭暇日书怀十二韵献上相公(亭为衡镇蜀时构)》,中华书局1960年版,第3495页。
③ 汉宝德:《物象与心境:中国的园林》,生活·读书·新知三联书店2014年版,第124—125页。

"风景"等带有审美评价的景观概念,还有"清景""幽景"等带有主观审美经验的园林景观审美概念,更有"景趣""景致"等带有理论总结与概括性质的景观概念,其他还有"赏""境"等审美概念,这些都是中国景观美学或者说园林美学达到一定水平的集中表现。就意境审美而言,唐代文人笔下不仅有成熟的意境理论,而且在园林意境的审美建构上也达到很高的鉴赏水平。如"幽境""闲境"在唐代园林中已经形成,"雅境"之固定词语虽然不常见,但与之相关的"绝俗""崇雅"却不胜枚举,这就为后世园林之"雅境"的崇尚和定型奠定了基础。萧驰认为,"在古代中国的诗文、绘画、园林、题画以及各自的论著中,尽管艺术介质和形式有所差异,但仍广泛存在景观学意义上的互文,涉及以欣赏的态度观看、呈现大自然时采用共通的价值取向和美感话语"①。无论是园林审美概念还是园林意境审美类型,都是景观审美的理论提炼和概括,也是中国古代文学所独有的理论话语。从这些理论总结可以看出,唐代园林的品鉴评价已经发展到一定阶段,这与唐代文人的景观意识和园林品鉴审美密不可分。汉宝德指出:"唐代的官僚对于自然景观的鉴赏能力已经非常普遍,对于那些因机缘不必在京城服务的官员们,常常是在大自然中寻求美景的机会,他们可以结合自然环境,或略加改造,经营一个他们所喜爱的隐居环境。"② 正是唐代文人亲自参与构园的实践行为和品鉴评价的审美经验促使园林进一步艺术化和审美化,由此完成景观的审美建构。

最后是唐代园林与诗歌的关系。唐代园林与诗歌的关系离不开唐代园林与文学之关系。关于唐代园林与文学的紧密联系,20世纪90年代,李浩在《唐代园林别业考论(修订版)》中即以唐代诗文为考索对象,对诗文中的园林信息包括唐代园林的分类、地理位置、称谓,还有唐代园林别业的景象构成、意境创造,以及唐代园林与文学创作、文人隐逸、士林风尚都做了详尽论述。尤其在"唐代园林别业与文学创作"一章中从"诗以兴游""园借文传""吟咏之材""山水之喻""江山之助"几方面详尽论述了唐代园林别业与文学之间的关系。值得注意的是,李浩提出以园林为创作对象的诗歌呈现出不同于山水诗、田园诗的独特风格和特征,倡导唐代文学研究应当引入"园林诗"和"园林散文"的特有概念,并以此

---

① 萧驰:《诗与它的山河:中古山水美感的生长》,生活·读书·新知三联书店2018年版,"导论"第18页。
② 汉宝德:《物象与心境:中国的园林》,生活·读书·新知三联书店2014年版,第106页。

重新审视唐代文学分类的固有传统。就前者而言，笔者与李浩师合作，于2010年发表了《被遮蔽的幽境：唐代园林诗初探》，通过与山水诗、田园诗的比较进一步阐明了唐代园林诗提法的合理性和必然性。随后，2013年笔者完成博士学位论文《唐人构园与诗歌的互动研究》，对唐代园林与诗歌进行了专题研究，尤其围绕唐代文人的构园行为展开深入而全面的探讨。2018年笔者在博士学位论文的基础上出版《唐代园林与文学之关系研究》，是研究唐代园林与文学之关系的专门论著。笔者从唐代园林的历史发展入手，考察唐代文人自然观的嬗变以及园林意识在文学创作中的反映，进而从园林游宴、园林营造与园林题咏等与文人相关的园林活动中展开园林与文学之关系的具体研究，呈现唐代园林文学创作景观，最后将其置于整个唐代文学的宏观视野，考察园林书写对文学观念及创作理论的影响，深层发掘园林与文学之间的互动关系，这部书中涉及许多唐代园林与诗歌关系的论述。就"园林散文"而言，李小奇于2022年出版《文心见园：唐宋园林散文研究》，对园林散文的文体发展、特征等都进行了全面论述，尤其对园记的形成、定型以及与山水游记之间的区别和联系都进行了细致讨论，并且全书贯穿了比较的视角，贯通唐宋，呈现了园林散文在唐宋间的发展与流变。可以说，唐代园林与文学的关系研究在近年走向了细化与深入。

就唐代园林与诗歌的关系而言，学界也多有探讨。如前文提到唐代文学的类型划分中关于"园林诗"的讨论，即从唐代园林别业对诗歌创作的影响包括题材内容、艺术风格、体制特征等多方面进行探讨。唐代园林尤其是私家园林在唐代进入快速发展期，无论是园林的称谓、数量还是分布，都较前代有了更大发展，并且在唐代出现了具有诗情画意特征的"文人园林"。吴功正即认为唐代的文人园林"是一批文化、艺术素养深湛、品位极高的文人亲手经营、构建的园林，集中体现和物化了他们的文化趋尚和审美趣味"[1]。而周维权也肯定了文人参与构园对文人园林之诗情画意审美特征生成的重要作用。[2] 这些都触及唐代园林与文人、诗歌之间复杂的多层互动关系。本书重在讨论唐诗与唐代园林景观的审美建构，因而对诗歌与园林之间的多层互动关系有所涉及，但并非本书重点。就本书而言，主要从唐诗的文献价值和审美价值两方面进行呈现。

---

[1] 吴功正：《唐代美学史（修订本）》，陕西师范大学出版社2020年版，第601页。
[2] 周维权：《中国古典园林史（第三版）》，清华大学出版社2008年版，第173页。

唐代园林是文人诗歌创作的重要题材来源和表现对象，这决定了园林诗歌不仅具有极高的文学价值，而且具有宝贵的文献价值。相对于明清园林的文物遗存，唐代园林研究的最大困境即在于实物遗存的欠缺，而最大的幸运又在于唐代诗歌保存了大量的造园史料，将这些史料进行小心拼接还原，我们可以清晰地了解唐代园林的景观建构情形。就园林的造园行为而言，唐诗中包含丰富的造园史料，从园地的选择到每一处景观的建构，再到景观要素的组合与配置，还有园林规划的整体布局和分区，以及唐代园林景观建构的原则、技艺与手法，等等，在唐诗中都有详尽的记录。就园林的活动而言，唐诗亦是唐人园林生活的最佳载录体，造园本身就是文人进行园林活动的主要内容之一，这也是唐代文人较前代具有更普遍的造园意识和参与造园的直接体现。除了造园，与文人相关的园林活动如游览宴集、闲居感怀、高卧读书等，在唐诗中依然有着丰富记录，这是我们了解唐代园林的生活以及与文人发生众多层面互动关系的重要方面。就园林的题写与吟咏而言，唐诗更是保存了文人园林的称谓、命名方式、分布特点，以及园林的景观建构与审美，还有园林在当时社会中的重要功用，以及与政治、隐逸的关系，等等，在唐诗中都有反映。此外，还需要注意的是，与园林有关的品赏行为，或者说有关唐代园林的景观审美以一种理论的形式进行表达与呈现，包括园林的抽象化与写意性、园林的题名与诗意化、园林的象征意蕴、还有园林景观的审美概念、园林的意境审美，等等，在唐诗中亦有鲜明体现。以上所列这些，从构园的行为到景观的建构，再到园林活动，以及园林品赏与审美，能够清晰地呈现在我们眼前，这都是唐诗作为一种园林史料所具有的文献价值的体现。

唐诗不仅具有文献价值，而且在对园林进行题写与吟咏的过程中也具有重要的美学价值。唐诗的文献价值是在当前的研究中较受关注的方面，而唐诗的美学价值受到的关注却不够。当园林进入文学视野，园林也就不再是纯物质的冰冷建筑，而是熔铸了情感，寄托了心性的精神空间，这也是园林能够引发文人关注并促使文人源源不断为之题写和描绘的重要原因。可以说，园林是充满诗意的所在，包含着文人对理想生存空间的向往和想象，这是对现实的超越，也是对自我的表达，同时也是唐代园林走向艺术化、审美化与诗意化的重要原因之一。相较于六朝时期，唐代园林尤其是私家园林得到长足发展，并且出现了文人园林，而文人园林的出现与发展，以及文人园林审美特征的形成与唐代文人的诗歌吟咏密不可分。可以说，唐代园林正是在诗歌的不断书写与吟咏中逐渐由物质建构上升为精神建构，这个过程即体现了唐诗的美学功用。

具体而言，唐诗的美学功用表现在园林景观的创构上。萧驰在谈论山水与诗歌之关系的时候说，"山水诗却不同于山水，它是一种话语运作。这一运作须经诗人的知觉和想象"①，既肯定了诗歌对山水的表现功能，更揭示了诗歌对山水的话语建构，话语建构其实也是一种审美建构。具体到唐代园林与唐诗更是如此，唐诗中有大量的园林书写，在某种意义上说已经形成了成熟的园林话语建构，而这种诗歌式的话语建构一方面促使园林诗歌得以发展，形成了大量以咏石、咏池、咏花木、咏亭、咏泉等为对象的诗歌作品；另一方面，当这种话语形成具有类型化的审美种类或审美范式后就必然再次对园林及其景观产生影响，这个过程就是诗歌的物化。物化后的园林景观已经不同于第一次进入诗歌的园林物象，而是浸染了诗人主观情意并具有诗人情感投射的一种精神建构和审美建构，这可以说是唐代园林景观审美建构的发生过程，在此过程中唐诗的美学意义也得以呈现。王毅认为，唐代园林"把魏晋南北朝园林在意趣上的要求变得更为清晰，把那时美学方法上的探索变成了明确的艺术原则和可资仿效的艺术模式"②，阐明了唐代园林艺术的生成过程，而这一审美过程因何发生以及如何发生，则与唐诗密切相关。因此，从审美生成的角度来看，唐代园林景观的审美建构就是园林景观与诗歌相融后的再次创构。

唐诗的美学功用还表现在园林景观的诗意化上。黑格尔说："语言的艺术，即一般的诗，这是绝对真实的精神的艺术，把精神作为精神来表现的艺术。因为凡是意识所能想到的和在内心里构成形状的东西，只有语言才可以接受过来，表现出去，使它成为观念或想象的对象。"③ 金学智由此出发，认为中国古典园林正是借助了文学，更准确地说是诗歌这门艺术，"充分发挥文学语言形而上的审美功能，使园林建筑的造型以及山水、花木更能渗透审美主体的精神因素，使物质和精神互渗互补，相得益彰"④。园林由物质建构序列进一步升华为精神文化序列，这是诗歌审美功能的直接体现。具体到唐代园林景观，唐代园林的写意性，园林景

---

① 萧驰：《诗与它的山河：中古山水美感的生长》，生活·读书·新知三联书店2018年版，"导论"第11页。
② 王毅：《中国园林文化史》，上海人民出版社2004年版，第105页。
③ [德]黑格尔：《美学》第三卷上册，朱光潜译，商务印书馆1979年版，第19页。
④ 金学智：《中国园林美学（第二版）》，中国建筑工业出版社2005年版，第237页。

观的进一步抽象化与象征化其实都与文学的写意性或者说诗歌的题咏有着密切关系。在唐代,采园景入诗是一种有意识的主动行为,也是当时社会中普遍流行的一种创作风气,促使越来越多的园林景致成为诗歌题咏的对象,并进而开始以诗意化的语言进行景观的题名和命名,这就更为直接地拉近了园林景观与诗歌之间的内在联系,由此形成了中国古典园林以诗文题名的文化传统。在唐代园林的题名中,既有景观的诗意化题名,也有大量的题园诗涌现。以园林为专咏对象,本身也是对园林之精神功用的强调和提升,从这些题园诗中可以看到,园林在唐代具有重要的社会功用和精神功用。就园林与政治的关系而言,园林成为统治者维护权威与施展权力的手段;就园林与文人的关系而言,园林又是文人追求方外之名、寻求退隐之地、进行自适生活、寄托不平与无奈的载体,这些都是园林进一步走向象征并含有丰富象征意蕴的表现。汪菊渊说,"(文人园)更加强调重视主观的意兴、心绪、技巧趣味和文学趣味,以及更加概括创造出来的山水美"①,这种创造正来自于文学尤其是诗歌的诗意建构。

唐诗的美学功用更表现在园林景观审美概念的形成上。与自然山水相比,园林的优长除了可以移天缩地、涵纳天地万物外,更体现在提供了可供自适与休闲的居游环境,既避免了旅途的劳顿和艰辛,也避免了险山恶水带来的心理恐惧,从人类与动物对环境的基本需求角度而言,可以用阿普尔顿的"栖息地理论"进行解释。人类渴望建构园林景观,如同尽可能生活在有水的地方一样,是出于基本生活的需求以及由生活需求带来的审美需要。所以,园林首先是可以体验的,并且是兼具生活与审美的双重体验。而体验本身就是一种创构。桑塔耶纳说:"对风景的欣赏需要重新组织。"② 萧驰认为诗人书写山水的作品,"多免不了某种'自传'的成分,即书写其在山水中即刻的身体经验"③;而"卢鸿一的诗文和图皆是在叙述在嵩山十景中反复发生的旧事,而王维的诗却极力去呈现其正在经历的一次性体验"④。无论是怀念旧事,还是王维的现时性的体验,都说明诗歌所写内容与身体经验有密切关系,换句话

---

① 汪菊渊:《中国山水园的历史发展(续完)》,《中国园林》1986 年第 1 期。
② [美]桑塔耶纳:《美感》,杨向荣译,人民出版社 2013 年版,第 100 页。
③ 萧驰:《诗与它的山河:中古山水美感的生长》,生活·读书·新知三联书店 2018 年版,"导论"第 4 页。
④ 萧驰:《诗与它的山河:中古山水美感的生长》,生活·读书·新知三联书店 2018 年版,第 286 页。

说，诗歌对园林景致的描写蕴含了诗人带有主观性的身体经验和审美体验，有时以回忆的形式出现，有时以当下的抒写出现，有时也以幻象的方式呈现，都是一种审美的再建构。当这种审美由体验到欣赏再到品鉴，也就形成了带有普遍性的一般规律性的园林景观审美概念，如"景"，有"胜景""清景""幽景"等；如"赏"，有"怡赏""独赏""共赏""心赏""赏玩"等；如"境"，有"胜境""园境""幽境""闲境"等，这既是对园林审美体验的理论总结和概括，也是唐代文人园林景观审美的理论化体现。从这个意义上说，唐代虽然没有出现诸如明代计成之《园冶》这样的园林理论专著，但从丰富的园林史料中却可以看到唐代园林景观审美已经发展到一定的理论水平，因此，从更广泛的景观美学的角度来看，唐代园林的景观美学也达到了一定的理论水平，当然不限于目前笔者本书中所罗列的这些，有待进一步发掘和整理。

  唐诗的美学功用还表现在园林的意境审美上。意境，作为一种理论，或者说审美概念，在上文已经提到，而这里则重在指园林意境的审美类型。意境，无论是作为一种诗学理论，还是作为一种艺术理论，在唐代尤其是中唐时期已经形成，这在学界已经达成共识，但有关意境理论的形成原因或者说意境理论形成背后的文化因素则众说纷纭，且已有丰富的研究成果。如果从园林审美的视角来看，会发现园林审美亦是唐代意境理论形成中不可忽视的重要文化因素之一。可以说，园境的描述与表现在唐诗中俯拾即是，并且具有清晰的类型化倾向，即本书所提到的具有代表性的"闲境""幽境"与"雅境"，这说明唐代文人在园林的审美体验中不仅形成了理论化的表达，并且进一步将其落实于造园实践与园林品赏中。境，是计成《园冶》中的一个核心园林概念，也是园林建构的最高原则和最高审美追求。从唐代文人对园林意境的丰富书写中，可以发现唐代园林的意境审美已经达到十分成熟的水平，直接影响到宋及以后的园林建构和园林审美，一直到明代《园冶》的理论总结，其发展流脉清晰可见。同时，园林意境的形成与诗歌同样密不可分。就园林意境的审美类型而言，园林闲境的审美建构主要与唐代文人笔下的闲居生活和吟咏有关；园林幽境的审美建构与唐代文人在诗文中经常表述的幽独情怀密不可分；园林雅境的审美建构与唐代文人诗文中所追求的雅致行为和不同流俗的崇雅心理有关。曹淑娟评价园林书写，认为"许多文人以诗文或图绘等艺术载录了他们曾经照见的安居世界，或者以简练的语言朗现精纯的意境，或者以繁密的笔法细腻描摹相关的人事物线索，在文本中保存了对园林的领会。在文本中，园林，停驻在时间的某一截断面，提供了阅读者去领会它的可能"①，也许这就是文学或者说诗歌之于园林审美的最重要的意义所在。

以上三重关系并非均衡地分布于本书，而是内化于本书。唐代园林与山水的关系，是本书写作的基础和源头，即在中国园林的建构与审美中，存在由山水审美向园林审美转向的历史史实。可以说，魏晋南北朝园林即伴随山水审美的发现开始出现并逐渐流行，发展到唐代，则进一步脱离贵族式所有，走向大众化，掀起了兴盛的构园之风，建园、游园、赏园，在唐代已经成为整个社会阶层的风气，尤其随着文人园林的流行，园林建构和审美与文人、文学的关系更为密切，可亲可近的园林景观逐渐代替了广阔雄奇的自然山水。唐代园林与景观的关系，则是在山水审美向园林审美转向的基础上展开的。审美本身就是一种体验，而景观的生成也正在于主体与客体之间的互动关系，因此当唐代园林逐渐代替自然山水成为新的游览胜地、题写和吟咏的对象时，园林的景观化特征也日益鲜明。无论是园林景观的体系建构还是景观建构艺术，无论是唐代园林中的山石景观、水池景观、花木景观还是建筑景观，无论是唐代文人对园林景观的诗意化表现还是对园林景观的审美理论总结，等等，园林在唐代都是作为一种景观而存在的，所以唐代园林与景观的关系，构成了本书的核心内容。本书的另一核心内容则是发掘唐诗在唐代园林景观之审美建构中的美学意义。唐诗不仅具有宝贵的文献价值，更具有深厚的美学意义，这是本书立论的又一核心，而其最集中的表现则在于促进了唐代园林作为一种景观完成了其审美建构。包括园林构山中的山水意的赋予，园林池景观中的江湖之思，还有花木景观中的文人之趣，以及园林中亭等构园要素景观的诗化；同时也包括园林景观进一步走向写意化与抽象化，园林景观的题名促使景观的诗意提升，以及唐代文人对园林的题写促使园林蕴含丰富的象征意蕴，等等，都是唐代诗歌美学功能的体现。当然，唐代诗歌的美学功用不仅体现在唐代园林景观的审美建构上，还体现在园林景观审美的理论总结和概括上，即与园林相关的景观审美概念在唐代得以形成，并且具有了清晰的意境审美类型的划分。

萧驰说："自文学文本特别是诗去考掘古人的山水美感话语，恰为探

---

① 曹淑娟：《在劳绩中安居：晚明园林文学与文化》，（台北）台大人社高研院东亚儒学研究中心 2019 年版，第 538 页。

讨山水画和园林中某些景观美感形成，提供了一座待掘的宝山。"[①] 所以，园林不是目的，而是文人在其生命历程中所开创的一方栖居之地，它对外敞开，人在其中，与天、地、万物得以关联和承续，并因此得以寻得当下的安居与自适。同时，园林也不是终点，它进入诗歌，进入绘画，进入一切艺术的领域，并通过艺术再现的方式获得景观美感的形与神，形成特定的话语表达。因此，园林与诗歌，园林与文学，园林与绘画之间，其实还有许多未曾关注到的领域值得进一步发掘，同时，诗歌、文学或绘画也相应地还有很多美学价值值得进一步探寻。

[①] 萧驰：《诗与它的山河：中古山水美感的生长》，生活·读书·新知三联书店2018年版，"导论"第19页。

参考文献

一 古籍文献（按朝代）

（汉）许慎撰：《说文解字》，中华书局1963年版。

（汉）赵岐等撰，（清）张澍辑，陈晓捷注：《三辅决录·三辅故事·三辅旧事》，三秦出版社2006年版。

（汉）班固撰：《汉书》，中华书局1962年版。

（汉）刘熙撰：《释名（附音序、笔画索引）》，中华书局2016年版。

（汉）王逸撰，黄灵庚点校：《楚辞章句》，上海古籍出版社2017年版。

（汉）张衡著，张震泽校注：《张衡诗文集校注》，上海古籍出版社2009年版。

（汉）司马迁撰，（宋）裴骃集解，（唐）司马贞索隐，（唐）张守节正义：《史记》，中华书局2013年版。

（汉）何宁撰：《淮南子集释》，中华书局1998年版。

刘庆柱辑注：《三秦记辑注》，三秦出版社2006年版。

（东汉）王充：《论衡》，上海人民出版社1974年版。

（三国魏）曹植著，赵幼文校注：《曹植集校注》，中华书局2016年版。

（三国魏）魏宏灿校注：《曹丕集校注》，安徽大学出版社2009年版。

（魏）王弼注，楼宇烈校释：《老子道德经注校释》，中华书局2008年版。

（晋）葛洪撰，周天游校注：《西京杂记》，三秦出版社2006年版。

（晋）郭象注，（唐）成玄英疏，曹础基、黄兰发点校：《庄子注疏》，《南华真经序》，中华书局2011年版。

（晋）皇甫谧撰：《高士传》，中华书局1985年版。

（西晋）潘岳著，王增文校注：《潘黄门集校注》，中州古籍出版社2002年版。

（东晋）顾绍柏校注：《谢灵运集校注》，中州古籍出版社1987年版。

（东晋）逯钦立校注：《陶渊明集》，中华书局1979年版。

（梁）沈约撰：《宋书》，中华书局1974年版。

（梁）萧统编，（唐）李善注：《文选》，上海古籍出版社1986年版。

（南朝宋）刘义庆著，（南朝梁）刘孝标注，余嘉锡笺疏，周祖谟、余淑宜、周士琦整理：《世说新语笺疏》，中华书局2007年版。

（南朝齐）谢朓著，曹融南校注集说：《谢宣城集校注》，上海古籍出版社1991年版。

（南朝梁）何逊著，李伯齐校注：《何逊集校注（修订本）》，中华书局2010年版。

（南朝梁）江淹著，丁福林、杨胜朋校注：《江文通集校注》，上海古籍出版社2017年版。

夏传主编，林家骊校注：《阮瑀应场刘桢集校注》，河北教育出版社2013年版。

（南朝梁）僧祐编撰，刘立夫、胡勇译注：《弘明集》，中华书局2011年版。

（南朝梁）黄叔琳注，李详补注，杨明照校注拾遗：《增订文心雕龙校注》，中华书局2000年版。

（北魏）郦道元著，陈桥驿校证：《水经注校证》，中华书局2007年版。

（北魏）杨衒之著，杨勇校笺：《洛阳伽蓝记校笺》，中华书局2006年版。

（唐）白居易著，朱金城笺校：《白居易集笺校》，上海古籍出版社1988年版。

（唐）岑参著，陈铁民、侯忠义校注：《岑参集校注》，上海古籍出版社1981年版。

（唐）陈子昂撰，徐鹏校点：《陈子昂集（修订本）》，上海古籍出版社2013年版。

（唐）戴叔伦著，蒋寅校注：《戴叔伦诗集校注》，上海古籍出版社2010年版。

（唐）独孤及撰，刘鹏、李桃校注，蒋寅审定：《毗陵集校注》，辽海出版社2006年版。

（唐）杜甫著，（清）仇兆鳌注：《杜诗详注》，中华书局2015年版。

（唐）杜牧著，（清）冯集梧注：《樊川诗集注》，上海古籍出版社1978年版。

（唐）杜荀鹤撰：《杜荀鹤文集》，上海古籍出版社2013年版。

（唐）杜佑撰，王文锦、王永兴、刘俊文、徐庭云、谢方点校：《通典》，中华书局1988年版。

（唐）房玄龄等撰：《晋书》，中华书局1974年版。

（唐）冯贽：《云仙杂记》，载《说郛》，上海古籍出版社1980年版。
（唐）高适著，孙钦善校注：《高适集校注》，上海古籍出版社1984年版。
（唐）贯休著，胡大浚笺注：《贯休歌诗系年笺注》，中华书局2011年版。
（唐）韩偓撰，吴在庆校注：《韩偓集系年校注》，中华书局2015年版。
（唐）韩愈著，钱仲联集释：《韩昌黎诗系年集释》，上海古籍出版社1984年版。
（唐）韩愈撰，马其昶校注，马茂元整理：《韩昌黎文集校注》，上海古籍出版社1986年版。
（唐）寒山著，项楚注：《寒山诗注（附拾得诗注）》，中华书局2000年版。
（唐）皇甫冉、（唐）皇甫曾撰，（明）刘成德编，何娟亮校注：《二皇甫诗集》，上海古籍出版社2022年版。
（唐）皎然著，李壮鹰校注：《诗式校注》，人民文学出版社2003年版。
（唐）李德裕撰，傅璇琮、周建国校笺：《李德裕文集校笺》，中华书局2018年版。
（唐）李峤、苏味道撰，徐定祥注：《李峤诗注·苏味道诗注》，上海古籍出版社1995年版。
（唐）李颀著，王锡九校注：《李颀诗歌校注》，中华书局2018年版。
（唐）李商隐著，（清）冯浩笺注：《玉溪生诗集笺注》，上海古籍出版社1979年版。
（唐）李绅著，卢燕平校注：《李绅集校注》，中华书局2009年版。
（唐）李肇撰：《唐国史补》，上海古籍出版社1979年版。
（唐）刘肃撰，许德楠、李鼎霞点校：《大唐新语》，中华书局1984年版。
（唐）刘禹锡著，瞿蜕园笺证：《刘禹锡集笺证》，上海古籍出版社1989年版。
（唐）刘长卿著，储仲君笺注：《刘长卿诗编年笺注》，中华书局1996年版。
（唐）柳宗元：《柳宗元集》，中华书局1979年版。
（唐）卢纶著，刘初棠校注：《卢纶诗集校注》，上海古籍出版社1989年版。
（唐）卢照邻著，李云逸校注：《卢照邻集校注》，中华书局1998年版。
（唐）罗邺著，何庆善、杨应芹注：《罗邺诗注》，上海古籍出版社1990年版。
（唐）骆宾王著，（清）陈熙晋笺注：《骆临海集笺注》，上海古籍出版社1985年版。

（唐）吕温撰：《吕衡州集》，上海古籍出版社 1993 年版。

（唐）孟浩然著，佟培基笺注：《孟浩然诗集笺注》，上海古籍出版社 2000 年版。

（唐）欧阳询撰，汪绍楹校：《艺文类聚》，上海古籍出版社 1999 年版。

（唐）皮日休著，萧涤非、郑庆笃整理：《皮子文薮》，上海古籍出版社 2017 年版。

（唐）钱起著，王定璋校注：《钱起集校注》，浙江古籍出版社 2015 年版。

（唐）权德舆撰，郭广伟校点：《权德舆诗文集》，上海古籍出版社 2008 年版。

（唐）沈佺期、（唐）宋之问撰，陶敏、易淑琼校注：《沈佺期宋之问集校注》，中华书局 2001 年版。

（唐）释皎然撰：《杼山集》，上海古籍出版社 1992 年版。

（唐）司空图著，罗仲鼎、蔡乃中译注：《二十四诗品》，浙江古籍出版社 2018 年版。

（唐）司空图著，祖保泉、陶礼天笺校：《司空表圣诗文集笺校》，安徽大学出版社 2002 年版。

（唐）唐彦谦，袁津琥笺释：《唐彦谦诗笺释》，巴蜀书社 2021 年版。

（唐）王昌龄著，胡问涛、罗琴校注：《王昌龄集编年校注》，巴蜀书社 2000 年版。

（唐）王梵志著，项楚校注：《王梵志诗校注》，上海古籍出版社 1991 年版。

（唐）王绩著，韩理洲校点：《王无功文集五卷本会校》，上海古籍出版社 1987 年版。

（唐）王建著，尹占华校注：《王建诗集校注》，巴蜀书社 2006 年版。

（唐）王维撰，（清）赵殿成笺注：《王右丞集笺注》，上海古籍出版社 1984 年版。

（唐）韦应物著，陶敏、王友胜校注：《韦应物集校注》，上海古籍出版社 1998 年版。

（唐）温庭筠著，（清）曾益等笺注：《温飞卿诗集笺注》，上海古籍出版社 1980 年版。

（唐）项斯著，徐光大校注：《项斯诗注》，浙江古籍出版社 2006 年版。

（唐）徐坚等：《初学记》，中华书局 2004 年版。

（唐）许浑撰，罗时进笺证：《丁卯集笺证》，中华书局 2012 年版。

（唐）许嵩撰，孟昭庚、孙述圻、伍贻业点校：《建康实录》，上海古籍出版社1987年版。
（唐）姚合著，吴河清校注：《姚合诗集校注》，上海古籍出版社2012年版。
（唐）姚思廉撰：《梁书》，中华书局1973年版。
（唐）元结、殷璠等选：《唐人选唐诗（十种）》，上海古籍出版社1978年版。
（唐）元结著，孙望校：《元次山集》，中华书局1960年版。
（唐）元稹撰，冀勤点校：《元稹集》，中华书局1982年版。
（唐）张籍撰，徐礼节、余恕诚校注：《张籍集系年校注》，中华书局2011年版。
（唐）张九龄撰，熊飞校注：《张九龄集校注》，中华书局2008年版。
（唐）张说著，熊飞校注：《张说集校注》，中华书局2013年版。
（唐）张彦远著，范祥雍点校，启功、黄苗子参校：《法书要录》，人民美术出版社2016年版。
（唐）张彦远撰，许逸民校笺：《历代名画记校笺》，中华书局2021年版。
（唐）郑处诲撰，田廷柱点校：《明皇杂录》，中华书局1994年版。
（唐）郑谷著，严寿澂、黄明、赵昌平笺注：《郑谷诗集笺注》，上海古籍出版社2009年版。
（唐）陈钧：《苏颋诗文集编年考校》，山西古籍出版社2001年版。
（唐）华忱之、喻学才校注：《孟郊诗集校注》，人民文学出版社1995年版。
（唐）李定广系年校笺：《罗隐集系年校笺》，人民文学出版社2013年版。
（唐）李之亮注：《秦韬玉诗注　李远诗注》，上海古籍出版社1989年版。
（唐）梁超然、毛水清注：《曹邺诗注》，上海古籍出版社1982年版。
（唐）毛小东、蒋敦鑫、徐敬恩编著：《王贞白诗集》，江西人民出版社2013年版。
（唐）彭志宪、张燚：《鱼玄机诗编年译注》，新疆大学出版社1994年版。
（唐）齐文榜校注：《贾岛集校注》，人民文学出版社2001年版。
（唐）瞿蜕园、朱金城校注：《李白集校注》，上海古籍出版社1980年版。
（唐）陶敏辑校：《景龙文馆记》，中华书局2015年版。
（唐）万竞君注：《崔颢诗注》，上海古籍出版社1982年版。
（唐）王启兴、张虹注：《顾况诗注》，上海古籍出版社1994年版。
（唐）王启兴、张虹注：《贺知章、包融、张旭、张若虚诗注》，上海古籍出版社1986年版。

（唐）王秀林：《齐己诗集校注》，中国社会科学出版社 2011 年版。
（唐）王益庸编注：《施肩吾徐凝何希尧集校注》，山东文化音像出版社 2022 年版。
（唐）吴云、冀宇校注：《唐太宗全集校注》，天津古籍出版社 2004 年版。
（唐）羊春秋辑注：《李群玉诗集》，岳麓书社 1987 年版。
（唐）杨遗旗校注：《〈欧阳詹文集〉校注》，华中科技大学出版社 2012 年版。
（唐）周啸天、张效民注：《雍陶诗注》，上海古籍出版社 1988 年版。
（五代）孙光宪撰，贾二强点校：《北梦琐言》，中华书局 2002 年版。
（五代）王仁裕等撰，丁如明辑校：《开元天宝遗事十种》，上海古籍出版社 1985 年版。
（五代）韦庄著，聂安福笺注：《韦庄集笺注》，上海古籍出版社 2002 年版。
（五代）荆浩撰，王伯敏注译，邓以蛰校阅：《笔法记》，人民美术出版社 1963 年版。
（后晋）刘昫等撰：《旧唐书》，中华书局 1975 年版。
（宋）邓椿撰，黄苗子点校：《画继》，人民美术出版社 1963 年版。
（宋）杜绾：《云林石谱》，中华书局 1985 年版。
（宋）范晔撰，（唐）李贤等注：《后汉书》，中华书局 1965 年版。
（宋）郭思编，杨伯编著：《林泉高致》，中华书局 2010 年版。
（宋）洪迈：《容斋随笔》，上海古籍出版社 1978 年版。
（宋）洪兴祖撰，白化文、许德楠、李如鸾、方进点校：《楚辞补注》，中华书局 1983 年版。
（宋）胡仔纂集，廖德明校点：《苕溪渔隐丛话》，人民文学出版社 1962 年版。
（宋）李昉等撰：《太平御览》，中华书局 1960 年版。
（宋）李诫撰，邹其昌点校：《营造法式》，人民出版社 2006 年版。
（宋）欧阳修、（宋）宋祁撰：《新唐书》，中华书局 1975 年版。
（宋）庞元英撰：《文昌杂录》，中华书局 1985 年版。
（宋）钱易撰，黄寿成点校：《南部新书》，中华书局 2002 年版。
（宋）邵博撰，刘德权、李剑雄点校：《邵氏闻见后录》，中华书局 1983 年版。
（宋）释惠洪著，[日]释廓门贯彻注，张伯伟、郭醒、童岭、卞东波点校：《注石门文字禅》，中华书局 2012 年版。

（宋）宋敏求编：《唐大诏令集》，中华书局2008年版。

（宋）宋敏求撰，（元）李好文撰，辛德勇、郎洁点校：《长安志·长安志图》，三秦出版社2013年版。

（宋）王谠撰，周勋初校证：《唐语林校证》，中华书局1987年版。

（宋）王溥撰：《唐会要》，中华书局1955年版。

（宋）魏庆之著，王仲闻点校：《诗人玉屑》，中华书局2007年版。

（宋）徐铉撰，李振中校注：《徐铉集校注（附徐锴集）》，中华书局2018年版。

（宋）薛居正等撰：《旧五代史》，中华书局1976年版。

（宋）朱熹集注：《诗集传》，中华书局1958年版。

（宋）祝穆撰，祝洙增订，施和金点校：《方舆胜览》，中华书局2003年版。

（宋）郑樵撰：《通志》，浙江古籍出版社2007年版。

（宋）曾巩撰，陈杏珍、晁继周点校：《曾巩集》，中华书局1984年版。

《宋元笔记小说大观》，上海古籍出版社2001年版。

（宋）诸雨辰译注：《梦溪笔谈》，中华书局2016年版。

（北宋）王钦若等编：《册府元龟》，中华书局1960年版。

（元）方回撰：《文选颜鲍谢诗评》，上海古籍出版社1993年版。

（元）李衎著，吴庆峰、张金霞整理：《竹谱详录》，山东书画出版社2006年版。

（元）汤垕撰，马采标点注译，邓以蛰校阅：《画鉴》，人民美术出版社2016年版。

（元）脱脱等撰：《宋史》，中华书局1977年版。

（元）夏文彦撰，肖世孟校注：《图绘宝鉴（《续编》《续纂》二种)》，山西教育出版社2017年版。

（元）杨士弘编选，（明）张震辑注，（明）顾璘评点，陶文鹏、魏祖钦整理点校：《唐音评注》，河北大学出版社2006年版。

（明）高濂著，王大淳点校：《遵生八笺》，浙江古籍出版社2017年版。

（明）计成原著，陈植注释，杨伯超校订，陈从周校阅：《园冶注释》，中国建筑工业出版社1988年版。

（明）林有麟著，李子綦点校：《素园石谱》，浙江人民美术出版社2019年版。

（明）刘侗、于奕正：《帝京景物略》，北京古籍出版社1983年版。

（明）唐志契著，王伯敏点校：《绘事微言》，人民美术出版社2016年版。

（明）王嗣奭撰：《杜臆》，上海古籍出版社1983年版。

（明）文震亨原著，陈植校注，杨超伯校订：《长物志校注》，江苏科学技术出版社1984年版。

（明）文徵明著，周道振辑校：《文徵明集（增订本）》，上海古籍出版社2014年版。

（明）吴讷著，于北山校点：《文章辨体序说》，人民文学出版社1962年版。

（明）张岱撰，马兴荣点校：《陶庵梦忆》，上海古籍出版社1982年版。

（清）杜书瀛译注：《闲情偶寄》，中华书局2014年版。

（清）董诰等编：《全唐文》，中华书局1983年版。

（清）段玉裁撰：《说文解字注》，中华书局2013年版。

（清）郝懿行撰：《尔雅义疏》，上海古籍出版社1983年版。

（清）何文焕辑：《历代诗话》，中华书局1981年版。

（清）黄生撰，（清）黄承吉合按，包殿淑点校：《字诂义府合按》，中华书局1984年版。

（清）李斗撰，汪北平、涂雨公点校：《扬州画舫录》，中华书局1960年版。

（清）刘熙载撰：《艺概》，上海古籍出版社1978年版。

（清）彭定求等编：《全唐诗》，中华书局1960年版。

（清）钱泳撰，张伟点校：《履园丛话》，中华书局1979年版。

（清）沈复著，俞平伯校点：《浮生六记》，人民文学出版社1980年版。

（清）孙诒让撰，王文锦、陈玉霞点校：《周礼正义》，中华书局1987年版。

（清）王夫之著，戴鸿森笺注：《姜斋诗话笺注》，人民文学出版社1981年版。

（清）王文诰辑注，孔凡礼点校：《苏轼诗集》，中华书局1982年版。

（清）王先谦撰，沈啸寰、王星贤点校：《荀子集解》，中华书局1988年版。

（清）吴任臣撰，徐敏霞、周莹点校：《十国春秋》，中华书局2010年版。

（清）徐松撰，李健超增订：《增订唐两京城坊考（修订版）》，三秦出版社2006年版。

（清）叶燮著，霍松林校注：《原诗》，人民文学出版社1975年版。

（清）俞琰选编：《咏物诗选》，成都古籍书店1984年版。

（清）俞樾：《俞樾全集》，浙江古籍出版社2017年版。

（清）袁枚著，王英志注评：《续诗品注评》，浙江古籍出版社1989年版。

（清）张潮撰，王峰评注：《幽梦影》，中华书局 2008 年版。
《汉魏六朝笔记小说大观》，上海古籍出版社 1999 年版。
《文渊阁四库全书》，（台湾）商务印书馆 1984 年版。
《唐五代笔记小说大观》，上海古籍出版社 2000 年版。
北京大学古文献研究所编：《全宋诗》，北京大学出版社 1991 年版。
陈尚君辑校：《全唐诗补编》，中华书局 1992 年版。
程俊英、蒋见元：《诗经注析》，中华书局 1991 年版。
丁福保辑：《历代诗话续编》，中华书局 1983 年版。
傅璇琮主编：《唐才子传校笺》，中华书局 1987 年版。
郭绍虞编选，富寿荪校点：《清诗话续编》，上海古籍出版社 1983 年版。
郭绍虞辑：《宋诗话辑佚》，中华书局 1980 年版。
逯钦立辑校：《先秦汉魏晋南北朝诗》，中华书局 1983 年版。

二 今人论著

曹林娣：《东方园林审美论》，中国建筑工业出版社 2012 年版。
曹林娣：《江南园林史论》，上海古籍出版社 2015 年版。
曹林娣：《静读园林（第二版）》，北京大学出版社 2013 年版。
曹林娣、沈岚：《中国园林美学思想史·隋唐五代两宋辽金元卷》，同济大学出版社 2015 年版。
曹林娣：《中国园林文化》，中国建筑工业出版社 2005 年版。
曹林娣：《中国园林艺术论》，山西教育出版社 2001 年版。
曹淑娟：《流变中的书写：祁彪佳与寓山园林论述》，里仁书局 2006 年版。
曹淑娟：《在劳绩中安居：晚明园林文学与文化》，台大人社高研院东亚儒学研究中心 2019 年版。
陈伯海主编：《唐诗汇评》，浙江教育出版社 1995 年版。
陈从周、蒋启霆选编，赵厚均校订、注释：《园综（新版）》，同济大学出版社 2011 年版。
陈从周：《惟有园林》，百花文艺出版社 1997 年版。
陈从周：《园林清议》，江苏文艺出版社 2005 年版。
陈从周：《梓翁说园》，北京出版社 2011 年版。
陈望衡、范明华等：《大唐气象：唐代审美意识研究》，江苏人民出版社 2022 年版。
陈植、张公弛选注，陈从周校阅：《中国历代名园记选注》，安徽科学技术出版社 1983 年版。

陈植主编，卢振、韩龙瑶副主编：《中国历代造园文选》，黄山书社 1992 年版。

戴伟华：《地域文化与唐代诗歌》，中华书局 2006 年版。

邓小军、鲍远航：《唐诗说唐史》，中华书局 2008 年版。

董乃斌：《李商隐的心灵世界》，上海古籍出版社 1992 年版。

丁福保编：《佛学大辞典》，中国书店 2011 年版。

傅璇琮：《唐代诗人丛考》，中华书局 1980 年版。

傅璇琮、张忱石、许逸民编撰：《唐五代人物传记资料综合索引》，中华书局 1982 年版。

葛承雍：《华夏文化的丰碑——唐都建筑风貌》，陕西人民出版社 1987 年版。

葛晓音：《八代诗史（修订本）》，中华书局 2007 年版。

葛晓音：《山水·审美·理趣》，复旦大学出版社 2020 年版。

葛晓音：《山水田园诗派研究》，辽宁大学出版社 1993 年版。

葛晓音：《山水有清音——古代山水田园诗鉴要》，北京出版社 2019 年版。

葛晓音：《诗国高潮与盛唐文化》，北京大学出版社 1998 年版。

汉宝德：《物象与心境：中国的园林》，生活·读书·新知三联书店 2014 年版。

侯迺慧：《诗情与幽境：唐代文人的园林生活》，（台北）东大图书股份有限公司 1991 年版。

侯迺慧：《唐宋时期的公园文化》，东大图书公司 1997 年版。

胡可先：《唐代重大历史事件与文学研究》，浙江大学出版社 2007 年版。

胡晓明：《中国诗学之精神》，江西人民出版社 2001 年版。

黄长美：《中国庭园与文人思想》，（台北）明文书局 1986 年版。

贾晋华：《唐代集会总集与诗人群研究（第二版）》，北京大学出版社 2015 年版。

蒋绍愚：《唐诗语言研究》，语文出版社 2008 年版。

蒋寅：《大历诗风》，凤凰出版社 2009 年版。

蒋寅：《古典诗学的现代诠释》，中华书局 2003 年版。

金学智：《中国园林美学（第二版）》，中国建筑工业出版社 2005 年版。

李浩：《唐代园林别业考录》，上海古籍出版社 2005 年版。

李浩：《唐代园林别业考论（修订版）》，西北大学出版社 1996 年版。

李浩：《唐诗的美学阐释》，安徽大学出版社 2000 年版。

李小奇：《文心见园：唐宋园林散文研究》，九州出版社 2022 年版。

李旭旦主编：《人文地理学概说》，科学出版社1985年版。
李允鉌：《华夏意匠：中国古典建筑设计原理分析》，天津大学出版社2005年版。
李泽厚：《美学三书》，天津社会科学院出版社2003年版。
李正春：《唐代组诗研究》，凤凰出版社2011年版。
林庚：《唐诗综论》，人民文学出版社1987年版。
林继中：《唐诗与庄园文化》，漓江出版社1996年版。
刘大杰：《中国文学发展史》上卷，商务印书馆2015年版。
刘天华：《画境文心：中国古典园林之美》，生活·读书·新知三联书店2008年版。
路文彬：《视觉时代的听觉细语：20世纪中国文学伦理问题研究》，安徽教育出版社2007年版。
罗宗强：《隋唐五代文学思想史》，中华书局2019年版。
罗宗强：《魏晋南北朝文学思想史》，中华书局2016年版。
马奔腾：《禅境与诗境》，中华书局2010年版。
孟二冬：《中唐诗歌之开拓与新变》，北京大学出版社2006年版。
彭一刚：《中国古典园林分析》，中国建筑工业出版社1986年版。
潘运告主编，云告译注：《清代画论》，湖南美术出版社2003年版。
钱穆：《中国文化史导论》，商务印书馆1994年版。
钱锺书：《谈艺录》，中华书局1984年版。
荣新江：《隋唐长安：性别、记忆及其他》，复旦大学出版社2010年版。
尚永亮：《唐诗艺术讲演录》，广西师范大学出版社2008年版。
尚永亮：《元和五大诗人与贬谪文学考论》，文津出版社1993年版。
邵忠编著：《江南园林假山》，中国林业出版社2002年版。
滕守尧：《审美心理描述》，中国社会科学出版社1985年版。
童寯：《江南园林志（第二版）》，中国建筑工业出版社2014年版。
汪菊渊：《中国古代园林史》，中国建筑工业出版社2006年版。
汪涌豪：《中国文学批评范畴十五讲》，华东师范大学出版社2010年版。
王铎：《中国古代苑园与文化》，湖北教育出版社2003年版。
王国璎：《中国山水诗研究》，中华书局2007年版。
王鲁民：《中国古代建筑思想史纲》，湖北教育出版社2002年版。
王明居：《唐代美学》，安徽大学出版社2005年版。
王明居：《唐诗风格论》，安徽大学出版社2001年版。
王其钧：《中国园林建筑语言》，机械工业出版社2007年版。

王书艳：《唐代园林与文学之关系研究》，中国社会科学出版社2018年版。
王毅：《翳然林水：栖心中国园林之境（第二版）》，北京大学出版社2017年版。
王毅：《中国园林文化史》，上海人民出版社2004年版。
王振复：《中华意匠：中国建筑基本门类》，复旦大学出版社2001年版。
温儒敏、李细尧编：《寻求跨中西文化的共同文学规律——叶维廉比较文学论文选》，北京大学出版社1987年版。
闻一多：《闻一多全集》，生活·读书·新知三联书店1982年版。
翁经方、翁经馥编注：《中国历代园林图文精选》（第二辑），同济大学出版社2005年版。
伍蠡甫等编：《西方文论选》，上海译文出版社1979年版。
吴必虎、刘筱娟：《中国景观史》，上海人民出版社2004年版。
吴功正：《六朝美学史》，江苏美术出版社1994年版。
吴功正：《六朝园林》，南京出版社1992年版。
吴功正：《唐代美学史》，陕西师范大学出版社1999年版。
吴功正：《唐代美学史（修订本）》，陕西师范大学出版社2020年版。
萧驰：《佛法与诗境》，中华书局2005年版。
萧驰：《诗与它的山河：中古山水美感的生长》，生活·读书·新知三联书店2018年版。
萧默：《隋唐建筑艺术》，西北大学出版社1996年版。
谢遂联：《唐代都市文化与诗人心态》，浙江大学出版社2010年版。
辛德勇：《隋唐两京丛考》，三秦出版社2006年版。
杨鸿勋：《江南园林论》，上海人民出版社1994年版。
杨鸿勋：《园林史话》，社会科学文献出版社2012年版。
叶朗：《中国美学史大纲》，上海人民出版社1985年版。
叶舒宪选编：《神话——原型批评》，陕西师范大学出版社1987年版。
余开亮：《六朝园林美学》，重庆出版社2007年版。
余树勋：《园林美与园林艺术》，中国建筑工业出版社2006年版。
余英时：《士与中国文化》，上海人民出版社1987年版。
袁行霈：《中国诗歌艺术研究（第3版）》，北京大学出版社2009年版。
岳毅平：《中国古代园林人物研究》，三秦出版社2004年版。
张伯伟撰：《全唐五代诗格汇考》，凤凰出版社2002年版。
张家骥：《中国造园论（修订本）》，山西人民出版社2003年版。
张家骥：《中国造园艺术史》，山西人民出版社2004年版。

章采烈编著：《中国园林艺术通论》，上海科学技术出版社2004年版。

赵厚均、杨鉴生编注，刘伟配图：《中国历代园林图文精选》（第三辑），同济大学出版社2005年版。

赵雪倩编注，刘伟配图：《中国历代园林图文精选》（第一辑），同济大学2005年版。

周维权：《中国古典园林史（第三版）》，清华大学出版社2008年版。

朱光潜：《诗论》，北京出版社2005年版。

朱光潜：《谈美》，广西师范大学出版社2004年版。

朱光潜：《文艺心理学》，复旦大学出版社2009年版。

宗白华：《美学散步》，上海人民出版社1981年版。

宗白华：《天光云影》，北京大学出版社2005年版。

宗白华等：《中国园林艺术概观》，江苏人民出版社1987年版。

钟华楠：《亭的继承：建筑文化论集》，商务印书馆（香港）有限公司1989年版。

三　国外著作及论文

［美］J.刘若愚：《中国诗学》，赵帆声、周领顺、王周若龄译，河南人民出版社1990年版。

［美］爱德华·谢弗：《唐代的外来文明》，吴玉贵译，陕西师范大学出版社2005年版。

［美］奥登等：《诗人与画家》，马永波译，山东画报出版社2006年版。

［美］鲁道夫·阿恩海姆：《艺术与视知觉——视觉艺术心理学》，滕守尧、朱疆源译，中国社会科学出版社1984年版。

［美］宇文所安：《中国"中世纪"的终结：中唐文学文化论集》，陈引驰、陈磊译，生活·读书·新知三联书店2006年版。

［美］史蒂文·C.布拉萨：《景观美学》，彭锋译，北京大学出版社2008年版。

［美］杨晓山：《私人领域的变形：唐宋诗歌中的园林与玩好》，文韬译，江苏人民出版社2009年版。

［德］黑格尔：《美学》，朱光潜译，商务印书馆1979年版。

［德］W.顾彬：《中国文人的自然观》，马树德译，上海人民出版社1990年版。

［德］海德格尔：《海德格尔选集》，孙周兴选编，上海三联书店1996年版。

［英］弗兰西斯·培根：《人生论》，何新译，陕西师范大学出版社 2009年版。

［日］冈大路：《中国宫苑园林史考》，常瀛生译，农业出版社 1988 年版。

［日］西村富美子：《白居易诗中的"北窗"及"竹窗"的问题——与陶渊明〈与子俨等疏〉之关系》，载《唐代文学研究》第 5 辑，广西师范大学出版社 1994 年版。

［日］川合康三：《终南山的变容：中唐文学论集》，刘维治、张剑、蒋寅译，上海古籍出版社 2007 年版。

［日］田中淡等编：《中国古代造园史料集成：增补〈哲匠录叠山篇〉秦汉—六朝》，（日本）中央公论美术出版社 2003 年版。

［日］浅见洋二：《距离与想象——中国诗学的唐宋转型》，金程宇、［日］冈田千穗译，上海古籍出版社 2005 年版。

［日］小川环树：《风与云——中国诗文论集》，周先民译，中华书局 2005年版。

［日］斯波六郎：《中国文学里的融合性》，蒋寅编译，载《日本学者中国诗学论集》，凤凰出版社 2008 年版。

［美］吴欣主编，［英］柯律格、包华石、汪悦进等著：《山水之境：中国文化中的风景园林》，生活·读书·新知三联书店 2015 年版。

［日］小尾郊一：《中国文学中所表现的自然与自然观——以魏晋南北朝文学为中心》，邵毅平译，上海古籍出版社 2014 年版。

［英］查尔斯·詹克斯：《中国园林之意义》，赵冰、夏阳译，《建筑师》1987 年总第 27 期。

［日］埋田重夫：《白居易〈池上篇〉考》，李寅生译，《河池师专学报》（社会科学版）2002 年第 3 期。

［日］市川桃子：《中唐诗在唐诗之流中的位置——由樱桃的描写方式来分析》，蒋寅译，《古典文学知识》1995 年第 5 期。

［美］斯蒂芬·欧文：《唐代别业诗的形成》上，陈磊译，《古典文学知识》1997 年第 6 期。

［美］斯蒂芬·欧文：《唐代别业诗的形成》下，陈磊译，《古典文学知识》1998 年第 1 期。

四 学术论文

曹淑娟：《白居易的江州体验与庐山草堂的空间建构》，《中华文史论丛》2009 年第 2 期。

曹淑娟:《杜甫浣花草堂伦理世界的重构》,《台大中文学报》2015 年第 48 期。

陈伯海:《唐人"诗境"说考释》,《文学遗产》2013 年第 6 期。

陈从周:《中国诗文与中国园林艺术》,《扬州师院学报》(社会科学版)1985 年第 3 期。

陈铁民:《辋川别业遗址与王维辋川诗》,《中国典籍与文化》1997 年第 4 期。

陈薇:《中国私家园林流变》上下,《建筑师》1999 年第 10 期。

陈植:《造园词义的阐述》,《建筑历史与理论》第二辑,江苏人民出版社 1981 年版。

程章灿:《"树"立的六朝:柳与一个经典文学意象的形成》,《北京大学学报》(哲学社会科学版)2011 年第 2 期。

樊维岳:《王维经营辋川别业时间初探》,《唐都学刊》1994 年第 1 期。

葛兆光:《语言与印象》,《上海文学》1991 年第 9 期。

韩经太:《论唐人山水诗美的演生嬗变》,《文学遗产》1998 年第 4 期。

侯迺慧:《园林道场——白居易的安闲养生观念与实践》,《人文集刊》2010 年第 9 期。

侯迺慧:《园林图文的超越性特质对幻化悲伤的疗养——以明人文集的呈现为主》,《政大中文学报》2005 年第 4 期。

李浩、王书艳:《被遮蔽的幽境:唐代园林诗初探》,《陕西师范大学学报》(哲学社会科学版)2010 年第 1 期。

李浩:《〈洛阳名园记〉与唐宋园史研究》,《理论月刊》2007 年第 3 期。

李浩:《微型自然、私人天地与唐代文学诠释的空间》,《文学评论》2007 年第 6 期。

李志红:《〈草堂记〉与白居易的园林意象》,《郑州大学学报》(哲学社会科学版)2004 年第 6 期。

李志红:《王维辋川别业的园林意境》,《郑州大学学报》(哲学社会科学版)2006 年第 1 期。

刘曦林:《写意与写意精神》,《美术研究》2008 年第 4 期。

刘永连:《浅探西域文化在唐人园林、庭院中的流痕》,《唐史论丛》第 11 辑,2009 年。

罗钢:《学说的神话——评"中国古代意境说"》,《文史哲》2012 年第 1 期。

祁志祥:《柳宗元园记创作刍议》,《文学遗产》2007 年第 5 期。

祁志祥：《柳宗元园记创作的文学价值和审美意义》，《云南大学学报》（社会科学版）2006年第2期。

钱志熙：《唐诗境说的形成及其文化与诗学上的渊源——兼论其对后世的影响》，《文学遗产》2013年第6期。

陕西省文物管理委员会：《西安西郊中堡村唐墓清理简报》，《文物》1960年第3期。

尚永亮：《"壶天"境界与中晚唐士风的嬗变》，《东南大学学报》（哲学社会科学版）2006年第2期。

沈世培：《唐代私家园林别墅的艺术理念》，《安徽师范大学学报》（哲学社会科学版）2006年第6期。

王波：《中国古今文学作品中的亭文化探讨》，《湖北社会科学》2005年第4期。

王建疆：《中国诗歌史：自然维度的失落与重建》，《文学评论》2007年第2期。

王书艳：《初盛唐园林的写意艺术及其诗画渊源》，《文学与文化》2022年第4期。

王书艳：《从唐代题园诗看文人园林观的嬗变及建构》，《新疆大学学报》（哲学·人文社会科学版）2018年第6期。

王书艳：《流转在艺术空间的听觉：中国古典"听泉"审美意象及其景观建构》，《吉首大学学报》（社会科学版）2020年第2期。

王书艳：《声音的风景：园林视域中的唐诗听觉意象》，《云南社会科学》2012年第3期。

王书艳：《诗石联姻：唐代园石的诗学阐释》，《船山学刊》2012年第2期。

王书艳：《太湖石的审美发现：唐代咏太湖石诗篇赏论》，《名作欣赏》2016年第6期。

王书艳：《唐代文人的赏石美学及其生态智慧》，《理论界》2014年第8期。

王书艳：《唐代文人园林的政治文化意蕴》，《北方论丛》2016年第3期。

王书艳：《"一勺争禁万顷陂"：唐诗中的园池意象论》，《名作欣赏》2016年第6期。

王书艳：《园与境：山水审美的园林转向与唐"诗境"说的形成》，《浙江社会科学》2023年第3期。

王书艳：《凿池偷天：唐代文人笔下的"盆池"景观及"玩物"审美》，

《中国社会科学报》2021年12月21日版。

魏露苓：《隋唐五代时期园艺作物的培育与引进》，《中国农史》2003年第4期。

翁有志：《王维辋川别业的人文意境及其美学特征》，《建筑与文化》2009年第12期。

吴宏岐：《唐代园林别业考补》，《中国历史地理论丛》2001年第2期。

吴世昌：《魏晋风流与私家园林》，《学文月刊》1934年第2期。

徐书城：《中西画法异同辨》，《美术史论》1985年第3期。

徐维波、韦峰：《从〈池上篇〉与〈庐山草堂记〉看白居易的造园思想》，《南方建筑》2003年第2期。

俞香顺：《白居易花木审美的贡献与意义》，《江苏社会科学》2011年第1期。

袁晓梅、吴硕贤：《中国古典园林的声景观营造》，《建筑学报》2007年第2期。

岳毅平：《王维的辋川别业论》，《文艺理论与批评》2004年第6期。

赵建梅：《试论李德裕的平泉诗》，《文学遗产》2005年第5期。

周裕锴：《苏轼的嗜石兴味与宋代文人的审美观念》，《社会科学研究》2005年第1期。

朱易安、王书艳：《唐代咏石诗的新变与转型》，《上海师范大学学报》（哲学社会科学版）2012年第1期。

朱易安、王书艳：《物象的"诗化"与意象的"实化"——以唐诗中的"径"为例》，《上海师范大学学报》（哲学社会科学版）2010年第4期。

陈冠良：《唐代洛阳园林与文学》，硕士学位论文，西北大学，2009年。

丁垚：《隋唐园林研究：园林场所和园林活动》，硕士学位论文，天津大学，2003年。

房本文：《唐代园林经济与文人生活》，硕士学位论文，西北大学，2010年。

李林：《唐代寺院园林与僧侣的园林生活》，硕士学位论文，西北大学，2009年。

李青：《唐代楼阁题咏诗研究》，硕士学位论文，西北大学，2010年。

马玉：《唐代长安园林与唐诗》，硕士学位论文，西北大学，2010年。

王书艳：《唐代园林诗中的"窗"》，硕士学位论文，西北大学，2009年。

王书艳：《唐人构园与诗歌的互动研究》，博士学位论文，上海师范大学，2013年。

韦雨涓：《中国古典园林文献研究》，博士学位论文，山东大学，2016年。

魏丹:《唐代江南地区园林与文学》,硕士学位论文,西北大学,2010年。
阎峰:《唐代士人园林诗研究》,硕士学位论文,黑龙江大学,2009年。
张玲:《唐亭的文化透视——以唐代诗文为重点的考察》,硕士学位论文,西北大学,2009年。
张现:《〈全唐诗〉中的山石意象研究》,硕士学位论文,西北大学,2011年。

后　　记

　　与园林文学结缘，也许是命中注定的。每次谈起目前的研究方向时，总会提到两件事，这两件事都与学位论文的选题有关。

　　第一件，发生在跟随李浩先生读硕士时。还记得，研二时李老师的《中国古代文学研究方法》课程结束，要求每位同学根据自己的研究兴趣完成一篇小论文写作，我当时完成的论文题目是《唐诗中"窗"意象的空间审美与文化意蕴》。后来，到硕士学位论文选题时，我打算停止园林相关选题，决定跟随老师做唐代士族与文学研究，并且翻阅了资料选定了陆氏家族，然后信心满满地去找老师商量，老师没有明言拒绝，而是告诉我，一个在读博士师姐正在做相关研究。我由此放弃，同时也是在老师的极力建议下，继续做"窗"意象研究，于是当场老师就帮我拟定了硕士论文题目——"唐代园林诗中的'窗'意象研究"。

　　也是在那一次谈话中，老师让我回去好好把"园林诗"的概念写一篇论文交给他。我深知，"园林诗""园林散文"是老师早已熟稔心中的概念，也是老师一直深爱着的一方天地，我感恩于老师的关照与提携，答应下来，下决心一定好好写，不能辜负老师的信任和栽培。文章写好后，老师让我拿着文章参加了陕西师范大学举行的"长安文化与中国文学学术研究国际研讨会"。那是我第一次参加学术会议，自然是十分紧张。只记得，我怯生生地坐在台下，看着主席台上一流排开的各位研究大家，不敢上前，并故作镇定地等着"叫号"，只听到叫"李浩教授"时，我赶紧走上台，匆匆地宣读论文后，一溜烟地又赶紧缩回到会场的一角，时刻关注着专家的点评，到现在还清晰记得党圣元先生说："这篇文章写得十分巧妙！"也许还有批评的话，只是现在不记得了，只记住了这句好话！

　　后来，我顺利完成了硕士论文的撰写，并且将其中较为成熟的部分拿去公开发表，也正是这篇硕士论文和几篇与园林研究相关的小论文奠定了我今后的园林文学研究方向。

第二件，发生在跟随朱易安先生读博士时。与硕士时期的叛逆一样，我打算放弃唐代园林文学研究，跟随朱老师研究唐诗学。这是因为在读博之前，我就认真学习了朱老师的文章和论著，尤其是朱老师的《唐诗学史论稿》和《中国诗学史》（明代卷）让我印象深刻，于是打算博士论文选题方向更换为明代唐诗学，好好跟随朱老师进行唐诗学研究。同硕士时期一样，我又一次信心满满地去找朱老师商量，然而，也与硕士时期的选题遭到李老师否定一样，博士论文选题依然遭遇拒绝。朱老师明确地对我说："还是继续做唐代园林与文学研究！"我没有争辩，而是坦然接受，老师这么坚定自然有她的道理。事实证明，确实如此。朱老师是在为我考虑，包括我的前期研究积累和将来的研究方向。今天看来，老师的学术眼界、敏锐眼光以及对学生特点的把握都令我惊叹与感佩。

从那以后，我专心于唐诗与园林，完成了博士学位论文《唐人构园与诗歌的互动研究》，同时也获得了双盲审优秀的好成绩。但我十分清楚这还远远不够，它确实不够完美。实话说，博士论文的写作有一个总体性的指导思想，即探讨园林一系列物象如何走进唐诗成为诗歌意象，这些诗歌意象又如何对园林建构产生重要影响，这也是朱老师给我论文定下的基调。然而，学识浅薄又愚笨的我终归没有将老师之期待完美地转化为论文成果呈现出来，只是，勉强地完成了。

不过，也正是这篇不够完美的博士论文，成为我工作后放不下的牵挂。我总希望能够将老师的期待转化为实实在在的研究成果，于是围绕博士论文，我开始不断地寻找新的研究角度，将已有的内容、结构、材料进行肢解、打乱、揉碎，然后再重新思考，按照新的研究思路进行不断调整和组合。博士论文分为上下两编，上编属于概述性内容，着眼于唐诗与园林研究的整体性论述，下编则按照构园要素诸如山石、水体、建筑、花木进行结构，进行唐诗与构园更为细部与具体的研究。2015 年，我以博士论文的上编内容为主，重新调整研究重心与撰写思路，顺利获得教育部人文社会科学青年项目。两年后，2017 年，我以下编内容为主，重拟题目，重新调整研究方向与全书结构，顺利获得国家社会科学基金后期资助项目，这个项目也正是目前将要出版的这部书稿。当年计划博士论文撰写分上下两篇的时候绝对不会想到日后它会成为两次项目申报的内容，也许这正是不完美而带来的幸运吧。

书稿的内容与当初的项目申报内容已经大为不同。首先，根据项目立项时五位评审专家的意见进行了认真细致的修改。其次，围绕项目申报时的题目，进行了更为集中的"审美建构"的阐释。于是，呈现出来的最终的面目是，许多与园林营造相关的史料被精简删除，在此基础上增加了大幅园林审美建构方面的论述，目的在于突出唐诗与唐代园林景观审美建构的关系以及唐诗在其审美建构中重要的美学意义。这样一来，原来申报书中的四章内容精简合为一章，并重新撰写了后面三章内容，最后结构为目前的五章内容。

一部著作，要经过撰写、调整、补充、修改、校对、返稿再修改再校对等回环往复式的多次修缮，才能以一副不算丑陋的面容面世，实属不易。这不是作者一个人所能达到的，而是凝聚了太多人的心血和付出。正如小书的出版，如果从项目立项算起，至今已经七年之久，如果再往前推，从毕业论文撰写完成算起，也有十一年了。现在想起来，无论是七年，还是十一年，都恍如一瞬星霜换，于是很长一段时间，我不愿意去回忆。更何况，2017年到2024年，七年间确实发生了太多无法预料与突如其来的事情，也因此小书的后记在三审三校之后依然付之阙如，编辑催了数遍也不愿下笔，这么多年习惯了封存记忆。现在记忆的匣子打开，我仿佛找回了当年那个因考上李浩先生研究生而兴奋不已的我，也仿佛又找回了那个刚到上海而踌躇满志的我，亦仿佛又找回了那个崇尚学术热爱学术而不断前行的我，又仿佛找回了那个坚信真善美秉行良与真的我。

现在想来，回忆依旧是幸福的，因为记忆中有一直关照、鼓励与支持我的诸位师友。感谢我的老师李浩先生和朱易安先生，只因在我的生命历程中遇上了你们，我才如此幸运地步入唐代文学研究的辉煌殿堂，也是你们的不嫌不弃，才真的使我实现了当初不知天高地厚而立下的可笑誓语。也要感谢项目立项与结项时的评审专家，以及本书出版时和谈、卢燕新、田恩铭、王伟提出的中肯修改建议。更要感谢求学与工作中遇见的每一位良师益友，硕士时的李芳民、郝润华、张文利等老师，博士时查清华、曹旭、李定广、徐时仪、董乃斌、陈引驰等老师，以及工作后所遇陈尚君、詹福瑞、廖美玉、蔡瑜、尚永亮、胡可先、肖瑞峰、卢盛江、查屏球、杜晓勤、刘宁、陈才智、钱志熙、傅绍良、王兆鹏、沈松勤、罗时进、蒋寅、朱刚、高建新、沈文凡、吴怀东、浅见洋二等唐宋文学研究界前辈学者，还有王毅、曹林娣等园林研究领域前辈学者，访学期间的导师高建平先生，同时还有多位举不胜举的青年才俊们，以及本书的编辑杨康女士，负责部分文字校对工作的王斐然同学。最后，还要感谢我的至亲至爱，双方父母的支持，一双儿女的懂事，都使我感受到人世间的美好与挚情。

此外，今天还有一件值得纪念的事。经李浩先生首肯，"园林文学与文化研究"微信公众号正式建立，本公众号依托于国家社科基金重大项目《中国古代园林文学文献整理与研究》，以中国古代园林文学研究为中心，辐射至与园林相关的绘画、石刻、文献、遗迹等领域，涵盖园林学、文学、艺术学、美学等学科，推送课题组成员与相关领域研究专家的最新研究成果，旨在分享学术动态，促进学术交流。我相信，这又是一个新的起点，一切都朝着有光的地方奔赴。

2024 年 9 月 25 日草成于杭州